Le soleil ne se couche jamais

DU MÊME AUTEUR
CHEZ LE MÊME ÉDITEUR

Le Refuge de l'ange, 2008
Si tu m'abandonnes, 2009
La Maison aux souvenirs, 2009
Les Collines de la chance, 2010
Si je te retrouvais, 2011
Un cœur en flammes, 2012
Une femme sous la menace, 2013
Un cœur naufragé, 2014
Le Collectionneur, 2015
Le Menteur, 2016
Obsession, 2017

Nora Roberts

Le soleil ne se couche jamais

Traduit de l'anglais (États-Unis)
par Joëlle Touati

Michel LAFON

Titre original
Come Sundown

Première publication aux États-Unis.

118, avenue Achille-Peretti
CS70024-92521 Neuilly-sur-Seine Cedex
www.michel-lafon.com

À Jason et Kat,
mes meilleurs compagnons de voyage.

PREMIÈRE PARTIE

UN VOYAGE

Ainsi, quand consumés de fièvre et de malheur,
Cent fois sur notre flanc tournons et retournons ;
C'est bien pauvre répit qu'alors nous nous donnons
À remuer sans fin sans que fuie la douleur.

ISAAC WATTS

PROLOGUE

Ouest du Montana, 1991

En s'enfonçant dans la neige jusqu'aux genoux, Alice Bodine se réfugia derrière un mince bosquet de pins afin de se soulager. Le vent hurlant cingla la libellule qu'elle s'était fait tatouer à Portland sur le haut de la fesse.

Depuis cinq kilomètres qu'elle marchait le long de la route, elle n'avait pas croisé une seule voiture. Elle aurait très bien pu se dispenser de se cacher, pensa-t-elle en remontant son jean. Mais les vieilles habitudes avaient la peau dure.

Elle avait pourtant essayé de s'affranchir de la routine, des principes, des conventions et des schémas. Et voilà que trois ans à peine après son émancipation autoproclamée elle revenait au ranch familial, frigorifiée.

En remettant les pieds dans ses empreintes, elle regagna la chaussée et ajusta son sac à dos sur ses épaules. Il contenait tout ce qu'elle possédait : un deuxième jean, un T-shirt « AC/DC », un sweat-shirt « Grateful Dead » – souvenir d'un beau garçon de Los Angeles avec qui elle avait passé une nuit –, du savon et du shampoing récupérés au Holiday Inn de Rigby, dans l'Idaho, durant son emploi heureusement bref de femme de chambre, des préservatifs, sa trousse de maquillage, quinze dollars et trente-huit cents, et le reste d'un sachet d'herbe chipé à un type avec qui elle avait fait la fête dans un camping de l'Oregon.

À court d'argent, elle préférait retourner chez ses parents plutôt que changer des draps souillés ou, pire, devenir l'une de ces femmes au regard vide qui guettaient le client dans les ruelles sombres de tant de villes qu'elle avait traversées.

Alice savait qu'il était facile d'en arriver à cette extrémité. Plusieurs fois, la faim, le froid et la peur avaient failli la pousser à vendre son corps pour un repas et une chambre décente. Après tout, il ne s'agissait que de sexe.

Mais en vérité, et la vérité lui éclatait parfois au visage, elle avait des principes qu'elle ne pouvait enfreindre. En vérité, elle voulait retrouver la maison, sa mère, sa sœur, ses grands-parents, ses posters sur les murs roses de sa chambre aux fenêtres donnant sur les montagnes, l'odeur du café et du bacon le matin dans la cuisine, le plaisir de galoper à cheval.

Sa sœur était mariée, à présent – n'était-ce pas justement ce mariage traditionnel, ridicule, qui l'avait convaincue de prendre le large, la goutte d'eau qui avait fait déborder le vase ? Reenie avait sûrement un enfant, maintenant. Elle devait être aussi parfaite que jamais, mais même cela lui manquait, l'irritante perfection de Maureen.

Alice poursuivit donc son chemin, en grelottant dans sa veste polaire élimée, achetée dans un dépôt-vente, et ses vieilles bottes qu'elle avait depuis plus de dix ans.

Elle regrettait de ne pas avoir téléphoné de Missoula. Elle aurait dû ravaler sa fierté et appeler à la maison. Son grand-père serait venu la chercher, il ne lui aurait pas fait de sermon, il n'en faisait jamais.

Or elle s'était vue arriver à pied, apparaître crânement au détour de la route. Tout se serait arrêté, au ranch : les ouvriers, les chevaux, les vaches dans les prés. Le vieux chien, Blue, serait venu à sa rencontre en clopinant. Sa mère serait sortie sur la galerie.

Le retour de l'enfant prodigue.

Alice poussa un soupir et son haleine forma un nuage qui se dissipa dans l'air glacé. Scénario ridicule et présomptueux, elle le savait, mais elle avait interprété comme un signe qu'un automobiliste la prenne à son bord à Missoula pour la déposer à une vingtaine de kilomètres du ranch.

Elle n'arriverait peut-être pas avant la tombée de la nuit et cela l'inquiétait. Les piles de sa lampe-torche étaient à plat. Elle avait un briquet, mais la perspective de bivouaquer sans tente ni couverture, sans rien à manger ni à boire, la poussa à accélérer le pas.

Elle essaya d'imaginer ce que sa famille lui dirait. Ils seraient contents de la revoir, même s'ils lui en avaient sûrement voulu d'être partie sans autre explication que quelques lignes amères. Mais elle n'avait alors que dix-huit ans, l'âge de faire ce qui lui plaisait, c'est-à-dire autre chose que des études universitaires, un job ingrat au ranch, ou se marier et devenir une bonne petite femme au foyer.

Elle voulait être libre et elle s'était libérée. Aujourd'hui, à vingt et un ans, elle revenait par choix. Travailler au ranch ne serait peut-être pas si désagréable, après tout. Peut-être suivrait-elle une formation professionnelle.

Elle était désormais une adulte. Une adulte qui claquait des dents sur le bord de la route. Elle espérait que ses grands-parents seraient là – elle ne se le pardonnerait jamais si Grammy ou Grandpa n'étaient plus de ce monde.

Il n'y avait pas de raison, tenta-t-elle de se convaincre. Elle n'était partie que depuis trois ans. Grammy ne serait pas fâchée ou, tout du moins, elle ne le resterait pas longtemps. Elle la gronderait sans doute un peu. *Regarde comme tu es maigre ! Tu n'as que la peau sur les os ! Et qu'as-tu fait à tes cheveux, pour l'amour de Dieu ?* Amusée par cette pensée, Alice enfonça son bonnet de ski sur sa brosse blond platine. Elle s'aimait en blonde, elle se trouvait plus sexy et cette couleur mettait en valeur le vert de ses yeux.

Grandpa la serrerait entre ses bras, ils s'attableraient tous autour d'un copieux repas – Thanksgiving approchait – et elle leur raconterait ses aventures. Elle avait vu le Pacifique, flâné sur Rodeo Drive avec les stars de cinéma, et joué comme figurante dans deux films. Obtenir un vrai rôle s'était révélé plus difficile qu'elle ne l'imaginait, mais elle avait essayé. Elle s'était prouvé qu'elle pouvait être indépendante, mener sa vie comme elle l'entendait. Si jamais ils lui faisaient trop de reproches, elle repartirait ; elle ne les supplierait pas de lui refaire une place parmi eux.

Mais elle en aurait gros sur le cœur… Elle avait tellement envie de les retrouver.

Le soleil déclinait, elle n'arriverait jamais avant la nuit, et elle sentait qu'il allait se remettre à neiger. En coupant à travers bois et champs, elle pourrait peut-être se rendre chez les Skinner.

Elle s'arrêta, fatiguée, indécise. Il était plus prudent de rester sur la route mais le raccourci lui ferait gagner au moins deux kilomètres. Du reste, il y avait deux ou trois bungalows en chemin, si elle se souvenait bien, des cabanes rudimentaires pour les amoureux de la nature. Elle pourrait forcer une serrure, allumer du feu dans la cheminée. Avec un peu de chance, elle dénicherait peut-être des conserves.

Elle contempla la route, interminable, puis les prés enfouis sous la neige, les montagnes, au loin, se découpant dans le crépuscule gris-bleu où s'amassaient de gros nuages menaçants.

Alice repenserait souvent à cet instant d'hésitation, dans le vent glacial, ces quelques minutes où elle avait longuement pesé le pour et le contre avant de quitter la route pour se diriger vers l'ombre du sous-bois.

Bien que ce fût le premier son depuis plus de deux heures autre que sa respiration, ses pas et les rafales dans les arbres, elle ne prêta pas vraiment attention au bruit de moteur qui se rapprochait.

Quand elle réagit, elle fit aussitôt demi-tour, en courant dans la poudreuse, et son cœur se souleva de joie à la vue d'un pick-up. Au lieu de tendre le pouce, comme elle l'avait fait à d'innombrables reprises au cours de ses pérégrinations, elle agita les bras en signe de détresse.

Elle était peut-être partie depuis trois ans, mais elle était une fille de la campagne, une fille de l'Ouest. Personne ne refuserait de l'aide à une femme seule sur une route déserte.

Lorsque le véhicule ralentit, Alice pensa qu'elle n'avait jamais rien vu de plus beau que cette vieille Ford bleue rouillée, avec son porte-fusils, son plateau bâché et son autocollant Freemen sur le pare-brise. Quand le conducteur abaissa sa vitre, les larmes lui montèrent aux yeux.

— Je peux vous déposer quelque part, mademoiselle ?

— Volontiers, répondit-elle avec un sourire, tout en l'observant avec circonspection.

Elle avait besoin de lui mais elle n'était pas tombée de la dernière pluie.

Il portait une veste en mouton qui n'était pas de la première jeunesse, un chapeau de cowboy sur des cheveux bruns coupés court. Plutôt bel homme, la quarantaine, les yeux marron, le regard amical.

— Où allez-vous ? demanda-t-il avec l'accent chantant du Montana.

— Au ranch Bodine, juste après…

— Je connais le ranch Bodine. C'est sur ma route. Montez.

— Merci, vous êtes sympa.

Elle enleva son sac à dos et le hissa avec elle dans la cabine du pick-up.

— Vous êtes en panne ? Je n'ai pas vu de voiture…

— Non, dit-elle, presque privée de voix par la délicieuse sensation que lui procurait le souffle chaud du radiateur. Non, j'arrive de Missoula, j'ai fait du stop mais on m'a laissée à une dizaine de kilomètres d'ici.

— Vous avez marché dix kilomètres ?

Savourant la chaleur qui circulait dans ses orteils engourdis, elle ferma les yeux.

— Vous êtes la première voiture à passer sur la route depuis deux heures. Je ne pensais pas faire tout ce chemin à pied.

— Ça fait une trotte, pour une petite chose comme vous, toute seule. Il va bientôt faire nuit.

— Je sais. Une chance que je vous aie rencontré.

— Une chance… répéta-t-il.

Elle ne vit pas son poing se détendre. Le coup la prit totalement par surprise et elle eut l'impression que son visage éclatait. Les yeux révulsés, elle tenta de se protéger.

Elle ne sentit pas le deuxième coup.

À la hâte, ravi de cette opportunité inespérée, il la traîna hors de la cabine et dissimula son corps inerte sous la bâche.

Il lui ligota les mains, les pieds, la bâillonna, puis l'enroula dans une vieille couverture. Il aurait été dommage qu'elle meure de froid pendant le trajet.

1

Aujourd'hui

L'aurore teintait les montagnes enneigées d'un rose délicat. Les élans bramaient dans les brumes matinales et le coq chantait à tue-tête.

En savourant son café devant la porte de la cuisine, Bodine Longbow contemplait ce qu'elle considérait comme un parfait petit matin de novembre.

Elle ne regrettait qu'une chose depuis l'enfance : que les journées soient trop courtes. Elle avait même dressé la liste de tout ce qu'elle aurait pu accomplir en vingt-cinq heures.

Mais puisque la rotation de la Terre était immuable, elle s'en accommodait et se levait rarement après 5 h 30. Lorsque pointait l'aube, elle avait déjà effectué sa séance d'exercice – soixante minutes précises –, elle s'était douchée, pomponnée, habillée, elle avait relevé ses e-mails, ses textos, et mangé un yaourt au muesli – deux choses qu'elle détestait, mais elle essayait de se convaincre du contraire – tout en consultant son planning sur sa tablette.

En général, elle avait déjà son emploi du temps en tête, mais par acquit de conscience elle préférait le vérifier. Après quoi, quitte de ses impératifs du petit jour, elle pouvait prendre le temps de déguster son double *latte* au caramel, une gourmandise dont elle se promettait chaque matin qu'elle finirait par se sevrer.

Son père et ses frères ne tarderaient pas à envahir la cuisine, de retour des enclos, après avoir distribué leurs consignes aux ouvriers du ranch. Comme Clémentine était aujourd'hui en repos, la mère de Bodine se chargerait de préparer le petit déjeuner des hommes, puis elle remettrait tout en ordre avant de se rendre au Bodine Resort où elle occupait le poste de directrice commerciale.

Maureen Bodine Longbow ne cessait d'épater sa fille.

Non seulement elle contribuait à la gestion des deux affaires complexes qu'étaient le ranch et le resort, elle était encore une parfaite épouse et elle trouvait chaque jour le temps de profiter à fond de la vie.

La dynamique Maureen arracha Bodine à ses réflexions, un sourire pétillant dans ses yeux verts, le visage aussi frais qu'un bouton de rose, ses courts cheveux châtain cuivré brushés avec soin.

— Bonjour, ma puce.

— Bonjour, maman. Tu es superbe.

Maureen effleura la courbe de sa hanche moulée dans une robe vert sapin.

— J'ai des milliers de rendez-vous aujourd'hui. Je dois faire bonne impression, dit-elle en ouvrant la porte de l'office pour y prendre un grand tablier blanc – bien que pas une goutte de graisse ne se serait risquée à gicler sur sa robe, pensa Bodine. Tu veux bien me préparer un de ces *latte* dont tu as le secret, s'il te plaît ?

— Bien sûr. Je dois faire le point avec Jessie sur le mariage de Linda-Sue Jackson, en début de matinée. Linda-Sue nous rejoint à 10 heures.

Recrutée depuis trois mois, Jessica Baazov était en charge de l'événementiel.

— D'après ton père, Roy Jackson dit que le mariage de sa fille le ruinera. Dolly a la folie des grandeurs. Elle ferait porter la traîne de Linda-Sue par un cortège d'angelots célestes, si nous pouvions lui fournir ce service.

Bodine fit méticuleusement mousser le lait pour le *latte*.

— Avec Jessie, tout est possible, à condition d'y mettre le prix.

Maureen posa une énorme poêle sur le piano de cuisson à huit brûleurs et entreprit d'y faire griller des tranches de lard.

— Elle est compétente, n'est-ce pas ? J'aime beaucoup cette fille.

— Tu aimes tout le monde, répliqua Bodine en tendant le *latte* à sa mère.

— Et je ne m'en porte que mieux ! En cherchant bien, on trouve des qualités à chacun.

— Peux-tu me dire quelles étaient celles d'Adolf Hitler ?

— Il nous a appris qu'il y a des bornes à ne plus jamais franchir. N'est-ce pas une bonne chose ?

Bodine se pencha au-dessus de Maureen et lui déposa une bise sur la joue – elle avait dépassé le mètre soixante de sa mère à douze ans et avait encore grandi ensuite d'une bonne quinzaine de centimètres.

— Tu es unique, maman. Tu veux que je mette la table avant de filer au bureau ?

— Oh, ma chérie, tu ne vas pas partir le ventre vide !

— J'ai mangé un yaourt.

— Tu détestes le yaourt.

— Mais c'est bon pour la santé.

En soupirant, Maureen égoutta les tranches de lard et en déposa d'autres dans la poêle.

— Je te jure, parfois j'ai l'impression que tu es une meilleure mère pour toi-même que je ne l'ai jamais été.

— Tu es la meilleure maman du monde, affirma Bodine en prenant une pile d'assiettes dans le placard.

Précédés par leurs éclats de voix, les hommes de sa vie firent irruption dans la cuisine, accompagnés des deux chiens du ranch.

— Essuyez-vous les pieds !

— Comme s'il nous arrivait d'oublier !

Sam Longbow ôta son chapeau – personne ne s'asseyait la tête couverte à la table de Maureen.

Un mètre quatre-vingt-dix, tout en jambes, pas une once de gras, les cheveux noirs parsemés de fils d'argent, ses yeux sombres encadrés de rides d'expression, Sam était indéniablement un bel homme. Bodine trouvait que son incisive gauche légèrement tordue conférait un charme fou à son sourire.

Chase, de deux ans son aîné, accrocha son chapeau de cowboy au porte-manteau et se débarrassa de sa veste matelassée. Il avait hérité sa haute stature de son père – comme tous les enfants Longbow – mais tenait sa physionomie et la couleur de ses cheveux de sa mère. Rory, de trois ans le cadet de Bodine, bien que brun aux yeux verts, était le portrait tout craché de son père à vingt-deux ans.

— Il y en aura assez pour un de plus, Mom ? demanda Chase.

— Tu sais bien qu'on peut toujours se débrouiller. Pour qui ?

— J'ai invité Cal à prendre le petit déjeuner avec nous.

— Mets une assiette de plus, ordonna Maureen à sa fille. Il y a trop longtemps que nous n'avons pas eu Callen Skinner à notre table.

— Il est revenu ?

— Hier soir, répondit Chase à sa sœur tout en se servant une tasse de café. Il est en train de s'installer dans le cabanon, comme convenu. Il appréciera un repas chaud.

Alors que Chase buvait son café noir, Rory ajouta de généreuses doses de lait et de sucre dans le sien.

— Il n'a pas du tout l'air d'un cowboy de Hollywood.

— Notre petit dernier est déçu, rigola Sam en se lavant les mains à l'évier. Rory espérait le voir revenir avec des éperons clinquants et une bande d'argent autour de son chapeau.

— Que dalle, marmonna l'intéressé en chipant un morceau de bacon. Il est exactement le même que quand il est parti, si ce n'est qu'il a pris un coup de vieux.

— Il n'a même pas un an de plus que moi, intervint Chase. Eh, laisse du lard pour les autres, s'il te plaît !

— Il y en aura pour tout le monde, affirma Maureen en levant le visage vers son mari lorsque celui-ci se pencha pour l'embrasser.

— Tu es belle comme un cœur, Reenie. Et tu sens divinement bon.

— J'ai des rendez-vous toute la matinée.

— À propos de rendez-vous… dit Bodine en jetant un coup d'œil à sa montre. Passez une bonne journée, je vous laisse.

— Oh, ma chérie, tu ne veux pas dire bonjour à Callen ? Il y a presque dix ans que tu n'as pas vu ce garçon.

Huit, très exactement, pensa Bodine, et elle devait s'avouer qu'elle était curieuse de le revoir. Néanmoins…

— Impossible, désolée. Je le verrai plus tard. À ce soir, ajouta-t-elle en embrassant son père. Rory, tu pourras passer à mon bureau ? J'ai deux ou trois trucs à regarder avec toi.

— Pas de problème, boss.

En levant les yeux au ciel, elle se dirigea vers le vestibule où elle avait déjà déposé sa sacoche prête pour la journée.

— La météo annonce de la neige, lança-t-elle en enfilant manteau, bonnet, écharpe et gants.

Et elle sortit dans la froidure du matin.

Comme elle avait pris quelques minutes de retard, elle gagna son pick-up d'un pas pressé. Elle savait que Callen était de retour, car elle avait pris part à la réunion familiale où il avait été question de l'engager comme responsable des écuries.

D'aussi loin qu'elle se souvenait, il avait toujours été le meilleur ami de Chase. Pour sa part, elle n'avait jamais bien su si elle le haïssait ou si elle en était secrètement amoureuse.

Callen était plus jeune que Rory quand il avait quitté le Montana. À peine vingt ans, calcula-t-elle tout en mettant le contact, sans doute furieux d'avoir perdu la majeure partie de son patrimoine. Des terres que Sam Longbow avait achetées aux Skinner afin de les tirer d'une mauvaise passe – pour dire les choses poliment. Car le père de Callen s'était ruiné au jeu. Bodine avait un jour entendu le sien dire qu'il était un joueur minable, de surcroît aussi dépendant que l'était un alcoolique.

Devant ce désastre, la propriété de ses parents réduite à moins de cinquante acres, Callen Skinner avait préféré s'en aller et voler de ses propres ailes.

Selon Chase, la chance lui avait souri : il était devenu dresseur de chevaux pour l'industrie du cinéma.

À présent, son père décédé, sa mère veuve, sa sœur mariée et mère d'un jeune enfant, bientôt de deux, il était de retour.

Bodine savait que ce qu'il restait des terres des Skinner ne valait pas les hypothèques et les crédits qu'ils avaient engagés pour rembourser leurs dettes. Mme Skinner avait elle aussi quitté la ferme pour s'installer chez sa fille, à Missoula, dans une jolie maison de ville où Savannah et son mari avaient ouvert une boutique d'artisanat.

Tôt ou tard, le rachat de ces cinquante acres serait à l'ordre du jour d'une prochaine réunion familiale et, tout en roulant sur la route enneigée, Bodine se demandait s'il valait mieux en faire l'acquisition au nom du ranch ou pour le compte du complexe hôtelier.

Rénovée, la maison pourrait être louée à des groupes, pour des petits mariages, des fêtes d'entreprise, des réunions familiales. Ou alors, ne reviendrait-il pas moins cher de la démolir et de reconstruire autre chose ?

Tout en soupesant les possibilités, Bodine franchit l'arche marquant l'entrée du complexe hôtelier, surmontée d'une enseigne en forme de trèfle à quatre feuilles.

Les lumières du Trading Post étaient allumées. L'équipe du matin devait se préparer à ouvrir la boutique de souvenirs. Celle-ci accueillait cette semaine une vente privée d'articles en cuir, qui intéresserait sûrement une partie de la clientèle de l'hôtel. Avec toute la pub que Rory avait faite, elle attirerait également des gens de l'extérieur qui resteraient pour déjeuner à La Mangeoire.

Bodine se gara devant le bâtiment tout en longueur abritant la réception et les bureaux, dont la majestueuse galerie la remplissait toujours de fierté.

Le resort avait été créé avant sa naissance par sa mère, sa grand-mère et son arrière-grand-mère, sur une idée de sa grand-mère, Cora Riley Bodine.

Ce qui n'était à l'origine qu'un modeste ranch familial doté de quelques chambres d'hôte était devenu un luxueux village de vacances offrant une cuisine cinq étoiles, des services personnalisés, des loisirs de plein air et des salles de réception, le tout sur plus de douze mille hectares autour du ranch en activité, dans le cadre enchanteur de l'ouest du Montana.

À l'intérieur, quelques clients sirotaient du café devant un grand feu de cheminée dégageant des senteurs automnales de cannelle et de clou de girofle. En se dirigeant vers son bureau, Bodine salua la réceptionniste de la main, puis elle fit demi-tour lorsque celle-ci l'interpella.

— Linda-Sue vient d'appeler pour dire qu'elle aurait un peu de retard, l'informa Sal, la sémillante rouquine qu'elle connaissait depuis l'école primaire.

— Comme d'habitude.

— Oui, mais cette fois, elle a prévenu. Elle doit passer chercher sa mère.

Alors que la journée de Bodine avait si bien commencé, voilà que survenait déjà une première contrariété.

— Elle vient avec sa mère ?

— Désolée, murmura Sal avec un sourire affligé.

— C'est surtout le problème de Jessie, mais merci pour l'info.

— Jessie n'est pas encore arrivée.

— Normal, je suis en avance.

— Comme d'habitude ! lança Sal avec un clin d'œil tandis que Bodine s'engageait dans le couloir menant à son bureau.

Le bureau de la direction générale, qu'elle appréciait tout particulièrement pour sa taille : assez grand pour y tenir des réunions avec le personnel, assez petit pour préserver la convivialité de ces réunions.

De la double fenêtre, elle avait vue sur les allées pavées, une partie du bâtiment abritant La Mangeoire ainsi que le plus sélect Dining Hall et, au-delà, les champs se déroulant jusqu'au pied des montagnes.

À dessein, on avait installé le vieux bureau de sa grand-mère dos à la fenêtre, afin d'éviter les distractions. Les réunions se tenaient dans le coin salon, pourvu de deux fauteuils en cuir à haut dossier ayant autrefois appartenu au bureau du ranch, et d'un petit sofa qui avait été celui de sa mère, qu'elle avait fait retapisser de toile turquoise.

Manteau, écharpe et bonnet suspendus à la patère, elle arrangea ses longs cheveux, aussi noirs que ceux de son père, attachés aujourd'hui en queue-de-cheval.

Bodine ressemblait à son grand-père, sa grand-mère le répétait sans cesse, et elle avait pu le constater par elle-même sur les photos du jeune Rory Bodine décédé au Vietnam avant son vingt-troisième anniversaire. Il avait les yeux verts, une grande bouche et les cheveux ondulés alors que les siens étaient raides comme des baguettes, mais il lui avait transmis ses pommettes hautes, son petit nez pugnace et sa blancheur de peau irlandaise qui exigeait d'abondantes couches d'écran solaire.

Bodine se plaisait toutefois à penser qu'elle avait hérité le sens des affaires de sa grand-mère.

Elle inséra une capsule dans la mini-cafetière dont elle estimait qu'elle faisait du café potable et emporta sa tasse à sa table de travail afin de relire ses notes pour ses deux premiers rendez-vous.

Tandis qu'elle concluait simultanément un e-mail et un appel téléphonique, Jessica entra dans le bureau.

Comme Maureen, Jessie était en robe, rouge vif, et spencer de cuir crème. Ses bottines à talons n'auraient pas résisté plus de cinq minutes dans la neige mais elles étaient exactement du même rouge que sa robe, comme teintes dans le même bain.

Bodine ne pouvait qu'admirer ce chic.

Au travail, Jessica portait ses cheveux blonds tirés en arrière. Comme ses bottines, son rouge à lèvres était parfaitement assorti à sa robe et mettait en valeur ses traits réguliers et ses yeux bleu glacier.

Elle s'assit en face de Bodine et consulta son téléphone en attendant que celle-ci termine sa conversation. Bodine raccrocha et se renversa contre le dossier de son siège.

— La coordinatrice de l'Association des écrivains de l'Ouest te contactera à propos d'un séminaire de trois jours et d'un banquet.

— À quelles dates ? Elle sait combien ils seront ?

— Quatre-vingt-dix-huit, en principe. Arrivée le 9 janvier, départ le 12.

— Janvier prochain ?

— Ils s'y prennent un peu tard, mais j'ai vérifié, nous avons de la place au Moulin. La coordinatrice, Mandy, m'a paru sérieuse. Je viens de t'envoyer un mail, avec copie à ma mère et à Rory, où j'ai résumé leurs desiderata. Leur budget devrait convenir.

— OK, je l'appellerai. Ils ne seront que des écrivains ?

— Oui.

— Je préviendrai le Saloon, dit Jessie en prenant note sur son Smartphone. Les écrivains sont de gros buveurs, selon mon expérience.

— Tant mieux pour nous. Sers-toi, ajouta Bodine en désignant la cafetière du pouce.

Jessica se contenta de montrer le mug isotherme vert au logo « Bodine Resort » qu'elle avait toujours avec elle.

— Comment fais-tu pour vivre sans café ? s'étonna sincèrement Bodine.

— Il n'y a pas que le café dans la vie, il y a aussi le vin. Et le yoga, la méditation.

— Tout ça t'endort.

— Pas forcément, à dose modérée. Tu devrais te mettre au yoga. Et la méditation t'aiderait sûrement à arrêter la caféine.

— La méditation ne sert qu'à me rappeler tout ce que j'ai de plus important à faire. J'adore ton spencer.

— Merci. J'ai profité de mon jour de repos pour aller faire du shopping à Missoula. Presque aussi bénéfique pour le mental que le yoga. Sal m'a dit que Linda-Sue serait un peu en retard, pour changer, et qu'elle viendrait avec sa mère.

— On fera avec. N'oublions pas qu'elles ont réservé cinquante-quatre bungalows pour trois jours, le dîner de répétition, la cérémonie, la soirée de mariage, et tout un tas d'activités pour les invités la veille du mariage.

— À quatre semaines du jour J, j'espère qu'elles ne voudront plus rien modifier.

— Tu connais Dolly Jackson ?

— Je saurai la recadrer.

— Je compte sur toi. Bon, faisons le point en vitesse.

Elles parcoururent leur liste : le déroulement des festivités, la déco, les produits d'accueil dans les chambres, les petits plus pour les mariés, les menus, le transport, les activités, etc.

Elles s'entretenaient d'une réception plus modeste la semaine précédant Noël lorsque Sal passa la tête dans l'entrebâillement de la porte.

— Linda-Sue et sa mère sont là, annonça-t-elle.

— OK. Oh, Sal, s'il te plaît, commande-nous des mimosas, tu seras gentille.

— Tout de suite.

— Excellente idée, approuva Jessica. Le champagne les détendra.

— Linda-Sue n'est pas désagréable. Chase est sorti avec elle, environ cinq minutes, au lycée.

Bodine se leva et ajusta sa veste marron.

— Mais les mimosas seront les bienvenus. Courage.

La pulpeuse Linda-Sue, facilement impressionnable, traversa le lobby les mains croisées au creux de la poitrine.

— Regarde comme c'est beau, maman ! Tout est décoré pour Noël et ils ont allumé le feu dans la cheminée. Jessica m'a dit que Le Moulin serait tout illuminé.

— J'espère bien ! Il nous faut absolument ces grands chandeliers, ma chérie, au moins une dizaine. Dorés, comme ceux que j'ai vus dans le magazine. Mais pas clinquants, patinés, ça fera plus distingué.

Tout en parlant, Dolly prenait des notes dans un épais classeur blanc, le regard légèrement affolé.

— Et un tapis de velours rouge, rouge foncé, pas rouge vif, à partir de l'endroit où les traîneaux nous déposeront. Le rouge sera mieux que le blanc, non ? Ça fera ressortir ta robe. Il nous faut aussi une harpiste, je te le dis, en tailleur rouge à galons dorés. Elle jouera pendant que les invités s'installeront.

Jessica étouffa un soupir.

— Nous aurons besoin de plusieurs mimosas, chuchota-t-elle.

— Je le crains, répondit Bodine en affichant son sourire le plus aimable.

Elle consacra quarante minutes à Linda-Sue et à sa mère, puis elle s'éclipsa. Depuis trois mois que Jessica assurait les fonctions de responsable de l'événementiel, celle-ci s'était montrée plus que capable de gérer une future mariée indécise et sa prétentieuse de mère.

De toute façon, Bodine avait rendez-vous avec le directeur de la restauration, l'un des chauffeurs voulait lui poser quelques questions, et elle désirait s'entretenir avec le palefrenier en chef.

La base de loisirs se trouvait à près d'un kilomètre de son bureau, par une petite route gravillonnée tout en montée, mais dès l'instant où elle mit le pied dehors, dans l'air vif, elle décida de s'y rendre à pied plutôt qu'en voiture. De gros nuages s'amoncelaient dans le ciel blafard, mais elle jugea qu'il ne neigerait pas avant le milieu d'après-midi.

Elle croisa deux des petites Kia vertes prêtées aux clients durant leur séjour, à usage exclusif dans les limites du domaine, puis elle s'engagea sur la piste et ne vit plus personne.

Les champs s'étendaient de chaque côté, enfouis sous la neige. Elle aperçut un trio de chevreuils, leurs queues blanches contrastant avec leur sombre pelage d'hiver.

En entendant le cri d'un rapace, elle leva les yeux et le regarda décrire des cercles avant de piquer vers le sol. La fauconnerie remportait un franc succès depuis un an que Bodine avait instauré cette nouvelle activité.

Le vent soulevait la neige et la faisait tourbillonner. Ses bottes résonnaient sur le sol gelé.

Quelques chevaux étaient sortis dans le paddock couvert de la base de loisirs. Leur odeur chaude lui parvenait, ainsi que celle du cuir huilé, de la paille et du grain.

Un homme en parka et Stetson lui adressa un signe de la main. Elle lui rendit son salut. Abe Kotter flatta l'encolure de la jument pie qu'il était en train de brosser et s'avança à sa rencontre.

— Il va neiger, dit-elle.

— Ça, pour sûr. On a eu un couple de Denver qui voulait faire un tour à cheval. Ils savaient monter, Maddie les a emmenés en balade. Ils viennent juste de revenir. Tu es à pied ?

— J'avais envie de marcher, de m'aérer. Tu sais quoi ? Je crois que je vais seller un cheval et aller rendre une petite visite aux aïeules.

— Tu leur donneras le bonjour de ma part. Je te prépare Three Socks. Il a besoin de se dégourdir les pattes. Tu épargneras mes vieux os.

— Tu n'es pas vieux, je t'en prie.

— Soixante-neuf ans en février.

— Amuse-toi à dire à mes grands-mères qu'on est vieux à cet âge-là, et elles te tordront le cou !

En riant, Abe caressa la jument.

— Vieux ou pas, en tout cas, j'ai hâte de prendre ces vacances d'hiver dont on a parlé. Je vais aller voir mon frangin en Arizona. On partira juste après Noël, jusqu'en avril.

Bodine s'efforça de dissimuler une grimace.

— Vous nous manquerez, Edda et toi.

Abe vérifia l'un des sabots de la jument, puis il prit un cure-pied et entreprit de le nettoyer.

— Les hivers se font de plus en plus durs, avec le poids des ans. Et les gens ne se bousculent pas pour faire des randonnées à cheval quand il fait froid. Maddie pourra me remplacer pour quelques mois. Je lui fais entièrement confiance.

— Je lui en toucherai deux mots. Elle est à l'intérieur ? Il faut aussi que je parle à Drew.

— Ils sont là tous les deux. Je te selle Three Socks.

— Merci, Abe, dit Bodine en s'éloignant, puis elle revint sur ses pas. Dis-moi, qu'est-ce que tu vas faire en Arizona ?

— J'en sais trop rien, mais au moins, je serai au chaud.

Elle contourna la base de loisirs, y pénétra. Du printemps jusqu'en octobre, la vaste grange résonnait du brouhaha des touristes s'équipant pour aller faire du rafting, du quad, des balades à cheval, des randonnées guidées ou des séances d'initiation au rassemblement des troupeaux. Avec la neige, le centre d'activités tournait au ralenti et Bodine n'entendait que l'écho de ses pas.

— Comment vas-tu, Bo ? lui lança Matt, le responsable de la base.

— Bien, et toi ?

— Ça va. Je profite du calme pour mettre la paperasse à jour. On a un groupe parti faire du ski de fond, un autre au ball-trap. Une famille de douze qui veut faire une balade à cheval demain. J'en ai parlé à Chase. Il m'a dit que Cal Skinner était de retour, qu'il les accompagnerait.

— Entendu.

Elle le briefa à propos du matériel à remplacer, puis sortit son Smartphone où elle avait noté les activités que les Jackson souhaitaient offrir à leurs invités à l'occasion du mariage.

— Je t'enverrai un mail avec tous les détails. Pour l'instant, assure-toi juste que tu auras assez de personnel pour les encadrer.

— Ça marche.

— Abe m'a dit que Maddie était là…

— Au petit coin, je crois.

Bodine consulta l'heure sur son téléphone. Elle irait faire un saut à cheval chez ses grands-mères, mais elle devrait ensuite impérativement retourner au bureau.

— OK, je l'attends, dit-elle en se dirigeant vers le distributeur de boissons.

Jessica avait raison : elle ne buvait pas assez d'eau. Seulement, elle n'avait pas envie d'eau. Elle avait envie de sucré et de gazeux. Elle avait terriblement envie d'un Coca.

Maudite Jessie, pensa-t-elle en insérant des pièces dans la machine, d'où elle retira une bouteille d'eau minérale. Elle buvait une première gorgée, sans plaisir, lorsque Maddie sortit des toilettes.

— Salut, Maddie.

— Salut, Bo. Je reviens juste de balade.

Bodine connaissait Maddie depuis toujours, et la monitrice d'équitation lui parut un peu pâle, les yeux cernés, malgré son sourire enjoué.

— C'est ce qu'on m'a dit. Ça va ? Tu as l'air fatiguée.

— Ça va, répondit la jeune femme en soupirant. Tu as cinq minutes ?

— Bien sûr. Asseyons-nous, suggéra Bodine en désignant l'une des petites tables disséminées dans la pièce. Tout va bien ? Le boulot ? La maison ?

— Tout va pour le mieux, répondit Maddie en s'asseyant et en repoussant son chapeau à l'arrière de son carré blond. Je suis enceinte.

— Tu es… Maddie, c'est formidable !

— C'est super, c'est génial, bien qu'un peu effrayant, aussi. Avec Thad, on a décidé : pourquoi attendre ? On n'est mariés que depuis le printemps dernier, on avait programmé le bébé pour l'an prochain, voire dans deux ans, et puis on s'est dit : À quoi bon ? Et on s'est mis au boulot !

En riant, Maddie tendit la main vers la bouteille d'eau de son amie.

— Tu m'en donnerais quelques gouttes, s'il te plaît ?

— Je te la donne. Je suis tellement contente pour toi ! Ça se passe bien ?

— Les deux premiers mois, je vomissais matin, midi et soir. Je me fatigue vite mais le médecin dit que c'est normal, et que les nausées devraient bientôt se tasser. Je l'espère de tout mon cœur. J'en ai déjà de moins en moins. Tout à l'heure, je me sentais barbouillée mais je n'ai pas vomi, c'est déjà énorme.

— Thad doit être fou de joie.

— Ce n'est rien de le dire !

— Tu en es à combien de mois ?

— Douze semaines samedi.

Bo ouvrit la bouche, la referma et reprit la bouteille pour en boire une gorgée.

— Douze…

Avec un soupir, Maddie se mordit la lèvre inférieure.

— J'ai failli te l'annoncer tout de suite, mais tout le monde dit qu'il vaut mieux ne pas en parler avant la fin du premier trimestre. Personne n'est encore au courant, à part nos parents. On était obligés de le leur dire, on n'a pas pu résister, mais on a quand même attendu quatre semaines.

— Ça ne se voit pas, en tout cas.

— J'attache tout de même mon jean avec un élastique.

— Non !

Maddie souleva sa chemise.

— Regarde.

Puis elle ôta son chapeau, révélant deux ou trois centimètres de racines brunes.

— Le médecin m'a déconseillé les teintures. Je n'avais pas vu ma couleur naturelle depuis mes treize ans. Tu te rappelles, quand tu m'as aidée à faire ma première coloration ?

— Bien sûr ! En échange, tu m'avais peroxydé une mèche. Je ressemblais à un putois.

— Je trouvais que ça faisait cool. Je suis une blonde dans l'âme, Bo, mais je serai une future maman brune. Une grosse brune qui fait pipi toutes les cinq minutes.

En riant, Bodine lui rendit la bouteille d'eau.

— Les hommes ont le beau rôle, pas vrai ?

— Tu m'étonnes ! Mais pour tout te dire, ça me plaît d'être enceinte, déclara Maddie en caressant son ventre encore plat. Je me sens différente, vraiment, c'est bizarre… Bodine, je vais être maman !

— Tu seras une maman d'enfer.

— J'espère… Enfin bref… Il y a autre chose qui m'est interdit…

— Le cheval.

En buvant une gorgée d'eau, Maddie hocha la tête.

— Ça, ça ne m'enchante pas. Je monte à cheval depuis toute petite. Mais le médecin a été catégorique.

— Je le serai aussi. Tu es partie en balade aujourd'hui, ce n'est pas bien.

— Je sais. J'aurais dû le dire à Abe, mais je voulais que tu aies la primeure. De plus, il veut que je le remplace pendant qu'il sera en congé, cet hiver. Ce voyage lui tient à cœur. Je ne voudrais pas qu'il l'annule à cause de moi.

— Abe n'annulera pas son voyage, mais tu ne monteras pas à cheval tant que ton médecin ne t'y aura pas autorisée.

Maddie se mordit à nouveau la lèvre, en vissant et en dévissant nerveusement le bouchon de la bouteille d'eau.

— Qui donnera les leçons d'équitation ?

— On se débrouillera.

Bodine trouverait une solution. N'était-ce pas son métier ? Elle était là pour résoudre les problèmes.

— Même si tu ne montes pas, ajouta-t-elle, tu pourras toujours t'occuper des chevaux.

— Je sais. Je pourrais les soigner, leur donner à manger, conduire les vans. Je pourrais aussi accompagner les clients au centre équestre, et…

— Tu sais ce que tu vas faire ? Dans un premier temps, tu vas demander à ton médecin de me mettre par écrit tout ce qui t'est autorisé et tout ce qui t'est interdit. Ensuite…

— Ce qu'il y a, c'est que j'ai un médecin horriblement prudent et…

— Je préfère moi aussi jouer la carte de la prudence, déclara Bodine. Tu respecteras ses consignes ou ce n'est pas la peine de venir travailler.

— Thad avait parié que tu dirais ça, répliqua Maddie, boudeuse.

— Tu n'as pas épousé un idiot. Il t'aime, et moi aussi. Maintenant, rentre chez toi te reposer.

— Oh, ce n'est pas la peine.

— Rentre chez toi faire la sieste. Ensuite, tu appelleras le gynéco et tu lui diras…

— *La* gynéco. C'est une femme.

— Peu importe. Tu lui diras de t'envoyer cette liste et de me mettre en copie. Il faut te faire une raison, Maddie : pendant quelques mois, tu devras troquer la selle contre une chaise de bureau. Un sourire étira les lèvres de Bodine alors qu'elle ajoutait : Tu vas grossir.

— Ça ne me dérange pas.

— Tant mieux, parce que tu n'y couperas pas. Maintenant, rentre chez toi, commanda Bodine en se levant pour embrasser son amie. Félicitations, ma chérie.

— Merci, Bo. Je vais d'abord annoncer la nouvelle à Abe. Tu lui diras que tu trouveras quelqu'un pour le remplacer, OK ?

— Tu peux compter sur moi.

— En fait, je vais le dire à tout le monde. Ça me démange depuis que j'ai fait le test de grossesse. Eh, Matt ! cria Maddie en se levant et en se tapotant le ventre. Je suis enceinte !

— Oh, bon sang !

Matt se précipita vers sa collègue et la souleva de terre.

Les parents étaient les premiers avertis des heureux événements, pensa Bodine, mais le complexe hôtelier formait une grande famille unie et joyeuse.

2

Tout en chevauchant sous la neige, Bodine réfléchissait : cela l'embêtait de perdre deux des meilleurs éléments du centre équestre, l'un jusqu'au printemps, l'autre pour au moins six ou sept mois, mais il n'y avait pas de problème sans solution, et elle trouverait la meilleure.

Il ne tombait pour l'instant que quelques flocons épars. Un aigle planait dans le ciel laiteux. Un gros lapin surgit de nulle part et disparut dans l'immensité blanche.

Bodine poussa Three Socks au trot puis le laissa étendre sa foulée. Au loin, un camion de maintenance descendait la route de High Timber. Pour le plaisir, le sien et celui de sa monture, elle prit un autre chemin, plus long.

Contemplant le paysage, les champs à perte de vue, les montagnes à l'horizon, elle fit le vide dans son esprit. Elle passa devant les tentes blanches de Zen Town, l'espace bien-être, au pied de la colline où se blottissaient les petits chalets de Mountain View Estates, puis elle regagna la piste menant chez ses grands-mères.

Celles-ci habitaient une adorable maisonnette blanche au toit bordé d'un feston bleu, dotée de grandes fenêtres et d'une longue galerie, entourée d'un grand jardin, car toutes deux aimaient travailler la terre.

Bodine attacha son cheval dans la grange à l'arrière de la maison puis elle la caressa en la félicitant et se dirigea vers la porte de la cuisine, ses pas crissant sur la fine pellicule de neige fraîche.

Après avoir frappé et s'être consciencieusement essuyé les pieds, elle entra et, en déboutonnant son manteau, s'approcha de la marmite qui mijotait sur le fourneau, d'où s'échappait un alléchant fumet.

Poulet et poireau, détermina-t-elle en humant l'air. Ce que Grammy appelait un *cock-a-leekie*, une recette écossaise traditionnelle.

Bodine promena son regard autour de la pièce. Le grand téléviseur à écran plat était allumé dans la partie séjour. Le panier de broderie de Grammy était posé sur le canapé, la corbeille de crochet de Nana, au pied de l'un des deux fauteuils. Mais ni l'une ni l'autre n'étaient là, alors que l'un de leurs feuilletons préférés passait à la télé.

Bodine alla jeter un coup d'œil dans la chambre d'amis qui faisait également office de bureau, impeccablement rangé. Personne.

Personne non plus dans le petit salon séparant les deux chambres à coucher, où du feu crépitait dans la cheminée.

Elle s'apprêtait à appeler lorsque la voix de sa grand-mère retentit.

— Et voilà, c'est fait ! Je t'avais dit que j'y arriverais !

Cora sortit de sa chambre avec une caisse à outils rose. Elle étouffa un cri et se plaqua une main sur le cœur.

— Oh, doux Jésus, Bodine ! Tu m'as fait une de ces peurs. Maman ! Bodine est là !

En chaussons de daim fourrés, jean et gros pull en mohair, sans doute tricoté par sa mère, Cora était si mince et si agile qu'on aurait été bien en peine de lui donner un âge.

Ses outils cliquetant dans leur boîte, elle embrassa sa petite-fille, l'enveloppant dans des effluves de Chanel N° 5.

— Tu bricolais ? lui demanda Bodine.

— Le lavabo de ma chambre fuyait comme une passoire.

— Tu veux que j'appelle la maintenance ?

— On dirait Grammy, bougonna Cora. Est-ce que je ne me suis pas toujours débrouillée toute seule ?

— Bien sûr que si.

— Ça va, toi ?

— Il va me manquer deux moniteurs d'équitation, mais je me débrouillerai.

— On est des débrouillardes, pas vrai ? Maman ! Bodine est là ! Qu'est-ce que tu fabriques, nom d'un chien ?

— J'arrive, j'arrive, pas la peine de crier.

Alors que Cora assumait ses cheveux poivre et sel, coiffés

en un court carré plongeant, Miss Fancy n'avait jamais voulu renoncer au roux de sa jeunesse.

À quelques mois de son quatre-vingt-dixième anniversaire, elle reconnaissait être moins vive qu'elle ne l'avait été, mais elle se vantait d'avoir encore toutes ses dents, d'entendre tout ce qu'elle voulait entendre et de n'avoir besoin de lunettes que pour les travaux minutieux. Petite et rondelette, elle avait un faible pour les T-shirts et les casquettes à message, qu'elle commandait sur Internet.

«Féministe un jour, féministe toujours ! » proclamait son sweat-shirt.

— De plus en plus jolie chaque fois que je te vois, dit-elle à Bodine en l'embrassant.

— Tu m'as vue avant-hier.

— Ce n'en est pas moins vrai pour autant. Assieds-toi. Il faut que je surveille ma soupe.

— Elle sent drôlement bon.

— Elle sera prête d'ici une heure, si tu veux rester.

— J'aimerais bien, mais j'ai encore du travail. Je passais juste vous faire un petit coucou.

Miss Fancy donna un tour de cuillère dans sa marmite, tandis que Cora rangeait sa caisse à outils.

— Un thé et des biscuits alors, décréta cette dernière. Tu as bien le temps de prendre un thé et quelques cookies, n'est-ce pas ?

Bodine se remémora qu'elle avait décidé de se mettre au régime, et surtout d'éviter les sucreries.

— On a fait des sablés à la cannelle hier soir, précisa Miss Fancy en posant une bouilloire sur le feu.

— Si vous me prenez par les sentiments... répliqua Bodine. Assieds-toi, Grammy, je m'occupe du thé.

Elle sortit la théière, les tasses, les boules à infuser – ni l'une ni l'autre de ses aïeules ne se serait rabaissée à avoir des sachets de thé chez elles.

— Vous êtes en train de louper votre feuilleton, dit-elle.

— Oh, on l'enregistre, répondit Miss Fancy. On préfère le regarder dans la soirée, et sauter les pubs.

— J'ai essayé de lui expliquer que la télé n'avait pas besoin d'être allumée mais elle ne veut pas me croire, bougonna Cora.

— Tu dis n'importe quoi, lança Miss Fancy à sa fille. Au fait, il paraît que le fils Skinner est revenu de Hollywood et qu'il travaille au ranch.

— Tout à fait.

— J'ai toujours bien aimé ce garçon, déclara Cora en posant une assiette de biscuits sur la table.

Miss Fancy en prit un aussitôt.

— Il est charmant, et juste assez filou pour être intéressant.

— Chase était plus sérieux, heureusement. Il lui a mis un peu de plomb dans la cervelle. Il te plaisait bien, hein ? ajouta Cora à l'attention de Bodine.

— Bof…

Les aïeules échangèrent un clin d'œil.

— J'avais douze ans ! Et je ne vois pas ce qui vous fait dire ça !

— La façon dont tu le regardais. Franchement, il ne m'aurait pas déplu, si j'avais été plus jeune ou lui plus vieux, déclara Miss Fancy, une main sur le cœur.

— Je me demande ce qu'aurait dit Grandpa…

— Que l'on n'est pas mort parce qu'on est marié. En soixante-sept ans de vie commune, nous étions libres tous les deux de regarder qui nous plaisait. Toucher, par contre ? C'est là qu'il n'y a plus de différence entre être marié et être mort.

En riant, Bodine apporta le thé sur la table.

— Tu diras à Callen de passer nous voir. Ça fait toujours plaisir de voir un beau garçon.

— Je n'y manquerai pas, assura Bodine en zyeutant les biscuits.

Elle se mettrait au régime un autre jour.

Sa journée terminée, il neigeait à gros flocons, et elle ne regrettait pas d'avoir grignoté quelques cookies, car elle avait sauté le déjeuner et il se faisait à présent très tard pour le dîner.

Lorsqu'elle eut garé son pick-up, elle aurait englouti n'importe quoi, après un verre de vin.

Elle enleva son manteau et ses bottes dans le vestibule, prit sa sacoche, et trouva Chase dans la cuisine sortant une bière du réfrigérateur.

— Il y a du ragoût de bœuf sur le feu. Maman m'a demandé de te le tenir au chaud.

De la viande rouge, pensa-t-elle. Elle essayait d'arrêter la viande rouge. Tant pis.

— Où sont les autres ?

— Rory avait un rencard. Maman prend un bain. Papa est sûrement avec elle.

Bodine se frappa le front du plat de la main.

— Pourquoi me mets-tu des images pareilles en tête ?

— Le regard de papa les a mises dans la mienne ; je suis partageur. Tu veux une bière ? proposa-t-il en agitant sa cannette.

— Plutôt un verre de vin. Un par jour, c'est bon pour la santé. Tu pourras vérifier, ajouta-t-elle devant le regard sceptique de son frère.

Elle se servit généreusement, mais ce n'était quand même qu'un verre.

— Alors comme ça, Maddie est enceinte ?

— Comment le sais-tu ?

Contrariée, son verre dans une main, elle se servit une assiette de ragoût.

— Elle a envoyé un texto à Thad pour lui dire qu'elle t'avait annoncé la nouvelle et que, du coup, elle l'avait dit à tout le monde. Il s'est empressé de le crier sur tous les toits, lui aussi. Je m'y attendais, de toute façon.

— Ah bon ? Pourquoi ?

— Ça se voyait dans leurs yeux. Depuis quelque temps, ils n'arrêtaient pas de parler de mômes, d'éducation parentale, etc.

— Si tu t'en doutais, pourquoi tu ne lui as pas posé la question franchement ? Si j'avais été prévenue quelques semaines plus tôt, j'aurais gardé un des moniteurs saisonniers. OK, soupira-t-elle en prenant des couverts dans un tiroir, Charles Samuel Longbow ne pose jamais de questions indiscrètes.

— Les choses finissent toujours par se savoir, de toute façon. Je vais boire ma bière dans le salon, au coin du feu.

Bodine suivit son frère et s'installa à côté de lui sur le canapé, les pieds sur la table basse.

— J'ai téléphoné à tous les saisonniers de ma connaissance qui soient capables de prendre des responsabilités. Tous ceux que j'ai réussi à joindre ont déjà du boulot pour l'hiver.

Pensive, elle attaqua son ragoût.

— Il me reste encore quelques semaines avant qu'Abe parte dans le désert, mais je n'aime pas embaucher des gens que je ne connais pas, que je n'ai pas formés moi-même. Il y aurait bien Ben ou Carol, ce sont de bons cavaliers, mais ils n'ont pas le sens de l'initiative.

— Tu n'as qu'à demander à Cal.

— Cal ?

— Il pourrait alterner entre le ranch et le centre équestre.

Personne ne connaît les chevaux mieux que lui et il sait prendre des décisions. Au besoin, on peut boucher des trous, papa et moi. Rory aussi, ou maman. Même Nana peut emmener des gens en balade. Elle monte presque tous les jours, de toute façon.

— Je suis passée les voir, Grammy et elle, cet après-midi. Avec Three Socks. Quand Nana l'a vu, elle a voulu le ramener au centre. J'ai refusé, à cause de la neige. Du coup, elle faisait un peu la tête. En hiver, j'aime autant qu'elle n'accompagne pas de randonnées.

Chase acquiesça posément de la tête.

— Elle peut donner des cours.

— Oui, j'y ai pensé. Ça lui ferait plaisir. Si j'arrive à jongler avec le personnel du ranch, au moins pendant l'absence d'Abe, ça m'éviterait de recruter. Tu n'es pas complètement inutile, Chase.

— Moi ? J'ai des ressources insoupçonnées.

— Mais je suppose que je ne peux pas compter sur toi pour me dégoter dix kilomètres de tapis rouge, des chandeliers dorés d'un mètre cinquante et une harpiste en robe de velours rouge.

— Ah, ça, non, désolé.

— Pour le mariage de Linda-Sue. Sa mère est revenue sur tout ce qui avait été décidé. Du gaspillage de mimosas, grommela Bodine.

— C'est toi qui as voulu être directrice.

— Parfaitement, et je m'en félicite, même des jours comme aujourd'hui. Tapis rouge, harpiste et chandeliers dorés ? C'est le problème de Jessica. Je ne sais pas comment elle a fait pour se retenir d'étrangler Dolly Jackson, mais ça prouve que j'ai eu du nez en l'embauchant.

Les pieds sur la table, lui aussi, Chase regardait la neige tomber par la fenêtre.

— Je n'aurais jamais cru qu'elle tiendrait aussi longtemps. Mais elle n'a pas encore traversé l'hiver du Montana.

— Elle y résistera.

— À voir. C'est une fille de la ville, et de l'Est.

— Et c'est aussi la meilleure des responsables événementiel que nous ayons eues depuis que Martha est partie à la retraite, il y a cinq ans. Je n'ai pas besoin de vérifier et de revérifier tout ce qu'elle fait.

— Tu le fais quand même.

— Bien moins qu'avant, répliqua Bodine en regardant elle aussi les flocons de neige qui dansaient dans la nuit.

— Il va en tomber au moins trente centimètres. Laisse-moi

envoyer un texto à Len, histoire d'être sûr que les routes seront dégagées.

— Toi aussi, tu vérifies et tu revérifies.

— C'est mon boulot.

Bodine leva les yeux vers le plafond.

— Tu crois vraiment que papa et maman prennent un bain ensemble ?

— Tu paries ?

— Je préfère attendre un moment avant de monter. Je vais me servir un autre verre de vin.

— Apporte-moi une bière. S'ils ne sont pas redescendus d'ici une demi-heure, je monte voir.

Bodine passa la majeure partie de la journée du lendemain à vérifier l'état des routes, approuver des propositions, en soupeser d'autres, et à retrouver la trace d'une commande de draps égarée.

Elle venait juste de commencer à se pencher sur les promotions d'hiver – qui seraient annoncées par brochures, newsletters, sur le site Internet, Facebook et Twitter – lorsque Rory entra dans son bureau.

Il s'installa dans l'un des fauteuils, les jambes étendues devant lui comme s'il avait l'intention de rester là un moment, et but une longue gorgée de Coca, breuvage aussi vital pour lui que le sang pour un vampire – il en avait presque toujours une bouteille à la main.

— Je jette un dernier coup d'œil aux promos d'hiver, déclara Bodine.

— Ça tombe bien, on en a une nouvelle.

— Une nouvelle quoi ?

— Idée.

À l'arrivée de Jessica, il se tourna vers elle avec un sourire.

—Voilà ma complice. Maman est occupée, mais elle nous rejoindra si elle peut.

— Qu'est-ce que c'est que cette histoire ? Les brochures partent demain chez l'imprimeur, et la bannière apparaîtra sur le site Web à partir de la semaine prochaine.

— Bah, on n'est pas à quelques jours près.

Sachant que ce genre de commentaires ne manquaient pas de mettre Bodine en rogne, Jessica tapota le bras de Rory et le pinça discrètement avant de s'asseoir.

— Je crois que nous pouvons tabler sur l'intérêt que nous avons suscité ces deux dernières années avec le Festival de cuisine du Far West et le Bodine's Rodeo.

— Le rodéo est la manifestation qui attire le plus de monde, enchaîna Rory. Mais seulement vingt-cinq pour cent des participants et des spectateurs dorment chez nous, mangent dans nos restaurants et consomment dans nos bars.

— Je sais. La plupart des compétiteurs viennent en camping-car ou en caravane, ou ils prennent des chambres de motel. Et le public est majoritairement des environs. Le concours de lasso du mois de juin génère moins de revenus, mais plus de réservations. C'est la saison qui veut ça.

— Exactement, acquiesça Rory en pointant le doigt vers sa sœur. En hiver, tu as quoi ? De la neige, et encore de la neige. Si les gens viennent ici de la côte Est ou de Californie, c'est parce qu'ils veulent une expérience de cowboy, des balades à cheval, en chariot bâché, et des burgers de buffle, le tout dans un emballage de luxe.

À l'aise dans le discours marketing, Rory croisa ses santiags.

— Certains viendraient bien faire de la motoneige, passer deux ou trois jours dans un joli petit chalet, s'offrir un massage, mais quatre-vingts ou quatre-vingt-dix centimètres de neige les rebutent, et nous perdons cette clientèle, alors que la neige pourrait être un atout pour le développement du tourisme d'hiver.

Bodine avait appris, même s'il lui avait fallu du temps, à ne plus considérer Rory comme son petit frère dès lors qu'il était question de stratégie commerciale.

— Je t'écoute.

— Je propose d'organiser un concours de sculptures sur glace. Le temps d'un week-end. Quatre catégories : moins de douze ans, douze-seize, adultes et familles. On décerne des prix, on fait couvrir l'événement par les médias locaux. Et on accorde une ristourne aux participants qui réservent un chalet pour deux nuits.

— Tu veux que les gens fassent des bonshommes de neige ?

— Non, pas des bonshommes de neige, intervint Jessica, quoique ça puisse être une option. Des sculptures, de l'art, comme en Floride avec le sable. On quadrille un terrain, on réserve une section aux enfants, supervisés par des membres du personnel. On sert du chocolat chaud et des potages.

— Du vin chaud, suggéra Bodine.

— Excellente idée, approuva Rory. J'aurais dû y penser.

— On fournit les outils : pelles, bêches, couteaux à palette, ce genre de choses, poursuivit Jessica, mais les compétiteurs doivent apporter leur propre déco, s'ils le souhaitent. On organise une soirée d'accueil le vendredi, on attribue les emplacements et on démarre à 9 heures tapantes le samedi matin.

— Prévoir des activités pour les enfants en bas âge, compléta Bodine, adaptées à leur capacité de concentration, en extérieur et en intérieur, pour éviter qu'ils prennent froid. Prévoir un goûter. Pour les adultes, qui feront sûrement des pauses.

— On installe un buffet à La Mangeoire. Éventuellement des tentes chauffées pour des massages des cervicales et des épaules. Je trouverai des activités pour les enfants, affirma Jessica, sur le thème de l'hiver, naturellement. Des balades en traîneau, par exemple, payantes. Le samedi soir, tout le monde se retrouve pour faire la fête, on annonce les gagnants et on remet les trophées.

— Le concept me plaît, mais il faudra affiner les détails et fixer les prix très vite. Trouver des photos. « Festival de sculpture sur glace » me paraît plus vendeur que « concours ».

— Tu as raison, acquiesça Rory en terminant son Coca. Comme d'habitude. C'est pour ça que tu es la patronne, je suppose.

— Ne l'oublie pas.

— Je m'en vais de ce pas peaufiner le projet, déclara Jessica en rangeant son téléphone et en se levant. Rory, on peut se voir d'ici une demi-heure pour faire le point ?

— Pas de problème, répondit-il en la suivant des yeux, sourire aux lèvres, puis il se retourna face à sa sœur. Quel délicieux parfum… murmura-t-il.

— Sérieux ?

Le regard pétillant, il agita les sourcils.

— J'ai l'air de plaisanter ?

— Elle est trop vieille pour toi, et trop sophistiquée.

— L'âge n'est qu'un état d'esprit, et je peux être sophistiqué, quand je veux. Ceci dit, elle ne m'intéresse pas, dit-il en se levant et en jetant sa bouteille vide dans la corbeille à papier. Ce n'était qu'une constatation. Bon, au boulot ! Tu verras, je vais faire une pub d'enfer.

Bodine n'en doutait pas une seconde.

— Je compte sur toi pour que ce projet nous rapporte gros.

— Capitaliste.

— Rêveur. Allez, file ! J'ai du travail.

Encore un peu plus maintenant, pensa-t-elle en affichant la maquette de la brochure sur l'écran de son ordinateur. Il faudrait la revoir entièrement, y inclure cette nouvelle manifestation dans les délais les plus brefs.

Bodine décrocha son téléphone et composa le numéro du graphiste.

Heureusement, Rory et Jessica tinrent parole : à la fin de la journée, Bodine avait sur son bureau une proposition étoffée et chiffrée, ainsi qu'une ébauche de la nouvelle brochure, qu'elle transmit à l'imprimeur.

Tout cela la retint une heure de plus à son bureau, mais le jeu en valait la chandelle.

En partant, elle jeta un coup d'œil vers le Dining Hall. Le parking était plein, de Kia et de voitures de l'extérieur. Impeccable.

Un verre de vin, le dîner, une longue douche chaude, une ou deux heures en compagnie d'un bon roman, et elle se mettrait au lit de bonne heure. La soirée parfaite.

Accueillie au ranch par l'odeur des lasagnes de Clémentine, elle pensa qu'elle était bénie des dieux. La voix rieuse de la cuisinière résonnait dans la cuisine :

— Toujours le même, mon grand ! Tu n'as pas changé d'un poil.

— Rien en ce monde ni dans le prochain ne changerait la profonde affection que j'ai pour vous, ma chère Clem.

Bodine reconnut aussitôt ce timbre charmeur.

Adossé au comptoir, Callen Skinner buvait une bière tandis que Clémentine chargeait le lave-vaisselle.

3

Il avait tout de même un peu changé, pensa Bodine.

Parti maigre comme un clou, il revenait plus étoffé. Avec ses longues jambes et ses hanches étroites, il avait toujours l'allure svelte et élancée mais ses épaules s'étaient élargies. En revanche, ses traits s'étaient affinés.

Il avait toujours eu un beau visage mais les angles étaient à présent plus saillants, la mâchoire, plus franche. Il avait également les cheveux plus longs, qui frisottaient autour des oreilles et par-dessus le col de sa chemise, de la même couleur que le pelage des cerfs en hiver. Bodine se demanda s'ils blondissaient toujours au soleil dès qu'il enlevait son chapeau plus de dix minutes.

Lorsqu'il se tourna vers elle, elle constata que ses yeux étaient toujours les mêmes, d'un gris faussement calme, tirant tantôt sur le bleu, tantôt sur le vert.

— Eh, salut, Bodine !

Clémentine pivota sur ses talons, les mains sur ses hanches osseuses.

— Eh bien, il était temps ! Tu crois que je tiens une cafétéria ? Tu as de la chance qu'il reste quelque chose à manger.

— La faute à Rory. C'est lui qui m'a apporté du travail à la dernière minute. Salut, Callen.

— Lave-toi les mains, ordonna Clémentine. Et passe à table.

— Oui, madame.

— Tu veux une bière ? proposa Callen.

— Elle boit du vin rouge, elle prétend que c'est bon pour le cœur. La bouteille est là.

— Ah bon ? Je t'en sers un verre, dit Callen en joignant le geste à la parole, tandis que Bodine se lavait docilement les mains.

Clémentine remplit un plat de salade, y versa de la vinaigrette et mélangea.

— Tiens, et pas de grimace à cause de la sauce.

— Non, madame. Merci, ajouta Bodine à l'attention de Callen lorsqu'il lui tendit le verre de vin.

Elle s'installa à la table, but une première gorgée et s'empara de sa fourchette, tandis que Clémentine lui jetait une serviette sur les genoux.

— Assieds-toi donc et tiens-lui compagnie, Callen. La moitié du temps, elle est en retard pour le souper et elle mange seule. La moitié du temps ! Il y a une assiette au chaud dans le four. Vérifie qu'elle la termine jusqu'à la dernière miette.

— Entendu.

— Tu veux encore de la tarte aux pommes ?

— Ma chère Clémentine, je suis désolé, mais j'ai le ventre archi-plein.

— Alors tu en emporteras une part.

Elle lui pinça la joue ; il la gratifia d'un sourire éclatant.

— Sois le bienvenu parmi nous, mon grand. Sur ce, je vous laisse.

Au lieu d'un pinçon sur la joue, Bodine eut droit à une petite claque derrière la tête, qui se termina en caresse.

— Jusqu'à la dernière miette, jeune dame. À demain matin.

— Bonsoir, Clémentine.

Bodine attendit que la porte du vestibule se referme avant de pousser un soupir et de porter son verre à ses lèvres.

— Tu n'es pas obligé de rester là à me regarder manger.

— J'ai donné ma parole à Clémentine. Je l'épouserais rien que pour son franc-parler. Ses bons petits plats ne seraient qu'un bonus.

Callen but une gorgée de bière, tout en observant Bodine par-dessus la cannette.

— Tu t'es embellie.

— Tu trouves ?

— Si je te le dis. Tu as toujours été jolie mais tu l'es encore plus. Comment vas-tu, à part ça ?

— Bien. Je suis débordée, mais je ne m'en porte pas plus mal. Et toi ?

— Je suis content d'être de retour. Je n'étais pas sûr que ce serait le cas, donc je ne m'en porte que mieux.

— Il est encore trop tôt pour que tu regrettes Hollywood.

Il enroula les épaules.

— J'avais un bon boulot, là-bas. Intéressant. Plus dur qu'on pourrait penser. Plus dur que je l'imaginais.

Dans l'esprit de Bodine, plus l'on travaillait dur, plus l'on en retirait de satisfaction.

— Tu y trouvais ton compte ?

— Oui, répondit-il en cherchant son regard.

— Ça fait déjà quelques années, je sais, mais je voulais te dire que je suis désolée de ne pas avoir pu assister aux funérailles de ton père.

— Merci, j'apprécie. Tu avais la grippe, il me semble, ou quelque chose dans ce genre.

— Quelque chose dans ce genre. J'ai été malade comme un chien pendant trois jours. La première fois que ça m'arrivait, et j'espère que ça ne m'arrivera plus jamais.

— Tant qu'on est dans les condoléances, désolé pour ton grand-père, enfin, ton arrière-grand-père. C'était un chic type.

— La crème des hommes. Comment va ta mère ?

— Ça va. Elle est comme un coq en pâte, chez ma frangine, avec un petit-fils à gâter, bientôt un deuxième. On vend le reste de nos terres à ton père.

Bodine attaqua la salade.

— Je ne sais pas si je dois te dire que je suis désolée.

— Non, elles ne signifient plus rien pour moi, depuis un bout de temps.

C'était peut-être sincère, pensa Bodine, mais il n'en demeurait pas moins que la propriété familiale aurait dû revenir à Callen.

— On en fera bon usage.

Il se leva pour sortir l'assiette du four.

— J'en suis certain, dit-il en la posant devant elle. Alors comme ça, c'est toi qui diriges le complexe hôtelier ?

Puisque Clémentine n'était pas là pour lui faire les gros yeux, Bodine agrémenta son plat de quelques tours de poivre du moulin. Elle aimait le piquant.

— Pas toute seule, répondit-elle.

— Presque, d'après ce qu'on m'a dit. J'ai bossé pour toi aujourd'hui. Chase m'a envoyé au centre équestre pour que je me remette dans le bain avec Abe.

Bodine était au courant, Chase lui avait envoyé un texto.

— Et ?

— Tu veux connaître mon avis ?

Il attendit un instant. Avec un haussement d'épaules, elle goûta les lasagnes.

— Je suis d'accord avec Abe : tu devrais embaucher quelqu'un. C'est vrai que tu peux te débrouiller avec les employés du ranch, mais ce serait mieux qu'il y ait quelqu'un là-bas à temps complet.

Ne pouvant réfuter cette logique, Bodine acquiesça de la tête.

— J'ai passé quelques coups de téléphone. Pour l'instant, personne n'est libre.

— On est dans le Montana, tu trouveras ton cowboy.

— Je ne cherche pas seulement une paire de bottes, répliqua-t-elle en agitant sa fourchette. Si je ne te connaissais pas, il serait hors de question que tu remplaces Abe.

— Normal.

— Mais je te connais. Et toi, tu ne connaîtrais pas quelqu'un en Californie qui aurait envie de changer de décor ?

Il secoua négativement la tête en contemplant sa bière.

— Tu changes tout le temps de décor, là-bas, et ça paye bien. Je pourrais demander une faveur à un pote, mais ça me gênerait de le faire renoncer à un bon salaire pour donner des leçons, accompagner des balades, ramasser le crottin et brosser les canassons.

Il leva les yeux vers Bodine. Pourquoi j'y ai renoncé, moi ?

— Je ne t'ai pas posé la question.

— Mais tu te la poses à toi-même. Alors voilà la réponse : il était temps que je revienne, dit-il avec son sourire éclatant. Tu me manquais, toi et tes longues jambes.

— Mmm-hmmm, fit-elle, amusée et sarcastique.

— Et tu m'aurais sûrement manqué davantage si j'avais su que tu étais devenue encore plus jolie, ajouta-t-il.

— Pour ta part, tu as pris du muscle. Ça te va bien.

— Tu sais quoi ? répliqua-t-il en riant. Je suis vraiment content de te retrouver. Cette cuisine a sacrément changé, dis donc, depuis mon départ. Très chouettes, ces portes de grange, et ce piano de cuisson digne d'un grand restaurant. Clémentine m'a dit qu'elle était ravie du robinet mural, pour remplir les grosses marmites.

— Les aïeules ont rendu ma mère accro aux salons d'aménagement et de déco. Mon père devenait dingue, il a fini par se laisser convaincre de refaire la cuisine.

— J'ai hâte de revoir Nana et Miss Fancy. Elles m'ont manqué, elles aussi.

— Passe leur dire bonjour, à l'occasion, ça leur fera plaisir. Tu as tout ce qu'il te faut dans le cabanon ?

— Et même plus. Le cabanon a bien changé, lui aussi, depuis qu'on allait s'y planquer avec Chase.

— Vous vous enfermiez à clé pour que je ne vienne pas vous embêter.

Elle en gardait encore une légère amertume, constata-t-elle.

— Tu étais une fille !

Le ton horrifié de Cal l'amusa.

— Je montais à cheval aussi bien que vous deux.

— C'est vrai, et ça me mettait en rage. Chase m'a dit que tu avais perdu Wonder, l'hiver dernier.

Bodine et la jument avaient l'une et l'autre deux ans quand elle avait commencé à la monter, la soigner et lui vouer une adoration sans borne.

— Ça m'a fendu le cœur. J'ai mis six mois avant de me trouver un autre cheval.

— Tu as fait le bon choix. Ton Leo est intelligent et vif. Tu veux un autre verre de vin ?

Elle hésita un instant.

— Un demi, s'il te plaît.

— Pourquoi seulement un demi ?

— Parce que je ne devrais pas en reprendre du tout.

Cal se leva, prit la bouteille et la posa sur la table.

— Bon, je vois que tu as fini ton assiette. J'ai rempli la mission que Clémentine m'avait confiée. Je vais te laisser.

— Tu veux emporter de la tarte ?

— Non. La tentation m'empêcherait de dormir. Ça m'a fait plaisir de te revoir, Bo.

— Moi aussi.

Après son départ, elle demeura pensive un instant, à tripoter distraitement l'Opinel qu'elle avait toujours dans sa poche de poitrine – cadeau de Cal pour son douzième anniversaire.

Il avait fait battre son cœur d'adolescente, et elle devait s'avouer que l'homme qu'il était devenu ne la laissait pas indifférente.

1992

Il lui ordonnait de l'appeler « Monsieur ». Elle avait mémorisé chaque trait de son visage, le timbre et les intonations de sa voix. Quand elle s'échapperait, elle dirait à la police qu'il était blanc, la quarantaine, environ un mètre soixante-quinze et soixante-dix kilos, musclé et très fort, brun aux yeux marron.

Il avait une cicatrice sur la hanche gauche, de deux ou trois centimètres, et une tache de naissance brunâtre sur l'extérieur de la cuisse droite.

Il sentait le cuir, la bière et la graisse à fusil.

Elle aiderait le dessinateur de la police à établir un portrait-robot.

Depuis plus d'un mois, elle se maudissait de n'avoir pas davantage prêté attention au pick-up. Elle n'était même pas sûre de se rappeler sa couleur. Bleu, pensait-elle, vieux et rouillé, mais elle n'aurait pas pu l'affirmer.

Elle ne pourrait pas indiquer son numéro d'immatriculation – de toute façon, le véhicule avait peut-être été volé – mais elle pourrait décrire son ravisseur, depuis son chapeau de cowboy jusqu'à ses bottes usées.

Si elle ne parvenait pas d'abord à le tuer.

Elle en rêvait ; elle rêvait de mettre la main sur un couteau, un fusil ou une corde, et de le prendre par surprise la prochaine fois qu'elle entendrait la trappe s'ouvrir et ses pas lourds sur les marches qui descendaient à sa geôle.

Elle n'avait aucune idée de l'endroit où elle se trouvait. Était-elle toujours dans le Montana ? L'avait-il emmenée dans l'Idaho ? Dans le Wyoming ? Pour ce qu'elle en savait, elle était peut-être sur la Lune.

Sa prison avait un sol de ciment, les murs couverts de lambris bon marché, pas de fenêtre, seulement une porte en haut d'une volée de marches branlantes.

Elle avait un W-C, un lavabo, un pommeau de douche. Ni l'air ni l'eau n'étaient chauffés. Comme pour lui offrir un brin d'intimité, il avait accroché un rideau miteux afin de séparer le coin toilette du reste.

Le reste faisait dix pas sur dix, elle l'avait arpenté un nombre de fois incalculable malgré la chaîne qui lui entravait la cheville droite, l'empêchant de gravir plus que les deux premières marches. La cave était meublée d'un lit de camp, d'une table boulonnée au sol, d'une lampe vissée à la table, au pied représentant un ours grimpant à un arbre, surmonté d'une ampoule de quarante watts.

Il lui avait pris son sac à dos mais lui avait laissé ses brosse à dents, dentifrice, savon et shampoing, en lui recommandant de s'en servir, car la propreté était mère de sainteté. Il lui avait donné une serviette et un gant rêches, ainsi que deux couvertures heureusement chaudes. Une Bible était posée sur la table.

Dans une vieille caisse en bois, il déposait régulièrement une boîte de Cheerios, une miche de pain blanc, des petits pots de beurre de cacahuète et de gelée de raisin, et deux pommes, car Monsieur affirmait que deux pommes par jour éloignent le médecin pour toujours. Elle avait un bol en plastique et une cuillère en plastique.

Il lui apportait le dîner – et elle savait alors qu'une journée de plus s'était écoulée. En général une sorte de ragoût, parfois un hamburger graisseux.

La première fois, elle avait refusé de manger, elle avait hurlé et s'était déchaînée contre lui. Il l'avait sauvagement frappée et lui avait repris les couvertures. Les vingt-quatre heures suivantes, vingt-quatre heures de cauchemar, de douleurs et de frissons, l'avaient convaincue de s'alimenter.

Pour garder des forces afin de s'évader.

En récompense, elle avait eu droit à une barre chocolatée.

Elle avait tenté de le supplier, de le soudoyer – sa famille lui donnerait une grosse somme d'argent s'il la libérait.

Il lui avait dit qu'elle lui appartenait, désormais. Il l'avait sauvée de la dépravation, elle était maintenant sous sa responsabilité, et à sa merci.

Il lui avait suggéré de lire la Bible, où il était écrit que la femme était faite pour être dominée par l'homme, que Dieu l'avait créée, à partir de la côte d'Adam, pour qu'elle soit sa compagne et porte ses enfants.

Quand elle l'avait traité de monstre, de malade mental et de lâche, il avait posé son bol de ragoût et lui avait fracassé le nez. Puis il l'avait laissée gémir dans son sang.

La première fois qu'il l'avait violée, elle s'était débattue comme une diablesse. Il la frappait, il l'étranglait mais elle luttait, elle hurlait et suppliait, jour après jour, jusqu'à ce qu'elle perde le compte des jours.

Jusqu'à celui où il lui apporta une tranche de jambon frit

coupée en petites bouchées, accompagnée de purée, d'une sauce rougeâtre, d'une cuillerée de petits pois, d'un soufflé, ainsi que d'une serviette à carreaux rouges, qui la laissèrent sans voix.

— C'est notre repas de Noël, dit-il en s'asseyant sur les marches afin de le partager avec elle. Je me suis donné du mal pour le préparer, je veux te voir manger avec appétit.

Tout en elle se mit à trembler.

— Noël… C'est Noël ?

— Je n'aime pas cette débauche de cadeaux, ces sapins illuminés et toutes ces futilités. Noël célèbre la naissance de Jésus. Un bon repas suffit. Mange.

— C'est Noël, je vous en supplie, pour l'amour de Dieu, s'il vous plaît, laissez-moi partir. Je veux rentrer chez moi, je veux voir ma maman, je veux…

— Tais-toi, je me fiche de ce que tu veux ! aboya-t-il, si rudement qu'elle eut un mouvement de recul, comme s'il l'avait frappée. Si je me lève avant d'avoir fini ce repas, tu le regretteras. Aie de la considération pour moi, mange ce que je te donne.

Elle réussit à avaler un peu de jambon, malgré sa mâchoire meurtrie par les coups reçus quelques jours plus tôt.

— Je vous cause beaucoup de tracas. Plus d'un mois, pensa-t-elle, que ce fou la retenait dans ce cachot. Vous ne préféreriez pas avoir quelqu'un, une compagne, comme dit la Bible, qui prendrait soin de vous ? Qui cuisinerait pour vous ?

— Tu apprendras, dit-il avec ce calme trompeur dont elle avait appris à se méfier.

— Mais… Je sais cuisiner. Je cuisine même assez bien. Si vous me permettiez de venir en haut, je pourrais cuisiner pour vous.

— Ce repas ne te convient pas ?

— Oh si ! s'écria-t-elle en mangeant la purée pâteuse. Je vois que vous vous êtes donné beaucoup de peine pour le préparer. Je pourrais vous épargner cette corvée, faire la cuisine et le ménage, être une véritable compagne.

— Tu me prends pour un imbécile, Esther ?

Elle avait cessé depuis des semaines de crier qu'elle s'appelait Alice.

— Oh, non, Monsieur ! Pas du tout.

— Tu crois pouvoir me séduire ? Tu crois que je ne sais pas que tu essayerais de t'enfuir si je te laissais monter ?

Un rictus lui déforma la bouche et une lueur mauvaise lui assombrit le regard.

— À moins que tu ne cherches à me trancher la gorge...

— Je ne ferais jamais...

— Ferme-la ! Tu le mériterais, mais je ne te punirai pas de me prendre pour un idiot, tu as de la chance, parce que c'est aujourd'hui l'anniversaire de la naissance de l'Enfant Jésus. Ne joue pas avec ma patience.

Elle continua de manger en silence, il approuva de la tête.

— Tu apprendras, et quand j'estimerai que tu auras suffisamment appris, je te laisserai peut-être monter. Mais pour l'instant, tu as ici tout ce dont tu as besoin.

— Je peux vous demander quelque chose, s'il vous plaît ?

— Demande toujours, ça ne veut pas dire que tu l'obtiendras.

— Est-ce que je pourrais avoir les gants qu'il y avait dans mon sac, et une autre paire de chaussettes ? J'ai les mains et les pieds gelés. J'ai peur de tomber malade. Si je prends froid, je vous causerai encore plus de tracas.

Il l'observa longuement avant de répondre :

— J'y réfléchirai.

— Merci, se força-t-elle à articuler. Merci, Monsieur.

— J'y réfléchirai, répéta-t-il, si tu me montres du respect. Lève-toi.

Elle posa son assiette en carton sur la table à côté du lit et s'exécuta.

— Déshabille-toi, et couche-toi sur ce lit que je t'ai donné. Je vais prendre ce qui m'est dû et, cette fois, tu me le donneras de bon gré.

Elle pensa au froid qui lui engourdissait en permanence les pieds et les mains. Il la violerait de toute façon. À lui résister, elle ne gagnerait que des coups.

Elle enleva donc son sweat-shirt, le T-shirt qu'elle portait dessous. Le cœur trop sec pour verser des larmes, elle ôta ses chaussettes usées jusqu'à la corde à force d'arpenter le sol de ciment. Puis elle déboutonna son jean, en retira la jambe gauche, abaissa la droite jusqu'à la chaîne autour de sa cheville.

Allongée sur le lit de camp, elle attendit qu'il se dévête, l'écrase de tout son poids et la pénètre en grognant.

Elle se crut brisée, de se soumettre au viol pour une paire de chaussettes.

Or elle n'avait pas encore atteint son point de rupture. Elle ne l'atteignit que quelques semaines plus tard, lorsqu'elle comprit, en vomissant chaque matin, qu'elle portait son enfant.

Elle redoutait de le lui dire, redoutait de ne pas lui dire. Elle envisagea le suicide, l'issue la plus humaine autant pour elle que pour le petit être qui germait en elle.

Mais elle n'en avait ni le courage ni les moyens.

Il la tuerait peut-être, songea-t-elle, recroquevillée sur le lit de camp. Quand il s'apercevrait qu'elle était enceinte, il la frapperait à mort. Et ce serait fini.

Elle pensa au ranch, dans un paysage de carte postale, sous la neige de janvier. Elle pensa à sa mère, sa sœur, ses grands-parents, ses oncles, ses tantes et ses cousins.

Ils ne se souciaient pas d'elle. Elle avait elle-même fermé cette porte, brûlé ce pont, coupé cette ligne. Ils ne la cherchaient pas et ne la retrouveraient jamais au fond de ce trou à rat.

Elle aurait voulu leur dire qu'elle regrettait d'être partie aussi brutalement, furieuse, si imbue de sa petite personne qu'elle n'avait pas pensé une seule seconde au mal qu'elle pourrait leur faire, certaine que son départ les laisserait indifférents.

Elle aurait voulu leur dire qu'elle était revenue.

En entendant la porte s'ouvrir, le bruit des bottes, elle frissonna, de frayeur autant que de résignation.

— Sors de ce lit, faignante, et mange.

— Je suis malade.

— Tu seras plus que malade si tu ne m'obéis pas.

— J'ai besoin d'un médecin.

Il lui empoigna les cheveux, la força à se lever. En hurlant, elle se protégea le visage.

— S'il vous plaît, je vous en supplie… Je suis enceinte !

Il lui tira les cheveux afin de lui redresser la tête.

— N'essaye pas de me berner par une de tes ruses de catin.

— Je suis enceinte, répéta-t-elle posément, sûre à présent que l'heure de sa mort était venue, essayant de s'y préparer. Je vomis tous les matins depuis six jours. Je n'ai plus mes règles. Je ne les ai pas eues en décembre. J'avais perdu la notion du temps jusqu'à ce que vous me disiez que c'était Noël. Je suis enceinte.

Il lui lâcha les cheveux et elle se laissa tomber sur le lit.

— Alors je suis très heureux.

— Vous… Comment ?

— Tu es sourde, Esther ? Je suis heureux.

Elle le regarda fixement, puis elle ferma les yeux.

— Vous vouliez me faire un enfant…

— Nous serons féconds et nous nous multiplierons. C'est ton rôle sur cette Terre de porter des enfants.

Elle demeura immobile, entrevoyant peut-être une lueur d'espoir.

— Il faut que je voie un médecin, Monsieur.

— Ton corps est fait pour ça. Les médecins sont des bons à rien qui ne savent que faire peur aux riches.

Il désirait cet enfant, elle ne devait pas l'oublier.

— Nous voulons que l'enfant soit en bonne santé. Il faut que je prenne des vitamines prénatales, et je ne dois pas tomber malade, ou le bébé en pâtirait.

— Tu crois qu'un charlatan sait mieux que moi ce qu'il te faut ? rétorqua-t-il, un éclair de fureur dans les yeux.

— Oh, non ! Je veux juste que nous prenions soin du bébé.

— Je vais te dire comment prendre soin de lui : lève-toi et mange. Nous nous dispenserons de rapports ce soir, et ce jusqu'à ce que nous soyons sûrs que la graine soit bien plantée.

Il lui apporta un radiateur d'appoint, et une chaise en toile. Il installa un petit réfrigérateur dans la cave, qu'il approvisionnait en lait, fruits et légumes. Il lui donnait davantage de viande, et chaque jour une gélule de vitamine.

Quand il jugea qu'elle se portait bien, les viols reprirent, plus espacés toutefois, et les violences se limitaient à des gifles.

Lorsque son ventre commença à s'arrondir, il lui procura des robes larges qu'elle détestait, et des pantoufles qui lui arrachèrent des larmes de gratitude. Il punaisa un calendrier au mur, où il rayait lui-même les jours, si bien qu'elle voyait sa vie défiler.

Il la laisserait sûrement monter une fois que le bébé serait là. Il voulait cet enfant, il les voudrait tous deux à ses côtés. Et alors…

Elle devrait prendre son temps, pensa Alice, assise sur la chaise de toile, le fœtus remuant et donnant des coups de pied dans son ventre. Elle devrait le laisser croire qu'elle resterait auprès de lui, qu'elle lui obéirait, qu'elle était brisée. Et lorsqu'elle aurait pris ses repères, lorsqu'elle aurait préparé sa fuite, elle s'évaderait. Elle le tuerait d'abord si elle le pouvait, et elle s'enfuirait.

Elle vivait de cet espoir : le bébé lui ouvrirait les portes de la liberté. Cette chose qu'il avait mise en elle n'était qu'un moyen de parvenir à ses fins, elle ne représentait rien à ses yeux.

Quand elle aurait quitté la cave, quand elle aurait repris des forces, qu'elle saurait où elle se trouvait et que Monsieur aurait baissé sa garde, elle s'échapperait.

Elle fêterait le Noël prochain au ranch, en sécurité, et ce monstre serait mort ou en prison. Le bébé… Elle ne voulait pas y penser.

Fin octobre, le onzième mois de sa captivité, le travail commença par une douleur lancinante au creux des reins. Elle arpenta sa cellule pour essayer de la calmer, s'installa sur la chaise, se pelotonna sur le lit, en vain. La douleur s'intensifia et s'empara de son ventre.

Quand elle perdit les eaux, elle se mit à crier. Elle hurla comme elle ne l'avait pas fait depuis les premières semaines dans la cave. Et comme durant ces premières semaines, personne ne vint.

Terrifiée, en proie à des élancements de plus en plus violents et de plus en plus rapprochés, elle se coucha sur le lit de camp. La gorge sèche, entre deux séries de contractions, elle se levait péniblement pour remplir au lavabo l'un des gobelets en carton qu'il lui avait laissés.

Au bout de dix heures, la porte en haut des marches grinça enfin.

— Aidez-moi, par pitié, aidez-moi !

Il descendit rapidement, demeura un instant immobile, le front plissé, avant de remettre son chapeau sur sa tête.

— Je vous en supplie, j'ai mal, je souffre, appelez un médecin ! Oh, mon Dieu, j'ai besoin d'aide.

— Une femme donne naissance à ses enfants dans le sang et la douleur. Tu es comme les autres. C'est aujourd'hui un grand jour, celui de la venue au monde de mon fils.

— Ne partez pas, sanglota-t-elle quand il remonta l'escalier. Par pitié, ne me laissez pas !

Puis la douleur lui arracha un gémissement.

Il revint avec une pile de vieilles serviettes, un seau galvanisé rempli d'eau et un couteau dans un fourreau à sa ceinture.

— Appelez un médecin, s'il vous plaît. Je crois que ça se passe mal.

— Mais non, c'est le châtiment, c'est tout.

Il souleva sa robe, enfonça les doigts dans sa chair, provoquant de nouvelles douleurs.

— On dirait que tu es prête. Vas-y, pousse, et gueule tant que tu voudras, personne ne t'entendra. Je vais mettre mon fils au monde. Le délivrer de mes propres mains, dans mon humble demeure. Je sais ce que je fais, j'ai aidé suffisamment de vaches à mettre bas.

Folle de douleur, redoutant que ce monstre et son enfant ne la déchirent, elle essaya de le frapper, de le repousser. Puis elle laissa simplement couler ses larmes, épuisée, lorsqu'il la laissa seule à nouveau.

Elle recommença à lutter et à hurler à s'en écorcher la gorge quand il revint avec une corde et la ligota au lit de camp.

— Je fais ça pour ton bien. Maintenant, délivre mon fils. Pousse ! Tu entends ? Ou je te découpe les chairs !

Ruisselante de sueur, exténuée, Alice rassembla ses forces et poussa. Malgré la douleur qui lui lacérait les entrailles, elle n'aurait pas pu faire autrement.

— Je vois sa tête, regardez-moi cette belle tête... Oh, il a déjà des cheveux. Pousse !

Elle hurla une indicible douleur, puis retomba sur le lit, harassée.

— Il est sorti ? parvint-elle à articuler en entendant un petit cri.

— Tu as enfanté une femelle.

Comme droguée, hors de son corps, à travers un voile de larmes et de sueur, elle distingua le bébé couvert de sang qu'il tenait à bout de bras.

— Une fille...

Son regard dur et froid la remplit de terreur.

— Un homme mérite un fils.

Il posa l'enfant sur elle et sortit de la ficelle de sa poche.

— Donne-lui le sein, commanda-t-il.

— Je... Je ne peux pas. J'ai les bras attachés.

Un masque glacial sur le visage, il tira le couteau de sa ceinture. Instinctivement, Alice se cambra contre la corde, essayant désespérément de protéger le bébé entre ses bras.

Mais il ne trancha que le cordon ombilical, puis la corde.

— Il te reste à expulser le placenta, dit-il en attrapant un autre seau.

Alice souleva le nouveau-né, dont les pleurs redoublèrent de volume. La nouvelle douleur la prit par surprise, mais elle ne fut pas aussi violente que les précédentes. Il jeta le tissu embryonnaire dans le seau.

— Fais taire ces miaulements. Lave-la, et toi aussi.

Là-dessus, il remonta l'escalier.

— Un homme mérite un fils, grommela-t-il en lui jetant un dernier regard.

Lorsque la porte se referma, Alice demeura étendue dans le lit souillé, le bébé pleurant et gigotant contre elle. Elle ne voulait pas s'en occuper et, de toute façon, elle ignorait comment s'y prendre. Elle ne voulait pas rester seule avec cette créature, elle ne voulait même pas la voir.

Elle la regarda, pourtant, cette chose sans défense blottie contre elle, qui s'était développée en elle. Cet enfant. Cette petite fille.

— Ne t'en fais pas, ça va aller, murmura-t-elle.

Avec une grimace de douleur, elle se redressa en position assise, cala le bébé au creux de son coude et amena sa bouche à son sein. Il hésita un instant, puis elle sentit un tiraillement quand il commença à téter.

— Voilà, très bien, tout ira bien.

Elle caressa la tête minuscule, submergée d'un impossible amour.

— Tu es à moi, chuchota-t-elle, pas à lui. Rien qu'à moi. Tu es Cora. C'est le prénom de ta grand-mère. Je veillerai sur toi, ma Cora.

Il la laissa trois jours et elle craignit qu'il ne revienne pas. La jambe enchaînée, elle ne pouvait pas atteindre la porte. Si elle avait eu un instrument tranchant, elle aurait été capable de s'amputer le pied.

Ses maigres provisions s'épuisaient, mais elle avait des serviettes, le gant de toilette rêche qu'elle savonnait et rinçait pour laver la petite Cora.

Chaque fois qu'elle s'agitait, Alice s'asseyait sur la chaise pliante et la berçait en chantonnant. Elle embrassait sa tête duveteuse, s'émerveillait de ses doigts et ses orteils si petits.

La porte finit cependant par se rouvrir. Alice serra l'enfant contre elle.

— Je t'apporte ce dont tu as besoin, dit-il en descendant les marches, un sac à la main, puis il regarda le bébé entre ses bras. Fais-la voir, dit-il.

Même si elle avait pu lui déchiqueter la gorge de ses dents, elle ne pouvait pas rompre ses chaînes. Elle devait l'amadouer, le charmer. Alors elle lui sourit.

— Votre fille est magnifique, Monsieur, et très sage. Elle ne pleure que quand elle a faim ou qu'elle s'est salie. Des couches nous rendraient bien service…

— Fais-la-moi voir, j'ai dit.

— Elle vient juste de s'endormir. Elle a vos yeux, je crois, et votre menton.

Ce n'était pas vrai, mais un mensonge pouvait amadouer et charmer.

— Je ne vous ai pas encore remercié de m'avoir aidée à la concevoir et à la mettre au monde.

Il s'accroupit en marmonnant et Alice se détendit quelque peu, sans voir la lueur mauvaise qui brillait dans ses yeux. Il lui arracha le bébé si brutalement que Cora se réveilla avec un cri. Alice bondit de la chaise.

— Elle a l'air en bonne santé.

— Elle l'est, elle est parfaite. S'il vous plaît, je sais comment la faire cesser de pleurer. Laissez-moi juste…

Il se détourna et se dirigea vers l'escalier. Alice s'élança derrière lui ; la chaîne fouetta le sol de ciment avant de se tendre en claquant.

— Où allez-vous ? Où l'emmenez-vous ?

À moitié folle, Alice s'agrippa à son dos. Il la repoussa telle une vulgaire mouche et continua de gravir les marches. Puis, par-dessus son épaule, il la regarda qui tirait désespérément sur sa chaîne.

— Je n'ai pas besoin d'une fille. Quelqu'un en voudra certainement, pour un bon prix.

— Non, je vous en supplie ! Je m'occuperai d'elle. Elle ne vous causera pas de tracas. Ne me la prenez pas. Ne lui faites pas de mal.

— Elle est mon sang, je ne lui ferai rien, mais je ne veux pas de fille. Tu as intérêt à me donner un fils, Esther, tu as tout intérêt.

Alice tira sur sa chaîne jusqu'à s'en faire saigner la cheville, elle hurla à s'en brûler la gorge. Puis elle finit par s'allonger sur le sol de ciment, en larmes, désespérée, comprenant qu'elle ne reverrait jamais son enfant, et c'est à ce moment-là qu'elle perdit la raison.

4

Le séminaire des écrivains et le festival de sculpture sur glace à présent calés, ainsi que diverses manifestations devant en principe susciter l'affluence jusqu'à la Saint-Valentin, Bodine examina les curriculum vitae transmis par ses responsables d'équipe, puis les lettres de motivation qui lui avaient été personnellement adressées.

Plusieurs candidatures retinrent son attention : une jeune diplômée en quête d'un emploi dans le secteur hôtelier ; une mère au foyer dont les enfants venaient de quitter le nid, qui avait été femme de chambre dans sa jeunesse et désirait reprendre une activité professionnelle ; un jeune palefrenier cherchant du travail à temps complet ou partiel ; deux serveurs ; et une masseuse expérimentée qui avait quitté Boulder pour s'installer dans la région.

Décidée à y donner suite, armée de son classeur, elle quitta son bureau à la recherche de Jessica, qu'elle trouva au Dining Hall, en grande conversation avec le maître d'hôtel.

— Super, deux personnes que je voulais voir ! Jake, j'ai regardé les CV des deux serveurs que tu m'as fait passer.

— Carrie Ann trouve qu'ils ont l'air sérieux, dit-il, en parlant de leur serveuse la plus ancienne, douze ans de bons et loyaux services, un œil de lynx.

— J'ai vu ses annotations. Tu as mon feu vert si tu veux les embaucher. D'ici la haute saison, tu auras le temps de juger de leurs compétences.

— Ça marche. On a terminé, Jessica ?

— Je crois que tout est au point pour la soirée Hobart, ce sera une réussite. Je te remercie, Jake.

— Je t'en prie. J'appellerai les nouvelles recrues dans le courant de la semaine, Bodine.

Quand il s'éloigna, elle se tourna vers Jessica.

— Que dirais-tu de prendre une assistante à l'essai ?

Une lueur d'inquiétude passa dans les yeux bleus de la jeune femme.

— J'ai déjà Will. Il ne va pas nous quitter ?

— Non, tu aurais éventuellement une collaboratrice supplémentaire. La nièce d'une amie de ma mère, mais elle me paraît qualifiée. Elle a un master en management hôtelier. Elle avait une bonne place à Billings, mais sa mère est tombée malade, le mois dernier, et elle est revenue pour l'aider. Du coup, elle voudrait rester près de chez ses parents. Elle est jeune, mais elle a d'excellentes références. Nous pourrions la former à l'école Bodine.

— C'est toi le chef.

— Certes, et j'ai l'intention de l'engager de toute façon. Tu jetteras un coup d'œil à son CV et tu me diras si tu veux la prendre à l'événementiel. Sinon, je la mettrai aux loisirs ou au service commercial, dans un premier temps.

Jessica prit le courrier que Bodine lui tendait.

— J'examinerai son dossier. Convoque-la pour un entretien.

— Ça marche. Tu me diras quand tu peux la recevoir, au plus tôt.

— OK, acquiesça Jessica. Tu as parlé à Rory ? demanda-t-elle en consultant sa tablette.

— Pas depuis le petit déjeuner. Pourquoi ?

— On a déjà deux réservations pour le festival de sculpture sur glace.

— C'est vrai ? L'annonce n'est sur le site Internet que depuis ce matin.

— Je t'avais dit que cette idée plairait !

Sourire satisfait aux lèvres, Jessica porta un toast avec sa bouteille d'eau. Bodine tapota son classeur contre sa paume.

— Dans ce cas, je me dépêche d'embaucher des extras pour l'hiver. Dis-moi, je peux te demander quelque chose ?

— Je t'écoute.

— Pourquoi portes-tu toujours des talons alors que tu n'arrêtes pas de courir ? Tu dois avoir les pieds en feu à la fin de la journée.

Jessica arqua un sourcil, et son regard se posa sur les pieds de Bodine.

— Pourquoi portes-tu toujours tes superbes bottes ? L'habit fait le moine, non ?

Bodine regarda ses bottes de motarde grises à boucles, qu'elle adorait.

— En partie, convint-elle.

— Tes bottes sont à ton image, comme ton Levi's et ta veste qui en jette. J'adore ta collection de vestes qui en jettent.

Bodine tira sur le bas de son blazer à fines rayures bleues et vertes. On pouvait effectivement considérer qu'il « en jetait », pensa-t-elle, amusée.

— Elles sont mon compromis entre le tailleur et le jean.

— Elles te vont bien.

— Bon… dit-elle en rejetant sa tresse par-dessus son épaule. J'emmène mes superbes bottes et ma veste qui en jette parler à Abe. J'ai une candidature à lui soumettre, à lui aussi, plus celle d'une masseuse pour Zen Town. Elle s'éloigna, puis se retourna. Je pleurerais au bout de deux heures, dans tes escarpins.

— Arrête ton char, tu es une dure.

— Je pleurerais intérieurement !

Bodine passa par son bureau prendre son manteau et son chapeau. D'après son planning, Abe devait donner des cours d'équitation.

Dans son pick-up, elle alluma la radio et descendit la vitre, afin que la musique et l'air vif lui libèrent l'esprit. Les montagnes enneigées se découpaient sur le ciel d'un bleu radieux, la neige scintillait sous le soleil ; la température était un peu remontée, si bien que le froid n'était plus mordant mais tonifiant.

Après dix minutes de route, Bodine se gara d'humeur détendue devant le centre équestre et pénétra dans le manège où résonnaient des éclats de rire nerveux.

— C'est bien, Deb, bravo ! Les talons vers le bas, Jim. Voilà.

Callen donnait une leçon à un couple de débutants, qu'il gérait de main de maître.

L'homme avait des facilités, constata Bodine. Il semblait aussi à l'aise sur un cheval que sur un tabouret de bar. Il montait Biff, une bête tranquille, quoique parfois aussi nonchalante qu'un adolescent par un matin d'été. Le rire nerveux chevauchait la docile Maybelle.

— Prêts à réessayer le petit trot ? demanda Callen.

La femme se retourna vers son compagnon.

— Oh, mon Dieu… Ça va, Jim ?

— Impeccable !

— Faites-leur comprendre ce que vous voulez, recommanda Callen.

Les chevaux accélérèrent le pas. Les deux élèves rebondissaient brutalement sur leur selle et Bodine grimaça pour eux.

— Changez de sens ! C'est bon, vous maîtrisez le trot. Encouragez-le, Jim ! Si vous l'écoutiez, il ferait du surplace. Voilà, très bien.

Callen chevauchait un superbe isabelle que Bodine n'avait jamais vu. Il l'amena au centre du manège et toucha le bord de son chapeau en apercevant Bodine.

— Vous voulez tenter un petit galop ? Baissez les coudes, Deb ! lança-t-il, provoquant un nouveau gloussement nerveux. Mais si, vous pouvez le faire ! Accompagnez ses mouvements.

— Je suis un peu… OK !

Les lèvres pincées, Deb bascula en arrière et poussa un cri lorsque sa jument allongea la foulée.

— Oh, mon Dieu, je galope… Jim !

— Je vois, chérie. Super !

Ils firent deux fois le tour du manège, et bien que la jeune femme oscillât comme un métronome, elle avait un sourire jusqu'aux oreilles.

— Ralentissez, maintenant. Voilà, au pas. Vous avez assuré comme des chefs.

— On peut réessayer le galop ? Oh, mince, l'heure est écoulée, dit Jim en consultant sa montre.

— Allez-y, un dernier tour.

— Yeehaw ! s'exclama Jim avec enthousiasme tandis que Biff entamait à contrecœur un autre tour de piste.

Bodine attrapa un marchepied et s'avança dans le manège. Callen descendit de sa monture et lui flatta l'encolure, les rênes jetées sur l'épaule.

Un peu essoufflée, les joues rouges, Deb lui adressa un sourire réjoui.

— J'ai accepté de faire du cheval uniquement parce que Jim m'a promis qu'il m'offrirait les bottes que j'ai repérées à la boutique de l'hôtel. Eh bien, contre toute attente, je me suis amusée comme une folle ! Comment je descends ?

En riant, Callen s'approcha et tint la bride de la jument.

— Lancez votre jambe par-dessus la selle et laissez-vous glisser.

Maladroitement, Deb posa un pied sur le marchepied que Bodine lui avait approché, puis elle la salua gaiement.

— Bonjour ! Vous travaillez pour Cal ?

— C'est la patronne, répondit celui-ci. Nous travaillons tous pour elle.

— Oh, enchantée de faire votre connaissance ! s'exclama Deb en tendant la main à Bodine. Nous avons passé un excellent moment, n'est-ce pas, Jim ? Dire que je n'étais jamais montée à cheval de ma vie... Je vais avoir des courbatures pendant une semaine, mais j'ai hâte de recommencer. On va faire une balade demain, chéri ?

— Inscrivez-nous, dit Jim en descendant de sa monture avec légèrement plus de grâce que son épouse. Ou je le ferai moi-même. J'ai téléchargé l'appli de l'hôtel. Très bonne idée, ma chérie. Jim Olster, se présenta-t-il à l'attention de Bodine.

— Bodine Longbow.

— Oh, même votre nom évoque le Montana ! s'extasia Deb. La région est magnifique. Nous ne sommes arrivés qu'hier, mais je suis déjà amoureuse. Vous pourriez nous prendre en photo, s'il vous plaît ? Moi, Jim, Cal et les chevaux. J'adore votre chapeau. Je veux le même ! J'aime beaucoup ces bords plats. Prépare ta carte de crédit, chéri, on va faire du shopping et arroser notre première leçon d'équitation au Saloon !

Bodine prit plusieurs clichés, dont un de Deb la joue pressée contre celle de la jument.

Le couple parti, Deb ne cessant de pépier joyeusement, Bodine amena Maybelle au box et entreprit de la desseller.

— Je dirais que nous avons là deux clients satisfaits.

— Et comment ! Elle devait vraiment avoir envie de ces bottes. Elle tremblait comme une feuille quand ils sont arrivés.

— Il faut dire que nous avons de chouettes bottes. Au fait, où est Abe ? C'était lui qui devait s'occuper des Olster, sur le planning.

Callen prit la selle des mains de Bodine et la posa sur la barrière.

— Tu n'es pas au courant ? Sa femme a eu des douleurs à la poitrine. Il...

— Edda ? Que lui est-il arrivé ? Où est-elle ? s'inquiéta Bodine en prenant aussitôt son téléphone.

— Pas de panique. Abe m'a envoyé un texto, il y a une demi-heure. Il semblerait qu'elle ait fait un petit infarctus.

Bodine faillit elle-même avoir une crise cardiaque.

— Un… Un *petit* ?

— Rien de gravissime, d'après ce que j'ai compris. Ils la gardent à l'hôpital, pour l'instant, mais son état est stable. J'étais là quand Abe a reçu le coup de téléphone. Elle était en ville avec des amies quand elle a commencé à se sentir oppressée. J'ai dit à Abe de vite aller la rejoindre, que j'assurerais son cours.

— Merci, mais quelqu'un aurait pu me prévenir.

— Abe avait la tête ailleurs, il est parti en catastrophe. Quant à moi, j'étais un peu occupé, avec la cliente qui menaçait de tomber dans les pommes.

— OK, je comprends.

Pour se calmer, Bodine enleva son chapeau, le frappa contre sa cuisse, et se mit à marcher de long en large.

— J'ai besoin d'en savoir plus… Elle est dans un état stable, tu as dit ? Tu en es sûr ?

— D'après Abe, elle râle déjà pour rentrer chez elle. Mais ils la gardent jusqu'à demain pour lui faire passer des examens.

— Quel genre d'examens ? OK, tu vas me dire que tu n'en sais rien. Je téléphonerai à Abe. Quelque peu tranquillisée, Bodine remit son chapeau. Il avait d'autres leçons, cet après-midi ?

— Une balade, répondit Cal avant qu'elle n'affiche le planning sur son Smartphone. Carol s'en chargera. Et une leçon hebdomadaire à 16 heures.

— Leslie Silk, je suppose. Elle a douze ans. Je lui donnerai son cours.

— Je m'en occuperai. Chase sait où je suis.

— OK. Très bien. Je vais embaucher quelqu'un. J'ai une candidature. Je voulais en parler à Abe, mais je vais appeler le type tout de suite, le convoquer pour un entretien. Si ce n'est pas un abruti fini, on le prendra.

Elle devrait aussi remanier le planning des femmes de chambre, puisque Edda ne reprendrait certainement pas le travail avant quelques jours. Abe lui donnerait des nouvelles plus précises.

— Ça va aller ? demanda Cal au bout d'un moment.

— Il faudra bien. Un « petit » infarctus, tu as dit ?

— C'est le mot qu'Abe a employé.

— OK, soupira Bodine, rassérénée. Qui est ce beau garçon ? s'enquit-elle en caressant la robe baie du hongre qu'elle ne connaissait pas.

— Je te présente Sundown, ma moitié. Sundown, Bodine.

Callen pointa le doigt vers le sol, et le cheval plia ses membres antérieurs, salua de la tête.

— Beau et intelligent, commenta Bodine.

— Sundown est le cheval le plus malin que j'aie jamais rencontré.

Callen tapota l'épaule de Bodine. Sundown s'approcha et posa la tête à l'endroit que son maître lui avait indiqué. En riant, Bodine lui passa un bras autour de l'encolure.

— Tu l'as depuis longtemps ?

— Depuis sa naissance ; on a fêté ses quatre ans en mai dernier. Je donnais un coup de main à un ami, entre deux films. Sa jument a mis bas pendant que j'étais chez lui. J'ai eu le coup de foudre au premier regard. Je l'ai acheté sur-le-champ, et quand il a été sevré, il est venu avec moi.

Callen enroula les rênes autour du pommeau de selle.

— Tu veux faire ton show, Sundown ?

Le cheval acquiesça de la tête et trotta jusqu'au centre de la piste.

— *Rattlesnake !*

Sundown se cabra et agita les pattes avant.

— *Backstable !*

Il reposa ses antérieurs et rua des jambes arrière.

— Do-si-do !

Il exécuta un pas de danse sur la gauche, puis sur la droite.

— Super !

Amusée, impressionnée, Bodine regarda le cheval s'avancer vers elle à la manière d'un homme roulant les mécaniques, les yeux pétillants de malice.

— Fais un bisou.

Sundown baissa la tête et frotta ses lèvres contre la joue de Bodine.

— Tu es un charmeur, toi, lui dit-elle en pressant sa joue contre la sienne. Tu l'as dressé ? demanda-t-elle à Cal. Tu as toujours su y faire avec les chevaux mais là, c'est étonnant.

— J'ai appris quelques trucs avec des pros, mais Sundown est vraiment exceptionnel.

— En effet.

L'amour était perceptible dans les paroles de Callen, cet amour indéfectible qui pouvait naître entre un homme et son cheval, que Bodine connaissait bien.

— Tu fais toujours de la voltige ?

Callen esquissa un sourire enjôleur.

— Tu veux que je fasse mon show, moi aussi ?

— Je me disais juste que tu pourrais donner des petits spectacles, les week-ends et en été.

— À voir.

— Ça attirerait un public familial. Les enfants adorent les spectacles équestres. Disons une demi-heure de spectacle, plus une demi-heure pour que les gamins puissent te poser des questions, caresser le cheval. Tu serais payé, évidemment. Si tu veux y réfléchir, je verrai comment on peut s'organiser.

Sundown donna un petit coup de museau dans l'épaule de son maître, comme pour lui dire : je suis partant !

— J'y penserai.

— Bien, on en rediscutera. Tu as besoin d'aide, là, maintenant ?

— C'est sympa, mais ça ira, je te remercie.

— Alors je te laisse. Tu es un bon prof, Skinner. Je ne te connaissais pas cette patience.

— Je l'ai longuement travaillée.

— Je m'en doute.

Lorsque Bodine s'éloigna, Callen suivit ses longues jambes du regard jusqu'à ce qu'elle disparaisse.

— La patience ne fait pas tout, murmura-t-il. La prochaine fois, je devrais peut-être moi aussi lui faire un bisou.

Sundown émit un son ressemblant étrangement à un ricanement.

Bodine passa le reste de la journée à donner des coups de téléphone, fixer des rendez-vous. En fermant la porte de son bureau, ce qu'elle ne faisait que très rarement, elle s'assura de n'être pas dérangée le temps de prendre ses mesures pour pallier l'absence d'Abe et d'Edda durant les prochains jours.

À son grand soulagement, pas une seule des personnes dont elle modifia le planning ne s'en plaignit.

Après avoir demandé un récipient hermétique de potage aux cuisines du Dining Hall, elle se rendit chez Abe et Edda. Et malgré les protestations de cette dernière, elle réchauffa elle-même la soupe de poulet, afin de s'assurer qu'ils mangent.

De retour au ranch, en retard encore pour le dîner, elle trouva une côte de porc au chaud dans le four, qu'elle dévora devant son ordinateur portable en dressant un dernier bilan des embauches qu'elle souhaitait effectuer.

Sa fourchette dans une main, elle pianotait de l'autre sur le clavier, la bouche pleine, lorsque sa mère entra dans la cuisine.

— Mm, grommela-t-elle.

— Il me semblait bien t'avoir entendue rentrer. Tu ne devrais pas travailler tous les jours aussi tard, ma chérie.

— Bien obligée, quand il y a des problèmes à régler.

— Il y en a tout le temps, répliqua Maureen. J'ai eu Edda au téléphone. Elle avait l'air un peu fatiguée, et soucieuse. Je crois que je vais boire une goutte de vin, moi aussi. Elle m'a dit que tu leur avais apporté du potage, et que tu le leur avais réchauffé. C'est sympa.

En se dirigeant vers le placard pour prendre un verre, Maureen s'arrêta et déposa une bise au sommet du crâne de sa fille.

— Elle m'a fait une de ces frayeurs, poursuivit-elle. Elle qui paraissait si... robuste. Elle ne sera pas opérée mais on lui a prescrit un traitement. Plus un régime, et de l'exercice.

Maureen s'assit à la table, remplit son verre, et ajouta un peu de vin dans celui de Bodine.

— Je veillerai à ce qu'elle prenne soin d'elle, déclara-t-elle. Quant à toi, tu ferais bien de te ménager. Tu as besoin de sommeil, et de manger à des heures régulières. Nous n'avons pas créé le complexe hôtelier, maman, ton père et moi, pour que tu travailles jour et nuit.

— Les circonstances sont particulières.

— Ne le sont-elles pas toujours ? rétorqua Maureen avec sa placidité coutumière.

— Non. En tout cas, je m'emploie en ce moment même à ce que tout rentre dans l'ordre. J'ai convoqué cinq personnes demain pour des entretiens. Je suis réactive, n'est-ce pas ? Et une autre après-demain.

— Six ? Jessie m'a dit qu'elle avait rendez-vous demain avec Chelsea. À ce sujet, je voudrais te dire quelque chose.

— C'est la nièce de Jane Lee Puckett, je sais, et je sais aussi que Mme Puckett est une de tes grandes amies.

— Plus que ça. Jane Lee est comme ma sœur depuis que la mienne... depuis que la mienne a fendu le cœur de ma mère en coupant les ponts, le jour de mon mariage... dit Maureen en buvant une gorgée de vin. Elle prit une profonde inspiration. Enfin bref, Jane Lee fait partie de ma famille. Je te rappelle qu'elle a changé tes couches, et celles de Rory, et de Chase, comme j'ai langé ses enfants. Ces choses-là sont très importantes.

— Absolument.

D'un simple regard, Maureen dissuada sa fille de toute protestation, explication ou excuse.

— Mais ce n'est pas tout ce que je voulais te dire. Chelsea est une fille intelligente et agréable. Elle a quitté un bon poste parce que ses parents avaient besoin d'elle, ce que je considère comme une grande qualité. Je crois par conséquent qu'il serait dommage de ne pas l'engager. Maureen leva la main avant que Bodine n'ouvre la bouche. C'est toi qui décides, bien sûr. Nous t'avons confié des responsabilités parce que tu es toi-même intelligente. Et non seulement tu le désirais, mais tu as travaillé dur pour en arriver là. Voilà ce que j'avais à te dire.

— Il me semble important que Jessica ait un entretien avec elle. Il est hors de question que je lui impose une assistante sans lui demander son avis.

— Naturellement, tu as entièrement raison. J'espère que Jessica nous confirmera qu'elle est une fille sensée. Qui sont les cinq autres personnes que tu as convoquées ?

— Deux serveurs, une femme de chambre, un palefrenier et une masseuse. Nous n'avions pas forcément besoin d'une masseuse dans l'immédiat, mais sa lettre de motivation m'a plu, et ça lui laissera le temps de se familiariser avec notre façon de travailler. Les autres sont indispensables, surtout la femme de chambre et le garçon d'écurie. En fait, il nous faudrait aussi un moniteur d'équitation, vu qu'Abe va prendre quelques jours pour s'occuper d'Edda. Je pourrais demander à Maddie de venir une ou deux fois par semaine, mais j'ai peur qu'elle se surmène.

— Propose-lui de venir une fois par semaine, et préviens-la que tu lui passeras un savon si elle en fait trop ou si elle monte à cheval.

— Bon compromis, il me semble. Auquel Bodine aurait très certainement pensé elle-même si elle n'avait pas eu le cerveau en surchauffe toute la journée. Callen a encore assuré les cours d'Abe, aujourd'hui. Je l'ai vu avec des élèves, hier : j'ai été agréablement surprise, je ne l'aurais jamais cru aussi pédagogue.

— Des profondeurs cachées ? répliqua Maureen avec un sourire. Ce garçon n'a jamais été aussi fou-fou que certains voulaient le penser, lui le premier.

— Peut-être… Il a un cheval épatant, en tout cas, un jeune isabelle. Il lui fait faire des figures impressionnantes.

— Il paraît. Je suis curieuse de le voir.

— Je lui ai suggéré de donner des spectacles. Il va y réfléchir. Les adultes adoreraient, et les enfants seraient dingues.

— Tu ne perds jamais le nord.

— C'est pour ça que je suis le boss.

Le lendemain, à 9 heures tapantes, Bodine reçut la candidate au poste de femme de chambre. Celle-ci lui fit bonne impression, si bien qu'elle appela une responsable d'équipe pour lui faire visiter un bungalow inoccupé.

— Beth vous raccompagnera ici quand vous en aurez terminé. Passez me voir, Yvonne, vous me donnerez votre sentiment.

Bodine se rendit ensuite au Dining Hall, où le maître d'hôtel auditionnait un candidat plein d'espoir. Celui-ci ne paraissait pas ses vingt et un ans. Il était vêtu d'une chemise blanche et portait une cravate serrée autour de sa pomme d'Adam qui tressautait nerveusement.

La plus ancienne des serveuses était assise en face de lui, bras croisés, le regard scrutateur.

— Nous avons notre façon de travailler, ici, et vous devrez vous y plier. Par exemple, si vous n'avez pas de table à servir, vous en débarrassez une autre. En cas de temps mort, il y a toujours quelque chose à faire, par exemple remplir les salières. Hors de question de se rouler les pouces, chez nous.

— J'ai l'habitude de travailler dur, madame.

— Peut-être, peut-être pas. Les fainéants ne font pas long feu, de toute façon. Pourquoi désirez-vous travailler ici ?

— J'ai besoin d'un emploi pour économiser et reprendre mes études.

— Pourquoi les avez-vous arrêtées ?

Le jeune homme rougit légèrement, sous ses cheveux blonds comme les blés.

— Mes parents m'aidaient, et je travaillais au Bigsby Café, comme je l'ai indiqué sur mon CV. Mais l'université coûte très cher. Il faut que je mette de l'argent de côté pour finir mes études. Le Bodine Resort est un bel établissement, moins loin de chez moi que Missoula.

Bodine vit Carrie Ann se radoucir, mais le pauvre garçon demeurait tendu comme un ressort.

— Vous aviez de bonnes notes ?

— Oh oui, madame.

— Qu'étudiez-vous ?

— Les sciences de l'éducation. Je voudrais être enseignant. Maître d'école... Ses joues s'empourprèrent. Je souhaite contribuer à la formation et à l'information des jeunes esprits.

— Noble ambition.

— Oui, madame.

Carrie Ann marmonna quelque chose entre ses dents et jeta un regard à Bodine.

— Bon, je vous prends à l'essai à La Mangeoire. Si vous nous donnez satisfaction, Sylvia, des relations humaines, vous établira un contrat.

— Je... euh... Je suis embauché ?

— À condition que vous fassiez vos preuves. N'oubliez pas votre blouson. Il fait froid, dehors.

Carrie Ann se leva, s'approcha de Bodine et lui chuchota :

— Il fera l'affaire.

— Je dirai à Sylvia de préparer son contrat, déclara Bodine.

Elle s'apprêtait à prendre congé lorsque Jessica vint à sa rencontre.

— Ah, Bo, tu es là, parfait. Je voudrais te présenter Chelsea.

— Nous nous connaissons déjà, minauda l'intéressée.

Bodine se tourna vers la jolie brune aux yeux de biche.

— Désolée, mais je n'ai aucun souvenir de vous. En revanche, je connais bien votre tante et votre oncle.

— J'ai fêté mon treizième anniversaire chez eux. Vous nous avez emmenés faire une balade à cheval, et c'est là que j'ai embrassé un garçon pour la première fois. J'étais persuadée que je l'épouserais et que nous aurions au moins six enfants. Autant vous dire que je ne suis pas près d'oublier ce jour-là !

— Qu'est devenu ce garçon ?

— Il s'est révélé qu'il aimait un peu trop embrasser les filles. J'avais beau n'avoir que treize ans, j'ai vite compris qu'il ne ferait pas un bon mari.

— Enchantée de vous revoir.

— Chelsea me plaît beaucoup, intervint Jessica en passant un bras autour du cou de la jeune femme. Je la veux pour moi.

— Je ne crois pas que tu aimes embrasser les filles, donc j'en déduis que tu es engagée, Chelsea.

— Merci beaucoup, à toutes les deux ! Vous remarquerez que je ne saute pas de joie, alors que j'en meurs d'envie, ce qui prouve ma maturité et mes bonnes manières ! Oh, si je m'écoutais, je danserais !

Cela fit rire Bodine.

— J'ai vraiment envie de travailler ici. Je suis sûre que vous serez contentes de moi.

Chelsea s'interrompit à l'arrivée de Rory.

— Voici le club des plus jolies, dit-il au jeune homme qui l'accompagnait.

— Mon frère, Rory, du service commercial et marketing. Rory, je te présente Chelsea Wasserman.

Rory tendit la main à la jeune fille.

— Vous êtes la nièce de Jane Lee, n'est-ce pas ? Elle m'a souvent vanté votre beauté, mais je croyais qu'elle vous voyait avec le regard indulgent d'une tante. Je constate maintenant qu'elle n'exagérait pas.

— Chelsea sera mon assistante, déclara Jessica. Tu auras l'occasion de la voir souvent.

— Super ! Bo, voici Esaü LaFoy. Sal m'a dit que tu avais rendez-vous avec lui à 10 heures.

— Tout à fait.

— Je suis un peu en avance. Je peux attendre à la réception, si vous avez des choses à faire.

Il n'était guère plus vieux que le nouveau serveur, pensa Bodine, mais il ne semblait pas du genre à rougir pour un rien. Ses yeux noisette aux reflets verts soutenaient son regard avant autant d'aplomb que de révérence.

— Je suis à vous. Allons nous installer dans mon bureau, dit-elle en ouvrant le chemin.

Il portait un Levi's impeccable, une chemise à carreaux, une veste en jean doublée de laine polaire, des bottes usées mais néanmoins lustrées et un chapeau de cowboy qu'il enleva poliment et posa sur ses genoux en s'asseyant sur le fauteuil que Bodine lui indiqua.

— Bien, Esaü… Vous êtes donc de Garnet…

— Oui, comme mon père, et son père avant lui. On m'appelle Easy, en général, miss Longbow.

— OK. Vous avez pas mal bourlingué, Easy…

— Par-ci par-là. J'ai suivi un temps le circuit du rodéo, en travaillant dans les ranchs quand j'avais besoin d'argent. Vous avez les noms de mes patrons sur mon CV, ils vous diront que je sais travailler et que je connais les chevaux.

— Pourquoi avez-vous abandonné le rodéo ?

— C'est que ça coûte cher, le rodéo, il faut avoir des revenus réguliers ! Et j'ai fait deux mauvaises chutes. Et puis mon père n'est plus tout jeune. Je me suis rendu compte que si je m'amochais, il n'aurait personne pour l'aider quand il en aurait besoin. On a quelques hectares au sud de Garnet. Il en est fier, et il est costaud, mais dans quelques années, il ne pourra plus faire tout ce qu'il fait.

— Nos besoins en personnel peuvent être sporadiques, l'hiver. Vous ne travaillerez peut-être pas quarante heures par semaine.

— Je me contenterai de ce qu'on me donnera, m'dame.

— Vous avez votre propre cheval ?

— Pas pour l'instant, j'ai dû le vendre. Je pourrai peut-être en trouver un autre, si vous voulez, répondit Easy avec un sourire affable, révélant une incisive ébréchée et un charme indolent.

Il avait une bonne tête, pensa Bodine, le teint hâlé des cowboys qui passaient des heures en selle, par tous les temps. Ses mains, parfaitement calmes, présentaient les callosités qu'elle attendait de quelqu'un travaillant avec les chevaux.

Elle avait déjà vérifié ses références, et on lui avait assuré qu'il était irréprochable. Il avait arrêté l'école tôt, mais il connaissait les chevaux.

— Il n'est pas nécessaire que vous ayez votre propre monture. Nous vous en prêterons une. Avez-vous déjà donné des leçons d'équitation ?

Il ouvrit la bouche, la referma aussitôt et prit son temps avant de répondre :

— Je veux ce job, je devrais vous dire oui, mais ce serait mentir. Il y a bien eu cette fille que j'ai rencontrée à Abilene, à qui j'ai appris à monter, mais c'était pour s'amuser. J'ai aussi appris à des copains, mais c'est tout.

Ce garçon n'était pas une lumière, mais il était poli, aimable et honnête. Et Bodine n'avait pas vraiment le choix.

— Vous n'aurez pas seulement à vous occuper des chevaux, ici, à leur donner à manger et à les panser. Vous serez sûrement appelé à accompagner des balades, or certains de nos clients n'ont jamais fait d'équitation, ou ils n'ont pas monté depuis des années. Vous devrez vous adapter à eux, veiller à ce qu'ils n'aient pas d'ennuis, apprendre à connaître les chemins de randonnée.

— Les chevaux sont plus faciles à comprendre que les gens, mais les humains ne sont pas si difficiles non plus, il me semble, si on fait un peu attention.

— Je ne peux pas dire le contraire. Que diriez-vous d'aller visiter le centre équestre pour faire connaissance avec le responsable ?

— Avec plaisir ! s'exclama Easy en se levant.

5

Bodine parvint à rentrer au ranch à l'heure du dîner, s'épargnant ainsi les reproches de Clémentine, et autour du repas, elle fit à sa famille le compte-rendu de ses embauches.

— Tu as réglé pas mal de choses en une journée, la félicita son père en sirotant les deux doigts de whisky qu'il se servait chaque soir en guise de digestif.

— J'ai encore un entretien demain. Toutes les personnes que j'ai engagées aujourd'hui étaient motivées, elles présentaient bien et elles ont fait bonne impression auprès de leurs responsables respectifs, dit-elle en jetant un coup d'œil à Chase. Comme Abe n'était pas là, j'ai demandé à Callen de jauger LaFoy.

— On peut se fier à son avis.

— LaFoy... marmonna Sam, le front plissé. Ce nom ne me dit rien.

— Il est de Garnet.

— Je ne crois pas connaître ces gens-là.

— On verra comment il se débrouille. Je l'ai observé un moment, au centre équestre, avant de le laisser avec Callen. Il connaît les chevaux, c'est sûr, et le courant a eu l'air de passer avec Callen et Ben. J'avais dit à Callen de me le faire savoir, s'il avait des réserves. Vu qu'il ne m'a pas rappelée, j'ai engagé LaFoy. Et j'ai suivi ton conseil, maman : j'ai demandé à Maddie d'assurer les cours d'équitation un jour par semaine.

— Je suis sûre que ça se passera bien. Pour ma part, je suis contente que Chelsea t'ait plu. Tu ne regretteras pas de l'avoir embauchée.

— Je l'ai trouvée sympathique. Quant à Jessie, elle l'a tout de suite adorée. J'ai apprécié qu'elle passe deux heures dehors à se mouiller les pieds. Ça prouve qu'elle n'a pas peur de marcher dans la boue.

— Tu nous avais dit que la nièce de Mme Puckett était sérieuse, intervint Rory, mais tu ne nous avais pas prévenus qu'elle était canon. Une vraie bombe.

— Ne t'emballe pas, grommela Bodine.

— Ne t'avise pas de lui faire du gringue, Rory Carter Longbow, ajouta Maureen en pointant un index sévère sur son fils.

— Je n'y peux rien si je suis un charmeur !

Chase terminait son repas comme il avait commencé sa journée, avec une tasse de café noir.

— On t'attachera s'il le faut, menaça-t-il. Au fait, j'ai vu Abe, tout à l'heure.

— Comment va Edda ? s'enquit Bodine.

— Plutôt bien, mais cette alerte a fichu la trouille à Abe. Il pense emmener Edda passer quelques jours chez leur fils, pour Thanksgiving. Et à Noël, ils iront sûrement une semaine ou deux chez leur fille.

— Il ne m'en a pas parlé…

— Laisse-moi finir. Leurs enfants insistent, et Abe a bien compris que s'il reprenait le boulot, Edda ne voudrait pas rester en congé de maladie. Il voudrait qu'elle se repose avant leur voyage en Arizona.

— Je comprends mais…

— Il ne t'en a pas encore parlé, poursuivit Chase, parce qu'il voulait d'abord savoir si ça ne m'embêtait pas que Cal le remplace, vu que Cal était censé travailler au ranch, initialement.

— Certes, mais…

Chase leva un doigt, Bodine roula les yeux.

— Je lui ai dit qu'il n'y avait pas de problème, que papa était d'accord aussi, à condition que Cal le soit également, bien entendu.

Bodine marqua un instant de pause exagérément long.

— Donc l'affaire est réglée ?

— Oui.

— Je n'ai pas mon mot à dire ?

Chase haussa les épaules.

— Dis toujours, mais si on décrète qu'on veut garder Cal au ranch, il restera au ranch. Et si Cal n'a pas envie de travailler au centre équestre, on le gardera au ranch, non ?

Bodine martela la table des doigts.

— Qu'en pense Cal ?

— Je ne lui ai pas encore posé la question. J'ai vu Abe juste avant le dîner. Je comptais lui en parler demain matin.

— Je m'en chargerai, merci quand même.

— Pas de problème. Je ne vois pas pourquoi tu t'énerves.

Bodine afficha son sourire le plus mielleux, et aussi le plus effrayant.

— Alors je vais t'expliquer. Si Abe veut prendre une disponibilité de novembre jusqu'en avril, c'est à moi qu'il aurait dû s'adresser, vu que lui et sa femme occupent des postes à responsabilité. Ensuite, c'est également à moi qu'il aurait dû demander si j'étais d'accord pour que Callen Skinner le remplace – c'est ce que tu aurais dû lui dire. Le cas échéant, je vous aurais demandé, à papa et à toi, si vous pouviez me libérer Cal jusqu'en avril pour le centre équestre. Après quoi, j'en aurais parlé à Cal.

Chase haussa de nouveau les épaules.

— Ce serait revenu au même, sauf que ça aurait pris plus de temps.

Frustrée, légèrement froisée, Bodine leva les mains d'un geste agacé.

— Le temps n'est pas la question. Le ranch et le complexe hôtelier sont deux entités distinctes. C'est ce qui a été décidé, à bon escient, lorsque Nana a voulu faire évoluer l'affaire familiale. Il va falloir établir un nouveau contrat, négocier un salaire, définir un profil de poste.

— Dans tous les cas, répliqua Chase platement.

Sa mère lui décocha un regard froid.

— Abe aurait dû s'adresser à Bodine, et non pas à toi. Elle est en droit d'être contrariée. Les hommes sont peut-être plus nombreux à cette table que les femmes, mais cela ne vous donne pas plus de poids pour autant. Abe est tenu de respecter la hiérarchie et, jusqu'à preuve du contraire, Bo est sa supérieure. J'attribuerai sa bévue au souci que lui cause Edda. J'espère que tu en feras de même, Bodine, et que tu te montreras indulgente.

— Bien sûr, acquiesça-t-elle, sa colère quelque peu apaisée.

— Le ranch et le resort sont indépendants, comme tu l'as souligné, intervint Sam, son verre de whisky à la main. Ta grand-mère a eu du discernement, toutes ces années en arrière. Elle a bien vu que tes oncles n'étaient pas disposés à s'occuper d'un ranch de cette taille, et qu'aucun de leurs fils – ni de leurs filles, ajouta-t-il avec un regard en direction de Maureen – n'aurait envie de prendre la relève. Alors elle a eu l'idée d'ouvrir le ranch aux touristes, ce qui a permis de maintenir une activité d'élevage.

Il prit le temps de siroter une gorgée, et personne à la table n'aurait osé l'interrompre.

— Quand je suis entré dans la famille, reprit-il, ta mère, la sienne et sa grand-mère se sont concertées et de grands projets ont vu le jour. Nul doute que nous avons des femmes intelligentes et visionnaires dans la famille, et nous avons aussi deux entreprises qui nous permettent de vivre bien, sur des terres qui nous sont chères. Toutes deux honorent la mémoire de ton grand-père. Ce ne sont pas que de simples affaires commerciales, nous ne devons pas l'oublier.

— Non, père, acquiesça Bodine, je ne l'oublie pas.

— Je le sais. Cela dit, ça me manque, parfois, de ne plus te voir dans les paddocks, dans les étables, dans l'écurie. Une fille peut manquer à son père.

— Papa…

— Elle peut lui manquer et en même temps faire sa fierté. Ce que nous ne devons pas oublier, et nous ne l'oublierons pas, c'est que nous avons bâti une communauté, une famille. Abe est inquiet pour sa femme, et il fera tout pour la protéger – qu'elle le veuille ou non. Connaissant Edda, je me doute qu'elle doit lui donner du fil à retordre. Je ne pense pas qu'il t'ait manqué de respect en s'adressant à Chase.

— Je ne le pense pas non plus, marmonna Bodine en fusillant son frère du regard.

— Je t'ai répété ce qu'il m'a dit, lui lança-t-il. À toi maintenant de prendre ta décision.

— Je vous tiendrai au courant, déclara Bodine en se levant. Je vais faire un tour, réfléchir à tout ça.

Rory attendit qu'elle ait quitté la pièce.

— Ouh là là, pourquoi toutes ces histoires ? *Mucho sensitivo.* Après tout…

Il s'interrompit devant le regard glacial de sa mère.

— Tu ne sais pas ce que c'est que de travailler avec des hommes quand on n'a pas de pénis, alors abstiens-toi de commentaires, s'il te plaît. Médite donc cela et aide Clémentine à débarrasser.

— Bien, mère.

Cinq minutes plus tard, Chase se retrouvait seul à table avec son père.

— J'ai juste discuté avec Abe, dit-il. Et je cède notre meilleur cavalier à Bo pour quatre mois, s'il est d'accord. Franchement, je ne vois pas pourquoi elle en fait tout un plat.

— Que ce soit en affaires, en famille ou en couple, l'essentiel est de trouver le juste équilibre, mon fils. Si on allait fumer un cigare dehors et casser du sucre sur le dos des femmes ? C'est bon pour l'équilibre, de temps en temps.

— Je vais chercher mon manteau.

Emmitouflée dans le sien, Bodine marchait à grands pas dans l'air pur et froid. La bise portait l'odeur des pins, de la neige et des bêtes. La lune, presque pleine, se découpait dans le ciel étoilé. Une vache meugla dans une étable, une chouette ululait au loin, un chat se faufila hors de la grange.

Les deux chiens du ranch, Clyde et Chester, la suivirent un moment en tournant autour d'elle puis, comprenant qu'elle n'était pas disposée à jouer, ils s'éloignèrent en gambadant joyeusement.

Sa colère s'évacuant peu à peu, elle fit le point sur la situation. Elle devrait avoir une discussion avec Abe et Edda, quand le ressentiment se serait dissipé, car son père avait raison : il fallait préserver le caractère familial de l'entreprise. Néanmoins, elle remettrait les pendules à l'heure quant aux responsabilités de chacun.

Ensuite, elle nommerait temporairement l'une des femmes de chambre à la tête de l'équipe. Ou sinon, elle devrait sans arrêt gérer elle-même des problèmes mineurs de planning.

Elle devrait également se préparer à l'éventualité que ces deux plus anciens employés décident d'anticiper leur retraite. Cette perspective l'attrista. Abe et Edda travaillaient au ranch depuis les débuts de l'aventure hôtelière, et ils s'étaient adaptés à tous les changements.

Certes, personne n'était irremplaçable, mais Abe et Edda lui laisseraient un énorme vide.

Au lieu de se diriger vers le cabanon, Bodine bifurqua vers les écuries. Callen pouvait attendre.

Elle tira la targette du grand portail et fut accueillie par l'odeur des chevaux, du foin, du fumier, du grain, du liniment et du cuir.

Sur son passage, des têtes équines sortirent de leur box, certaines la saluèrent d'un hennissement, mais elle continua jusqu'au bout de l'allée, où elle était attendue avec impatience.

— Salut, mon beau.

Elle caressa les joues de l'appaloosa qu'elle avait baptisé Leo en raison de sa robe tachetée évoquant le pelage d'un léopard. Il lui donna un petit coup de tête dans l'épaule, l'observant de ses magnifiques yeux bleus.

Une fille pouvait manquer à son père, pensa-t-elle. Une fille pouvait aussi manquer à son cheval.

— Désolée... Je t'ai un peu délaissé, ces derniers temps. Depuis quinze jours...

Elle secoua la tête, pénétra dans la stalle et entreprit de lui brosser les flancs.

— Non, pas d'excuse, pas entre nous. Tu sais quoi ? Demain, tu m'emmèneras au travail, ça nous fera une bonne balade. Tu passeras la journée avec tes copains du centre équestre, et on refera une autre bonne balade le soir. Tu m'as manqué, toi aussi.

Elle sortit une carotte de la poche, que Leo reniflait.

— Tu es malin, hein, toi... Surtout, ne le dis à personne.

Tandis qu'il mastiquait bruyamment, elle posa la tête sur son cou.

— Je trouverai des solutions à mes problèmes, pas vrai ? J'en ai déjà trouvé une partie. Chase mériterait mon pied où je pense, mais je me débrouillerai.

Elle frictionna affectueusement le cheval.

— Allez, mon beau, à demain.

Se réjouissant de la perspective d'une longue chevauchée, elle distribua quelques caresses en repartant, puis prit le chemin du cabanon.

Le petit chalet rustique en bardeaux de cèdre se trouvait à un jet de pierre de la maison familiale, et à quelques pas du bâtiment où le personnel du ranch était logé. Avec son toit pointu, doté d'une petite galerie, il était le dernier vestige des premiers bungalows destinés aux touristes. Les autres avaient été démolis, et le bois réutilisé pour la construction du complexe hôtelier. Le cabanon avait été conservé pour héberger des invités, entreposer du matériel ou faire office de salle de jeu totalement clandestine.

Aujourd'hui, il abritait Callen Skinner.

Un fer à cheval tenait lieu de heurtoir mais Bodine frappa de la main contre la porte tout en regardant la fumée s'échapper de la cheminée.

— Salut voisine, dit Callen en lui ouvrant.

— Salut. Tu as une minute ?

— J'ai même toute la soirée. Tu as dîné ?

— Oui, je viens juste de… Oh, fit-elle en voyant une assiette sur la table. Tu étais en train de manger ? Je repasserai plus tard.

— Entre, je t'en prie, insista Callen en refermant la porte derrière elle. Je t'offre une bière ?

— Non, je te remercie.

Il s'empara d'une télécommande et éteignit la télé où passait un vieux film en noir et blanc.

Dans un espace restreint, le coin séjour-cuisine avait été aménagé avec goût et ingéniosité par la mère de Bodine. Il donnait sur une chambre pourvue d'une salle de bains si exiguë que Bodine se demanda comment Callen parvenait à se doucher sans se cogner les coudes ou les genoux.

— Tu ne veux pas t'asseoir ?

— Ça m'ennuie vraiment de te déranger en plein repas.

— Assieds-toi, on discutera pendant que je finis de manger. Enlève ton manteau si tu ne veux pas crever de chaud.

Le vieux poêle en fonte diffusait en effet une douce chaleur. Bodine posa son pardessus sur le dossier d'un fauteuil, puis elle s'installa en face de Callen à la minuscule table de la kitchenette.

— Tu cuisines ?

Il découpa un morceau de son steak.

— Suffisamment pour ne pas mourir de faim. J'aurais pu souper au réfectoire, mais j'avais des trucs à faire.

Un classeur était posé près de lui, qu'il referma.

— Tu passais dans le coin ? demanda-t-il.

— Oui. J'aime bien ce coin.

— Moi aussi.

— J'ai engagé LaFoy, vu que tu ne m'as pas rappelée.

— On était convenu que je te le dirais si je ne le sentais pas, c'est bien ça, non ? Je ne t'ai pas appelée parce qu'il m'a fait bonne impression. Il connaît les chevaux, il est débrouillard, il t'écoute quand tu lui parles et il a été très sympa avec tout le monde quand je lui ai fait faire le tour des lieux. On a croisé un couple de touristes avec leur bambin, qui venaient voir les chevaux. Il s'est montré poli et aimable. Il n'a pas inventé le fil à couper le beurre, c'est sûr, mais je crois qu'il fera l'affaire.

— Je le pense aussi, dit Bodine en se renversant contre le dossier de sa chaise, avec un soupir. Il faut que je te parle de quelque chose, Skinner. Abe ne reprendra sûrement pas le travail avant avril. Il se fait du souci pour Edda, il voudrait qu'elle se repose. Du coup, ils vont aller passer quelque temps chez leurs enfants.

— Sage décision, il me semble.

— Il avait été question que tu fasses quelques heures au centre équestre…

— Il faudrait que j'en fasse davantage, je suppose…

— Oui. Mon père et Chase sont d'accord pour qu'on te prenne à temps plein au complexe hôtelier, cet hiver. Si tu l'es toi aussi, on pourra discuter salaire. Sinon, si tu préfères rester au ranch, pas de problème, je me débrouillerai autrement. J'aimerais juste que tu continues à nous dépanner jusqu'à ce que j'embauche quelqu'un.

Callen prit une bouchée de purée, but une gorgée de bière.

— Hm… fit-il.

— Je peux muter une femme de chambre pour remplacer Edda, mais je n'ai personne en interne qui puisse assurer les fonctions d'Abe. Même si Maddie n'était pas enceinte, elle n'aurait pas l'étoffe d'une responsable, et je ne crois pas que ça lui plairait. Si tu n'es pas intéressé, je recruterai en externe.

Tout en mangeant, Cal réfléchit un instant.

— Tu peux me présenter le poste en détail ? Le salaire, certes, mais aussi les tâches, les responsabilités, l'autonomie qu'on attendra de moi si j'occupe cette place officiellement… Temporairement mais officiellement.

— Bien sûr, acquiesça Bodine, soulagée qu'il ne lui donne pas une réponse trop hâtive. Donne-moi ton adresse mail, je t'enverrai le descriptif du poste par écrit.

— Je veux bien te donner mon adresse mail, dit-il, et il l'énonça, mais si tu n'as pas tous ces détails en tête, qu'on me fasse manger mon chapeau !

Elle garda un instant le silence avant de demander :

— La bière est au réfrigérateur ?

Et elle se leva pour prendre une cannette, qu'elle ouvrit au décapsuleur mural.

— J'aime bien la bière, dit-elle en buvant une première gorgée. Je préfère le vin, mais il n'y a rien de tel qu'une bière bien fraîche.

Puis elle se rassit et entreprit de détailler le profil de poste, les tâches, les responsabilités, l'échelle hiérarchique, le règlement du complexe hôtelier.

La liste était longue. Elle s'interrompit, but une gorgée.

— Tu es sûr que tu ne veux pas que je t'envoie tout ça par mail ?

— Je crois que je peux déjà me faire une idée. Le job paraît intéressant.

Bodine avait de toute façon l'intention de lui transmettre un mail. Quand elle énonça le salaire, Cal mangea un morceau de steak, pensif.

— Ça me convient, dit-il enfin.

— Parfait. Tu veux prendre le temps de réfléchir ?

— Juste d'en parler à Sam et à Chase.

— Ils sont d'accord, je te l'ai dit.

— Je te crois sur parole, mais ils m'avaient engagé au ranch. Je préfère qu'ils me donnent leur feu vert de vive voix. Ils me le donneront, je le sais, donc j'accepte ton offre – malgré la position délicate dans laquelle elle me placera, pendant quelques mois.

— Comment ça ?

Cal sirota une gorgée de bière, tout en scrutant Bodine de ses yeux gris.

— Eh bien, ça risque d'être coton de draguer la patronne… Ce n'est déjà pas évident de faire la cour à la fille et sœur de ses patrons, mais pas impossible. Séduire le big boss, par contre, c'est une autre paire de manches.

Par-dessus sa cannette, elle scruta son regard.

— On sera l'un et l'autre trop débordés, crois-moi, pour que tu aies le temps de me faire des avances et moi de les esquiver.

— On trouve toujours le temps pour ces choses-là, répliqua-t-il, amusé. Tu es bonne à l'esquive ?

— Je suis légère et vive sur mes jambes, Skinner. Et j'aimerais vraiment que nous ayons de bons rapports professionnels, alors évite de les compliquer, s'il te plaît.

— Ce n'est pas ma faute si tu es devenue aussi belle. Que dirais-tu d'un rendez-vous ? Le 1er mai, c'est un bon jour. Ce sera le printemps et tu ne seras plus ma patronne. Je t'emmènerai danser.

Le feu crépita dans le vieux poêle, rappelant à Bodine la flamme qu'elle avait nourrie pour Callen.

— Si tu m'avais parlé comme ça quand j'avais douze ou treize ans, mon cœur se serait embrasé. J'avais un faible pour toi, à l'époque.

Un sourire charmeur étira les lèvres de Cal.

— C'est vrai ?

— Oh, oui. Tes airs de voyou m'ont titillé les hormones pendant quelques semaines, voire quelques mois, qui m'ont paru des années. Que vous me considériez comme une peste, Chase et toi, ne faisait que rajouter du piment à l'affaire.

— Je reconnais qu'on n'a pas toujours été très gentils avec toi.

— Oh, non ! Ton dédain me brisait le cœur. Les garçons de quinze ou seize ans ne s'intéressent pas aux gamines de douze. Cela dit, à douze ans, on oublie très vite son premier béguin.

— Je t'avouerai que quand tu as eu quinze ans, je ne te regardais plus du même œil.

— Ah oui ? fit-elle en buvant une gorgée de bière.

— Tu as mis du temps à t'épanouir mais tu as fini par devenir une superbe fleur, dit Cal en se levant pour prendre une autre cannette. Il en offrit une à Bodine, qu'elle refusa de la tête. Mais à ce moment-là, j'avais dix-huit ans, et je pensais à quitter le nid, voler de mes propres ailes et faire fortune. De toute façon, tu étais toujours la petite sœur de mon meilleur copain.

— Ça, ça ne changera jamais.

— Sauf que tu n'es plus si petite. Nos trois ans de différence ne comptent plus.

— Tu as fait fortune ?

— Je me suis pas mal débrouillé. Mieux que je l'espérais. J'ai appris des choses, en tout cas. Et me voilà de retour, définitivement.

Quand elle arqua les sourcils, il secoua la tête d'un air blasé.

— J'en ai assez de bourlinguer. Ma terre est là. Peu importe qu'elle m'appartienne ou non, j'aime me réveiller le matin en sachant que je suis là où j'ai envie d'être, avec un bon job, bien entouré.

Ces paroles touchèrent une corde sensible.

— Tu t'es assagi.

— Disons que j'ai moins la rage. Mais revenons-en à ce rendez-vous…

En riant, Bodine posa sa cannette et se leva.

— Je t'enverrai ton planning de la semaine. Attends-toi à des changements de dernière minute. Les clients attendent souvent d'être sur place pour réserver une leçon d'équitation ou une randonnée. À partir de la semaine prochaine, il y aura en outre les balades en traîneau. Si tu as des questions, ajouta-t-elle en enfilant son manteau, envoie-moi un mail, ou passe à mon bureau.

— Tu n'as toujours pas dit oui ou non pour le 1er mai.

— Merci pour la bière, lança-t-elle avec un sourire.

Et là-dessus, elle prit congé.

En riant intérieurement, Callen plaça une main sur son cœur. Il aimait que les femmes lui résistent, surtout quand elles avaient l'esprit acéré.

Il avait toujours été friand de défis.

Les pieds en compote, Billy Jean encaissa la dernière note et termina de ranger le Saloon.

Elle avait hâte d'enlever ses chaussures et de se mettre au lit, même si personne ne l'attendait, depuis qu'elle avait montré la porte, quelques jours plus tôt, à son menteur de petit ami.

Surtout, elle avait hâte de déposer ses pourboires de la soirée dans sa Cagnotte Robe rouge.

Elle l'avait repérée en faisant du shopping en ligne, l'avait placée dans son panier, qu'elle consultait chaque jour avec envie et impatience. Si ses calculs étaient bons, elle pourrait cliquer ce soir sur « Acheter ».

Cent cinquante dollars... Beaucoup d'argent pour un vêtement, pensa-t-elle en éteignant les lumières. Mais pas pour cette robe-là. Elle avait travaillé dur, elle l'avait méritée, et elle incarnerait le symbole de son nouveau statut de célibataire.

Elle l'étrennerait à l'occasion de sa prochaine soirée de repos. Elle irait peut-être danser et boire un verre au Roundup, songea-t-elle avec une pensée amère pour son ex.

Elle quitta le bar dans la nuit glaciale et silencieuse, ses pas crissant sur le gravier. Elle avait laissé les derniers clients s'attarder plus longtemps qu'elle n'aurait dû. En contrepartie, elle avait reçu un généreux pourboire.

Demain, elle ferait la grasse matinée. Elle aimait travailler la nuit.

Elle monta dans sa petite voiture, une occasion achetée à crédit, qu'elle mettrait des années à rembourser, mais elle en avait besoin pour se déplacer.

Les rues de ce qu'ils appelaient Bodine Town n'étaient pas goudronnées et les nids-de-poule lui rappelèrent qu'elle avait oublié d'aller aux toilettes avant de partir.

Quand elle serait sur la route goudronnée, elle pourrait mettre les gaz. Sa petite voiture pouvait être aussi rapide qu'un lièvre à cette heure tardive où il n'y avait pas de circulation.

Dans quinze minutes, elle serait chez elle.

Sa voiture se mit soudain à tousser, elle eut un raté puis elle s'immobilisa.

— Et merde ! C'est quoi, ce délire ?

En pestant, Billy Jean tourna la clé, pompa sur l'accélérateur. Rien ne se produisit. Elle frappa le volant.

Que faire ?

Elle ferma les yeux un instant, rassembla ses esprits. Puis elle descendit de la voiture et souleva le capot. Avec un juron, elle le relâcha et retourna chercher une lampe-torche dans la boîte à gants.

Elle savait changer une roue, elle avait déjà crevé. Elle savait également ajouter de l'eau dans le radiateur, de l'essence dans le réservoir, et rebrancher les câbles de la batterie. Pour le reste, elle ne connaissait pas davantage la mécanique auto que les fusées lunaires.

Elle bloqua le capot en position ouverte, donna un coup de pied dans le pneu avant et fouilla dans son sac, sur le siège passager, à la recherche de son téléphone.

Instinctivement, elle faillit composer le numéro de Chad, puis elle se remémora qu'il n'était qu'un menteur et qu'elle avait rompu. Ses parents ? Ils mettraient une bonne quarantaine de minutes à venir jusque-là.

Elle hésita entre appeler un dépanneur ou son amie Sal. Celle-ci n'habitait pas loin mais...

N'était-ce pas un bruit de moteur qui se rapprochait ? Si ! Des phares apparurent. Ouf !

Le pick-up ralentit et se gara derrière sa voiture. Billy Jean se précipita vers la vitre du conducteur.

— Vous avez besoin d'aide, mademoiselle ?

— Je crois bien ! répondit-elle avec son plus beau sourire.

1992

Thanksgiving revint. Alice rayait les jours sur le calendrier que Monsieur ne lui avait pas encore confisqué.

Elle essaya de s'imaginer chez ses parents, autour de la grande table de la salle à manger.

Maman avait dû préparer deux grosses dindes – une pour les ouvriers du ranch. Une délicieuse odeur devait flotter dans la cuisine. Grandpa ferait griller du bœuf au barbecue, Grammy glacerait un jambon – l'un des plats préférés d'Alice.

En accompagnement, il y aurait de la purée, des patates douces, des haricots verts et des choux de Bruxelles – elle ne raffolait pas des légumes verts.

Alice s'occuperait de la sauce aux canneberges. Elle aimait regarder les baies bleutées éclater dans l'eau bouillante. Reenie ferait des œufs à la diable, une recette qui demandait du temps et beaucoup de patience.

Et lorsque l'on était sûr de ne plus rien pouvoir avaler ? Des desserts à n'en plus finir !

Alice se revit enfant, au côté de sa sœur à la table de la cuisine, confectionnant des tartelettes avec les restes de pâte de la tourte, maman fredonnant en épluchant les pommes.

Des images hélas trop furtives, auxquelles Alice tentait désespérément de se raccrocher, allongée sur le lit de camp de cette horrible cave, la chaîne pesant à sa cheville et les bras vides.

Il lui avait enlevé son bébé.

Le lait s'était tari mais une douleur fantôme persistait dans sa poitrine, cruel souvenir.

Elle s'évadait dans le sommeil – c'était tout ce qui lui restait. Dans ses rêves, elle retournait chez ses parents, savourer la dinde de Thanksgiving, galoper au soleil couchant.

Reverrait-elle jamais le soleil ?

Se farder les lèvres, acheter une robe. S'allonger dans l'herbe sous les étoiles avec un garçon qui la désirait.

La toucherait-on de nouveau un jour avec amour et douceur ?

Elle se transportait dans sa chambre aux murs roses tapissés de posters d'acteurs, aux fenêtres ouvertes sur les montagnes et sur le ciel.

Quand elle ouvrait les yeux, la réalité lui broyait le cœur. Quatre murs nus, un sol de ciment froid, une porte verrouillée en haut d'une volée de marches.

Non, elle ne reverrait jamais ni le lever ni le coucher du soleil. Son univers n'avait pas de fenêtre. Personne ne la caresserait plus jamais avec amour et douceur. Car il n'existait plus que Monsieur. Monsieur qui chaque soir l'écrasait de tout son poids. Quand elle criait, parce que son corps ne s'était pas encore remis de l'accouchement, il la rouait de coups et la pilonnait encore plus brutalement.

Elle ne reverrait plus jamais sa jolie chambre rose, elle ne partagerait plus jamais de repas de fête avec sa famille autour de la grande table du ranch.

Elle ne tiendrait plus jamais sa petite fille entre ses bras. Sa petite Cora aux minuscules doigts roses.

Chacune de ses pensées était entachée par le vide que lui avait laissé la perte de cet enfant, dont elle ne voulait pas mais auquel elle s'était pourtant si vite attachée.

Elle mangeait car lorsqu'elle refusait, il l'empoignait par les cheveux, lui renversait la tête en arrière, lui pinçait les narines et lui faisait avaler la soupe de force. Elle faisait sa toilette car lorsqu'elle cessait de se laver, il la frappait, la poussait sous l'eau froide et la frottait avec une brosse jusqu'au sang.

Elle le suppliait de lui rendre son bébé. Elle lui obéirait, elle serait bonne pour lui, elle ferait n'importe quoi s'il lui rendait sa petite fille.

« Elle est le problème de quelqu'un d'autre, maintenant », répondait-il. Lui n'avait que faire d'une fille.

Elle espérait qu'il la frapperait à mort, or il semblait savoir jusqu'où il pouvait aller.

Il ne la laisserait pas mourir comme elle l'aurait tellement voulu : dans son sommeil, assise dans le rocking-chair, sur la galerie, face aux montagnes, en chantant une berceuse à son bébé.

Si elle avait eu un objet tranchant, elle se serait ouvert les veines. Non, non, elle lui trancherait la gorge, pensa-t-elle, rêva-t-elle, étendue sur le lit pliant, les yeux fermés afin d'occulter sa prison.

Elle le tuerait d'abord et, ensuite, elle mettrait fin à ses jours. Était-il possible d'affûter une cuillère en plastique ? Ou bien sa brosse à dents ? Peut-être sa brosse à dents.

Elle pouvait essayer, elle essayerait. Seulement, Seigneur, elle était si fatiguée. Elle n'avait qu'une envie, dormir.

Somnolente, elle s'imagina déchirer son drap et s'en servir pour se pendre. Il n'y avait rien où l'accrocher mais peut-être qu'en l'attachant à l'une des marches de l'escalier, en le nouant autour de son cou, elle parviendrait à s'étrangler.

Elle ne pouvait pas continuer comme ça, se réveiller jour après jour, nuit après nuit, dans ce sous-sol cauchemardesque, à guetter ses pas dans l'escalier.

Ces heures interminables de solitude étaient pires que les coups et les viols. Sans son enfant, elle se sentait encore plus seule, encore plus désespérée.

Elle se força à se lever, examina le drap d'un œil las. Le déchirer en lambeaux, les tresser ? La corde serait-elle ainsi plus résistante ?

Il était si dur de se concentrer quand un brouillard vous obscurcissait la pensée. Elle inspecta l'étoffe de coton, à la recherche de points d'usure, d'endroits qui se déchireraient facilement.

Le suicide ne lui paraissait pas plus effrayant qu'un problème de maths à résoudre. Voire moins.

Elle devait toutefois attendre. Il ne tarderait pas à descendre dans la cave. Attendre qu'il reparte. Se tuer prendrait peut-être un certain temps.

Aujourd'hui, pensa-t-elle avec un soupir fatigué. Elle pourrait mourir aujourd'hui.

S'évader.

Elle se releva, mais la pièce tangua.

Non, c'était elle qui titubait. Son estomac se révulsa. Elle se rua vers les toilettes et s'agenouilla pour vomir.

En sueur, la tête lourde, elle reprit sa respiration et se courba de nouveau au-dessus de la cuvette.

Puis elle se recroquevilla sur le sol, à bout de souffle, grelottante, en larmes. Des larmes de rage, mêlée d'une joie étrange.

Le verrou cliqueta, des pas lourds résonnèrent dans l'escalier.

En s'agrippant au lavabo, elle se redressa et se tourna vers lui, emplie de haine. Les brumes de son cerveau faisant soudain place à une terrible lucidité, elle posa une main sur son ventre, encore distendu par l'accouchement, et trouva une nouvelle raison de vivre.

— Je suis enceinte.

— Tu as intérêt à ce que ce soit un fils, cette fois. Maintenant, lave-toi et mange ton petit déjeuner.

6

Dans le froid mordant du petit matin, le ciel rosissant à peine, Bodine ajusta la bandoulière de sa sacoche sur son épaule et prit le chemin de l'écurie.

Les poules chantaient à tue-tête. Clyde et Chester se chamaillaient devant le bâtiment des employés. Ils accoururent à sa rencontre, la langue pendante et les yeux brillants, comme s'ils ne l'avaient pas vue depuis un mois.

Leur joie délirante lui arrachant un éclat de rire, elle s'arrêta pour les caresser jusqu'à ce que, rassasiés, ils retournent à leur bataille amicale.

Elle salua deux ouvriers de la main, échangea quelques mots avec deux palefreniers qui balayaient le sol de l'écurie. Puis elle aperçut Callen, vêtu d'une veste en peau de mouton, bottes confortablement usées et Stetson marron, qui posait une selle sur le dos massif de Sundown.

— Tu pars à cheval ? lui demanda-t-elle.

— Sundown a besoin de se dégourdir les jambes, et il me rendra service, aujourd'hui.

— Je peux lui faire un contrat, si tu veux.

— Pas la peine, répondit-il en bouclant les sangles. Eh ! Qu'est-ce que je t'ai dit ? lança-t-il au cheval qui venait de lui ôter son chapeau.

Sundown passa la tête par-dessus le portillon de la stalle et offrit le couvre-chef à Bodine.

— Merci. C'est un beau chapeau.

— Il ne le restera pas longtemps ; il n'arrête pas de jouer avec. Tu as besoin de quelque chose ?

— Non, j'ai ce qu'il me faut, c'est-à-dire un cheval qui a besoin d'exercice, lui aussi. Je pars au boulot avec lui, ce matin.

— Il fait un temps splendide. On n'a qu'à partir ensemble, je t'attends. Je pourrais avoir mon chapeau, patronne ?

Elle le lui rendit et se dirigea vers le box de Leo.

— Tu vas arrêter, à la fin ? entendit-elle Callen bougonner.

Tout en sellant Leo, elle se demanda si elle ne pourrait pas lui enseigner quelques figures. Gourmand comme il l'était, il se laisserait sans doute appâter par la promesse d'une carotte ou d'un bonbon à la menthe.

Les palefreniers éclatèrent soudain de rire. En sortant Leo de sa stalle, elle comprit pourquoi. Sundown était assis au milieu de l'allée, avec l'air placide d'un homme prenant une pause dans un fauteuil, tandis que Callen, adossé à la porte du box, pianotait sur son téléphone portable.

— Excellent, ce canasson ! s'esclaffa l'un des garçons d'écurie.

Callen leva les yeux vers Bodine.

— Prête ?

— Prête. Toi aussi ?

— Allons-y, dit-il en prenant les rênes de Sundown.

Celui-ci se redressa avec la même grâce indolente que son maître.

Les deux chevaux s'observèrent, se reniflèrent le museau, et semblèrent se juger mutuellement fréquentables.

Dans la cour, Bodine monta en selle.

— J'avais un itinéraire en tête, qui permettrait à Leo de se défouler.

— Nous te suivons.

Ils partirent au pas, afin de s'échauffer. Le ciel bleuissait, une petite bise leur caressait le visage, chargée d'un parfum hivernal de pin et de neige.

— Tu as regardé le planning ? demanda Bodine.

— Oui. J'ai vu que le maréchal-ferrant venait demain, et le vétérinaire, après-demain. J'en profiterai pour me présenter. Le nouveau commence ce matin, je garderai un œil sur lui.

— La semaine prochaine, c'est Thanksgiving.

— Il paraît.

— On aura beaucoup de groupes et de familles. Je pensais qu'on pourrait tester un spectacle équestre, si tu es d'accord. Juste pour les clients de l'hôtel, on ne fera pas de pub à l'extérieur.

— On peut faire un essai.

— Je le programmerai.

Ils descendirent au bas d'une colline, traversèrent un étroit ravin puis remontèrent de l'autre côté, où paissait un troupeau de daims, aussi silencieux que des esprits. La cime des pins oscillait dans le vent. Bodine lança Leo au galop.

Le froid lui cingla les joues, les sabots de son cheval claquaient sur la route. Les oreilles dressées, la tête haute, il lui montrait qu'il appréciait la balade autant qu'elle. Callen chevauchait à son côté, Sundown adaptant son pas à celui de Leo, comme s'ils étaient harnachés en tandem.

Un pivert toquait contre un tronc, en rythme avec le martèlement des sabots. Comme dérangés par ce raffut, deux écureuils détalèrent de branche en branche.

Trois cerfs se figèrent entre les arbres au passage des cavaliers, le mâle dressant la tête d'un air hautain.

Sur la galerie d'un chalet, un client, les bras chargés de bûches, leur adressa un signe de la main.

Un peu plus loin, Bodine ralentit au trot et prit à droite. Savourant le grand air, le lever du jour, elle rejeta sa longue tresse par-dessus son épaule, et décida de faire durer le plaisir.

— On peut faire un crochet par la piste qui monte, là-bas, dit-elle avec un geste du bras. Comme ça, on peut continuer ensemble un bout de chemin avant de se séparer.

— Passe devant. On venait se balader dans le coin, avec Chase, quand on était gamins et que ton père lui accordait quelques heures de liberté. Les chalets devant lesquels on vient de passer ont été construits à cette époque. Je me rappelle les avoir vus sortir de terre.

— C'est tellement tranquille, ici, qu'on en oublierait presque qu'ils sont là.

Ils poursuivirent dans la neige plus épaisse, formant comme des manchons de fourrure blanche sur les arbres. Bodine repéra des empreintes de chevreuil, des crottes de renard. Le pivert les survola et disparut dans la forêt.

— On sent les feux de cheminée des bungalows dont les clients sont déjà debout, mais l'air est d'une grande pureté.

— Pourquoi as-tu choisi l'administratif plutôt que les chevaux ?

Bodine se retourna vers Callen avant de lui répondre :

— C'est ma partie. J'aurais pu travailler avec les chevaux, mais il y a des tas de gens meilleurs que moi. J'aime superviser, m'assurer que tout fonctionne bien. Ou donner l'impression que tout marche comme sur des roulettes, même s'il y a un grain de sable dans la machine, afin que les clients ne se doutent de rien. Et je crois que j'aime bien aussi ne jamais savoir exactement ce que me réserve le lendemain, être toujours prête à régler les problèmes au moment où ils se présentent. En amorçant une descente, elle se retourna face à la piste : cela dit, les chevaux me manquent. Je crois que je vais emmener Leo avec moi plus souvent, dit-elle en lui flattant l'encolure. Les clients seront épatés de voir la directrice à cheval. Ça fera très couleur locale.

— Tu ne perds pas le nord.

— Jamais !

En riant, ils regagnèrent la route goudronnée.

— Mon esprit est constamment en ébullition, Skinner. Le cheval m'aide à faire le vide, de temps en temps. Prêt pour un autre galop ?

— Je ne refuse jamais un galop, ma belle.

— Cha ! cria-t-elle, et Leo allongea la foulée.

Callen et son cheval se calèrent sur son allure.

Elle était contente d'avoir pris le chemin le plus long. Le détour l'obligerait à revenir sur ses pas, mais elle avait le temps. Et désormais, elle prendrait le temps plus souvent.

Sur un coup de tête, elle s'engagea dans la direction opposée à Bodine Town. Encore quelques minutes de liberté avant de se mettre au travail.

Un peu plus loin, elle s'apprêtait à faire demi-tour lorsqu'elle aperçut une voiture sur le bas-côté. Elle ralentit au trot, s'en approcha.

— Ce n'est pas la voiture de Billy Jean ? Mais si…

— Qui est Billy Jean ?

— L'une des barmaids du Saloon, répondit-elle en descendant de sa monture. Elle travaillait hier soir, il me semble, il faudra que je vérifie. Elle a dû tomber en panne.

Le sourcil froncé, elle regarda à travers la vitre.

— Son sac à main est sur le siège, dit-elle, alarmée. Elle n'aurait pas laissé son sac ici.

— Attends…

Callen tendit les brides des deux chevaux à Bodine et contourna le véhicule. Elle tira son téléphone de sa veste et fit défiler la liste des contacts à la recherche du numéro de Billy Jean.

— Bodine…

— Deux secondes, je l'appelle. Elle a peut-être juste…

Elle s'interrompit lorsque retentirent les premiers accords de « Billy Jean » de Michael Jackson.

— C'est sa sonnerie. Qu'est-ce que ça…

— Son téléphone est là, par terre. Il y a des traces de pas dans la neige, qui se dirigent vers la forêt.

— Elle ne serait pas partie à pied…

Comme Callen, Bodine voyait pourtant les empreintes et… un manteau bleu marine… Elle s'élança vers la forme inanimée avant que Callen ne puisse la retenir.

— Bo ! Attends !

— Elle est blessée !

Il la rattrapa, la tira en arrière. Dans la neige jusqu'aux genoux, elle se débattit, se dégagea un bras et lui envoya un coup de coude.

— Lâche-moi, imbécile ! Tu ne vois pas qu'elle est blessée ?

Ne voyant pas d'autre solution pour l'immobiliser, il l'enserra entre ses bras.

— Elle est plus que blessée, Bo. Arrête. Tu ne peux rien pour elle.

La furie et la panique s'emparèrent de Bodine.

— Lâche-moi ou je te jure que je te tue ! hurla-t-elle.

Il se contenta de raffermir son étreinte.

— Ne la touche surtout pas, tu m'entends ? Ça ne servirait à rien, qu'à compliquer la situation. Elle est morte, Bo. Elle est morte.

Désespérée, elle lutta encore quelques secondes, puis elle se figea, le souffle court, parcourue de tremblements.

— Il faut que je le voie de mes yeux. Je ne la toucherai pas si… Il faut que je la voie. Lâche-moi.

Il la libéra et s'écarta de quelques pas afin qu'elle voie le corps.

— Je suis désolé, Bo.

— Elle…

Elle est morte. Les paroles de Callen résonnèrent à ses oreilles, et la triste réalité la frappa en plein cœur.

— Elle s'est cognée la tête contre le rocher. Elle a perdu beaucoup de sang. Elle… Allons-y. Ça va, je vais bien. Allons-y.

En observant le visage de Billy Jean, elle reprit son téléphone.

— Tu peux appeler le 911 ? demanda-t-elle à Callen, la voix rauque mais ferme. Je vais demander à la sécurité qu'ils… qu'ils bloquent la route.

— Retournons sur la route, suggéra-t-il.

— Je ne veux pas la laisser seule.

Elle devait réfléchir, prendre les mesures qui s'imposaient.

Heureusement, il était encore trop tôt pour que les clients quittent l'hôtel, mais les employés étaient nombreux à emprunter ce chemin pour venir travailler, s'ils vivaient en dehors du domaine.

Elle ordonna à la sécurité que la route soit barrée des deux côtés à quiconque, excepté la police, et elle demanda qu'on lui apporte les clés du chalet inoccupé le plus proche.

— Je ne crois pas qu'il soit utile de leur expliquer pourquoi, murmura-t-elle, toujours dans la neige jusqu'aux genoux, en contemplant son téléphone. Pas dans l'immédiat… Chaque chose en son temps… Il faut que je prévienne mes parents. Et ceux de Billy Jean. Ils habitent… près d'Helena. Non, non…

Elle se pressa la paume contre le front, fouilla dans sa mémoire.

— Sa mère habite près d'Helena. Ils sont divorcés. Le père… Je ne me souviens pas. Elle a un frère, il me semble, dans la marine, je crois.

Callen la dévisageait en silence.

— C'est important ! tonna-t-elle.

— Bien sûr. Je ne la connaissais pas, Bo, mais je sais que c'est important. Le shérif arrive. Il contactera sa famille.

— Je dois leur annoncer moi-même. Elle travaillait pour nous. Elle était l'une des nôtres… Elle était poursuivie… Il y a d'autres traces de pas que les siennes, regarde…

Elle avait piétiné les empreintes, et Callen aussi, par la force des choses.

— Je les ai a moitié effacées, murmura-t-elle, et j'aurais déplacé le corps si tu ne m'en avais pas empêchée. C'est une scène de crime. Je devrais savoir qu'il ne faut surtout pas altérer une scène de crime.

— Tu as vu quelqu'un gisant dans la neige. Tu as vu du sang. Tu as pensé à elle, c'est tout.

À elle, une jeune femme au rire tonitruant, une employée, une amie. Néanmoins, Bodine devait admettre qu'elle n'avait pas réfléchi, et avait commis une erreur.

— Sans toi, j'aurais fait encore plus de dégâts, dit-elle en se tournant vers Callen. Désolée de t'avoir frappé. Sincèrement.

Du bout du doigt, elle palpa le cocard qui commençait à se former autour de l'œil droit de Callen.

— Tu mettras de la glace quand... Je vais aller chercher les clés du chalet. La police en aura peut-être besoin. Ils devront prendre nos dépositions, interroger les dernières personnes à avoir vu Billy Jean.

Réfléchir, s'ordonna-t-elle, une boule au ventre. Définir une marche à suivre, procéder par étapes.

— Et... et je ne sais pas... J'ai les idées embrouillées.

— Elles m'ont l'air parfaitement en ordre.

— Tu devrais peut-être aller voir si Mike, de la sécurité, a récupéré les clés.

— Tu ne veux pas la laisser seule, mais je ne te laisserai pas seule avec elle. Ce n'est pas l'abandonner, Bo, que de retourner sur la route.

Elle jeta un coup d'œil aux chevaux, restés seuls sur la chaussée.

— Tu as raison. Il faut qu'on amène Leo et Sundown au centre. Quand la police nous aura interrogés, tu les reconduiras au ranch.

— Pas de problème.

Les rênes en main, Callen se retourna en entendant une voiture approcher, et entraîna les chevaux sur le bas-côté, soulagé que la police ait été plus rapide qu'il n'espérait.

Avant tout, il désirait emmener Bodine loin de là. Il ne servait à rien qu'elle reste dans la neige à regarder le cadavre d'une amie.

La voiture noire portant l'emblème du shérif se gara à quelques mètres de celle de Billy Jean.

Callen regarda l'homme qui en descendit, carrure de rugbyman, chapeau beige sur des cheveux blonds coupés ras, lunettes de soleil à verres réfléchissants sur des yeux que Callen savait d'un bleu dur et froid. La mâchoire carrée, les lèvres fines, celui-ci lui jeta un bref regard avant de s'avancer vers Bodine.

Ça alors ! pensa Callen en attachant les longes à une branche.

— C'est Billy Jean Younger, déclara Bodine, l'une de nos serveuses.

Garrett Clintok hocha la tête.

— Le shérif arrive. Je vous demanderai à tous les deux de vous tenir à l'écart. J'avais entendu dire que tu étais de retour, Skinner.

Au moins, il n'était pas shérif.

— J'ignorais que tu étais entré dans la police. Bodine a demandé qu'on apporte les clés du chalet, juste là, un peu plus haut. On va y aller, avec les chevaux.

— Vous attendrez que je vous en donne l'autorisation, répliqua Clintok, les yeux sur le jean et les bottes mouillés de Callen. Tu t'es approché du corps, tu as contaminé la scène de crime.

— C'est moi, dit Bodine. J'ai agi sans réfléchir. Callen a tenté de me retenir. Désolée, Garrett. C'était une réaction instinctive.

— Je comprends. Tu l'as touchée ?

— Callen m'en a empêchée. Il était évident qu'elle était morte.

— Son téléphone est par terre, de l'autre côté de la voiture, ajouta Callen. Nous n'y avons pas non plus touché.

— Je voudrais bien m'asseoir au chaud et boire un verre d'eau, dit Bodine en se détournant de la dépouille de la jeune femme. Je ne me sens pas très bien. Crois-tu que Callen puisse aller voir si Mike, qui bloque la route, a les clés du chalet ? On ne voulait pas laisser Billy Jean seule, mais maintenant que tu es là...

— Allez-y. Mais ne dites rien à personne, pour le moment.

— D'accord. Merci, Garrett.

Bodine et Callen traversèrent la route et détachèrent les chevaux.

— Il m'aurait presque passé les menottes... bougonna Callen.

— J'avais oublié que vous ne pouviez pas vous sentir. J'ai joué les petites natures uniquement pour éviter que le ton monte.

— C'est lui qui m'a agressé.

— Peut-être, mais ce combat de coqs était déplacé, dans les circonstances. Enfin bref, vu que je suis censée être une petite nature, amène les chevaux à Mike et dis-lui d'appeler quelqu'un qui viendra les chercher. Je t'attends au chalet.

Une demi-heure plus tard, elle avait préparé du café et ils avaient allumé la cheminée. Bodine tournait en rond dans le séjour.

Alors qu'ils attendaient le shérif, ce fut Clintok qui les rejoignit, et cela ne fit rien pour calmer sa nervosité.

— Je comprends que ce soit difficile pour toi, Bo. Tu ne veux pas t'asseoir ? Je prendrai ta déposition dans un instant. Je voudrais d'abord m'entretenir dehors avec Skinner.

— Le shérif est là, j'ai vu sa voiture arriver.

— Chacun son boulot, il fait le sien, je fais le mien. Skinner ?

Le policier indiqua la porte du pouce.

— Ne le provoque pas, chuchota Bodine à Callen.

— Ma respiration le provoque, marmonna-t-il, et il suivit Clintok sur la galerie.

Ce dernier s'adossa contre la balustrade.

— J'aimerais entendre ta version des faits.

— Formulation intéressante… On partait travailler à cheval…

— Avec Bodine ? Ça vous arrive souvent ?

— C'est la première fois. Je ne suis là que depuis peu, et je ne suis officiellement employé au complexe hôtelier que depuis hier soir.

Clintok abaissa ses lunettes mercurisées et scruta Callen par-dessus.

— On m'avait dit que tu travaillais au ranch.

— Ça a changé.

— Tu t'es fait virer ?

« Ne le provoque pas », avait demandé Bodine, mais la tentation était grande. Sachant comment agacer Clintok, Callen esquissa un sourire.

— En toute logique, crois-tu qu'ils m'auraient pris au resort s'ils m'avaient viré du ranch ? Bref, je te disais donc qu'on partait travailler.

— Qui a eu cette idée ?

— Tous les deux. J'avais l'intention de prendre mon cheval, Bodine aussi. On s'est croisés à l'écurie.

— Vous avez fait un grand détour. Il y a des chemins plus courts du ranch jusqu'au resort.

— On avait envie de se balader.

— Qui a choisi l'itinéraire ?

— Bodine.

Un rictus déforma furtivement la bouche de l'adjoint au shérif.

— Tu connaissais bien Billy Jean ?

— Pas du tout. Je ne l'avais jamais vue.

Clintok crocheta un pouce dans l'étui de son revolver, à sa ceinture.

— Ah ouais ? Tu travailles ici et tu ne l'avais jamais vue ?

— Je t'ai dit que je viens juste de commencer.

— Où étais-tu, hier soir, Skinner ?

— Au ranch. C'est là que je loge.

— Avec les employés ?

— Non, au cabanon.

Clintok hocha lentement la tête et s'approcha tout près de Callen, envahissant son espace personnel.

— Seul, donc…

— La plupart du temps. Bodine est passée me voir, hier soir, pour me proposer de remplacer Abe Kotter pendant quelques mois. On a discuté autour d'une bière.

Au lieu de reculer, Callen s'avança presque contre Clintok.

— Tu me soupçonnes vraiment d'être mêlé à ce qui est arrivé à cette pauvre fille ? Tu es aussi rancunier que ça ?

— Je sais ce que tu vaux, je l'ai toujours su. C'est Billy Jean qui t'a fait cet œil au beurre noir ?

— Non, c'est Bo. Je te répète que je ne connaissais pas Billy Jean.

— Bo ? Pour quelle raison ?

— Tu lui poseras la question.

— Tu peux être sûr que je n'y manquerai pas, rétorqua Clintok, arrogant, en pointant un doigt sur la poitrine de Callen. Tu es de retour depuis quelques jours et on retrouve un cadavre au bord de la route. Tu es de retour depuis quelques jours et tu voudrais me faire gober que tu n'as jamais mis les pieds au Saloon, que tu ne t'es pas fait connaître des jolies serveuses ? Quand ça sent la merde, Skinner, je reconnais l'odeur.

— Quand on remue la merde, c'est sûr que ça pue. Il y a un racloir à bottes, devant la porte, si tu ne veux pas que les remugles te suivent.

Le visage de Clintok s'empourpra, et Callen savait d'expérience qu'il était capable d'en venir aux mains.

— Tu peux aller travailler, maugréa le policier. Je te conseille de ne faire aucun projet de voyage.

— J'attends Bodine.

— Je t'ai dit de te casser d'ici.

Ostensiblement, Callen s'installa dans l'un des fauteuils à bascule.

— Peux-tu me dire quelle loi j'enfreins ?

— Crois-moi, j'aurais vite fait de te régler ton compte, cette fois, marmonna Clintok, le poing serré, et il rentra dans le chalet, laissant Callen se balancer sur le rocking-chair.

— Tu veux un café ? offrit Bodine.

— Pas de refus, répondit-il en s'asseyant à la longue table du coin cuisine, les joues en feu. Sais-tu si Billy Jean travaillait hier soir, et à quelle heure elle serait partie ?

— Elle travaillait, mais je ne peux pas te dire exactement à quelle heure elle a terminé. Entre 0 h 30 et 1 h 30, j'imagine.

Elle posa une tasse de café devant le policier et prit place en face de lui.

— Il faut absolument que je prévienne mes parents, et le personnel du resort.

— Tout à l'heure. Nos hommes barrent la route. Tu pourras libérer les tiens dès que j'aurai pris ta déposition.

— OK.

— Que faisais-tu ici à cheval avec Skinner ? C'est lui qui a voulu faire ce détour ?

— Non. Mon cheval avait besoin d'exercice. Je ne l'avais pas sorti depuis plus d'une semaine. C'est pour ça que je suis partie de bonne heure, ce matin. J'ai trouvé Callen à l'écurie, qui sellait son cheval. Du coup, on est partis ensemble.

— C'est lui qui a eu cette idée ?

Lasse, écœurée, Bodine se passa une main dans les cheveux.

— Bon sang, je n'en sais rien, Garrett. Ça s'est fait naturellement. On s'est trouvés à l'écurie, on allait au même endroit.

— D'accord mais...

— Écoute, le coupa-t-elle, je sais que tu as une profonde aversion pour Callen, mais elle n'a pas à interférer ici. On a quitté le ranch ensemble et c'est moi qui ai décidé du chemin que nous avons pris. J'avais envie d'une longue balade. J'ai pris cette route par hasard, à la dernière minute, pour m'offrir un dernier galop. Quand j'ai vu la voiture de Billy Jean, je me suis dit qu'elle avait dû tomber en panne et que quelqu'un était sûrement venu la chercher. Mais son sac à main était dans la voiture, ce n'était pas normal. J'ai essayé de l'appeler et...

Bodine dut s'interrompre. Elle se leva pour se servir un verre d'eau.

— Son téléphone était là, on l'entendait sonner, reprit-elle. J'ai reconnu la mélodie. Il était par terre, dans la neige. Il y avait aussi des empreintes de pas... et c'est là que j'ai vu le corps. Je te l'ai déjà dit, ma première réaction a été de me précipiter vers elle. Callen m'a retenue, en m'expliquant que je ne pouvais plus rien pour elle.

— Comment le savait-il ?

— Bon sang, Garrett, ça crevait les yeux ! rétorqua Bodine, furieuse. Mais je ne voulais pas le croire, je me suis débattue, je lui ai envoyé un coup. Il m'a retenue jusqu'à ce que je me calme. Franchement, je ne comprends pas pourquoi tu le soupçonnes. À cause d'une vieille rancune d'adolescent ? En tout cas, je peux t'affirmer que ce n'est pas Callen Skinner qui a tué Billy Jean.

— Je ne fais que mon boulot, répliqua Clintok en se levant. À moins que tu ne puisses me dire où était Callen Skinner au moment des faits, je soupçonne qui je dois soupçonner. Conseil d'ami, méfie-toi de lui. Maintenant, tu peux aller travailler. Le shérif viendra t'interroger lui-même quand il en aura terminé ici.

Lorsqu'il fut parti, Bodine prit la tasse de café sur la table et la vida dans l'évier en grommelant :

— Macho bourré de testostérone…

Elle fit volte-face à l'entrée de Callen.

— Vous vous comportez comme des ânes, alors qu'une jeune femme est morte. Une jeune femme que j'avais embauchée, que j'appréciais, qui avait de la famille, des amis, qui…

Parcourue de tremblements, elle se couvrit le visage. Callen l'enveloppa de ses bras. Elle se raidit, puis se laissa aller contre lui.

— Ça va aller, murmura-t-il.

— C'était une amie.

— Je suis désolé, murmura-t-il en lui embrassant le front et en lui frictionnant le dos. J'aimerais pouvoir te réconforter, mais je n'ai pas les mots.

— Il faut que je m'occupe. Je me sentirai mieux si je suis occupée.

— Prends d'abord une minute.

— Je ne veux pas pleurer, ça m'énerve, ça ne sert à rien.

— Bien sûr que si. Ça sert à évacuer des sentiments pour faire de la place à d'autres.

— Peut-être mais…

Elle tourna la tête au moment où il tourna la sienne, et leurs lèvres se rencontrèrent.

Se frôlèrent, analyserait-elle plus tard. Se frôlèrent par accident. Le contact dura peut-être quelques secondes, mais il ne s'agissait en aucun cas d'un baiser.

Elle recula brusquement.

— Quel… quel manque de respect !

— Loin de moi cette intention.

Contrariée, gênée, elle essuya ses larmes et se mit à arpenter le séjour.

— Ce n'est pas ta faute, ce n'est pas la mienne, c'est arrivé et puis voilà. C'est un matin horrible, horrible. Il faut que je me dépêche d'aller à Bodine Town. Ma mère doit déjà y être. Je dois lui annoncer la nouvelle. Il faut… Oh, Seigneur, il faudra l'annoncer à tout le monde, dit-elle en se frottant les yeux. Va vite au centre équestre. On a besoin de toi, là-bas.

— Et si j'appelais Chase ? Pour qu'il vienne, avec ton père. Ce serait bien que toute ta famille soit là, il me semble, quand tu annonceras la triste nouvelle.

Bodine expira lentement et laissa ses bras retomber le long de son corps.

— Tu as raison. J'aurais dû y penser. On va demander à Mike de nous conduire à Bodine Town en voiture. Clintok a dit que la police barrait la route. Elle ferma les yeux, redressa les épaules. OK, je sais ce que j'ai à faire. Allons-y.

7

La famille se rassembla chez les aïeules, dans leur coquet petit salon, avec ses dizaines de photos encadrées. Le feu crépitait dans la cheminée. Après avoir insisté pour que sa mère reste assise, Maureen servit le café.

S'ils avaient été au ranch, pensa Bodine, la réunion aurait eu lieu autour de la grande table de la salle à manger. Et sa mère aurait été tout aussi empressée. Car elle avait elle aussi besoin de s'occuper afin de garder son calme.

Ils avaient choisi la maison des grands-mères pour sa proximité des bureaux, car Bodine souhaitait regagner le sien dans une demi-heure au maximum.

Elle se devait d'être présente auprès de ses employés, afin de gérer le choc et la peine qui déjà se répandaient dans le complexe hôtelier comme une traînée de poudre.

— Que pouvons-nous faire pour sa famille ? demanda Miss Fancy, le dos très droit dans son fauteuil favori. J'ai d'elle l'image d'une fille travailleuse, qui aimait rire, mais tu la connaissais mieux que moi, Bodine. Que pouvons-nous faire pour ses proches ?

— Je ne sais pas encore, Grammy. Ses parents sont divorcés, depuis longtemps, je crois. Elle a un frère dans la marine. J'ignore où il est basé. Je me renseignerai. Sa mère habite à Helena, pour autant que je sache. Je ne sais pas où vit son père.

— S'ils viennent là, nous devrons leur offrir autant d'intimité que possible, et prendre soin d'eux.

— Absolument, acquiesça Maureen. Bodine, tu leur garderas deux chalets, et tu leur choisiras un chauffeur.

— J'ai déjà réservé les chalets. Plutôt qu'un chauffeur, je pense que ce serait mieux si l'un de nous pouvait se tenir à leur disposition pour les véhiculer.

— C'est vrai, tu as raison, approuva Maureen. Billy Jean

Un sanglot lui brisa la voix et elle dut s'interrompre un instant afin de contenir ses larmes. Billy Jean était appréciée. Elle était si aimable… Son décès va beaucoup peiner ses collègues, et il risque d'engendrer la psychose. Nous ignorons encore ce qui lui est arrivé, mais les gens vont spéculer, s'inquiéter.

— Je crois que nous devrions faire appel à un psychologue, suggéra Rory.

Chase se tourna vers son frère.

— Je ne suis pas certain que les gens auront envie de se confier à un inconnu.

— Toi, non, c'est sûr, tu es stoïque, et tu n'es pas le seul. Mais d'autres en éprouveront le besoin, plus que tu ne l'imagines. En tant qu'entreprise, nous devons offrir à nos employés le soutien d'un professionnel du deuil.

— Personnellement, je n'aime pas trop les conseillers en ceci ou cela, déclara Sam, mais Rory n'a pas tort : l'accompagnement d'un psy pourra être bénéfique à certains. Libre à chacun d'aller le voir ou non.

— Je verrai si on peut me recommander quelqu'un, dit Bodine, et je prendrai contact avec lui.

Cela figurait déjà sur sa liste.

— Tu as déjà suffisamment de pain sur la planche, intervint Cora. Je m'en occuperai.

Rory contemplait sombrement son café.

— Vous allez peut-être me trouver rude ou insensible, mais je suis aussi furieux que triste. Je n'arrive pas à comprendre… Et je ne suis pas sûr que je comprendrai même quand on saura ce qui s'est passé. Enfin bref… Nous devons réfléchir à un communiqué de presse, à ce que nous répondrons aux journalistes qui viendront nous interroger, et à ce que nous devons dire aux clients.

— J'y pense, affirma Bodine. Tant que nous n'en savons pas davantage, le mieux est de s'en tenir au minimum : nous sommes tous choqués et peinés par la soudaine disparition de l'une des nôtres ; et nous coopérons pleinement aux investigations.

— Je parlerai au personnel, déclara Rory. Nana a raison, tu as déjà assez de chats à fouetter.

Il saurait quoi dire, il trouverait les mots, pensa Bodine. Et lorsqu'il le faudrait, il saurait également se contenter d'écouter. Rory avait un grand cœur, et la faculté de sentir ce dont les gens avaient besoin, souvent avant qu'eux-mêmes n'en aient conscience.

— Ça me rendrait service, dit-elle. Jessica Baazov m'aidera à rédiger les déclarations officielles et à définir dans les grandes lignes ce que nous devons dire aux clients et aux reporters. Tu pourras te joindre à nous, Rory.

— Pourquoi Jessica ? se récria Chase. Elle s'occupe de l'événementiel, non ?

Assise en tailleur sur le plancher, Bodine leva les yeux vers son frère et soutint son regard.

— Parce qu'elle est intelligente et sensible, posée et respectueuse des politiques de la maison, et qu'elle sait s'adapter aux circonstances. Tu as quelqu'un de mieux à me proposer ?

— Elle connaissait à peine Billy Jean, et son rôle est d'organiser des fêtes, répondit-il en haussant les épaules. Mais c'est toi qui décides.

— Tout à fait.

— Papa et moi devrons donner des explications aux ouvriers du ranch, alors que cette histoire n'a aucun sens, poursuivit-il, la voix frémissante de rage. Pourquoi s'en être pris à Billy Jean ? C'est complètement délirant…

— Nous ignorons ce qui s'est passé, lui rappela Bodine en levant une main avant qu'il ne s'emporte contre elle. Nous supposons qu'elle a été agressée, mais nous n'en savons encore rien. Par conséquent, vous direz à vos ouvriers la même chose que ce que nous dirons à tout le monde ici.

Il la regarda droit dans les yeux, et son expression finit par se radoucir.

— Ça a dû être horrible pour toi de la découvrir. Heureusement que tu n'étais pas seule.

Bodine détourna le regard et secoua la tête afin de chasser l'image du cadavre. Puis elle se leva vivement quand on frappa à la porte.

— J'y vais.

Le shérif Tate s'essuya consciencieusement les pieds sur le paillasson. Elle le connaissait depuis toujours car il entretenait des relations amicales avec ses parents, et aimait rappeler pour plaisanter qu'il avait embrassé sa mère avant Sam.

— Quelle terrible journée… dit-il en lui donnant l'accolade et en lui tapotant le dos. Je suis passé à ton bureau ; la jolie blonde de la côte Est m'a dit que vous étiez tous là. Il faut que je te parle, ma grande.

— Je sais. Donnez-moi votre blouson.

— Laisse, dit-il en s'avançant dans le salon. Miss Fancy, madame Bodine… dit-il en ôtant son chapeau. Désolé de venir vous importuner.

— Tu es toujours le bienvenu, dit Cora en se levant. Je te sers un café ?

— Volontiers. Maureen, Sam, les garçons…

— Rory, va chercher une chaise pour le shérif, ordonna Miss Fancy avec un geste en direction de la chambre de sa fille. Comment va Lolly ?

— Elle m'a collé au régime, répondit Tate avec un sourire qui creusa les rides au coin de ses yeux. C'est qu'elle me ferait crever de faim, la bougresse. Merci, Rory.

En soupirant, il s'installa sur la chaise que Rory lui avait apportée.

— Que peux-tu nous dire ? demanda Sam.

— Hélas, pas grand-chose, pour le moment. Tu sais bien que je ne peux pas parler librement. Je dois poser quelques questions à Bodine.

De retour de la cuisine, une tasse de café à la main, Maureen s'immobilisa.

— Tu veux qu'on vous laisse seuls ?

— Non, ce n'est pas la peine. Vous connaissiez tous Billy Jean, vous pourrez peut-être me fournir des informations utiles. Mais c'est toi qui as découvert le corps, Bodine, avec Callen Skinner.

— Oui. Nous partions travailler ensemble, à cheval, précisa-t-elle, même si le shérif le savait déjà.

— Vous avez fait un détour. Était-ce une initiative de Cal ?

— Non, c'est moi qui ouvrais le chemin.

Tate arqua un sourcil, puis il hocha la tête et écouta le récit de Bodine. Quand elle mentionna le téléphone de Billy Jean, il l'interrompit en tournant les pages d'un petit calepin.

— Cal a laissé entendre que tu avais essayé de l'appeler.

— Je me suis alarmée en voyant son sac à main dans la voiture. Elle n'a pas de ligne fixe, alors j'ai tenté de la joindre sur son portable. On l'a entendu sonner. Presque au même moment, Cal m'a dit de venir voir de l'autre côté de la voiture. Le téléphone était par terre, et il y avait des traces de pas dans la neige. C'est là que j'ai vu le corps. J'ai pensé qu'elle était blessée, j'ai voulu lui porter secours. Il était trop tard, c'était évident, mais je ne voulais pas y croire. Cal m'a retenue.

En l'observant, Tate martela son bloc-notes de son crayon.

— Il s'est approché d'elle ?

— Non. Il m'a retenue et il m'a fait comprendre – je ne voulais pas comprendre – qu'il ne fallait surtout pas la toucher.

— On m'a dit que Cal avait un œil au beurre noir. L'avait-il déjà ce matin quand vous êtes partis travailler ?

— Non, c'est moi qui le lui ai fait. J'étais comme folle, je me suis débattue et je lui ai donné un coup de coude. Où voulez-vous en venir ? demanda-t-elle froidement. Vous permettez que je vous dise quelque chose ?

— Je t'écoute.

— J'ai expliqué très clairement à Garrett comment les choses se sont passées, je lui ai dit exactement tout ce que je suis en train de vous dire. S'il vous a raconté autre chose, il vous a menti.

Tate esquissa un mouvement de la main apaisant.

— Je suis au courant, Bo, tu sais, de l'animosité entre Cal et Garrett.

Chase se leva très calmement.

— C'est Clintok qui a une dent contre Cal, depuis longtemps. Quand on était gamins, il n'arrêtait pas de le harceler. Ce mec est un connard. Désolé, Grammy, mais je ne vois pas d'autre mot. Un jour, avec trois de ses copains…

— Raconte ce que tu as à raconter, le coupa Miss Fancy, mais j'exigerai des excuses pour ce langage dans mon salon.

— Cal et moi, on campait au bord de la rivière. Ils nous ont attaqués. Garrett s'est jeté sur Cal pendant que les trois autres me plaquaient au sol. Mais Cal a pris le dessus et il a dérouillé Garrett, jusqu'à ce que Wayne Ricket… Vous vous souvenez de lui ?

— Oh ! que oui ! acquiesça Tate. À l'époque où je n'étais qu'adjoint, je l'ai plus d'une fois emmené au poste et, en tant que shérif, j'ai contribué à le faire condamner à cinq ans de prison pour violences aggravées.

— Ricket a volé à la rescousse de son copain. Ils étaient à deux contre Cal, mais du coup ils n'étaient plus qu'à deux sur moi. La haine m'a pris et on leur a montré ce qu'on avait dans les tripes.

Clintok en a vomi, tellement Cal lui avait bourré le ventre de coups. Si je vous raconte ça, c'est pour vous dire qu'il ferait n'importe quoi pour se venger, y compris, apparemment, essayer de vous faire croire que Cal aurait commis un meurtre.

Là-dessus, Chase se rassit. Tate garda un instant le silence, les yeux rivés sur son carnet.

— Merci pour ces informations. Je t'écoute, Bo : que s'est-il passé ensuite ?

— Cal vous a appelé. J'ai repris mes esprits et j'ai téléphoné à la sécurité pour qu'ils envoient des hommes barrer la route. Clintok est arrivé le premier sur les lieux, et il a d'emblée provoqué Cal. Elle poussa un soupir et reprit : J'ai prétendu que j'avais besoin de m'asseoir, de boire un verre d'eau, que je désirais aller au chalet dont j'avais demandé les clés. Je n'étais pas d'humeur à supporter une démonstration de virilité alors que Billy Jean était morte.

— Tu as géré la situation de façon intelligente. J'aurais encore besoin de certains détails ; je voudrais m'entretenir avec le supérieur direct de Billy Jean, ainsi qu'avec les personnes qui ont travaillé hier soir avec elle.

— J'ai annoncé la triste nouvelle à Drew Mathers, le responsable du Saloon, et aux autres serveurs. Vous pourrez les interroger, mais je peux d'ores et déjà vous dire que les collègues de Billy Jean ont terminé leur service vers minuit et demi. Il restait trois couples. Deux se connaissaient, ils ont sympathisé avec le troisième et se sont attardés au comptoir à discuter. Je ne sais pas à quelle heure exactement Billy Jean a fermé, mais je peux vous donner le nom des personnes qui étaient au bar après minuit et demi.

— Ça me sera très utile. Elle avait un petit ami, n'est-ce pas ?

— Chad Ammon, chauffeur et groom. Ils se sont séparés il y a une quinzaine de jours. Il est en repos aujourd'hui.

— Le fils de Stu Ammon ?

— Oui.

— Sais-tu qui a rompu ?

— Elle. Il la trompait avec une fille de Missoula. Et avant ça avec une fille de Milltown. Chad est un coureur de jupons mais il n'a pas une once de méchanceté. Et la séparation ne l'a pas plus affecté qu'une coupure de rasoir.

— Fréquentait-elle quelqu'un d'autre ?

— Elle… Comment disait-elle déjà ? Elle offrait du repos à...

Bodine coula un regard en direction des aïeules

— Une certaine partie de son anatomie. Je la voyais presque tous les jours. Elle me l'aurait dit si elle avait rencontré quelqu'un.

— Très bien. Je te remercie pour toutes ces précisions, Bodine, dit Tate en glissant son calepin dans sa poche puis il se leva. Votre café était délicieux, madame Bodine. Sur ce, je vous laisse entre vous.

— Vous allez à Bodine Town ? demanda Bodine.

— Oui.

— Si vous permettez que je vous accompagne, je préviendrai les personnes que vous désirez entendre, et je mettrai une salle à votre disposition.

— Impeccable.

Il attendit qu'elle aille chercher son manteau. Avant de partir, elle jeta un dernier regard à sa famille. Tout avait été dit, pensa-t-elle, et elle prit congé avec le shérif.

— Je comprends que vous soyez tenu au secret professionnel, mais il me paraît clair que Billy Jean a été agressée. Je ne sais pas pourquoi elle s'est arrêtée là, ce qui s'est passé, mais à l'évidence elle tentait d'échapper à quelqu'un.

— À ce stade de l'enquête, je ne peux pas encore ni le confirmer ni l'infirmer. Officiellement.

— Dois-je renforcer la sécurité ?

— Je ne crois pas que ce soit nécessaire. Cela dit, dans des cas pareils, les gens ont peur, tant qu'ils ne savent pas. Par conséquent, libre à toi de prendre les mesures qui te semblent appropriées.

Une jeune femme qu'elle connaissait avait trouvé la mort sur ses terres, pensa Bodine. Elle aurait donné cher pour savoir ce qui était approprié.

Callen menait une jument au van quand il aperçut le pick-up du shérif se dirigeant vers la base de loisirs.

Il l'attendait.

Le hayon de la remorque fermé, il se dirigea vers l'abri où Easy LaFoy bouchonnait un cheval tout en lui parlant :

— Bientôt l'heure du boulot, mon grand. Profite bien de ces derniers instants de repos.

— Easy, l'interpella-t-il, j'aurais besoin de toi pour conduire le van au centre. Maddie doit donner une leçon dans une heure.

— Je n'ai pas fini ici, boss.

— Ce n'est pas grave, je terminerai. Emmène au centre les deux chevaux qu'il y a dans le van et selle-les. Et dis à Maddie de ne pas oublier qu'elle attend un bébé. Tu pourras casser la croûte pendant la leçon.

— Entendu, chef, acquiesça Easy en sortant du hangar avec Callen. Le shérif est là à cause de ce qui est arrivé à cette fille, je suppose... C'est affreux.

— Ouais. Allez, à plus tard.

Tandis que le jeune garçon montait dans le pick-up, Callen s'avança à la rencontre de Tate.

— Salut, Cal. Comment va ta maman ?

— Ça va, je vous remercie. Elle gâte son petit-fils.

— Tu sais que je vais bientôt en avoir un ?

— C'est vrai ?

— Ouais, le premier, en mai. Ma femme est déjà complètement gaga. Elle n'arrête pas d'acheter des barboteuses et des peluches.

Tate s'interrompit pour regarder Easy manœuvrer.

— Un nouveau ?

— Oui, comme moi.

— J'imagine que tu te serais passé de ce cadeau de bienvenue... Tu veux bien me raconter comment vous avez découvert le corps ?

— Je peux travailler pendant qu'on parle ? On emmène un groupe de six personnes en balade, cet après-midi.

— Bien sûr, acquiesça le shérif tout en regagnant l'abri avec Callen, qui reprit la tâche abandonnée par Easy.

Tout en étrillant le cheval, il relata sa rencontre avec Bodine à l'écurie, leur chevauchée, puis leur macabre découverte.

— Vous êtes passés par la piste de White Tail ?

— Avec ce temps, le paysage était magnifique. On se serait cru dans un décor de cinéma.

— C'est que tu connais le cinéma, maintenant !

— Un peu.

— Es-tu allé boire un verre au Saloon depuis ton retour ?

— Non, je n'ai pas eu le temps, et il y a de la bière au ranch. Je n'avais jamais vu cette femme.

Mais il ne l'oublierait jamais, pensa-t-il.

— Je ne peux pas prouver que je n'ai pas été pris en pleine nuit d'une soudaine envie d'aller faire un tour en voiture et d'agresser une femme que je ne connaissais pas, mais ce n'est franchement pas mon genre.

Malgré les circonstances, les lèvres du shérif s'incurvèrent.

— Tu aimais la bagarre, si mes souvenirs sont bons.

— Je ne me battais qu'avec des hommes, ou des garçons, répondit Callen posément, bien qu'il reconnût la pernicieuse influence de Clintok dans la tournure de l'interrogatoire. Je ne dis pas que je n'aime pas le corps-à-corps avec les femmes, mais il faut qu'elles soient consentantes.

— Jamais entendu dire que tu aies fait de mal à une fille. Tu as pris un gnon, récemment, on dirait. Tu as un sacré cocard.

— Bah, j'en ai vu d'autres. C'est Bodine qui m'a flanqué un coup. Elle voulait porter secours à son amie, je l'en ai empêchée. Elle a un redoutable crochet du droit.

— C'est ce que tu as dit à mon adjoint ?

— Tout à fait.

Tate attendit un instant.

— Tu n'as rien à ajouter ?

— Non.

— Je voudrais te raconter une anecdote, dit-il en sortant un paquet de chewing-gums de sa poche. Ma femme m'a tellement seriné que j'ai fini par arrêter de fumer. Tu en veux un ?

Callen se servit.

— Lolly m'a aussi collé au régime, poursuivit Tate. Une vie saine, si tu veux mon avis, c'est l'enfer. Mais une épouse mécontente, c'est sept fois l'enfer. Bref, revenons à nos moutons. Un soir, j'ai été invité à jouer au poker chez les Clintok. Madame était en visite chez sa sœur, avec la petite. Tu as connu Shelley Clintok ?

— Un peu.

— C'est devenu une belle jeune fille. Elle est partie s'installer à Chicago. Elle vend des vêtements.

Les mains de Callen s'immobilisèrent sur le cheval.

— C'est son métier ?

— Oui, dans un grand magasin. Elle sort avec un avocat. Ça a l'air sérieux.

Amusé, Callen s'appuya contre le cheval.

— Vous êtes bien renseigné, dites donc.

— Shelley a gardé le contact avec ma fille. J'aime bien avoir des nouvelles des enfants du pays. Quant à toi, j'ai su que tu t'étais bâti une bonne réputation en Californie.

En haussant les épaules, Callen se remit au travail.

— J'ai appris un métier.

— C'est bien. Mais je m'égare. Cette partie de poker, donc...

Il n'y avait que Bud Clintok et le jeune Garrett à la maison. Il devait avoir une douzaine d'années. Ton père était là.

— Vous ne m'étonnez pas, il était de toutes les parties de poker, commenta Callen, le regard impassible.

Et de toutes les courses hippiques, de toutes les manifestations sportives où l'on pouvait parier.

— C'est vrai. Il avait parfois des périodes où il arrivait à museler son démon, mais il n'était pas dans une de ces périodes-là. Jack Skinner avait cette faiblesse, sauf le respect des défunts. Cela dit, ce n'était pas un mauvais bougre. Ce soir-là, il était en veine, les cartes lui étaient favorables. Tout le monde avait beaucoup bu, ça rigolait, ça jurait, et ça fumait – ah, si tu savais comme la cigarette me manque !

En mastiquant son chewing-gum, Tate poussa un soupir nostalgique.

— À la fin, il ne restait plus en jeu que ton père et celui de Garrett. Bud avait perdu presque autant que ton père avait gagné. Il y avait un paquet de pognon au milieu de la table et Bud continuait de miser, et Jack, de surenchérir. Il devait y avoir dans les cinq cents dollars quand Bud s'est trouvé à sec. Il a proposé de miser autre chose que de l'argent. En plaisantant, ton père a suggéré qu'il joue son chiot, un petit chien de quatre mois qui s'était pris d'affection pour lui. Jack disait qu'il lui portait bonheur. Bud a accepté et ils ont abattu leurs cartes. Bud avait une quinte flush à la dame. Jack ? Un carré de deux.

Le shérif marqua une pause, repoussa son chapeau et secoua la tête.

— Un carré de deux... Jack a raflé le pot, mais il n'a pas voulu du petit chien. Le chiot appartenait au gamin et ton père n'était pas un salaud. Il a dit qu'il préférait que Bud lui paye une bonne entrecôte au restau, et ils en sont restés là. Chacun est rentré chez soi, bien éméché, plus un sou en poche, à part Jack, et moi – qui me félicitais d'avoir su m'arrêter à temps.

Tate contempla un instant les montagnes, puis il plongea son regard dans celui de Callen.

— Le lendemain, j'ai appris que quelqu'un avait abattu le chiot. Bud pouvait être dur, mais il n'aurait jamais tué un chiot.

Garrett portait déjà le mal en lui à douze ans, pensa Callen.

— Pourquoi l'avoir pris comme adjoint, shérif ?

— Quand il est revenu de l'armée, j'ai eu l'impression qu'il avait mûri, qu'il était moins haineux. Je ne dis pas qu'il ne franchit pas des limites, parfois, mais je ne peux pas dire non plus que j'ai eu à me plaindre de lui. En tout cas, je lui toucherai deux mots : on ne se sert pas de la mort d'une femme pour se venger d'une vieille rancune.

— Je n'ai pas de problème avec lui. S'il me fiche la paix, je lui ficherai la paix.

— Très bien. Tu transmettras mes amitiés à ta mère.

— Je n'y manquerai pas.

Seul avec les chevaux, Callen pensa à la rancœur que pouvaient nourrir les jeunes garçons – il en avait lui-même nourri – et à un père qui n'avait jamais été méchant, mais faible au point de tout perdre. Y compris le respect de son fils.

Dans son bureau, Bodine s'acquittait des obligations ne pouvant être remises à plus tard, et plus d'une fois elle laissa tout de côté pour réconforter un membre du personnel ou répondre à ses questions.

Elle-même avait l'estomac noué et une migraine latente pulsant derrière ses yeux.

Sur le seuil de la porte, Jessica frappa contre le battant ouvert.

— Désolée de te déranger.

— Non, entre. Je n'allais pas tarder à venir te chercher. Tu m'épargnes le déplacement.

— Tu as mangé ?

— Hein ?

Distraite, Bodine se massa la nuque.

— C'est bien ce que je pensais.

Prenant les devants, Jessica décrocha le téléphone sur le bureau de Bodine et pressa la touche d'accès direct aux cuisines.

— Salut, Karleen, c'est Jessie. Tu pourrais faire envoyer un bol de potage du jour et une camomille au bureau de Bodine, s'il te plaît ? Ouais, ce serait sympa, merci.

— Et si je n'ai pas envie de potage ? protesta Bodine lorsque Jessica eut raccroché.

— Tu en mangeras quand même parce que tu es assez intelligente pour savoir que ça te fera du bien. Comme Rory, et comme ta mère.

Bodine s'efforça de sourire.

— Tu nous maternes ?

— Il faut bien que quelqu'un pense à vous. Tu as l'air vannée. Je sais qu'il y a eu un défilé incessant dans ton bureau. Dans celui de Rory aussi, et dans celui de Maureen. Mais pire ici.

— Je suis le big boss.

— Exactement. Tes employés comptent sur toi, il faut que tu manges pour garder des forces. Maintenant, dis-moi en quoi je peux me rendre utile.

— Tu n'avais pas un rendez-vous aujourd'hui avec la compagnie Rhoder à propos de leur séminaire ?

— Si, je l'ai reporté. Ça n'a pas posé de problème. Nous avons eu un décès dans la famille.

Des larmes brûlèrent les yeux de Bodine. Jessica ferma la porte.

— Toutes mes condoléances, Bo. Je ne connaissais pas très bien Billy Jean, mais elle m'était sympathique. Si je peux faire quoi que ce soit pour t'aider, n'hésite pas. Je sais que Sal te dépanne quand tu es débordée, mais… elle est effondrée.

— Elles étaient très bonnes amies. J'aurais effectivement besoin de toi pour deux ou trois choses, mais je sais que tu croules sous le travail, toi aussi, en ce moment.

— Chelsea est à la hauteur de nos attentes. Ça me libère du temps.

— Dans ce cas, je veux bien que tu me le consacres. J'ai rédigé un communiqué de presse. Je l'ai déjà envoyé à deux journalistes qui m'ont appelée pour savoir ce qui s'est passé, mais je voudrais que tu regardes si je l'ai bien tourné.

— J'y jetterai un coup d'œil.

— Il nous faut aussi un laïus pour les clients, ceux qui sont là et ceux qui ont réservé et pourraient nous contacter pour en savoir plus. J'ai fait un brouillon. Comme tu ne connaissais pas trop Billy Jean, tu seras plus objective. J'ai peut-être un peu trop versé dans la sentimentalité ; elle était mon amie.

— OK.

— Par ailleurs, nous allons organiser une petite cérémonie ici. J'en ai déjà parlé avec sa mère. Bodine se tut, expira profondément. Nous avions décidé d'accueillir ses proches, de leur offrir des chalets, des chauffeurs et tout ce dont ils auraient pu avoir besoin, mais ils préfèrent loger à Missoula, et ils la feront enterrer à Helena. Cette cérémonie sera pour nous, pour nous tous, le personnel du ranch, du resort, tous ceux qui la connaissaient et souhaitent lui rendre un dernier hommage.

— Je m'en occuperai. Je ne voudrais pas lui manquer de respect, mais une cérémonie du souvenir est un événement, et les événements sont ma partie. Dis-moi juste quand tu désires qu'elle ait lieu, et où. Je me chargerai du reste.

Reconnaissante, Bodine se sentit soulagée d'un poids.

— Avec la météo, on ne peut pas prendre le risque de faire ça en extérieur. Le Moulin me semble le meilleur endroit.

— Je suis d'accord.

On frappa à la porte, Jessica se leva pour ouvrir.

— Merci, Karleen, c'est parfait.

Elle déposa le plateau sur le bureau.

— Mange.

— J'ai l'estomac en vrac.

— Mange quand même.

En riant tristement, Bodine prit la cuillère à soupe.

— On dirait ma grand-mère.

— C'est un énorme compliment. Donne-moi une idée générale de ce que tu veux et je peaufinerai les détails.

Des fleurs, parce que Billy Jean les adorait. Et de la musique country. Tout en parlant, Bodine mangea le potage, qui descendit tout seul.

— Je crois que le mémorial devra rester ouvert quatre ou cinq heures, en présence de quelqu'un de la famille – on a encore le temps de décider qui. J'aimerais que toutes les personnes qui travaillent ici puissent venir faire leurs adieux à Billy Jean. Seulement, nous avons des réservations tous les jours, la semaine prochaine. Je pensais fermer une journée.

Jessica prenait des notes, elle ne prit pas la peine de lever les yeux.

— Ça ne t'ennuierait pas de ruiner les vacances de gens qui ont réservé un bungalow, peut-être un billet d'avion, posé des congés ?

— C'est embêtant, certes, mais je tiens vraiment à ce que tout le personnel puisse venir. Ce serait plus facile d'organiser cette cérémonie au ranch mais…

— Elle faisait partie de la famille du resort.

— Je n'arrive pas à réaliser… murmura Bodine, la gorge serrée. Je n'arrive pas à croire qu'une chose pareille ait pu se produire. Nous avons déjà passé de sales quarts d'heure, avec des clients hystériques, des querelles entre employés, voire des bagarres. Mais jamais nous n'avions connu de drame…

La porte s'entrouvrit et Rory passa la tête dans l'entrebâillement.

— Bo ? Excuse-moi. Maman aurait besoin de toi, si tu as cinq minutes.

— J'arrive. Prends ma place, Jessie, et jette un coup d'œil à mes communiqués, s'il te plaît, ce sera fait.

Bodine ouvrit les fichiers sur son ordinateur et quitta le bureau avec son frère. Jessica s'assit dans son fauteuil, parcourut les textes, et entreprit de taper quelques suggestions.

— Bo, s'il te plaît…

Sur le pas de la porte, Chase s'immobilisa.

— Oh, pardon, je croyais que c'était Bo.

— Elle a dû s'absenter une minute, dit Jessica en se levant. Toutes mes condoléances, Chase.

Il enleva son chapeau, le garda entre les mains.

— Merci. Je vous laisse déjeuner tranquillement.

— C'est le repas de Bodine. Elle ne devrait pas tarder à revenir. Asseyez-vous. Je vous sers un café ?

— J'en ai déjà bu bien assez. Jamais je n'aurais cru m'entendre dire ça. Elle tient le coup ? Bodine ? demanda-t-il en se laissant lourdement tomber dans l'un des fauteuils.

Il paraissait fatigué, pâle, et Jessica pensa qu'elle ne l'avait jamais vu dans cet état. Elle contourna le bureau et s'assit sur l'autre fauteuil.

— Si je puis me permettre, vous avez l'air épuisé, mais ce n'est rien à côté de Bodine. Elle est complètement à plat.

— Elle va devoir s'occuper de tout. Tout organiser, parler à tout le monde.

— Elle a déjà commencé, et ça l'aide à surmonter le choc, mais c'est vrai que tout le monde s'appuie sur elle. Elle n'a pas encore eu le temps de réaliser.

Chase garda le silence un instant, les yeux baissés sur son chapeau. Une tristesse infinie se lisait en lui.

— Vous avez mangé ?

— Pardon ?

— Décidément, je fais manger de la soupe à tout le monde, aujourd'hui. Vous voulez que je vous commande un potage ?

— Non, je… Il la dévisagea longuement. Non, ça va, je vous remercie. Je… J'ai dit du mal de vous à Bodine.

— Pardon ?

— J'ai fait des commentaires désobligeants quand elle a dit qu'elle vous demanderait de l'aider à rédiger les communiqués.

Le temps d'assimiler cet aveu, Jessica enfonça l'une de ses épingles à cheveux dans son chignon, alors que toutes étaient parfaitement en place.

— Parce que je ne suis pas d'ici ?

— Parce que vous n'êtes pas d'ici, que vous n'êtes pas là depuis longtemps et…

— Et ?

— Peu importe. J'étais venu lui présenter des excuses. Elle était bouleversée, ça se voyait, mais j'ai été désagréable. Parce que j'étais en colère. Je le suis toujours, ajouta-t-il en contemplant à nouveau son chapeau.

— Ça se manifeste comme ça quand vous êtes en colère ?

— Ça dépend, répondit-il en relevant les yeux. De la cause de ma colère. Si Bo pense que vous pouvez lui rendre service, je n'ai pas à m'en mêler.

Jessica hocha la tête, croisa les chevilles. Chase jeta un coup d'œil à ses talons hauts.

— Puisque vous avez ouvert cette porte… Puis-je savoir quel problème je vous pose ? Puisque je vous en pose un, à l'évidence.

— Je ne sais pas. Il me faut peut-être du temps pour m'habituer aux gens.

— Aux gens comme moi ?

Il eut un instant d'hésitation, puis il haussa les épaules.

— Aux gens en général. Ce n'est pas pour rien que je travaille au ranch et Rory au resort. Je deviendrais dingue si j'étais tout le temps en contact avec le monde.

— Bien. Si vous vous apercevez que je vous dérange pour une autre raison que le simple fait d'être humaine, faites-le-moi savoir. On parviendra peut-être à résoudre le problème. Je vais prévenir Bo que vous l'attendez.

Chase s'éclaircit la gorge.

— Dois-je aussi m'excuser auprès de vous ?

Elle se leva et le transperça d'un regard glacial.

— Ça dépend, répondit-elle avant de quitter le bureau.

DEUXIÈME PARTIE

UN BUT

L'ici, le maintenant,
par lesquels tout futur plonge dans le passé.

James Joyce

8

1995

Alice – il pouvait l'appeler comme il voulait, son prénom demeurait Alice – donna naissance à un fils, le troisième enfant qu'elle mettait au monde, le seul que Monsieur l'autorisa à garder.

Une deuxième fille était née dix mois après la première, qu'elle avait prénommée Fancy en raison de son joli petit duvet roux. Il la lui avait enlevée. Pendant près d'une semaine, elle avait refusé de s'alimenter, malgré les coups.

Elle avait tenté de s'étrangler avec son drap, mais elle avait seulement perdu connaissance. Il l'avait fait manger de force. Torturée par la faim, elle avait cédé, la mort dans l'âme.

Il lui avait accordé trois semaines de répit après l'accouchement avant de recommencer à la violer. Au bout de six, elle avait conçu un fils.

Elle l'avait baptisé Rory et la naissance de ce petit garçon avait changé la donne. Monsieur avait versé une larme et déposé un baiser sur le crâne du nouveau-né vagissant. Il lui avait offert un bouquet d'anémones violettes, comme il en fleurissait dans les prés du ranch, à Pâques.

Ces fleurs réveillèrent un douloureux espoir. Était-elle près de la maison ?

Il lui donnait du lait, des légumes frais, un steak même, une fois. Pour qu'elle produise du lait sain et nourrissant, disait-il.

Il lui fournit des couches, des lingettes, de la lotion et une baignoire en plastique. Quand elle lui demanda, prudemment, si elle pouvait avoir des serviettes de toilette plus douces pour le bébé, il lui en apporta, avec un mobile composé de petits animaux qui jouait une berceuse.

Pendant dix mois, il s'abstint de la frapper et de la prendre. Le bébé était son salut, il lui épargnait les coups et les viols, lui donnait une raison de vivre. Et lui insufflait l'audace de réclamer des faveurs.

Il venait voir le bébé trois fois par jour, en même temps qu'il servait ses repas à Alice. Depuis la naissance de Rory, elle avait droit à un repas le midi, si bien qu'elle avait ainsi une notion de l'heure de la journée.

Avant la première visite de Monsieur, elle lavait et habillait le bébé. Ce matin, il avait fait ses premiers pas et elle en avait pleuré de fierté.

Un nouvel espoir brûlait en elle. Monsieur accepterait peut-être qu'elle sorte faire marcher son fils au soleil. Et elle verrait où elle se trouvait. Elle pourrait commencer à ébaucher un plan de fuite. Elle emmènerait son enfant, bien sûr.

Son précieux petit garçon, son salut et sa joie, ne grandirait pas dans une cave.

Elle fit sa toilette, brossa ses cheveux châtains qui lui arrivaient maintenant au bas du dos. Quand il descendit avec une assiette d'œufs baveux et deux tranches de lard carbonisées, elle s'installa sur sa chaise de toile, Rory sur les genoux.

— Merci, Monsieur.

— Mange tout. Il ne faut pas gaspiller, pour ne pas manquer.

— Promis, mais j'ai une surprise pour vous.

Elle plaça Rory debout sur ses petites jambes potelées, embrassa le sommet de son crâne. Il s'agrippa un instant à ses doigts, puis la lâcha et fit quatre pas hésitants avant de se laisser tomber sur les fesses.

— Il marche, constata Monsieur.

— Il est en avance, je crois. Il est très intelligent, et très sage.

Elle retint son souffle lorsque Monsieur s'approcha de Rory et le remit sur ses pieds. En riant et en remuant les mains, l'enfant fit à nouveau quelques pas chancelants.

— Bientôt, il courra, dit-elle, enjouée. Les garçons ont besoin de se dépenser. Ce serait bien qu'il ait plus d'espace. Quand vous le jugerez bon, s'empressa-t-elle d'ajouter devant le regard froid et dur que Monsieur posa sur elle. Et qu'il voie le soleil. La lumière du soleil est riche en vitamines.

Sans un mot, il se baissa et souleva le bébé. Rory tira sur la barbe hirsute que Monsieur se laissait pousser ces derniers mois.

Chaque fois qu'il prenait l'enfant, la terreur et le désespoir lui nouaient le ventre. Néanmoins, en se levant, elle s'efforça de sourire.

— Je partagerai mon petit déjeuner avec lui. Il aime les œufs.

— C'est ton rôle de mère de l'allaiter.

— Oui, bien sûr, mais il aime aussi les aliments solides. En tout petits morceaux. Il a déjà cinq dents et une autre qui sort. Monsieur ? Ma mère, je me souviens, disait que les enfants ont besoin de grand air pour être en bonne santé, grandir et prendre des forces. Ne pourrions-nous pas sortir prendre l'air, juste quelques minutes ?

Monsieur tenait toujours le bébé. Son visage se durcit.

— Qu'est-ce que je t'ai dit à ce sujet ?

— J'essaye juste d'être une bonne mère pour… notre fils. L'air frais lui ferait du bien, et il serait profitable à mon lait.

— Mange ce que je t'ai apporté. Quand il aura plus de dents, je lui donnerai à mâcher. Fais ce que je te dis, Esther, si tu ne veux pas que je te rappelle où est ta place.

Elle mangea en silence, et s'enjoignit d'attendre une semaine avant d'oser une nouvelle tentative.

Or trois jours plus tard, alors qu'elle terminait son dîner, Monsieur redescendit à la cave. Et lui montra la clé des fers qui lui enserraient la cheville.

— Écoute-moi bien : je vais t'emmener dehors, dix minutes, pas une seconde de plus.

Un frisson de joie la parcourut.

— Si tu cries, je te casse les dents, ajouta-t-il. Lève-toi.

Docilement, la tête baissée afin qu'il ne voie pas l'espoir dans ses yeux, elle se leva. Et ses espoirs s'évanouirent lorsqu'il lui passa une corde autour du cou.

— Ne faites pas ça, s'il vous plaît. Le bébé…

— Tais-toi. Si tu essayes de t'enfuir, je te brise la nuque. Si tu te comportes bien, je te laisserai peut-être prendre l'air une fois par semaine. Désobéis et je te battrai jusqu'au sang.

— Oui, Monsieur.

Son cœur bondit dans sa poitrine lorsqu'il inséra la clé dans le cadenas, et pour la première fois depuis quatre ans le poids des chaînes lui libéra la jambe.

Un son rauque d'animal blessé lui échappa quand elle vit la cicatrice rouge qui lui marbrait le mollet.

Les yeux de Monsieur luisaient telles deux lunes noires.

— C'est un cadeau que je te fais, Esther. J'espère que je n'aurai pas à le regretter.

Il la poussa, et elle fit ses premiers pas sans entrave, d'une démarche raide et traînante.

En serrant Rory dans ses bras, elle gravit une à une les marches de l'escalier, telle une vieillarde. S'enfuir ? pensa-t-elle, le cœur lourd. Elle parvenait à peine à mettre un pied devant l'autre.

En haut des marches, il raccourcit sa prise sur le licol.

— Tiens-toi bien, Esther, proféra-t-il avant d'ouvrir la porte.

Elle découvrit une cuisine au sol jauni qui empestait le graillon. Un évier en fonte, des assiettes empilées sur un égouttoir, un réfrigérateur, un réchaud à deux brûleurs.

Par la fenêtre au-dessus de l'évier, elle vit les dernières lueurs du jour. Elle vit le monde.

Des arbres. Le ciel.

Elle essaya de se concentrer, de photographier mentalement les lieux. Le vieux canapé, une table, une lampe, un téléviseur comme elle n'en avait jamais vu qu'en photo, avec... des oreilles de lapin, se souvint-elle. Un plancher de bois, des murs nus, des cloisons de rondins, une petite cheminée de briques inégales, vide.

Il la poussa vers la porte. Que de verrous, pensa-t-elle. Il les ouvrit, un à un. En s'avançant sur la galerie, elle oublia tout – ses plans de fuite, ses espoirs, son calvaire, sa peur.

La lumière, oh, la lumière ! Les derniers rayons du soleil disparaissant derrière les montagnes, les sommets nimbés d'un halo rougeoyant. L'odeur des pins et de la terre, la sensation de l'air sur son visage, la douce chaleur d'une brise d'été. Des arbres, un carré de terre où poussaient des légumes.

Elle reconnut le vieux pick-up dans lequel elle avait commis l'erreur de monter. Une vieille machine à laver, un motoculteur. Le terrain était entouré de barbelés. Dans la clôture, un portail à bétail, cadenassé.

Fascinée, elle voulut descendre de la galerie, mais il la retint.

— Tu es déjà allée assez loin. Il n'y a pas plus d'air là-bas qu'ici.

Elle renversa la tête en arrière, et des larmes de joie roulèrent sur ses joues.

— Oh, les étoiles s'allument. Regarde, Rory, regarde les étoiles, mon bébé !

Elle inclina la tête de l'enfant vers le ciel. Il se cramponna à son doigt, le suçota. En riant, elle lui embrassa le crâne.

— Écoute… Tu entends le hibou ? Tu entends le vent dans les arbres ? N'est-ce pas merveilleux ? Oh, que c'est beau !

Le bébé babillant et lui mordillant le doigt, Alice s'efforça de tout voir, tout enregistrer.

— Ça suffit. On rentre.

— S'il vous plaît…

La corde lui mordit la gorge.

— J'avais dit dix minutes, pas plus.

Une fois par semaine, avait-il dit également, se remémora-t-elle. Elle rentra sans un murmure et, cette fois, elle remarqua un fusil de chasse au-dessus de la cheminée.

Était-il chargé ?

Un jour, si Dieu le voulait, un jour elle essayerait de voir.

Elle redescendit laborieusement l'escalier, stupéfaite que ces dix minutes l'aient à ce point grisée et épuisée.

— Merci, Monsieur.

Elle ne réfléchit pas – elle en était incapable – à ce que cela signifiait que ces mots ne lui écorchent pas la bouche.

— Rory dormira mieux cette nuit. Regardez, ses yeux se ferment déjà tout seuls.

— Mets-le dans son lit.

— Je dois d'abord lui donner à manger et le changer.

— Couche-le. Tu t'en occuperas s'il se réveille.

Elle déposa le bébé dans son berceau. Il pleura un peu mais se calma dès qu'elle commença à lui caresser le dos.

— Vous avez vu ? Vous voyez comme l'air lui a fait du bien ? Ai-je été obéissante ? demanda-t-elle en baissant la tête.

— Oui.

— Alors on pourra sortir une fois par semaine ?

— On verra. Si tu te conduis bien. Si tu me montres ta reconnaissance.

— Je vous le promets.

— Tu vas me la montrer tout de suite.

La tête courbée, elle ferma les yeux et serra les paupières.

— Tu as eu amplement le temps de te remettre de la naissance de mon fils. Il mange solide, maintenant, il a moins besoin de ton lait.

Il est temps que tu accomplisses tes devoirs conjugaux.

En silence, elle enleva sa robe informe et s'étendit sur le lit de camp.

— Tu es flasque, dit-il en se déshabillant, et il lui pinça la poitrine, le ventre. Ce n'est pas grave, je peux le tolérer, ajouta-t-il en se couchant sur elle.

Il sentait le savon bon marché, la graisse de cuisine, et ses yeux brillaient de cette lueur mauvaise qu'elle ne connaissait que trop bien.

— Tu sens mon bâton, Esther ? Dis : « Je veux que mon mari se serve de son bâton pour me dominer. »

Elle refoula ses larmes. Après tout, quelle importance avaient les mots ?

— Je veux que mon mari se serve de son bâton pour me dominer.

La douleur irradia en elle quand il la pénétra.

— Dis : « Prends ce que tu veux de moi car je suis ta femme et ta servante. »

Elle répéta après lui tandis qu'il la labourait, pantelant, le visage déformé par un immonde plaisir.

Elle ferma les yeux et pensa aux arbres, au grand air, aux dernières lueurs du soleil, aux étoiles.

Il tint parole : elle sortit sur la galerie une fois par semaine.

Lorsque le bébé eut un an, elle rassembla son courage : elle demanderait à Monsieur si elle pouvait lui préparer un bon repas afin de le remercier de sa bonté. Pour célébrer l'anniversaire de Rory.

Si elle parvenait à le convaincre, puis à lui montrer sa soumission, elle pourrait peut-être examiner le fusil.

Il descendit, avec son dîner, et prit le bébé, comme toujours. Mais cette fois, sans un mot, il remonta l'escalier avec lui.

— Allons-nous prendre l'air ?

— Toi, mange ce que je t'ai apporté.

— Où l'emmenez-vous ?

— Maintenant qu'il est sevré, il doit passer plus de temps avec son père.

— Non, s'il vous plaît, non ! J'ai fait tout ce que vous avez voulu. Je suis sa mère. Je ne lui ai pas encore donné à manger, ce soir. Laissez-moi…

Il s'arrêta à mi-hauteur de l'escalier, hors d'atteinte.

— J'ai une vache. Il boira de son lait. Tiens-toi à carreau et tu pourras monter t'asseoir dehors une fois par semaine.

Elle tomba à genoux.

— Je ferai n'importe quoi ! N'importe quoi ! Je vous en supplie, ne me le prenez pas !

— En grandissant, les bébés deviennent des garçons, puis des hommes. Il est temps qu'il apprenne à connaître son père.

Quand la porte se referma, que le verrou cliqueta, elle se redressa, les jambes tremblantes. Et quelque chose en elle se brisa.

Elle l'entendit, comme une branche sèche qui craqua dans sa tête.

Elle s'assit sur la chaise, croisa les bras, les berça.

— Chuut, mon bébé, ne pleure pas.

Et en souriant, elle fredonna une comptine à ses bras vides.

Pressée de rentrer, Bodine quitta son bureau dans les dernières lueurs du couchant. Elle avait une bonne raison de terminer sa journée plus tôt que d'habitude : à la maison, elle se concentrerait mieux sur ses rapports, ses budgets et ses plannings.

Elle ne pouvait pas endosser davantage de chagrin, en plus du sien, ou elle allait craquer.

Sous le ciel embrasé de pourpre et d'or, Callen discutait avec un jeune couple et leur bambin extatique, auprès de Sundown et de Leo.

— Dada, dada, dada ! babillait le garçonnet, calé sur la hanche de sa mère, en tapant des deux mains sur l'encolure de Sundown.

Son père et Callen échangèrent quelques mots à voix basse, puis le premier chuchota à l'oreille de son épouse, qui secoua la tête en se mordant la lèvre et en interrogeant Callen du regard.

— À vous de voir, lui dit Callen, mais je vous assure qu'il est doux comme un agneau.

— Allez, Katie, ça ne risque rien.

Le père, tout sourires, sortit son téléphone portable de sa poche.

— Vous le tiendrez, n'est-ce pas ?

Callen monta en selle. Le marmot applaudit comme s'il venait de réaliser un tour de magie.

— Tu viens, mon pote ?

Callen ouvrit les bras. Le gamin s'y serait précipité si sa mère ne l'avait pas retenu pour le déposer prudemment devant Callen, qui le cala entre ses cuisses. Le bambin hurlait de joie.

— À dada ! À dada !

— Fais un sourire à ton papa, qu'il fasse une belle photo.

— Suis sur le dada, papa !

— Super, Ricky !

— Hue ! cria Ricky.

Sundown tourna la tête vers son maître avec une expression que Bodine ne put qu'interpréter comme un sourire réjoui.

— Hue, dada !

Ricky se dévissa le cou pour implorer Callen du regard.

— Oh, mon Dieu... murmura la mère, les mains sur le cœur. Juste quelques pas, alors. Vous êtes sûr que ça ne risque rien ?

— Absolument rien.

— Prends des photos, Katie. Je vais faire une vidéo. Excellent !

— Mets ta main là, dit Callen en posant la main droite de l'enfant par-dessus la sienne, sur les rênes. Vas-y, dis-lui : « Hue, Sundown, en avant ! »

— Hue, Sunda' !

Quand le cheval se mit en marche, le garçonnet demeura bouche bée, les yeux pétillants de bonheur.

— Maman, maman, maman !

Sur les ordres de son maître, Sundown décrivit un cercle, puis un deuxième, le bambin, hilare, rebondissant au rythme de ses pas. Au retour, Callen adressa un clin d'œil à Bodine.

— Il va falloir dire *adios* au dada, mon pote.

— Encore, encore, encore ! supplia Ricky quand Callen le souleva de la selle.

— Ça suffit pour aujourd'hui, mon chéri. Le dada doit rentrer à sa maison, dit Katie en tendant les bras à son fils.

— Tu es un vrai cowboy maintenant, déclara Callen. Les vrais cowboys écoutent toujours leur maman. C'est le code des cowboys.

— Suis un cowboy, dit le petit garçon en rejoignant sa mère à contrecœur. Bisou, dada.

— Sundown aime bien les bisous.

Ricky embrassa la nuque de Sundown, puis tendit le doigt vers Leo qui attendait patiemment.

— Bisou, dada.

— Leo aussi aime bien les bisous, déclara Bodine en s'approchant. Ce n'est pas le cas de tous les chevaux, mais ces deux-là n'y voient pas d'objection.

Katie s'avança vers Leo afin que son fils puisse lui témoigner son affection.

— Veux monter sur dada Leo !

— Je dois le ramener à sa maison et lui donner à manger mais... Vous serez encore là demain ?

— Demain et après-demain, répondit le père.

— Passez demain au centre équestre, et on verra ce qu'on peut faire.

— Super ! Tu as entendu, Ricky ? On reviendra voir les chevaux demain. Dis merci à M. Skinner.

— Merci ! Merci cowboy ! Merci dada !

— À plus, mon pote.

Bodine monta sur son cheval, lui fit faire demi-tour.

— *Adios !* lança Callen en touchant le bord de son chapeau.

— *Adios*, murmura Bodine.

— Il faut bien faire plaisir aux gens.

— Je t'épargnerai le couplet sur les assurances, les responsabilités, etc.

— Ouf.

— En vérité, c'est une bonne idée d'amener les chevaux à Bodine Town, de temps en temps. Et nous avons eu la preuve que les spectacles équestres feront le bonheur des gamins et des familles. Cela dit, je ne m'attendais pas à te trouver là avec Leo.

— J'ai passé un coup de fil à la réception. On m'a dit que tu finissais vers 17 heures.

— Quelqu'un devait me ramener au ranch. J'ai annulé pendant que tu offrais au petit Ricky le plus beau moment de sa vie, un antidote inespéré à une journée horrible.

Callen scruta son regard.

— Tu l'as surmontée.

— Et je surmonterai celle de demain. Je te préviens, Garrett Clintok essaye de te causer des ennuis.

— Je sais.

— Il a déformé mes propos. Je tiens à ce que tu saches que je n'ai jamais dit...

— Tu ne me dois pas d'explication, l'interrompit-il calmement avant qu'elle ne s'emporte.

— Je veux quand même que tu saches que je n'ai à aucun moment tenu les propos qu'il m'attribue. Je suis furieuse qu'il se serve de moi et, pire, de Billy Jean, pour chercher à te causer du tort. J'ai mis les choses au point avec le shérif Tate, mais si jamais…

— Tate n'est pas idiot, et je suis en bons termes avec lui.

— Certes, acquiesça Bodine, la rage qu'elle avait au ventre se reflétant dans ses yeux. Il n'empêche que Clintok va m'entendre la prochaine fois que je le croise.

— Laisse tomber.

— Tu rigoles ou quoi ? s'écria Bodine en ajustant sa position sur la selle. Je n'ai aucune indulgence pour les menteurs, pour les gens pleins de hargne qui me font dire ce que je n'ai pas dit, pour ceux qui tendent des embuscades à mon frère et à son copain et qui leur tombent dessus à quatre contre deux.

Callen stoppa Sundown.

— Qui t'a raconté cette histoire ?

— Chase, aujourd'hui seulement, alors qu'il aurait dû…

— Il a trahi un serment.

En secouant la tête d'un air désillusionné, Callen fit redémarrer sa monture.

— Pour sa défense, je dirai qu'il était outré, mais je sais que les serments sont sacrés… à douze ans.

— L'âge n'a rien à voir. Un serment est un serment. Et le passé est le passé.

Ah, les hommes… pensa Bodine. Elle avait peut-être grandi entourée d'hommes, mais ils parvenaient toujours à la mettre hors d'elle.

— Tu pourras étriper Chase parce qu'il a pris ta défense, et fourni la preuve de la perfidie de Garrett Clintok, mais si le passé appartenait au passé, Clintok ne chercherait pas aujourd'hui à te tendre une nouvelle embuscade.

— C'est lui qui a un problème, pas moi.

— Oh, bon sang… grommela-t-elle, et elle partit au trot.

Callen la rattrapa.

— Je ne comprends pas pourquoi tu m'en veux.

— Tais-toi, s'il te plaît. Vous, les hommes…

Sans terminer sa phrase, elle lança Leo au galop.

— Ah, les femmes… soupira Callen en la laissant le distancier.

Jusqu'au ranch, néanmoins, il veilla à ne pas la perdre de vue.

Il n'avait pas l'intention de la tuer. En fait, elle s'était tuée toute seule.

Elle n'aurait pas dû essayer de s'enfuir. Elle n'aurait pas dû crier. Si elle ne s'était pas mise à lui donner des coups de pied, il ne l'aurait pas poussée aussi brutalement, et elle ne serait pas tombée, elle ne se serait pas cogné le crâne.

Si elle s'était tenue tranquille, il l'aurait emmenée chez lui et tout se serait bien passé.

Il avait commis l'erreur de ne pas l'assommer tout de suite. Son tort avait été de céder au désir charnel. Il avait voulu s'assurer qu'elle lui convenait.

Il était à la recherche d'une femme en âge de porter des enfants. D'une jolie jeune femme pour assouvir ses besoins et lui donner des fils robustes.

Peut-être avait-il été trop pressé. L'excitation avait eu raison de lui.

Pour le reste, il avait tout fait correctement, se rassura-t-il. Il avait siphonné son réservoir, il l'avait laissée s'éloigner suffisamment sur la route déserte, l'avait suivie tous phares éteints, puis s'était présenté comme un bon Samaritain quand elle était tombée en rade.

C'était là qu'il s'était emballé, qu'il avait commis un faux pas. Il n'aurait pas dû écouter son désir. Il aurait dû être patient.

Cette erreur lui servirait de leçon.

La prochaine, il l'assommerait, l'attacherait et la ramènerait chez lui.

Ce n'étaient pas les jolies jeunes femmes qui manquaient, dans le coin. Il prendrait le temps de la choisir. La barmaid n'était pas vilaine, mais il y en avait de plus charmantes. Du reste, en y repensant, elle était peut-être trop vieille. Il ne lui restait peut-être pas tant d'années que ça de fertilité, et le rôle d'une femme était de porter des enfants. En plus, les serveuses de bar étaient souvent des catins.

Il avait bien fait de ne pas la toucher ; elle aurait pu lui transmettre une maladie.

Il en trouverait une autre, plus jeune, plus jolie et plus propre.

Il avait déjà préparé sa chambre. Il l'éduquerait, il lui apprendrait ce que beaucoup avaient tendance à oublier : que la femme avait été créée pour servir l'homme, lui obéir, lui être soumise et lui donner des fils.

S'il le fallait, il la punirait. Il était de son droit autant que de son devoir de la châtier, si elle le méritait.

Et il planterait sa graine en elle. Elle serait féconde et concevrait des fils. Ou sinon, il en trouverait une autre. Patience.

En attendant, rien ne l'empêchait de se satisfaire avec une autre.

Allongé sur son lit, il effleura la Bible posée sur le chevet, puis il glissa la main sous le matelas et en retira le magazine porno caché dessous.

Les femmes étaient toutes des catins, de viles séductrices qui poussaient les hommes au péché. Il se lécha le doigt, tourna une page et sentit son sexe durcir.

En attendant de trouver femme, il n'y avait pas de mal à prendre une catin qui ne demandait que ça.

9

Quatre jours après le décès de Billy Jean, officiellement un homicide, Bodine se rendit à Helena pour les funérailles.

Le lendemain, à l'étage du Moulin, Tim McGraw, Carrie Underwood et Keith Urban – les chanteurs préférés de Billy Jean – en fond sonore, elle écoutait ses employés rendre hommage à la défunte.

Jessica avait su créer l'atmosphère appropriée. Elle avait fait encadrer des photos de Billy Jean, seule ou avec des amis ; dressé un buffet sur une longue table couverte de toile cirée, avec des mets simples : charcuterie, poulet frit, gratin de macaronis, pain de maïs ; et décoré la salle de bouquets colorés dans des bocaux de conserve ou des bouteilles de lait.

Rien de sophistiqué, pas d'apparat, une cérémonie familiale où puiser le réconfort.

Les gens pouvaient monter sur scène et prendre le micro, dire quelques mots de leur collègue. Certaines anecdotes firent couler des larmes, mais la plupart suscitèrent des rires, atténuant un peu le chagrin.

Accompagné d'une guitare, d'un violon et d'un banjo, un petit groupe chanta quelques chansons.

Bodine s'apprêtait à s'éclipser lorsqu'elle vit Chad Ammon entrer et se diriger tout droit vers l'estrade. Les conversations cessèrent, se changèrent en murmures. Elle balaya la salle du regard, croisa celui de Chase. D'un simple coup d'œil, ils convinrent de le laisser prendre la parole et de se tenir prêts à intervenir au besoin.

— Beaucoup d'entre vous, je le sais, pensent que je n'ai rien à faire ici, commença Chad, la voix tremblante. Si quelqu'un a quelque chose à me dire, qu'il me le dise, mais qu'il attende d'abord que j'aie moi-même dit ce que je voudrais vous dire. Je n'ai pas été convenable avec Billy Jean. Elle méritait mieux que moi.

— Ah ça, c'est sûr ! lança une voix de femme, provoquant une nouvelle vague de chuchotements.

— Elle était… une chic fille, une bonne amie. Elle était gentille. Elle n'avait pas toujours la langue dans sa poche mais on pouvait compter sur elle. Elle ne pouvait pas compter sur moi. Je l'ai trompée. Je lui ai menti. Je n'ai jamais levé la main sur elle ni sur aucune autre femme, mais je lui ai manqué de respect. Si j'avais été meilleur, peut-être que nous serions encore ensemble. Et si nous étions ensemble, elle serait peut-être toujours là… Je ne sais pas… Des larmes roulèrent sur ses joues et il reprit : je ne le saurai jamais. Tout ce que je sais, c'est qu'elle avait un cœur d'or, qu'elle aimait rire, danser, qu'elle m'avait donné sa confiance… et qu'elle n'est plus là. Rien de tout ce qu'on pourra me dire ne sera pire que ce que je me dis chaque jour à moi-même. Mais vous pouvez le dire quand même. Je ne vous en voudrai pas.

Là-dessus, il redescendit de l'estrade, les jambes tremblantes, sous les regards durs et froids.

Bodine n'hésita qu'un seul instant : avant que les murmures ne se muent en insultes, voire pire, elle devait apaiser les esprits.

Elle se faufila dans la foule. En la voyant, Chad s'immobilisa, leva vers elle son visage ruisselant de larmes, et éclata en sanglots lorsqu'elle lui enlaça les épaules.

— Ça va aller, Chad. Viens avec moi. Ne culpabilise pas, elle ne le voudrait pas, elle n'était pas comme ça, dit-elle d'une voix suffisamment forte pour que tout le monde l'entende, et elle entraîna le jeune garçon vers la sortie.

Dans un silence de plomb, Jessica gagna l'estrade. Bodine avait commencé à tempérer l'agressivité. Elle ferait son possible pour l'endiguer.

— Je ne connaissais pas très bien Billy Jean. Je ne travaille pas ici depuis aussi longtemps que la plupart d'entre vous, mais je voudrais vous parler de ma première visite au Saloon. Je n'étais là que depuis une semaine, mon poste me plaisait, mais je n'étais pas certaine d'être à ma place et j'avais un peu la nostalgie de chez moi.

Elle écarta ses cheveux de son visage. Détachés, ils ondulaient sur ses épaules. Une coiffure plus naturelle, moins sévère, avait-elle pensé, que son petit chignon serré.

— Je désirais m'intégrer, poursuivit-elle, et c'est pour cette raison que je suis allée au Saloon. Billy Jean était derrière le bar. Je lui ai demandé de me conseiller un cocktail, en précisant que j'étais nouvelle. Elle m'a répondu qu'elle le savait, que les serveuses savaient tout, tôt ou tard, en général assez tôt. Elle m'a recommandé une margarita-myrtille, et je vous avouerais que je n'étais pas vraiment tentée.

Des rires s'élevèrent, Jessica esquissa un sourire.

— Il y avait pas mal de monde au Saloon, ce soir-là, et je me suis fait la remarque qu'elle paraissait parfaitement détendue. Elle avait un sourire, un petit mot sympa pour tout le monde, alors qu'elle était débordée. Elle a posé le cocktail devant moi. J'ai regardé le verre en pensant que les gens d'ici avaient cette drôle de manie de mettre des airelles partout. Puis j'ai goûté, et j'ai compris pourquoi.

De nouveaux éclats de rire retentirent ; elle attendit en souriant que le silence revienne.

— J'ai bu ma première margarita-myrtille, puis une deuxième, assise au comptoir, en regardant Billy Jean travailler dans la bonne humeur. Quand elle m'en a servi une troisième, je lui ai dit que je ne pouvais pas l'accepter, que j'étais en voiture. Je n'allais que jusqu'au Village, mais je ne voulais pas prendre le volant en état d'ébriété. « Ne vous inquiétez pas, ma belle, fêtez votre première semaine parmi nous », a-t-elle rétorqué. Elle terminait une heure plus tard, elle me conduirait chez moi. J'ai tranquillement siroté le verre qu'elle m'avait offert, et elle m'a ramenée à bon port. Ce n'est pas grâce aux myrtilles que j'ai commencé à me sentir à l'aise ici, c'est grâce à Billy Jean.

Jessica descendit de l'estrade, et constata que la tension était complètement retombée.

— Bravo, la félicita Chase, qu'elle n'avait pas vu venir dans sa direction.

— Je n'ai fait qu'achever ce qu'avait commencé votre sœur. Et cette histoire était véridique.

— Bravo quand même, et bravo pour la cérémonie. Je tenais à vous dire qu'elle est parfaite. Finalement, vous connaissiez peut-être mieux Billy Jean que vous ne le pensiez.

— J'avais une petite idée de sa personnalité. Et j'ai discuté avec des gens qui la connaissaient bien, répondit Jessica, en regardant autour d'elle les photos dans leurs sobres cadres métalliques noirs, les fleurs, les visages. Tout cela m'a appris quelque chose. Je regrette de n'avoir pas davantage passé de temps au Saloon quand elle y travaillait. Billy Jean faisait partie d'un tout, comme nous tous. Bodine m'a dit que des saisonniers avaient fait cent cinquante kilomètres pour être là aujourd'hui. Comme ils l'auraient fait pour un parent. Cet esprit, c'est à votre famille que nous le devons.

— Je vous dois des excuses, bredouilla Chase.

Elle planta son regard bleu dans le sien.

— Je vous écoute.

— Je ne voulais pas vous donner le sentiment que vous ne faisiez pas partie des nôtres.

— Vous pensez que je suis des vôtres ?

Il se dandina gauchement d'un pied sur l'autre.

— Je vous présente toutes mes excuses.

— Ce ne serait pas élégant de ma part de les refuser, alors je les accepte. Je veux bien passer l'éponge, dit-elle en lui tendant la main.

Il la lui serra, et elle lui parut minuscule, au creux de la sienne.

— Il faudrait que je retourne au ranch, mais…

— Miss Fancy est là, et Rory va arriver d'une minute à l'autre. Vous pouvez y aller.

— Dans ce cas, je…

À court de mots, il hocha la tête et s'échappa.

Il échangeait quelques mots avec un groupe d'employés attablés au rez-de-chaussée lorsque Callen entra dans le restaurant.

— Je n'ai pas pu me libérer plus tôt.

— Ce n'est pas grave. Chad a failli provoquer un esclandre en prenant la parole.

— Ah…

La froideur de son ami n'échappa pas à Chase, qui soupira et enfonça son chapeau sur sa tête.

— Tu es en colère…

— Tu as trahi un serment.

— Désolé, j'étais furieux, je n'ai pas pu tenir ma langue. Si tu veux te venger, tu n'as qu'à raconter le coup où j'ai chipé la bouteille de whisky, celle qu'on est allés boire au camping et qui nous a rendus malades comme des chiens.

— Tu étais plus malade que moi.

— Peut-être, mais tu as toi aussi vomi tripes et boyaux. Trahis ce secret si ça peut te faire du bien.

Pensif, Callen enfonça les mains dans les poches de son jean.

— Si j'ai ta bénédiction, ça ne me fera aucun bien. Il faut que je puisse choisir quel secret révéler.

Ne pouvant réfuter cette logique, Chase contempla les montagnes, le front plissé.

— OK, acquiesça-t-il enfin. Raconte ce que tu veux et on sera quittes.

— Je raconterai peut-être comment tu as perdu ta virginité, avec Brenna Abbott, dans la grange, le jour du treizième anniversaire de ta sœur.

Chase grimaça. Il n'était pas fier de cet épisode, où toute sa famille et une cinquantaine d'invités auraient pu entendre ses cris de plaisir, mais il en gardait un souvenir impérissable.

— Si tu veux.

Callen demeura silencieux, le regard lui aussi tourné vers les montagnes, écoutant la musique et les voix à l'intérieur du Moulin.

— Non, je me sentirais minable, dit-il au bout d'un moment. Et toi, tu aurais la conscience tranquille. Je préfère te laisser avec tes remords. Au fait, qu'est devenue Brenna Abbott ?

— Aux dernières nouvelles, elle habitait à Seattle. À moins que ce ne soit à Portland.

— Comme on oublie vite… Allez, passons l'éponge, décréta Callen en offrant la main à son ami.

Chase la regarda, puis il eut un petit rire.

— Ça fait la deuxième fois en moins de dix minutes qu'on me dit ça. À croire que ça devient une habitude chez moi d'avoir des paroles malheureuses.

— Bah, ça arrive à tout le monde.

— Une dernière chose : si jamais Clintok te cherche des noises, préviens-moi avant que ça dégénère.

— Je ne me fais pas de souci de ce côté-là.

— Préviens-moi, insista Chase, et il cracha dans sa main avant de la tendre à Callen.

— Oh, purée…

Touché, amusé, s'efforçant de ne pas penser aux commentaires de Bodine sur les gamins de douze ans, Callen imita son ami et ils échangèrent une poignée de main.

— Bon, il faut que je retourne au ranch, dit Chase en tournant les talons.

Callen s'essuya les mains sur son jean avant d'entrer au Moulin rendre ses derniers hommages à la défunte.

Bodine n'était pas un cordon-bleu, pas même une bonne cuisinière, mais à Thanksgiving, elle mettait la main à la pâte.

Elle épluchait, émincait, surveillait les casseroles sur le feu et, chaque année, maudissait ses frères de ne pas être tenus à cette corvée.

— Ce n'est pas juste, convint Maureen, placide, en arrosant la dinde, mais tu sais comme moi qu'il n'y a pas un seul homme dans cette maison qui ne soit pas une calamité en cuisine. Nous avons essayé de leur apprendre, Clémentine et moi, comme nous t'avons appris, mais Rory serait capable de faire brûler de l'eau et Chase ferait plus de dégâts qu'un éléphant dans un magasin de porcelaine.

— Ils le font exprès, bougonna Bodine, qui épluchait une montagne de pommes de terre avec Cora.

— Je sais, ma chérie, mais le résultat est le même. Grammy, jette donc un coup d'œil au jambon.

En tablier proclamant que les femmes et le vin se bonifiaient avec l'âge, Miss Fancy entrouvrit l'un des deux fours du piano.

— Je dirais que c'est le moment d'attaquer le glaçage. Ne te plains pas, Bodine, les hommes sont en train de s'occuper du barbecue. Et ils apporteront la deuxième dinde aux ouvriers. J'aime autant ne pas les avoir dans les pattes.

— J'adore les odeurs et l'ambiance d'une cuisine à Thanksgiving, déclara Cora en s'emparant d'une pomme de terre. Tu te souviens, Reenie, quand vous faisiez des tartelettes avec Alice…

Elle s'interrompit, poussa un soupir.

— Bien sûr que je me rappelle, répondit sèchement Maureen en se tournant vers la cuisinière pour remuer une casserole qui n'avait aucun besoin d'être remuée.

— Ne t'en fais pas, je ne vais pas pleurer. Alice est sûrement en train de préparer un repas de fête, elle aussi. J'ose espérer qu'elle a trouvé ailleurs ce qu'elle cherchait et que nous n'avons pas su lui offrir.

Miss Fancy ouvrit la bouche, puis la referma aussitôt.

Bodine s'abstint de commentaires. Les rares fois où le nom de la sœur de sa mère était évoqué, les aïeules semblaient se retrancher chacune dans un camp opposé. L'une accablée de tristesse, l'autre bourrée de ressentiment – et sa mère se rangeait du côté du ressentiment.

— Je crois que tout le personnel de la cuisine mérite un verre de vin, déclara Maureen en prenant des verres dans un placard. Je parie que les hommes ont déjà éclusé plus d'une bière. Bodine, rince les pommes de terre et mets-les à bouillir. Maman, les patates douces n'attendent que ton coup de baguette magique.

Maureen posa les verres sur la table, exerça une pression sur la main de sa grand-mère. En réponse, Miss Fancy haussa les épaules.

— Vous croyez que je n'entends pas ce que vous pensez, toutes les deux ? demanda Cora. Pas la peine de me flatter pour vous racheter.

Bodine se leva d'un bond lorsque le timbre de la sonnette retentit.

— J'y vais, dit-elle, soulagée.

Et elle fila dans l'entrée.

— Tu arrives pile au bon moment, dit-elle à Jessica.

— Parfait. Encore merci pour l'invitation.

— Entre. Il neige ? Je ne m'en étais pas aperçue avec tout le boulot qu'on a, et le vieux fantôme familial qui plane sur la cuisine. Tu pourras nous donner un coup de main, et ta simple présence contribuera à exorciser les esprits. Il ne fallait rien apporter, ajouta Bodine en voyant une boîte de gâteaux dans les mains de Jessica.

— Ça me fait plaisir.

— Merci, c'est gentil. Donne-moi ton manteau.

La boîte en équilibre sur une main, Jessica ôta son manteau, puis son écharpe, tout en promenant son regard autour d'elle.

— C'est superbe. J'adore les plafonds à la française, le parquet à larges lames, et, oh, quelle fabuleuse cheminée !

— C'est vrai que tu n'étais encore jamais venue à la maison. Je te ferai visiter.

— Volontiers.

En robe bleue simple et sobre, Jessica s'avança dans le séjour.

— Waouh, quelle vue !

— Elle est magnifique aussi dans la cuisine. Viens, que je te serve un verre.

Elles traversèrent un dédale de couloirs, Jessica, charmée,

admirant les tableaux de peintres américains, les vases de cristal irlandais, les poteries de Belleek. Beaucoup de bois et de cuir, nota-t-elle, ce qui créait une atmosphère chaleureuse. Dépourvues de rideaux, encadrées seulement de festons, les fenêtres laissaient entrer les champs, le ciel, les montagnes.

Au détour d'un corridor, elle s'arrêta sur le seuil d'une pièce meublée d'un grand bureau ancien, tendit le doigt vers le mur.

— C'est un… *papoose* ?

— Non, *papoose* signifie « enfant ». Ça, c'est un porte-bébé indien, expliqua Bodine. C'était celui du grand-père de mon père.

— C'est génial d'avoir des souvenirs de famille aussi anciens.

— Nous formons une véritable mosaïque ethnique, dit Bodine en entraînant Jessica vers la cuisine, au fond de la maison.

— Jessie, quel plaisir ! s'exclama Maureen en quittant les fourneaux pour embrasser la jeune femme. Toujours aussi ravissante !

— Ça ne te ferait pas de mal, Bodine, de te mettre en robe de temps en temps, dit Miss Fancy en donnant un tour de cuillère dans le glaçage pour le jambon.

— Merci, chuchota Bodine à Jessica. Qu'est-ce que je te sers à boire ?

— La même chose que vous, répondit Jessica en posant le gâteau sur le comptoir. Je peux donner un coup de main ?

— Bois d'abord un verre de vin, répliqua Maureen. Que nous as-tu apporté de beau ?

— Un *ptitchie moloko*.

— Comment dites-vous ? Vous permettez que je regarde ? demanda Cora en soulevant le couvercle.

— Oh, que c'est joli !

— C'est un dessert russe. *Ptitchie moloko* signifie « lait d'oiseau ». Ma grand-mère en faisait toujours pour les grandes occasions.

Bodine sortit un verre à pied, examina les lacis de chantilly artistiquement entrecroisés sur le nappage de chocolat.

— C'est toi qui l'as fait ?

— J'aime bien faire de la pâtisserie, mais je n'en fais jamais pour moi seule. J'étais ravie, aujourd'hui, de préparer un gâteau à partager.

— Je vais chercher le joli plateau à pied, déclara Maureen en se précipitant à la salle à manger. On le mettra sur le buffet des desserts avec les tartes et la charlotte de maman. Assieds-toi, Jessie, je t'en prie.

— À condition que vous me mettiez un ustensile de cuisine entre les mains.

— Donnez-lui quelque chose à faire, ordonna Miss Fancy. Les hommes ne vont pas tarder et on sera dérangées sans arrêt.

Jessica était enchantée de participer à une grande réunion familiale, d'être témoin des interactions et des dynamiques entre quatre générations de femmes, de voir comment certains rôles étaient distribués de façon naturelle – « Bo, attrape-moi ça ! » « Maman, tu peux goûter ceci ? » –, et d'autres, farouchement gardés.

Clairement, Miss Fancy était responsable du jambon, Maureen, de la dinde. La sauce relevait du domaine de Cora. Quant au fantôme auquel Bodine avait fait allusion, il ne fit pas de nouvelle apparition. L'harmonie régnait et l'affection était palpable entre les quatre femmes.

Bien qu'elle n'osât même pas s'imaginer préparer une telle quantité de sauce, Jessica écouta attentivement les astuces de Cora. Et repensa aux heures passées dans la cuisine de sa grand-mère.

— Vous avez l'air mélancolique, remarqua Cora. Votre famille vous manque ?

— Je pensais à ma grand-mère, qui m'a appris à cuisiner. Elle inventait des recettes succulentes.

— Elle habite sur la côte Est ? Elle pourrait venir passer quelques jours ici.

— Elle est décédée l'hiver dernier.

— Oh, ma pauvre, je suis désolée. C'est d'elle que vous tenez la recette de ce gâteau ?

— Oui.

— Alors elle est à nos côtés, n'est-ce pas ? dit Cora en déposant une bise sur la joue de Jessica.

Lorsque Chase entra dans la cuisine, sa grand-mère tenait la jeune femme contre elle et toutes deux avaient la larme à l'œil. Il se racla la gorge.

— On vient chercher la deuxième dinde, dit-il, si elle est prête.

Cette annonce suscita l'effervescence, et en un rien de temps les accompagnements et les desserts prévus pour le personnel du ranch furent emballés et rassemblés.

Chase était accompagné d'un ouvrier à la barbe grisonnante et au torse comme une barrique.

— Merci beaucoup pour toutes ces bonnes choses, Miss Fancy, miss Cora, miss Reenie, Bo, euh…

— Jessica, se présenta-t-elle.

— Enchanté, madame. Ça sent rudement bon, ici. Laissez, miss Cora, c'est lourd. Je la prendrai, cette grosse marmite.

— Régalez-vous, Hec, et n'oubliez pas de rapporter les plats.

— Ne vous en faites pas, et soyez certaine qu'on ne laissera pas une miette. Encore merci. Joyeux Thanksgiving !

À l'instant où la porte se referma sur Chase et Hec, Bodine pouffa de rire.

— On dirait qu'il en pince toujours pour toi, Nana.

— Ne dis pas d'ânerie, Bodine Samantha Longbow.

— Tu peux m'appeler par mon nom complet, ça ne change rien. Hector a un faible pour Nana depuis aussi longtemps que je me souvienne.

— Tu n'es pas assez vieille pour avoir d'aussi vieux souvenirs, rétorqua Cora sèchement.

— Mais je le suis assez pour savoir que tu pourrais avoir un bon ami si tu le voulais bien.

— Je suis trop attachée à mes petites habitudes pour un homme. Et tu es mal placée pour me faire ce genre de remarque. À quand remonte la dernière fois que tu es sortie un samedi soir avec un homme ?

Bodine goûta l'un des œufs à la diable que son arrière-grand-mère était en train de préparer.

— J'ai peut-être trop de petites habitudes, moi aussi.

— En voilà un qui les bouleverserait volontiers, dit Miss Fancy en regardant par la fenêtre avec un sourire en coin. Ce Callen Skinner a de l'allure, et une belle paire de fesses, moulées dans son Levi's.

— Grammy !

En riant, Miss Fancy adressa un clin d'œil à Bodine.

— J'ai des yeux, et je n'ai même plus besoin de lunettes depuis qu'on m'a opérée de la cataracte. Oui, madame, je vois très bien, et j'entends très bien, et j'ai justement entendu dire que tu pars presque tous les matins à cheval avec lui.

— Et alors ? Il n'y a absolument rien entre nous.

— Mais ça peut changer, s'il a des visées sur toi.

— Je ne suis pas une cible, grommela Bodine.

Cora lui donna un petit coup dans l'épaule.

— Ça t'apprendra à t'abstenir de commentaire sur qui en pince pour qui.

— Et Jessica, vous ne lui demandez pas pourquoi elle ne sort pas le samedi soir ?

— Oui, pourquoi ? voulut savoir Maureen.

— Merci de me pousser sous les roues du bus, dit Jessica à Bodine.

— Ici, ce serait plutôt du tracteur.

Jessica fut dispensée de répondre grâce à l'arrivée des hommes qui, comme prévu, retardèrent les derniers préparatifs.

Hormis lors des banquets qu'elle organisait, elle n'avait jamais vu une telle abondance. Outre la traditionnelle dinde, il y avait du jambon, du bœuf, de la purée et des pommes de terre sautées, de l'écrasée de patates douces et des patates douces confites, toutes sortes de salades et de légumes, de la sauce à la pomme, de la sauce aux canneberges, un océan de jus de viande et des petits pains tout juste sortis du four.

L'alcool coulait à flots et les conversations allaient bon train. Jessica nota que l'on évitait soigneusement le sujet de Billy Jean, et elle était soulagée. Pas une journée au travail ne se passait sans spéculations, sans questions. Ce repas de fête leur offrait un répit.

Assise entre Callen et Chase, elle se servit une tranche de jambon.

— Ne mangez pas trop de viande, lui recommanda Callen, ou vous n'aurez plus de place pour les desserts.

— Vous pouvez parler ! répliqua-t-elle en désignant du doigt son assiette plus que généreusement remplie.

— La tarte aux pommes de miss Maureen est un délice. J'en ai rêvé à chaque Thanksgiving où je n'étais pas à cette table.

Il avait donc l'habitude de fêter Thanksgiving avec ses patrons, pensa-t-elle. N'avait-il pas de famille ?

— Je n'ai pas pu assister à votre spectacle, samedi dernier, mais on m'a dit que vous avez eu un succès fou, vous et votre cheval.

— On s'est bien amusés, en tout cas.

— Il faudra prendre des photos la prochaine fois, intervint Bodine, assise de l'autre côté de Callen, en se penchant vers Jessica. On pourra en mettre une ou deux sur le site Internet. Je n'ai pas vu le show en entier, mais Sundown a conquis le public. Tu n'étais pas mauvais non plus, ajouta-t-elle à l'attention de Callen.

— C'est lui qui m'a tout appris.

— Le cheval le plus intelligent que j'aie jamais vu, déclara Sam. Je ne serais pas étonné qu'il me dise bonjour, un de ces quatre matins.

— On y travaille, affirma Callen.

— Je suis curieuse de faire la connaissance de ce prodigieux animal, dit Jessica en goûtant la purée de pommes de terre.

— Il sera enchanté de vous rencontrer. Il adore les jolies femmes, surtout si elles lui donnent des carottes.

Callen se tourna vers Bodine avec un air entendu.

— Je parie que tu vas prétendre que c'est lui qui m'a balancée, railla-t-elle.

— On a notre langage, Sundown et moi, on se comprend. Vous avez l'occasion de monter à cheval, de temps en temps, Jessie ?

— Moi ? Oh, je ne monte pas.

Toutes les conversations se turent. De nouveau, Bodine se pencha par-devant Callen.

— Pas du tout ?

— On n'a pas tellement l'occasion de faire du cheval à Manhattan.

— Vous n'avez jamais fait de balade à cheval ? s'étonna Chase.

— Non, je ne suis jamais montée sur un cheval.

— Comment se fait-il qu'on ne l'apprenne que maintenant ? demanda Rory.

Se sentant soudain l'objet de tous les regards, comme si elle avait par inadvertance avoué un crime, Jessica prit son verre de vin à la main.

— Personne ne m'a posé la question. Ce n'était pas dans le profil de poste.

— Qu'à cela ne tienne, nous y remédierons, déclara Sam en reprenant un petit pain dans la corbeille. Cora est une excellente pédagogue. En vérité, tout le monde autour de cette table pourrait vous enseigner les bases de l'équitation en un rien de temps. Elle prendra ses premières leçons avec Maybelle, qu'en penses-tu, Bo ?

— Maybelle est très calme, très patiente. Abe la réserve aux grands débutants ou aux gens qui ont peur.

— Vous êtes sympas, mais ne vous souciez pas...

— Vous avez peur des chevaux ? demanda Chase.

— Non, répondit-elle, et elle se sentit rougir. Non, non, répéta-t-elle plus fermement.

— Vous serez entre de bonnes mains, ne vous inquiétez pas, lui assura Sam.

Avec un sourire forcé, elle but une gorgée de vin, appréhendant déjà ces leçons d'équitation auxquelles, manifestement, il lui serait impossible de couper.

À la pause entre le plat et le dessert, on lui proposa le choix entre la vaisselle, différents jeux de cartes ou regarder le match de foot à la télé. Elle opta pour le foot, qu'elle préférait aux cartes, mais à peine se fut-elle installée dans le salon que Chase lui apporta son manteau ainsi qu'une paire de bottes fourrées.

— Ma mère m'a suggéré de vous emmener voir les chevaux, pour que vous commenciez à vous familiariser avec eux.

— Oh, ce n'est pas nécessaire.

— Je ne contredis jamais ma mère. C'est une perte de temps, elle finit toujours par avoir gain de cause.

— C'est vrai, confirma Rory, qui reporta aussitôt son attention sur le téléviseur. Bon sang, mais que fait la défense ? Ils se croient en vacances ou quoi ?

Chase tendit des Ugg à Jessica.

— D'après ma mère, elles devraient vous aller.

Jessica n'avait pas le choix. Contrainte et forcée de se plier aux desiderata de son hôtesse et patronne, elle devait aller voir les chevaux.

Elle en avait vu plein depuis qu'elle était dans le Montana – de loin, ce qui lui suffisait amplement.

Elle chaussa donc les bottes, en effet à sa pointure, puis enfila son manteau. Chase la fit sortir par la porte de derrière. La neige avait cessé mais il en était tombé une bonne dizaine de centimètres, et Jessica se félicita d'avoir les pieds au chaud, malgré son accoutrement ridicule.

— De toute façon, je n'aurai jamais besoin de monter à cheval, dit-elle.

— C'est bien de savoir monter. Comme de nager. Vous savez nager ?

— Encore heureux.

— Je ne suis jamais allé à Manhattan. J'ignore si on a souvent l'occasion de se baigner, là-bas.

— Manhattan est une île.

Une clameur s'éleva du bâtiment des employés.

— Ils regardent le match, précisa Chase.

— J'imagine que vous vouliez le voir…

— Bah, le foot n'est qu'un jeu.

Il ouvrit le portail de l'écurie, alluma les lumières. Les chevaux avaient ici une odeur différente, pensa Jessica, plus douce que lorsqu'elle passait près des paddocks et des manèges. Chase s'arrêta devant un box.

— Voici Maybelle, la monture parfaite pour une première fois.

La jument passa la tête hors de la stalle.

— Si elle avait de la laine, ce serait un agneau, pas vrai, Maybelle ?

Les yeux plongés dans ceux de Jessica, elle inclina les oreilles quand il caressa la bande blanche au centre de son front brun.

— Vous pouvez la toucher. Elle aime les caresses. Vous avez déjà caressé un cheval ?

— Non.

— Certains mordent, mais pas elle. Elle est gentille comme tout. Allez-y…

Avant que Jessica n'ait compris son intention, Chase lui prit la main et la posa sur la joue de la jument. Douce et chaude, comme son odeur. Le rythme cardiaque de Jessica ralentit quelque peu.

— Elle a des yeux magnifiques.

— Oui.

S'enhardissant, elle flatta l'encolure de Maybelle.

— Vous avez déjà fait des chutes ?

— Une, par ma faute. On montait à cru, avec Callen, et on avait pas mal picolé. C'est vieux.

— Votre famille tient vraiment à ce que j'apprenne à monter…

— Personne ne vous y obligera si vous avez peur, ou simplement pas envie.

— Ce serait bien que j'essaye, pour l'expérience. J'y réfléchirai.

Jessica sursauta en entendant un hennissement derrière elle.

— Le fameux Sundown, précisa Chase.

Elle s'en approcha prudemment.

— Qu'est-ce qu'il est grand ! Immense, et superbe.

— Presque deux mètres au garrot, plus grand que la moyenne, en effet. Et beaucoup plus intelligent, comme a dit mon père. Il peut être espiègle, mais il n'est pas du tout méchant.

Jessica approcha la main de sa joue, hésitante. Un cheval pouvait-il avoir l'air amusé ? se demanda-t-elle.

— Tu es très beau, et très impressionnant.

Sundown pencha la tête sur le côté, comme gêné, ce qui fit rire Chase.

— On dirait qu'il comprend tout.

— Peut-être qu'il comprend vraiment, répliqua Jessica en se tournant vers lui. À mon avis, les animaux...

Elle fit un bond en arrière et se cogna contre Chase.

— Il voulait juste vous renifler les cheveux, dit-il en lui passant un bras protecteur autour des épaules. Ils sont jolis et ils sentent bon. Il ne voulait pas vous faire peur.

— J'ai été surprise, c'est tout, affirma Jessica en levant les yeux vers ceux de Chase, d'un vert si pur, pensa-t-elle, pailletés d'or.

— Vous avez de beaux cheveux, murmura-t-il, et il approcha sa bouche de la sienne.

Il sentait le cheval, une odeur douce et chaude, et ses lèvres étaient elles aussi douces et chaudes. Un baiser caressant, tranquille, si le cœur de Jessica n'avait pas cogné aussi fort. Néanmoins, elle se sentait parfaitement détendue.

— Désolé, bredouilla Chase en s'écartant. Je n'aurais pas dû... profiter de la situation comme ça.

La bulle de douceur éclata.

— Comme quoi ?

— Eh bien... Vous pourriez penser que je vous ai attirée ici et... je vous ai prise dans mes bras.

Elle arqua les sourcils.

— C'est moi qui me suis jetée dans vos bras.

Il enleva son chapeau, fourragea dans ses cheveux.

— C'était... Je ne sais pas...

— Vous me direz quand vous saurez. Retournons rejoindre les autres.

Il remit son chapeau et lui emboîta le pas.

— Juste, je ne voudrais pas que vous pensiez que j'ai abusé de vous, que vous vous soyez sentie obligée...

Elle s'arrêta net, le foudroya du regard.

— Ne m'insultez pas.

— Loin de moi cette intention. Je ne voulais pas... Bon sang, je sais parler aux femmes mieux que ça, d'habitude. Je n'arrive pas à dire ce que je voudrais dire.

— Si vous vous imaginez que je vous ai embrassé parce que vous faites partie de la famille de mes employeurs, c'est un affront et une insulte. Et je dis exactement ce que je pense.

— Non, non... Excusez-moi si j'ai franchi une limite. Je ne voulais pas... Vous sentez très bon.

— Vous me l'avez déjà dit, merci. Je vous le ferai savoir si vous franchissez des limites.

Jugeant qu'il valait mieux en rester là, Chase ouvrit la porte et s'écarta afin de laisser passer Jessica. Avant de la refermer, il jeta un dernier coup d'œil dans l'écurie.

La tête hors de son box, Sundown observait la scène d'un air amusé.

10

Décembre commença sur les chapeaux de roue, avec une kyrielle de séminaires, de réceptions, la frénésie des décorations de saison, un virus de gastro qui obligea à jongler avec les plannings et, pour Bodine, l'épreuve annuelle du shopping.

D'ordinaire, elle faisait la plupart de ses achats en ligne, mais quand elle offrait des cadeaux, elle plaçait la barre haute, en particulier à Noël. Hors de question de se contenter de quelque chose « qui irait », elle visait la perfection.

Pour son père, elle avait déjà trouvé : deux douzaines de Cohiba et une boîte à cigares ancienne pour laquelle elle s'était farouchement battue sur eBay, plus une bouteille de Three Ships single malt. Pour ses frères et les aïeules, l'affaire était également dans le sac. Elle avait commandé les cadeaux des responsables d'équipe, et elle signerait bientôt les cartes accompagnant les gratifications pour le personnel.

Pour ses amis, elle ne se faisait pas de souci, des idées lui viendraient, et elle n'aurait pas de mal non plus à trouver des gadgets pour garnir les chaussettes accrochées au sapin, une tradition à laquelle les Longbow étaient attachés. Le plus dur serait de dénicher le parfait cadeau pour sa mère.

Si bien qu'elle céda aux supplications de Jessica et partit avec elle faire des emplettes à Missoula.

Et c'est ainsi que, par l'une de ses rares journées de repos où elle aurait préféré faire la grasse matinée puis une longue balade en solo avec Leo, elle se retrouva dans un parking souterrain, à l'affût d'une place libre, dans une file de voitures interminable.

Au moins, il faisait un temps splendide, pensa-t-elle en se garant enfin. Froid, mais beau et sec.

— Quand j'aurai trouvé le cadeau pour ma mère, dit-elle à Jessica en verrouillant le pick-up puis en passant son sac en bandoulière par-dessus son manteau, on ira déjeuner chez Biga.

— Volontiers.

— Tu as déjà mangé chez Biga ?

— Non, répondit Jessica en retouchant son rouge à lèvres.

— Comment arrives-tu à te maquiller sans miroir ?

— Eh bien, je sais où sont mes lèvres.

Bodine savait où étaient les siennes ; néanmoins, elle était incapable de les farder sans se voir.

— Tu n'as jamais goûté les pizzas de Biga, c'est vrai ?

— Quand je viens à Missoula, en général, j'achète une salade en barquette.

— Quelle tristesse, soupira Bodine sur l'Escalator. Tu vas en ville au moins deux fois par mois et tu n'as pas encore goûté les meilleures pizzas du Montana, voire du pays.

Jessica tourna vers elle un regard apitoyé.

— N'oublie pas que je suis de New York, et que les pizzas de New York sont les meilleures du monde.

— On en reparlera.

Dans la rue, les mains sur les hanches, Bodine regarda autour d'elle, les magasins, les restaurants, les brasseries.

— C'est que je n'ai pas la moindre idée de ce que je pourrais offrir à ma mère…

Toujours ravie de faire les boutiques, Jessica glissa un bras enthousiaste sous le sien.

— Tu trouveras, je ne suis pas inquiète. Je me prenais pour une experte dans l'art du cadeau, mais à côté de toi, je suis nulle. Honnêtement, Bo. Ces photos que tu as fait agrandir et coloriser pour Cora, c'était une idée de génie. Et le triple cadre dans lequel tu les as mises est super.

— Je l'ai acheté à la boutique de la sœur de Callen, The Crafty Art. Ils ont de très jolies choses.

— J'adore cette boutique ! C'est celle de la sœur de Callen ?

— Et de son charmant mari, oui.

— Je me ruine chaque fois que j'y entre ! Cela dit, tout l'intérêt du cadeau, ce sont les photos, avant le cadre.

— La photo de mariage est superbe, et j'aime beaucoup celle de mes grands-parents avec ma mère enfant, la façon dont mon grand-père les tient toutes les deux contre lui… En revanche, je ne sais pas si j'ai bien fait de choisir celle avec Nana, ma mère et Alice bébé…

Jessica garda le silence.

— Tu ne me demandes pas pourquoi ? lui dit Bodine.

— Je sais qu'Alice a coupé les ponts, quand elle était jeune.

— Le jour du mariage de ma mère. Elle n'a laissé qu'un petit mot amer, si j'ai bien compris, et elle est partie avec l'un des pick-up du ranch. En Californie, pour devenir actrice de cinéma. Bodine leva les yeux au ciel. Elle a envoyé une ou deux cartes postales, je crois, et puis plus rien. Elle n'est même pas venue à l'enterrement de son père.

Puisque cette porte s'entrouvrait, Jessica la poussa un peu plus.

— Ils ont dû essayer de la chercher, j'imagine.

— C'est un sujet tabou, dans la famille. Quand on en parle, Nana se met dans tous ses états, et elle se fâche avec Grammy. Grammy est en colère contre Alice, ce que je comprends. Mais je comprends aussi que Nana ait de la peine d'avoir perdu sa fille.

Bodine se retourna sur le passage d'un homme affublé de cornes de renne, des grelots autour du cou.

— Alice était la sœur de ma mère, poursuivit-elle. Du coup, ma mère est dans une position délicate. Elle aussi, elle évite d'aborder le sujet, mais quand on est gamin, on a les oreilles qui traînent, et on entend des trucs. Je sais que Nana a engagé un détective privé, à une époque, qui a retrouvé le pick-up abandonné dans le Nevada, je crois. Manifestement, Alice s'est volatilisée. Quand on veut disparaître, ce n'est pas difficile, je suppose.

— Ça doit être dur pour Cora, murmura Jessica.

— Oui. Grammy n'aimera pas le cadeau que j'ai fait à Nana, mais le sien me rachètera, j'espère. Elle sera épatée que j'aie retrouvé la robe de baptême de sa grand-mère, et que je l'aie fait restaurer et encadrer.

— Du travail d'orfèvre. Et tu as eu une excellente idée de l'entourer de toutes ces petites photos des bébés qui l'ont portée.

Bodine s'arrêta devant une vitrine.

— On va faire un tour dans ce magasin ? Assez parlé d'Alice Bodine. Parfois, je me dis que si je la croisais, je lui collerais mon poing dans la figure.

Elles ressortirent de la boutique bredouilles. En revanche, celle de la sœur de Callen se révéla une mine d'or.

— On aurait dû venir ici en premier. Dommage que Savannah ne soit pas là aujourd'hui.

— The Crafty Art fait partie des endroits où je m'arrête systématiquement chaque fois que je viens à Missoula. J'ai forcément déjà dû la voir. Comment est-elle ?

— Enceinte jusqu'aux yeux, ces derniers temps.

— Mais oui ! Et super sympa. Je connais quelqu'un de plus, maintenant, dans le Montana !

— Regarde... pour Sal, dit Bodine en montrant une petite pochette en cuir d'autruche. Le violet est sa couleur préférée, et ce n'est pas quelque chose qu'elle s'achèterait elle-même. Elle dirait que ça ne sert à rien.

— Ça ne l'empêche pas d'être magnifique.

— Je connais Sal depuis des lustres. Elle peut dire ce qu'elle veut, mais en vérité elle adore les accessoires *girly.*

— Comme la plupart d'entre nous. Que penses-tu de ce foulard, pour Chelsea ?

Bodine regarda le carré de soie – il ressemblait à une peinture d'un ciel du Montana au soleil couchant.

— Il est joli, mais sûrement pas très chaud.

— Peu importe.

Jessica le passa autour de son cou, le noua et l'arrangea avec autant de style que sur une photo de mode.

— Comment arrives-tu à faire ça sans te voir ? OK, tu vas me dire que tu sais où est ton cou...

— J'ai la folie des écharpes, déclara Jessica en se dirigeant vers un miroir. Je le voudrais pour moi, donc c'est un bon cadeau, dit-elle en caressant la fine étoffe colorée.

— Je ne trouverais jamais rien pour personne, s'il fallait que ça me plaise. J'ai des goûts trop... Oh !

— Quoi ? Oh, quel beau tableau ! C'est votre maison, non ?

— Oui, c'est le ranch. Il y a de la neige sur les montagnes, mais les arbres ont leurs couleurs d'automne, et ce sont des fleurs d'automne, dans les massifs.

Sentant une vente juteuse, la vendeuse les rejoignit.

— C'est une œuvre d'une artiste locale. J'aime beaucoup le feuillage flamboyant des ginkgos, le ciel rougissant derrière les sommets enneigés, et les lignes fuyantes du ranch. J'aurais envie de m'asseoir sur ce vieux banc et de contempler le coucher du soleil.

— Quel titre lui a-t-elle donné ?

— *Sérénité*. Adapté, n'est-ce pas ? C'est le ranch des Bodine, la famille qui tient le Bodine Resort, un établissement fabuleux, à une heure de route de Missoula. Ils vivent là depuis des générations.

— On distingue le paddock, dans le coin, là, et Chester dort sur la galerie. Notre chien, précisa Bodine à la jeune femme. Bodine Longbow, se présenta-t-elle en lui tendant la main.

— Ça alors ! Et vous m'avez laissée faire ces commentaires ridicules ! Ravie de vous rencontrer, madame Longbow. Stasha, la peintre, sera flattée que vous ayez admiré son travail.

— Je ne me contenterai pas de l'admirer, je vais prendre ce tableau, pour l'offrir à ma mère. Vous direz à Stasha qu'elle a un grand talent, mais que ce sont les ginkgos qui m'ont fait craquer.

Bodine se tourna vers Jessica.

— Mes parents ont échangé leur premier baiser sous ces arbres, sur ce banc, un soir d'automne.

— Oh, comme c'est romantique ! s'exclama la vendeuse en se ventilant le visage de la main, les larmes aux yeux. C'est un signe du destin, non ? Oh, il faut que je téléphone à Stasha ! Vous permettez ? Ça ne vous embête pas ?

— Pas du tout. Vous pourrez lui dire que lorsque ma mère raconte ce premier baiser, elle affirme que le monde s'est nimbé d'or, sous le feuillage des ginkgos.

La vendeuse tira un mouchoir de sa poche.

— Savoir combien de temps il lui faudrait pour dessiner un couple d'amoureux... murmura Jessica. Oh, pardon, je pense à voix haute.

— Mais c'est une idée formidable, Jessie ! Vous croyez qu'elle pourrait le faire ? Je lui prêterai des photos, si elle veut, mais on ne verrait les personnages que de loin, des silhouettes.

— J'appelle Stasha tout de suite. Elle n'habite pas loin. Ça alors... Je n'en reviens pas !

Bodine passa un bras autour des épaules de Jessica.

— Grâce à toi, j'ai trouvé le meilleur cadeau du monde ! Ma mère sera épatée. Je t'offre la pizza.

Au fil des ans, Bodine avait eu l'occasion, trop rare, d'agréables séances de shopping avec sa mère, ses grands-mères, toutes ensemble ou seulement avec l'une d'entre elles. Sa mère était une incorrigible indécise ; lorsqu'elle voulait acheter un sac noir, elle n'arrêtait son choix qu'après avoir vu tous les sacs noirs de toutes les maroquineries de la ville. Néanmoins, Bodine aimait flâner avec elle. Toutefois, elle devait admettre que cette virée en compagnie de Jessica surpassait toutes les autres.

Ravie de sa trouvaille, elle acheta des pleins sacs de gadgets – elle était particulièrement contente des chaussettes avec des cowboys vêtus en tout et pour tout de bottes, chapeau et caleçon. Et dans l'euphorie, encouragée par Jessica, elle s'offrit une veste en cuir rouge, couleur qu'elle écartait généralement de ses choix, un corsage blanc avec des manchettes fantaisie pour porter dessous, et un tube de rouge à lèvres – qu'elle oublierait probablement au fond d'un tiroir.

Du reste, déjeuner chez Biga était toujours un énorme plaisir.

— Alors, comment tu la trouves, cette pizza ? demanda-t-elle à Jessica.

— Bonne, répondit celle-ci en savourant une bouchée. Vraiment bonne.

— Tu me rassures, bien que je n'arrive pas à comprendre pourquoi tu l'as prise aux épinards.

— Parce que c'est délicieux et bon pour la santé. Ces pizzas sont succulentes, mais…

La bouche pleine, Bodine agita un doigt en l'air.

— Mais celles de New York sont meilleures, OK.

— Un de ces jours, on ira faire du shopping à New York, toi et moi.

— J'en doute…

— Pourquoi pas ? Je t'emmènerai chez Lombardi, à Little Italy, la première pizzeria des États-Unis. Mais je t'avoue que New York me manquera moins, maintenant que je connais cet endroit.

— Tu as toujours la nostalgie ?

— Un peu. Je me demande si je m'habituerai un jour au calme. Parfois, je suis réveillée par le silence, la nuit. Ou je m'attends à voir des immeubles, des voitures, quand je regarde par la fenêtre, et il n'y a que les champs et les montagnes, les grands espaces.

— Bizarre de regretter le béton et les embouteillages.

— Incroyable mais vrai ! dit Jessica en riant tout en buvant une gorgée de vin. Parfois, je regrette aussi le rythme et l'énergie de la grande ville, mais j'adore la montagne, le grand air, mon travail et les gens que j'ai rencontrés. Sans parler des leçons d'équitation.

— Comment ça se passe ? Je voulais venir te voir, mais je me suis dit que pour l'instant tu n'avais sûrement pas envie qu'on te regarde.

— En effet. Ta grand-mère est géniale. C'est une prof très patiente. Je n'en suis qu'à ma troisième leçon, mais j'ai déjà beaucoup moins peur.

— On t'emmènera bientôt rassembler le bétail.

— C'est cela…

— Tu t'étonneras toi-même. Je ne veux pas trop parler boulot mais je tiens à te dire qu'en peu de temps tu es devenue un membre essentiel de la famille du resort. Je sais que je peux compter sur toi, ça me permet d'être plus efficace dans mon rôle.

— Ce compliment me va droit au cœur. Je suis vraiment contente de travailler pour toi, pour ta famille. Rory, notamment, est un partenaire formidable, intelligent, bouillonnant d'idées, et il me fait rire tous les jours.

— Il drague Chelsea, non ?

Jessica ne put dissimuler un sourire.

— Possible. Et compréhensible. Elle est adorable, toujours de bonne humeur, dynamique, autonome. Elle compte parmi les raisons pour lesquelles j'adore mon travail. Ce qui n'était pas gagné d'avance.

— Pourtant, tu n'as pas hésité à t'exiler de l'autre côté du pays.

— Je traversais une période difficile. Je me suis dit qu'il valait mieux prendre le risque de commettre une erreur, plutôt que continuer à mener une existence qui ne me satisfaisait pas. Je n'ai aucun regret.

En observant Bodine, Jessica but une gorgée de vin.

— Je voudrais te poser une question, dit-elle. Je crois que je peux oser, maintenant. Pourquoi m'as-tu embauchée ? Une New-Yorkaise qui n'avait jamais mis un pied à l'ouest du Mississippi.

— J'ai été hallucinée par ton CV et tes références. Je ne savais pas si tu resterais, au début. Tu avais l'air si déprimée.

— Je l'étais.

— J'ai décidé de prendre un risque, moi aussi. J'avais un bon pressentiment. Il me semblait que le courant passait, lors de nos entretiens téléphoniques, de notre premier face-à-face. Je crois qu'il faut se fier aux pressentiments et à l'instinct. Je tiens ça de mes origines irlandaises et chippewa. Mon esprit cartésien me vient de mon côté français.

— Nous pouvons toutes les deux nous féliciter de notre décision.

— À la nôtre, dit Bodine en faisant tinter son verre contre celui de Jessica.

Lorsqu'elles prirent la route du retour, le soleil déclinait derrière les montagnes enneigées, les nimbant d'un pâle voile doré.

Stasha, l'artiste peintre, avait accepté de retoucher son tableau, et Bodine se réjouissait d'avoir trouvé tous ses cadeaux de Noël. Cela lui libérerait l'esprit pour les deux semaines restantes avant le grand jour.

— Tu as vraiment bien fait d'insister pour que je vienne avec toi à Missoula. Même si je continue de penser que cette veste rouge était une dépense inutile.

— Elle te va hyper bien. Tu devrais plus souvent porter des couleurs vives, du rouge, du jaune… répondit Jessica d'un ton absent.

Bodine se tourna vers elle. Depuis quelques kilomètres, Jessica ne disait plus rien, et elle paraissait soucieuse.

— Ça va ?

— Hmm ? Oui, oui, répondit-elle, mais elle se renferma dans son mutisme, regardant le crépuscule par la vitre.

Puis elle se redressa sur son siège.

— On est amies ?

— Bien sûr.

Avec un soupir frustré, elle secoua la tête.

— Je n'ai quasiment jamais eu d'ami. Des bonnes relations, parfois, le genre de connaissances avec qui tu sors boire un verre de temps en temps. J'ai eu des collègues avec qui j'ai sympathisé, mais j'ai toujours veillé à mettre des limites.

— Pourquoi ?

— Peut-être parce que je suis une enfant du divorce. Je me souviens à peine de mes parents ensemble et, honnêtement, je n'ai pas passé beaucoup de temps ni avec l'un ni avec l'autre. J'ai été élevée par mes grands-parents. Au début, ils ont essayé d'entretenir une illusion : ils me gardaient parce que ma mère était en voyage, ou parce que mon père avait trop de travail. Mais au bout d'un moment, j'ai fini par comprendre que mes parents ne voulaient pas de moi.

— Je suis désolée. C'est… Je suis désolée, répéta Bodine, ne sachant que dire d'autre.

— Mes grands-parents m'aimaient, ils me le montraient chaque jour. Il n'empêche que c'est dur à assumer, de savoir que tes parents ne veulent pas de toi. Voilà pourquoi j'hésite à me lier d'amitié. Mais toi, tu es une vraie amie, je ne voudrais surtout pas gâcher ça.

— Il n'y a pas de raison.

— J'ai embrassé Chase. À moins que ce ne soit lui. Enfin bref, on s'est embrassés.

Privée de voix, Bodine leva une main au-dessus du volant, comme si elle réclamait le temps de la réflexion.

— Comment ?

— Ce n'était pas calculé, ni de ma part ni de la sienne. Le cheval de Cal m'a reniflé les cheveux, j'ai eu un mouvement de recul, j'ai heurté Chase et… et voilà.

— Quand ? Le soir de Thanksgiving ?

— Oui.

— Je le savais ! s'écria Bodine en brandissant le poing. Tout du moins, je me doutais qu'il y avait anguille sous roche. Chase avait ce drôle d'air qu'il a toujours quand il cache quelque chose.

S'apercevant qu'elle roulait un peu trop vite, elle reprit le volant à deux mains et leva le pied de l'accélérateur.

— Un vrai baiser ? Sur la bouche ?

— Oui. On a beau être amies, tu es aussi ma patronne…

— Ne t'en fais pas pour ça. Chase est adulte, il embrasse qui lui plaît, à condition évidemment que l'autre soit d'accord. Mais il n'embrasserait personne de force, ce n'est pas son genre. Donc si vous étiez tous les deux consentants, ça ne me regarde pas.

— Ça l'a mis mal à l'aise, il a tout de suite mis le holà et il s'est répandu en excuses. Je l'aurais giflé. Franchement, quel imbécile s'excuse de… Pardon, c'est ton frère.

— J'ai beaucoup d'estime et d'affection pour lui, mais je sais qu'il se conduit parfois bêtement. Il s'est excusé de t'avoir embrassée ?

Sentant Bodine de son côté, Jessica se laissa aller aux confidences.

— D'avoir profité de moi. Tu te rends compte ? J'ai l'air d'une oie blanche qui se laisse abuser ? Je suis de New York, mince ! J'en ai remballé un certain nombre, des mecs qui ne me plaisaient pas ! Il a insinué que je m'étais sentie obligée, en tant qu'employée, pour garder mon job… Crois-moi, si j'avais considéré son geste comme du harcèlement sexuel, je ne me serais pas gênée pour le lui dire clairement, assura-t-elle en claquant dans ses doigts. Je ne suis pas une pauvre petite souris vulnérable !

— Bien sûr que non. Franchement, c'est mon frère tout craché, de s'excuser comme ça. À mon avis, ça devait faire un moment qu'il avait envie de t'embrasser. Chase n'est pas un impulsif

– à part sous l'influence de Skinner. Il… Il réfléchit avant d'agir. Manifestement, il n'avait pas fini de réfléchir quand vous vous êtes retrouvés dans cette situation. Et ensuite, il culpabilise. Je comprends que ses excuses t'aient mise en colère, elles étaient insultantes, mais j'espère que tu ne lui garderas pas rancune. Il est comme ça, c'est tout.

— J'essayerai d'être indulgente.

Bodine donna un petit coup dans le bras de Jessica.

— Je ne prends sa défense que pour la forme. J'espère que tu lui as fait comprendre qu'il t'avait offensée.

— Oh, oui.

— Il a dû se sentir encore plus mal, parce qu'il a un profond respect pour les femmes. Ce n'est pas un baratineur.

Jessica émit un petit rire.

— Pas comme Rory, ajouta Bodine. À ce propos, permets-moi une petite digression : Rory ne se contentera pas de draguer Chelsea, si elle est consentante. Il ne profitera pas d'elle, ce n'est pas non plus son genre, mais il passera à l'action beaucoup plus vite que Chase. Enfin bref.

Les yeux rivés sur la route, elle prit le temps de rassembler ses pensées.

— Je ne serais pas étonnée que Chase s'excuse de s'être excusé, reprit-elle. En tant qu'amie, je me permettrai donc de te demander : est-ce qu'il te plaît ?

— Il est charmant.

— Rory aussi est charmant. L'embrasserais-tu ?

Jessica expira profondément.

— Non.

Bodine était son amie, pensa-t-elle. Pas seulement une collègue, ni une simple connaissance. Une amie. Elle pouvait lui ouvrir son cœur.

— Chase m'attire.

— Alors à toi de lui tendre la perche. Il n'osera pas te relancer, tout du moins pas avant un demi-siècle.

— Attends… dit Jessica, le doigt levé. Es-tu en train de me dire que je dois lui faire des avances ?

— Je suis en train de te dire, en tant qu'amie et patronne, que vous êtes tous les deux adultes, tous les deux célibataires et tous les deux doués d'intelligence. Je suis sa sœur, je le connais comme si je l'avais fait. Si tu veux qu'il se passe quelque chose, je te conseille de faire le premier pas. Personne ne sera choqué si vous couchez ensemble. Je ne comprends pas pourquoi le sexe prend si souvent de telles proportions.

— Je ne parle pas de coucher avec lui.

— Je t'en prie…

— Bon, d'accord, soupira Jessica. Je réfléchirai à tout ce que tu viens de me dire. Pas un demi-siècle, bien sûr. Un jour ou deux me suffiront. Bodine ?

— Mmm-hmm.

— Je suis contente d'avoir une amie.

— Tu es bien tombée, je suis une sacrée bonne amie.

Sourire aux lèvres, Bodine attendit d'avoir croisé une petite voiture bleue, puis elle enfonça l'accélérateur. Elles étaient presque arrivées, et elle avait à présent hâte d'être rentrée.

Si Karyn Allison avait crevé deux minutes plus tôt, Bodine l'aurait vue sur le bord de la route et elle se serait arrêtée. Deux minutes auraient tout changé.

Il lava ses mains tachées de sang dans la neige. Encore une fois, il ne l'avait pas tuée délibérément. Pourquoi diable ne l'avait-elle pas écouté ? N'était-ce pas un commandement de Dieu, de procréer, de perpétuer sa lignée ?

De répandre sa semence et ses fils à travers le monde ?

D'ailleurs, Dieu n'avait-Il pas placé cette fille sur son chemin ?

Elle était là, au bord de la route, avec un pneu crevé. Ce ne pouvait être qu'un signe divin.

Si elle avait été trop vieille – pour porter des enfants – ou peu avenante, car un homme méritait une femme avenante pour épouse, il lui aurait changé sa roue en bon chrétien, et il aurait poursuivi son chemin. Sa quête.

Mais elle était jeune. Plus jeune que la catin du bar, et jolie comme un cœur. Débrouillarde, de surcroît. Elle avait commencé à démonter sa roue toute seule. Un homme voulait que ses fils soient débrouillards.

Elle l'avait poliment remercié, avec un beau sourire, quand il s'était arrêté pour l'aider.

Il appréciait les bonnes manières. Qu'elle se soit écartée pour le laisser s'occuper de la roue montrait qu'elle savait où était sa place.

Et puis tout d'un coup, elle avait sorti son téléphone, en disant qu'elle avait rendez-vous avec une amie, qu'elle devait la prévenir qu'elle serait en retard.

Il lui avait dit que ce n'était pas la peine, et elle lui avait jeté un regard qui lui avait déplu. Irrespectueux. Il l'avait giflée. Pas trop fort – échaudé par la mauvaise chute de la catin. Erreur de sa part. Elle s'était mise à hurler et à le rouer de coups de pied. Elle l'avait atteint à l'entrejambe et là, il l'avait frappée avec le démonte-pneu.

Heureusement, elle respirait encore, et elle avait gémi quand il l'avait chargée à l'arrière du pick-up. Il l'avait ligotée et lui avait collé du chatterton sur la bouche, au cas où elle aurait recommencé à crier.

Il avait ramassé son téléphone par terre et pris son sac à main dans sa voiture, car il avait entendu à la radio que la police avait retrouvé le téléphone et le sac de la barmaid.

Elle se réveillerait dans sa nouvelle chambre, et il lui apprendrait où était sa place, quel était son devoir. Il était content de lui.

En arrivant à destination, son humeur s'était toutefois assombrie. Elle avait perdu beaucoup de sang. Sa première pensée avait été qu'il lui faudrait nettoyer le pick-up. Puis il avait compris qu'elle était morte, et la peur s'était emparée de lui.

Il avait remonté la bâche par-dessus le corps et il était reparti, sans même entrer chez lui. Une morte qui lui avait manqué de respect n'avait rien à faire dans sa maison.

De toute façon, la terre était gelée, trop dure pour creuser une tombe.

Amer, il avait roulé dans la nuit, sous les bourrasques de neige. Puis, à pied, il s'était enfoncé dans la forêt, le cadavre sur l'épaule. Il n'avait pas eu besoin d'aller loin. Il l'avait enterrée dans la neige, avec son téléphone et son sac à main, après avoir pris soin de prendre son argent. Il avait également repris la couverture dont il l'avait enveloppée. Il n'était pas idiot.

On ne la retrouverait pas avant le printemps, et peut-être jamais. Les bêtes sauvages la dévoreraient.

Il avait envisagé de dire une prière, puis décidé qu'elle n'en était pas digne. Alors il avait lavé ses mains tachées de sang dans la neige et l'avait abandonnée au silence et aux ténèbres de la forêt déserte.

11

Bodine adorait la veille de Noël. Le resort fermait à la mi-journée après les derniers départs et ne rouvrait que le 26 décembre. Des équipes restreintes restaient pour assurer les rondes de sécurité et s'occuper des chevaux, mais quasiment tout le monde avait une journée et demie de congé.

Les aïeules passaient la nuit au ranch, et tous les employés qui n'avaient pas de famille dans la région étaient les bienvenus à la table du réveillon.

Bodine rentra avec Callen, sous une tempête de neige. Ils avaient pris l'habitude de faire ensemble le chemin à cheval au moins trois fois par semaine.

— Tu passes Noël avec ta mère et ta sœur ? demanda-t-elle.

— Ouais, je vais dîner demain chez ma frangine.

— Tu leur transmettras mes amitiés. Que faisais-tu, en Californie, pour les fêtes ?

— Je me faisais inviter chez des copains. Comme ce soir chez vous.

— On a de quoi nourrir un bataillon. Je remercie le ciel que ce soient les cuisines du resort qui préparent le repas. Autrement, je serais de corvée de pluches.

— Tu pourrais venir te planquer au cabanon, m'aider à emballer mes cadeaux.

— Ce n'est pas encore fait ?

— J'ai jusqu'à demain, non ? Et j'ai acheté des pochettes, c'est plus pratique. Et toi, tes paquets sont faits ?

— Ils sont déjà sous le sapin, déclara-t-elle, non sans une pointe de fierté.

Les cheveux tressés, les joues rosies par le froid, elle était aussi jolie qu'un cadeau de Noël, pensa Callen.

— Frimeuse, rétorqua-t-il.

En riant, elle inclina la tête, battit des cils.

— Mon sens de l'organisation n'est pas de la frime. Et je dois avouer que Sal m'a aidée. Elle adore faire les paquets, et elle est plus habile de ses mains que moi, bien qu'elle mette des heures à nouer un ruban. Ça lui a changé les idées un moment. Le sourire de Bodine s'estompa. Billy Jean lui manque. Elles passaient toujours le réveillon de Noël ensemble, à siroter des cocktails au champagne. Elle s'est mis dans la tête que la fille qui a disparu a été enlevée par celui qui a tué Billy Jean.

Comme Callen gardait le silence, Bodine tourna vers lui un regard interrogateur.

— C'est ce que tu penses, toi aussi ?

— Je pense qu'elles étaient toutes les deux seules quand elles sont tombées en panne. Au shérif de mener l'enquête, maintenant.

— J'ai lu dans le journal qu'elle avait commencé à démonter la roue, mais la police n'a pas retrouvé le démonte-pneu. Elle aurait dû appeler quelqu'un. Sa mère a dit qu'elle avait son portable. Peut-être que la batterie était morte. Il y a des chances qu'elle ait fait du stop et… Je l'ai forcément croisée, ajouta Bodine dans un murmure.

— Comment ça ?

— Elle est partie de chez sa mère à peu près à l'heure où on revenait de Missoula, avec Jessica. Elle est étudiante à l'université, ses parents habitent dans le coin. On a pris la même route. Je me demande de combien je l'ai loupée…

Bodine secoua la tête afin de chasser cette pensée.

— Ça m'étonnerait, poursuivit-elle, que Billy Jean ait été tuée par quelqu'un de chez nous. J'ose espérer que ce n'était pas un client. Cette fille s'est sûrement fait enlever, c'est horrible, mais ce n'est pas pareil. Elle n'avait que dix-huit ans. Billy Jean était beaucoup plus âgée, et elle rentrait chez elle comme presque tous les soirs. Alors que cette Karyn Allison était venue passer une quinzaine de jours chez ses parents.

Callen comprenait pourquoi Bodine se raccrochait à ce raisonnement, et elle était peut-être d'ailleurs dans le vrai. Cette théorie, cependant, ne l'encouragerait pas à prendre des précautions. C'est pourquoi il se devait de la réfuter.

— En l'espace d'un mois, dans un rayon de trente kilomètres, deux femmes sont tombées en panne et elles auraient eu affaire à deux personnes différentes…

— C'est ce que je dis à Sal pour la rassurer, soupira Bodine, et ce que je m'efforce de croire si je veux dormir la nuit.

Satisfait, il hocha la tête.

— Je comprends, mais sois prudente. Tu l'as toujours été, n'est-ce pas ?

— Je ne sais même pas pourquoi je parle de ça mon soir préféré de l'année. Sans doute parce que j'ai pensé que ta mère serait heureuse de passer Noël avec toi, alors qu'une autre mère se fait un sang d'encre pour sa fille.

Afin de se réconforter, elle se pencha en avant et caressa Leo, puis elle se redressa brusquement.

— Attends… C'est à cause de cette histoire que vous n'arrêtez pas de vous incruster dans ma voiture, Rory et toi ?

— Pas du tout, c'est pour économiser de l'essence.

— Ah oui… Tu te soucies de l'environnement ? rétorqua-t-elle, dégoulinante de sarcasme.

— En règle générale, hélas, on ne s'en soucie pas assez.

Elle était la première à le déplorer et, tout bien considéré, elle n'avait pas à se sentir offensée.

— Merci de vous inquiéter pour moi, dit-elle. Je n'ai pas besoin de gardes du corps, mais j'apprécie vos attentions d'hommes forts et protecteurs.

Callen lui coula un regard circonspect, elle lui retourna un sourire éclatant.

— Sincèrement ? demanda-t-il.

— Absolument, même si j'aurais préféré que vous soyez francs, plutôt que de chercher à épargner ma susceptibilité féminine.

— En vérité, on voulait éviter de froisser ton mauvais caractère.

— Chez les hommes, on appelle ça du cran, mais chez les femmes, c'est du mauvais caractère…

— Je ne m'aventurerai pas sur ce terrain, répliqua Cal, et il claqua de la langue pour lancer Sundown au trot.

— Lâche ! lui lança Bodine.

Néanmoins, elle le rattrapa en riant.

— Dans certains domaines, je le reconnais, concéda-t-il tandis qu'ils pénétraient dans la cour du ranch. Il faut que j'aille chercher quelque chose au cabanon, dit-il.

Et il en prit la direction. Bodine mena Leo à l'écurie.

— Tu as mérité un bon brossage, dit-elle en le dessellant, et peut-être un petit quelque chose de spécial.

Elle lui cura les sabots, puis le frictionna avec une serviette, et elle allait entreprendre de l'étriller quand elle entendit Callen et Sundown arriver.

Comme elle avait pris de l'avance, elle termina de panser son cheval avant lui, rangea sa selle dans la sellerie, puis revint chercher celle de Callen.

— Laisse, je m'en occuperai.

— Non, donne, dit-elle, mais elle resta devant la stalle. J'ai des bonbons à la menthe…

— Oh, non !

Sundown poussa un long hennissement, donna un coup de tête enthousiaste à son maître, puis il tendit le cou hors du box, en regardant Bodine avec une expression suppliante.

— Ne prononce pas ce mot devant lui. La prochaine fois, épèle-le, bien qu'un de ces jours il finira par comprendre. Pousse-toi, toi !

Callen ramena le cheval au fond de la stalle, mais à peine en fut-il sorti que Sundown passa à nouveau la tête au-dehors.

— Bonbons à la menthe, répéta Bodine.

— Oh, bon sang…

En secouant la tête, Callen lui prit la selle des mains. Sundown exécuta un pas de danse en hennissant joyeusement.

— Il a l'air content.

— Tu m'étonnes…

Pendant que Callen allait ranger son matériel, Bodine, fascinée, retourna à la stalle de Leo. Dans le coffre, elle prit le bocal de pastilles à la menthe acheté tout spécialement pour lui et coupa l'opercule à l'aide de l'Opinel qu'elle avait toujours dans la poche.

Elle donna deux bonbons à Leo, qui les croqua avec délice, puis elle lui embrassa la joue.

— Joyeux Noël, Leo.

Elle en prit deux autres dans le bocal, puis ressortit du box. En la voyant, Sundown avança les lèvres dans une mimique de baiser.

— Il est trop drôle, dit Bodine à Callen qui revenait de la sellerie. Je peux lui donner des bonbons ?

— À condition qu'il te dise « s'il te plaît ».

Sundown émit un son de gorge, le regard aussi éloquent que n'importe quelle formule de politesse.

Bodine lui tendit les sucreries, qu'il mangea au creux de sa paume, puis il poussa une sorte de soupir et lui effleura la joue de ses lèvres.

— Pas de quoi, mon beau. Leo se fait une joie de partager ses « le mot que je n'ai pas le droit de prononcer » avec toi. Si j'avais su qu'il en était aussi friand, ajouta-t-elle à l'attention de Callen, je lui en aurais acheté un bocal.

— J'en ai un au cabanon. Si je le laissais près de lui, même dans un coffre-fort, il finirait par les trouver. À propos de Noël...

Callen rouvrit la stalle et y prit une pochette cadeau. Troublée, Bodine la regarda, puis leva les yeux vers Callen.

— Tu n'étais pas obligé. Je n'ai rien pour toi.

— Qui a dit que c'était pour toi ? Rappelle-toi, l'esprit de Noël, c'est donner davantage que recevoir. C'est un cadeau pour Leo, de la part de Sundown.

— Un cadeau de ton cheval pour mon cheval ?

— Ils sont devenus potes. Tu ne le lui donnes pas ?

— Si, si ! Je regarde juste d'abord ce que c'est, si Sundown n'y voit pas d'objection.

— Tu es d'accord ? demanda Callen à son cheval, qui hocha la tête en signe d'assentiment.

Bodine plongea la main dans le papier-chiffon, sentit la texture du cuir, et se dirigea vers le box de Leo.

— Regarde, Leo, un nouveau licol, très beau. Oh, il y a son nom dessus, et le logo « Bodine ». Merci beaucoup, Callen, c'est super.

— Ne me remercie pas, c'est lui qui l'a choisi, dit-il en pointant le pouce derrière lui.

— Merci, Sundown. C'est le plus beau licol que Leo ait jamais eu. Nous allons le lui essayer tout de suite, ajouta-t-elle en le passant autour de la tête de Leo. Il est juste à sa taille, et magnifique. Merci d'avoir si bien conseillé Sundown, dit-elle à Callen.

— Je t'assure que je n'y suis pour rien. Tu vois ça ? demanda-t-il en désignant le plafond.

— Quoi donc ?

Elle ne voyait que des poutres.

— Le gui accroché sous le toit.

Bodine leva de nouveau la tête.

— Où ? Quel gui ?

— Là. Tu ne regardes pas au bon endroit.

Il l'attira contre lui et, cette fois, leurs lèvres ne se frôlèrent pas par hasard. Les mains sur les hanches de Bodine, il l'embrassa à pleine bouche. Et elle mêla fougueusement sa langue à la sienne.

Non seulement elle s'était embellie, pensa-t-il, mais elle avait perdu toute timidité. Elle se pressait langoureusement contre lui, d'une manière qui demeurerait gravée dans son esprit, ainsi que dans ses fantasmes.

Quand elle plaça une main derrière son cou, il sentit frémir chaque cellule de son corps.

Elle savait que cela devait se produire, tôt ou tard – le feu couvait sous ses longues balades à cheval amicales. Elle s'était demandé comment elle réagirait, si c'était elle ou lui qui ferait le premier pas, et elle se croyait préparée.

Or elle se trompait. Ce premier baiser se révélait plus déstabilisant que tout ce qu'elle avait pu imaginer. Son organisme tout entier était parcouru d'un courant électrique. Quand Callen fit mine de s'écarter, elle le retint contre elle.

Il avait commencé, elle finirait.

Elle ne le repoussa que lorsque le souffle lui manqua.

— Du gui au plafond, tu parles…

Il regarda en l'air, puis plongea son regard dans le sien. Ses yeux étaient davantage bleus que gris, constata-t-elle. Des éclairs dans la tempête.

— J'ai dû être victime d'une illusion d'optique, dit-il. Je voulais nous donner un avant-goût de ce qui nous attend.

— C'est-à-dire ?

— Tu le sais aussi bien que moi. On en reparlera au printemps, après le retour d'Abe. Je sais être patient.

Elle se détourna pour prendre son manteau à la patère près du box.

— Tu me parais très sûr de toi.

— Pas seulement de moi.

Malgré elle, elle ne put s'empêcher de rire.

— J'ai peut-être mon mot à dire…

— Tout a été dit, il me semble.

Le regard rivé au sien, elle enfila son manteau, tout en se demandant si elle désirait poursuivre cette discussion ou trouver une stalle vide afin de terminer ce qu'il avait initié.

— J'étais peut-être sous l'emprise de l'esprit de Noël.

— On peut vérifier, répliqua-t-il en s'avançant vers elle.

Elle leva la main.

— Je crois qu'il vaut mieux qu'on en reste là, pour le moment.

— Comme je t'ai dit, je sais être patient.

— Avril est encore loin. D'ici là, on peut tous les deux changer d'avis.

— Ça m'étonnerait. On verra en temps voulu.

Une date butoir, pensa-t-elle. Ils en reparleraient au printemps.

— OK. Tu viens à la maison ?

— Je dois d'abord faire un brin de toilette.

— À tout à l'heure, alors, dit-elle en se dirigeant vers la porte de l'écurie. Tu sais, Skinner, ajouta-t-elle sans se retourner, je risque de coucher avec toi juste à cause de ce cheval. Garde ça à l'esprit.

Comme la porte se refermait derrière elle, Callen se tourna vers Sundown.

— Ne te fais pas d'illusion, lui dit-il.

Sundown prouva qu'un cheval pouvait ricaner.

Le mariage de Linda-Sue, malgré les circonstances et une débauche de faste, se révéla un beau succès, qui ajouta une plume au chapeau de Jessica. Et justement, Bodine lui avait offert un Stetson à bords plats pour Noël.

Entre l'accueil des invités et les urgences de garde-robe, les fleurs, la déco et la musique, la harpiste et, surtout, la mère de la mariée, les festivités l'accaparèrent pendant trois jours pleins.

Après quoi, elle enchaîna directement sur l'organisation du réveillon du Nouvel An, assistée heureusement par son équipe et notamment par la précieuse Chelsea.

Si bien que lorsque Bodine lui proposa de prendre deux jours de congé, elle ne protesta pas, et les consacra essentiellement à rattraper son manque de sommeil.

La deuxième nuit, réveillée en sursaut à 2 heures du matin, désorientée, elle se leva et jeta un coup d'œil par la fenêtre avant d'aller chercher une bouteille d'eau dans sa petite cuisine. Un pick-up qu'elle ne connaissait pas était garé sur le bord de la route en face du Village.

Chelsea, sa plus proche voisine, avait-elle un invité ? Et pourquoi celui-ci ne s'était-il pas mis sur le parking, à deux pas ? s'interrogea-t-elle.

Quand elle regagna sa chambre, le véhicule avait disparu. Sans se poser davantage de questions, elle se remit au lit et se rendormit aussitôt.

Début janvier fut assez calme, jusqu'à la conférence des écrivains – une autre plume au chapeau de Jessica –, à laquelle succéda le festival de sculpture sur glace.

À chaque nouvelle inscription, Rory surgissait dans son bureau en dansant de joie.

Un champ bondé de monde à l'arrière-plan, des traîneaux passant sans arrêt derrière elle, et le paddock résonnant des cris des bambins à dos de poney, Bodine accorda une interview à une chaîne de télé locale.

— Pour notre premier festival annuel de sculpture sur glace, nous sommes ravis d'accueillir au Bodine Resort des participants de tout le pays, du Canada, et même un couple d'Angleterre en voyage de noces.

Du coin de l'œil, elle aperçut Callen hisser un garçonnet sur ses épaules en attendant son tour de poney, et elle se demanda d'où il tenait cette aisance avec les enfants. Néanmoins, elle se concentra sur les questions du reporter.

— Nos équipes se sont investies à fond dans l'organisation de cette manifestation, placée sous le signe de la convivialité. Beaucoup de nos voisins et amis sont également présents, en tant que concurrents et dans le public. De 14 heures à 15 h 30 et ce soir au Moulin à partir de 21 heures, nous aurons le plaisir de présenter le fabuleux spectacle d'Anna Langtree and The Mountain Men.

L'interview terminée, elle rejoignit Jessica.

— Tu as été super, la félicita celle-ci. Tu n'as omis aucun détail, et tu avais l'air parfaitement dans ton élément.

— Bah, ce n'était pas difficile, j'ai l'habitude de parler. Tu sais que certaines sculptures sont déjà impressionnantes ? J'aime beaucoup cette famille de neige, là, et ces deux châteaux commencent à avoir de l'allure. Quant à ce grand cheval, il promet d'être magnifique. Par contre, ce truc, là-bas en face, je ne vois pas trop ce que ce sera…

— On dirait un serpent.

— Je déteste les serpents, mais il en faut pour tous les goûts.

En souriant, Bodine tapota le bord du chapeau de Jessica.

— Il te va très bien.

— Je l'adore. Qui l'aurait cru ? Toi, certes. Si on m'avait dit il y a un an que je me retrouverais dans le Montana, coiffée d'un Stetson, à regarder un type sculpter un serpent dans la neige, j'aurais pouffé de rire. Et pourtant, je suis là.

— Ça te va bien, aussi. Tellement bien que tu es promue directrice de l'événementiel, et augmentée.

Jessica ôta ses lunettes de soleil et plissa aussitôt les yeux, éblouie par la réverbération du soleil.

— C'est vrai ? C'est génial ! Je croyais qu'on ne discuterait de mon évolution de carrière qu'au bout de un an.

— On a anticipé. Tu l'as mérité.

En riant, Jessica prit Bodine dans ses bras.

— Merci. Merci à vous tous…

Elle s'interrompit lorsque son téléphone lui signala la réception d'un texto.

— Chelsea, pile dans les temps. Ils installent le buffet au Moulin. Tu pourras l'annoncer dans une quinzaine de minutes. Je vais m'assurer que tout est en place.

— Voilà pourquoi tu es nommée directrice.

Des éclats de rire retentirent et Bodine se tourna vers le paddock, où Callen et Sundown donnaient un spectacle impromptu. Callen était assis à l'envers sur la selle, Sundown secouait la tête d'un air affligé.

— Tournez-vous, monsieur ! cria un enfant.

— Comment ?

— Tournez-vous ! répétèrent les enfants en chœur.

— Ah, vous voulez voir sa tête…

Docile, Sundown exécuta un demi-tour.

— C'est mieux ? demanda Callen.

— Nooon ! répondirent les bambins, hilares.

Et Callen les écouta lui expliquer qu'il devait s'asseoir dans l'autre sens.

— Ah, d'accord, j'ai compris. Mais je ne sais pas comment je vais faire…

Il se contorsionna d'un côté, puis de l'autre, sous les hennissements goguenards de Sundown. Il manqua glisser de la selle, se redressa avec agilité. Les marmots riaient aux éclats, certains se couvrirent les yeux.

— Attendez… C'est bon, je crois que j'ai trouvé la solution.

Il bascula les jambes par-dessus sa monture, se retrouva assis de trois quarts. Sundown tourna la tête et poussa un soupir désespéré.

— Toi, tais-toi ! J'y suis presque.

En réponse, le cheval rua des antérieurs, ce qui fit tressaillir Bodine. Toutefois, comme si ce mouvement lui avait imprimé de l'élan, Callen atterrit dans la bonne position.

Dans un concert d'applaudissements, Sundown exécuta un pas de danse sur la gauche, puis sur la droite, et fit la révérence. Callen adressa un clin d'œil à Bodine.

Quelle bonne journée… pensa-t-elle en regardant Sundown effectuer une série de tours rapides sur lui-même. Quelle excellente journée !

Pendant que l'on se pressait dans la bonne humeur autour du barbecue, d'un gargantuesque chili de buffle et d'une montagne de côtes de bœuf, une photographe à la recherche de paysages sauvages découvrit les restes de Karyn Allison.

Pour elle, qui manqua de peu trébucher sur le corps déchiqueté, ce ne fut pas une bonne journée.

Vingt-quatre heures plus tard, peu après que le shérif eut annoncé à la mère de Karyn qu'elle ne reverrait plus jamais sa fille, Garrett Clintok se garait sur le parking de la base de loisirs.

Personne n'avait à lui dicter comment faire son travail – ni le shérif, qui l'avait déjà sermonné, ni personne d'autre.

Son flair ne le trompait que rarement. Il avait croisé suffisamment de pourris tout au long de sa carrière et de sa vie.

Dans la région, certes, la criminalité se limitait à des bagarres, des excès d'alcool, parfois des violences conjugales – que les femmes avaient souvent selon lui méritées –, des frasques d'adolescents qui tournaient mal, quelques affaires de drogue mineures.

Il arrivait que des femmes déposent plainte pour viol – la moitié du temps, il ne croyait pas un traître mot de leurs déclarations. Il arrivait aussi des accidents, bien sûr.

Mais deux meurtres en deux mois, il n'avait encore jamais vu ça.

Tout du moins pas avant le retour de Callen Skinner.

Le shérif préférait peut-être se voiler la face, parce que Skinner était proche du clan Longbow. Lui, en revanche, ne fermerait pas les yeux.

Il se dirigea vers Callen, qui faisait descendre des chevaux d'un van.

— Dis à ton collègue de s'occuper des chevaux, lui lança-t-il. Toi, tu viens avec moi au poste.

— Puis-je savoir pour quelle raison ? demanda Callen en menant tranquillement une jument sous le hangar.

— Ordre de la police.

— Tu peux commencer à la brosser, Easy, s'il te plaît ? Je vais chercher l'autre.

Clintok bomba le torse. Un paon se rengorgeant. Un taureau se préparant à charger.

— Je t'ai dit de venir avec moi, Skinner.

Callen fit sortir le deuxième cheval du van.

— Tu as un mandat ?

— Je peux en faire établir un.

— Tu reviendras quand tu l'auras, rétorqua Callen en jetant un coup d'œil à Easy, qui observait la scène aux côtés de la jument. Commence à la brosser, Easy, répéta-t-il.

Puis, une main sur le licol de l'autre cheval, il se tourna vers Clintok.

— On a du boulot, ici. Si tu veux réserver une randonnée, passe au bureau.

— Tu cherches à aggraver ton cas ?

Callen sourit froidement.

— Je te préviens, devant ce garçon, c'est-à-dire devant témoin, que si tu me touches sans mandat, je ne me gênerai pas pour riposter. Suis-je clair ?

La fureur embrasa le visage de Clintok, comme une flamme dévorant une broussaille. L'air parfaitement détendu, Callen soutint son regard.

— Où étais-tu le 12 décembre entre 16 et 21 heures ?

— Attends voir… murmura Callen en sortant son téléphone de sa poche et en affichant son agenda. J'ai commencé de bonne heure, avec un jeune élève qui prend des leçons d'équitation avant l'école. On avait ensuite des promenades en traîneau. J'en ai accompagné une, Easy aussi, Ben s'est chargé des autres. On a aussi reçu une livraison de foin, le 12, et le vétérinaire est venu bander la jambe gauche de Cochise, ce paint horse que tu vois là. On a encore…

— Je me fiche de tout ça. 16 heures.

— J'ai dû repartir à peu près à cette heure-ci.

— Seul ?

Callen rangea son téléphone dans sa poche.

— Ça remonte à plus d'un mois. J'imagine que le 12 décembre est le jour où cette étudiante a disparu… Si c'est le cas, j'étais seul, oui. Bodine était à Missoula, et Rory a terminé plus tard que moi.

— Tu n'as pas briefé les tout-puissants Longbow pour qu'ils te fournissent un alibi ? railla Clintok en regardant autour de lui. Où est Bodine ? Pas là pour accourir à ton secours ?

— Je te conseille de faire gaffe, répliqua Callen posément.

— On verra qui a intérêt à faire gaffe. L'argent n'achète pas le bon sens ; les Longbow et les Bodine l'ont prouvé en t'embauchant. Je me demande ce qu'ils diront quand tu seras derrière les barreaux.

— Laisse les Longbow et les Bodine tranquilles, Clintok. C'est avec moi que tu as un problème, je le sais très bien.

— Puisqu'ils ne sont pas là pour te couvrir, cette fois, est-ce que quelqu'un d'autre t'a vu, le 12 décembre ? Est-ce que quelqu'un peut témoigner en ta faveur ?

Pas âme qui vive, pensa Callen. Il avait amené Sundown en van au centre équestre, où il l'avait fait travailler une paire d'heures.

— Je n'en sais rien.

— Ha, ha ! jubila Clintok.

— Excusez-moi, intervint Easy. Le jour où le véto est venu soigner Cochise, c'était pas le jour où on a commencé à ranger la sellerie ? Vous êtes resté avec moi jusqu'à environ 18 heures. On a bu une bière, après. J'ai dû partir vers les 19 heures, et vous étiez encore là. Vous vouliez jeter un coup d'œil au bandage de Cochise, je m'en rappelle bien, maintenant.

Callen scruta le regard d'Easy.

— Ah oui ? Peut-être, si tu le dis.

— Oui, oui, j'en suis sûr. C'était ce que vous vouliez savoir, monsieur ?

Clintok se tourna vers le jeune palefrenier.

— Tu n'oserais pas me mentir, j'espère ? C'est un délit grave de mentir à un officier de police, tu le sais, n'est-ce pas ?

— Pourquoi je vous raconterais des histoires ? répondit Easy en reculant d'un pas. Je réponds juste à votre question. On était là tous les deux jusqu'à 18 ou 19 heures. C'était sympa de boire une mousse ensemble après une longue journée. Et après, je suis rentré chez moi.

— Occupe-toi de la jument, lui ordonna Callen.

— OK, boss, je voulais juste rendre service.

— Comment se fait-il que tout ça ne soit pas noté sur ton agenda, Skinner ?

— Il y a parfois des trucs à faire en fin de journée. Dans ce cas, je reste pour les faire. Je ne marque pas dans mon planning « boire une bière avec un collègue ». Si j'ai répondu à tes questions, il faut que je m'occupe des chevaux.

— Deux femmes sont mortes, Skinner, deux, depuis que tu es revenu. Et peut-être qu'en cherchant j'en trouverai d'autres en Californie.

— Fais ce que tu as à faire, je t'en prie.

Là-dessus, Callen mena le cheval sous le hangar, lui ôta sa couverture et serra les poings. Dix secondes de plus, peut-être même seulement cinq, et le coup serait sûrement parti. Il aurait été incapable de se maîtriser plus longtemps.

Lorsque Clintok démarra, en faisant jaillir le gravier sous ses pneus, il s'efforça de se calmer.

Il devait remercier Easy de lui avoir épargné de sortir de ses gonds.

— Tu n'étais pas obligé de faire ça, lui dit-il.

— J'ai juste dit que je me souvenais qu'on avait commencé à ranger la sellerie.

— On s'y est mis deux ou trois jours plus tard, tu le sais comme moi.

— Ah bon ? Ah oui, peut-être, maintenant que vous le dites, bredouilla le jeune garçon, sous le regard sévère de Callen. N'empêche que j'ai pas aimé comment il vous a parlé, boss. Franchement, on aurait dit qu'il allait dégainer son flingue. J'avais pas envie qu'il vous cherche des noises, c'est tout.

— Merci, mais la prochaine fois, car il y en aura une, je le crains, ne t'en mêle pas. Ne va pas t'attirer des ennuis. Clintok a une dent contre moi depuis l'enfance, c'est comme ça, tu n'y peux rien.

— Il y a des gens qui naissent mauvais, c'est malheureux. Quand il parlait de cette fille qui a disparu, il voulait dire qu'elle est morte ?

— C'est ce que j'ai cru comprendre.

— Oh, bon sang… marmonna Easy tout en brossant la jument. Oh, bon sang, c'est terrible. C'est pas juste. Mais il est stupide de penser que vous auriez pu faire ça.

— Il ne peut pas me voir en peinture, je te l'ai dit. Tôt ou tard, il trouvera une excuse pour le sortir, son flingue.

Tôt ou tard, pensa Callen, il serait peut-être hélas contraint de lui donner cette excuse.

12

Un jour sur deux, Esther récurait la salle de bains de fond en comble.

Propreté était mère de sainteté.

L'eau chaude et le détergent lui brûlaient les mains, rougies et crevassées par des années de corvées ménagères. Elle avait les genoux et le dos perclus de rhumatismes.

Elle en faisait abstraction, fière de la blancheur immaculée du linoléum, des robinets reluisants de la douche et du lavabo.

Elle travaillait en fredonnant, d'une voix aussi claire et aussi jolie qu'autrefois.

Les sanitaires terminés, elle briquerait le reste de la maison. Quand il viendrait la voir, Monsieur serait content.

Il avait construit cette maison rien que pour elle, parce qu'elle l'avait méritée, avait-il dit. Toutefois, il l'avait prévenue qu'il pouvait la lui reprendre, si jamais elle lui manquait de respect, par fainéantise ou mauvaise volonté.

Il l'avait autorisée à accrocher un rideau à fleurs qui isolait les toilettes du reste, une pièce de deux mètres cinquante par trois, meublée avec un lit une place, un lampadaire au pied rouillé et à l'abat-jour déchiré, la chaise de toile qu'elle avait dans la cave, un comptoir formé de rondins de bouleau et d'une planche de contreplaqué, et une tringle de douche où elle suspendait ses vêtements.

Les murs étaient habillés de plaques de plâtre brutes, le sol, recouvert d'un tapis tressé marron aux bords effilochés.

Esther disposait de deux placards, un pour la vaisselle en plastique, l'autre pour les produits alimentaires, et d'une glacière pour les denrées périssables. Et surtout, elle avait une fenêtre, petite et très haut dans le plafond, mais elle pouvait voir le soleil, le ciel et les étoiles.

En montant sur le lit, elle apercevait aussi quelques arbres, et elle devinait les montagnes.

La maison était plus exiguë que la cave, mais elle avait pleuré de gratitude lorsque Monsieur lui avait annoncé qu'elle vivrait désormais là.

Elle ne portait plus de fers à la cheville. Néanmoins, Monsieur les avait boulonnés au mur, afin de lui rappeler ce qui se passerait si elle le mettait en colère.

Elle faisait de son mieux pour ne pas le contrarier.

Ici, dans ce qu'elle considérait comme un palais, elle pouvait faire bouillir de l'eau sur la plaque électrique et se préparer du thé, ou réchauffer de la soupe en boîte.

À la belle saison, il la laissa s'occuper du potager, attachée toutefois, de crainte qu'elle ne divague et ne s'égare, ou ne se fasse attaquer par un ours.

Elle ne sortait qu'aux premières lueurs du jour ou tard le soir, sous la surveillance du chien, mais elle chérissait ces quelques heures en plein air, les mains dans la terre.

Une ou deux fois, elle crut entendre des cris ou des pleurs d'enfant, et un jour, à plusieurs reprises, il lui sembla qu'on appelait à l'aide. Monsieur affirma qu'il s'agissait des oiseaux et lui ordonna de se remettre au travail.

Il subvenait aux besoins des siens, aimait-il à dire, grâce à ses poules, sa vache laitière et son cheval.

Le jardin contribuait aussi grandement à leur subsistance, et c'était le rôle de la femme que de travailler la terre et de récolter ses fruits. Tout comme c'était son rôle d'être ensemencée et de porter des fruits.

Esther avait eu encore trois filles, deux fausses couches, et un fils mort-né.

Il lui avait enlevé les filles, elle les avait toutes amèrement pleurées, puis oubliées. Le garçon l'avait remplie de joie et d'espoir, un trop bref instant, avant le choc et l'affliction.

Monsieur avait dit que c'était la colère de Dieu, un châtiment pour ses péchés, la malédiction d'Ève.

Cet enfant sans vie entre les bras, cette forme inanimée pareille à une poupée bleu pâle, elle avait été contrainte de reconnaître que Monsieur avait raison.

Dieu punissait les pécheurs. Elle avait péché. Chaque jour, cependant, elle se repentait et œuvrait à sa rédemption.

Laborieusement, elle se redressa, avec une grimace de douleur quand ses genoux craquèrent. Elle portait sa tenue de ménage, une robe de coton informe qui lui tombait à mi-mollets et des tennis de toile. Sa tresse grisonnante lui arrivait maintenant plus bas que les fesses.

Elle n'avait pas de miroir, car la vanité était un péché logé au plus sombre du cœur de toute femme, mais elle sentait de ses doigts les rides qui s'étaient creusées dans son visage.

Elle s'estimait heureuse que Monsieur veuille encore d'elle pour le devoir conjugal et continue de subvenir à ses besoins.

Un autre enfant germait en elle, elle le savait et pressa ses mains contre son ventre. Elle priait pour que ce soit un garçon. Chaque soir, elle s'agenouillait et priait le Seigneur de lui donner un fils, que Monsieur lui permettrait de garder. Un fils qu'elle nourrirait de son sein et qu'elle choierait.

Elle vida le seau, le remplit d'eau propre. Elle devait astiquer les placards, le comptoir, la glacière, l'évier. Elle devait s'acquitter de ses tâches.

En emportant le seau dans la cuisine, elle dut toutefois s'appuyer contre le mur. C'était le bébé, bien sûr, qui se développait en elle et la fatiguait. Il lui causait même un peu de fièvre.

Elle allait se préparer une infusion et s'asseoir un moment, le temps de reprendre des forces. Elle avait besoin de forces pour nourrir le bébé, pensa-t-elle en sortant le bocal de feuilles de pissenlit que Monsieur avait eu la bonté de lui apprendre à faire sécher, ignorante qu'elle était.

Elle mit de l'eau à bouillir et, en attendant qu'elle chauffe, elle frotta le comptoir.

Il aurait été dommage que le seau d'eau savonneuse refroidisse. Le gaspillage était un péché.

Elle avait le front brûlant et la tête lui tournait. La tisane lui ferait du bien ; la tisane et quelques minutes de relâche.

Elle versa l'eau bouillante dans un gobelet en plastique et ferma les yeux en s'asseyant sur la chaise.

— Reposons-nous un peu, dit-elle au bébé. Ce soir, il faut qu'on ramasse les haricots et les tomates. Les courgettes, peut-être. Il faudra aussi…

Une violente douleur lui coupa la parole.

— Oh, non ! Non, par pitié !

En proie à une deuxième contraction, elle se courba en deux et tomba à genoux. L'infusion se répandit sur le tapis tressé.

Elle sentit le sang s'écouler, emportant la vie du fœtus.

Dieu punit les péchés, pensa-t-elle, étendue sur plancher, en appelant la mort de tous ses vœux.

Bodine parvint à rentrer juste avant la tombée de la nuit, à temps pour éviter l'une des tempêtes de février. Tout en ôtant son manteau et ses bottes, elle huma les arômes qui provenaient de la cuisine.

— Humm, ça sent bon ! Il va tomber encore au moins cinquante centimètres de neige ! Clémentine, s'il te plaît...

En voyant la cuisinière s'essuyer furtivement les yeux, elle s'interrompit et se précipita vers elle.

— Que se passe-t-il, Clem ? Il est arrivé quelque chose ? Quelqu'un s'est blessé ? Maman...

En reniflant et en repoussant Bodine, Clémentine secoua la tête.

— Tes parents sont sortis en amoureux. Ce n'est rien. J'ai une poussière sous la paupière.

— À d'autres, je t'en prie. Tu pourrais avoir une paille grosse comme mon pouce dans l'œil, tu l'enlèverais sans verser une larme. Assieds-toi.

— Tu ne vois pas que j'ai ce poulet à terminer ?

Bodine éteignit la flamme sous la sauteuse.

— Il attendra. Assieds-toi, je t'ai dit, tout de suite.

— Dis donc, depuis quand tu me donnes des ordres ?

— Je te donne celui-ci. À moins que tu préfères que j'appelle maman ?

— Surtout pas !

Le visage fermé, les joues humides, Clémentine prit place sur une chaise.

— Voilà, dit-elle. Tu es contente ?

Bien qu'elle eût envie de riposter sur le même ton, Bodine se mordit la langue. Elle envisagea de préparer du thé, puis pensa que cela prendrait trop de temps et qu'elle risquait de perdre l'avantage. Au lieu de quoi, elle sortit une bouteille de whisky et en versa deux doigts dans un verre, qu'elle posa devant Clémentine.

— Maintenant, dis-moi ce qui ne va pas, exigea-t-elle en s'installant près d'elle. Combien de fois t'ai-je raconté pourquoi j'en avais gros sur le cœur ?

— Ça ne te concerne pas.

— Tout ce qui te rend triste me concerne.

Devant cet argument imparable, Clémentine s'empara du verre de whisky et en but la moitié.

— J'en suis encore toute retournée… Il paraît… Une de mes amies du club de patchwork… Tu connais Sarah Howard ?

— Bien sûr. J'étais à l'école avec son plus jeune fils, Harry. Je… Oh, Clem, il est arrivé quelque chose à Mme Howard ?

— Non, non, répondit Clémentine en reprenant peu à peu sa contenance. C'est juste que… Sarah est amie avec Denise McNee, la maman de cette pauvre enfant, Karyn Allison. Elle a repris son nom de jeune fille quand elle a divorcé. La cousine de Sarah, Marjean, est mariée avec le frère de Denise. C'est comme ça qu'elles se sont liées.

— OK.

— La réunion du club patchwork devait avoir lieu chez moi, ce soir, de 20 heures à 22 heures. Sarah vient de m'appeler pour me dire qu'elle ne viendrait pas. Elle était allée lui apporter du gâteau au moka.

Clémentine était la reine des digressions et Bodine avait hâte qu'elle en vienne au fait.

— Qu'est-il arrivé à Denise McNee, Clem ?

— Elle a pris des cachets. Elle a pris tout le flacon que le docteur lui avait prescrit pour l'aider à traverser cette épreuve. Je ne sais pas ce que c'était comme médicament.

— Oh, Clem…

— C'est Sarah qui l'a trouvée, en lui apportant du gâteau. C'est Sarah qui l'a trouvée et qui a appelé l'ambulance.

— Elle s'est tuée…

— Elle a essayé. Elle a peut-être réussi. Elle est à l'hôpital. Sarah dit que les médecins ne peuvent pas encore se prononcer. Elle pleurait, au téléphone, elle était dans tous ses états. Ça m'a fait tellement de peine de penser à cette pauvre femme qui a perdu sa fille d'une manière aussi horrible.

— Je suis désolée, Clem.

Le menton tremblant, la cuisinière essuya ses yeux rougis avec le bord de son tablier.

— Cette femme ne sera plus jamais la même… Si tant est qu'elle s'en sorte… Les gens croient que je ne peux pas comprendre parce que je n'ai pas eu d'enfant, mais ce n'est pas vrai.

— Non, Clem, ce n'est pas vrai, dit Bodine d'une voix douce en lui prenant la main. Tu m'as eue, moi, et Chase, et Rory. Callen, aussi.

De sa main libre, Clémentine écrasa une larme.

— Ça m'a tellement bouleversée… Une bonne amie à moi en pleurs pour une amie à elle. Cette pauvre fille qui a trouvé la mort dans des circonstances incompréhensibles. Et Cora… depuis toutes ces années, qui ne sait pas si sa fille est vivante ou morte. Comment fait-elle ? Je ne sais pas ce que je ferais s'il arrivait quelque chose à l'un des miens…

En se balançant doucement, Clémentine but une gorgée de whisky.

— Il n'y a pas d'amour plus fort que celui d'une mère, ajouta-t-elle. Et aucune perte n'est plus douloureuse que celle d'un enfant.

— Nous serons prudents, je te le promets, et nous veillerons les uns sur les autres. Est-ce que je ne laisse pas déjà Callen ou Rory m'accompagner presque tout le temps au travail ? Pour pouvoir garder un œil sur eux ?

Clémentine esquissa un sourire.

— C'est bien. Tu es une brave fille.

— Maintenant, tu sais ce que tu vas faire ? Ce que tu m'aurais dit de faire si j'avais été à ta place. Va rejoindre ton amie à l'hôpital. Elle a besoin de toi.

— Je n'ai pas fini le dîner.

— Aucune importance. File à l'hôpital. Et conduis prudemment, s'il neige. Tu m'enverras un texto quand tu seras rentrée chez toi, ce soir, que je ne me fasse pas de souci.

— Je conduis sur les routes verglacées du Montana depuis avant ta naissance. Tu as raison, ma place est auprès de Sarah, je crois.

— Alors vas-y vite.

— Le poulet doit mijoter encore une vingtaine de minutes, à feu doux. Fais attention qu'il ne brûle pas.

— Entendu, madame.

— J'ai mis des carottes et des pommes de terre à rôtir dans le four.

Tandis que Clémentine s'habillait, Bodine écouta ses consignes détaillées – et répétées.

Seule, elle ralluma le feu sous le poulet, vérifia le four, souleva le torchon qui recouvrait la miche de pain dont Clémentine avait dit qu'elle devait encore lever pendant un bon quart d'heure.

Puis elle se servit un verre de vin et pensa au geste désespéré de la mère de Karyn Allison. À Cora qui ignorait ce qu'il était advenu de sa fille. La première avait été incapable de faire face. La seconde continuait vaillamment de vivre.

Toutes deux avaient besoin d'être entourées, épaulées. Elles comptaient sur leur famille pour combler les vides, sur leurs amis pour former une deuxième famille.

Elle regarda par la fenêtre. De la lumière brillait dans le cabanon.

Impulsivement, elle envoya un texto à Callen : *Tu as dîné ?*

Une minute plus tard, elle recevait sa réponse : *Non.*

Viens manger avec nous. Je t'offrirai une bière.

Cette fois, il répondit du tac au tac : *Décapsule une cannette et pose mon assiette sur la table.*

C'est fait !

En vérifiant la cuisson du poulet, elle pensa que tous les poussins de Clémentine partageraient ce soir le repas de leur mère poule.

Un jour passa, puis un autre, et Bodine ne cessait de penser à sa conversation avec Clémentine, bien que celle-ci eût retrouvé son stoïcisme coutumier.

Denise McNee était dans le coma, entre la vie et la mort. Pouvait-elle choisir de faire peser la balance d'un côté ou de l'autre ? Avait-on toujours le choix ?

Bodine n'avait pas de réponse, mais elle décida de poser des questions.

Avec Leo, elle se rendit au centre équestre. Les sabots du cheval résonnaient sur le bitume gelé. De part et d'autre de la route, les champs étaient recouverts de neige, la nature encore sous l'emprise de l'hiver.

Il faisait néanmoins un temps radieux. Des aigles tournoyaient dans le ciel bleu. Bientôt, février céderait la place à mars et aux premiers signes du printemps.

Le pick-up de Cora et la voiture de Jessica étaient garés devant le manège. Bodine descendit de selle et mena Leo à l'intérieur.

— Change de direction et fais-lui faire un tour dans l'autre sens. Tu n'as plus besoin de te tenir au pommeau, maintenant, Jessie.

— Ça me rassure !

— Garde le dos droit. Voilà. Si tu passais au trot ?

— OK. Oh, mon Dieu, je serais encore obligée de mettre un coussin sous mes fesses, demain.

Amusée, car Jessica avait déjà apporté à deux reprises un coussin au bureau, Bodine attacha Leo à la barrière et desserra ses mors. Puis elle s'approcha de la piste, où Jessica et sa jument trottaient à une allure régulière. Cora, en selle sur son cher Wrangler, la surveillait d'un œil de lynx.

— Redresse le dos. Accompagne ses mouvements. Fais-lui sentir que tu es avec elle.

Aux yeux de Bodine, sa grand-mère ne paraissait jamais plus élégante que sur le dos d'un cheval. Sa chemise à carreaux rentrée dans son jean, son jean rentré dans ses bottes rouge vif. Ses beaux cheveux sous un chapeau noir aux bords retournés.

— Change de direction, sans ralentir, ne réfléchis pas.

— J'y suis arrivée !

— Évidemment. Maintenant, repasse au pas. Baisse les coudes.

En faisant demi-tour, Cora aperçut Bodine, qui posa un doigt sur ses lèvres. Sa grand-mère acquiesça d'un sourire.

— Tu sens comme elle te répond ?

— Oui, confirma Jessica en ajustant sa bombe. Je ne comprenais pas ce que vous vouliez dire les premières fois, mais ça y est, maintenant. Je n'en reviens pas de tout ce que j'arrive à faire. Démarrer, m'arrêter, marcher au pas, passer au trot, changer de direction.

— Tu y prends du plaisir ?

— Oh, oui ! Même si mes fesses et mes jambes le paient après coup. Quelle sensation incroyable !

— Prépare-toi à en connaître une encore meilleure. Maintenant, tu vas passer du pas au trot puis au galop.

Malgré la distance, Bodine vit les yeux de Jessica s'élargir.

— Oh, Cora, je ne crois pas que je sois prête, honnêtement.

— Mais si. Fais-moi confiance, fais-lui confiance et aie confiance en toi. Allez, au petit trot. Genoux vers l'intérieur, talons baissés, coudes vers le bas. Indique-lui ce que tu désires. Bien. Elle ne demande qu'à te donner satisfaction. Vas-y, exerce une petite pression sur ses flancs, maintiens ta position, donne-lui le signal, et elle se chargera du reste.

— Et si je tombe ?

— Tu ne tomberas pas, mais au cas où, tu te relèveras. Allez, une petite pression.

L'anxiété se lisait sur le visage de Jessica, et Bodine se demanda si sa grand-mère n'allait pas un peu trop vite. Néanmoins, les lèvres serrées, Jessica partit au petit galop. Et son angoisse se mua en pur étonnement.

— Oh, mon Dieu !

— Suis le mouvement, c'est ça. Coudes baissés ! Fais-lui faire un tour complet. Bravo ! Super ! Tu peux ralentir.

Jessica stoppa Maybelle, et pressa une main contre son cœur.

— J'ai vraiment galopé ou j'ai rêvé ?

— Je t'ai filmée ! cria Bodine en brandissant son téléphone. Tu étais parfaite.

— Elle apprend plus vite qu'elle croit, déclara Cora. Allez, refais un tour, au pas, au trot, puis au galop.

— Pourquoi suis-je morte de peur alors que je viens de le faire ?

— Refais-le, et la prochaine fois, ce sera plus facile.

— Allez, j'y crois... murmura Jessica.

En pivotant sur elle-même, Bodine filma l'apprentie cavalière et la jument aguerrie exécutant un tour de manège.

— Je t'enverrai la vidéo, dit-elle à Jessica quand celle-ci ramena Maybelle au centre de la piste.

Essoufflée, les joues rouges, Jessica regarda le téléphone en fronçant les sourcils.

— Serai-je fière ou honteuse ?

— Impressionnée, je crois.

Lorsque Bodine fit mine d'aller chercher un marchepied, Jessica secoua la tête.

— Je n'en ai pas besoin. Descendre est ce que je sais faire le mieux ! Aïe, mes fesses !

— Plus tu monteras, moins tu auras mal, dit Cora en descendant à son tour de sa monture. Voyons si tu te souviens comment desseller ton cheval.

— Je vais le faire, déclara Bodine en prenant les rênes de Maybelle. Il faut que je parle à Nana.

— Dans ce cas, je rentre prendre un bain chaud, dit Jessica en caressant la jument. Merci Maybelle. Merci Cora.

— Pas de quoi. J'avais oublié combien c'est gratifiant de donner des leçons à un débutant. Tout le plaisir était pour moi.

Avec Bodine, Cora mena les chevaux aux stalles.

— Je pensais les desseller ici, pour que Jessica s'entraîne à le faire, et les ramener à la base pour les panser. Mais on peut le faire là si tu as quelque chose à me dire. Tu veux un Coca ? Il y en a à la sellerie.

— J'y vais.

Bodine emporta la selle, la rangea et rejoignit Cora avec deux cannettes. Sa grand-mère bouchonnait Wrangler.

— Que voulais-tu me dire, ma chérie ?

Bodine prit une serviette et entreprit de frictionner Maybelle.

— Je n'ai jamais abordé ce sujet parce que je ne voulais pas te faire de peine. Si tu n'as pas envie d'en parler, je n'insisterai pas.

— Ça a l'air sérieux.

— J'aimerais te poser quelques questions à propos d'Alice. Je comprends, je crois, pourquoi Grammy et maman se mettent en colère dès qu'on prononce son prénom. Elles sont furieuses que quelqu'un ait pu te faire autant de mal. Et elles en souffrent, elles aussi.

— C'est vrai. Nous évitons de remuer le couteau dans la plaie.

— Loin de moi cette intention, dit Bodine en brossant la jument et en observant sa grand-mère par-dessus son dos.

— Mais tu te poses des questions, et tu voudrais que quelqu'un y réponde, c'est normal. Vas-y, je t'écoute.

— Je crois que c'est la tentative de suicide de la mère de Karyn Allison qui m'a donné le courage de te parler, Nana. J'ai aussi rencontré personnellement la mère de Billy Jean. Elle n'était pas proche de sa fille, comme l'étaient Karyn et sa maman, mais son chagrin est incommensurable. Du coup, j'ai compris combien tu dois souffrir, depuis toutes ces années, de ne pas savoir si Alice…

— Alice est en vie. Je le sens au fond de mon cœur. J'ai besoin de me raccrocher à cet espoir.

— Alors pourquoi n'es-tu pas furieuse contre elle, comme Grammy et maman ?

Bodine n'avait pas connu Alice mais la seule évocation de sa tante la mettait en rage.

— Alice vous a totalement occultés de sa vie, poursuivit-elle. Quel genre de personne peut laisser sa famille sans aucune nouvelle ? Ne comprend-elle pas qu'elle vous fait du mal, que vous puissiez être inquiets ?

— Je lui en ai terriblement voulu, je ne peux même pas te dire à quel point, répondit Cora en brossant calmement la crinière de Wrangler. Elle est partie le jour du mariage de sa sœur, le plus beau jour de la vie de Reenie. Le soir, très exactement. En laissant un mot où elle disait qu'elle ne voulait pas des chaînes du mariage, de la vie ennuyeuse du ranch. Que je ne l'avais jamais comprise, ni jamais aimée comme j'aimais Reenie. Elle voulait me blesser et elle a réussi. Alice avait le chic pour vous décocher des flèches vénéneuses.

Bodine garda ses réflexions pour elle, mais elle se demanda si le départ d'Alice n'avait pas été un bien pour sa famille.

— Je ne voulais pas le dire à Reenie et à Sam, continua Cora, je ne voulais pas gâcher leur lune de miel, mais je n'ai pas eu le choix. Pourtant, moi-même, sur le moment, je n'y croyais pas vraiment. Je pensais qu'elle voulait juste jouer les trouble-fête, comme elle savait si bien le faire. J'étais persuadée qu'elle reviendrait quelques jours plus tard.

— Mais elle n'est pas revenue.

— Non, murmura Cora. Au début, elle envoyait des cartes postales de temps en temps, puis plus rien. J'ai engagé un détective. Je ne l'aurais pas obligée à revenir. Elle avait dix-huit ans, elle était libre, et ça ne sert à rien de retenir quelqu'un qui veut partir. Je voulais juste m'assurer qu'il ne lui était rien arrivé... Seulement, elle était introuvable.

En caressant le cou de Wrangler, Cora prit une profonde inspiration.

— Alors j'ai cessé d'être en colère, dit-elle, parce que la colère ne changerait rien. Je me suis demandé si j'avais été trop sévère avec elle, ou pas assez. Je consacrais beaucoup de temps au ranch, aux chambres d'hôte, puis à la création du complexe hôtelier. Avais-je privilégié mes activités professionnelles au détriment de ma fille ?

Surtout, Cora ne devait pas culpabiliser, pensa Bodine.

— Je vois bien quelles sont tes relations avec maman, quel genre de mère tu es. Tu n'as rien à te reprocher.

— Toutes les mères doutent d'elles-mêmes, chaque jour. J'ai éduqué mes deux filles de la même manière, je leur ai inculqué les mêmes valeurs, les mêmes principes ; elles étaient soumises à la même discipline, elles bénéficiaient des mêmes indulgences. Et pourtant, elles étaient aussi différentes que le jour et la nuit.

Un instant, Cora demeura la joue appuyée contre l'encolure de Wrangler.

— Alice était une rebelle, reprit-elle. Oh, elle pouvait être gentille, charmante. Mais alors que Maureen s'épanouissait au ranch, Alice s'y sentait à l'étroit. Et elle pensait que j'avais une préférence pour Reenie... Mais quand un enfant travaille bien à l'école et que l'autre sèche les cours, eh bien, l'un est félicité et l'autre puni. Cora poussa un soupir, mêlé à un demi-rire. Alice ne semblait pas le comprendre. Quand elle était bien disposée, elle était adorable. Vive, curieuse, audacieuse. Reenie était trop sérieuse, elle voulait toujours bien faire, toujours plaire à tout le monde. Heureusement, Alice l'entraînait parfois dans ses aventures, ça lui faisait du bien. Un peu comme Chase et Callen... Sauf que Callen n'a jamais été jaloux de Chase.

— Peu importent ses qualités et ses défauts, dit Bodine. C'était ta fille, tu l'aimais, et tu l'aimes toujours.

— Oui. Et je souffrirai toujours de savoir qu'elle a choisi de m'oublier, de tous nous oublier.

— Comment fais-tu pour vivre avec ce poids ?

Cora sortit des bonbons à la menthe de sa poche et les donna aux chevaux.

— J'essaye d'appréhender mon existence dans son ensemble, de ne pas me focaliser sur les points noirs. Lorsque ton grand-père est mort, celui que tu n'as jamais connu, mon univers s'est écroulé. Je l'aimais tellement que je ne pouvais pas concevoir de vivre sans lui. Mais j'avais ta maman, et elle avait besoin de moi. J'étais enceinte d'Alice. Il fallait que je sois forte. Cora caressa la tresse de Bodine, puis elle prit un cure-pied. Mes parents... D'accord, je me chamaille souvent avec maman, je sais. Deux femmes qui cohabitent sont obligées de se prendre le bec. Mais j'ai pour elle et pour mon père une immense gratitude. Ils ont vendu leur maison pour venir auprès de moi quand j'avais besoin de leur soutien. Sans eux, je ne m'en serais jamais sortie. J'aurais pu perdre le ranch, même si tes oncles étaient là pour m'aider.

— Tu aurais pu le vendre, personne ne te l'aurait reproché.

Cora leva les yeux, sous le bord de son chapeau, tout en nettoyant le sabot arrière droit de Wrangler.

— Mon Rory adorait le ranch. Il a risqué tout ce qu'il possédait pour le construire. Je n'aurais pas pu m'en séparer ; mais sans aide, j'aurais pu le perdre. Or je l'ai fait prospérer. Mon Rory serait fier de ce que nous avons accompli.

En souriant, elle se cala contre la cuisse du cheval et examina le dessous de son sabot.

— J'ai une fille qui est la lumière de ma vie, un gendre en or, et trois petits-enfants formidables, qui font chaque jour ma fierté. J'ai une vie riche et pleine, Bodine, mais aussi des chagrins. Toute vie comporte sa part de chagrins. Mon mari me manque. Peu importe le nombre d'années qui se sont écoulées depuis qu'il nous a quittés, je vois toujours son visage, j'entends toujours sa voix, et ça me réconforte. Ma fille me manque, telle qu'elle était, avec ses bons et ses mauvais côtés. Mon souhait le plus cher serait qu'elle fasse à nouveau partie de ma vie.

— Tu es heureuse parce que tu l'as choisi, et parce que tu fais tout pour l'être.

— Exactement. Mais ne blâme pas la mère de cette pauvre fille qui a commis un geste désespéré. La peine peut parfois vous engloutir.

— Je ne la juge pas, Nana, bien sûr que non. Mais je suis fière de toi, qui as su être forte et courageuse.

— Ma chérie… murmura Cora.

— Tu es une femme forte, Nana, intelligente, tolérante et aimante. Comme Grammy, et comme maman. Et ce n'est pas manquer de respect aux hommes de la famille que d'affirmer que je suis fière d'être votre descendante. Pour toi, j'espère de tout mon cœur qu'Alice a trouvé le bonheur.

— Tu es un trésor, Bodine, un précieux trésor.

Lorsque Cora contourna les chevaux pour la prendre dans ses bras, Bodine lui ouvrit les siens et la serra très fort contre elle.

Elle espérait sincèrement qu'Alice était heureuse. Toutefois, elle ne parvenait pas à comprendre comment on pouvait être heureux en ignorant une famille qui vous avait aimé.

13

Entre le ranch et le complexe hôtelier, les rumeurs, les spéculations et les insinuations allaient bon train. À la fin de la journée, Bodine en avait entendu de toutes les couleurs, des vertes et des pas mûres, si bien qu'elle décida de se renseigner directement auprès du principal intéressé.

Armée de deux bonnes raisons, elle alla frapper à la porte du cabanon après le repas du soir – en dehors des heures de travail, délibérément, et sur le territoire de Callen plutôt que sur le sien. Cela lui semblait plus équitable.

— Entrez ! cria-t-il.

Elle le trouva sur le canapé, son ordinateur portable sur les genoux, une bière à portée de main, un match de basket à la télé.

Il avait pris un hâle d'hiver, remarqua-t-elle. À la lumière de la lampe, on distinguait la trace blanche du chapeau à la lisière de ses cheveux.

— Bonsoir.

Il continua de pianoter sur le clavier.

— Prends une bière et assieds-toi.

— Je ferai l'impasse sur la bière, dit-elle en s'installant en face de lui.

— Une seconde, s'il te plaît. J'ai presque fini… Voilà, ça devrait aller.

Elle attendit qu'il ait enregistré son fichier et posé son ordinateur de côté. Étonnamment, il paraissait calme et détendu. Le chaume d'une barbe naissante ajoutait à son charme. Il étendit les jambes et les posa sur la table basse.

— Ça va ? demanda-t-il.

— Et toi ?

— Plutôt pas mal, répondit-il en prenant sa cannette. J'ai ébauché le planning des deux prochaines semaines, établi la rotation des chevaux. Je t'ai rempli le tableau comptable. Le prévisionnel s'annonce bon, avec les réservations pour le printemps. Et il faudra que je te parle du matériel à remplacer. On a commencé l'inventaire, on s'y attelle dès qu'on a un moment de libre.

— Envoie-moi une liste quand vous aurez terminé. En fait, je voulais surtout savoir comment tu allais sur le plan personnel.

En portant sa cannette à ses lèvres, il arqua les sourcils.

— Bien, je te remercie.

— Malgré le fait que Garrett Clintok soit revenu te harceler, de surcroît sur ton lieu de travail ?

Il haussa les épaules, mais elle vit un nuage passer dans son regard.

— Je ne vais pas me prendre la tête à cause de Clintok.

Aussi intriguée que frustrée, Bodine posa la cheville sur son genou.

— Tu es devenu drôlement coulant, Skinner, si tu dis la vérité. D'après ce que j'ai compris, il est venu te trouver à la base de loisirs pour t'accuser de meurtre.

— Pas en ces termes.

Bodine, pour sa part, était devenue experte dans l'art de dissimuler ses états d'âme afin de parvenir à ses fins.

— Si tu me disais ce qui s'est passé exactement ? Ça m'épargnera d'essayer de démêler le vrai du faux dans tout ce qu'on raconte.

— Premièrement, Easy n'aurait rien dû te dire.

— Je ne suis pas d'accord, mais sache qu'Easy ne m'a absolument rien dit. Ben a vu la voiture de Clintok arriver, et il lui a semblé que vous aviez une conversation houleuse, à la suite de laquelle Clintok est reparti sur les chapeaux de roue. Il a interrogé Easy, et il a additionné deux et deux. Résultat, il circule des rumeurs complètement délirantes.

Bodine prit une profonde inspiration, agacée que Callen ne dise rien et paraisse toujours aussi serein.

— Je déteste être informée par la rumeur, Skinner, surtout quand il s'agit de choses aussi graves. Tu aurais dû m'en parler.

Il hocha la tête pensivement, comme s'il méditait le point de vue de Bodine.

— Il s'agissait d'une affaire personnelle, et j'ai géré la situation. Ça n'avait rien à voir avec mon travail, ni avec toi ou le resort.

— Ça s'est passé ici, rétorqua-t-elle, et elle leva la main avant qu'il ne puisse protester. J'ai l'intention de me plaindre au shérif que l'un de ses adjoints est venu importuner l'un de nos employés sur son lieu de travail. Que ça te plaise ou non. Et ne me dis pas qu'il n'a pas cité le nom de Bodine ou celui de Longbow, ou je te traiterai de menteur, ce que tu n'as jamais été.

Se départant enfin de son calme olympien, Callen se leva et se mit à arpenter la pièce. Le sourcil arqué, Bodine le suivit du regard. À l'évidence, il en fallait beaucoup plus qu'autrefois pour le faire sortir de ses gonds, mais elle voyait qu'il bouillonnait intérieurement.

— Tu sais très bien, Bo, que nous sommes à couteaux tirés depuis des lustres, avec Clintok. Il a trouvé un prétexte pour me provoquer mais je ne rentrerai pas dans son jeu. Et il est hors de question que je vienne pleurnicher dans ton giron parce qu'il me cherche. Mince ! Je suis quand même assez grand pour me débrouiller tout seul, non ?

Bodine afficha son sourire le plus doucereux.

— Finalement, tu n'es pas aussi cool que tu veux le faire croire.

— Comment veux-tu que je sois cool quand on m'accuse d'avoir tué deux femmes ?

— Exactement ce que je disais. Sur ce point, au moins, on est d'accord, en définitive. Tate lui a donné un avertissement, très clair et parfaitement justifié. Clintok ne l'a pas écouté, il a pris sur lui de venir te trouver au travail et de te calomnier devant un employé, dont tu es le supérieur. À mon avis, le shérif ne sera pas content de l'apprendre.

Callen fit volte-face, son regard bleu-gris jetant des flammes.

— Tu n'as pas à te plaindre au shérif, et je n'ai pas besoin de toi pour me défendre.

— Je vois que tu es resté une tête de pioche. C'est bon, rassure-toi, je ne dirai rien au shérif. J'ai grandi avec des hommes, je travaille avec des hommes, je vis avec des hommes, et je comprends que je puisse avoir insulté ta virilité, mais…

— Ça n'a rien à voir avec… OK.

Callen devait admettre qu'elle avait touché une corde sensible, et il avait horreur de mentir.

— D'accord, je reconnais que j'ai parfois un côté macho, concéda-t-il. Il n'empêche, je t'ai déjà dit qu'il ne s'agit que d'un vieux règlement de comptes entre Clintok et moi.

— Affaire de virilité, encore une fois. Et je ne dis pas ça pour dénigrer la gent masculine, c'est un état de fait. Bref. Je ne me plaindrai pas à Tate, mais s'il a vent de cette histoire et qu'il me pose des questions, je lui dirai ce que je sais et ce que je pense.

Même si cette perspective le hérissait – et froissait sa virilité –, Callen était à court d'argument rationnel, si bien qu'il se rassit sur le canapé.

— Tu lui diras ce que tu voudras, marmonna-t-il.

— Et je te demande, en qualité de directrice du complexe hôtelier autant qu'au nom de notre amitié, de me le dire si jamais Clintok revient te harceler. Je suis en droit de savoir ce qui se passe chez moi, et je sais que tu le comprends, sous ta colère.

Callen but une gorgée de bière.

— Tu es sacrément bonne dans ce rôle.

— Excellente, même, je dirais. Je te demande de me faire confiance, et de laisser ce fichu orgueil mâle au vestiaire. Si Clintok continue de te menacer, il n'y a rien de honteux à en faire part à une femelle. Tiens-moi au courant, que je ne sois pas obligée de faire le tri parmi les ragots, et je te laisserai gérer la situation comme tu l'entends.

— « Excellente » est un euphémisme, soupira-t-il. Tu es tellement raisonnable qu'à côté de toi j'ai l'air d'un imbécile.

— Tu n'es pas un imbécile, Skinner, tu n'en as jamais été un, dit-elle en se penchant vers lui pour donner un petit coup dans sa jambe. Et d'après ce que j'ai vu, tu excelles dans l'art de gérer les abrutis. Alors, marché conclu ?

— Mouais, marmonna Callen, et il se sentit soudain libre d'extérioriser sa colère. Bon sang, il m'a vraiment énervé, tu sais… Tu avais raison, en fait, tout à l'heure, il a tout fait pour me pousser à en venir aux mains.

— En d'autres temps, tu n'aurais pas hésité, et pour moins que ça. Quand as-tu appris à te maîtriser ?

Il repensa à l'effort surhumain que cela lui avait coûté.

— Un homme apprend tout au long de sa vie, ou alors il perd son temps. Ce qui est le cas de Garrett Clintok, manifestement. Il n'a pas plus de plomb dans la cervelle que quand il était gamin. Il a juste acquis un badge, qu'il peut brandir pour se défouler en toute impunité.

Callen contempla sombrement sa bière, puis il leva les yeux vers Bodine.

— Je voudrais qu'on ajoute une clause à notre marché, dit-il.

— Trop tard, il est déjà scellé.

— On ne s'est pas serré la main.

Bodine leva les yeux au ciel.

— Quelle clause ?

— Si Clintok me dénigre auprès de toi ou de ta famille, tu me le dis.

— Ça marche.

Ils échangèrent une poignée de main, et Callen se laissa retomber contre le dossier du canapé.

— Il faut que je te dise quelque chose, déclara-t-il, quelque chose qui me travaille. Clintok est ce qu'il est, mais il pense vraiment que j'ai pu faire ça, j'en suis certain.

Bodine s'apprêta à objecter, puis elle se ravisa.

— Peut-être... Pour justifier sa haine, il a sans doute besoin, en effet, de te voir sous le jour le plus noir. Seulement, il ne te connaît pas. Quiconque te connaît un tant soit peu ne pourrait jamais croire une chose pareille.

— J'espère. En tout cas, il était tellement remonté qu'Easy s'est senti obligé de me fournir un alibi, pas tout à fait véridique. C'est embêtant.

— Je parie que Ben aurait eu exactement le même réflexe.

— Peut-être... Ouais, sûrement. Ce qui aurait été tout aussi ennuyeux.

Callen observa Bodine qui l'observait. Elle avait défait sa tresse ; encore gaufrés par la natte, ses longs cheveux d'un noir d'encre ondulaient sur ses épaules. Ses sourcils, tout aussi noirs, faisaient ressortir le vert de ses yeux, où se lisaient la compréhension et la sympathie.

Elle n'avait plus du tout le même regard de pierre que lorsqu'elle avait engagé cette discussion.

— Ça me soulage de t'avoir fait cette confidence, avoua Callen.

— Tu fais partie de la famille.

— Peut-être, mais pour ma part, je ne te considère plus comme ma sœur.

— Tu ne m'as jamais considérée comme ta sœur, rétorqua-t-elle, ironique.

— Tu étais la petite sœur de mon meilleur ami, ce qui revenait quasi au même. Mais je te vois autrement, maintenant. J'ai connu un cowboy, en Californie, un type extraordinaire qui comprenait les chevaux mieux que personne. Je lui disais souvent qu'il avait dû être un cheval dans une vie antérieure. Il aimait les chevaux, le bon whisky et la compagnie des hommes. Mais de temps en temps, il me disait : « Skinner, j'ai faim d'une femme. »

Bodine émit un petit rire, Callen lui retourna un sourire.

— C'était l'expression qu'il employait. Alors il s'en trouvait une et il assouvissait sa faim, jusqu'à ce qu'elle revienne le tenailler.

Bodine concevait la logique simple et rationnelle de la méthode.

— Et toi, tu fais pareil quand tu as faim ?

— Un homme doit prendre soin de sa virilité.

Elle éclata de rire.

— Bien envoyé. Un point pour toi.

— Pour tout t'avouer, puisque je suis en mode confidences, depuis que je suis revenu, j'ai faim d'une femme.

Elle haussa les sourcils, et un sourire narquois étira ses jolies lèvres.

— Et cette femme, c'est toi, ajouta-t-il. Tu as beau être la sœur du meilleur ami que j'aie jamais eu et que j'aurai jamais, ma faim n'en reste pas moins dévorante.

Troublée, elle regretta d'avoir décliné la bière.

— C'est un aveu courageux.

— Tu l'as dit toi-même, je ne suis pas un menteur. J'ai envie de toi, Bodine. Je rêve de mes mains sur ton corps, et ce rêve se réalisera bientôt.

— Je n'en pince plus pour toi, Callen.

— Tu sais comme moi qu'il ne s'agit plus d'amour d' adolescence. Tu n'es pas une menteuse, toi non plus.

— Certes, et je reconnais que ça me plairait peut-être de sentir tes mains sur mon corps. Le sexe n'engage à rien si les choses sont claires dès le départ.

En riant, Callen termina sa cannette.

— Si tu le penses sincèrement, c'est que tu n'as jamais eu de relations sexuelles satisfaisantes. Je peux y remédier.

— Tu as une très haute opinion de toi-même, mais... j'avais une autre raison de venir te parler ce soir.

— Tu veux me licencier, avant que je te montre que je m'estime à ma juste valeur ?

— Non, non, pas du tout, au contraire. Abe m'a téléphoné aujourd'hui.

— Comment se porte Edda ?

— Bien. Elle s'est mise au... Pas au kung-fu... Attends, comment ça s'appelle, déjà ?

Bodine mima un geste de combat au ralenti.

— Au tai-chi ?

— C'est ça ! Elle prend aussi des cours de yoga et, d'après Abe, elle est presque devenue végétarienne. Je n'arrive pas à y croire !

— Si ça lui réussit...

— On dirait que oui. En tout cas, ils ont eu tous les deux une belle frayeur, qui leur a donné à réfléchir. Ils vont se rapprocher de leur fille, à Bozeman. Ils ne reviendront pas.

— Mince. Il me faut une autre bière, déclara Callen en se levant. Tu es sûre que tu n'en veux pas une ?

— Pas pour le moment, je te remercie. Abe m'a dit qu'il viendrait former son remplaçant, au besoin, mais il pense que ce ne sera pas nécessaire, puisque tu es là. Le job est à toi, si tu le veux. Sinon, j'espère que tu voudras bien rester avec nous en tant que responsable d'équipe le temps que nous recrutions quelqu'un. En ma qualité de directrice générale du Bodine Resort, je serais heureuse que tu acceptes le poste.

Callen revint avec une cannette qu'il posa sur la table, et Bodine ne fut pas surprise qu'il lui tende la main pour l'inviter à se lever de sa chaise.

En revanche, elle se demanda s'il fut surpris qu'elle lui empoigne les cheveux et l'embrasse à pleine bouche.

C'était bel et bien de faim qu'il s'agissait, d'une faim qui rongeait son système tout entier depuis le soir où elle avait trouvé Callen dans la cuisine du ranch, faisant du charme à Clémentine.

Tant pis si cette pulsion était insensée, la faim justifiait parfois les moyens.

Il en eut le souffle coupé, des visions fulgurantes de corps emmêlés, frénétiques. Il ne s'attendait pas à ce déferlement de désir menaçant de l'engloutir. Et ce n'était pourtant rien qu'un baiser...

La maudissant, se maudissant lui-même, maudissant la situation épineuse dans laquelle il se trouvait, il tenta de la repousser. Elle agrippa son T-shirt, avec un regard de braise signifiant sans ambiguïté qu'elle n'en avait pas terminé.

Moi aussi, je resterai sur ma faim, pensa-t-il. Néanmoins, les yeux rivés aux siens, il lui desserra doucement les doigts.

Elle laissa retomber sa main le long de son corps, une expression indéchiffrable sur le visage, tour à tour étonnée, vexée, déçue.

— Tu... bredouilla-t-elle, puis elle prit une profonde inspiration et se composa un air hautain, plein de dédain. Tu ne penses tout de même pas que j'utiliserais le sexe pour te persuader d'accepter le poste ?

— Tu sais, Bodine, aussi bonne cavalière que tu sois, tu risques de te faire mal, un jour, en tombant d'un cheval aussi haut. Maintenant, juste...

Callen leva une main, paume ouverte, afin de lui intimer le silence, puis il recula d'un pas. Elle fronça les sourcils, et un sourire suffisant lui étira les lèvres, qui ne fit qu'attiser le désir de Callen.

— Tu as raison, dit-elle. J'ai mes limites, et un pied qui s'apprête à les franchir. Alors tant qu'à faire...

D'un geste de la main, il l'interrompit de nouveau.

— Restons-en là pour le moment.

— C'est toi qui as commencé.

— Peut-être, mais peut-être que je n'avais pas envisagé... certaines éventualités. Je dois réfléchir, et pendant ce temps il faut que je parle à Chase, étant donné que c'est lui qui m'a engagé.

— Très bien. Lui parleras-tu de certaines éventualités ?

Déjà épineuse, la situation devenait de plus en plus délicate. Mais un homme ne trahissait pas son meilleur ami.

— Sûrement.

— Comme tu voudras, mais je te rappelle, et je le lui rappellerai s'il le faut, que je n'ai pas besoin de sa permission pour mettre qui me chante dans mon lit.

Dans d'autres circonstances, Callen aurait apprécié cette franchise, mais là elle ne rendait que plus précaire le fil déjà ténu sur lequel il se tenait en équilibre.

— Il ne s'agit pas de permission. Maintenant, j'aimerais que tu...

Du geste, il lui indiqua la porte. Quand elle inclina la tête, sourcils arqués, il enfonça les mains dans ses poches. Des mains qu'il aurait volontiers employées à effacer cette arrogance sur les traits de Bodine.

— Va-t'en, Bo, s'il te plaît, avant que je ne franchisse moi aussi mes limites.

— Je m'en vais, ne t'inquiète pas. J'aimerais que tu me donnes ta réponse pour le poste dans les deux jours à venir, dit-elle en ouvrant la porte, puis elle demeura sur le seuil, dans le vent glacial et le halo mystérieux des lumières de la cour. Que tu l'acceptes ou non, ajouta-t-elle, je coucherai avec toi. Ma décision est prise.

Le fil ténu oscilla dangereusement sous les pieds de Callen.

— Bonsoir, Bodine.

Elle tourna les talons avec un rire dont il savait déjà qu'il le tiendrait éveillé la moitié de la nuit. Il se rassit sur le canapé, sa bière en main, et se demanda s'il devait se sentir ridicule ou vertueux.

En l'occurrence, il ne voyait guère de marge entre les deux.

Il lui semblait lâche de ne pas avoir donné de réponse à Bodine. Cependant, cette réponse dépendait en partie de Chase. Il devait le voir au plus vite.

Avant le lever du soleil, il le trouva avec deux ouvriers, conduisant des chevaux de l'écurie au paddock.

— Salut ! lui lança Chase en assénant une claque sur le flanc d'un alezan afin de l'inciter à franchir le portillon ouvert de sa stalle. J'ai bien reçu ta rotation mais Beans ne sortira pas aujourd'hui. On dirait qu'il a l'œil gauche infecté, j'ai appelé le vétérinaire. Ça ne te dérange pas si je te mets Cochise à la place ?

— Du tout. Tu as une minute ?

— Même deux, répondit Chase, et, sentant que Callen désirait lui parler en privé, il l'entraîna à l'écart du paddock. On castre les veaux, ce matin.

— Je ne peux pas dire que je regrette de manquer ça.

Quand il estima qu'ils s'étaient suffisamment éloignés des oreilles indiscrètes, Chase s'immobilisa.

— La météo annonce plus cinq aujourd'hui. Au moins, on ne se gèlera pas en émasculant ces pauvres bêtes.

— Ça fera plaisir de tomber la veste.

— C'est sûr. J'ai appris qu'Abe ne reviendrait pas.

Leur haleine formait des nuages dans le froid.

— Bodine m'a dit ça. Une crise cardiaque, ça te fait réfléchir, même quand elle n'est pas grave, et elle est toujours grave quand c'est toi qui es concerné. Personne n'est surpris, j'imagine, qu'ils aient décidé de prendre leur retraite.

— Ils nous manqueront. Ils étaient là tous les deux avant la création du resort. Je ne serais pas étonné que Bodine t'ait offert le poste d'Abe.

— Gagné.

— Tu l'as accepté ?

— Avant de donner une réponse, je voulais connaître ton avis.

— Tu fais comme tu veux, Cal. Je n'ai pas à m'en mêler.

— Oh, bon sang… À qui me suis-je adressé quand j'ai décidé de revenir ? Tu m'as embauché, et tu as retapé le cabanon.

Habitué aux emportements de son ami, Chase répondit avec son flegme coutumier.

— Je l'ai fait par amitié, comme nous l'aurions tous fait. Mais rien ne nous y obligeait. Tu es un atout pour nous, Cal, le meilleur cavalier que je connaisse, meilleur même que mon père. Il te dirait la même chose. Nous savons tous pertinemment que tu aurais trouvé du travail n'importe où ailleurs.

— Je ne voulais pas aller ailleurs.

Sentant poindre l'aurore, Chase leva les yeux vers le ciel, où les dernières étoiles s'éteignaient une à une.

— C'est pour ça que tu es là. Je pourrais me battre avec Bo pour te garder, et je pourrais même gagner, bien que ce soit une bagarreuse acharnée et vicieuse. Tu te rappelles la fois où il a fallu qu'on la sépare de Bud Panger ? Bud avait une année et au moins dix kilos de plus qu'elle, mais elle l'avait plaqué au sol ; il pleurnichait comme un gosse.

— Évidemment que je m'en souviens ! Elle m'a envoyé un coup de pied dans le tibia, ce jour-là. J'ai boité pendant deux jours. Je ne veux pas être source de conflit entre toi et Bo.

— Jamais de la vie. Le resort fait partie d'un tout, non ? Du reste, le plus important, c'est que tu te sentes à ta place, et il n'y a que toi qui saches où est ta place. Bo est peut-être une sacrée bagarreuse, mais elle a dû te dire la même chose, je suppose.

— Je suis venu travailler pour toi, Chase.

— Tu es venu travailler au ranch Bodine ; le complexe hôtelier en fait partie.

La longue nuit cédait enfin la place au jour, le ciel s'éclaircissait, une légère bise se levait. Les chevaux s'ébrouaient, les vaches mugissaient, et les hommes se mettaient au travail.

— J'aime cet endroit, déclara Callen. Je l'aime presque autant que toi. Le quitter aura été l'une des choses les plus dures de ma vie. Mais il le fallait, ou je n'aurais jamais rien fait de moi-même.

Connaissant son ami, Chase garda le silence, laissant Callen ouvrir son cœur.

— J'admire le resort, poursuivit celui-ci. J'ai une immense admiration pour tout ce que vous avez construit ici. Cette aventure

Bodine-Longbow est une belle réussite. Je sais que je pourrais être un atout pour toi, ici au ranch, que tu pourrais te décharger de certaines responsabilités sur moi. Au resort... Callen prit le temps de regrouper ses pensées... Je crois que je pourrais contribuer à son expansion. J'ai des idées.

— Alors vas-y, n'hésite pas. Je sens que tu en as envie. Tu te crées des obligations, mais tu es libre. Si nous avons besoin de toi au ranch, tu pourras toujours venir nous donner un coup de main. Et ne te fais pas de mauvais sang si nous devons embaucher deux personnes pour te remplacer.

Callen sentit la tension qui lui nouait les cervicales commencer à se relâcher.

— Trois seraient même mieux.

— N'exagère pas. Accepte la proposition de Bo, viens me dépanner au besoin, et tout ira pour le mieux dans le meilleur des mondes.

— Le problème, c'est qu'avec Bo...

Mal à l'aise, Callen se tourna vers l'est, où le soleil apparaissait peu à peu au-dessus de l'horizon.

— Je... bredouilla-t-il. Nous... rectifia-t-il en repensant à ce qui s'était passé la veille. Il y a quelque chose entre nous.

Il se frotta le menton, et songea qu'il avait oublié de se raser.

— Quoi donc ?

— Tu as toujours été obtus, Longbow, en matière de relations sentimentales et amoureuses.

— Figure-toi que j'ai d'autres chats...

— Nous sommes attirés l'un par l'autre, Bo et moi.

— Hein ? s'exclama Chase avec un mouvement de recul, comme s'il avait reçu un coup. Tu... Tu as... avec ma sœur ?

— Pas encore, mais il m'a fallu faire preuve d'une volonté d'acier. Il faut dire que dans ma tête je t'entendais prononcer « ma sœur » exactement comme tu viens de le faire.

— Tu ne t'es jamais intéressé à elle, répliqua Chase, puis il sembla fouiller dans sa mémoire. Tu t'intéressais à elle ?

— Bon sang, Chase, ce n'était qu'une gamine quand je suis parti. Elle était mignonne, certes, et je crois qu'elle a commencé à s'épanouir juste au moment où je suis parti. Mais je n'ai jamais rien tenté. Ça ne me serait même pas venu à l'esprit. Cela dit, ce n'est plus une enfant, maintenant. Et elle...

De frère à frère, se remémora Callen, même si une sœur se dressait entre eux.

— Elle est intelligente, continua-t-il. Elle l'a toujours été, mais elle a l'esprit aiguisé au laser, aujourd'hui. Elle dirige cette affaire de main de maître, et elle met un point d'honneur à ce que tout le monde aime son travail. C'est une qualité que j'admire.

— Ne me dis pas que ce sont ses compétences en management qui t'attirent...

Ce n'était pas souvent que Chase usait du sarcasme, et quand il le faisait, la raillerie n'en avait que plus de mordant.

— En partie, si. OK, c'est une femme superbe, soupira Callen. Je ne sais pas à quel moment elle s'est muée de jolie fille en femme superbe. Même si j'avais été là, je ne m'en serais peut-être pas aperçu tout de suite. J'ai des sentiments pour elle. J'ignore comment ils vont évoluer, mais ils me paraissent suffisamment clairs pour que je veuille aller plus loin. Je ne pouvais pas faire ça dans ton dos. Je tenais à être franc avec toi.

— Eh bien, voilà, c'est dit : tu as l'intention de coucher avec ma sœur.

— On peut dire ça comme ça. Ce n'était pas un aveu facile, encore moins compte tenu de l'offre d'emploi en suspens. J'ai dû la chasser du cabanon, hier soir. Ça lui a fichu un coup.

— Tu l'as frappée ?

Callen éclata de rire.

— Tu es décidément complètement bouché. Comment fais-tu pour draguer ?

— Va te faire voir, Mister Hollywood.

Plié en deux, Callen se redressa et reprit son souffle.

— Bref. Elle est partie en me disant que j'étais libre d'accepter ou de refuser le job, mais que de toute façon elle persévérerait dans... le domaine personnel. Je crois que je parviendrai à l'en dissuader, si vraiment tu as de fortes objections. Elle tentera probablement de me forcer la main, mais je sais me battre.

Chase regarda les montagnes se découpant dans la lumière du petit jour.

— Je ne m'attendais pas à avoir ce genre de discussion ce matin en me levant.

— Pour ma part, j'ai passé la moitié de la nuit à penser à cette conversation. Quand je ne pensais pas à elle. Elle savait que je ne fermerais pas l'œil. Elle est maligne. Je l'ai peut-être déjà dit, non ? Ta sœur est une femme intelligente. J'aime les femmes intelligentes.

Les premiers rayons du soleil embrasaient les sommets. Chase semblait en grand débat avec lui-même.

— Elle est adulte, dit-il enfin. Elle fait ses choix. Si elle a choisi de… Je préfère ne pas imager les détails, pour l'instant. Je me contenterai donc de te dire que je t'aime comme un frère, parfois même plus que celui que mes parents m'ont donné. Rory est vraiment une calamité, quand il s'y met. Je te confierais ma vie, sans une seconde d'hésitation. Mais si jamais tu fais du mal à ma sœur, je te le ferai regretter.

— Normal.

Alors que le coq se mettait à chanter, ils regardèrent côte à côte le soleil s'élever dans un ciel empourpré.

14

Fuyant la tentation, davantage que pour éviter Bodine, Callen partit travailler bien avant elle. Seul, dans le calme, il acheva l'inventaire de la sellerie, dressa une liste du matériel à remplacer, une autre de ce qui selon lui pouvait être réparé.

En milieu de matinée, il chargea Easy de conduire deux chevaux au centre équestre, pour une leçon assurée par Maddie. Avec Ben, il sella quatre montures en vue d'une randonnée, puis il passa une commande de fournitures, dont il adressa une copie à la direction, et confirma des réservations.

Une belle journée pour se balader à cheval, pensa-t-il. La température atteignait déjà 5 °C et promettait d'avoisiner les 10 °C dans l'après-midi. Les sculptures de glace commençaient à fondre.

— Bonjour, cowboy !

Occupé à curer un sabot, Callen se redressa afin de saluer Cora et Miss Fancy.

— Il paraît que tu vas remplacer Abe, lui dit cette dernière en relevant le bord de son Stetson vert.

— Je vais essayer.

— Abe est un brave homme. Tu étais un genre de mauvais garçon, Callen. J'ai toujours eu un faible pour les genres de mauvais garçons. De mon point de vue, il te manque encore quelques kilomètres au compteur pour faire un homme, mais je crois que tu seras à la hauteur.

— Maman est en pleine forme aujourd'hui… ironisa Cora. Nous n'avons pas eu une aussi belle journée depuis novembre. On a l'intention d'en profiter. Tu aurais deux montures à nous prêter pour une heure ou deux ?

— Pour autant de temps que vous voudrez. Miss Fancy, vous avez toujours une préférence pour Della, la jument baie ?

— Quelle mémoire !

— Je n'oublie jamais les jolies femmes et les bons chevaux.

La vieille dame le gratifia d'un sourire à la fois charmeur et bienveillant. Callen avait toujours eu lui aussi un faible pour elle.

— Elle est là, au paddock. Si vous voulez, je vous la selle.

— Je te remercie, mais je suis encore capable de seller un cheval moi-même.

— Je n'en doute pas une seconde, mais ça me ferait plaisir de le faire pour vous. Wrangler est pris pour une leçon, Nana.

— Qui d'autre me proposes-tu ?

Ils se rendirent au paddock, où Cora arrêta son choix sur un hongre alezan. Avec la jument baie, Callen le mena dans un autre enclos, où il entreprit de seller Della. Miss Fancy l'observait, une main sur la hanche, sa veste en jean déboutonnée sur un sweat-shirt « Peace and Love ».

— Tu es habile de tes mains, mon grand, une qualité à laquelle j'attache beaucoup d'importance chez un homme. Je suis étonnée que tu n'exerces pas cette habileté sur une femelle à deux pattes.

— Maman ! s'indigna Cora, les yeux au ciel, tout en sellant l'alezan.

— Si je ne peux pas taquiner un garçon à qui j'ai donné la fessée, qui pourrais-je taquiner ? Tu sais te servir de tes mains et tu as une belle gueule, Callen. Tu devrais te trouver une fille.

— Vous me faites des avances, Miss Fancy ?

— Ouh ! s'écria-t-elle. Dommage que tu sois né cinquante ans trop tard – d'accord, soixante, même !

— Mais j'ai de la bouteille.

— Vraiment, tu m'as toujours plu !

En riant, elle lui tapota la joue. Il lui prit la main et y déposa un baiser.

— Miss Fancy, j'ai été amoureux de vous toute ma vie.

Elle l'embrassa affectueusement.

— Tu ne prends pas trop de risques en disant ça à une femme de quatre-vingt-dix ans. Je n'ai pas besoin de marchepied, ne m'insulte pas ! Donne-moi juste un petit coup de pouce.

Callen plaça ses mains en coupe, et s'émerveilla de la souplesse avec laquelle la vieille dame monta en selle. S'il vivait jusqu'à quatre-vingt-dix ans, il espérait rester aussi agile.

— Allez, Della, c'est parti !

Tandis que Cora vérifiait les sangles de son cheval, sa mère s'éloigna au pas, puis elle fit le tour du pré au petit trot.

— Elle mourait d'envie de sortir, dit Cora en ajustant son chapeau sur son carré poivre et sel. Les hivers sont longs, à son âge. Une journée comme aujourd'hui, c'est un cadeau du ciel. Laisse, c'est bon, dit-elle à Callen qui lui proposait de prendre appui sur ses mains. On te ramène les chevaux dans deux ou trois heures. J'ai besoin de m'aérer, moi aussi.

— Bonne balade ! Euh... J'espère que vous ne le prendrez pas mal... Vous avez un téléphone ?

— Nous avons chacune le nôtre, répondit Cora avec un sourire. Merci de te soucier de nous. On y va, maman ?

— Toujours prête !

Callen leur ouvrit le portillon. En le franchissant, Miss Fancy adressa un clin d'œil à Callen. Admiratif, il les regarda partir au galop, puis se remit au travail.

Sa journée terminée, Ben et Carol s'acquittant des dernières tâches, il se rendit avec Sundown à Bodine Town, accompagné de Leo.

Il attacha les chevaux devant la réception, salua la réceptionniste, et se dirigea vers le bureau de Bodine.

Elle était au téléphone, déroulant un fichier sur son ordinateur.

— Oui, ne vous inquiétez pas. Oui, bien sûr que vous pourrez, Cheryl. Nous avons notre potager, nos serres et... Vous ferez absolument comme vous voudrez. Oui, nous sommes ravis de vous recevoir. Le rendez-vous est déjà annoncé sur nos brochures et notre site Internet. Votre participation fera l'objet d'un éclairage spécial dès le premier du mois.

Elle se renversa contre le dossier de son siège, ferma les yeux, tout en acquiesçant par des « mm... hmm... ». Callen ouvrit le minibar, y prit deux cannettes de Coca, en ouvrit une qu'il posa sur le bureau, ouvrit la seconde et prit place en face de Bodine.

— Je vous promets que vous trouverez nos cuisines et notre personnel à la hauteur de nos cinq étoiles. Non, je regrette, mais je crains que nous ne puissions rémunérer votre second. Si vous avez besoin de lui, qu'il vienne, mais son séjour sera à votre charge. Non, je suis navrée, le contrat est clair sur ce point. Comme je vous l'ai dit, nous sommes très heureux de vous avoir comme invitée d'honneur. À mon avis, nous serons complets.

Communiquez-nous les détails de votre vol dès que vous les aurez, nous viendrons vous chercher à l'aéroport.

Elle plissa les yeux, visiblement agacée.

— Un instant, Cheryl, je regarde le contrat... Non, c'est bien ce que je craignais... Non, nous ne pouvons pas vous fournir une limousine. Envoyez-moi un mail, je verrai... Et n'hésitez pas à me rappeler si je peux faire quoi que ce soit, personnellement, pour vous être agréable. Entendu. Au revoir.

Bodine raccrocha très lentement, et poussa un soupir.

— Ouf... Quelle prétentieuse !

— Tu es restée admirablement polie et posée, bravo.

— Nous avons invité Cheryl à préparer notre banquet de charité, le mois prochain. Elle est chef dans un restau huppé de Seattle. Elle était flattée, et très aimable, quand nous l'avons contactée. Mais depuis, elle a participé à « Top Chef » et elle se prend pour une star. Elle voudrait amener son équipe, à nos frais. Et elle commence à dire qu'elle n'utilisera que ses propres herbes aromatiques, son propre titsoi...

— Tatsoi, non, plutôt ? Une espèce de chou chinois, un truc à la mode que j'ai découvert en Californie.

— Titsoi ou tatsoi, je m'en fiche, elle est imbuvable. Voilà qu'elle réclame que je mette une limousine à sa disposition, maintenant.

— Dis-lui d'aller se faire voir.

Le regard de Bodine jeta des flammes.

— Hors de question que je lui donne un motif de m'intenter un procès. Qu'elle casse le contrat, si nous ne sommes pas assez bien pour elle. Ça ne me posera aucun problème, je trouverai quelqu'un pour la remplacer. Enfin, bref, que puis-je pour toi ?

— Je viens t'informer que j'accepte le poste.

— Super, je suis très contente.

— Tant mieux, parce que j'aurai moi aussi quelques exigences.

Bodine s'empara d'une tablette, prête à noter.

— Je t'écoute, à condition que tu ne sois pas aussi vaniteux que cette pimbêche de Seattle.

— Non, je te rassure. Tu vas m'établir un contrat, je suppose ?

— Bien sûr. Il sera renouvelé chaque année, comme pour tous les postes à responsabilité, afin que l'une et l'autre partie puissent se délier en cas d'insatisfaction. Je te l'imprimerai, si tu veux y jeter un œil.

— J'aimerais qu'il stipule que je puisse être détaché au ranch, si Chase ou ton père ont besoin de moi.

— La clause est implicite, répliqua Bodine en sirotant son Coca. Il n'est pas nécessaire qu'elle soit écrite et signée. J'espère que ma parole te suffit.

— Elle me suffit.

— Tu en as donc discuté avec Chase ?

— Ce matin à la première heure.

— Tu lui as aussi parlé de… certains facteurs ?

— Oui, acquiesça-t-il avec un sourire. La pilule n'est pas passée sans mal. Si tu estimes que je mérite une raclée, tu n'auras qu'à lever le petit doigt et il s'en chargera.

— Je n'en attends pas moins de mon frère, mais je suis assez grande pour régler mes comptes toute seule. Il n'empêche que ça me fait plaisir de savoir qu'il veille sur moi.

— Tu n'as pas de souci à te faire de ce côté-là. Ensuite, pour en revenir au boulot, j'aimerais voir les évaluations des saisonniers que tu as l'intention de rappeler – pas pour discréditer des gens avec qui tu as déjà travaillé, juste pour savoir à qui j'aurai affaire.

Bodine se redressa et prit note.

— Je te les enverrai.

— Et enfin, j'aurais quelques idées à te soumettre, de nouvelles activités à te proposer.

— Par exemple ?

— Certaines personnes se contentent de faire un tour à cheval ; d'autres en revanche auraient sûrement envie d'apprendre à les seller, à les panser, etc.

— Nous offrons ce genre d'initiation aux enfants, en été.

— Les adultes aussi pourraient être intéressés. Tu proposes des ateliers cuisine, je crois, qui comprennent l'achat des ingrédients, la préparation, la dégustation. On pourrait organiser des stages dans le même esprit, où les participants apprendraient à connaître les chevaux, leur alimentation, les soins qu'ils réclament, etc.

— Rédige une ébauche de projet, suggéra Bodine en prenant note, et transmets-la à Jessie. Elle la peaufinera avant de nous la soumettre, à Rory, ma mère et moi.

— OK.

— Non seulement nous sommes ouverts aux idées nouvelles, Skinner, mais nous les apprécions. En as-tu d'autres ?

— Quelques-unes, auxquelles je dois encore réfléchir.

— Très bien. Je te ferai imprimer ton contrat.

— Parfait, dit-il en se levant. J'ai amené Leo.

Bodine consulta sa montre. Il lui restait des choses à faire, mais il était déjà tard.

— Accorde-moi un quart d'heure et j'arrive.

— Pas de problème. Au fait... j'avais dit que je t'emmènerai danser en avril.

— Exact.

— Vu que la situation a évolué, inutile d'attendre jusque-là. Tu es libre samedi soir ?

Elle esquissa un sourire, inclina la tête.

— Tu parles vraiment de danser ?

— De quoi d'autre ? Tu as l'esprit mal tourné. Difficile de te jeter la pierre, mais il me semble qu'on danse toujours, le samedi soir, au Roundup. On pourrait commencer par y dîner. Si ça te dit, je passerai te prendre vers 19 heures.

— Dîner et danser au Roundup ? D'accord.

— Super. Je t'attends dehors avec les chevaux.

Dîner et danser... pensa-t-elle quand il eut quitté son bureau. Qui aurait cru que Callen Skinner deviendrait aussi conformiste ?

Même si le samedi s'annonçait chargé, Bodine calcula qu'elle pourrait terminer sa journée vers 15 heures, 16 heures au plus tard.

Elle aimait danser, mais elle n'avait pas eu l'occasion de sortir, ni avec un homme ni avec des amis, depuis... Seigneur, elle ne s'en souvenait même plus.

Elle se mettrait en robe, décida-t-elle, histoire de surprendre Callen. Le Roundup était une boîte décontractée, elle n'aurait pas besoin de trop se pomponner. Toutefois, elle avait quelques préparatifs à faire pour la fin de soirée.

Elle avait déjà la clé du chalet Demi-Lune dans la poche, ainsi qu'une liste, dans sa sacoche, de ce qu'elle désirait y apporter. Elle changerait les draps, et il lui resterait suffisamment de temps pour s'habiller.

Elle mettrait ses dessous « peut-être », soigneusement rangés dans un tiroir de sa commode. Si l'aventure se poursuivait avec Callen, elle devrait en acheter d'autres mais, pour l'instant, ce qu'elle avait ferait l'affaire. Elle avait vérifié, car la dernière fois qu'elle avait porté cet ensemble remontait à presque treize mois.

Certes, elle n'avait pas eu beaucoup de temps libre, mais le travail n'était pas seul en cause. À ses yeux, le sexe n'engageait à rien, mais elle avait tout de même des principes. Notamment, elle devait éprouver une réelle attirance pour qu'un homme mérite qu'elle revête sa lingerie « peut-être ».

Avant l'arrivée du personnel, elle sélectionna une bouteille de vin dans la cave, puis elle prit quelques cannettes de bière et de Coca au Saloon, qu'elle nota sur son ardoise personnelle.

Elle prendrait du café au Longbow General Store, ainsi que de quoi grignoter, bien qu'elle doutât que ce soit nécessaire.

Ses provisions dans un sac en toile, sous le porte-manteau de son bureau, elle s'apprêtait à se mettre au travail lorsque Jessica entra dans la pièce.

— Je ne m'attendais pas à te trouver là d'aussi bonne heure.

— Je veux finir tôt. J'ai un rendez-vous galant, ce soir.

Jessica s'avança, s'assit d'une fesse sur le bord du bureau.

— Avec qui ? Où ?

— Au Roundup, avec Callen Skinner.

— Si on avait une cagnotte de pari, j'aurais misé sur Cal ! Comment vas-tu t'habiller ?

— Je n'ai pas encore décidé. Peut-être en robe, pour l'étonner. J'en ai quelques-unes.

— C'est la première fois que vous sortez ensemble ?

— Oui.

— Alors mets-toi en robe, n'hésite pas. Le Roundup figure sur la liste des boîtes que je recommande aux clients qui ont envie de sortir. C'est assez décontract', non ?

— Le genre d'endroit où aller manger un hamburger et boire une bière, danser en fin de semaine. Tu n'y es jamais allée ?

— Non.

— Tu devrais. C'est bien de connaître les établissements qu'on recommande, et il y a toujours une bonne ambiance.

— Ah, Jess, tu es là ! s'exclama Chelsea, sur le pas de la porte. Je pourrais te voir, quand tu auras fini avec Bodine ?

— Dis-moi, si tu as quelque chose à me dire.

— Je disais à Jessie qu'elle devrait aller au Roundup, un de ces week-ends.

— Tu n'y es jamais allée ?

— Apparemment, j'ai des lacunes…

— Tu devrais y aller. On y mange bien, l'ambiance est sympa et ils passent de bons groupes locaux. Ça ne vaut peut-être pas les boîtes de Missoula, mais ça évite de faire la route.

— Où ça ? s'enquit Rory en s'avançant dans le bureau.

— Qu'est-ce que tu fais là ? lui demanda Bodine. Je croyais que tu ne travaillais pas, aujourd'hui.

— Je suis invité au mariage de Carlou Pritchett. Je viens donner un coup de main aux derniers préparatifs. Vous parliez de quel endroit ?

— Du Roundup, répondit Chelsea en rejetant ses cheveux derrière son épaule. Jessica n'y est jamais allée.

— Tu devrais y aller, Jess. Il y a les Bitteroots qui jouent, ce soir.

— Oh, j'adore les Bitteroots ! s'exclama Chelsea en battant des cils. Je danse à m'en faire des ampoules, chaque fois qu'ils passent.

Un sourire charmeur étira les lèvres de Rory.

— Allons-y. Le repas de mariage a lieu à midi. Tout le monde sera parti d'ici ce soir.

— Oh, j'aimerais bien, mais…

Renversée contre le dossier de son siège, Bodine observait son frère d'un air amusé.

— Allons-y tous ensemble, suggéra-t-il. On a tous besoin de décompresser. J'en parlerai à Chase et à Cal. Tu verras, Jessie, on va passer une super soirée !

— Je ne sais pas si…

— Allez, viens, Jess ! insista Chelsea. Il n'y a rien de mieux que les soirées improvisées !

— On lui apprendra à danser la country.

Rory donna un petit coup d'épaule à Chelsea, et ils s'éloignèrent tous les deux dans le couloir en riant. Jessica jeta un regard paniqué à Bodine.

— Viens, tu ne le regretteras pas, lui assura celle-ci.

— Bonjour l'intimité, pour ton rendez-vous galant…

Bodine haussa les épaules.

— Plus on est de fous, plus on rit. Du coup, Chelsea a oublié ce qu'elle voulait te dire. La magie Rory Longbow.

— Je la verrai plus tard. Honnêtement, Bo, ça me gêne de gâcher ta soirée avec Cal.

— Il ne faut pas. Ça fait des lustres que je ne suis pas sortie avec mes frères. Viens avec nous, ce sera une chouette soirée. Il est temps que tu connaisses les folles nuits du Montana.

Quand Jessica eut pris congé, Bodine envoya un texto à Callen : *On sera finalement six au Roundup ce soir. Plus de partenaires de danse ! Ne prévois rien pour la fin de soirée, j'ai déjà tout prévu.*

Il répondit quelques minutes plus tard : *Pas de problème, je suis sociable. Jusqu'à l'heure de fermeture. ;-)*

— Impeccable, murmura Bodine, et elle nota sur un Post-it d'appeler le patron du Roundup, quand il ouvrirait, à l'heure du déjeuner, afin qu'il leur réserve une table pour six.

Callen rentra au cabanon plus tard que prévu, mais il avait encore amplement le temps de se débarrasser de l'odeur des chevaux et de se mettre en tenue de soirée.

Tant pis pour le rendez-vous en tête à tête, il savait s'adapter. Du reste, l'atmosphère festive contribuerait à les détendre et la fin de soirée n'en serait que plus facile. Bodine avait dit qu'elle avait tout prévu, et il était à peu près certain de ce qu'elle avait à l'esprit.

Il avait donc changé ses draps, car s'il était sûr d'une chose, c'est qu'ils ne passeraient pas leur première nuit dans sa chambre au ranch. Ç'aurait été manquer de respect pour sa famille.

Il avait également fait un brin de ménage, bien que son petit intérieur fût toujours en ordre. Il avait l'habitude de faire la vaisselle et de ranger ses vêtements chaque matin. Question de respect, là encore, vis-à-vis de ceux qui lui offraient un toit, ainsi qu'envers lui-même.

D'ordinaire, il se décapsulait une bière en rentrant du travail, mais pas ce soir. Il en boirait une ou deux au Roundup, trois maximum, comme il conduisait.

Il s'apprêtait à se doucher lorsque son téléphone sonna dans sa poche.

— Bonjour, maman. Non, non, tu ne me déranges pas. Comment vas-tu ?

L'appareil contre l'oreille, il enleva son blouson, dénoua son bandana, jeta son chapeau sur un fauteuil et se passa une main dans les cheveux.

Sa mère ne lui demandait pas grand-chose, elle n'avait jamais été envahissante. Il ne pouvait pas lui dire non.

— J'aurai le temps lundi. Je pourrais passer te chercher vers 16 heures, si ça te convient. Que dirais-tu d'un petit restau, après le cimetière ? Mais non, ne dis pas de bêtises, pourquoi ça m'embêterait de dîner avec toi ? Si Savannah et Justin sont libres, je vous invite tous. Le morpion, aussi, évidemment.

Tout en l'écoutant, il déboutonna sa chemise.

— Non ? Tant pis, on ira tous les deux. Comment va-t-elle ? C'est qu'elle commence à approcher du terme…

Il s'assit et ôta ses bottes, tandis que sa mère lui donnait des nouvelles de la grossesse de sa sœur. Quand elle eut terminé, qu'elle l'eut remercié une énième fois, il posa le téléphone sur la table.

Non, elle ne lui demandait pas grand-chose… Il pouvait lui rendre ce petit service, il l'emmènerait sur la tombe de son mari. Il ne comprendrait jamais son amour et sa dévotion pour un homme qui avait tout perdu au jeu, mais il l'accompagnerait déposer des fleurs au cimetière, réciter des prières – et il garderait ses réflexions pour lui.

Il faillit ouvrir une bière, mais se ravisa. En boire une maintenant serait de la faiblesse, non du plaisir. Il enleva donc son jean et pénétra dans la minuscule salle de bains.

Sa soirée avec Bodine était plus proche que la visite au cimetière du lundi.

Alors que Callen sortait de la douche et que Bodine, en robe, se regardait dans le miroir, Esther, qui avait oublié Alice, se pressait un torchon mouillé d'eau froide contre la mâchoire.

Elle avait un peu pleuré, et savait qu'elle pleurerait encore, mais pour l'instant, le froid la soulageait.

Monsieur était dans une colère noire. Elle l'avait entendu se disputer avec quelqu'un, avant qu'il ne vienne la tabasser. Elle n'avait pas terminé le ménage et cela n'avait fait qu'attiser sa rage. Il y avait longtemps qu'il ne l'avait pas brutalisée, et il avait été encore plus violent qu'à l'accoutumée. Il l'avait empoignée par les cheveux pour la mettre à genoux, il l'avait frappée au visage, dans le ventre, et l'avait violée plus brutalement et plus vicieusement que jamais.

Quelqu'un l'avait contrarié, elle le savait. Toutefois, il l'avait tellement conditionnée, depuis si longtemps, qu'elle ne pouvait s'empêcher de culpabiliser.

Elle n'avait pas terminé le ménage. Pourtant, son horloge interne et la façon dont le soleil entrait par la petite lucarne lui indiquaient qu'il était bien plus tôt que l'heure habituelle des visites de Monsieur.

Néanmoins, elle s'en voulait. Sa maison n'était pas en ordre. La maison qu'il lui avait donnée.

Elle méritait d'être punie.

Il était parti, à présent. Elle avait entendu son pick-up s'éloigner. Elle avait aussi entendu un autre véhicule démarrer, celui de l'homme avec qui Monsieur s'était querellé, quelques minutes avant qu'il n'entre dans la maison comme une furie, le visage cramoisi, les yeux luisants de fureur.

En principe, c'était le jour de la semaine où elle sortait s'asseoir dehors une heure, une heure où elle ne travaillait pas, où elle prenait l'air et contemplait le coucher de soleil.

Elle regarda sombrement la porte, qu'il avait claquée en partant, en la traitant de fainéante et de catin. Bien qu'en proie à de terribles douleurs, elle avait fini de briquer, avec l'eau qui s'était répandue sur le sol et avait refroidi.

Il avait renversé le seau. À moins que ce ne soit elle. Sûrement était-ce elle, la maladroite, la paresseuse, l'ingrate.

Elle allait préparer du thé, lire la Bible, se repentir…

Des larmes lui montèrent aux yeux. C'était de l'égoïsme de regretter cette heure de récréation, à regarder le ciel s'emplir de couleur, puis à guetter les étoiles. C'était de l'égoïsme car elle ne l'avait pas méritée.

D'un pas traînant, elle s'approcha de la porte, la caressa, posa la joue contre le battant. En tendant l'oreille, elle percevait le chant des oiseaux, mais elle n'entendait pas l'air dans les arbres, comme de l'autre côté.

L'air frais qui aurait soulagé sa mâchoire et lui aurait mis un peu de baume au cœur.

Elle ne se rendit compte qu'elle touchait la poignée qu'en la sentant bouger.

Choquée, terrifiée, elle eut un mouvement de recul. La poignée ne bougeait jamais, pas même quand elle la frottait pour la faire reluire.

Lentement, elle posa de nouveau la main dessus, exerça une légère pression, qui produisit un petit déclic, le même que lorsque Monsieur arrivait.

Le cœur tambourinant, elle appuya plus fort.

La porte s'ouvrit.

Instinctivement, elle se protégea le visage, serra les dents, anticipant une volée de coups. Mais non…

Prudemment, elle regarda autour d'elle. Personne. Monsieur n'était pas là.

Elle fit quelques pas au-dehors, et sursauta lorsque la porte claqua derrière elle. Aussitôt, elle fit demi-tour et rentra à l'intérieur, où elle tomba à genoux et murmura des prières.

L'air était cependant si doux, l'attrait, si fort, qu'elle regagna tout doucement la porte à quatre pattes, se redressa et la rouvrit.

Monsieur l'avait-il délibérément laissée ouverte ? Était-ce un test ? Une récompense ?

Le potager était couvert de neige. Le chien dormait dans sa niche bancale. Deux poules chétives picoraient dans leur enclos, la vieille vache ruminait, le cheval rachitique dormait debout.

Aucun autre être vivant en vue. On n'entendait que les oiseaux, le bruissement des feuillages.

Timidement, elle s'engagea sur le chemin herbeux menant de sa maison à celle de Monsieur, ébahie, oubliant les coups, les douleurs, trop heureuse de ne pas être attachée, libre d'aller à sa guise.

Elle se baissa, ramassa de la neige, la frotta contre son visage. Oh, quelle délicieuse sensation !

Elle en prit une autre poignée, la lécha. Un son si étrange lui échappa qu'elle ne comprit pas qu'il provenait d'elle. Elle riait...

Avec un grondement menaçant, le chien se réveilla et s'élança dans sa direction. Effrayée, elle partit en courant, en boitant. Elle courut jusqu'à en avoir les poumons en feu, jusqu'à ce que les aboiements se perdent dans le lointain. Exténuée, elle trébucha et s'effondra dans la neige.

À bout de souffle, elle roula sur le dos, contempla le ciel à travers les arbres, émerveillée par les formes changeantes des nuages.

Un vieux souvenir lui revint à l'esprit... Elle bougea les bras et les jambes afin de dessiner un ange, en riant aux éclats.

Puis elle se releva, chancelante. L'ange semblait lui indiquer l'ouest.

Aller vers l'ouest, oui, où le soleil se coucherait.

Monsieur voudrait qu'elle obéisse à l'ange.

Dans sa longue robe de coton et ses pantoufles, elle se mit péniblement en marche, fascinée par le ciel embrasé de pourpre et d'or. Le bruit de la neige gouttant des branches ressemblait à une musique. Une mélodie céleste guidant ses pas.

Un peu plus loin, des petits cailloux traçaient comme un sentier dans la neige – des gravillons, retrouva-t-elle dans sa banque de mémoire. Elle ne remarqua pas à quel moment le gravier se changea en chemin de terre. Elle avait aperçu un oiseau, qu'elle avait longuement suivi du regard, subjuguée.

Volent les oiseaux, volent les anges…

L'air était devenu glacial, le soleil avait disparu. Mais la lune lui avait succédé, si bien qu'elle continua d'avancer, en souriant à l'astre nocturne.

Une petite horde de daims traversa le chemin. Elle fit un bond en arrière, le cœur battant, effrayée par leurs yeux dans le noir.

Des démons ? Les démons avaient les yeux jaunes.

Avec un frisson, elle prit conscience qu'elle ignorait totalement où elle se trouvait et comment regagner la maison.

Elle devait rentrer, refermer cette porte qu'elle n'aurait jamais dû ouvrir.

Monsieur serait furieux. Il la fouetterait à coups de ceinture.

Paniquée, elle se mit à courir, les jambes raides, les pieds engourdis par le froid. Elle glissa et tomba, s'écorchant les genoux et les mains.

Elle devait à tout prix rentrer, se repentir de cette grave faute qu'elle venait de commettre.

Des larmes roulèrent sur ses joues ; elle avait du mal à respirer. Il fallait qu'elle s'arrête. La tête lui tournait.

Bien qu'à bout de forces, elle continua d'avancer, en traînant la jambe, en essayant de courir. Désespérée, égarée, en proie à une terrible confusion, elle tomba encore, et vit que le gravier se muait un peu plus loin en une surface lisse. Une route. Elle se souvenait des routes. Les routes conduisaient d'un endroit à un autre. Une route la ramènerait à la maison.

Mue par une lueur d'espoir, elle se redressa, les genoux en sang. La route la ramènerait à la maison. Elle préparerait du thé et elle lirait la Bible en attendant Monsieur.

Elle ne lui dirait pas qu'il avait oublié de fermer la porte à clé. Ce ne serait pas une faute de le lui taire. Au contraire. Elle ne voulait surtout pas lui manquer de respect en lui faisant remarquer qu'il avait commis une erreur.

Le thé la réchaufferait et elle oublierait l'ange dans la neige, l'oiseau dans le ciel. Elle n'avait besoin de rien d'autre que de sa maison, la maison que Monsieur lui avait construite.

Mais où était la maison ?

Elle marcha jusqu'à ce que ses jambes refusent de la porter. Elle avait le vertige, elle ne pouvait plus mettre un pied devant l'autre. Se reposer, juste une minute. Se reposer, et elle retrouverait le chemin de la maison.

La lune tourbillonnait, elle plongea vers le sol, en spirale, puis disparut et la laissa dans les ténèbres.

TROISIÈME PARTIE

UN COUCHER DE SOLEIL

Certains soleils couchants, dans une danse d'adieu,
Lancent haut des foulards, en route vers les cieux,
Qui s'enroulent sur l'arc et par-dessus se penchent.
Aux oreilles des rubans, étoffes autour des hanches
Ils dansent, dansent leurs adieux. Alors le sommeil
D'un voile de rêves se trouble.

CARL SANDBURG

15

Le Roundup, aménagé dans une ancienne grange, était un bar sans prétention. De novembre jusqu'au 1er mai, il y avait des concerts le samedi soir, parfois aussi le vendredi ; de novembre à mai, également des soirées Open Mic les mercredis.

Les autres jours, le barman sélectionnait la musique, principalement de la country. Le rock n'était pas roi ici, mais toléré à petites doses.

Callen avait grandi bercé par la country, mais ses goûts avaient évolué au fil du temps et de ses voyages.

Ce soir, il aurait même supporté du disco, tant qu'il pouvait admirer les jambes de Bodine, aussi belles qu'il les imaginait.

Elle portait une robe au décolleté révélant la naissance de sa poitrine, taille cintrée et jupe évasée tombant juste au-dessus de très jolis genoux.

Pour une raison qu'il n'aurait su expliquer, il avait toujours attaché de l'importance aux genoux des femmes.

Il lui avait fallu un moment pour remarquer la couleur de la robe, trop occupé qu'il était à dévorer des yeux celle qui la portait, mais il aimait ce bleu gai, avec ces petits motifs roses et verts. Et il trouvait de bon goût que Bodine ait choisi des bottines quasiment du même vert.

Détachés, ses cheveux lui tombaient sur les épaules, lisses et soyeux.

Callen se félicitait qu'ils soient arrivés les premiers. Ils pouvaient ainsi discuter tranquillement autour d'une bière.

— Tu devais avoir à peu près quatorze ans la dernière fois que je t'ai vue en robe. Au mariage de l'un de tes cousins, je crois.

— Celui de Corey, sûrement. Après, ma mère n'a plus pu m'interdire de m'habiller comme je voulais.

— Tu as plus de formes aujourd'hui qu'à l'époque.

— J'ai eu une puberté tardive. Cela dit, toi aussi, tu t'es étoffé.

Il portait un jean et une chemise en chambray, qui faisait paraître ses yeux davantage bleus que gris. Il ne sentait pas le cheval, ce soir, mais un agréable parfum boisé – bien que Bodine n'eût rien contre l'odeur des chevaux.

— Je voudrais te dire, avant que Rory et les autres n'arrivent : je suis contente que tu ne fasses pas la tête parce qu'ils seront là.
Je pouvais difficilement faire autrement.

— Ça ne me dérange pas, je les apprécie tous. Je ne connais pas très bien Chelsea, mais elle a l'air sympa.

— Rory a un œil sur elle, et c'est réciproque.

— Pas étonnant qu'elle plaise à Rory, elle est charmante.

— Je crois bien aussi que Chase et Jessica se tournent autour. Du coup, ce sera une sorte de triple rendez-vous.

— Connaissant Chase, il risque de lui tourner autour pendant un demi-siècle.

— Jessie sera plus entreprenante, s'il l'intéresse vraiment.

— Je lui souhaite bonne chance. Quant à nous…

— Eh, salut, Bo ! s'écria la serveuse en venant vers leur table. Ça faisait des semaines que je ne t'avais pas vue. Vous attendez du monde, je crois. Je vous laisse les menus, vous… Eh, Callen Skinner ! Je savais que tu étais revenu, mais on ne s'était pas encore croisés. Bienvenue !

Elle se pencha vers lui et lui fit une bise sur la bouche.

— Merci. Ça fait plaisir d'être de retour au pays, dit-il, en s'efforçant désespérément d'associer un prénom à son visage.

— Il faudra que tu me racontes Hollywood. Ça devait être génial ! Qui aurait cru, à l'époque où on se baladait dans ton vieux pick-up, que tu bosserais dans le ciné ? Tu as côtoyé des stars ? Tu as rencontré Brad Pitt ?

— Jamais.

— Je parie que tu n'es pas au courant que Darlie est mariée maintenant, intervint Bodine. Notre Darlie Jenner est devenue Mme Lays.

— Comme les chips, dit Darlie en riant. Sauf que si j'avais épousé un Lays des chips, je ne serais pas obligée de travailler au Roundup. Deux secondes, Lester ! Tu ne vois pas que je discute avec un vieux copain ? lança-t-elle à un habitué impatient, puis elle se retourna vers Callen. Ça va bientôt faire trois ans que je suis mariée, et j'ai une petite fille.

— Félicitations. Comment va ton frère Andy ? Toujours dans l'armée ?

— Toujours. Il est caporal-chef, maintenant. Nous sommes très fiers de lui.

— La prochaine fois que tu le verras, dis-lui que je le remercie de servir la nation.

— Je n'y manquerai pas. Bon, il faut que je m'occupe de ce râleur de Lester. Prenez le temps avec les menus. Je vous sers un autre verre ?

— On va attendre les autres, merci, Darlie.

— Tu m'as ôté une épine du pied, dit Callen à Bodine lorsque la serveuse se fut éloignée. Je n'arrivais pas à la remettre. Je suis sortie avec elle, une ou deux fois, mais impossible de me rappeler son prénom.

— Elle se teignait en blonde et elle avait les cheveux raides, avant d'être rousse et frisée comme un petit mouton. Sans méchanceté, juste pour dire qu'elle n'avait pas du tout le même look à seize ou dix-sept ans. Son mari est pompier-parachutiste.

Des hommes forts et courageux, pensa Callen, qui combattaient les feux de forêt tout au long de l'été.

— Alors j'aurais dû lui dire de le remercier, lui aussi. Tu as faim ? demanda-t-il en tapotant le menu.

Le menton sur la main, Bodine plongea son regard au fond du sien, avec un sourire entendu.

— Je me mets en appétit.

— Tu me tues, Bodine.

— Je n'ai pas encore commencé, Skinner. Eh ! cria-t-elle en se levant et en agitant la main. Chase n'est pas avec eux ? Bizarre. Ne me dis pas qu'il nous a fait faux bond…

Callen se leva afin de saluer Rory, Jessica et Chelsea.

— Vous voulez une autre bière ? demanda Rory en ôtant son blouson. Je vais commander au bar.

— Moi, non, je te remercie.

Callen interrogea Bodine du regard.

— Moi non plus, merci.

— OK, je reviens.

— Je t'accompagne, dit Chelsea en posant son manteau sur une chaise.

Jessica parcourut la salle du regard, tandis que Callen l'aidait à enlever sa veste.

— Je ne pensais pas que c'était aussi grand. C'est la première fois que je vois un bar aussi long.

— Ils ont un énorme choix de bières, dont pas mal de productions locales, lui indiqua Bodine. Par contre, leurs vins ne sont pas terribles.

— Alors j'ai bien fait de commander une margarita-myrtille. J'en suis devenue fan. Tu sais quoi ? On pourrait proposer des formules « soirée » en partenariat avec cet endroit.

Bodine lui tapota le bras.

— Oublions le boulot, ce soir.

— OK, tu as raison.

— Où est Chase ?

— Il avait des trucs à terminer, c'est pour ça que je suis venue avec Rory. Il nous rejoindra plus tard. Il a dit qu'on lui commande une Green Flash et un burger Special Saturday. Qu'est-ce que c'est ?

— Une bière du coin, et un hamburger de buffle avec du bacon, du Pepper Jack et de la sauce jalapeño. Chase en raffole. Comment vas-tu danser avec ces chaussures ?

Jessica baissa les yeux sur ses escarpins rouges à talon aiguille.

— Très gracieusement.

— Elles sont superbes, dit Callen avec un clin d'œil. Le mariage s'est bien passé ?

— Impeccable. La mariée était en robe à franges, santiags blanches et Stetson blanc à galon cristal. La déco western était un peu *too much* mais c'est ce qu'ils voulaient : des fers à cheval partout, des bouquets dans des bottes ou des chapeaux de cowboy, verres en forme de botte, serviettes bandana, chemins de table en toile de jute. Le gâteau avait un glaçage qui ressemblait à du cuir de vache et les petits mariés au sommet de la pièce montée étaient à cheval. Rigolo.

— Tu crois que tu pourrais me récupérer un verre en forme de botte ? demanda Callen.

— J'essayerai, répondit Jessica en consultant la carte. C'est quoi, les Screaming Nachos ?

— Des nachos avec une tonne de fromage fondu. Tu fais la tête de *Scream* quand tu les manges. On en prend pour grignoter avant le repas ?

— Je ne vois nulle part de salades…

Une seconde, Bodine la regarda en clignant des paupières,

puis elle renversa la tête en arrière et éclata de rire.

— Jessie, on vient ici pour la viande rouge, la sauce piquante, la bière et la musique.

Rory et Chelsea revinrent avec les verres.

– Bois un coup, ou deux, ajouta Bodine, ça fera descendre le reste.

Et elle héla Darlie afin de lui commander des nachos.

Lorsque Chase arriva, ceux-ci n'étaient plus qu'un lointain souvenir – dont Jessica craignait qu'il ne demeure à tout jamais gravé dans sa mémoire digestive.

— Désolé, j'avais un truc à terminer.

— Tu as loupé les nachos, toujours aussi succulents, dit Callen en levant la bière qu'il prenait soin de faire durer. Les plats ne vont pas tarder.

— Cool, j'ai une faim de loup. Ça commence à se remplir.

Au bar, presque tous les tabourets étaient occupés, et il ne restait que quelques tables libres. Un joyeux brouhaha couvrait la playlist du barman. Le groupe ne monterait pas sur scène avant une bonne heure, mais il y avait déjà du monde sur la piste de danse, au parquet incrusté de vieilles taches de bière et, pile au centre, de traces de sang délavées – témoignage d'une bagarre mémorable remontant à plus de dix ans – pour une femme, disait-on.

Au plafond, les éclairages étaient montés sur trois roues de charrette. Quand le concert commencerait, le barman éteindrait la lumière des néons.

Callen avait peut-être imaginé la soirée autrement ; néanmoins, il appréciait d'être en bonne compagnie, et il était assis suffisamment près de Bodine pour sentir l'odeur de ses cheveux chaque fois qu'elle bougeait la tête.

Il avait fréquenté des bars qui ressemblaient au Roundup, en Calfornie, à boire avec des amis, flirter avec des femmes aux cheveux parfumés. Mais rien ne valait ce sentiment d'appartenance qu'il éprouvait ici.

Peu lui importait de quoi ils parlaient – et avec Rory, il n'y avait jamais de blanc dans la conversation – mais Hollywood finit par arriver sur le tapis et tous les regards se tournèrent vers lui.

— Quelques-unes, répondit-il à Chelsea qui lui demandait, admirative, s'il avait côtoyé beaucoup de célébrités. Mais je travaillais surtout avec les chevaux.

— Je peux d'ores et déjà te dire qu'il n'a jamais croisé Brad Pitt, intervint Bodine.

— Quelle est l'actrice la plus canon que tu aies rencontrée ? voulut savoir Rory.

— Charlize Theron.

— Non ?! s'exclama Rory, les yeux écarquillés.

— Eh si ! Sur le tournage de *Albert à l'ouest*, de Seth MacFarlane, un mec bourré d'humour.

— MacFarlane ne m'intéresse pas. Tu as rencontré Charlize Theron, petit veinard... Comment elle est ?

— Très belle, intelligente, intéressante. On a beaucoup parlé cheval. Elle a un bon feeling avec les chevaux.

Bodine avala la dernière bouchée de son hamburger.

— Avant que Rory tombe dans les pommes, quel est l'acteur le plus sexy que tu aies rencontré ?

— Sam Elliott. Je ne peux pas dire qu'il soit très beau, mais intelligent et intéressant. Je n'ai jamais vu de comédien qui montait aussi bien.

— « Ne t'en fais pas, il me reste un bras fort pour te tenir. »

Jessica se tourna vers Chase, qui avait pris la voix iconique de l'acteur.

— On dirait vraiment lui ! C'est une réplique de quel film ?

— *Tombstone*. Virgil Earp.

— Il le connaît par cœur, déclara Rory. Fais Val Kilmer, Chase, fais Doc Holliday.

Sourire en coin, Chase haussa les épaules.

— « Je suis ton gonze », dit-il avec l'accent traînant du Sud.

— Qu'est-ce que ça veut dire ?

— Je suis ton homme.

— Quel romantisme, commenta Jessica.

— Je ne crois pas que Doc avait des sentiments romantiques pour Wyatt Earp, dit-il en évitant de la regarder. Tu n'as jamais vu *Tombstone* ?

— Non, répondit-elle, suscitant des regards étonnés et amusés. Oh, oh... Vais-je être exclue du cercle ?

— C'est un film à voir, marmonna Chase.

La tablée énuméra une liste de westerns, en demandant à Jessica si elle les avait vus ou non, et elle eut droit à une série d'imitations de Chase.

Bien qu'il fût amusant en John Wayne ou Alan Rickman, elle fut soulagée que le groupe monte sur scène, sous les acclamations et les applaudissements, qui mirent un terme à l'interrogatoire.

Ils commencèrent par une chanson qu'elle ne connaissait pas davantage que les répliques de *Monsieur Quigley l'Australien*. Rory prit la main de Chelsea et l'entraîna sur la piste.

— Je t'avais promis de te faire danser, dit Callen à Bodine en se levant.

— Voyons voir si tu es bon danseur.

Il l'était. Il la tenait tout contre lui et accompagnait ses mouvements, prélude, ils le savaient tous deux, à la nuit qui les attendait. En riant, elle tournoya avec aisance quand il lui imprima de l'élan, puis elle se plaça dos à lui, ondulant du bassin de manière suggestive.

— Tu as appris à bouger, lui chuchota-t-il à l'oreille.

Elle renversa la tête en arrière, leurs lèvres se touchaient presque.

— Et tu n'as encore rien vu…

Elle se retourna dans l'autre sens, le laissa la serrer de près et lui passa un bras autour du cou, accordant ses pas aux siens.

— Je ne demande qu'à voir. Où as-tu acquis tant d'expérience, Bodine, pendant que je n'étais pas là ?

— La pratique.

À la table, Jessica regardait Bodine et Callen, qui tapaient du talon, tournoyaient, enchaînaient les pas chassés avec une certaine sensualité. Elle n'aurait jamais cru que la country puisse être aussi sexy.

Quand le groupe attaqua le morceau suivant, Chase s'éclaircit la gorge.

— Je ne suis pas très bon danseur.

Elle se pencha vers lui.

— Nous serons à égalité. Je n'ai jamais dansé sur ce style de musique. Tu m'apprends ?

— Euh… On peut essayer, bredouilla-t-il en lui tendant la main. Tu auras sûrement besoin d'un autre cocktail, après.

— Je prends le risque, dit-elle en gagnant la piste, où elle lui posa une main sur l'épaule.

Il lui passa un bras autour de la taille.

— Je, euh… On… Tu peux marcher en arrière avec ces chaussures ?

— Courir, même. Et…

Elle prit sur elle, éleva leurs mains jointes, et effectua un tour sur elle-même pour revenir face à lui.

— Tu es déjà meilleure que moi.

Elle esquissa un sourire.

— Je te donnerai des leçons, s'il le faut.

Alors que les femmes se plaçaient côte à côte pour « Save a Horse, Ride a Cowboy », Jessica participant à sa première danse en ligne, Jolene et Vance Lubbock rentraient chez eux après une soirée en amoureux, sans leurs enfants, ce qui ne leur arrivait que trop rarement.

Ils avaient pu dîner en discutant tranquillement – chose impossible avec trois marmots de moins de six ans –, puis ils étaient allés au cinéma, voir autre chose qu'un dessin animé ou une histoire d'animaux.

Puisqu'ils n'avaient pas précisé à la baby-sitter à quelle heure ils reviendraient, Jolene suggéra à Vance de quitter la voie express et de s'arrêter au Quality Inn.

Il n'objecta pas.

Pour la première fois depuis plus de un an, ils firent l'amour complètement éveillés, sans être dérangés. Deux fois. Puis une troisième après que Vance eut fait un saut à la supérette à côté du motel pour acheter de quoi grignoter.

Ils prirent ensuite une longue douche chaude, sans personne appelant « Maman ! » ou « Papa ! ».

Ravis de leur soirée, ils se promirent sur le chemin du retour de renouveler régulièrement ce genre de sortie.

— Il le faut vraiment, déclara Jolene, délicieusement détendue, en souriant amoureusement au père de ses enfants.

Vance lui embrassa la main.

— La prochaine fois, on achètera une bouteille de vin.

— Et de la lingerie sexy.

— Oh, chérie !

En riant, elle soupira.

— J'adore nos bouts de chou, je ne pourrais plus vivre sans eux, mais Seigneur… quelques heures hors du rôle de maman… Une fois par mois. On pourrait sortir au moins une fois par mois.

— Acté.

Vance embrassa de nouveau la main de sa femme, aussi fou d'elle qu'aux premiers jours. Il ne prêta guère attention à la forme grise gisant sur le bord de la route. Il crut qu'il s'agissait d'un animal écrasé, puis son cerveau enregistra ce que ses yeux avaient vu.

— Vance ! s'écria Jolene au même moment.

Il freina et fit marche arrière.

— C'est une femme…

Il gara la voiture sur le bas-côté.

— Reste là, dit-il en allumant les warning.

Mais Jolene le suivit.

— Oh, mon Dieu, elle est couverte de gel ! Prends la couverture dans le coffre.

— J'appelle le 911.

— Donne-moi la couverture. Elle respire, elle est vivante. Elle est blessée à la tête, et tout écorchée.

Vance jeta la couverture à son épouse et alluma des fusées de détresse.

— J'appelle une ambulance.

En essayant de réchauffer les mains de la femme entre les siennes, Jolene leva les yeux vers son mari, dans la lumière rouge projetée par les feux de détresse.

— Dis-leur d'envoyer aussi la police.

Peu après minuit, les Lubbock livraient leur déposition à un agent en uniforme, tandis que deux brancardiers chargeaient la femme inconsciente dans une ambulance.

Et Chase raccompagnait Jessica. Une idée de Rory, elle en était certaine, non pas pour jouer les entremetteurs, mais parce qu'il voulait rester seul avec Chelsea.

— Ils vont rester jusqu'à la fermeture, ton frère et Chelsea.

— Rory ne s'arrête plus quand il commence à faire la fête.

— Merci de me ramener chez moi. Je tombe de sommeil, je n'aurais pas pu les suivre.

— Oh, ça ne me dérange pas. Tu as passé une bonne soirée ?

— Excellente. J'ai appris deux chorégraphies en ligne, dansé avec un mec surnommé Marcassin et mangé des Screaming Nachos.

— J'imagine que les bars sont différents sur la côte Est.

— C'est un autre monde.

— Qu'aurais-tu fait, un samedi soir, à New York ?

— Je serais allée au restaurant asiatique avec des collègues, puis dans un club, sûrement techno, où un Martini m'aurait coûté le même prix que deux tournées pour six au Roundup. J'aurais dansé avec des inconnus, en feignant de m'intéresser à leur profession ou aux défauts de leurs ex. Et puis je serais rentrée en taxi.

— C'est quoi, un club techno ?

Amusée, Jessica se tourna vers Chase en souriant.

— Une boîte qui passe de la musique électronique. Et toi, que fais-tu les samedis soir si tu ne vas pas au Roundup ?

— Oh, je ne sors pas beaucoup. J'aime bien le cinéma.

— Les westerns ?

— Pas seulement. Cal m'a fait visiter les studios où il travaillait, en Californie, il y a quelques années. Ils tournaient un film d'époque, ce jour-là, l'histoire d'une femme qui se bat pour garder sa ferme après le décès de son mari, *Fourteen Acres*.

— Je l'ai vu, j'ai bien aimé.

— Tu aimes le cinéma ? demanda-t-il en se garant sur le parking du Village.

— Oui, beaucoup, même si je manque de culture western.

— Tu devrais voir *Tombstone*.

— C'est noté.

Il descendit du pick-up et le contourna pour ouvrir la portière à Jessica. Charmée, elle faillit lui dire que ce n'était pas la peine de la raccompagner jusqu'à sa porte, mais elle se ravisa. En fait, elle n'avait pas envie de le quitter tout de suite.

Ils avaient passé la soirée à danser, discuter et flirter – si elle ne s'était pas méprise.

Elle avait certes pour principe de rentrer seule en taxi des clubs new-yorkais, mais le Roundup n'était pas un club new-yorkais, et Chase Longbow n'était pas un inconnu.

— Tu es bien installée, chez toi, ici ?

— Ça fait plus de six mois que je suis là, j'ai eu le temps de m'installer.

Elle déverrouilla sa porte et se tourna vers lui, décidée.

— Tu veux venir voir ?

— Oh, je ne voudrais pas te déranger.

Bien qu'elle eût les orteils en compote, elle se hissa sur la pointe des pieds et déposa un baiser sur la bouche de Chase. Parfois, une femme devait prendre les devants, pensa-t-elle, et elle empoigna sa chemise afin de l'attirer contre elle.

Sur le chemin du retour, Bodine s'étira les bras, enroula les épaules.

— Tu as eu une excellente idée, Skinner. Ça fait du bien de danser, de temps en temps.

— J'ai d'autres idées.

— Tout aussi excellentes, je parie. Tourne ici, en direction du resort.

— Ça fait un détour.

— Tout dépend de là où on va.

Il avait hâte d'être dans son lit aux draps propres, elle au-dessous de lui. Néanmoins, il prit la direction qu'elle lui indiquait.

— C'est tellement beau, le silence, la nuit. Tourne ici à gauche. Je ne sais pas comment les gens font pour dormir, en ville, avec le bruit, toutes ces lumières.

— La ville a des bons côtés.

Elle lui coula un regard étonné.

— Tu retournerais y vivre ?

— Il ne faut jamais dire jamais, mais je ne crois pas. Le silence de la nuit me manquerait.

— Ralentis, et prends tout de suite à droite.

— Ce n'est pas une route.

— Non, c'est un chalet, répliqua-t-elle en exhibant la clé.

— Tu m'épateras toujours, Bo.

— Je l'espère.

Elle descendit du pick-up avant qu'il n'ait pu lui ouvrir sa portière. Il lui prit la main et ils gravirent les marches de la galerie.

— J'ai apporté à boire et de quoi grignoter, au cas où, et du café pour demain matin.

— Tu es décidément formidable.

Elle ouvrit la porte, alluma la lumière du séjour.

— Je te fais visiter ? dit-elle en enlevant son manteau. La chambre, pour commencer.

Il lui emboîta le pas.

— Notre credo, au Bodine Resort, le luxe rustique. Jacuzzi sur la terrasse, grande baignoire, douche à jets, linge de qualité.

Un lit à baldaquins faisait face à la fenêtre, qui en plein jour devait offrir une vue splendide. Cependant, Callen était davantage intéressé par la vue qu'il avait juste devant lui.

— Cuisine équipée, enchaîna-t-il, réfrigérateur approvisionné à la demande, cheminée au bois, télés à écran plat et… tout ce que nous pourrions faire pour vous rendre le séjour agréable.

— Sais-tu ce qui me serait agréable ? Que tu m'enlèves ma robe.

— Très belle, cette robe. J'ai passé la soirée à la regarder en m'imaginant te l'ôter.

— Plus rien ne t'en empêche.

Il s'avança vers elle, lui encadra le visage de ses mains et posa ses lèvres contre les siennes. Quand elle lui agrippa les hanches, il l'embrassa fougueusement.

Puis, comme sur la piste de danse, il la fit tournoyer, ce qui la fit rire. En lui embrassant l'épaule, il descendit la fermeture dans le dos de sa robe. Du pied, elle ôta ses bottines tandis que la robe glissait au sol.

Svelte, tout en longueur et en courbes subtiles, elle portait des sous-vêtements bleu nuit.

— Waouh… Je ne me lasserais pas de te regarder.

— Tu veux seulement regarder ?

— Oh, non, mais juste une minute, dit-il en effleurant du bout du doigt la lisière de son soutien-gorge, lui provoquant un frisson. Oui, tu t'es vraiment embellie.

— Moi aussi, je veux te voir.

Elle déboutonna sa chemise, lui caressa le torse.

— Tu t'entretiens.

— Je fais ce que je peux.

Elle écarta les pans de la chemise, pressa les paumes contre ses pectoraux, ses abdos.

— Tu t'es musclé. On pouvait compter tes côtes, avant.

En le regardant par-dessous ses cils, avec un sourire malicieux, elle défit sa ceinture.

— Bodine…

Tandis qu'elle déboutonnait son jean, il l'attira contre lui, l'embrassa à pleine bouche, et se sentit imploser quand elle noua les bras autour de son cou, les jambes autour de sa taille.

Il tomba sur le lit avec elle.

Un corps brûlant et des draps frais sous lui. Elle lui descendit son jean. Il se débarrassa de ses bottes, qui atterrirent sur le plancher avec un bruit sourd, puis il termina d'enlever son pantalon.

Elle se cambra, pressant son bassin contre le sien, le remplissant d'un désir aveuglant. Il s'efforça de contrôler sa respiration.

— La soirée a été longue de préliminaires.

Des mains impatientes lui arrachèrent son boxer.

— Il est temps de passer aux choses sérieuses. J'ai envie de toi, Skinner, maintenant, viens…

Les doigts tremblants, il lui retira sa culotte, dégrafa son soutien-gorge afin de goûter à ses seins magnifiques. Il voulait la torturer de désir, comme elle le mettait au supplice. Juste un instant.

Quand il la pénétra, il aurait juré que la terre tremblait.

Elle poussa un cri, non pas de surprise mais de triomphe. Cramponnée à ses hanches, elle lui imprimait un mouvement frénétique. Il dut lui prendre les mains, les maintenir au-dessus de sa tête, calmer le rythme, ou ils auraient terminé avant même d'avoir commencé.

— Attends… articula-t-il.

— Si tu arrêtes, je te tue.

— Doucement, Bo, s'il te plaît.

Sa bouche courait sur sa gorge, ses seins.

— Je ne peux pas.

Elle sentait le plaisir enfler, incontrôlable.

— Je ne peux pas… ahana-t-elle.

L'orgasme la secoua, une vague de chaleur qui la submergea, avant de refluer lentement.

— Je ne peux plus respirer…

— Mais si, tu respires, murmura-t-il, et il entreprit de refaire gonfler la vague.

Ce fut lui qui dicta le rythme, cette fois, sa vitesse et son intensité. Étourdie, presque délirante, elle entendait les claquements de leur peau, elle voyait ses yeux, deux nuages gris irisés de vert, houleux, balayés par la tempête.

Quand la tornade déferla, elle les engloutit tous deux.

16

Ils ne débouchèrent pas la bouteille de vin, pas plus que les cannettes de bière. Quand l'épuisement l'emporta sur le désir, Bodine s'endormit sur Callen, sa main emmêlée dans ses cheveux.

Néanmoins, son horloge interne la réveilla avant l'aube. Ils avaient changé de position pendant la nuit, et elle était blottie contre lui – elle qui n'avait jamais été câline.

Il lui tenait la taille, une jambe par-dessus les siennes, profondément endormi.

Elle referma les yeux, dans un bien-être de chaton, en espérant retrouver le sommeil au moins une heure.

Elle entendait les battements de cœur de Callen, lents et réguliers. Elle sentait l'odeur de sa peau et se souvenait de ses mains sur son corps, fortes, calleuses, expertes, explorant et comblant le moindre des secrets qu'elle possédait.

Le sommeil lui échappant, et n'étant pas sûre d'avoir l'énergie de refaire l'amour, elle se dégagea doucement de l'étreinte de Callen et se leva.

Il rêvait d'elle. Ils étaient allongés nus dans une prairie. Elle avait des petites fleurs blanches dans les cheveux. Ils faisaient l'amour lentement, sans impatience, sans urgence, pas comme la veille au soir. Il avait tout le loisir d'observer son visage, le vert changeant de ses yeux au gré de l'intensité de son plaisir, d'écouter sa respiration, de suivre le mouvement de sa main caressant son visage.

Il se mit à pleuvoir et l'herbe devint plus verte, comme ses yeux.

Herbe mouillée, cheveux mouillés, femme mouillée.

Il se réveilla et la chercha à tâtons dans le lit. Elle n'était plus là et il faisait encore nuit.

La pluie du rêve s'expliquait par le bruit de la douche.

Ce rêve le surprenait, et le mettait mal à l'aise. Les rêves érotiques étaient une chose, mais une prairie, des fleurs, une averse d'été ? Du romantisme à la guimauve.

Il le relégua dans un coin de ses pensées.

L'eau cessa de couler et, un instant plus tard, la porte de la salle de bains s'ouvrit.

— On est dimanche, dit-il.

— Oh, tu es réveillé ? Oui, c'est dimanche toute la journée.

Il l'entendait se déplacer dans la chambre, distinguait sa silhouette dans le noir.

— Pourquoi es-tu déjà debout ?

— Mon alarme intégrée. Parfois j'arrive à la faire taire, parfois pas. Il me faut un café. Rendors-toi. Je sais que tu travailles aujourd'hui, mais tu peux dormir encore une heure ou deux. Je t'emprunte ta chemise. Je m'habillerai quand j'aurai bu un café.

Lorsqu'elle quitta la pièce, il contempla le plafond. Comment un homme pouvait-il se rendormir après un rêve érotique ? Même s'il l'avait relégué au fond de son cerveau. Avec ce parfum de miel qu'une femme avait répandu dans son sillage en sortant de la douche. Quand il l'imaginait ne portant rien d'autre que sa chemise.

Le sexe faible, tu parles… Les femmes avaient tout le pouvoir, juste parce qu'elles étaient femmes.

Il s'extirpa du lit, se doucha, et trouva une brosse à dents emballée ainsi qu'un mini-tube de dentifrice sur la tablette au-dessus du lavabo.

Elle n'omettait aucun détail.

Lorsqu'il ressortit de la salle de bains, le chalet embaumait le café. Elle avait allumé du feu dans la cheminée et se tenait devant la grande fenêtre, une tasse à la main. Ne portant rien d'autre que sa chemise.

— J'ai entendu un élan, dit-elle. Le jour va bientôt se lever. D'ici, on aura un superbe lever de soleil.

Elle se retourna, ses longues jambes nues, la chemise boutonnée seulement au milieu, ses longs cheveux mouillés, lisses et luisants, noirs comme la nuit.

Ah, le pouvoir des femmes…

— On a du yaourt grec et du muesli, si tu veux.

— Qui aime ça ?

— Je sais, dit-elle en riant, et elle ouvrit le réfrigérateur. Je me force à en manger, mais c'est dur. On a aussi des chips. Je les avais apportées au cas où on aurait eu une petite faim, hier soir.

Il considéra le paquet, sceptique, puis il l'ouvrit et, adossé au comptoir, il regarda Bodine mélanger des céréales dans un bol de yaourt.

— Il faudra que je change les draps et les serviettes, que je donne un coup d'éponge dans la salle de bains et que je lave la vaisselle.

— Je t'aiderai.

— Ce sera vite fait. Tu me déposeras à la base de loisirs, j'irai au bureau à pied. Ça remplacera ma séance d'exercice. Elle mangea une cuillerée en grimaçant. C'est tous les jours aussi dégueu.

Callen lui tendit le sachet de chips. Elle hésita, et céda à la tentation.

— Juste une, dit-elle en plongeant la main dans le paquet. Pourquoi faut-il que tout ce qui est bon soit mauvais pour la santé ? Elle contempla son yaourt, le nez froncé. Peut-être que si j'émiettais des chips dedans…

Callen lui prit le bol, le posa de côté.

— J'ai quelque chose à dire.

Une lueur méfiante passa dans le regard de Bodine.

— Dis.

— J'ignore comment les choses vont évoluer entre nous, mais tant que nous faisons un bout de chemin tous les deux… On fait un bout de chemin tous les deux ?

— On ne serait pas là sinon, à prendre notre café ensemble en grignotant des chips barbecue.

— OK. Dans ce cas, tant que nous cheminons ensemble, nous cheminons à deux. Pas de compagnon de route.

En scrutant son visage, elle mangea une autre chips.

— Ce qui signifie, je suppose, qu'aucun de nous deux ne couche avec quelqu'un d'autre.

— C'est ça.

Sans cesser de l'observer, elle but une gorgée de café.

— Tu as compris que j'aime le sexe, je pense.

— Je m'en suis aperçu, ouais. Et tu es douée.

Elle croqua encore une chips, savourant ce petit péché de gourmandise.

— Je me plais à le croire. Cela dit, ce n'est pas parce que j'aime le sexe que je cours après les aventures.

— Je n'ai jamais pensé cela, et je ne parlais pas que de toi. On est deux dans cette histoire.

Les lèvres pincées, elle hocha la tête.

— OK, le compromis me semble honnête. Pas d'auto-stoppeur, ni pour toi ni pour moi.

Après avoir posé sa tasse, elle essuya le sel de ses doigts.

— Tu veux qu'on prête serment ? demanda-t-elle, ironique, en faisant mine de cracher dans sa main.

— Non, répondit-il en écartant le paquet de chips, et il la plaqua contre le réfrigérateur. J'ai autre chose en tête.

Il la prit sans préambule, plus sauvagement qu'il n'en avait l'intention, tandis que le soleil rougeoyait derrière la fenêtre.

Bien qu'elle n'eût aucun impératif, Bodine avait prévu de passer au bureau. Juste une heure ou deux, faire un peu de classement, se mettre à jour. Elle envisagea de prendre son sac de gym, toujours prêt, pour aller s'entraîner à la salle de fitness.

Mais elle se ravisa : elle avait fait suffisamment d'exercice au cours des dernières vingt-quatre heures. Du coup, elle ne protesta pas lorsque Callen insista pour la déposer devant la réception, plutôt que de la laisser partir à pied de la base de loisirs.

Elle lui laissa le sac de toile contenant la bouteille de vin, les bières et le café, en lui disant de le garder à portée de main, puis elle le surprit, et se surprit elle-même, en l'embrassant à pleine bouche avant de le quitter.

Dans son esprit, quand on couchait avec un homme et qu'on avait l'intention de poursuivre l'aventure, il n'y avait pas de honte à ce que tout le monde le sache.

Elle entra dans son bureau en fredonnant, et puisqu'elle avait déjà mangé des chips au petit déjeuner, elle se décapsula une cannette de Coca. Au diable l'eau minérale !

Elle venait juste de s'installer à sa table de travail lorsque Jessica passa dans le couloir, et revint sur ses pas.

— Je ne savais pas que tu serais là aujourd'hui.

— Juste une heure ou deux. Tu t'occupes du brunch post-mariage ?

— J'ai délégué Chelsea. Je suis juste venue m'assurer que tout se passe bien. Jusque-là, pas de problème. Ils continuent sur le thème de l'Ouest avec des omelettes western, des burritos, des biscuits au jus de viande, des mimosas-myrtille, etc.

Le sourcil arqué, Jessica inclina la tête.

— On dirait que tu l'aimes vraiment, cette robe…

— Je l'adore. Et elle signifie que j'assume.

— Tu as bien raison ! Callen est vraiment super. Je suis contente d'avoir eu l'occasion de faire plus ample connaissance avec lui, et avec les autres. Il faut que je te dise…

Jessica s'avança dans le bureau, ferma la porte derrière elle et s'adossa contre le battant avant de déclarer :

— J'ai couché avec ton frère.

— Rory ou Chase ? Je plaisante, ajouta Bodine en riant devant l'expression de Jessica. Lui aussi, il est super, tu verras.

— C'est moi qui ai fait le premier pas.

— Je le connais depuis toujours ; je ne suis pas étonnée.

— Ouf, soupira Jessica, tu n'es pas choquée. On en avait déjà parlé, je sais, mais c'était purement théorique. C'est une réalité, maintenant. Je suis soulagée que tu le prennes bien.

— Tu es contente, je suppose.

— Je… Je suis lessivée, avoua Jessica en riant. Je t'épargnerai les détails, mais Chase déborde d'énergie. OK, tu es sa sœur, je ne devrais pas te dire des choses pareilles.

— Qu'importe ! Je suis heureuse qu'il soit attiré par quelqu'un que j'apprécie, surtout si l'attirance est réciproque.

— Tu te fais facilement des amis, dit Jessica avec un sourire teinté de mélancolie. Mais tu es également fidèle en amitié. Je le sais, j'ai pu le constater. Moi, je me fais facilement des connaissances, mais elles vont et viennent. Je voudrais te dire que j'attache beaucoup de valeur à notre amitié. Sur ce, je te laisse travailler. Je vais voir si Chelsea n'a pas besoin de moi et je rentre faire la sieste.

— Je peux demander un petit service à une amie ?

— Bien sûr.

— Tu pourras me conduire au ranch avant d'aller faire la sieste ?

— Pas de problème.

Seule, Bodine réfléchit un moment à une chose intéressante : si Jessica n'était pas encore amoureuse de Chase, elle n'en était pas loin.

— Trop mignon, murmura-t-elle, et elle alluma son ordinateur.

Le shérif se tenait devant la chambre d'hôpital où il avait assigné l'une de ses adjointes. Dès la première heure, le matin, il avait téléphoné pour prendre des nouvelles de la patiente non identifiée. Il savait donc qu'elle avait été mise sous sédatifs, car elle était hystérique lorsqu'elle était enfin revenue à elle.

L'infirmière avait employé le mot « terrorisée ».

Il avait lu le rapport de l'officier qui s'était rendu la veille au soir sur les lieux, ainsi que les dépositions des personnes qui avaient appelé le 911. Il souhaitait à présent s'entretenir avec le médecin avant de voir cette femme par lui-même.

— Je n'étais pas là quand elle est arrivée, lui dit le Dr Grove, un homme au visage austère et aux mains délicates, tout en consultant le dossier. L'interne de garde a pratiqué un test de viol ; nous vous donnerons une copie des résultats. Elle présentait des signes de rapports sexuels forcés et violents. Elle a été traitée pour des engelures aux pieds. Il ne faisait pas assez froid pour qu'elle tombe en hypothermie, mais ses vêtements étaient mouillés. Elle a les mains, les coudes et les genoux sévèrement écorchés, il y avait du gravier dans les plaies. Elle est blessée à la tempe et au front ; elle a dû tomber et se cogner la tête.

Le médecin leva les yeux et chercha le regard de Tate avant d'ajouter :

— Elle a des tissus cicatriciels autour de la cheville droite, et des cicatrices dans le dos.

— Des traces de ligatures ? Elle aurait été attachée ?

— Très certainement. Et les cicatrices dans le dos sont probablement dues à des coups répétés. Genre coups de fouet ou de ceinture. Certaines sont vieilles, d'autres, récentes.

Le shérif poussa un soupir.

— Je dois l'interroger.

— Je comprends. Sachez que lorsque j'ai essayé de lui parler, ce matin, elle était incohérente, hystérique. Nous l'avons endormie afin qu'elle ne se fasse pas davantage de mal.

— Elle ne vous pas dit son nom ?

— Non. Quand le sédatif a commencé à agir, elle nous a suppliés de la laisser partir. Elle a mentionné un certain « Monsieur », qui serait très en colère.

— Dans combien de temps sera-t-elle suffisamment éveillée pour parler ?

— Bientôt. Je vous conseille d'y aller en douceur. Elle a été victime de mauvais traitements, sur le long terme. Notre psychiatre aura également un entretien avec elle.

— Si elle a été violée et maltraitée par un homme, elle se confiera sans doute plus facilement à une femme.

— Tout à fait d'accord sur ce point.

— Bien. Je voudrais la voir. Nous avons ses empreintes, nous regarderons si elle figure dans nos fichiers, mais cela risque de prendre un jour ou deux, plutôt deux, vu que nous sommes dimanche. J'aimerais au moins essayer d'obtenir son nom.

— Je vous accompagne. J'aurai peut-être plus de succès, si elle commence à me voir comme un visage familier, non plus comme une menace.

Ils entrèrent ensemble dans la chambre.

La femme étendue sur le lit semblait à peine respirer, mais les moniteurs bipaient. Une perfusion était fixée au dos de sa main. Dans la pénombre, elle paraissait aussi livide qu'une morte. Ses longs cheveux gris emmêlés lui donnaient l'air d'une sorcière.

— Pourrait-on allumer la lumière ? demanda Tate.

Tandis que le Dr Grove se dirigeait vers l'interrupteur, il s'approcha du lit.

— Mon adjoint pensait qu'elle avait la soixantaine, mais il est jeune. Je dirais qu'elle est plus proche de cinquante ans que de soixante.

— Je suis de votre avis.

Le shérif examina la tête et les mains bandées, la mâchoire tuméfiée.

— Elle ne s'est pas fait ces bleus au visage en tombant sur la route.

— Non, désolé, j'avais oublié de vous le signaler. Elle a sûrement reçu des coups.

Concernant la taille et le poids, Tate jugea que les estimations de son adjoint étaient assez exactes.

— Elle a eu plusieurs enfants, indiqua Grove.

La vie ne l'avait pas épargnée, pensa Tate. Son visage était creusé de profondes rides et elle avait le teint gris d'une détenue carcérale. Néanmoins, on voyait qu'elle avait dû être jolie : les pommettes hautes, la bouche bien dessinée, une mâchoire délicate, en dépit des ecchymoses – ou peut-être que celles-ci en soulignaient la finesse.

Tout à coup, il sentit son ventre se nouer.

— Je peux ? demanda-t-il.

Il découvrit sa jambe droite, examina la cheville.

— D'après vous, depuis quand a-t-elle cette cicatrice ? s'enquit-il.

— Au moins dix ans, mais comme je vous l'ai dit, une partie des tissus est assez récente.

— Elle aurait pu être entravée tout ce temps ?

— Oui.

— De quelle couleur sont ses yeux ? Mon adjoint n'a pas été capable de me le dire.

— Je vous avoue que je n'en sais rien moi non plus, répondit Grove en soulevant délicatement une paupière. Verts.

— A-t-elle une tache de naissance ? demanda Tate, l'estomac de plus en plus serré. Pourriez-vous regarder derrière son genou gauche ?

Grove s'avança vers le lit, sans quitter le shérif des yeux.

— Vous pensez savoir qui elle est ?

— Pouvez-vous regarder, s'il vous plaît ?

Le médecin souleva le drap, examina l'arrière de la jambe gauche.

— Un petit angiome ovale, en effet. Vous la connaissez ?

— Oui. Seigneur... Il s'agit d'Alice. Alice Bodine.

Elle remua, ses paupières frémirent.

— Alice, murmura le shérif, avec autant de douceur que s'il s'était adressé à un enfant malade. Alice, c'est Bob Tate, Bobby. N'aie pas peur, tu es en sécurité, maintenant.

Elle ouvrit les yeux et poussa un cri de terreur, en essayant de se protéger.

— Je suis Bob Tate, Alice. Alice Bodine, tu ne me reconnais pas ? Bobby Tate. Je ne laisserai personne te faire du mal. Tu es en sécurité, tu ne risques plus rien.

— Non, non ! Monsieur ! Je veux rentrer à la maison !

De la main, Tate fit signe au médecin de s'écarter.

— Tu es en état de choc, Alice, dit-il très calmement. Tu es à l'hôpital, tu as besoin d'être soignée.

— Non ! Je dois rentrer à la maison. J'ai désobéi, je serai punie. Monsieur chassera le démon.

Des larmes roulèrent sur ses joues.

— Qui est Monsieur ? Je pourrai essayer de le trouver. Quel est son nom, Alice ?

— Monsieur. Je m'appelle Esther.

— Il t'appelait peut-être Esther, mais tes parents t'ont donné le prénom d'Alice. Tu es la première fille que j'ai embrassée. Nous nous sommes baignés tout nus dans la rivière, un été. Je suis Bobby Tate, Alice.

Il répéta son prénom, plusieurs fois, d'une voix douce et claire.

— Je suis ton vieil ami Bobby Tate.

— Non, non !

Il voyait cependant une vague lueur naître dans ses yeux – une vague lueur tentant désespérément de se faire jour.

— Ça ne fait rien, la mémoire te reviendra plus tard. Je voudrais que tu saches... Regarde-moi, s'il te plaît, Alice.

— E... Esther.

— Regarde-moi, ma belle. Je voudrais que tu saches que tu es en sécurité ici. Personne ne te fera de mal.

Les yeux d'Alice roulèrent dans leurs orbites et bougèrent en tous sens, tels ceux d'un animal effrayé – ces yeux dont Tate avait toujours gardé le souvenir.

— Je dois être punie.

— Tu l'as été bien assez. Tu vas te reposer, reprendre des forces. Je parie que tu es affamée.

— Je... Je... Monsieur subvient à mes besoins. Je mange ce qu'il me donne.

— Le médecin va demander qu'on t'apporte un plateau. Tu te sentiras mieux après avoir mangé un peu.

— Je dois rentrer à la maison. Je ne sais pas comment y retourner. Je me suis perdue sous la lune, dans la neige. Pouvez-vous m'expliquer comment aller à la maison ?

— On en reparlera quand tu auras mangé, peut-être. Le médecin va s'occuper de toi. Il est là pour te soigner, il ne te veut que du bien. Il va demander à l'infirmière de te préparer un plateau. Tu as faim ?

Elle secoua la tête, mais son regard affolé resta fixé sur Tate. Elle se mordit la lèvre, puis acquiesça d'un signe.

— Je peux me préparer de la tisane quand je veux, avec des herbes.

— Je suis sûr qu'on pourra te servir une infusion. Peut-être une soupe. Je vais m'asseoir à côté de toi et t'aider à manger. Je dois juste d'abord parler une minute au médecin.

— Je ne devrais pas être ici, je ne devrais pas être ici, je ne...

— Alice, l'interrompit-il gentiment, sans la toucher bien qu'il aurait aimé lui prendre la main. Tu ne risques rien, tu es en sécurité.

Tandis qu'il se dirigeait vers la porte, elle joignit ses mains bandées, ferma les yeux et marmonna des prières.

— Alice Bodine ? murmura le médecin dans le couloir. Elle a un lien de parenté avec la famille Bodine ?

— C'est la fille de Cora Bodine, la sœur cadette de Maureen Longbow. Elle avait disparu depuis vingt-cinq ans, peut-être plus. Je vous prierai de ne pas ébruiter cette information. Mon Dieu... Que lui est-il arrivé ? Vous croyez qu'elle pourra manger ?

— Je demanderai qu'on lui apporte du thé et du potage. Nous devons la ménager. Vous avez été remarquable, shérif. Vous avez su quoi lui dire, comment le dire.

— Je travaille dans la police depuis presque aussi longtemps qu'elle avait disparu. L'expérience. Je dois prévenir sa mère.

De sa poche, Tate tira un bandana avec lequel il s'essuya la sueur qui perlait à son front.

— Il faudra que je parle moi aussi à sa famille avant qu'ils la voient. Elle est fragile, sur tous les plans. La convalescence prendra peut-être du temps.

Le shérif acquiesça de la tête, puis il sortit son téléphone, tout en regardant Alice prier.

Cora se pomponnait pour le dîner du dimanche. Elle aimait ces réunions de famille au ranch, et elle appréciait que Maureen veille à ce qu'elles aient lieu tous les mois, quoi qu'il advienne. Elle appréciait également que sa fille mette les petits plats dans les grands, lors de ces repas mensuels, sans toutefois en faire toute une histoire.

Sa Reenie était toujours décontractée. Cora se souvenait comme si c'était hier de ce repas du dimanche, un été, où ils avaient mangé dehors, de la salade de pommes de terre, des haricots et des tomates du jardin, des steaks et du poulet que les hommes avaient fait cuire au barbecue.

Le petit Chase jouait avec les chiens, Bodine commençait tout juste à marcher.

Ils avaient beaucoup ri autour de la grande table de pique-nique. Pour le dessert, Maureen avait servi des tartelettes aux fraises et des parfaits à la myrtille avant d'annoncer, parfaitement sereine, qu'il fallait appeler la sage-femme parce que le bébé arrivait.

Quel courage... pensa Cora en essayant un nouveau rouge à lèvres rose. Maureen était déterminée à accoucher de son troisième enfant chez elle. Elle avait enduré les contractions pendant trois heures sans rien dire à personne, et sans battre d'un cil.

Rory était venu au monde deux heures plus tard, dans le grand lit de ses ancêtres, au milieu de toute sa famille.

Sa Reenie était si forte, si courageuse, pensa Cora en approuvant d'un sourire la couleur de ses lèvres.

Quand elle comptait ses raisons d'être heureuse, elle n'avait pas assez de ses dix doigts. Il lui arrivait parfois de regretter de ne plus habiter au ranch, de ne plus s'occuper des bêtes, mais elle se félicitait chaque jour de l'avoir laissé à Maureen et à Sam, et de s'être installée à Bodine House, la maison de ses parents.

Les flambeaux devaient être transmis tant que la flamme était encore vive, et celui-ci était entre de bonnes mains.

Elle regarda les photos que Bodine lui avait offertes pour Noël, de vieilles photos retouchées, dans un cadre moderne. Comme son Rory était beau... Comme il serait fier de ce qu'ils avaient construit ensemble... Elle porta un doigt à ses lèvres, le posa sur le visage de son défunt mari, puis sur celui de leur première petite fille, et enfin sur celui de la deuxième.

Elle aurait tant aimé que son aînée comprenne à quel point sa cadette lui manquait.

Mais le présent comptait davantage que le passé. Cora chassa les souvenirs. Elle devait emballer le quatre-quarts qu'elle avait préparé avec sa mère.

Elle se regarda une dernière fois dans le miroir.

— Toujours la taille fine, Cora. Un combat de tous les jours, mais tu gardes la ligne.

En riant toute seule, elle attrapa son sac à main, et sursauta lorsque son téléphone sonna.

Assise sur le bord de son lit, Miss Fancy contemplait ses bottes. Elle aimait leur style, leurs éclairs rouges sur le côté de la tige. Elle avait toujours adoré les jolies chaussures. Et Dieu savait qu'elle regrettait de ne plus pouvoir porter de talons hauts.

— Ce temps-là est révolu, soupira-t-elle, puis elle le répéta plus fort en entendant les pas de Cora. Je pensais à l'époque où je faisais la belle en talons hauts. Je ne risque plus, maintenant...

— Maman...

— Autrefois, je pouvais danser en talons aiguille jusqu'au petit matin. J'avais des escarpins rouges à bouts ouverts. J'avais économisé pendant six mois pour me les acheter.

— Maman…

Miss Fancy leva les yeux. Sa fille était blême, elle paraissait ébranlée.

— Ma chérie, que se passe-t-il ? s'écria-t-elle en se levant.

— Alice… On l'a retrouvée.

Cora tomba à genoux. Sa mère se précipita vers elle.

Alors que Jessica se garait devant le ranch, Bodine se tourna vers elle.

— Tu es sûre que tu ne veux pas venir à notre dîner du dimanche ? Ce sont des soirées épiques. Et ça te ferait l'occasion de passer un moment avec Chase.

— Je suis tentée, crois-moi, mais il faut absolument que je me repose. Du reste, je ne tiens pas à donner à Chase l'impression que je lui cours après.

— Stratégie, approuva Bodine en tapotant du doigt l'épaule de Jessica. À lui de jouer, maintenant.

— On peut dire ça comme ça.

— Bon. Merci de m'avoir ramenée.

— Pas de quoi. Tu donneras le bonjour à tout le monde.

— OK.

Elle allait monter se changer en vitesse, pensa Bodine, puis elle verrait si elle pouvait donner un coup de main à sa mère pour les derniers préparatifs du repas.

En entrant dans la maison, toutefois, elle se figea. Sa mère pleurait dans les bras de son père, parcourue de violents tremblements. Son cœur se mit à battre si fort qu'elle fut prise de vertige.

— Que se passe-t-il ? Les aïeules…

Sam secoua la tête, en caressant les cheveux de son épouse.

— Tout le monde va bien, ne t'inquiète pas.

Maureen s'écarta de lui et s'essuya les yeux.

— Ça va aller, murmura-t-elle. J'ai bien éteint la cuisinière ? Je vais voir si…

— Tout est éteint, assura Sam. Il faut qu'on y aille maintenant, Reenie.

— Où ? Que se passe-t-il ? demanda Bodine.

— Alice…

La voix de Maureen se brisa. Elle prit une profonde inspiration et expira lentement avant d'ajouter :

— On l'a retrouvée. Elle est à l'hôpital, à Hamilton.

— Ah bon ? Où était-elle ?

— Pas maintenant, ma chérie, dit Sam à sa fille, un bras autour des épaules de Maureen. On doit aller chercher les aïeules. Cora ne peut pas conduire, dans l'état où elle est.

— Je... J'ai tout laissé en plan dans la cuisine, bredouilla Maureen.

— Je m'en occuperai, maman.

— Je voulais laisser un mot pour Chase et Rory. J'ai oublié. Il faut...

— Je leur dirai, déclara Bodine en s'avançant vers sa mère pour la serrer contre elle. On vous rejoint, ajouta-t-elle en lui encadrant le visage. Allez-y vite. Prenez soin des aïeules.

C'était exactement la chose à dire, constata-t-elle. Les yeux de sa mère s'éclaircirent.

— Oui, bien sûr, acquiesça celle-ci. Tu expliqueras à Chase et à Rory ?

— Oui, oui, ne t'en fais pas, allez-y vite.

À l'instant où ses parents eurent franchi la porte, Bodine se rua dans le couloir en s'emparant de son téléphone. Des effluves de rôti et de pain frais s'échappaient de la cuisine. Sans s'arrêter, elle sortit par la porte de derrière et composa le numéro de Chase.

— Où es-tu ? lui demanda-t-elle dès qu'il décrocha.

— On vérifie les clôtures. On ne va pas tarder.

— Il faut que vous reveniez tout de suite. On a retrouvé Alice – la sœur de maman, Alice. Rory est avec toi ?

— Oui, on arrive.

Soulagée, elle rentra en trombe dans la maison, se précipita à l'étage, où elle enleva sa robe à la hâte, enfila un jean et un chemisier. L'image de sa mère en larmes ne la quittait pas.

Elle n'avait pas pris son sac à main, pensa-t-elle, et elle courut le chercher dans la chambre de ses parents, à moitié habillée, en se demandant de quoi d'autre Maureen pourrait avoir besoin. Ranger la cuisine, se remémora-t-elle.

Elle termina de s'habiller, téléphona à Clémentine, et redescendit attendre ses frères.

17

Cora avait l'impression d'être dans un rêve. Rien ne semblait réel.

Assise entre Maureen et sa mère, elle leur tenait la main à toutes deux, se raccrochant ainsi à une réalité tangible.

Elle entendait le médecin, mais les mots qu'il prononçait tournaient en boucle dans sa tête sans qu'elle ne parvienne à les intégrer.

Ses petits-enfants arrivèrent. Leur adressa-t-elle seulement un sourire ? D'ordinaire, leur simple présence lui donnait le sourire.

Bob Tate était là, se tenant un peu à l'écart. C'était lui qui lui avait téléphoné pour lui annoncer…

Alice.

— Excusez-moi, bredouilla-t-elle en s'efforçant de se concentrer sur les paroles du médecin. Vous dites qu'elle ne se rappelle pas qui elle est ?

— Elle a subi un grave traumatisme, madame Bodine. Sur le long terme. Un traumatisme physique, psychique et affectif.

— Sur le long terme… répéta Cora d'un ton absent.

Tate s'accroupit devant elle et chercha son regard.

— Pour dire les choses clairement, il semble qu'elle ait été séquestrée pendant des années. Quelqu'un la retenait prisonnière et la battait. Elle a des cicatrices dans le dos et à la cheville. Elle était probablement enchaînée. Elle a également été violée. Elle a eu des enfants.

Un violent frisson parcourut Cora.

— Des enfants…

— Plusieurs, d'après le médecin.

Oui, mieux valait dire les choses clairement, même si elles étaient horribles.

— Elle a été enlevée... Elle était attachée... Quelqu'un la frappait et la violait... Mon Alice.

— Certaines cicatrices sont anciennes, d'autres, récentes. Elle a également souffert sur le plan psychique. Le Dr Grove a demandé qu'elle soit vue par un spécialiste.

Des années. Cora savait à quelle vitesse les années défilaient, même si le temps semblait parfois s'écouler au ralenti.

Des années. Son enfant, sa petite fille avait été enfermée et torturée pendant des années.

— Qui lui a fait ça ? demanda-t-elle, la rage commençant à sourdre au travers du brouillard qui lui embrumait l'esprit.

Le shérif lui prit les mains et les serra entre les siennes.

— Nous l'ignorons, mais je vous promets, Cora, sur ma vie, que je remuerai ciel et terre pour le retrouver et le faire payer. Je vous le jure.

— Je veux la voir.

Le Dr Grove s'avança vers elle.

— Elle ne vous reconnaîtra peut-être pas, madame Bodine. Préparez-vous à cette éventualité. Vous risquez également d'être choquée par son apparence et son comportement.

— Je suis sa mère.

— Certes, mais il se peut qu'elle ne vous reconnaisse pas. Vous devrez rester très calme. Instinctivement, vous aurez envie de la prendre dans vos bras, de lui poser des questions. N'attendez pas forcément des réponses. Si elle manifeste de l'agitation, il faudra la laisser seule, lui accorder du temps. Vous en sentez-vous capable ?

— Je ne désire que son bien, mais je veux la voir de mes yeux.

— Elle n'est plus la même. Préparez-vous, Cora, insista Tate.

— Je viens avec toi, déclara Maureen en se levant. Je resterai dans le couloir, mais je ne veux pas que tu y ailles seule.

Cora exerça une pression sur la main de sa mère, puis elle prit celle de sa fille et se leva à son tour.

— Je vous accompagne, dit Grove en ouvrant le chemin. Évitez de lui poser trop de questions, et essayez de ne pas montrer vos émotions. Restez calme. Elle ne voudra peut-être pas qu'on la touche, et elle refusera peut-être de parler. Appelez-la par son prénom. Elle pense s'appeler Esther.

— Esther ?

— Oui, mais le shérif l'a appelée Alice, hier, et cela a semblé l'apaiser.

— Elle l'a reconnu ?

— Je ne crois pas, tout du moins pas consciemment, mais il a réussi à établir un contact.

Grove s'arrêta devant la chambre avant d'ajouter :

— Le shérif Tate affirme que vous êtes une femme forte.

— Je l'espère.

En hochant la tête, le médecin ouvrit la porte.

Dans l'esprit de Cora, Alice était demeurée une jolie jeune fille de nature rebelle qui s'était enfuie pour devenir une star de cinéma. Ou encore une fillette en robe à volants et bottes de cowboy. Un bébé qui se réveillait la nuit et qu'elle berçait tendrement. Une adolescente insolente, une petite fille qui venait chercher le réconfort dans le lit de sa mère quand elle avait fait un cauchemar.

La femme étendue sur le lit d'hôpital ne ressemblait à aucune de ces précieuses images. Elle avait les cheveux gris, le visage meurtri, de profondes rides autour des yeux et de la bouche.

Et pourtant, pensa Cora, elle l'aurait reconnue. Son cœur se serra et ses jambes vacillèrent. Maureen serra sa main un peu plus fort.

— Je suis là, maman. Je serai là, je reste ici.

Cora redressa les épaules et s'avança dans la chambre. Les yeux d'Alice, aussi verts que ceux de son père, remuèrent en tous sens, terrorisés.

— N'aie pas peur, ma chérie. Tout va bien, maintenant. Personne ne te fera plus de mal. Je ne laisserai personne te faire du mal.

— Où est l'homme ? Où est…

— Bob Tate ? Juste là, dans le couloir. C'est lui qui m'a prévenue que tu étais là. Je suis si heureuse de te revoir, mon Alice.

— Esther ! protesta Alice en rentrant la tête dans les épaules. Je ne veux plus de piqûres. Monsieur sera très en colère. Je ne peux pas rester ici.

— J'avais une institutrice qui s'appelait Esther, improvisa Cora. Esther Tanner. Elle était très gentille. Mais je t'ai baptisée Alice, comme la maman de ton papa. Alice Ann Bodine, mon petit chat.

Était-ce l'espoir qui l'aveuglait, ou Cora entrevit-elle réellement une furtive lueur dans ce regard affolé ? Lentement, très lentement, elle s'assit sur le bord du lit.

— Mon petit chat… C'est comme ça que je t'appelais quand tu étais petite et que tu ne voulais pas dormir. Oh, tu luttais contre le sommeil comme s'il était ton pire ennemi. Mon Alice ne voulait pas manquer une minute de vie.

— Non. Alice était une dépravée, une souillon. Dieu l'a punie de ses vices.

La rage étreignit le cœur de Cora, mais elle s'efforça de l'étouffer. Le temps de la colère viendrait plus tard.

— Alice avait du caractère, elle n'en faisait qu'à sa tête, mais elle n'a jamais était une dépravée ni une souillon. Oh, tu me rendais folle, parfois, mon petit chat, mais tu me faisais rire aussi, et tu me rendais fière. Comme ce jour où tu as pris la défense de la petite Emma Winthrop, parce que ses camarades se moquaient de sa claudication. Tu en as poussé deux tellement fort qu'elles sont tombées à la renverse. Cela t'a valu des ennuis, mais j'étais si fière de toi.

Alice secoua la tête. Prudemment, Cora lui encadra le visage de ses mains.

— Je t'aime, mon Alice. Ta maman t'a toujours aimée et t'aimera toujours.

Alice secoua de nouveau la tête, brutalement. En lui souriant, Cora ramena ses mains sur ses genoux.

— Sais-tu qui d'autre est là ? Reenie et Grammy. Tu pourras les voir tout à l'heure, si tu veux. Nous sommes tous si heureux que tu sois de retour.

Le regard fuyant, Alice frotta ses lèvres l'une contre l'autre.

— Monsieur subvient à mes besoins. Je dois rentrer. J'ai une maison que Monsieur a construite pour moi. Je l'entretiens. Je dois rentrer faire le ménage.

Malgré la fureur qui la dévorait, Cora continua de sourire.

— J'aimerais beaucoup voir ta maison. Où se trouve-t-elle ?

Le regard égaré d'Alice se posa un instant sur Cora.

— Je ne sais pas, je me suis perdue. J'ai péché, j'ai cédé à la tentation.

— Ne t'inquiète pas, ce n'est pas grave. Tu as l'air épuisée, je vais te laisser te reposer. Mais d'abord, je voudrais te donner quelque chose, quelque chose qui m'est très cher.

En se levant, Cora glissa une main dans sa poche. Elle avait sorti la photo de son sac à main durant le trajet en voiture. Délicatement, elle la plaça au creux de la paume d'Alice. Une photo d'elle joue contre joue avec ses deux filles adolescentes, souriant toutes trois à l'objectif.

— Ton grand-père l'avait prise le matin de Noël, tu avais seize ans. Garde-la. Si tu as peur, regarde-la. Maintenant, repose-toi, mon Alice. Je t'aime.

Cora rejoignit Maureen dans le couloir, où elle laissa enfin couler ses larmes.

— Ça va aller, maman. Tu as été parfaite.

— Elle a l'air si affaiblie, si effrayée. Ses cheveux, oh, Reenie, ses beaux cheveux...

— Nous allons prendre soin d'elle, maintenant. Viens, allons nous asseoir, dit Maureen en entraînant sa mère vers la salle d'attente. Chase, va chercher un thé pour maman, et un pour Grammy. Assieds-toi, maman.

Miss Fancy prit Cora dans ses bras et la berça doucement.

— Docteur Grove, pourrais-je vous parler un instant ? demanda Maureen.

Et elle s'éloigna avec le médecin.

— Tout d'abord, dit-elle, vous avez parlé tout à l'heure d'un spécialiste. Je suppose qu'il s'agit d'un psychiatre.

— Oui.

— Je voudrais connaître son nom et ses qualifications. Comprenez-moi, poursuivit-elle avant qu'il ne prenne la parole, ma mère est une femme forte, c'est vrai, mais elle a besoin d'être conseillée – et ma sœur, encore davantage. C'est moi qui assumerai ce rôle. Par conséquent, je souhaite être informée précisément de son état et des traitements qui lui seront prodigués. Si vous le permettez, ajouta-t-elle en sortant son téléphone, je vous enregistrerai, afin d'éviter tout risque d'oubli ou de confusion. Mais tout d'abord, je tiens à vous remercier pour votre bienveillance à l'égard de ma sœur et pour la compassion que vous avez témoignée à ma mère.

— Je tâcherai de vous renseigner pour le mieux. Dans l'intérêt de la patiente, je crois que nous devrions avoir un entretien avec le Dr Minnow, vous et moi, avant qu'elle ne voie Alice.

— Celia Minnow ?

— Vous la connaissez ?

— Oui. Du coup, nous pouvons passer sur ses qualifications. Je veux bien la rencontrer, dès qu'elle sera disponible. À présent, si vous voulez bien me parler de l'état physiologique d'Alice...

Maureen lança l'enregistrement.

Prenant les devants sur sa mère, Bodine attendit que Tate sorte de la salle d'attente pour lui emboîter le pas.

— Je voudrais vous poser quelques questions.

— Je comprends, Bodine, mais…

Elle glissa un bras sous le sien et l'entraîna vers le fond du couloir.

— Vous avez dit qu'elle avait été violée. Avez-vous procédé à des analyses ?

— Oui.

— Êtes-vous en possession d'un échantillon d'ADN du violeur ? Je regarde suffisamment de séries policières.

— Tu devrais savoir qu'elles ne sont pas toujours fidèles à la réalité. Les résultats des tests ne sont pas immédiats, et à supposer qu'on puisse prélever de l'ADN, il nous faudrait un suspect pour établir des comparaisons.

— Elle pourra peut-être identifier celui qui la séquestrait.

D'un geste las, le shérif se gratta l'arrière du crâne.

— Pour l'instant, elle ne sait même pas qui elle est.

— Certes… Qui l'a retrouvée, et où ?

— Un jeune couple, sur le bord de la Route 12. On ne sait pas d'où elle venait, elle était inconsciente. Elle portait une robe d'intérieur et des pantoufles. Elle n'avait pas de papiers d'identité, ni rien d'autre.

— Combien de kilomètres a-t-elle pu parcourir, dans cette tenue ? s'interrogea Bodine en marchant de long en large dans le couloir.

— Nous avons envoyé ses vêtements à l'identité judiciaire, qui relèvera peut-être des indices. Là encore, nous devrons être patients. Toutes ces procédures prennent du temps, Bodine. Tu dois me faire confiance. Il n'y a pas une pierre que je ne retournerais pas pour savoir qui lui a fait ça.

— Je n'en doute pas une seule seconde. J'essaye seulement de comprendre, et j'ai besoin de pistes de réflexion concrètes. L'idée qu'elle ait pu être enlevée et séquestrée depuis qu'elle était partie de chez ses parents…

— Je ne pense pas. On a retrouvé sa voiture dans le Nevada, et elle a envoyé des cartes postales de Californie.

— C'est vrai… Alors elle était revenue dans la région. Ou plutôt, on l'a ramenée dans la région. Elle n'a pas pu revenir en pantoufles du Nevada ou de Californie.

Un premier élément de réflexion, pensa-t-elle.

— Vous avez dit également qu'elle avait eu des enfants ? Où sont-ils ? Seigneur, ce seraient mes cousins, murmura-t-elle en se pressant les doigts sur les yeux. Je ne l'avais jamais considérée comme ma tante… En vérité, pour moi, c'était un peu comme si elle n'avait jamais existé…

Bodine convainquit sa mère de rentrer avec elle et Rory, en se servant de Grammy comme argument. Grammy ne pouvait pas passer la nuit dans une salle d'attente d'hôpital ; elle devait venir dormir au ranch, on ne pouvait pas la laisser seule.

Cora ne voulait pas bouger, si bien que Sam et Chase restèrent avec elle.

Ils se relaieraient.

Comme personne n'avait mangé à l'hôpital, Bodine réchauffa le repas que la loyale Clémentine avait terminé de préparer. Voyant que Maureen et Miss Fancy touchaient à peine à leurs assiettes, elle se sentit obligée d'intervenir.

— Apparemment, il n'y a que Rory qui aura droit à un whisky après ce souper tardif. Il me semblait que nous avions tous grand besoin d'un remontant, mais il est hors de question que vous buviez de l'alcool sur des estomacs vides.

Miss Fancy esquissa un faible sourire et mangea une bouchée de bœuf.

— J'ai nourri tellement de colère pour cette fille… soupira-t-elle.

— Et moi donc, murmura Maureen. De la colère, du ressentiment… En mon for intérieur, je l'ai traitée de tous les noms.

— Oh, arrêtez, toutes les deux !

Choqué, Rory redressa le buste.

— Calme-toi, Bodine, marmonna-t-il.

— Je dis ce que je veux ! Alice a fait souffrir Nana, c'est pour ça que Maureen et Grammy lui en voulaient, et c'est normal. Ce qui lui est arrivé est bien malheureux, mais ça ne change rien au fait qu'elle soit partie comme une voleuse. Elle aurait mérité un bon coup de pied où je pense.

— Arrête, Bodine ! lui lança son frère.

Elle le fusilla du regard.

— Personne ici n'est responsable de ce qui lui est arrivé. Je suis libre de donner mon opinion. Alors laisse-moi parler et mange.

— Je n'aime pas beaucoup ce ton, intervint Maureen sèchement.

— Je n'aime pas que ma mère et ma grand-mère se fustigent pour une faute qu'elles n'ont pas commise.

— Moi non plus, je n'aime pas ce ton, déclara Miss Fancy. Il n'empêche que Bodine a raison.

— Qu'elle s'exprime plus respectueusement, bougonna Maureen en s'emparant de sa fourchette.

— La famille doit se serrer les coudes, tempéra Rory en parcourant la tablée du regard, et il est vrai que la culpabilité ne nous unira pas. Voilà comment tu aurais dû présenter les choses, Bo.

— Ce garçon a parlé sagement, approuva Miss Fancy en lui frictionnant la main. Alice aura besoin de nous, en effet. Cora aussi.

Du bout des lèvres, Maureen mangea un morceau de viande.

— D'après le médecin, elle pourra quitter l'hôpital d'ici quelques jours. Mais il a dit qu'elle serait encore très fragile, sur le plan affectif. Ils pourraient la transférer en service psychiatrique jusqu'à… Mais je…

— Quoi, ma chérie ?

— J'ai discuté avec Celia Minnow, qui s'occupera d'elle. Elle pense que nous pourrions l'accueillir ici. C'est là qu'elle a grandi. Sa famille est là. Nous pourrions engager une infirmière, si besoin. Celia viendra ici, pour le suivi. Ou bien nous emmènerons Alice à l'hôpital. Nous en reparlerons tous ensemble, car ce serait une lourde charge.

— Bien sûr qu'elle peut venir ici, dit Bodine, et elle se tourna vers Rory, qui approuva de la tête. Ce n'est pas la place qui manque ; elle serait en terrain connu, en effet.

— Voilà qui allège mon fardeau, murmura Miss Fancy. Bodine, je ne pourrai pas avaler une bouchée de plus, mais je crois avoir mérité un doigt de whisky avant d'aller me coucher. Ça m'aidera à dormir.

Bodine se leva, sortit des verres, en remplit un pour Miss Fancy, puis elle interrogea sa mère du regard, qui lui montra deux doigts. Quand tout le monde fut servi, Maureen leva son verre.

— Aussi dure qu'ait été la route pour Alice, aussi dure qu'elle le sera sûrement encore, buvons à sa santé. À son retour.

Se servant encore de Grammy comme argument, Bodine convainquit sa mère de monter, préparer la chambre de celle-ci, puis d'essayer de se reposer. Rory et elle se chargeraient de ranger la cuisine.

— On ne peut pas laisser tomber Alice, dit Rory. Devons-nous l'appeler « Tante Alice » ? Oh, Seigneur…

— « Alice » tout court suffira, je crois. Nous devrons nous relayer, si elle vient au ranch. Probablement engager des infirmières psychiatriques. Maman s'en chargera. Ça l'aidera d'avoir à s'occuper de choses concrètes. Il se peut aussi que Nana et Grammy restent là quelque temps.

— On a de la place, ce n'est pas un problème. Savoir depuis combien de temps elle était là, dans la région…

— Je me posais exactement la même question, répondit Bodine tout en essuyant le comptoir.

— J'étais persuadé qu'elle était morte.

— Moi aussi. Je ne pouvais pas concevoir qu'elle ne donne aucune nouvelle, si elle était en vie. Pendant toutes ces années… Quand je pense qu'elle était séquestrée tout près d'ici. On passait peut-être à proximité de l'endroit où elle était prisonnière, en voiture, à cheval…

— Ça devait être isolé, tu ne crois pas ?

— Je n'en sais rien. Tu te rappelles ces femmes qui ont été séquestrées pendant des années, dans l'Ohio, si ma mémoire est bonne ? Les voisins ne se doutaient de rien.

— C'est dingue. Je ne comprends pas comment on peut être aussi cruel. Ça me rend malade.

Écœuré, Rory jeta son torchon.

— Je monte me coucher, dit-il. Je me lèverai tôt, demain, pour aller relayer papa et Chase.

— Maman voudra venir avec toi. Elle arrivera peut-être à convaincre Nana de rentrer, au moins pour se changer. Dans ce cas, j'irai chercher Cora en voiture.

Rory s'approcha de sa sœur et l'attira contre lui.

— Tu es parfois insupportable, mais j'aurais sûrement été furieux, moi aussi, si tu avais disparu comme Alice.

— C'est réciproque.

— Monte te reposer, toi aussi.

Il lui embrassa le sommet du crâne, et se dirigea vers l'escalier.

Consciente qu'elle ne parviendrait pas à trouver le sommeil, Bodine décida de sortir marcher. Elle savait exactement où ses pas la mèneraient ; néanmoins, elle ne se l'avoua pas avant de se retrouver devant le cabanon.

Callen ouvrit si rapidement, quand elle frappa, qu'elle en déduisit qu'il l'attendait.

— Tu es au courant ?

— Oui, Clémentine m'a annoncé la nouvelle, répondit-il en lui prenant la main pour l'attirer à l'intérieur. Ça va, toi ?

— Je n'en sais trop rien, mais peu importe.

Il lui frictionna les bras, puis s'écarta afin de la regarder.

— Je ne t'ai pas appelée ni envoyé de texto pour ne pas t'importuner. Pour la même raison, je me suis retenu d'aller vous rejoindre quand j'ai vu de la lumière dans la cuisine.

Mais il l'avait attendue, pensa-t-elle.

— Tu peux me serrer dans tes bras une minute ?

— Avec plaisir. Comment va Cora ?

— Elle est restée à l'hôpital. Callen, on pourrait s'allonger, s'il te plaît ? Sans arrière-pensée. Je suis trop fatiguée pour rester debout et je n'ai pas envie de m'asseoir.

Il lui enlaça la taille et la conduisit à la chambre.

— Enlève tes bottes.

Elle s'étendit sur le lit et le laissa les lui ôter.

— Merci. Je vais tout te raconter. Ça m'aidera peut-être à comprendre.

— Vas-y, je t'écoute, dit-il en s'allongeant près d'elle.

— Quand je suis revenue du bureau, ma mère pleurait.

Elle lui fit le récit détaillé des événements, et il ne l'interrompit que rarement, la laissant relater et analyser ce qu'elle avait vu, entendu, ressenti.

— Ma mère est décidée à l'accueillir au ranch, conclut-elle. Elle viendra peut-être dans quelques jours, ou dans quelques mois.

— Ça t'inquiète ?

— Je m'inquiète du stress que ça va causer à ma mère. Ce qui m'inquiète aussi, c'est qu'on n'arrête pas ce taré assez vite, et que sa menace plane au-dessus de nous comme une tempête prête à éclater. Tout près de chez nous, il y a un monstre capable de faire des choses pareilles. Elle a eu des enfants, tu te rends compte ? Ils ont peut-être mon âge, ou celui de Rory, ou bien il y en a de plus jeunes. Sont-ils eux aussi séquestrés et torturés ? S'agit-il d'une sorte de secte ?

Callen lui écarta les cheveux du visage.

— Tout cela est inquiétant, en effet.

— On dirait qu'on nous a jeté un mauvais sort. La mort de ces deux femmes, Alice… Tout d'un coup, le monde a basculé. Tu peux me serrer contre toi ? Je voudrais fermer les yeux une minute.

— Bien sûr.

Il la prit dans ses bras, et la sentit s'assoupir sitôt qu'elle baissa les paupières. Il comprenait ses craintes, chacune d'entre elles. Cependant, il y avait un danger qu'elle n'avait pas évoqué, pourtant terriblement angoissant.

Alice Bodine n'était pas morte. Vivante, lorsqu'elle aurait recouvré ses facultés, elle serait en mesure d'identifier celui qui l'avait enfermée, battue et violée.

Un homme capable d'une telle cruauté n'hésiterait pas à tuer celle qui connaissait son visage. Et quiconque se dresserait sur son chemin.

Bodine se réveilla la tête sur l'épaule de Callen, qui la tenait toujours contre lui, et elle n'aurait su exprimer sa gratitude pour le réconfort qu'il lui procurait.

Lorsqu'elle tenta de se dégager de son étreinte, il la serra plus fort.

— Essaye de dormir encore, lui chuchota-t-il.

— Je ne voulais pas m'endormir. Je dois retourner au ranch, au cas où ils auraient besoin de moi.

Elle se redressa en position assise, ramena ses cheveux en arrière. Callen les lui caressa, puis il se redressa à son tour. Elle avait envie de se pelotonner contre lui, juste une minute, mais…

— Ton réveil est à l'heure ?

Il y jeta un coup d'œil : 3 h35.

— Oui.

— Ce n'est pas vraiment une heure pour parler de ce genre de choses, mais on aura peut-être besoin de toi au ranch dans les jours à venir. Au moins deux d'entre nous devront rester à l'hôpital.

— Pas de problème.

— Pas demain, enfin pas aujourd'hui, dit-elle en enfilant ses bottes. Tu dois aller voir ta mère.

— Je peux repousser.

— Non, elle attend ta visite, répliqua-t-elle en se blottissant contre lui. Merci d'avoir été un ami quand j'en avais besoin.

— Je suis ton ami tout le temps. Mais la prochaine fois, j'aurai sûrement envie de toi.

Comme il l'espérait, cela la fit rire. Elle lui tint le visage et l'embrassa.

— Moi aussi, ne t'en fais pas, rétorqua-t-elle.

— Fais-le-moi savoir.

— Je n'y manquerai pas. Puisque j'ai un peu dormi, je vais aller à l'hôpital, prendre la relève de mon père et de Chase, qu'ils le veuillent ou non. Chase aura besoin d'un ami, lui aussi.

— Il peut compter sur moi, même si on ne couche pas ensemble.

En riant, Bodine se leva et se dirigea vers la porte.

— Vous étiez partis tous les deux, Alice et toi, mais vous n'êtes pas revenus de la même manière. Rendors-toi, Skinner.

Sans prendre la peine de se déshabiller, il se rallongea lorsqu'il entendit la porte se refermer. Mais il ne se rendormit pas.

18

Bien qu'il eût une journée chargée, Callen se rendit à l'écurie et commença de nettoyer les stalles. De toute façon, il était debout ; autant se rendre utile.

Il avait choisi cette tâche particulière car il connaissait les habitudes de Chase aussi bien que les siennes.

Celui-ci arriva une vingtaine de minutes après lui, les yeux cernés, l'air fatigué et de mauvaise humeur.

— C'était prévu que tu bosses au ranch aujourd'hui ? lui demanda-t-il.

— Non, j'avais du temps à tuer.

— Tu aimes ramasser le crottin ?

— C'est ma vocation, répondit Callen en se redressant et en s'appuyant sur sa pelle. Dis-moi ce que je peux faire.

— Je ne vois pas trop ce qu'on peut faire… On attend, pour l'instant. On ne sait même pas quoi exactement. Une chose est sûre, c'est qu'il faut que quelqu'un reste auprès de Nana, sinon elle va finir par s'écrouler.

Nana était aussi un peu sa grand-mère, pensa Callen. Aussi loin qu'il se souvienne, elle l'avait toujours été.

— Comment va-t-elle ?

— Elle a un courage d'acier. Je le savais, mais je ne l'avais encore jamais vérifié. Elle a tenu à passer la nuit au chevet d'Alice. J'ai jeté un coup d'œil dans la chambre, deux ou trois fois, mon père aussi. Elles avaient l'air de dormir toutes les deux. Bodine est venue nous rejoindre vers 5 heures et demie, avec des vêtements de rechange pour Nana. Elle a insisté pour qu'on rentre, mon père et moi.

— La pomme ne tombe jamais loin de l'arbre.

— Je sais. En revanche, je ne connais pas Alice, déclara Chase abruptement. Je n'ai aucun sentiment pour elle, si ce n'est que je suis atterré et peiné par l'enfer qu'elle a vécu pendant toutes ces années. Mais je ne la connais pas, je n'ai aucun lien avec elle. Je dois penser à ma famille.

À court de mots, il se passa les mains sur le visage.

— Grammy a presque quatre-vingt-dix ans, ajouta-t-il. Comment l'empêcher de passer des heures dans une salle d'attente d'hôpital ?

— Trouve-lui quelque chose à faire.

Chase écarta les bras, puis les laissa retomber, signe manifeste de frustration chez un homme économe de ses paroles et de ses gestes.

— Quoi ?

— Je n'en sais rien... Un truc de grand-mère. C'est la grand-mère d'Alice. Elle l'a connue, elle. Dans tous les cas, tu n'as pas à culpabiliser, mon pote.

— Alice est la sœur de ma mère.

— Et alors ? Tu ne l'as jamais vue de ta vie. Des vêtements ! s'écria Callen, soudain inspiré.

— Quoi, des vêtements ?

— Bodine m'a dit qu'Alice n'avait rien d'autre que les vêtements qu'elle portait, et la police les a emportés pour les analyser. Elle aura besoin de vêtements, non ?

— Ouais, mais...

— Au petit déjeuner, tu mentionnes qu'Alice n'a rien d'autre que des chemises d'hôpital. Je te parie ma paye d'une semaine que ta mère et Miss Fancy se lèveront d'un bond pour y remédier.

— Je... Ouais, c'est vrai, tu as raison. Je n'y avais pas pensé.

— Elles non plus, certainement, répliqua Callen en jetant une pelletée de paille souillée dans la brouette. Elles sont encore sous le choc, mais elles ne vont pas tarder à se préoccuper de questions pratiques. Tu y penses avant elles, elles réagiront au quart de tour.

— Tu sais que tu as de bonnes idées ?

— Je résous des problèmes d'ordre mondial en ramassant du crottin.

Un sourire étira les lèvres de Chase, puis son visage se rembrunit aussitôt.

— Cal, il y a un type dans les parages capable de faire ce qu'il a fait à Alice. Tu as une solution ?

— J'y réfléchirai, j'ai encore plein de crottin à ramasser. Prends soin de ta famille, et n'oublie pas que je peux prendre mon tour dans la salle d'attente. Je serai à Missoula cet après-midi. Je peux faire un crochet par l'hôpital, au retour.

— Pas de refus.

Callen hocha la tête.

— J'y passerai, dit-il, et il se remit au travail.

Dans l'après-midi, après avoir ajusté le planning, appelé Maddie pour une leçon de dernière minute et chargé Ben de gérer les imprévus, Callen frappait à la porte bleu roi de la jolie maison de sa sœur. Les fenêtres étaient ornées de jardinières rouges, fabriquées par son beau-frère, garnies de pensées jaunes et violettes, sûrement plantées par sa sœur.

Il savait qu'il y avait une serre dans le jardin derrière la maison, ainsi qu'une balançoire en forme de vaisseau spatial. Savannah et Justin les avaient construites ensemble, comme ils avaient bâti ensemble leur vie, leur famille, leur ravissante boutique d'artisanat et le petit atelier doté d'un four à céramique, où Savannah confectionnait des poteries.

Elle avait toujours été habile de ses mains, capable de donner une nouvelle vie à ce que d'autres mettaient au rebut.

Enfant, Callen préférait le ranch et la compagnie de Chase à celle de sa sœur, avec qui il se chamaillait souvent. Néanmoins, il avait toujours eu de l'admiration pour sa créativité, ainsi que pour son calme imperturbable – quand bien même son attitude détachée le mettait hors de lui lorsqu'il avait le sang qui bouillonnait.

Une bouffée de tendresse l'envahit quand Savannah ouvrit la porte, ses cheveux bruns tressés, son visage aussi joli qu'un bouton de rose, une chemise écossaise tendue à craquer sur son ventre rond comme un ballon.

— Comment fais-tu pour sortir du lit avec ce ventre de baleine ? demanda-t-il en lui touchant l'abdomen du doigt.

— Justin a installé un système de poulies.

— Je n'en attendais pas moins de sa part. Où est ton fiston ?

— Il fait la sieste. Malheureusement, cette précieuse heure touche à sa fin. Entre vite, tant que la maison est encore calme. Il a monté le chiot dans sa chambre. Il croit que je ne le sais pas.

Savannah embrassa son frère, le heurtant de son ventre rebondi, puis elle le précéda jusqu'au séjour : un grand canapé bleu à motifs de coquelicots, des fauteuils à rayures rouges et bleues, chinés sur des marchés aux puces et retapissés. Comme les tables qu'ils avaient restaurées, les lampes récupérées par Savannah, repeintes et rénovées.

Et toutes sortes d'objets de déco hétéroclites – rien de parfait, rien d'assorti, pensa Callen, ce qui faisait la personnalité d'un intérieur.

Sa sœur se laissa tomber dans un fauteuil, les mains sur son ventre.

— Maman se prépare. Tu es en avance. Tu veux un café ? J'ai déjà bu l'unique tasse à laquelle j'ai droit – je n'arrive pas à m'en passer – mais je peux en préparer.

— Ne te dérange pas.

— Une infusion de sassafras, alors, peut-être, cowboy ?

— Jamais de la vie. Très peu pour moi, les breuvages de hippie. Comment se fait-il que tu ne sois pas à la boutique ?

— J'ai pris une journée de repos. J'avais des trucs à terminer à l'atelier, et Justin commence à devenir une vraie mère poule, à ce stade de la cuisson. Elle tapota à nouveau son ventre. J'aurais pu emmener maman au cimetière, tu sais. Je connais ta position à ce sujet.

— Bah, je peux bien y aller.

— Je peux appeler la baby-sitter, si tu veux que je vous accompagne.

— Ce n'est pas la peine, ne t'inquiète pas, Vanna.

— En vérité, maman se fait une joie de passer un moment avec toi.

Elle leva les yeux vers le plafond en entendant un bruit sourd, suivi d'une série de jappements et d'éclats de rire enfantin.

— Ah, l'heure de la sieste est finie.

— Je monte le chercher, dit Callen en se levant.

Sa sœur lui fit signe de se rasseoir.

— Crois-moi, il connaît le chemin. J'ai commis l'erreur de lui dire que tu venais. Prépare-toi à la tornade.

— C'est toujours un plaisir pour moi de le voir. Il a ton esprit rusé et le côté plaisantin de Justin. Vous avez fait un gosse sympa.

— Et bientôt un deuxième. Tu veux savoir quel genre ?

— Quel genre de quoi ? Oh, un garçon ou une fille. Je croyais que vous ne vouliez pas savoir.

— On ne voulait pas. On voulait avoir la surprise, comme pour Brody. Et puis finalement, au moment de peindre sa chambre, on n'a pas pu résister.

— Alors ?

— Fraise.

Callen tendit la jambe pour donner un petit coup de pied à sa sœur.

— Rose ? Une fille, super ! Vous en aurez un de chaque, bon équilibre. Waouh, c'est trop bizarre… dit-il en regardant le ventre de Savannah frémir.

— Elle sait qu'on parle d'elle. Après moult délibérations, elle s'appellera Aubra ou Lilah. L'un des deux sera son premier prénom, l'autre, le deuxième. Qu'est-ce que tu préfères ?

— J'imagine que l'un est le choix de la maman, l'autre, du papa. Ce n'est pas à moi de trancher.

— Dis-moi juste lequel tu préfères.

— Aubra, je crois.

— Yes ! s'exclama-t-elle en levant le poing. Une voix de plus pour moi. En fait, j'aimerais convaincre Justin de l'appeler Aubra Rose. Comme ça, si on a une autre fille, on pourra l'appeler Lilah.

— Vous pensez déjà au troisième ?

Un jeune labrador dévala l'escalier et sauta sur les genoux de Callen, puis il posa les pattes contre son torse et lui lécha affectueusement le visage.

Brody descendait les marches une à une, un seau en plastique à la main, les cheveux en bataille, les joues roses et les yeux aussi pétillants que ceux du chiot.

— Cal, Cal, Cal !

Le reste du babillage était trop rapide pour Callen, qui n'avait qu'une maîtrise limitée du langage des bambins, mais lorsque le garçonnet lâcha son seau pour se précipiter sur ses genoux, comme le chien, il comprit parfaitement le message.

Il ignorait comment il avait mérité autant d'amour, mais cela le combla de joie.

En se tortillant, Brody se dégagea de son étreinte et ramassa son seau, puis il alla fouiller dans sa caisse à jouets, d'où il exhiba une figurine.

— 'Ronman.

— Je vois ça. Je croyais que tu étais fan des Power Rangers.

— Red Ranger. Hulk. Capain 'Merca, Sliver Ranger.

— Silver, rectifia sa mère. Sil-ver.

— Sil-ver.

Le garçonnet énuméra sa collection tout en l'étalant devant son oncle.

— Maman lui en achète sans arrêt.

— Et alors, si ça me fait plaisir ? dit Katie Skinner en parvenant au bas de l'escalier.

Elle portait une robe gris foncé et des bottines noires pour pieds sensibles. Et elle respirait le bonheur, pensa Callen. Ce qui n'avait pas toujours été le cas. Une parure qui lui allait bien, comme ses cheveux qu'elle laissait grisonner, et son éclat de rire lorsque Brody courut s'agripper à ses jambes.

— Cal ! lui dit-il.

— Je vois.

— Cal jouer.

— Amuse-toi un moment avec lui, dit-elle à son fils. On a le temps. Je vais préparer une tisane pour Savannah.

— Merci, maman, c'est gentil.

— Elle veut du sassafras, précisa Callen en s'asseyant par terre, pour la plus grande joie de son neveu et du chiot.

— Exactement, confirma sa sœur.

Callen se composa une armée de figurines et les aligna en rang de bataille.

— Vous avez rallumé une lumière en elle, Vanna. Toi, Justin et ce grand garçon.

— Je crois qu'elle a remonté la pente. Elle va de mieux en mieux, surtout depuis que tu es revenu. Et elle est contente de te savoir avec Bodine Longbow.

Callen redressa la tête, le sourcil froncé.

— Aurais-tu oublié que tout se sait très vite ici ? dit Savannah en riant et en se tenant le ventre. Tout le monde vous a vus danser sexy, samedi soir au Roundup.

— Danser sexy… répéta-t-il en couvrant les oreilles de Brody. Est-ce une façon de parler devant un enfant ?

— Avec son papa, on ne se gêne pas pour danser sexy devant lui.

— Ne m'en dis pas plus ou je vais devoir me boucher les oreilles.

Avec un sourire entendu, Savannah caressa l'une de ses tresses.

— Alors comme ça, tu es avec Bodine ?

— Ne tire pas de conclusions hâtives.

— Je l'ai toujours bien aimée. Tu ne le sais peut-être pas, mais elle me donnait régulièrement des vêtements, avant, en me disant que j'étais habile de mes mains, que je pourrais sûrement les rafistoler. En vérité, ils étaient en parfait état, à part peut-être un bouton manquant ou une couture un peu défaite. Elle disait ça pour ne pas me vexer.

Et quand on a ouvert la boutique, elle a été notre première cliente. Elle a bon cœur, et de la classe. Je ne suis pas sûre que tu la mérites, ajouta-t-elle avec un sourire.

— Les femmes sont des créatures bizarres, Brody. Autant que tu l'apprennes tout de suite.

— Des quéatures biza' ! cria Brody en brandissant un Pink Ranger.

Une heure avec sa sœur et son adorable neveu, une heure au restaurant avec sa mère : Callen considérait cela comme de bons moments. Entre les deux, il s'acquittait de son devoir.

À la demande de Katie, il s'arrêta chez un fleuriste, attendit patiemment qu'elle ait fait son choix, et se garda de commentaires quant au bouquet de tulipes jaunes qui selon lui serait fané avant le lendemain.

Il voulut le payer, elle refusa.

Au cimetière, il la laissa ouvrir le chemin. Il n'y était pas revenu depuis l'enterrement et ne pensait jamais y revenir, mais il ne regrettait pas d'avoir accompagné sa mère.

Les allées étaient dégagées, facilement praticables ; la neige avait été repoussée sur les côtés. Néanmoins, il glissa un bras sous celui de sa mère.

Modeste, sobre, la pierre tombale portait pour simple inscription :

Jack William Skinner
Époux et père

Elle ne précisait pas comment il avait accompli ces rôles.

— Je sais que c'est dur pour toi de venir ici, dit Katie. Ce n'était pas sympa de ma part de te le demander.

— Bah…

— Il avait des faiblesses, poursuivit-elle, le vent soufflant dans ses cheveux. Il t'avait fait des promesses qu'il n'a pas tenues.

Pas seulement à moi, pensa Callen en son for intérieur.

— Il nous a rendu la vie dure. Il le savait. Oh, Callen, il le savait, et il faisait des efforts. J'aurais pu le quitter, emmener mes enfants.

— Pourquoi tu ne l'as pas fait ?

Décoiffée par le vent, elle passa une main sur la stèle.

— Je l'aimais, et l'amour est puissant. Il aide à encaisser les coups durs. Il nous aimait. Il souffrait de ses faiblesses, encore plus que moi. Il essayait de les surmonter mais…

Mais… pensa Callen. Il se souvenait de beaucoup de *mais*…

— Parfois, tu avais tout juste de quoi nous acheter à manger, quand les factures s'empilaient.

— Je sais, je sais… acquiesça Katie en caressant la pierre, comme pour apaiser un fantôme. Le jeu était une maladie, chez lui, contre laquelle il se battait. Il n'a jamais blâmé personne d'autre que lui-même, tout à son honneur. Certains rendent les autres responsables de leurs addictions, à l'alcool, à la drogue, au jeu – ce qui est cruel, et violent. Ton père n'a jamais été cruel, et il n'a jamais levé la main ni sur moi ni sur nos enfants. Il n'était pas méchant.

Avec un soupir, elle se redressa et prit la main de son fils.

— Mais il ne s'est jamais beaucoup occupé de toi, ajouta-t-elle.

— Et de toi ?

Callen était furieux que sa mère n'en veuille pas davantage à son père, pour l'argent qu'il avait dilapidé, les conditions dans lesquelles ils avaient vécu, les humiliations qu'ils avaient essuyées.

— Oh, de moi non plus, répondit-elle. Tu m'en veux, je sais, de n'avoir rien fait pour essayer de le changer.

— Je t'en ai voulu, c'est vrai, mais plus maintenant. Que pouvais-tu faire ? Je ne te reproche rien, maman, je te le jure.

Elle scruta son regard, puis ferma les yeux.

— Tu m'ôtes un énorme poids, murmura-t-elle.

— Je suis désolé de ne pas l'avoir fait plus tôt.

— J'avais tort de lui trouver des excuses, dit-elle en exerçant une pression sur sa main. J'ai commis des erreurs et je le regrette. Parfois, il tenait d'assez longues périodes sans jouer, et il se disait qu'il était guéri. Mais il savait qu'il se voilait la face. Et immanquablement, il replongeait. Il participait à une partie de poker amicale, il misait aux courses. Il essayait de se convaincre que ce n'étaient que des petites sommes, que ce n'était pas grave… Il avait cessé d'aller à ses réunions.

— Quelles réunions ?

— Les Joueurs anonymes. Il n'en parlait pas, parce qu'il avait honte. Et il ne m'a rien dit quand il a arrêté d'y aller, mais je m'en suis tout de suite rendu compte. C'est la seule chose à propos de laquelle il m'ait jamais menti – au lieu d'assister à ces réunions, il allait jouer. Je le lui pardonne, car le mensonge ou le jeu, c'était du pareil au même. Il était fier de vous, de toi et de Savannah. Et si tu ne le crois pas, c'est sa faute, pas la tienne. Tu as peut-être oublié les bons moments, mais nous en avons eu : la première fois qu'il t'a mis sur un cheval, ou quand il a ramené notre premier chien à la maison, quand il t'a appris à enfoncer un clou, à réparer une clôture. Il faisait parfois des choses avec toi, et il était fier de toi. Tu sais, il ne s'est jamais pardonné d'avoir perdu le ranch hectare après hectare, d'avoir privé ses enfants de leurs terres.

— C'était notre maison.

— Je vais te dire un secret. Le ranch, ce n'était que du travail pour moi, un moyen de subvenir à nos besoins. J'aurais aimé avoir une maison comme celle de Vanna, des voisins, un petit jardin. Les chevaux, le bétail et les champs n'étaient que d'interminables corvées. Ton père aimait ça. Tu aimes ça. Moi non.

— Mais tu...

Callen laissa sa phrase en suspens, secoua la tête. Les hommes ne pouvaient peut-être pas comprendre les femmes, la force qui les habitait, l'amour dont elles étaient capables.

— J'ai appris à être une épouse de rancher, mais ce n'était pas dans ma nature. Je me plais chez Savannah et sa famille, et je me rends utile, de façon naturelle. Je leur facilite un peu la vie, et chaque jour, je me réjouis de voir combien ils sont heureux ensemble, comme ma fille a réussi sa vie. Je voudrais aussi faire quelque chose pour toi, essayer de compenser ce que tu as perdu.

— Ce n'est pas la peine. Je me débrouille tout seul. Je n'ai pas besoin de ce qui n'est plus.

— Je sais. Ne m'envoyais-tu pas de l'argent tous les mois ? Tu le fais toujours, d'ailleurs, mais tu n'es pas obligé.

— J'en éprouve le besoin, déclara Callen sur un ton sans appel.

— Je sais que tu réussiras dans la vie, Callen, mais ces terres étaient à toi, et je n'ai pas été capable de les garder.

— Je ne veux pas que tu te sentes coupable, maman, je ne veux pas te faire porter ce poids. S'il ne s'agissait que des terres, j'aurais pu les racheter, tout au moins en partie. J'ai préféré partir, pour me prouver que je n'avais besoin de personne. Je suis revenu parce que vous me manquiez. Vous, pas ce lopin de terre.

— Voilà pourquoi je voulais qu'on vienne ici ensemble aujourd'hui : pour pouvoir te dire ces choses et que, peut-être, nous puissions tourner une page. Ton père ne s'est jamais pardonné d'avoir perdu ce qui aurait dû te revenir. Quand il a enfin admis que c'était irrécupérable, le désespoir l'a emporté. Cela, je n'ai pas pu le lui pardonner.

Katie se tourna vers la stèle, et le nom gravé dans la pierre.

— Tout le reste, je le lui ai pardonné, poursuivit-elle. Le jour où nous l'avons enterré ici, je n'avais que de la colère et des reproches dans mon cœur. Je ne pouvais ressentir rien d'autre. Les voisins et les amis étaient là, je leur ai dit ce que j'étais censée leur dire dans ces circonstances. Pareillement, j'ai dit à mes enfants ce que j'étais censée leur dire. Mais pour lui, au fond de moi, je n'avais que des mots amers.

— Mais tu viens fleurir sa tombe.

— Je l'aurais fait même si je ne lui avais pas pardonné. Or je lui ai pardonné. Il a perdu beaucoup plus que quelques hectares de terre, une ferme, des bêtes. Il a perdu le respect sinon l'amour de sa fille, il a perdu son fils. Il n'aura jamais connu ses petits-enfants. Alors je lui ai pardonné. Je viens lui apporter des fleurs et je me souviens des bons moments de notre amour. Savannah et toi, vous êtes le fruit de notre amour, mon miracle. Je peux oublier tout le reste.

Elle se baissa, déposa le bouquet.

— Je ne te demande pas de lui pardonner, Cal. Mais j'avais besoin que tu essayes de me comprendre. Je te souhaite de tout mon cœur, mon garçon, d'être heureux dans la vie.

Trop longtemps, trop souvent, il l'avait jugée faible. Il constatait à présent que Cora Bodine n'était pas la seule à avoir un courage d'acier.

— Je n'ai pas de rancune envers toi, maman. Désolé si je t'en ai donné l'impression. Je ne pouvais pas rester, c'est tout.

— Oh non, Cal, tu as eu raison de partir, dit-elle en sortant un mouchoir de sa poche. Tu m'as terriblement manqué, mais j'étais contente que tu veuilles voler de tes propres ailes.

Il y avait des mots qu'il ne prononçait pas facilement, mais il voyait qu'elle en avait besoin, même si elle ne les réclamerait jamais.

— Je t'aime, maman.

Des larmes roulèrent sur les joues de Katie.

— Callen, Cal... murmura-t-elle en s'appuyant contre lui, le visage contre son torse. Je t'aime tellement, mon garçon, si tu savais comme je t'aime... Maintenant, je sais que je t'ai retrouvé.

Il la sentit exhaler un profond soupir, comme si pendant des années elle avait retenu sa respiration.

— Je suis parti parce qu'il le fallait. Je suis revenu parce que je le voulais. Ma maman me manquait, dit-il, et il l'entendit étouffer un sanglot contre son cœur. Ne t'inquiète plus. Tu as froid. Viens, allons nous mettre au chaud dans la voiture.

Katie regarda la tombe, les fleurs.

— Oui, acquiesça-t-elle. Allons-y.

Il lui enlaça les épaules.

— Ce soir, je sors avec une très belle femme. Je vais l'inviter dans un beau restaurant.

Elle essuya ses dernières larmes.

— Tu m'offriras un verre de vin ?

— Tu bois du vin, maintenant ?

— Ce soir, j'en ai envie.

— Alors nous dégusterons une bonne bouteille.

Il avait vu des traces de pas dans la neige en revenant. Il avait presque réussi à dominer sa colère, mais la rage faillit l'étrangler quand il découvrit la porte ouverte.

Néanmoins, il était sûr de la trouver à l'intérieur. Elle n'aurait pas osé...

Or la maison qu'il lui avait donnée était vide, le ménage à moitié fait.

Elle le payerait, cher, très cher.

Il ressortit, scruta l'obscurité. Bien que masquée par les nuages, la lune éclairait ses traces.

Elle n'irait pas loin. L'ingrate, la catin. Il lui casserait les deux jambes. Elle avait tenté de s'enfuir ? Elle ne remarcherait jamais.

Furieux, il se dirigea vers son bungalow, déverrouilla la porte.

Il avait des réserves pour tenir un an, des sacs de haricots et de riz, de farine et de sel. Des conserves empilées du sol jusqu'au plafond. Un stock de bois à l'intérieur, un autre dehors, sous une bâche.

Sa chambre renfermait son arsenal : trois carabines, deux fusils, six pistolets, et un AR-15 qui lui avait coûté une coquette somme. Il était équipé pour fabriquer des cartouches et possédait suffisamment de munitions de tous types pour livrer une petite guerre.

Le jour viendrait, il le savait, où il faudrait se battre. Il serait prêt. Aux côtés des Citoyens Souverains de cette autrefois grande nation, prêt à se soulever et à renverser le gouvernement corrompu, à reconquérir les terres et les droits dont ils avaient été spoliés au profit des immigrants, des Noirs, des homosexuels et des femmes.

Un gouvernement qui méprisait la Constitution autant que la Bible.

La guerre couvait, et il priait chaque soir pour qu'elle éclate bientôt. Mais ce soir, il avait une autre mission : traquer la femme qu'il avait prise pour épouse, celle qu'il avait nourrie, et qui méritait maintenant d'être punie.

Il choisit un colt, un bon revolver fabriqué aux États-Unis d'Amérique, déjà chargé. Troqua son manteau contre une veste de camouflage, dont il remplit les poches de balles et de cartouches. Il glissa un couteau dans son fourreau, le fixa à sa ceinture, accrocha ses lunettes de vision nocturne autour de son cou et prit un fusil en bandoulière.

Il avait chassé dans ces bois presque toute sa vie. Une catin ignorante et ingrate n'irait pas loin.

Bien que recouverte d'une fine couche de neige, sa piste était facile à suivre. Elle avait pitoyablement tourné en rond.

Au bout d'un moment, toutefois, il s'inquiéta quelque peu en s'apercevant que les traces se dirigeaient vers la route d'un ranch. Il n'avait aucun commerce avec les gens qui vivaient là, et leur luxueuse maison se trouvait à presque deux kilomètres.

Non, elle était trop bête, pensa-t-il avec suffisance en voyant ses empreintes s'éloigner dans la direction opposée.

Il les perdit un instant, estima qu'elle avait dû suivre la route et, en effet, il les retrouva sur le gravier.

Afin de mieux les distinguer, il chaussa ses lunettes. À l'évidence, elle boitait, elle traînait une jambe. Pauvre idiote... Comment avait-elle pu aller aussi loin ? Pauvre idiote, pauvre idiote, se répétait-il, telle une litanie.

Des gouttes de sang. Il s'accroupit, les examina. Difficile à dire, dans la neige, mais elles paraissaient fraîches. Sûrement elle.

Il marchait vite et commençait à avoir mal aux jambes. Une veine se mit à pulser à sa tempe quand il comprit où menaient les traces rouges. Bien qu'essoufflé, il adopta un pas de course, le fusil lui frappant le dos, le revolver pesant contre sa cuisse.

Il la tuerait, ce ne serait que justice.

Ne s'était-il pas dit qu'il devait à nouveau l'enfermer et l'enchaîner ? Prendre une nouvelle femme ? Plus jeune, en âge de porter des enfants. Une femme qui lui aurait donné des fils et non des filles dont il n'avait que faire et qu'il était obligé de revendre.

Il n'aurait plus besoin, maintenant, de l'attacher et de la nourrir. Elle lui avait révélé le plus noir de son âme. Il l'éventrerait comme un chevreuil, les bêtes sauvages dévoreraient sa dépouille.

Avec la prochaine, il serait plus sévère. Il ne lui accorderait pas autant de bonté.

En parvenant à la route, toutefois, il comprit qu'elle lui avait échappé. Avec ses lunettes, il voyait jusqu'à cinq cents mètres et Esther n'était nulle part en vue.

Elle avait dû mourir de froid ou de fatigue. Bon débarras. Même si elle était vivante, elle serait incapable de mener quelqu'un jusque chez lui. Et ces véreux de policiers ne prendraient pas la peine de chercher sa trace comme lui l'avait fait.

Par précaution, cependant, il devait faire disparaître ses empreintes, brouiller les pistes.

Tandis qu'il revenait sur ses pas, la neige se changea en pluie. Dieu veillait sur lui, pensa-t-il avec un sourire satisfait, et il récita une prière silencieuse. La pluie laverait les taches de sang, effacerait les empreintes. Néanmoins, il prit soin de les piétiner, et se réjouit lorsque l'averse s'intensifia, après une heure de travail.

Quand il regagna ses terres, ses jambes tremblaient de fatigue et il était trempé jusqu'aux os.

Mais il trouva l'énergie et la rage de décocher un violent coup de pied au chien.

— Pourquoi l'as-tu laissée partir, corniaud ? maugréa-t-il entre ses dents.

En gémissant, le chien rampa dans sa niche. L'homme dégaina son colt, prêt à l'abattre.

Puis il se ravisa. Au matin, il sellerait un cheval et emmènerait ce maudit clébard courir sur les traces qui pouvaient subsister. Un homme à cheval, en balade avec son chien.

Il rentra dans le bungalow, alluma le feu, se déshabilla, enfila des sous-vêtements de flanelle afin de se réchauffer.

La faim le taraudait, mais le froid et la fatigue eurent raison de lui. En proie à une migraine lancinante, il se mit au lit.

Au matin, se dit-il, il irait couvrir les dernières traces.

En s'endormant, il souhaita à Esther tout le courroux que Dieu destinait aux pervers et aux profanes.

Pendant qu'il la maudissait, Alice passait sa première nuit de liberté depuis plus de vingt-cinq ans dans un sommeil induit par les drogues.

Au matin, le front brûlant, la poitrine serrée, la gorge en feu, il se leva péniblement et se força à s'habiller puis à manger avant de seller son cheval famélique.

Son chien boitait, sa respiration sifflait, mais il effaça les dernières traces de pas, même si la pluie avait fait le plus gros du travail.

Aide-toi et le ciel t'aidera, pensa-t-il, et il chevaucha plus d'une heure, transi.

Au retour, il ne prit pas la peine d'attacher le chien – où serait-il allé ? Éreinté, il dessella sa monture. À l'intérieur, il but plusieurs gorgées de sirop à même le flacon. Il devrait ressortir, écouter les rumeurs, voir si l'on racontait qu'on avait retrouvé une vieille femme délirante, s'assurer qu'elle n'avait rien dit de compromettant.

Mais cela attendrait. Il avait besoin de se reposer. À cause d'elle, il avait attrapé froid.

Il se remit au lit, et dormit par à-coups, secoué par des frissons de fièvre.

Lorsqu'il trouva le courage de se lever pour reprendre du sirop, Callen commandait une bouteille de vin pour sa mère.

19

Au bout de trois jours, Bodine s'était familiarisée avec le rythme de l'hôpital, elle reconnaissait les infirmières au bruit de leurs pas dans le couloir.

Elle travaillait dans la salle d'attente, sur son ordinateur portable ou son Smartphone. De garde avec elle ce matin, sa mère en faisait de même.

Dans l'après-midi, Sam ou Rory viendraient prendre la relève, avec Miss Fancy ; Bodine et Maureen retourneraient au ranch. Elles tenteraient de convaincre Cora de rentrer avec elles, au moins le temps de se reposer jusqu'au tour du soir, mais jusque-là personne n'avait réussi à lui faire quitter l'hôpital.

Bodine savait que Callen avait passé la nuit précédente sur ce même canapé à peu près confortable, en compagnie de Chase. Il ne voudrait pas de sa gratitude, mais il l'avait.

Quand elle était arrivée avec sa mère, peu après le lever du jour, elle avait sorti une Thermos et servi le café, ainsi que des petits pains au lard. Callen l'avait chaleureusement embrassée.

— C'est ma mère qui a tout préparé, avait-elle précisé.

Il s'était tourné vers Maureen et l'avait embrassée tout aussi chaleureusement.

Pour la première fois en trois jours, Bodine avait entendu le rire de sa mère.

Oui, Callen méritait toute sa gratitude.

Le tissu de leur vie avait été déchiré, leur routine avait volé en éclats – des habitudes de vingt-cinq ans, familiales et professionnelles, soudain complètement bouleversées.

L'hôpital était devenu le centre du monde. Il fallait caser ses repas entre deux allers-retours, ajuster ses horaires de travail sans causer de tort aux employés ni aux bêtes, avec tout le temps le souci de Cora.

Si le retour d'Alice était aussi perturbateur, Bodine n'osait pas imaginer ce qu'avait été son départ.

— C'est plus dur ? demanda-t-elle à sa mère.

Maureen leva les yeux d'un e-mail.

— Quoi donc ? dit-elle en regardant sa fille par-dessus ses lunettes de lecture.

— Qu'elle revienne comme ça... Est-ce que c'est plus dur que quand elle est partie ? Ma question n'est pas claire...

— Si, si, je comprends ce que tu veux dire, et je me suis d'ailleurs posé la question.

Afin d'y répondre, Maureen posa sa tablette, puis elle ôta ses lunettes, les plia et les déposa par-dessus.

— J'étais tellement en colère, sur le coup, que je n'ai pas pensé une seule seconde à m'inquiéter. Nous devions partir en lune de miel et Alice s'était débrouillée pour jouer les trouble-fête. On ne voulait pas laisser maman seule, mais elle a insisté pour qu'on parte, en disant qu'elle serait encore plus contrariée si nous annulions notre voyage. Et je dois dire que j'avais vraiment envie de m'envoler pour Hawaï avec mon mari. Je me faisais une idée follement exotique et romantique de ce séjour. Pas seulement de la nuit de noces. Pour tout t'avouer, nous n'avions pas attendu le mariage.

— Oh, je suis choquée !

En riant, Maureen se renversa contre le dossier de son siège.

— J'étais amoureuse, excitée comme une puce d'être enfin une femme mariée, je me faisais une joie de partir sous les tropiques, et voilà qu'Alice venait encore tout gâcher.

Bodine se pencha vers sa mère et exerça une pression sur sa main.

— J'aurais été furieuse, moi aussi.

— Je la maudissais, murmura Maureen. Je n'ai commencé à m'inquiéter qu'une semaine plus tard, vers la fin de notre lune de miel. Chaque jour, quand je téléphonais à maman, j'étais sûre qu'Alice serait revenue ; et chaque jour, maman paraissait de plus en plus anxieuse, à tel point que nous sommes rentrés un jour plus tôt. Tout le monde était au trente-sixième dessous, maman, Grammy, Grandpa... Nous devions construire une maison...

Imaginant la tension qui devait régner au ranch, Bodine ne prêta pas vraiment attention à la dernière phrase.

— Pardon ? demanda-t-elle.

— Ton père et moi, nous devions construire notre maison. Le terrain avait été viabilisé, pas trop loin du ranch ni des chambres d'hôte, pour que nous puissions tous les deux aller travailler à cheval. Nous commencions juste à développer le complexe hôtelier. Et nous devions bâtir notre chez-nous. Ça ne s'est jamais fait.

Cette fois, Bodine prit la main de sa mère et la garda dans la sienne.

— À cause d'Alice.

— Je ne pouvais pas laisser ma mère… Au début, on pensait que ce n'était que partie remise, qu'Alice finirait par revenir et que tout rentrerait dans l'ordre. La première année a été la pire, chaque jour de cette première année. Quand on a retrouvé le pick-up, la batterie à plat – Alice tout craché de l'abandonner sans le faire dépanner… Les cartes postales où elle fanfaronnait… Le détective privé qui a retrouvé sa trace, puis qui l'a reperdue… C'est Grammy qui a mis le holà à l'enquête. Non seulement ça coûtait une fortune mais ça ne faisait que remuer le couteau dans la plaie. Et puis je suis tombée enceinte, et j'ai eu Chase, tout ça la première année… La plus belle et la plus dure de ma vie. De nos vies à tous. Alice n'était pas là, et en même temps partout.

Maureen se pencha vers Bodine, lui frictionna la jambe.

— Et voilà que de nouveau, tout tourne autour d'elle. Ce n'est pas juste qu'elle dérange mes enfants. Et maman qui paraît si lasse, si pâle, quand elle sort de cette chambre dix minutes…

— Je sais, murmura Bodine.

— Je n'aime pas ce vilain ressentiment que j'ai en moi, alors que je sais quelles terribles épreuves elle a vécues, des choses horribles qu'elle ne méritait pas et contre lesquelles elle était impuissante. Quelqu'un a fait du mal à ma sœur, on lui a volé sa vie, et j'espère de tout mon cœur que ce monstre sera puni. Mais je ne peux pas m'empêcher d'en vouloir à cette égoïste qui a gâché le plus beau jour de ma vie, qui ne s'est pas souciée une seule seconde de sa mère, qui n'a pensé qu'à elle…

Bodine posa son ordinateur portable de côté et enlaça les épaules de sa mère, qui se blottit au creux de son cou.

— Il faut pourtant que je lui pardonne, murmura Maureen. Je dois lui pardonner, pas seulement pour elle, mais aussi pour maman, et pour moi.

— Jamais je ne vous avais entendus dire, papa ou toi, que vous aviez l'intention de construire une maison. Au fond, tu avais dû lui pardonner depuis longtemps.

— À une époque, j'aurais pu faire carrière dans la chanson, soupira Maureen.

— Tu as une voix superbe.

— Je ne regrette pas de ne pas être partie à Nashville, et je ne regrette certainement pas d'avoir élevé mes enfants dans la maison où j'ai grandi. Les choses trouvent leur place, Bodine, quand on y met du sien et que l'on pèse ses choix.

En entendant des talons claquer dans le couloir, Maureen se redressa.

— Bonjour, Celia.

— Bonjour, Maureen. Votre fille, j'imagine... devina la psychologue en tendant la main à Bodine. Celia Minnow, se présenta-t-elle – une belle femme aux longs cheveux bruns.

— Enchantée. Vous êtes l'un des médecins qui s'occupent d'Alice ?

— Oui, acquiesça Celia, et elle se tourna vers Maureen. Je peux vous parler ?

— Je vais faire un tour, déclara Bodine, mais Celia lui fit signe de rester.

— Je vous en prie, dit-elle en s'asseyant et en lissant sa jupe. Après trois entretiens avec Alice, outre mon évaluation initiale, je suis maintenant en mesure d'ébaucher un diagnostic.

— S'il vous plaît.

— Je sais que vous avez longuement discuté avec le Dr Grove de son état physique, et que vous êtes conscientes de ce qu'il pense de sa condition mentale et affective.

— Celia, j'espère que vous me connaissez suffisamment pour ne pas vous sentir obligée de prendre des gants.

La psychologue croisa et décroisa les jambes, puis elle hocha la tête.

— D'accord, acquiesça-t-elle. Alice a subi des traumatismes extrêmes, sur le plan tant physique que mental et émotionnel, durant de nombreuses années – nous ignorons encore combien. Elle-même ne le sait pas, elle a perdu la notion du temps. Peut-être recouvrera-t-elle la mémoire, peut-être pas, peut-être en partie. À mon avis, pendant toutes ces années, elle a été endoctrinée par la force, les agressions physiques, les louanges et les punitions.

Votre mère m'a dit qu'elle n'avait jamais été particulièrement religieuse.

— Non.

— Elle cite pourtant la Bible, l'Ancien Testament, mot pour mot ou de manière approximative : un Dieu vengeur, la supériorité et la domination de l'homme sur les femmes, le péché d'Ève. Comme je le disais, je crois qu'on lui a inculqué ces notions par la violence, dans un contexte de fanatisme religieux et d'enfermement. Elle était probablement isolée, car elle ne parle de personne d'autre que de cet homme qu'elle appelle Monsieur.

— De la torture, murmura Maureen.

— Oui, afin de lui faire perdre toute volonté et de la soumettre à celle de son bourreau, un sadique, un fanatique, psychopathe et misogyne. Il entretenait avec elle une relation ambiguë, en cela qu'il subvenait à ses besoins. Il la frappait, mais c'était grâce à lui qu'elle mangeait. Il la violait, mais il lui offrait un toit. Il la tenait prisonnière, mais elle pouvait préserver son hygiène. En fait, elle était complètement dépendante de lui. Il lui inspire de la crainte, mais elle lui est loyale. Elle pense qu'il est son époux, désigné par Dieu pour la gouverner, aussi cruel soit-il.

— Alice a toujours été réfractaire à la discipline. Avec les garçons… Elle aimait les garçons, elle aimait plaire. Elle disait qu'elle ne voulait pas se marier, que la famille aliénait les femmes. Elle me l'a bien assez répété à l'époque où je préparais mon mariage, en partie pour me contrarier, mais aussi parce qu'elle aspirait à être une femme libre, désirable, peut-être un jour célèbre. Elle était si sûre d'elle, Celia, une forte tête, impulsive, insolente.

— Elle voulait récurer sa chambre d'hôpital.

— Pardon ?

— Elle est censée briquer sa maison tous les jours. Elle était inquiète parce qu'elle n'avait pas fait le ménage de sa chambre.

Maureen passa une main sous ses cheveux châtain et se massa la tempe.

— Alice aurait préféré jeûner plutôt que de laver une assiette. Et chaque matin, c'était la croix et la bannière pour qu'elle fasse son lit. Peut-on transformer quelqu'un à ce point ?

— Si l'on vous frappe chaque matin pour que vous fassiez votre lit…

— Vous le faites plus vite, en effet.

— Puis-je vous poser une question ? intervint Bodine.

Celia se tourna vers elle.

— Bien sûr.

— A-t-elle parlé des enfants qu'elle a eus ? Je n'arrête pas d'y penser.

— Elle a dit que Monsieur les lui avait enlevés, que leur père les avait emmenés. Elle s'est refermée quand j'ai abordé le sujet. Je vais attendre d'avoir tissé une relation avec elle avant d'y revenir. Par ailleurs, elle a accepté votre mère, non pas en tant que mère, mais en tant que compagnie et figure de l'autorité. Elle semble également faire confiance au shérif Tate, pour autant qu'elle soit capable d'accorder sa confiance à quiconque.

— Bob était son ami, précisa Maureen. Peut-être même plus qu'un ami, à une époque.

— Oui, il me l'a dit. Elle commence aussi à se familiariser avec le Dr Grove, bien qu'elle soit agitée durant les examens, et tendue avec les infirmières. Mais elle est docile. Elle mange quand on lui apporte son plateau, elle dort quand on lui recommande de se reposer, elle se douche quand on le lui demande. Qui a eu l'idée d'apporter un ouvrage de crochet à sa mère ?

— Bo.

— Excellente thérapie, pour toutes les deux. Cora initie Alice au crochet, et elles passent ainsi le temps sereinement. Cette activité leur est bénéfique à toutes deux. Il faudra laisser le temps au temps, Maureen.

— Elle ne pourra pas rester éternellement dans cette chambre. Ma mère non plus.

— Non, vous avez raison. Son état clinique ne nécessite plus qu'elle soit hospitalisée. Elle pourrait être admise dans un centre de réadaptation – nous en avons discuté avec le Dr Grove.

— Il faut qu'elle vienne chez nous. Dans un établissement de soins, ma mère continuera de passer les nuits à son chevet. Nous pourrons nous occuper d'Alice à la maison.

— Vous devez être consciente que ce sera compliqué, pour vous et pour elle.

— Vous nous recommanderez des infirmières et des auxiliaires de vie, et nous la conduirons à l'hôpital pour les visites de suivi. J'y ai longuement réfléchi. La maison de son enfance ravivera peut-être des souvenirs. Elle retrouvera notre cuisinière, Clémentine, qui travaillait déjà pour nous quand Alice et moi étions adolescentes. Vous ne croyez pas qu'elle se sentira mieux dans un environnement connu ?

— Dans l'état psychique où elle se trouve actuellement, vous ne pourrez pas la laisser sans surveillance. Elle pourrait s'enfuir. Il y aura aussi des traitements à lui administrer et, surtout, il faudra la stimuler, tout en prenant soin de ne pas lui causer trop d'émotions.

En hochant la tête, Maureen se frotta de nouveau la tempe.

— Je me suis renseignée, et je pense être capable de la prendre en charge. Vous me direz, vous et le Dr Grove, ce que nous devrons faire et ne pas faire. Nous suivrons scrupuleusement vos consignes. Je sais que je pourrais l'emmener chez moi sans votre permission, mais je ne veux pas faire ça. Et je refuse de mettre ma sœur dans un hôpital psychiatrique, car c'est ce que vous entendiez par « centre de réadaptation ». Pas avant d'avoir essayé de l'accueillir à la maison.

— Il faut qu'elle soit d'accord, qu'elle ait le sentiment de reprendre le contrôle de sa vie.

— Naturellement.

— Les allers-retours à l'hôpital seront trop éprouvants. Si elle est d'accord, et si le Dr Grove n'y voit pas d'objection, je viendrai lui rendre visite à domicile quotidiennement, dans un premier temps. Jusqu'à ce que nous soyons sûrs qu'elle ne représente plus de danger pour elle-même, vous devrez engager des infirmières psychiatriques vingt-quatre heures sur vingt-quatre.

— Un danger pour elle-même ?

— Elle n'est pas suicidaire, mais elle pourrait par inadvertance se faire du mal à elle-même. Votre mère devra être très attentive.

— Ma mère et ma grand-mère s'installeront au ranch le temps qu'il faudra.

— Bien, acquiesça Celia en se levant. Allons la voir et lui parler.

— Je... Je croyais que je n'y étais pas encore autorisée.

— Vous l'êtes, maintenant.

— Oh, je... Accordez-moi un instant. Vous me prenez de court.

— Elle vous prendra de court sans arrêt.

— Je sais... bredouilla Maureen. Bodine...

— Je vous rejoins. Je vais appeler Clémentine, lui demander de préparer la chambre d'Alice, qu'elle soit prête quand nous la ramènerons à la maison.

— Ma chérie, tu es mon roc. Allons-y, Celia, déclara Maureen, je vous suis.

Le couloir parut interminable, et à la fois trop court.

— Je suis nerveuse, avoua-t-elle.

— Rien de plus normal.

— J'ai envie de vous demander si je suis présentable, mais je sais que c'est ridicule.

— Vous l'êtes, et c'est normal aussi. Vous serez sûrement choquée par son apparence. Tâchez de ne pas le montrer.

— J'ai déjà été prévenue.

— Attendez-vous quand même à être déstabilisée. Maîtrisez votre voix, appelez-la par son prénom, expliquez-lui qui vous êtes. Elle ne se souviendra sans doute pas de vous, tout du moins pas consciemment. Elle souffre d'un profond blocage.

— Il faudra du temps, je l'ai compris.

Maureen prit une grande inspiration, et attendit que Celia pousse la porte et s'avance dans la chambre.

On aurait pu lui répéter cent fois que sa sœur n'était plus la même, rien ne l'aurait assez préparée. Le choc lui fit l'effet d'un coup de poing dans le ventre, mais elle se retint de crier. Parce que ses mains tremblaient, elle les enfonça dans ses poches, espérant paraître naturelle.

Alice était assise dans le lit, ses longs cheveux gris soigneusement nattés. En se mordant la lèvre inférieure, elle s'appliquait à crocheter du fil vert.

Sur un fauteuil, dans un paisible silence, leur mère travaillait à un ouvrage plus complexe, de différentes teintes de bleu.

— Alice, Cora...

Au son de la voix de la psychologue, les doigts d'Alice s'immobilisèrent et son regard se posa sur le visage de Maureen. Elle baissa le menton et rentra la tête dans les épaules.

— Je vous amène de la visite.

— Je tricote une écharpe. Une écharpe verte. Les visites ne sont pas autorisées.

— Elles le sont, maintenant.

— Ce vert est très joli, dit Maureen, d'une voix aussi détendue que possible. J'aime bien le crochet. C'est maman qui m'a appris à en faire.

Elle se pencha au-dessus de Cora et lui embrassa la joue, une main sur son épaule, tout en souriant à la femme qui l'observait avec méfiance.

— Je suis si heureuse de te voir, Alice. Je suis ta sœur, Maureen. J'ai dû changer, n'est-ce pas, depuis tout ce temps ?

— Je dois faire mon écharpe.

— Continue, je t'en prie. Maman t'a tressé les cheveux ? C'est joli.

— Les femmes sont des créatures vaniteuses, qui se fardent le visage pour donner des pensées lubriques aux hommes.

— Dieu nous a faits à son image, dit Cora posément sans cesser de crocheter. Je crois que Dieu souhaite que nous offrions une image agréable de nous-mêmes quand nous le pouvons. Le Seigneur a dit aussi que nous devons être féconds et nous multiplier. Ne faut-il pas un peu de désir pour cela ? Tes mailles sont bien régulières, bravo, Alice.

Alice baissa les yeux sur son travail, et Maureen vit ses lèvres tenter de s'incurver.

— C'est bien ?

— C'est très bien, ma chérie. Tu apprends vite, tu as toujours été une bonne élève. Mais tu ne tenais pas en place quand tu étais petite. Je n'ai jamais réussi à t'apprendre les travaux d'aiguille.

— J'étais mauvaise. Je n'ai pas assez reçu de coups de bâton.

— Ne dis pas de bêtise, tu étais juste une enfant turbulente. Tu aimais planter des fleurs, tu avais la main verte. J'adorais le petit massif dont vous vous occupiez, ta sœur et toi.

— Des impatiens et des géraniums, murmura Maureen.

— Reenie, Reenie, Reenie, marmonna Alice. Toujours des ordres, toujours la meilleure.

— Alice, Alice, Alice, enchaîna Maureen, le cœur tambourinant. Toujours des vacheries, toujours à rouspéter.

Alice redressa la tête et fronça les sourcils. La gorge sèche, Maureen soutint son regard en lui souriant.

— Je suis quand même très contente de te voir, Alice.

— Reenie n'a jamais aimé Alice.

— Ce n'est pas vrai. Tu m'agaçais, parfois, mais tu as toujours été ma sœur. J'entretiens toujours notre massif. J'y plante des impatiens et des géraniums, des alyssums et des pois de senteur.

— Des gueules-de-loup. J'aime bien les rouges.

Les yeux brûlants, Maureen refoula ses larmes.

— J'en plante toujours des rouges.

— Il faut que je finisse mon travail. Les fleurs ne nourrissent pas. Ça ne sert à rien de planter des fleurs. Les fleurs sont aussi futiles que les femmes.

— Les abeilles ont besoin des fleurs, les oiseaux aussi, déclara Cora en serrant la main de Maureen. Ce sont des créatures de Dieu.

— Monsieur a dit : pas de fleurs ! cria Alice. Tu plantes des haricots et des carottes, des pommes de terre dans les tonneaux, des choux, des tomates. Tu bines, tu désherbes et tu arroses, si tu sais ce qui est bon pour toi. C'est bientôt le moment de semer. Je dois finir cette écharpe.

Celia effleura le bras de Maureen, mais celle-ci n'en avait pas terminé, pas tout à fait.

— J'aurais besoin de quelqu'un pour m'aider à m'occuper des herbes aromatiques et des fleurs.

— Monsieur a dit : pas de fleurs, répéta Alice, une larme roulant sur sa joue, tout en maniant farouchement le crochet. Si j'insiste, il me battra pour me montrer ce que « non » signifie.

— Au ranch, nous aimons les fleurs. Tu voudrais venir à la maison avec moi, Alice ? Personne ne te frappera.

— À ma maison ?

— Au ranch, chez toi, où tu pourras de nouveau jardiner avec ta sœur.

— Dieu punit les mauvais.

Maureen l'espérait de tout son cœur.

— Mais pas les sœurs qui plantent des fleurs ensemble et les regardent pousser. Viens à la maison, Alice. Personne ne te frappera plus jamais.

— Toi, tu me frappes.

— En général, c'est toi qui cherches la bagarre. Et après, tu vas te plaindre à maman.

— Je ne sais pas ce qui est réel, murmura Alice, le visage ruisselant de larmes.

— Ne t'en fais pas. Tu es réelle, toi, je le sais. Continue ton écharpe. Je reviendrai te voir plus tard, dit Maureen en s'écartant du lit.

— Tu as coupé tes cheveux.

Maureen porta une main à sa coiffure, et dut mobiliser toute sa volonté pour l'empêcher de trembler.

— Tu aimes ?

— Je… Les femmes ne sont pas censées avoir les cheveux courts.

— Chacune fait comme elle veut, mon petit chat, répondit Cora. Reenie, tu peux aller voir si on peut nous apporter du thé ? Nous aimons bien en prendre une tasse en milieu de matinée, n'est-ce pas, Alice ?

Celle-ci acquiesça de la tête et se remit à son ouvrage. Maureen quitta la chambre, et se cacha le visage sitôt qu'elle eut franchi la porte. S'attendant à cette réaction, Celia lui passa un bras autour des épaules.

— Vous avez été formidable. Elle s'est souvenue de vous.

— Elle s'est rappelé que je lui donnais des ordres. Je n'étais sûrement pas très gentille avec elle.

— Elle s'est souvenue d'une sœur, d'une relation. Elle s'est souvenue des gueules-de-loup rouges. C'est un énorme progrès, Maureen. D'autres souvenirs lui reviendront.

— Il lui a volé sa vie.

— Il a essayé, mais elle est toujours là, et elle revient. Ces quelques minutes avec votre sœur auront été une excellente séance de thérapie, aux résultats plus que positifs. Je vais demander qu'on leur apporte du thé. Allez rejoindre votre fille, allez faire un tour.

— Vous avez raison, ça me fera du bien. Bo est un tel soutien.

— Elle a l'air forte.

— Elle l'est. Ma sœur aussi.

Les vingt-quatre heures suivantes tournèrent encore autour d'Alice. Cette fois, il s'agissait de préparer son retour au ranch.

Au centre du manège, Bodine tenait la bride de la jument.

— Je sais que tu n'as pas le temps, dit Jessica en attachant sa bombe. Tu as des tonnes de travail en retard, et si tu as une heure de libre, ce qui n'est pas le cas, tu ferais mieux d'aller faire une sieste.

— Nana tenait absolument à ce que je te donne cette leçon. Elle dit que tu ne peux pas te permettre d'en louper encore une. Notre monde a basculé, Jessie. Nous avons besoin de nous raccrocher à ce qui reste normal. Je préfère une heure de normalité à une sieste.

— J'aimerais pouvoir t'aider davantage.

— Tu as déchargé Rory et ma mère d'une partie de leur travail, et Sal me rend de grands services. Callen passe presque autant de temps que nous à l'hôpital. Nous sommes bien entourés.

Bodine posa sa joue contre celle de la jument.

— Est-ce que ce sera plus facile ou plus dur, maintenant ? s'interrogea-t-elle. À voir. Ma mère et Cora ont décidé de ramener Alice à la maison dès aujourd'hui, et elles ont sans doute raison. Les médecins pensent que ça devrait stimuler sa mémoire. Et Dieu sait que nous avons tous hâte qu'elle la retrouve, que la police puisse arrêter cette ordure.

— Comment devrai-je me comporter avec elle ?

— Ne t'en fais pas, ça viendra naturellement.

— Espérons... Espérons que ce sera aussi simple que l'équitation !

Jessica trottait autour de la piste lorsque Chase pénétra dans le manège. Il avait passé une semaine épouvantable, interminable, sinistre, mais le sourire de Jessica à cheval suffit à lui remonter quelque peu le moral.

— Ralentis, au pas ! ordonna Bodine. Tu as du public, ajouta-t-elle avec un mouvement de tête en direction de Chase.

— Je ne veux pas vous déranger.

— Au contraire, tu vas assurer la suite de la leçon. Il est grand temps, je crois, que notre débutante fasse ses premiers pas à l'extérieur.

— Oh, mais...

— Nana tient à ce que tu sortes, aujourd'hui. Tu veux bien l'accompagner, Chase, une petite demi-heure ?

— Pas de problème. J'ai même une heure devant moi.

— Super. Dans ce cas, je retourne au bureau. J'ai une montagne de boulot qui m'attend.

Et là-dessus, Bodine lança sa monture hors du manège avant qu'on ne la retienne.

— Te voilà pris au piège, dit Jessica à Chase.

Sur son cheval, il s'approcha de la jument de Jessica, tout en contemplant ses cheveux blonds détachés sous sa bombe, ses yeux bleus pétillants.

— Ça me fait plaisir de te voir.

— Comment vas-tu ?

— Un peu fatigué... et complètement déboussolé. Une balade avec toi me fera le plus grand bien.

— J'ai un peu peur de quitter le manège.

— Ce sera mieux en plein air, tu verras. Je voulais te dire... Je suis désolé de ne pas... depuis que... Je ne voudrais pas que tu croies...

— Que je croie quoi ? Que j'ai profité de toi et que tu me fuis ?

Choqué, il redressa la tête.

— Chase, je suis au courant de ce que ta famille traverse. Je n'ai jamais rien pensé de tel.

— Heureusement. Tant mieux.

Des iris rouges dépassaient de la sacoche accrochée au flanc de sa monture.

— Ce sont des fleurs pour moi ou pour mon cheval ? demanda Jessica en les voyant.

Il lui tendit le bouquet.

— Je voudrais que tu saches… Je ne suis pas très doué pour ce genre de choses…

— Ne te déprécie pas, elles sont magnifiques. Merci. Tu peux les garder, s'il te plaît, pendant la balade ? Je ne crois pas être capable de tenir des fleurs et des rênes en même temps.

— Bien sûr.

Il les remit dans la sacoche, et elle en profita pour le tirer par sa chemise.

— Je crois qu'il faut que je prenne encore les devants…

Elle oscilla dangereusement sur sa selle lorsque leurs bouches se rencontrèrent, et s'agrippa en riant au pommeau.

— C'est la première fois que j'embrasse un mec à cheval. Pas mal pour une novice.

— Attends…

Il lui prit ses rênes, afin d'immobiliser les deux montures, et lui rappela qu'une fois qu'on lui avait mis le pied à l'étrier, il n'avait plus besoin de se faire prier.

— De mieux en mieux, murmura Jessica.

— Tu m'as manqué. Ces derniers jours ont été affreux, et ils n'en finissaient pas. Tu m'as vraiment manqué, Jessie. On pourrait peut-être sortir ce soir, aller dîner, ou boire un verre.

— Tu ne dois pas rester chez toi pour accueillir ta tante ?

— Il vaut mieux que tout le monde ne soit pas là, paraît-il, pour ne pas l'effrayer. Si tu es disponible, on peut passer la soirée ensemble.

— Pourquoi pas ? Tu veux venir chez moi ? Je préparerai le dîner.

— Tu cuisines ?

— Oui, j'aime bien. Ça me ferait plaisir de cuisiner pour toi. Ça me ferait plaisir que tu viennes chez moi. Ça me ferait plaisir que tu passes un moment dans mon lit.

Un sourire s'alluma dans les yeux de Chase, puis étira doucement ses lèvres. Il souriait comme il faisait tout le reste, lentement, en prenant le temps.

— Ça me ferait plaisir à moi aussi.

— Je préparai quelque chose qui se réchauffe facilement. Viens à l'heure qui te conviendra.

— Je n'ai jamais rencontré personne comme toi.

— Moi non plus.

Avec un petit rire étonné, Jessica regarda autour d'elle.

— Oh, mon cheval avance… Je ne m'en étais même pas rendu compte !

— Ça arrive, quand on se sent bien avec sa monture. Tu assures.

— Tu trouves ?

— Dans tous les domaines. Prête pour un petit trot ?

Elle leva le visage, contempla le ciel, les montagnes, huma les prémices du printemps.

— Allons-y, cowboy, apprends-moi à chevaucher.

20

Alice trembla tout le long du trajet de l'hôpital jusqu'au ranch, ne sachant que penser de cette chambre qu'elle venait de quitter, avec un lit qui montait et qui descendait, des petits pots de gelée rouge, une porte qui s'ouvrait et se fermait sans verrou.

De vagues images surgissaient parfois dans son esprit : une maison pleine de fenêtres, un chien qui ne grognait ni ne mordait pas, une chambre aux murs roses et aux rideaux blancs.

Des sons lointains, des voix résonnaient à ses oreilles : *Alice, mon petit chat, sois gentille, s'il te plaît ! Mange tes petits pois si tu veux de la glace.*

L'odeur de... des chevaux, de la cuisine. Une baignoire remplie de mousse.

Ces réminiscences l'effrayaient. Son cœur cognait trop fort, même si la mère lui tenait la main.

Tout allait trop vite. La voiture roulait trop vite. La sœur conduisait, la grand-mère... (*Ils sont beaux, tes cheveux, Grammy. Moi aussi, je veux des cheveux rouges*, déclara une voix de fillette dans sa tête, provoquant des rires.)

La grand-mère rousse était assise à l'avant. Alice était à l'arrière avec la mère, dont elle tenait la main parce que la voiture roulait à toute vitesse et que le paysage n'arrêtait pas de changer.

Elle aurait voulu retrouver le calme de sa maison. Était-elle dans un rêve ? Les rêves étaient son seul secret. Monsieur ne pouvait pas les lui prendre.

Monsieur... L'attendait-il ? La cherchait-il ?

Des verrous, des verrous sur la porte, la petite fenêtre. Des coups de poing, des coups de ceinture.

Elle baissa la tête et frissonna.

— Nous sommes bientôt arrivées, ma chérie.

La doctoresse avait dit que c'était normal d'être angoissée. Alice n'était pas montée en voiture depuis très longtemps, et tout paraîtrait différent. Si elle avait trop peur, elle n'avait qu'à fermer les yeux et penser à quelque chose d'agréable.

Elle aimait s'asseoir dehors et regarder le soleil se coucher. Alors elle ferma les yeux et imagina le soleil couchant.

Lorsque la route goudronnée se mua en piste cahoteuse, elle poussa un cri.

— Tout va bien, nous sommes presque au ranch.

Elle ne voulait pas regarder, elle ne voulait pas voir, mais elle ne put s'en empêcher. Des champs, des arbres, la neige qui fondait sous le soleil. Des vaches qui n'avaient pas que la peau sur les os, des grosses vaches qui broutaient l'herbe des prés.

Dans une minute, il y aurait un virage à droite. Était-ce un rêve ?

Lorsque le chemin tourna à droite, sa respiration s'accéléra et elle eut la vision d'une jolie jeune fille avec des mèches rouges dans les cheveux, conduisant un pick-up et fredonnant au son de la radio.

— *Well, I was standing in line at the city bus stop, soaked to the skin from every rain drop.*

Elle entendit la voix, pas seulement dans sa tête, mais s'échappant de ses lèvres. Elle sursauta, la mère serra sa main plus fort.

— *I see you driving by just like a Phantom jet with your arm around some little brunette*, enchaîna la sœur en la regardant dans le rétroviseur.

Un petit rire jaillit de sa bouche, étrange, rouillé, et elle chanta la phrase suivante. Les champs, le ciel, si vaste, les montagnes, différentes de celles qu'elle apercevait par sa petite fenêtre, lui parurent tout à coup moins effrayants.

La sœur termina le couplet et elles entonnèrent le refrain en chœur.

À côté d'elle, la mère émit un son étouffé. Alice se tourna vers elle : elle pleurait.

Elle se remit à trembler.

— J'ai été mauvaise. Je suis mauvaise.

La mère lui embrassa la main, la joue.

— Non, non, pas du tout. Ce sont des larmes de joie. J'aime tellement entendre mes filles chanter. Elles ont de si belles voix.

— Je ne suis pas une fille, et une femme ne doit…

— Tu seras toujours ma fille, Alice, comme Reenie.

La route montait et elle aperçut la maison. Un bruit s'étrangla dans sa gorge, ses souvenirs se heurtant à vingt-cinq ans de déni imposé par la force.

— Le ranch a un peu changé, déclara la mère. Nous avons fait des agrandissements, modifié l'agencement de certaines pièces. Nous avons aussi refait les peintures, ajouta-t-elle tandis que la sœur garait la voiture. Et nous avons de nouveaux meubles. La cuisine a été complètement transformée.

Elle lui enlaça les épaules et lui frictionna le bras.

— Mais grosso modo, poursuivit-elle, la maison est toujours la même. Il y a toujours la grange à l'arrière, l'écurie, le paddock. Les poulets. Ah, nous avons des cochons, maintenant.

Des chiens accoururent et Alice se crispa.

— Ne t'en fais pas, ils ne sont pas méchants. Ils s'appellent Chester et Clyde.

À la surprise d'Alice, la grand-mère descendit de la voiture et les chiens se précipitèrent autour d'elle en remuant la queue, sans grogner, sans montrer les dents.

— De braves bêtes, dit-elle.

— De braves bêtes, répéta Alice.

— Tu veux les caresser ? lui demanda la mère, et Alice rentra la tête dans les épaules. Tu n'es pas obligée mais ils ne te mordront pas.

La mère ouvrit sa portière, descendit de la voiture et tendit la main à Alice, qui la saisit, la gorge nouée par la peur. Tout doucement, elle se rapprocha de la portière, puis elle fit un bond en arrière lorsque l'un des chiens avança le museau pour la renifler.

— Assis, Chester ! ordonna la sœur.

Pour le plus grand étonnement d'Alice, le chien lui obéit. Il semblait sourire. Aucune méchanceté ne luisait dans ses yeux. Il avait un regard joyeux.

Elle se rapprocha de nouveau de la portière. Le chien frétilla de l'arrière-train mais il resta assis.

Elle posa un pied au sol, chaussé d'un tennis rose à lacets blancs. Elle le regarda un instant, médusée, puis le remua afin de s'assurer qu'il lui appartenait. Elle posa l'autre tennis rose par terre, inspira, se redressa.

Le monde tanguait mais la mère lui tenait la main. Prudemment, elle mit un pied devant l'autre.

Elle portait une jupe en denim – elle n'avait pas pu se résoudre à enfiler aucun des pantalons ni des jeans que les femmes lui avaient achetés. La jupe couvrait ses jambes tout entières, comme l'exigeait la décence. Et elle avait boutonné son corsage blanc jusqu'au menton. Le manteau lui tenait chaud, davantage que le vieux châle dont elle se drapait à la maison. Tous ces vêtements étaient doux, ils sentaient le neuf. Néanmoins, elle gravit les marches de la galerie en grelottant.

Elle observa les deux fauteuils à bascule, secoua la tête.

— Nous les avons repeints l'année dernière, indiqua la sœur. J'aime beaucoup ce bleu. Il me fait penser à un ciel d'été.

La porte était grande ouverte. Alice recula d'un pas. La grand-mère lui enlaça la taille.

— Tu as peur, je sais, mais nous sommes toutes là avec toi, entre femmes.

— Deux cookies après le ménage, murmura Alice.

— Tout à fait, ma puce. Je donnais toujours des biscuits à mes filles quand j'avais terminé le ménage. Il n'y a pas de ménage à faire aujourd'hui, mais nous mangerons des petits gâteaux. Avec un thé, d'accord ?

— Monsieur est à l'intérieur ?

— Non, répondit la grand-mère, avec une pointe de colère. Il ne mettra jamais les pieds ici.

— Maman...

— Tais-toi, Cora ! Tu es ici chez toi, Alice, et nous sommes ta famille. Tu as là trois générations de femmes capables de faire face à tout ce que la vie leur réserve. Tu es forte, Alice, et tu peux compter sur notre soutien, en attendant que tu te souviennes combien tu es forte. Viens, entrons...

— Vous resterez avec moi, vous aussi ? Vous resterez dans la maison comme la mère ?

— Oh ! que oui !

Alice franchit la porte, en repensant à celle que Monsieur avait oublié de fermer.

Des fleurs dans un vase, des tables, des fauteuils, des canapés, des tableaux. Un feu – pas un feu de camp, ni un poêle. Une cheminée. Une cheminée où crépitaient des flammes.

Fascinée, elle se dirigea vers chacune des fenêtres, émerveillée. Tout était si grand, si loin, si près. Moins effrayant de l'intérieur. À l'intérieur, elle se sentait en sécurité.

— Tu veux voir le reste ? demanda la sœur.

Cette maison pouvait-elle être encore plus grande ?

— Une chambre avec des murs roses et des rideaux blancs.

— Ta chambre ? Elle est en haut, dit la sœur en indiquant un immense escalier. Grammy s'est souvenue que tu avais voulu des murs roses. Alors les garçons l'ont repeinte en rose. Je pense que nous avons retrouvé à peu près la même teinte. Viens voir, tu me diras.

— Donne-moi donc ton manteau.

Alice le resserra autour d'elle.

— Je peux le garder ?

— Bien sûr, ma chérie, il est à toi, répondit Cora en le lui ôtant, avec mille précautions. Mais tu n'en as pas besoin à l'intérieur. Il fait bon, n'est-ce pas ?

— Chez moi, il fait froid. Le thé me réchauffe.

— Nous prendrons le thé tout à l'heure, assura Cora en l'entraînant vers l'escalier. Je me rappelle encore la première fois que je suis venue ici. J'avais seize ans, ton papa me faisait la cour. Je n'avais jamais vu un escalier aussi majestueux, comme dans les films, qui se sépare en deux. C'est ton arrière-grand-père qui l'a construit. On raconte qu'il voulait avoir la plus belle maison du Montana, pour convaincre ton arrière-grand-mère de l'épouser et de venir y habiter.

— Monsieur m'a construit une maison. L'homme subvient aux besoins de la femme.

Sans répondre, Cora guida Alice le long d'un large couloir, jusqu'à une chambre aux murs roses et aux rideaux blancs.

— Ce n'est plus tout à fait la même, je sais. Désolée de ne pas avoir gardé tes posters et…

Interdite, Alice fit le tour de la pièce en effleurant la commode, le lit, les lampes, la banquette sous la fenêtre.

— Elle donne à l'ouest pour le coucher du soleil, murmura-t-elle. Si je me tiens bien, je peux m'asseoir dehors une fois par semaine, une heure, pour regarder le soleil se coucher.

— Ta maison avait une fenêtre ? demanda la sœur.

— Toute petite, au plafond. Je ne vois pas le soleil se coucher, mais je vois le ciel, bleu, gris, blanc quand il neige. C'est mieux que la cave.

— Tu pourras regarder le soleil se coucher tous les soirs, affirma la mère. Dehors ou bien de l'intérieur.

— Tous les soirs… répéta Alice.

Ébahie, elle se tourna, et sursauta en se découvrant dans le miroir. Une vieille femme pâle et ridée, vêtue d'une longue jupe, d'un chemisier blanc et de tennis roses, les cheveux tressés, gris comme un ciel d'orage.

— Qui est-ce ?

La mère l'enveloppa dans ses bras.

— Vous ferez connaissance. Voudrais-tu te reposer un moment ? Reenie t'apportera du thé et des cookies.

Alice s'assit sur le bord du lit, si moelleux que les larmes lui montèrent aux yeux.

— Il est confortable. C'est le mien ? Il est joli. Je peux garder le manteau ?

— Oui. Tu vois qu'on peut pleurer de joie ?

La mère s'assit près d'elle, la grand-mère de l'autre côté. La sœur s'assit sur le plancher. Et l'espace d'un instant, Alice se sentit en sécurité.

Bien qu'elle éprouvât des sentiments mitigés quant à la présence d'Alice au ranch, Bodine afficha un air enjoué en entrant dans la cuisine.

Au comptoir, sa mère et Miss Fancy épluchaient des pommes de terre.

— Clémentine n'est pas là ?

— Non. Nous avons décidé de ne pas submerger Alice de nouveaux visages dès le premier jour. L'infirmière est déjà en haut avec elle, et Nana.

— Comment s'est passé le retour ?

— Mieux, je crois, que personne n'aurait osé l'espérer, répondit Miss Fancy en terminant d'éplucher une pomme de terre. Il y aura sûrement des moments difficiles, mais nous avons bien fait de la ramener ici.

— Très certainement, acquiesça Reenie. Maman a déjà l'air plus apaisée. Elle va enfin pouvoir dormir, cette nuit. Clémentine a mis un poulet au four avant de partir. On le mangera avec une purée, des carottes sautées et des brocolis au beurre. C'étaient des choses qu'Alice aimait.

— Vous avez besoin d'un coup de main ?

— Non, répondit Maureen en posant son économe et en s'essuyant les mains dans un torchon. Je voudrais te la présenter.

— Mais…

— Nous lui présenterons Sam et les garçons plus tard. Il est sans doute préférable qu'elle ne voie que des femmes aujourd'hui. Nous lui monterons un plateau pour le dîner. Mais il faut qu'elle fasse ta connaissance.

— OK.

— Montez, toutes les deux. Je m'occupe des pommes de terre.

Elles prirent l'escalier de service.

— Nous devons avoir l'air aussi naturelles que possible, recommanda Maureen.

— Je sais, maman.

— Je suis consciente que c'est dur pour toi, ma chérie.

— Non, ça va.

— Mais si, ce n'est pas plus simple pour toi que pour nous. C'est pourquoi je tiens à te dire ce que je dirai à tout le monde : si tu éprouves le besoin de prendre de la distance, à n'importe quel moment, n'hésite pas.

— Et toi ?

— J'en prendrai aussi ; ton père a été très ferme sur ce point.

À l'étage, Maureen baissa la voix :

— Le petit salon à côté de la chambre d'Alice fera office de salle de repos pour les infirmières, et elles utiliseront les toilettes au bout du couloir. Celia viendra vers 11 heures demain. La maison sera pleine de monde, pendant un certain temps.

Bodine retint sa mère et elles s'arrêtèrent face à face dans le couloir.

— Est-ce que nous n'étions pas tous là quand Grandpa est tombé malade ? Est-ce que nous ne l'avons pas accueilli à la maison, pour pouvoir lui tenir compagnie, lui faire la lecture, seconder les infirmières, de façon qu'il puisse mourir à la maison, dans la maison de son enfance, comme il le souhaitait ? Alice n'est pas mourante, poursuivit-elle, mais c'est pareil. Nous ferons tout ce que nous pourrons pour l'aider à recommencer à vivre.

— Je t'aime tellement, ma chérie.

— Moi aussi, je t'aime, maman. Maintenant, présente-moi ta sœur.

Alice et Cora crochetaient, dans les fauteuils que Maureen avait choisis en espérant qu'ils serviraient à cet effet.

Bien que prévenue de l'apparence d'Alice, si Bodine n'avait pas su que cette femme était de deux ans la cadette de sa mère, elle lui aurait donné dix ans de plus.

— Alice ?

Celle-ci leva la tête en entendant la voix de Maureen, puis elle fronça les sourcils à la vue de Bodine.

— C'est un médecin ? Une infirmière ? Elle est de la police ?

— Non, il s'agit de ma fille, ta nièce, Bodine.

— Bodine. Alice Bodine. La mère dit : Alice Ann Bodine.

— Je lui ai donné le prénom de Bodine en hommage à cette branche de notre famille.

— Elle a les yeux verts. Vous avez les yeux verts.

S'efforçant de paraître décontractée, Bodine s'avança dans la pièce.

— Comme ma mère, et la vôtre. J'aime bien vos chaussures.

— Mes chaussures roses ? Elles ne me font pas mal aux pieds. J'ai abîmé mes pantoufles et mes chaussettes. C'est du gaspillage, ce n'est pas bien.

— Les choses s'usent, on n'y peut rien. Vous tricotez une écharpe ?

— Une écharpe verte, répondit Alice en la caressant, presque amoureusement. J'aime bien le vert.

— Moi aussi. En revanche, je n'ai jamais réussi à apprendre le crochet.

Les lèvres serrées, Alice se concentra sur son aiguille.

— La sœur a une fille, se murmura-t-elle à elle-même. Moi aussi, j'en ai eu... La sœur a gardé la sienne. Pas moi. Un homme a besoin de fils.

Bodine s'apprêtait à répliquer, mais elle se ravisa devant l'expression de sa grand-mère.

— Cette chambre est très jolie. Ce rose est gai. Il vous plaît ?

— Il ne fait pas froid ici. Je n'ai pas besoin de mon châle. Le lit est confortable, face à l'ouest, pour le coucher du soleil.

— Il est magnifique, ce soir.

Perplexe, Alice regarda la fenêtre, et son ouvrage lui tomba des mains. Elle retint son souffle et son visage se métamorphosa. Cora planta son crochet dans sa pelote, Alice se leva.

Derrière les vitres, le ciel semblait emplir le monde. Des rais de lumière s'échappaient des nuages ourlés d'or, teintant les montages enneigées d'un halo flamboyant.

— Tu veux sortir ? demanda Maureen.

— Sortir... répéta Alice, émerveillée, puis elle regarda autour d'elle et secoua la tête. Non, il y a des gens dehors. Ne parle à personne. Si quelqu'un te voit, si quelqu'un t'entend, il mourra et Dieu te frappera.

Cora se leva et se posta au côté de sa fille.

— Pas ici, dit-elle, mais restons à l'intérieur, aujourd'hui. Le ciel est magnifique, n'est-ce pas, Alice ?

— Je pourrai voir le soleil se coucher tous les soirs ? Pas seulement une fois par semaine ?

— Tous les jours, oui. Un Dieu qui vous offre quelque chose d'aussi beau que ce coucher de soleil est trop bon, je crois, trop aimant pour frapper qui que ce soit.

Qu'elle y crût ou non, transfigurée, Alice posa la tête sur l'épaule de sa mère.

Dans le cabanon, Callen faisait la vaisselle. Il avait pensé qu'on frapperait à sa porte, mais non. Du coup, il irait sûrement faire un tour au bâtiment des ouvriers. Il avait envie de compagnie masculine. D'une partie de poker, peut-être. Il ne jouait pas souvent, et comme il ne souffrait pas du problème de son père, il y prenait plaisir.

Une chose était sûre : il ne voulait pas passer la soirée seul, à penser à Bodine, au retour de sa tante, et à ruminer la conversation qu'il avait eue avec sa mère.

Une bière et une partie de cartes lui changeraient les idées. En général, il avait de la chance au jeu.

Il parlerait à Bodine le lendemain matin ; ils partiraient sûrement travailler ensemble à cheval. En attendant que la vie de Bodine reprenne un cours plus tranquille, il voulait bien se contenter de parler.

Quand on toqua finalement à la porte, il demeura devant l'évier, s'en voulant d'être si content. Ce n'était pas une bonne idée de s'attacher à Bodine. Hélas, il n'y pouvait pas grand-chose.

— C'est ouvert ! cria-t-il.

En voyant son visage marqué par le stress et la fatigue, il eut honte de s'en être voulu.

— Il fallait absolument que je m'échappe cinq minutes, dit-elle d'une voix lasse.

— Tu as bien fait de venir ici. Tu veux une bière ?

— Non.

— Du vin ? J'ai toujours la bouteille de l'autre soir.

Elle secoua la tête, puis poussa un soupir.

— Ouais, si, tout compte fait. Je n'ai pas encore bu mon verre, ce soir.

— Assieds-toi. J'ai aussi du shortcake aux myrtilles.

— D'où ?

— Yolanda, la chef pâtissière. J'ai laissé son fils monter Sundown. Ça faisait une semaine qu'il me regardait d'un œil suppliant, tous les soirs après l'école. J'ai craqué, ce qui m'a valu un shortcake aux myrtilles.

— Avec de la crème fouettée ?

— Sans crème, ce ne serait pas un shortcake.

— Exact. J'en veux bien un morceau.

Bodine enleva son manteau et s'installa dans un fauteuil. Avec le tire-bouchon de son couteau suisse, Callen déboucha la bouteille, et ce n'est qu'en relevant la tête qu'il vit les larmes dans les yeux de Bodine.

— Oh, bon sang…

— Ne t'inquiète pas, je ne vais pas pleurer.

— Ça s'est aussi mal passé que ça ?

— Oui. Non. Je ne sais pas. Je ne sais pas, c'est la vérité.

Elle inspira profondément, puis se pressa les doigts contre les yeux.

— On lui donnerait dix ans de plus qu'à ma mère, dit-elle. Elle est ridée, flasque, comme une femme qui a eu la vie dure. Seigneur, pour qui vas-tu me prendre ? Ce n'est qu'un constat, je ne porte pas de jugement.

— Je sais.

Callen lui servit un verre, et bien qu'il aurait préféré une bière, par solidarité, il se servit aussi un verre de vin.

— Elle a les cheveux gris, secs comme la paille, jusqu'aux fesses. Elle n'a pas dû les couper ni les entretenir depuis des années. Elle a un regard de bête affolée, qui a reçu trop de coups de pied. Elle a vu le soleil se coucher par la fenêtre de sa chambre, la chambre que tu as aidé à repeindre.

— Je ne suis arrivé qu'à la fin des travaux.

— Tu y as quand même participé, répliqua Bodine, une larme roulant sur sa joue. Elle paraissait tellement heureuse, émerveillée… Elle n'a pas voulu sortir, parce qu'il y avait encore des ouvriers dehors, mais elle n'a pas loupé une minute du coucher de soleil. On aurait dit une enfant au matin de Noël ou devant le feu d'artifice du 4 juillet.

— Les couchers de soleil du Montana sont les plus beaux au monde, déclara Callen en posant une part de gâteau devant Bodine.

— Hummm ! fit-elle en le goûtant. Yolanda m'épatera toujours. Tu sais, avec Sal et deux autres copines, on est parties quelques jours sur la côte de l'Oregon, l'été avant d'entrer à la fac. Là-bas aussi, les couchers de soleil sont impressionnants, mais ils ne valent pas ceux du Montana, en tout cas pas pour moi. Alors imagine ce qu'Alice a dû ressentir... Elle a dit qu'elle n'avait le droit de sortir s'asseoir dehors qu'une heure par semaine, au coucher du soleil. À condition qu'elle se soit bien tenue. Tu te rends compte ?

— Elle retrouvera la mémoire, et on arrêtera ce psychopathe.

— Les souvenirs commencent à revenir. Elle a dit qu'elle avait eu des filles mais qu'elle n'avait pas pu les garder, comme ma mère m'avait gardée. Ça m'a fendu le cœur.

La voix de Bodine se brisa. Elle mangea un morceau de gâteau, puis un autre, le temps de reprendre sa contenance. Callen garda le silence.

— Nous avons monté des plateaux, pour elle, Nana et l'infirmière. Un bon repas maison, servi dans la jolie vaisselle de maman, avec une serviette en tissu. On aurait cru qu'on lui offrait un banquet. J'ai soupé en bas, avec les autres. Je n'arrêtais pas de penser à la façon dont elle regardait cette assiette de poulet et de légumes, comme si c'était de la haute gastronomie et qu'elle n'osait pas y toucher. Elle soupira, mangea encore une bouchée de gâteau et reprit : Voilà pourquoi il fallait que je m'échappe cinq minutes, ajouta-t-elle.

— Je ne dis pas que ce sera simple, mais ce sera sûrement un peu plus facile chaque jour. J'espérais que tu viendrais.

Elle se força à sourire.

— Eh bien... Tu avais dit que tu avais envie de sexe.

— Certes, mais le vin et le gâteau, c'est déjà pas mal.

— Ce shortcake est succulent, en effet. Chase est allé dîner chez Jessica.

— Il paraît.

— Il a emporté son DVD de *Tombstone*.

Callen éclata de rire, et se réjouit de voir une lueur amusée dans le regard de Bodine.

— Sacré Chase !

— Ils en regarderont peut-être une partie. Je suis presque sûre qu'il a l'intention de passer la nuit avec elle. Il lui a offert des fleurs, aujourd'hui.

Callen se contenta d'émettre un son indistinct, tout en mangeant sa part de gâteau.

— Il est amoureux.

— Parce qu'il lui a offert des fleurs ?

— Tu étais peut-être absent quelques années, mais tu le connais aussi bien que moi. Dis-moi si tu te souviens qu'il ait jamais offert des fleurs à une femme – ou à une fille, à l'époque.

Pensif, Callen but une gorgée de vin.

— Un bracelet de fleurs à Missy Crispen, dit-il enfin, pour le bal de printemps.

— Parce qu'il ne pouvait pas y couper. Mais là, on est en milieu de semaine, pas d'occasion spéciale, et il lui offre des fleurs. Des iris, je les ai vus qui dépassaient de sa sacoche.

Callen agita sa fourchette.

— Tous les hommes qui t'ont offert des fleurs étaient amoureux de toi ?

— Plus ou moins, oui. De plus, Chase est un grand timide avec les femmes. Pour lui, des fleurs sont une déclaration d'intention.

— Intention de…

— Jessica ne sait pas tout ça, mais moi oui. Il est amoureux d'elle, plus qu'il ne l'a jamais été d'aucune autre. Et tu sais quoi ?

— Je t'écoute.

— Je ne peux pas dire si elle est amoureuse, je ne la connais pas encore assez bien, mais je crois pouvoir avancer sans crainte de me tromper qu'elle en pince sérieusement. Ah, ça fait du bien ! soupira Bodine en posant son assiette. Quant à Rory, je crois qu'il sortait avec Chelsea, ce soir.

— Il est amoureux, lui aussi ?

— Non, sous le charme. Et c'est réciproque. Mon père veillera à ce que ma mère se repose, cette nuit, et les aïeules sont aussi bien au ranch que chez elles, pour l'instant. Du coup… Tu aurais une brosse à dents ?

— Non.

— Tant pis.

— Tu veux te brosser les dents ?

— Pas tout de suite, mais demain matin, répondit Bodine en se levant et en terminant son verre. J'aimerais bien tester ton lit.

— Il n'est pas aussi grand que celui de l'autre soir, mais il a de bons ressorts.

— On verra ça. Tu permets que je ferme la porte à clé ? Je ne tiens pas à ce que quelqu'un débarque à l'improviste et me voie à poil sur toi.

— Qui a dit que tu serais dessus ?
— On verra ça.

Le matelas se révéla parfait.

— Hmm, je me sens beaucoup mieux, soupira Bodine, repue, en sueur.

— Content d'y avoir contribué. Mais je crois que tu peux te sentir encore mieux. Nous allons faire quelque chose que nous n'avons encore jamais réussi à faire.

Il la fit basculer et roula sur elle. Dans sa torpeur, elle enfouit les doigts dans ses cheveux, sourire aux lèvres.

— Je ne vois pas ce que nous avons omis.

— De prendre le temps.

Il effleura ses lèvres des siennes, les fit courir sur son menton.

— Le *fast and furious* me convient.

— Voyons voir ce que donne le « tendre et langoureux ». J'aime ton corps, Bodine, dit-il en effleurant le globe de son sein droit. Tu es tout en longueur, fine, musclée.

— Je m'entretiens, parvint-elle à articuler, déjà haletante.

— Des seins fermes, ajouta-t-il en caressant le téton du pouce. Des cheveux magnifiques, soyeux, noirs comme la nuit. J'aime leur odeur, j'aime ton goût.

Il posa sa bouche contre sa gorge.

— Et ces yeux... De la couleur d'une forêt au crépuscule. La douceur de ta peau, du velours... La façon dont ta bouche s'adapte à la mienne.

Il lui donna un long baiser caressant.

— J'adore ton corps.

— Tu vas me faire tourner la tête.

Mais elle ne parvint pas à rire. Elle avait déjà le vertige, et des vagues de chaleur lui léchaient la peau.

— Plus je te touche, plus j'ai envie de te toucher. Cette fois, tu devras endurer.

Son pouls battait sous ses lèvres, lent et fort, exactement comme il le désirait. Elle ondulait sous ses mains, frémissante, tour à tour tendue puis relâchée. Il la désirait ainsi, pas seulement excitée mais offerte. Tout ce qu'elle avait à lui offrir.

Des soupirs et des baisers lascifs, des gémissements de volupté dans la clarté de la lune. Des ondes de bien-être, un rythme tranquille. De magnifiques yeux verts, lourds de désir.

Il se laissa descendre le long de son corps et cette fois, quand elle soupira, elle soupira son nom.

Elle n'avait plus le vertige. Elle avait l'impression de se mouvoir dans une brume chaude. Les callosités des doigts de Callen ne rendaient ses caresses que plus érotiques. Sa barbe naissante lui provoqua un frisson lorsqu'il parcourut son ventre de sa langue. Quand il la glissa en elle, elle eut la sensation de rouler, rouler, rouler, doucement, rêveusement, le long d'une pente couverte de neige.

Les brumes s'épaissirent, sous le plaisir que lui procurait la paume de ses mains.

Quand il reprit sa bouche, elle s'abandonna à l'orgasme.

Il s'introduisit en elle, l'entendit retenir son souffle, vit son regard chavirer.

— Doucement, murmura-t-il en jouant avec ses lèvres.

Elle était brûlante autour de lui, ruisselante. Elle jouit de nouveau dans un soupir, mais il continua d'aller et venir, longuement, lentement, profondément, savourant chaque instant, chaque vibration de plaisir. Il se retira, doucement revint en elle, se retira, encore, et encore, jusqu'à ce qu'il la sente venir et, cette fois, il se laissa aller avec elle.

21

Bodine se réveilla en retard, ce qui ne lui arrivait jamais. Une demi-heure, ce n'était peut-être pas énorme, mais elle mettait à mal son organisation matinale strictement minutée.

Elle bondit hors du lit, si vite que Callen n'eut pas le temps de la retenir.

— Tu es pressée ?

— Je suis à la bourre avant d'avoir démarré la journée. Tant pis pour ma séance de gym, dit-elle en s'habillant. Je prendrai le pick-up pour aller travailler.

— Je donnerai à manger à Leo et je le sellerai. J'aurais besoin de lui aujourd'hui.

Elle se tourna vers le lit et la silhouette, dans la pénombre, de l'homme avec qui elle avait passé la nuit.

— Ça va te faire du boulot supplémentaire.

— Je suis réveillé, de toute façon.

Il ne se plaignait pas, pensa-t-elle. Il disait cela d'un air amusé, résigné.

— Tu voudras venir prendre le petit déjeuner au ranch ?

— Ce sera mieux qu'un œuf sur le plat avec du pain rassis.

— Alors je te vois dans une heure. Elle hésita, puis revint vers le lit et se pencha au-dessus de Callen pour l'embrasser.

— Si j'avais su, ajouta-t-elle, j'aurais fait mettre un lit double, ici.

— Celui-ci est très bien.

— On s'en contentera. Allez, à tout à l'heure.

Quelques secondes plus tard, la porte claquait derrière elle. Une femme qui ne perdait pas de temps, pensa Callen, et il se leva pour préparer du café.

En moins d'une heure, Bodine effectua une séance de gym abrégée, se doucha, s'habilla, et répondit à quelques e-mails urgents. Le reste pouvait attendre. Excepté le café.

Comme elle avait encore dix minutes de retard, elle devrait sacrifier sa première tasse en solo. Clémentine devait déjà être dans la cuisine.

Effectivement, l'arôme du café montait dans l'escalier. Clémentine avait préparé de la pâte à petits pains, elle râpait des pommes de terre tout en bavardant avec Maureen, qui faisait cuire du lard et des saucisses.

Alice était assise à la table de la cuisine, penchée au-dessus de son ouvrage de crochet. En la voyant, Bodine fut ralentie dans son élan.

— Tu es en retard ce matin, lui lança sa mère en déposant le bacon sur du papier absorbant.

— À peine. Bonjour Clem', bonjour Alice.

— Je fais une écharpe.

— Elle sera jolie.

— Alice est une lève-tôt, comme toi. Grammy dort encore, Nana est sous la douche. J'ai dit à Cathy, l'infirmière de nuit, de prendre son temps, qu'Alice pouvait boire son thé en bas avec nous pendant qu'on préparait le petit déjeuner.

— Cathy est infirmière. Elle travaille à l'hôpital. Clémentine fait des petits pains. J'aime bien les petits pains.

— J'y ai mis du piment de Cayenne, précisa la cuisinière. Tu aimais bien, quand j'y mettais un peu de piment. Le café est prêt.

Bodine se remplit un mug.

— Les femmes enceintes n'ont pas le droit de boire du café. Ça peut empêcher la graine de prendre.

— Ah bon ? fit Bodine. C'est la première fois que j'entends ça. Ce serait pratique, comme contraceptif.

— Bodine ! s'offusqua sa mère.

Sourire aux lèvres, elle s'installa à table avec Alice.

— Ceci dit, je ne m'y fierais pas, ajouta-t-elle.

— Vous êtes en âge de porter des enfants.

— Tout à fait, mais je n'en veux pas, pour l'instant.

— C'est le devoir d'une femme envers son mari que de lui

donner des enfants. Vous devriez avoir un mari, qui subviendrait à vos besoins.

— Je me débrouille très bien toute seule. Je me marierai sûrement un jour mais il faudra que je trouve un homme qui réponde à mes critères. Et je dois dire qu'ils sont assez élevés, vu que mon père est ma référence. Mon mari sera beau, fort, intelligent, gentil, drôle. Il devra me respecter telle que je suis comme mon père respecte ma mère. Il devra aussi être bon cavalier. Et m'aimer comme une reine, une guerrière, un génie, et la femme la plus sexy de la Terre.

— C'est l'homme qui choisit.

— Non, Alice, l'homme et la femme se choisissent mutuellement. Malheureusement, et j'en suis navrée, tu n'as pas eu ce choix.

Une femme apparut sur le seuil de la cuisine, à peu près de l'âge de Maureen, petite, les cheveux blonds cendrés, l'expression un peu sévère.

L'infirmière, pensa Bodine, et elle redouta d'avoir eu des paroles déplacées. Mais celle-ci approuva d'un hochement de tête.

— Ce qui t'est arrivé est très triste, poursuivit-elle, et je te trouve très courageuse.

Alice cligna des yeux, comme lorsqu'elle avait du mal à comprendre.

— Les femmes sont faibles.

— Certaines personnes sont faibles, mais ce n'est pas ton cas. Je crois que tu es la personne la plus forte que je connaisse.

Alice baissa le menton, rentra la tête dans les épaules, mais Bodine entrevit un petit sourire.

— Je fais une écharpe. Clémentine prépare des petits pains pour le petit déjeuner. La sœur est…

Elle s'interrompit et étouffa un cri à la vue de Callen.

Merde ! pensa Bodine. Elle aurait dû lui envoyer un texto.

— Bonjour, dit-il depuis le vestibule. Je viens me faire inviter. Ce sont vos fameux petits pains au babeurre, Clémentine ?

— Oui, jeune homme. Tu as les mains propres ?

— Je me les lave tout de suite. Vous devez être Alice… Enchanté, madame, dit-il, du même ton qu'il aurait employé pour parler à un cheval nerveux.

— Un des fils, un des fils de la sœur.

— Honoraire, dit Maureen, un peu trop enjouée, mais cela calma les mains agitées d'Alice. Callen est presque un membre de la famille. C'est un gentil garçon.

— Un homme. Ce n'est pas un garçon, dit Alice en montrant ses joues.

Callen se passa une main sur le menton.

— Je reconnais que j'ai complètement oublié de me raser, ce matin. C'est joli, ce que vous faites. Ma sœur fait du crochet, elle aussi. Je ne serais pas étonné qu'elle tricote une maison, un de ces jours.

— On ne peut pas tricoter une maison. Je fais une écharpe.

— Si tu veux manger, dépêche-toi de te laver les mains, ordonna Clémentine. Le petit déjeuner est bientôt près.

— Tout de suite, madame.

— Elle commande l'homme, chuchota Alice à Bodine.

— À la cuisine, c'est elle le chef.

— J'ai les mains propres.

Le regard brouillé de larmes, Clémentine le félicita de la tête.

— Alors tu auras ton petit déjeuner.

Des bruits de pas retentirent dans l'escalier, et Alice se raidit. Bodine posa une main sur les siennes.

Rory fit irruption dans la cuisine, guilleret comme un chiot, rasé de frais, les cheveux encore mouillés.

— Je me suis réveillé en retard. Ça sent drôlement bon ici. Je...

Il se tut en voyant la femme assise à table avec Bodine. Comme le reste de la famille, il avait été prévenu. Et en commercial aguerri, il afficha son plus beau sourire.

— Bonjour, Alice. Rory, se présenta-t-il.

La mâchoire d'Alice se décrocha, elle retint son souffle, puis une incommensurable joie se peignit sur ses traits.

— Rory, Rory, bredouilla-t-elle en riant et en pleurant à la fois, puis elle se leva et se jeta à son cou. Mon bébé, mon Rory...

En lui tapotant le dos, gêné, il interrogea sa mère du regard.

— Rory est mon fils cadet, déclara Maureen avec circonspection.

— Mon Rory, dit Alice en s'écartant de lui pour regarder son visage, pour lui caresser les joues. Comme tu es beau ! Tu étais un si mignon bébé, un si joli petit garçon. Te voilà un bel homme, maintenant. Qu'est-ce que tu es grand ! Maman ne pourrait plus te prendre sur ses genoux, mon bébé.

— Euh...

— Alice, intervint l'infirmière très posément. C'est le fils de votre sœur, votre neveu.

— Non, non, protesta Alice en le serrant contre elle. C'est mon bébé, mon Rory. Je ne laisserai personne me le reprendre.

— Je suis là, tout va bien, la rassura Rory.

— J'ai prié pour mes enfants. Pour Cora et Fancy et Lily et Rory et Maureen et Sarah et pour Benjamin, même s'il est monté directement au ciel. Sais-tu où ils sont, Rory, les autres bébés ? Mes petites filles ?

— Non, hélas. Asseyons-nous, d'accord ?

— Je te fais une écharpe, verte. Mon Rory a du vert dans les yeux.

— Elle sera très jolie.

Tandis que Rory interrogeait de nouveau sa mère du regard, Bodine se leva et rejoignit Cora qui pleurait au pied de l'escalier.

Il fut malade comme un chien pendant plus d'une semaine, ne quittant le lit que pour aller aux toilettes ou prendre ses médicaments. Il n'avait même pas le courage de réchauffer une boîte de conserve.

Les quintes de toux le laissaient à bout de force, haletant, la poitrine serrée, la gorge à vif, irritée par un épais mucus jaune.

Inerte entre les draps tachés de sueur, il maudissait Esther.

Quand il serait guéri, il la retrouverait, et il la battrait au sang, il la frapperait à mort. Elle ne méritait pas une balle.

Pour l'instant, toutefois, il était incapable de se tenir debout plus de quelques minutes.

Lorsqu'il put enfin sortir, il découvrit que le chien était à moitié crevé – voire aux trois quarts. Il jeta de la nourriture dans une bassine. Remplir un seau d'eau à la pompe lui provoqua un violent accès de toux.

Il cracha une glaire teintée de sang et, en reprenant son souffle, la respiration sifflante, il regarda la vache. Elle n'avait pas été traite depuis plusieurs jours. Comme le cheval, elle avait dû se contenter des maigres touffes d'herbe épargnées par le gel. Les poules n'étaient guère mieux loties.

Amer, il dut se rendre à l'évidence : le garçon n'était pas venu faire son boulot. Un bon à rien, comme sa maudite mère.

Dès qu'il aurait repris des forces, il le mettrait au pli. Et il irait chercher une autre femme, jeune, en âge de lui donner des fils qui honoreraient leur père. Pas comme celui-ci qui ne faisait que ce qui lui plaisait.

Esther avait été une erreur. Il avait gâché ses meilleures années avec elle. Et vouloir prendre une deuxième épouse ne lui avait causé que des ennuis. Cette fois, il ferait attention.

Il fallait seulement qu'il se requinque, qu'il trouve l'énergie d'aller acheter des médicaments et de quoi manger.

Épuisé par l'effort fourni pour nourrir les bêtes, il rentra en titubant, dans l'idée de se connecter sur Internet, de puiser quelque réconfort dans les paroles de ceux qui savaient ce qu'il savait, ceux qui croyaient en ce qu'il croyait.

Il avait déboursé une coquette somme pour l'antenne wi-fi, les interfaces et les répéteurs. Et il avait appris à se brancher hors ligne. Car le gouvernement épiait tout le monde, il volait les terres et pénalisait les vrais Américains en faveur des gays, des Noirs et des Mexicains.

En Citoyen Souverain, il était prêt à faire couler le sang afin de protéger ses droits.

Au moins, il était débarrassé d'Esther. Il inculquerait le respect à ce bon à rien qu'elle avait mis bas. Et il trouverait une femme qui lui donnerait les fils qu'il méritait.

Pour l'heure, toutefois, il ne put que se remettre au lit, transi, le souffle court et la respiration caverneuse.

Callen sentit son ventre se nouer à la vue de la voiture du shérif.

— Faites-moi signe si vous avez besoin de quelque chose, dit-il au maréchal-ferrant, et il s'avança à la rencontre de Tate. Il y a encore eu un meurtre ?

— Non, non, Dieu merci. On se croirait au mois de mai, aujourd'hui, avec ce soleil.

— C'est vrai qu'il fait un temps de printemps.

Tate balaya le paddock du regard, se tourna vers la grange.

— Tu es tout seul ?

— On a deux groupes en balade, deux autres cet après-midi et deux leçons au centre. Temps de mai, réservations de mai.

— C'est Spike, là-bas ?

Callen acquiesça de la tête.

— C'est rare de voir un maréchal-ferrant avec un collier de chien et les bras couverts de tatouages. Mais il connaît son boulot. Tu as cinq minutes ?

— J'allais justement prendre une pause.

— Marchons un peu. Ces chevaux sont magnifiques.

— On les a presque tous sortis aujourd'hui. On les amènera au pâturage demain, si le beau temps se maintient. Ça fait un bail que je ne suis pas parti à l'aube avec une horde.

— On dirait que tu t'en fais une joie.

Au passage, Callen caressa le museau d'un bai curieux.

— C'est vrai. J'aime bien mon boulot ici, malgré la paperasse et l'informatique. Cela dit, vous n'êtes pas là, j'imagine, pour parler de mon job…

— Non, je vais voir Alice, au ranch. Elle doit être avec la psychiatre, en ce moment. J'ose espérer qu'elle aura retrouvé des souvenirs.

— Ce matin, elle a pris Rory pour son fils. Et elle a cité les prénoms de sept enfants, cinq filles, Rory, et un autre garçon, qui serait mort-né, ou décédé en très bas âge, si j'ai bien compris.

— Mon Dieu…

— Elle a pris Rory dans ses bras, elle a raconté qu'elle le berçait, qu'elle lui chantait des chansons, comment il avait appris à marcher. C'était très émouvant. Vous en savez plus, shérif, sur ce malade mental ?

— Pas grand-chose, hélas. On mène l'enquête avec les fédéraux. On a diffusé la photo d'Alice, au cas où quelqu'un la reconnaîtrait. On a essayé de mettre des chiens sur sa piste, mais avec la pluie, et vu qu'on n'a pas la moindre idée d'où elle venait avant de s'effondrer sur la route, ça n'a rien donné.

— Il faudrait qu'elle parle, mais on ne doit pas trop la solliciter.

Le bai curieux donna un petit coup de museau dans l'épaule de Tate, qui le caressa distraitement.

— Exactement. La moindre petite chose qu'elle pourra nous dire nous sera précieuse. Mais ce n'est pas pour ça que je suis là. Il paraît que Garrett est venu ici avec un véhicule officiel, en uniforme, et qu'il a recommencé à te harceler.

— Garrett ne me fait pas peur.

— Je l'ai mis à pied.

Callen se tourna vers le shérif, repoussa son chapeau à l'arrière de son crâne.

— Il n'y avait pas de raison pour que vous fassiez ça pour moi.

— Je ne l'ai pas fait pour toi, dit-il, la colère empourprant ses joues. Il a enfreint un ordre direct. Il a menacé un citoyen. J'aurais pu le révoquer, je l'ai seulement mis à pied, parce qu'il a aussi des qualités… et que j'ai deux chasses à l'homme sur les bras. Mais s'il franchit de nouveau les bornes, il perdra son poste, je te le dis.

Tate martela du doigt la poitrine de Callen.

— C'est toi qui commandes ici ? demanda-t-il.

— Il me semble.

— Est-ce que tu tolérerais qu'un membre de ton équipe refuse de se soumettre à ton autorité ?

Acculé, Callen poussa un soupir.

— OK, vous avez raison, concéda-t-il.

— Garrett est une forte tête, poursuivit Tate. S'il revient t'importuner, je tiens à en être informé. Et ne me dis pas qu'il ne te fait pas peur, que tu es assez grand pour te débrouiller avec lui. Garrett est mon subalterne, s'il te cherche des noises, tu m'en informes. Je ne pourrais pas me permettre de lui laisser son badge et son arme. Entendu ?

— Oui, oui.

— Peu importe que ça te plaise ou non.

— Ça ne me plaît pas, mais j'ai compris.

— J'ai ta parole ? demanda Tate, la main tendue.

Acculé de nouveau, Callen la lui serra.

— Vous avez ma parole.

— Très bien. Sur ce, je vais voir Alice.

Néanmoins, le shérif demeura immobile, à regarder les chevaux.

— Sept enfants… murmura-t-il.

— Elle a énuméré leurs sept prénoms.

— Dieu tout-puissant… marmonna Tate, et il prit congé.

En arrivant au ranch, il se réjouit de voir que la voiture du Dr Minnow était encore là : il souhaitait lui parler.

Cora vint lui ouvrir quand il frappa à la porte.

— Je ne vous dérange pas, j'espère, madame Bodine ?

— Pas du tout. Vous m'appeliez Cora, à l'hôpital, Bob. Continuez, je vous en prie. Alice est avec la psychiatre, le Dr Minnow. Elles ne devraient plus en avoir pour longtemps. Entrez.

Le shérif ôta son chapeau avant de la suivre à l'intérieur de la maison.

— Comment se porte Alice ?

— De mieux en mieux. Maman, regarde qui est là !

— Ah, Bobby Tate ! s'exclama Miss Fancy en posant son tricot et en tapotant le canapé à côté d'elle. Asseyez-vous donc, vous me raconterez les derniers potins. Je vais vous préparer un café.

— Ne vous dérangez pas, je vous remercie.

— Le jour où je ne pourrai plus offrir un café à un bel homme qui vient me rendre visite, il sera l'heure d'aller rejoindre mon Créateur.

Elle portait un T-shirt proclamant : « La place de la femme est à la maison et au Sénat. »

Un slogan auquel elle croyait dur comme fer.

— De toute façon, Alice est en haut avec son médecin, ajouta-t-elle. Asseyez-vous, je vais faire du café.

— Elle a besoin de s'occuper, dit Cora quand sa mère eut quitté la pièce. Pas de nouveau, j'imagine, ou vous me l'auriez déjà dit…

— Hélas non, madame Bodine… Cora. L'enquête suit son cours. Nous faisons le maximum.

— Je m'en doute. Oh, docteur, vous avez terminé ?

— Oui, nous avons eu une longue discussion. Bonjour, shérif.

— Bonjour, docteur. Pensez-vous que je puisse encore la solliciter ?

— Laissez-la juste souffler quelques minutes. Elle fait d'énormes progrès, madame Bodine. Vous avez eu raison de l'accueillir ici.

— Se souvient-elle de sa captivité ? demanda Tate.

— Elle l'occulte, un réflexe naturel de défense. Elle a subi un lavage de cerveau. Du coup, elle a du mal à faire la part des choses entre la réalité et ce que son ravisseur lui a inculqué. Entre les notions biaisées inscrites malgré elle dans sa conscience et la véritable réalité, ici, où elle se sent en sécurité. Elle a parlé de l'endroit où elle était détenue, « sa maison », qui était à peu près de la même taille que sa chambre ici, mais sans fenêtre, et moins jolie.

Celia se tourna vers Cora avec un sourire.

— C'était une bonne idée de la repeindre de la même couleur qu'autrefois. Elle s'y sent bien chez elle, même si elle ne reconnaît pas sa chambre d'enfant. Son ravisseur n'habitait pas avec elle, poursuivit la psychiatre à l'attention de Tate. Ce qu'elle appelle « sa maison » devait ressembler à un bungalow, d'après ce que j'ai compris. Elle n'a pas été capable de me décrire l'extérieur. Elle a évoqué un chien méchant, mais elle fait un blocage sur tout le reste.

— Un bungalow et un chien, c'est déjà un début de piste.

— Voilà, Bob, dit Miss Fancy en revenant avec une tasse de café. Oh, docteur, je vous sers un café ?

— Je vous remercie, je dois retourner à l'hôpital. Je reviendrai demain à la même heure. Pour l'instant, évitez les contacts entre Alice et Rory. Laissons-nous du temps.

— Je vais vous chercher votre manteau et je vous raccompagne, déclara Cora.

Le shérif demeura planté au milieu du salon, son chapeau dans une main, son café dans l'autre.

— Miss Fancy, si vous permettez, je vais monter voir Alice.

— L'infirmière… Miss Fancy se massa la tempe. Mince, son prénom m'échappe…

— Ce n'est pas grave. À tout à l'heure.

Tate savait où se trouvait la chambre d'Alice. Pendant quelques mois, dans sa jeunesse, il avait lancé des petits cailloux contre les carreaux et Alice faisait parfois le mur pour le rejoindre.

Aujourd'hui, le poids des ans pesant cruellement sur ses épaules, elle était assise devant cette même fenêtre, occupée à crocheter du fil vert. Une autre femme lisait un livre dans un fauteuil. Elle se leva à l'arrivée du shérif.

— Vous avez de la visite, Alice.

Celle-ci leva les yeux et sourit timidement.

— Je vous connais. Vous êtes venu à l'hôpital, vous avez été très gentil. Vous… Elle cligna des paupières. Vous savez marcher sur les mains.

— Autrefois. Pas sûr d'en être encore capable.

Ils avaient seize ans, il l'aimait à la folie.

— Je vous laisse, dit l'infirmière. Je serai dans la pièce à côté.

— Vous buvez du café. Je n'ai pas le droit de boire du café, mais Bodine en boit, la fille de la sœur. Elle est gentille, elle aussi.

— Bien sûr, c'est une jeune femme très agréable. Je peux m'asseoir ?

— L'homme n'a pas besoin de demander.

— Je suis poli. Puis-je m'asseoir, Alice ?

— Oui, bien sûr, répondit-elle en rougissant. Je fais une écharpe. Pour Rory, mon fils. Il a les yeux verts, il est très beau. Il est devenu immense.

— Depuis combien de temps ne l'aviez-vous pas vu ?

— On a pris le petit déjeuner ensemble. Clémentine avait fait des petits pains. Je… J'aime bien ses petits pains.

— Je voulais dire : avant ce matin, depuis combien de temps ne l'aviez-vous pas vu ?

— Oh, il avait à peine un an. Il était si gentil, bébé. J'ai pu le garder, m'occuper de lui. Je lui ai appris à marcher, à taper des mains et à dire « maman ». Parce que c'était un garçon.

— Vous avez eu des filles…

— Cora et Fancy et Lily et Maureen et Sarah.

— Leur avez-vous appris à taper des mains ?

— Je n'ai pas eu le temps. Monsieur les a emmenées. Il ne voulait pas de filles, et elles pouvaient rapporter un bon prix. Peut-être que vous pourrez les retrouver.

— J'essayerai.

— Mais pas Benjamin. Dieu l'a rappelé au ciel avant qu'il vienne au monde. Ni Rory. J'ai retrouvé Rory ici. Je suis contente d'être venue là.

— Avez-vous eu vos enfants chez vous ? Je veux dire : avez-vous accouché chez vous ?

— Lily, Sarah, Maureen et Benjamin, seulement. Monsieur m'a construit la maison parce que je lui avais donné un fils, comme une femme se doit de le faire.

— Où sont nés Cora, Fancy et Rory ?

— Dans la pièce au sous-sol, répondit-elle, les lèvres serrées. Je n'aimais pas cet endroit. Je préférais la maison.

— Ne vous en faites pas, dit Tate en caressant doucement sa main tremblante. Vous n'y retournerez plus jamais.

— Je peux rester ici avec Rory. Avec la mère et la sœur et Grammy… Grammy. Grandpa a des M&M's. Il sent la cerise et il a une barbe.

— C'est exact, acquiesça le shérif, en songeant qu'elle ignorait que son grand-père était décédé. Monsieur a-t-il la barbe ?

— Partout, partout, dit-elle en se passant la main sur les joues et le menton.

— Il sent la cerise ?

— Oh, non ! Il sent le savon qui pique. Des fois, pas tout le temps. Des fois, il sent le whisky, et la transpiration. Je n'aime pas son odeur. J'aime faire une écharpe, j'aime beaucoup, et j'aime la fenêtre, et les petits pains. J'aime les murs roses.

— C'est une couleur gaie. De quelle couleur étaient les murs de votre maison ?

— Gris, avec des lignes et des taches blanches. Ceux-ci sont plus jolis. Je ne suis qu'une ingrate. Monsieur m'a donné beaucoup de choses et je ne suis pas reconnaissante.

— Non, vous n'êtes pas ingrate, et vous êtes reconnaissante envers votre famille. Pouvez-vous me dire quelque chose, Alice ?

— Je ne sais pas.

— Où avez-vous rencontré Monsieur, la toute première fois ?

— Je ne sais pas. Il faut que je finisse mon écharpe pour Rory.

— Bien sûr, je vais vous laisser. Je reviendrai bientôt, si vous êtes d'accord.

— Oui, d'accord. Je voulais rentrer à la maison, dit-elle quand il se leva.

— Vous y êtes.

— J'aurais dû téléphoner à Grandpa, de Missoula. Il serait venu me chercher. Il n'aurait pas été fâché.

— Vous étiez à Missoula ?

— Je venais… Je ne sais plus d'où je venais. Je suis fatiguée.

— Je vais chercher l'infirmière. Reposez-vous.

— Grammy prépare un jambon pour Thanksgiving, et on fait des tartelettes toutes ensemble. Je crois que je vais dormir un peu.

— Attendez, je vais vous aider.

Il l'accompagna jusqu'au lit, et la couvrit d'un plaid.

— C'est doux. Tout est doux ici. La mère est là ?

— Elle va monter. Reposez-vous.

Dans le couloir, Tate adressa un signe à l'infirmière, puis il descendit à la recherche de Cora.

Un bungalow, un chien, quelque part sur la route entre Missoula et le ranch, à la période de Thanksgiving, Dieu seul savait combien d'années en arrière.

Aussi infime fût-il, il tenait un début de piste.

22

Le temps suivait son cours, et tandis qu'au ranch la vie tournait toujours autour d'Alice – ce que l'on devait dire, ce que l'on ne devait surtout pas dire, ce que l'on devait faire, ce que l'on ne devait surtout pas faire –, le printemps s'installa, avec sa douceur et ses contraintes. Le soleil se levait plus tôt, il se couchait plus tard, les journées rallongeaient et la charge de travail s'alourdissait.

Bodine était contente de pouvoir se réfugier dans le travail et, en même temps, elle culpabilisait de fuir la maison, où il fallait sans cesse marcher sur des œufs.

Elle s'échappait aussi durant les nuits qu'elle passait avec Callen, dans son lit étroit ou dans un chalet inoccupé. Et pour cela, elle n'éprouvait pas le moindre remords. Quand elle analysait la situation, comme elle le faisait parfois, elle parvenait à la conclusion qu'il lui apportait un équilibre, une compagnie, une oreille attentive, un soutien plus solide qu'elle ne l'aurait cru.

Et une totale satisfaction sur le plan sexuel.

Elle se plaisait à croire qu'elle lui rendait la pareille.

Presque tous les matins, ils partaient travailler à cheval et revenaient ensemble le soir. Si elle pouvait se le permettre, Bodine rentrait au ranch à midi et passait un moment avec Alice afin de soulager les aïeules.

— Je l'aime bien, dit-elle à Callen, en chevauchant à son côté. Parfois, la vraie Alice émerge du trauma, et cette personne me plaît. Les chiens l'aiment bien, eux aussi, c'est un signe.

— Les chiens aiment bien Alice ?

— Et c'est réciproque. Ils passent le plus clair de leur temps à ronfler à ses pieds pendant qu'elle crochète. Ça veut tout dire. Le shérif est venu pendant que j'étais là cet après-midi. Il sait s'y prendre avec elle.

— Il a obtenu de nouveaux renseignements ?

— Elle avait vingt et un ans, elle venait de les avoir, quand elle a voulu revenir au ranch en stop. Manifestement, c'est à ce moment-là qu'elle a été enlevée, il y a vingt-six ans, donc. Elle a voulu que je reste avec elle pendant que Tate l'interrogeait. Elle était toute contente, comme s'il s'agissait d'une visite amicale. Elle a fini l'écharpe de Rory, elle en a commencé une pour moi.

— Elle t'apprécie, elle te fait confiance. Elle aime bien Tate, aussi. Avec moi, elle est timide, mais elle n'a pas peur.

— Comme avec mon père et Chase. Mais elle refuse toujours de sortir. Parce qu'il y a des gens, dehors.

— Elle a besoin de temps.

— Je sais. Il n'y a pas si longtemps qu'elle est là, mais... il faut faire attention à tout, à la maison. C'est usant. Certains jours, on dirait qu'elle a compris que Rory n'est pas son fils, et le lendemain elle se comporte comme une maman ourse. C'est dur, pour lui, bien qu'il gère ça beaucoup mieux qu'on n'aurait cru. On a tendance à l'oublier, mais au fond il a un cœur énorme.

— Tu veux savoir ce que je pense ?

— Je parle, je parle... Oui, bien sûr.

— Vous avez toujours été une famille unie, ce que j'admire et envie. Et cette situation a encore resserré les liens. À mon avis, Alice se remettra, tout doucement, parce qu'elle a ça dans le sang, le sens de la famille. Je sais ce que c'est que d'avoir dix-huit ans et d'en vouloir à la Terre entière. Mieux que toi.

— J'ai eu la chance d'avoir une enfance et une adolescence privilégiées.

— Il ne s'agit pas seulement de chance, mais oui. Je sais ce que c'est que de vouloir revenir parmi les siens, d'en éprouver le besoin. Personne ne m'en a empêché, personne ne m'a volé la moitié de ma vie, et déjà, ce n'était pas facile.

— C'est vrai ?

— Tu ne sais pas ce qui aura changé, ce qui sera toujours pareil, si tu te réadapteras... C'est le risque, quand tu pars et que tu reviens. Qu'Alice soit capable de tricoter des écharpes, de parler avec Tate sans hurler, de se lever le matin et de se coucher le soir, malgré tout ce qu'elle a subi, et qui qu'elle ait été à dix-huit ans, à mon humble avis, cela signifie qu'elle a du Bodine en elle, qui ressurgira tôt ou tard.

Bodine garda un instant le silence avant de demander :

— Tu veux savoir ce que j'en pense ?

— Tu parles, tu parles, mais je t'écoute. Oui, dis-moi.

— Je deviendrais dingue, je crois, si je ne t'avais pas pour parler librement. On ne peut plus rien dire, au ranch, à cause d'Alice ; il faut constamment se surveiller. Ma mère et Grammy s'inquiètent pour Nana ; mon père se fait du souci pour tout le monde. Chase n'arrête pas de demander des coups de main à Rory, juste pour qu'il puisse respirer.

— Tu fais pareil.

— Oui, mais personne ne dit rien franchement. Parce qu'on ne peut pas. Et je parie que je ne suis pas la seule à m'appuyer sur toi.

— Tu peux, je suis costaud.

— C'est exactement ce que je me dis.

Il changea de position sur sa selle et l'observa longuement.

— Alors ne te pose pas de questions et laisse le temps au temps. On est sur des terres qui seraient à moi, là, si les choses s'étaient passées autrement. Mais les choses sont ce qu'elles sont, c'est comme ça.

Bodine stoppa son cheval. Elle n'avait pas pris cette direction par hasard.

— Désolée. Je pensais que c'était une bonne idée de vous les acheter. Je n'en suis plus si sûre.

Callen connaissait ces terres comme il connaissait ses mains. Il était content de les chevaucher, de les contempler.

— On a signé les papiers, elles sont à vous, à ta famille. Je n'ai pas de regret.

— Si nous devions nous séparer du domaine, ça me fendrait le cœur.

Callen en aurait été peiné, lui aussi.

— Je ne tenais pas à ce bout de terrain. Je ne sais pas si j'y ai jamais tenu. Un de ces jours, je serai peut-être propriétaire de mon propre bien, dit-il avec un sourire et un haussement d'épaule. Je me suis fait pas mal de pognon, en Californie.

— Puis-je être malpolie et te demander ce que « pas mal de pognon » signifie pour toi ?

— Si j'avais voulu, j'aurais pu garder les terres de mon père, reverser leur part à ma mère et à ma sœur, acheter du bétail et monter un ranch.

— Mais tu n'as pas voulu.

— Non, j'aspirais à autre chose. Ça ne me déplaisait pas de gérer ma boîte, et j'étais plutôt bon gestionnaire.

— Ta boîte, quelle boîte ?

Comme il devinait où Bodine voulait l'emmener, il fit passer son cheval devant le sien.

— Une petite société de dressage, que j'avais créée avec un associé, et qui tournait plutôt bien. Quand j'ai décidé de revenir, il me l'a rachetée. Ça ne me dérange pas non plus de travailler pour un patron. Pour l'instant, je me trouve bien comme je suis.

— J'ignorais que tu t'étais installé à ton compte.

— J'ai voulu essayer.

C'était exactement cela, pensa-t-il avec du recul, il avait voulu tenter l'expérience.

— Ça m'allait plutôt bien, pour un temps, poursuivit-il. Mais ça te va mieux qu'à moi, d'après ce que je vois. J'admire les femmes d'affaires, et j'ai beaucoup d'estime pour celles qui parviennent à se libérer une heure en milieu de journée afin de rendre service à leur famille.

— Arrête, tu vas me faire rougir, rétorqua-t-elle, une main sur le cœur.

Il apercevait la maison, à présent, en forme de L un peu biscornu. Les champs en friche, le jardin envahi par la végétation, le poulailler branlant. La grange où son père s'était pendu, dont la peinture rouge s'écaillait.

Des fleurs sauvages pointaient le nez. Au loin, les montagnes reprenaient des couleurs, grises, vertes, avec le dégel.

— Pourquoi m'as-tu amené ici ?

— On est en train de décider ce qu'on va faire. On a plusieurs options. La première question est de savoir si cette parcelle fera partie du ranch ou du resort. Je penche pour le resort, étonnamment. Chase hésite, étonnamment aussi. À mon avis, il attend de savoir ce que tu en penses.

— Je n'en pense rien, ce ne sont pas mes terres.

— Tais-toi. Rory est de mon côté. Ma mère a d'autres chats à fouetter en ce moment, et mon père penche pour le ranch, mais il est ouvert. Nous n'avons pas encore consulté les aïeules mais ça ne saurait tarder.

— OK.

— Si nous intégrons ce lot au resort, comme ce sera sûrement le cas, voici quelles sont les options : rénover la maison, les dépendances, et en faire un mini-ranch que nous louerons, à des familles, des groupes, des entreprises, pour l'expérience ; ou bien raser et construire du neuf, soit un mini-ranch, soit quelques chalets haut de gamme, avec une cuisine commune, comme au camping ; on y accueillerait des jeunes, à qui on proposerait une initiation aux activités du ranch, avec le bétail, les chevaux, les poules, etc.

— Quelle est ta préférence ?

— Toutes les options sont commercialement viables. Je te demande ce que tu en penses.

— Je te l'ai dit, ça ne me regarde pas.

Avec un soupir agacé, Bodine descendit de sa monture et l'attacha à une clôture.

— Descends de ton cheval, Skinner, au propre comme au figuré. Tu as grandi dans cette maison, tu as travaillé ces champs, élevé des chevaux et des vaches, ici. Tu as bien une opinion, non ? Tu as bien des sentiments !

Callen mit pied à terre, avec la désagréable sensation d'être poussé dans ses derniers retranchements.

— Je te répète que je ne suis pas aussi attaché à ces terres que tu voudrais que je le sois.

— Arrête tes enfantillages, Skinner. Je te demande juste de me dire si tu préfères qu'on démolisse ou qu'on retape. Juste ça. Dis-moi.

Plus énervée qu'elle ne l'aurait voulu, elle lui frappa la poitrine du poing. Puis elle laissa sa main contre son cœur, et il aurait juré qu'il en sentait la brûlure, comme il sentait son regard brûlant rivé au fond du sien.

— Démolissez. Tout. Je…

— Entendu.

— Bodine…

— Entendu, répéta-t-elle. C'est tout ce que je voulais savoir.

Il lui saisit le poignet avant qu'elle puisse s'écarter, et leur colère à tous deux s'évapora quand elle posa l'autre main contre sa joue.

— Ton avis est important, Skinner, pas seulement pour moi, mais sûrement plus pour moi que pour les autres. Toutes les options ont du potentiel. Pourquoi ne tiendrait-on pas compte de ton avis ?

— Ces terres ne sont pas à moi.

— Elles l'ont été.

— Peut-être, mais elles ne le sont plus. Je ne suis pas revenu pour ces terres, pour cette maison. Ce ne sont pas mes racines. Ou si elles l'ont été, le déracinement n'a pas été douloureux.

Il l'attira contre lui et, côte à côte, ils regardèrent la vieille ferme.

— J'ai des bons et des mauvais souvenirs ici, poursuivit-il. Je ne crois pas que les bons pèsent beaucoup plus que les mauvais. Je me rappelle quand mon père s'est mis en tête de construire cette grange, là. Il ne savait pas ce qu'il faisait. J'avais douze ans, je ne risquais pas de lui donner des conseils. Mais il a essayé.

Il a essayé. Callen entendait la voix de sa mère, dans le vent, au cimetière.

— Il a essayé, répéta-t-il, l'acceptant peut-être enfin. Les murs sont penchés, mais il a fait de son mieux, et ma mère était contente.

Sans rien dire, Bodine se serra contre Callen, une offre de réconfort.

— Ma mère ne mettra plus jamais les pieds ici, elle ne voudra plus jamais revoir cette grange où elle l'a retrouvé au bout d'une corde. Si tu la démolis, je ne veux pas que ce soit pour moi.

Elle se tourna vers lui et posa de nouveau la main contre son cœur.

— Je voulais connaître ton avis, tu me l'as donné, ma décision est prise. Peut-être que ta mère reviendra ici, un jour, et elle verra ce que nous aurons construit. Peut-être qu'elle sera contente. Peut-être que tu seras content.

D'un geste, elle montra quelque chose, et attendit que Callen cesse de scruter son regard pour se tourner dans la direction qu'elle lui indiquait.

— Tu vois ces rosiers, là-bas ? Tu devrais les déterrer, en t'assurant de ne pas casser les racines, et les apporter à ta mère. Je suis sûre que ta sœur saura les replanter. Et que ta mère sera touchée.

— Je ne sais pas quoi te dire, murmura Callen, la gorge nouée par l'émotion et par la gratitude. Parfois, tu me scies. Tu as raison, ces rosiers feront plaisir à ma mère. Je n'y aurais pas pensé.

— Peut-être que si.

Il l'attira contre lui et la serra fort.

— J'aurais tout jeté au feu, dit-il en contemplant la maison par-dessus la tête de Bodine. Ce n'aurait pas été une bonne idée. Regarde, il y a des jonquilles qui sortent, là, sur le côté. Je prendrai les bulbes. Savannah adorait les jonquilles quand on était gamins. Et…

— Quoi ?

— Peut-être que je prendrai aussi quelques planches. Justin et Savannah en auront sûrement l'usage. Ma sœur appréciera.

— Pas de problème, acquiesça-t-elle en l'embrassant. Si on allait faire un tour, voir ce qu'il y a d'autre à récupérer ?

Avant que Callen ait pu répondre, son téléphone lui signala la réception d'un texto.

— Ma mère, dit-il, le sourcil froncé. Elle n'envoie jamais de SMS. Oh, ma sœur a perdu les eaux !

— Va vite à l'hôpital !

Bodine lui prit la main, fit demi-tour et l'entraîna vers les chevaux.

— Elle accouche à la maison. Franchement, tu ne vas pas me dire... Ça devrait être interdit par la loi. Pourquoi elle...

— Dépêche-toi, Skinner, dit-elle en riant, charmée par cette réaction typiquement masculine. Tu seras dans ton pick-up dans moins de dix minutes. Tu lui poseras la question.

— Vanna ne tient peut-être pas à ma présence, dit-il en enfourchant son cheval.

— Les hommes sont des idiots.

Et elle lança Leo au galop, sachant que Sundown la suivrait.

Bodine rentra au ranch de bonne humeur, et trouva Clémentine au comptoir, qui épluchait des pommes de terre avec Alice.

— Je prépare de la purée. Clémentine me montre. Je pourrai la regarder faire frire le poulet.

— Et moi, je pourrais le manger ! répliqua Bodine, ce qui amena un sourire sur les lèvres d'Alice. Il y a déjà quelque chose qui sent drôlement bon.

— On a fait un gâteau au chocolat. J'aime bien cuisiner avec Clémentine. Il n'y a pas de four dans ma maison. Je ne pouvais pas faire de gâteau.

— Tu me donnes faim, déclara Bodine en se servant un verre de vin, tandis que sa mère entrait dans la cuisine. J'ai un scoop ! annonça-t-elle gaiement. La sœur de Callen est sur le point d'accoucher.

— Voilà une bonne nouvelle, dit Maureen. Sers-moi un verre, s'il te plaît. Nous trinquerons à la santé du nouveau-né.

— J'ai eu des bébés, marmonna Alice tout en continuant à éplucher une pomme de terre, la tête dans les épaules. Ça fait mal, ça saigne beaucoup. Si c'est des filles, on ne peut pas les garder, parce qu'elles rapportent un bon prix. La sœur a gardé sa fille, mais moi, je n'ai pas pu garder la mienne.

Elle jeta un regard furieux à Maureen.

— Mes filles seraient aussi jolies que la tienne, ajouta-t-elle. Plus, même ! Ce n'est pas juste.

— Non, acquiesça Maureen. Je suis désolée…

— Pas la peine d'être désolée. Ça ne me rendra pas mes enfants. Je veux mes enfants. Je veux mon Rory. Pourquoi c'est le tien ? Pourquoi tu as toujours tout ?

— Asseyons-nous, suggéra Bodine. Si tu me montrais mon écharpe…

— Non ! s'emporta Alice, et elle se leva pour se poster devant Bodine. Tu es la fille. Moi aussi, je suis la fille ! Pourquoi elle a toujours tout ?

— On se calme, intervint Maureen en s'interposant entre elles deux. Calme-toi, Alice.

— Tais-toi, toi ! Tu n'as pas d'ordre à me donner. Reenie, Reenie, Reenie, toujours la meilleure, toujours, toujours.

Alice la poussa. Et Maureen lui rendit la pareille, avec une brutalité qui choqua Bodine.

— Il serait peut-être temps que tu commences à te comporter comme une adulte ! tonna-t-elle. Et que tu arrêtes de pleurnicher. On dirait que tu ne sais faire que ça. C'est toujours la faute de tout le monde, jamais la tienne…

— Je te déteste.

— Oh, ce n'est pas nouveau.

— Les filles, ça suffit ! ordonna Cora en arrivant précipitamment dans la cuisine, talonnée par Miss Fancy.

— C'est elle qui a commencé ! cria Alice, le doigt tendu vers Maureen. Elle n'a pas à me donner d'ordres, maman. Tu prends toujours sa défense. C'est injuste. Pourquoi est-ce que je dois faire la vaisselle pendant une semaine et pas elle ? Parce qu'elle n'a que des A ? La maîtresse ne m'aime pas, d'accord ? J'allais ranger ma chambre, maman, je te le jure. J'ai oublié, c'est tout. Reenie, Reenie, Reenie sera si belle en robe de mariée. Eh bien moi, je serai actrice de cinéma. Vous verrez ce que vous verrez ! Pourquoi elle a le droit de garder ses bébés, elle ? Hein, pourquoi ?

Les joues ruisselantes de larmes, Alice se prit la tête entre les deux mains.

— Pourquoi, pourquoi, pourquoi ? Je ne comprends pas. Qui suis-je ? Qui suis-je ? Pas la femme dans le miroir. Non, non ! La vieille femme, qui est la vieille femme dans le miroir ? Qui suis-je ?

Cora s'avança vers elle et, du bout des doigts, essuya ses larmes.

— Alice, mon petit chat. Alice Ann Bodine. Ça va aller, tout va bien. Tu sais qui je suis ?

— Maman... Maman. Je... Je voulais rentrer à la maison.

— Je sais. Tu es là, maintenant.

— Je ne me sens pas bien. Je ne me sens pas bien du tout. Je veux repartir.

— Ça va aller, ne t'en fais pas.

— Reenie est fâchée contre moi.

— Non, déclara Maureen en caressant sa tresse. Non, je ne t'en veux pas, je suis contente que tu sois revenue.

— Je me suis énervée. Je ne me rappelle pas pourquoi. J'ai mal à la tête.

— Monte t'allonger un moment, suggéra Cora. Je viendrai te rejoindre.

— Non, non, je fais de la purée. Clémentine m'apprend. Clémentine... Si on te donnait un dollar chaque fois qu'on rouspète, tu serais milliardaire.

— Oh oui, acquiesça la cuisinière, les yeux brillants de larmes, en coupant une pomme de terre en deux. Elles ne s'éplucheront pas toutes seules, ma grande.

— Je vais t'aider, déclara Miss Fancy en se juchant sur un tabouret au côté d'Alice.

— Grammy... murmura Alice en penchant la tête vers elle. Grammy sent toujours bon. Où est Grandpa ?

— Au ciel, ma chérie. Il veille sur ton petit Benjamin.

— Si Grandpa est avec Benjamin, je n'ai pas à m'inquiéter.

Alice reprit l'économe et coula un regard peiné en direction de Maureen.

— Ce n'est pas mon Rory. C'est le tien.

— On est sœurs, on partage.

— Je déteste partager.

Maureen éclata de rire.

— Oh, je m'en étais rendu compte !

Derrière elles, Bodine enlaça les épaules de Cora.

— Viens, assieds-toi, Nana, tu trembles. Je vais te préparer un thé.

— Je préférerais une goutte de vin.

— Assieds-toi.

Bodine s'empressa de lui servir un verre, puis elle attendit que sa grand-mère le porte à ses lèvres, les deux mains autour du verre.

— Elle m'a appelée maman.

— J'ai entendu.

— C'est la première fois. J'ai vu dans ses yeux qu'elle me reconnaissait. Elle nous revient. Alice revient.

Callen rentra au cabanon épuisé, tant physiquement qu'émotionnellement. Il jeta son chapeau et son blouson à côté d'un fauteuil. Il avait envie d'une bière, mais il avait encore plus envie de dormir, si bien qu'il gagna directement sa chambre, et en se laissant tomber sur le lit pour enlever ses bottes, il s'assit sur Bodine.

— Oh, bon sang ! s'écria-t-il. Tu m'as fait peur !

Elle se poussa contre le mur en grognant.

— Tu pourrais regarder…

À tâtons, il alluma la lumière ; elle se cacha les yeux.

— Qu'est-ce que tu fais là ?

— Je n'arrivais pas à dormir.

— Tu faisais bien semblant, alors.

— À la maison. Je voulais t'attendre, mais j'ai dû m'assoupir. Alors, Savannah, le bébé ?

— Tout le monde est aux anges et la petite est mignonne comme un cœur. Regarde, dit-il en affichant une photo sur son téléphone, d'une minuscule créature coiffée d'un bonnet rose, emmaillotée dans une couverture rose et blanche.

— Trop chou, commenta Bodine en frottant ses yeux ensommeillés. Comment l'ont-ils appelée ?

— Aubrey. Aubrey Rose.

— Tu l'as portée ?

— Je ne voulais pas – plutôt tenir un bâton de dynamite allumé – mais on m'y a forcé. Je dois avouer que c'était un grand moment, dit-il en montrant d'autres photos, du bébé dans les bras de sa mère, de son père, de sa grand-mère, et enfin dans les siens.

Gaga, pensa Bodine en l'observant avec sa nièce.

— J'ai assisté à l'accouchement, un grand moment, aussi… Franchement, je me demande comment les femmes peuvent avoir envie de faire des mômes… Je n'ai pas honte de dire que je me suis esquivé autant que j'ai pu, mais ils n'arrêtaient pas de me ramener dans la chambre. Ouais, des grands moments.

Il ôta finalement ses bottes, puis s'allongea près de Bodine, tous les deux habillés.

— Je n'ai pas fourni le moindre effort, mais j'ai l'impression d'avoir escaladé une montagne dit-il en fermant les yeux. Dans un moment de faiblesse, j'ai dit que je garderais Brody, cette semaine, deux ou trois heures par jour, histoire de les décharger. Il va falloir que je l'occupe. Balades à dos de poney, j'imagine, et je lui ferai ramasser du crottin. Les gosses de cet âge-là adorent, en général.

— Miranda pourra te donner des idées. La coordinatrice des activités jeune public.

— Tu crois ?

— J'en suis sûre.

— Elle m'aidera peut-être à préserver ma santé mentale. Et toi, tu as passé une bonne soirée ?

— Intense. Ma mère et Alice se sont disputées, avant le dîner. Elles ont failli en venir aux mains.

— Non ? s'exclama Callen, qui commençait presque à somnoler.

— J'ai annoncé que ta sœur allait accoucher, et Alice s'est mise à parler de ses enfants. Elle s'est emportée contre ma mère, qui a riposté. C'est une révélation de voir sa mère se chamailler avec sa sœur, exactement comme toi quand tu étais gamin. Nana a voulu calmer le jeu, Alice s'est énervée.

Bodine se tourna sur le côté, afin qu'ils soient face à face.

— Du coup, ça a réactivé des souvenirs. Des petites choses insignifiantes, ridicules, des trucs de môme, mais ça a provoqué un déclic. Elle a appelé Nana « maman », alors qu'elle ne disait que « la mère », jusqu'à maintenant. Elle a aussi appelé ma mère « Reenie ». C'est un énorme progrès. Nana est pleine d'espoir. Peut-être trop, d'ailleurs, ça m'inquiète un peu. Si ça se trouve, Alice aura de nouveau tout oublié demain matin en se levant.

— Il n'y a pas de mal à espérer. Tu devrais en faire autant.

— Peut-être. On a eu une petite discussion au sommet, avec Chase et Rory, dans la grange, et on a décidé que Chase veillerait sur Grammy, Rory sur Nana, et moi sur Alice. Rory lui inspire des émotions trop fortes, et elle est plus à l'aise avec moi qu'avec Chase. Mon père s'occupe de ma mère, elle n'a besoin de personne d'autre. C'était la première journée, aujourd'hui, sans les infirmières à temps complet, et boum ! On a frôlé le drame. Ça risque d'être compliqué.

— Ça ira, tu verras. Si on se déshabillait et qu'on se mettait sous les couvertures ?

— Ouais. Dans une minute.

Une minute plus tard, ils dormaient tous deux à poings fermés, tout habillés.

Monsieur se tailla une canne dans une branche. À la fin de la journée, quand il finissait de s'occuper de ses bêtes, ses jambes ne le portaient plus.

Le chien avait rendu l'âme, mais on trouvait des chiens facilement. Il en prendrait un autre, quand il irait mieux.

Il avait envisagé d'abattre le cheval, qui représentait plus d'inconvénients que d'avantages, mais si un homme pouvait se passer de chien quelque temps, un homme sans cheval était comme un homme mutilé.

Il le nourrissait donc avec parcimonie, lui rationnant le grain.

Il consacrait plus de temps à la vache, car elle produisait encore du lait, même si la traire le laissait sur les rotules.

Il s'essoufflait quand il marchait mais il pouvait marcher. Tout du moins, tant qu'il n'avait pas une quinte de toux. Il devait alors s'asseoir et endurer le martyre.

D'ici quelques jours, quand il se sentirait plus vaillant, il irait acheter des médicaments, de quoi manger, du foin pour les bêtes.

Et il se mettrait en quête d'une nouvelle femme, jeune. Assez forte pour labourer et semer. Suffisamment féconde pour lui donner des fils. Suffisamment avenante pour lui donner du plaisir.

Patience.

Tous les soirs en se couchant, il se disait qu'il irait mieux au matin. Qu'il aurait le courage d'aller chercher cette femme.

Il avait préparé le sous-sol, où il la garderait. Comme elle labourerait le champ, il la labourerait. Comme le champ donnerait des fruits, elle en donnerait aussi. Les fruits de sa semence.

Chaque nuit, il dormait avec un revolver sous l'oreiller, prêt à tirer sur quiconque voudrait l'empêcher de défendre les droits qu'il avait reçus de Dieu.

QUATRIÈME PARTIE

UN RETOUR

Tu ne recherches, Joe,
Que de simples chimères ; à savoir des débuts.
Fins et débuts n'existent pas,
Il n'y a que des entre-deux.

ROBERT FROST

23

Si Jessica devait courir toute la journée, elle courrait dans de belles chaussures. Selon le podomètre qu'elle avait téléchargé sur son Smartphone, elle avait déjà parcouru sept mille pas. Et il n'était pas encore midi.

Mais le week-end serait une réussite absolue.

En clin d'œil au soleil radieux du Montana, elle portait son Stetson, au-dessus d'une queue-de-cheval basse et lissée.

Talons aiguille rose bonbon – vive le printemps ! – et chapeau de cowboy : elle considérait ce look comme une fusion Est-Ouest.

Après avoir vérifié que tout était en place au Moulin, elle s'apprêtait à se rendre au Saloon, puis à La Mangeoire, lorsque Bodine arriva dans l'une des petites Kia du complexe hôtelier.

— Dis-moi que ce beau temps tiendra jusqu'au week-end, lui lança-t-elle une fois qu'elle fut garée.

Bodine descendit de la voiture en regardant le ciel d'un bleu éclatant.

— En principe, oui. La météo annonce du vent pour cette nuit, mais grand soleil et 15 °C demain. On commence à installer les sites de camping.

— J'aurai du monde à Riverside Camp et Eagle's Nest, ce week-end, à partir de ce soir. Les tentes seront prêtes à l'heure du check-in ?

— Elles le sont déjà à Riverside, et les gars s'activent à Eagle's Nest. Tout sera prêt ce soir, ne t'en fais pas, pas la peine d'aller vérifier, dit Bodine en tapotant l'épaule de Jessica.

— « Vérifier tentes », rayé de ma liste. Je tiens vraiment à ce que ce week-end se passe bien.

— La réunion de famille des Cumberland, c'est ça ?

— Réunion de famille et anniversaire de la doyenne. Elle aura cent deux ans demain. Cent deux ans, tu te rends compte ? Je trouve ça fascinant et terrifiant. Tu as vu le gâteau ?

— Pas encore.

— Il est gigantesque, impressionnant, avec des décos représentant les grands événements de sa vie. Je prendrai des photos pour le site Internet. Les pâtissiers ont vraiment fait quelque chose d'extraordinaire. Un gâteau pour quatre-vingts personnes, tu imagines ? Ils seront soixante-dix-huit, de onze mois à cent deux ans.

— Tu es tellement excitée qu'on dirait que tu es montée sur ressorts.

— Je sais, acquiesça Jessica en riant. Je trouve ça formidable d'atteindre cet âge et d'avoir une aussi grande famille. Ils m'envoient des photos depuis des semaines. Ils ont réservé Le Moulin pour tout le week-end, on a fait une sorte d'expo retraçant l'histoire de la famille. C'est comme un autre monde pour moi qui n'ai pas d'histoire familiale ni de parents proches.

— Tu fais partie des Bodine-Longbow, maintenant.

Touchée, Jessica donna un petit coup d'épaule à Bodine.

— Et en tant que telle, je suis déterminée à faire de ce week-end un autre événement mémorable de la vie de Bertie Cumberland. À propos de famille, comment va Alice ?

Bodine glissa un pouce dans la poche de son jean et regarda autour d'elle.

— Elle a des hauts et des bas, mais les hauts durent de plus en plus longtemps. Du coup, je travaillerai à la maison cet après-midi. J'ai eu du mal, mais j'ai réussi à convaincre Nana et Grammy d'aller chez le coiffeur. Elles ont besoin de prendre l'air. Clémentine sera là. On sera deux pour rester avec Alice.

— C'est un beau geste de ta part.

— Je le fais pour ma famille.

— J'ai des nouvelles par Chase, de temps en temps, mais tu sais comme il est…

— Je sais. Et je sais aussi qu'il est heureux, même s'il ne le dit pas. Hier, il a sellé les chevaux de mes parents, et il les a envoyés en balade. Ils n'étaient pas sortis une seule fois depuis le retour d'Alice, eux qui adorent aller au restaurant. C'était sa façon de leur offrir une petite compensation.

Bodine poussa un soupir, et elles se dirigèrent vers Le Saloon.

— Et je sais, poursuivit-elle, que Chase et Callen ont emmené Rory jouer au poker avec les ouvriers, la semaine dernière, parce que Alice ne le lâchait pas.

— Chase m'a dit qu'elle avait compris que Rory n'était pas son fils.

Bodine hocha la tête, en regardant des clients jouer au fer à cheval. La vie suivait son cours, paisible, immuable.

— On ne sait pas trop. On croyait qu'elle avait compris mais l'autre jour, la semaine dernière, elle était tellement envahissante qu'ils ont dû trouver un prétexte pour le libérer.

— Et toi, comment te libères-tu ?

— Ici, répondit Bodine avec un geste du bras englobant le complexe hôtelier. Et Callen sait écouter. Toi aussi.

— Si tu as besoin de parler, n'importe quand, tu sais que je suis là.

— Il faudrait qu'on retourne danser, tous les six. J'ai l'impression que cette soirée au Roundup remonte à une éternité.

— Quand tu voudras, à part ce week-end, répondit Jessica en consultant sa montre. Oh ! mon Dieu ! Il faut que j'aille m'occuper du buffet d'accueil, et confirmer les taxis à l'aéroport.

— Je passerai un coup de fil à la compagnie de taxis.

— Merci, Bo. Si tu as envie d'aller faire du shopping un de ces jours, ou de passer une journée entre filles, n'hésite pas.

Là-dessus, Jessica s'éloigna à la hâte, sur ses talons hauts.

— Mais pas ce week-end ! ajouta-t-elle par-dessus son épaule.

En arrivant au ranch, Bodine posa les dossiers qu'elle avait dans les bras. Il lui fallut bien ses deux mains, et toute sa volonté, pour pousser Nana et Grammy hors de la maison.

Ceci étant fait, elle resta sur le pas de la porte jusqu'à ce que leur voiture disparaisse au bout de l'allée, puis elle se rendit à la salle à manger, où Clémentine astiquait la grande table.

— Tu es sûre qu'elles ne vont pas faire demi-tour ?

— J'espère, soupira Bodine en se laissant tomber sur une chaise. J'attends deux minutes et je monte me mettre au travail. Nana m'a dit qu'Alice se reposait, que tout s'était bien passé, ce matin, avec la psychiatre.

— Très bien, oui, pour autant que je sache. C'est une bonne chose que Cora et Miss Fancy soient sorties, cet après-midi.

Alice a besoin d'un peu de distance, elle aussi, si tu veux mon avis.

Satisfaite de la table, Clémentine s'attaqua au bahut.

— Elles se disputaient souvent, avec maman, quand elles étaient gamines ? lui demanda Bodine. Comme l'autre soir...

— Oh, oui ! En général, c'était Alice qui commençait, mais ta mère cherchait la bagarre aussi, parfois. Elle prenait un malin plaisir à jouer les aînées, à faire son petit chef.

Amusée, intéressée, Bodine se cala le menton sur le poing.

— C'est vrai ?

— Elle n'arrêtait pas de répéter qu'elle était la plus grande, mais quand Alice tirait parti du fait qu'elle était la plus petite, elle criait à l'injustice. Vous faisiez pareil, toi et tes frères. Ça t'arrangeait bien, hein, de temps en temps, d'être une fille parmi deux garçons...

Bodine haussa les épaules.

— Parfois ça me servait, parfois ça me desservait. Mais dis-moi, Clem', elles s'aimaient ? Même s'il m'arrive de me chamailler avec mes frères, je les aime.

— Je crois que oui. Elles pouvaient être proches comme les deux doigts de la main, puis tout d'un coup se voler dans les plumes. Rire ensemble et se raconter des secrets cinq minutes après s'être crêpé le chignon. Cora avait une patience à toute épreuve pour supporter deux filles aussi soupe au lait.

Clémentine lustrait le buffet, embaumant la pièce d'un parfum d'orange.

— Un jour, quand ta mère était enceinte de Chase, je l'ai trouvée assise toute seule dans sa chambre, en larmes. Elle se massait le ventre en pleurant. Sa sœur lui manquait... Tu savais qu'elles avaient choisi ensemble le prénom de leur premier enfant ?

— Non.

— Elles étaient adolescentes. L'une avait choisi pour l'autre un prénom féminin et un prénom masculin. Chase – en hommage à ton arrière-grand-père Charles – et Bodine pour Maureen. Rory – comme leur papa – et Cora pour Alice.

Précautionneusement, Clémentine replaça le grand chandelier d'étain sur le buffet.

— Elles devaient y attacher de l'importance, poursuivit-elle, puisqu'elles ont toutes les deux adopté ces prénoms, alors qu'elles n'avaient plus aucun contact.

— Personne ne m'avait jamais raconté cette anecdote.

— Je ne sais pas qui était au courant, à part moi et elles. Elles me l'avaient dit pour que ce soit officiel. Elles devaient avoir à peu près douze et quatorze ans.

— Je suis contente que tu m'en aies parlé. Ça m'aide à les comprendre, dit Bodine en se levant. Allez, je vais chercher ma sacoche et je monte me mettre au boulot. Je passerai d'abord voir Alice.

— Tu es une brave fille, Bodine, au moins la moitié du temps.

— C'est déjà pas mal.

En montant à l'étage, Bodine imagina sa mère à quatorze ans, scellant un pacte avec sa sœur, un pacte qui deviendrait une famille ; Alice à douze ans, rêvant de bébés, comme toutes les filles de son âge. Alice accouchant seule dans une cave. Alice à qui un psychopathe avait pris ses bébés.

Elle se montrerait désormais plus patiente, plus indulgente, décida-t-elle. Pas seulement pour sa mère, sa grand-mère et son arrière-grand-mère, mais pour Alice elle-même, qui un jour avait eu douze ans.

Elle la trouva debout au milieu de sa chambre, ses longs cheveux gris détachés, une paire de ciseaux à la main, le regard dément, furieux.

— Alice ? l'interpella-t-elle, la gorge nouée par la panique. Ça va ?

— Non, ça ne va pas. Je ne les aime pas. Je n'en veux plus.

— De quoi parles-tu ?

En s'efforçant de paraître décontractée, Bodine s'avança dans la chambre. Alice brandit les ciseaux. Bodine s'immobilisa.

— J'ai le droit de dire que ça ne me plaît pas. J'ai le droit de dire que je les déteste. C'est le médecin qui me l'a dit. Elle me l'a dit.

— Bien sûr. S'il y a quelque chose qui te tracasse, tu peux m'en parler, si tu veux.

— Maman et Grammy sont sorties, dit Alice en faisant claquer les ciseaux. Elles sont allées chez le coiffeur.

— Elles reviendront bientôt. Et je suis là. Clémentine aussi. Si tu me montrais l'écharpe que tu es en train de me faire ?

— Elle est finie, marmonna Alice, les dents serrées, en agitant les ciseaux. J'en ferai une pour Chase. Pour tous les enfants de Reenie. Elle a toujours tout, elle.

— Tu me la montres ? Je pourrais l'essayer ?

Le regard rivé à celui d'Alice, Bodine s'approcha d'elle, tout doucement, et lui attrapa le poignet. Elle était plus forte, plus vive, elle pouvait lui prendre les ciseaux.

— Oui, oui, tu pourras ! Mais je n'en veux plus !

De sa main libre, Alice empoigna une touffe de ses cheveux et les tira brutalement.

— OK, OK. Veux-tu…

Et Bodine comprit soudain.

— De tes cheveux ? Tu aurais voulu aller chez le coiffeur, toi aussi ?

— Non ! cria Alice, en fermant les yeux, les paupières serrées. Monsieur dit que c'est un péché pour une femme de se couper les cheveux. Mais la doctoresse a dit que c'était moi qui décidais de ce que je voulais et de ce que je ne voulais pas. Qui a raison ? Je ne sais pas qui a raison !

— Bien sûr que c'est toi qui décides. Tu peux te coiffer comme tu veux. C'est ton droit, ce sont tes cheveux.

— Je les déteste !

— Dans ce cas, libre à toi de les faire couper. Je t'emmènerai chez le coiffeur.

— Non, je ne veux pas sortir.

Alice regarda les murs, les portes, et sa respiration s'accéléra.

— Je les couperai moi-même, dit-elle. Il ne pourra pas m'en empêcher.

— Oh, qu'il aille au diable ! répliqua Bodine, et les yeux d'Alice s'élargirent. Ce sont tes cheveux, non ? Si tu veux, je te les coupe.

Alice abaissa les ciseaux et scruta le visage de Bodine.

— Tu… Tu sais faire ?

— Eh bien… ce sera une première, mais je peux essayer.

Docilement, Alice lui tendit les ciseaux. Son cœur cognait toujours mais Bodine lui adressa un sourire chaleureux.

— Allons nous installer dans la salle de bains. Tu sais de quelle longueur tu les voudrais ?

— Je ne les aime pas. Coupe-les.

Bodine posa un tabouret devant le lavabo surmonté d'un miroir.

— Je connais une fille qui avait les cheveux très longs, presque autant que les tiens. Quand elle les a fait couper, elle en a fait don à une association qui fabrique des perruques pour les femmes qui tombent malades et qui perdent leurs cheveux. Si tu veux, je me renseignerai.

— Je pourrais donner mes cheveux à une femme malade ?

— Oui. Tu voudrais ?

— Ils sont trop laids, répondit Alice, les larmes aux yeux. Personne n'en voudra.

D'un geste réconfortant, Bodine caressa l'incroyable longueur.

— Il y a sûrement moyen de les traiter. Pendant que tu les démêles, je vais regarder sur mon téléphone si l'association a un site Internet.

Elle lui donna une brosse, et regarda Alice froncer les sourcils dans le miroir ; puis, conformément aux instructions trouvées sur le site, elle lui tressa les cheveux.

— Ils pourront en faire au moins deux perruques. Tu feras deux heureuses. Tourne-toi un peu, pour te voir de profil. Je les coupe à cette hauteur ? demanda-t-elle, une main dans le dos d'Alice.

— Plus courts.

Elle remonta, centimètre par centimètre, en interrogeant Alice du regard. Aux épaules, celle-ci hocha vigoureusement la tête.

— Tu es sûre ?

— Oui.

— Alors allons-y.

En priant pour qu'Alice ne pique pas une colère ou ne fonde pas en larmes, Bodine coupa l'épaisse natte, en retenant sa respiration.

Alice se regardait tranquillement dans le miroir.

— Je dois pouvoir fignoler, dit Bodine. Nana a des ciseaux plus petits, je crois, ou bien…

Lentement, Alice porta la main à ses cheveux et y passa les doigts.

— Ils sont toujours moches, mais c'est mieux. Il n'a pas pu m'en empêcher. Il n'a pas pu t'empêcher de les couper. Mais je ne sais pas qui c'est, dit-elle en désignant son reflet dans le miroir. Je ne sais pas…

Bodine posa les mains sur ses épaules.

— C'est ma tante Alice, qui a choisi mon prénom.

Dans le miroir, Alice lui sourit.

— Tu t'appelles Bodine, parce qu'on se l'était promis.

— Oui. Tu sais quoi ? J'ai une idée ! Grammy a de la teinture dans sa chambre. Tu voudrais que je te teigne les cheveux ?

— En roux, comme Grammy ? J'adore les cheveux de Grammy !

— Moi aussi. Nous allons te faire une couleur.

Un sourire étira les lèvres d'Alice, et son regard s'illumina.

— Je veux bien. Rouge, comme Grammy. Comme ta veste. Elle est jolie.

Bodine passa la main sur le spencer de cuir que Jessica l'avait encouragée à acheter.

— Elle te plaît ? Je te la prêterai, si tu veux.

— Reenie déteste prêter ses vêtements.

— Moi, ça ne me dérange pas, puisque je te le propose. Bon, je vais chercher la teinture.

Par précaution, elle emporta les ciseaux.

Elle n'aurait pas beaucoup travaillé, mais elle se rattraperait. Et si elle n'était pas experte en coiffure ni en maquillage, elle fit de son mieux et se félicita du résultat.

Dans son enthousiasme, elle parvint à convaincre Alice de se mettre en jean, avec un joli chemisier, et elle lui prêta sa veste rouge, ainsi qu'une paire de boucles d'oreilles.

Lorsque Alice se regarda dans le miroir, Bodine se sentit gagnée par une bouffée d'émotion.

— Je me vois, murmura Alice. J'ai vieilli, mais je me reconnais. Je retrouve Alice, Alice Ann Bodine.

— Tu es belle.

— J'ai été belle, rectifia-t-elle en portant une main à sa joue. Il m'a volé ma beauté. Tu m'en as rendu un peu. J'aime bien ma coupe de cheveux. J'aime bien la veste rouge que tu m'as prêtée. Merci.

— Il n'y a pas de quoi. Descendons voir Clémentine.

Bodine tendit la main à Alice, qui lui donna la sienne avec un air penaud. Elles étaient dans l'escalier lorsque leur parvint la voix de Maureen. Alice serra plus fort la main de Bodine.

— Je lui monte un thé et je vais me reposer un moment, disait Maureen. J'irai peut-être donner un coup de main à Jessie, après le dîner, mais…

Elle était en train de verser le thé, et se figea quand Bodine et Alice entrèrent dans la cuisine. La tasse déborda. Clémentine lui prit la théière des mains.

— Alice… murmura Maureen, des larmes jaillissant de ses yeux. Oh, Alice…

Elle se précipita vers elle, et bien qu'Alice eût un mouvement de recul, elle la prit dans ses bras.

— Je ne les aimais pas. Bodine me les a coupés. Ils serviront pour une femme malade.

Maureen s'écarta de sa sœur et fit gonfler ses cheveux roux, que Bodine avait réussi – à peu près – à couper au carré.

— Ça te va très bien. J'aime beaucoup. Oh, Alice, je t'aime...

Elle l'entoura à nouveau de ses bras, et tendit la main à Bodine. Puis elle embrassa la main de sa fille, ferma les yeux, et elle berça sa sœur en la serrant contre elle.

Entre les randonnées, les balades à poney, les séances d'initiation au rassemblement des troupeaux et les leçons d'équitation prévues par Jessica au programme du week-end des Cumberland, Callen avait fait quelques heures supplémentaires, et on aurait encore besoin de lui le lendemain dès l'aube, mais pour l'heure il pouvait rentrer tranquillement avec Sundown.

Il espérait trouver Bodine, siroter une bière dehors avec elle en regardant le soleil se coucher. L'inviter peut-être dans un bon restaurant, s'ils parvenaient dans les jours à venir à se libérer tous les deux une soirée.

En principe, Callen détestait les grands restaurants. Pourtant, bizarrement, il avait envie d'en offrir un à Bodine.

Et il avait hâte de passer à nouveau une nuit avec elle.

En fait, il avait tout le temps envie de la voir, il ne pouvait plus se voiler la face. Il n'était pas revenu pour chercher une femme, mais il avait trouvé celle avec laquelle il se voyait construire sa vie.

De son côté, elle n'en était peut-être pas encore là, mais pas loin. La question était de savoir s'il devait l'attendre ou la bousculer.

Un dilemme à méditer.

— Il a fait chaud aujourd'hui, mais l'air se rafraîchit vite en fin de journée, pas vrai ? dit-il à Sundown en se penchant pour lui flatter l'encolure. Tu as vu les daims, là-bas ? Bien sûr que tu les as vus. Ils commencent à muer. C'est le printemps, la nature reverdit. On mène les chevaux au pâturage demain matin. Il reste de la neige sur les sommets, mais le ciel n'en paraît que plus bleu.

Il stoppa son cheval afin de savourer l'instant, regarda les queues blanches des chevreuils détaler à travers champs. Il faillit descendre de selle et cueillir un bouquet de fleurs sauvages pour Bodine, puis il se ravisa, de crainte du ridicule.

Ils redémarrèrent et passèrent un virage, puis Callen lança Sundown au galop.

— Vas-y, mon grand, fais-toi plaisir !

Une douleur lui transperça le mollet, il entendit le coup de feu, Sundown poussa un hennissement de détresse et chancela.

L'instinct prit le dessus.

— Fonce !

Sundown souffrait, il le sentait, mais ils étaient à découvert, et il réussit à le pousser jusque de l'autre côté d'une colline, où se dressaient un chalet et des arbres.

En mettant pied à terre, il lâcha un juron de douleur, et en étouffa un autre en découvrant que Sundown perdait du sang. À la hâte, il ôta son bandana et comprima la plaie que le cheval avait au ventre.

— Tranquille, ça va aller, tranquille... lui dit-il d'une voix apaisante.

Un moteur pétarada, puis le bruit s'éloigna.

Callen sortit son téléphone, tout en scrutant l'horizon. Et en promettant vengeance à celui qui avait blessé son cheval.

Bodine sortit en espérant trouver Callen au cabanon. Elle mourait d'envie de lui raconter sa journée. Il ne voudrait jamais croire qu'elle avait coupé les cheveux d'Alice et qu'elle l'avait maquillée. Elle imaginait d'avance sa réaction.

Ils s'assiéraient dehors pour regarder le soleil se coucher, puis ils iraient peut-être se promener. Ou bien ils feraient l'amour dans son petit lit une place.

Elle souriait toute seule en y pensant lorsqu'un cri retentit dans la maison et que Chase sortit précipitamment.

Elle crut qu'il se passait quelque chose avec Alice, mais son père sortit aussi, puis Rory, et tout le monde à sa suite.

— Qu'est-ce qui se passe ? Qu'est-ce qu'il y a ?

— On a tiré sur Callen, la balle a touché son cheval, sur Black Angus Road, à environ un kilomètre cinq.

Chase courut jusqu'à la remorque à chevaux. Rory fonça à l'écurie. Le kit de premiers secours équins, pensa Bodine en s'élançant derrière lui. Elle prit une bride, la passa à Leo en quelques secondes.

— Qu'est-ce que tu fais ? lui demanda Rory.

— J'y vais. J'y serai plus vite avec Leo en coupant à travers champs.

— Reste ici. Le danger n'est peut-être pas écarté.

— Tu n'es pas obligé d'y aller si tu as peur, rétorqua-t-elle.

Là-dessus, elle enfourcha Leo à cru, et partit au galop.

Elle avait entendu la détonation, son écho, quand elle était sortie, mais elle n'y avait pas prêté attention, à mille lieues de se douter que l'on ait pu viser Callen – et toucher son magnifique cheval.

Courbée sur la crinière de Leo, elle cavala à travers bois, puis à travers champs, sur l'étroit sentier qui rejoignait la route. Elle ne ralentit que pour amorcer la descente, et éprouva un léger vertige de soulagement en voyant Callen debout, Sundown debout. Puis une vague de frayeur la submergea quand elle découvrit la mare de sang qui s'étalait sous le cheval. Callen avait les traits déformés par la rage.

— Qu'est-ce que tu fais là ? lui lança-t-il sèchement.

— Les autres arrivent. C'est grave ?

— Je n'en sais rien. Bon sang, Bodine, tu n'as rien à...

Il ne termina pas sa phrase. Elle était là, il ne servait à rien de s'énerver.

— Tiens-lui la tête, lui dit-il. Parle-lui. Il a mal, il est secoué.

Sundown était parcouru de tremblements, constata Bodine en descendant de selle.

— Ça va aller, murmura-t-elle en s'approchant de lui. On va te ramener à la maison et te soigner, ne t'en fais pas. Il est touché au ventre ?

— Je ne pense pas que la balle soit entrée, mais elle a emporté un morceau de chair. Ça saigne beaucoup. Vous avez appelé la vétérinaire ?

— Oui, répondit Bodine, car quelqu'un lui avait sûrement téléphoné, et Callen avait autant besoin que son cheval d'être rassuré. Ne t'inquiète pas, ça va aller, affirma-t-elle. Ah, les voilà !

Elle tint fermement la bride des deux chevaux tandis que son père manœuvrait le pick-up et le van. Rory en sauta avant qu'il ne soit à l'arrêt.

— La vétérinaire arrive, le shérif aussi. Il peut marcher ? On a apporté le treuil.

— C'est bon, il peut marcher.

Sam exerça une pression sur l'épaule de Callen, puis il se pencha sous le ventre de Sundown afin d'examiner la blessure.

— Je n'ai pas l'impression que la balle soit entrée. Ce n'est qu'une vilaine égratignure.

Puis il se redressa et s'approcha de sa tête, observa ses yeux.

— Ça va aller, mon beau, tiens bon. On va te ramener à la maison, ne t'inquiète pas. Tu as été touché ? demanda-t-il à Callen, qui boitait.

— Peut-être.

— Oh, mon Dieu, tu es blessé ! s'écria Bodine en saisissant le bras de Callen.

— Je dois m'occuper de mon cheval.

Lentement, laborieusement, tant pour l'un que pour l'autre, Callen amena Sundown dans le van.

— Ne lui en veux pas, chuchota Sam à Bodine en lui tapotant le bras. Il a mal, il est en colère. Rentrons les soigner tous les deux.

Bien qu'elle-même blessée et furieuse, Bodine garda le silence, monta sur son cheval et retourna au ranch.

Elle resta à l'écart pendant que la vétérinaire s'occupait de Sundown, et son cœur se serra quand le cheval posa la tête sur l'épaule de son maître et que celui-ci ferma les yeux pour ne pas voir la vétérinaire lui injecter un calmant.

Callen caressa Sundown tout le temps, en lui murmurant à l'oreille et en observant chacun des gestes de la vétérinaire.

— Je dirais qu'il a eu de la chance, déclara celle-ci en ôtant ses gants et en les jetant dans un sac plastique. Dans sa malchance, ajouta-t-elle. La balle l'a frôlé, elle n'a pas pénétré, mais il a perdu beaucoup de sang, et la blessure est douloureuse. Je vais vous prescrire des antibiotiques et je reviendrai le voir demain matin. Il aura besoin de repos, et d'être chouchouté. Veillez aussi à ce que la plaie reste bien propre.

— Mais ça va aller ?

— Il est costaud, et en bonne santé. Je vous noterai les instructions à suivre, et nous le surveillerons. Pas d'exercice pendant quelques jours. Et ne le montez pas d'ici au moins une semaine. On verra après. Il s'en remettra, Cal, il n'en gardera qu'une cicatrice et un mauvais souvenir.

— Un moindre mal.

La vétérinaire ajusta ses petites lunettes à monture carrée, tout en observant Callen.

— Vous allez dormir là, ce soir ?

— Qu'est-ce que vous en pensez ?

— Je vous indiquerai dans quels cas me réveiller au milieu de la nuit. Sinon, je vous revois demain tous les deux.

— Je vous remercie. Sundown, dis merci au docteur.

Le cheval réagit peut-être un peu mollement, mais il inclina la tête.

— Avant de partir, pourriez-vous examiner Callen, docteur Bickers ? intervint Bodine en désignant la jambe de Callen.

— Bon sang, Callen, vous n'auriez pas pu me le dire plus tôt ? Chase, accompagne cet idiot jusqu'à la cuisine, que je regarde s'il faut l'envoyer à l'hôpital.

— Hors de question que je laisse mon cheval.

Bickers leva les yeux au ciel.

— Apporte-nous un tabouret, Chase, s'il te plaît.

Celui-ci s'exécuta, puis il appuya sur les épaules de son ami pour le forcer à s'asseoir.

— Je pourrais avoir une bière ? réclama Callen.

— Laissez-moi d'abord regarder cette jambe, répondit la vétérinaire en remontant ses lunettes sur son crâne.

Quand elle lui enleva sa botte, le visage de Callen devint livide. Bodine serra les poings. À quatre ou cinq centimètres au-dessus du talon, un hématome violacé s'étalait autour d'une plaie sanguinolente.

Bickers enfila une nouvelle paire de gants.

— Heureusement que vous aviez des bottes.

— Elles sont fichues. Je les aimais bien.

Bien que furieuse, Bodine s'efforça de décrisper ses doigts et prit les mains de Callen.

— Ne fais pas l'enfant. Tu t'en payeras de nouvelles.

— La balle a déchiré la chair mais il n'y a pas trop de dégâts, juste de quoi souffrir l'enfer pendant un jour ou deux. Si vous voulez quelque chose contre la douleur, il faudra aller voir un spécialiste des humains. Idem si vous voulez vous faire recoudre. Je pourrais le faire mais il n'y a pas de raison. Maintenant, serrez les dents, je vais nettoyer et désinfecter.

— Tu veux quelque chose à mordre ?

— Ouais, répondit Callen en levant vers Bodine un regard amer.

Et il lui plaça une main derrière la nuque, amena sa tête vers la sienne et s'empara de sa bouche. Le feu du désinfectant lui coupa le souffle quelques secondes, mais elle lui saisit le menton et pressa plus fort ses lèvres contre les siennes.

— C'est bientôt fini, déclara Bickers. Évitez au maximum de prendre appui sur votre jambe. Je ne vous prescris pas de béquilles, vous devriez pouvoir vous en passer. Trouvez-vous une paire de tennis et ne remettez pas de bottes avant au moins deux ou trois jours.

Vous avez nettement moins de mal que votre cheval. Une vilaine égratignure, c'est tout.

— J'ai l'impression que vous m'avez gratté l'os avec un tisonnier chauffé à blanc.

— Ça va se calmer. Vous êtes costaud et en bonne santé, affirma Bickers en lui donnant une petite claque sur le genou. Et presque aussi beau que votre cheval. Vous pouvez prendre des antalgiques sans ordonnance. Si vous avez des trucs plus forts en réserve, ce serait bien de me les montrer.

— Je n'ai rien.

— OK. Je rédige une ordonnance pour Sundown et je vous verrai tous les deux demain matin.

— Merci.

Bickers hocha la tête, puis elle se débarrassa de ses gants.

— J'aimerais savoir quel pourri tire sur un cheval… Il vous visait, sûrement, mais il a fait davantage de mal à Sundown. Bref, je vous laisse faire votre boulot, ajouta-t-elle à l'adresse de Tate.

Le shérif se posta en face de Cal.

— Tu peux me raconter ce qui s'est passé ?

— Ouais, mais je voudrais d'abord une bière.

Rory lui tendit une cannette qu'il était allé lui chercher.

— Tiens. Il faut que je rentre prévenir tout le monde que vous êtes sains et saufs.

— Merci.

Callen prit le temps de savourer une longue gorgée.

— Alors voilà… Je rentrais du boulot tranquillement. Je venais de lancer Sundown au galop, au niveau du premier virage, sur Black Angus. J'ai d'abord senti que j'avais été touché, puis j'ai entendu le coup de feu, et Sundown a trébuché. Je l'ai poussé à fond, obligé, on était à découvert, on risquait de prendre une autre balle. On s'est arrêtés en haut de la côte, où il y a quelques arbres et un chalet, et là, j'ai entendu un quad démarrer.

— Un quad, tu en es sûr ? Ce n'était pas un pick-up, ou une moto ?

— Si je vous dis que c'était un quad, c'est que c'était un quad, j'en suis certain. Il devait être sur la piste, sur les hauteurs. Il devait nous guetter. Il ne s'attendait sans doute pas qu'on parte au galop juste à ce moment-là, c'est ce qui a faussé son tir. Il a dû changer d'angle trop vite. En tout cas, ce n'est pas un bon tireur.

Callen but une autre gorgée de bière.

— Si ma mémoire est bonne, Garrett Clintok n'a jamais été très doué pour le tir. Je serais curieux de savoir s'il a un quad.

— Laisse-moi m'en occuper.

Callen donna sa cannette à Bodine, puis il se leva, son regard bleu jetant des flammes.

— Vous voyez ce cheval ? Je l'aime comme un frère. Et voilà que cet abruti, planqué entre les arbres, a essayé de me tendre une embuscade et a blessé mon cheval. Je m'en occuperai moi-même.

— Si tu agresses Garrett, je serai obligé de t'interpeller. De toute manière, tu te feras tabasser, avec ta jambe bandée. Si c'est lui qui a fait ça, crois-tu que je laisserai passer ?

— Non. Si c'est lui, croyez-vous que je laisserai passer ?

Avec un soupir, Tate se passa une main sur le visage.

— Laisse-moi m'en occuper, s'il te plaît. Je ne voudrais pas que tu fasses une bêtise.

Et là-dessus, il prit congé. Parce que sa jambe se rappelait douloureusement à lui, Callen se rassit sur le tabouret.

— Je réglerai son compte à Clintok, grommela Chase.

Callen secoua la tête.

— Non, il faut que je règle ça moi-même, mais Tate a raison, je ne tiens pas debout. Ça attendra deux ou trois jours.

— Il sera en prison. Il a un quad.

— Il en sortira, tôt ou tard. La vengeance est un plat qui se mange froid.

— Bon… Je vais te chercher un matelas de camping.

— Deux, dit Bodine à son frère avant qu'il ne quitte l'écurie.

— Tu veux dormir ici ?

— À ton avis ?

Callen se releva et l'attira à lui.

— Tu as pris des risques idiots tout à l'heure, mais je n'ai pas le cœur à te le reprocher.

— Tant mieux, ça m'aurait gênée de te mettre un coup de pied où je pense, dans ces circonstances. Clémentine t'a gardé une assiette au chaud. Je vais te la chercher, avec une bière et deux comprimés de paracétamol.

— Quatre.

— OK.

Comme son cheval l'avait fait avec lui, il posa la tête sur l'épaule de Bodine.

— J'ai eu la peur de ma vie, murmura-t-il.

— Je sais. Je vais te chercher ton dîner, je reviens.

Peur de perdre son cheval, davantage que pour lui, pensa-t-elle, et elle le comprenait.

Quand elle eut disparu, il s'approcha de Sundown en boitillant.

Il avait failli s'arrêter pour cueillir des fleurs, se souvint-il. S'il l'avait fait, Sundown n'aurait peut-être pas été blessé.

24

Bodine se réveilla pelotonnée contre Callen – ce qui en soi était presque devenu une habitude. Plus insolite, en revanche, ils avaient tous les deux la tête sur le poitrail de Sundown. La stalle sentait le foin, le cheval et l'antiseptique.

Ils avaient passé une meilleure nuit qu'elle n'aurait pensé, d'autant qu'ils avaient laissé les lumières allumées, au cas où il aurait fallu gérer une urgence médicale.

Sundown ronflait, ce que Bodine interpréta comme un signe positif.

5 h15, indiquait son téléphone. Elle devait se lever, mais ses compagnons d'écurie avaient encore besoin de quelques heures de sommeil.

Si Callen n'était pas à l'intérieur de son sac de couchage, elle aurait jeté un coup d'œil à sa jambe. Elle se contenta donc d'examiner la blessure de Sundown.

La plaie paraissait propre, mais elle était profonde. Il aurait mal quand il se réveillerait. Avec précaution, elle posa une main contre son ventre. Manifestement, il n'avait pas de fièvre.

Elle se redressa, recula, les observa tous les deux endormis, et ne put résister à l'envie de prendre quelques photos. Elle en ferait tirer et encadrer une pour Callen. Peut-être en posterait-elle une sur le site Internet. À cette idée, et en pensant à leur spectacle équestre, elle changea de position et prit un autre cliché sous un angle différent.

— Tu es déjà debout ? marmonna Callen en redressant le buste.

— Rendors-toi. Sundown va bien. J'ai vérifié : la plaie ne s'est pas infectée. Montre-moi ta jambe, et j'irai prendre une douche.

— Tout va bien.

— Fais-moi voir.

En grommelant, il s'extirpa de son duvet.

L'hématome s'était élargi, mais quand Bodine défit le bandage, elle constata que la plaie était propre, comme celle de Sundown. Pas de sang, pas de pus, et la jambe n'était pas chaude.

— Ta cheville a un peu enflé mais Bickers a dit que c'était normal. Vous êtes tous les deux en bonne voie de rétablissement, apparemment. Et je vous donne à tous les deux une journée de repos pour continuer à vous rétablir.

— J'ai des milliers de choses à faire aujourd'hui.

— On se débrouillera. Vous avez été blessés, vous avez droit à un jour de congé. N'oublie pas que je suis ta patronne, dit-elle à Callen en lui martelant le torse du doigt. De toute façon, tu n'allais pas laisser Sundown tout seul… J'étais furieuse, hier, tu sais.

— Parce qu'on m'a tiré dessus ? répliqua-t-il en fourrageant dans ses cheveux. Ce n'est pas juste.

— Parce que tu n'as pas dit que tu étais blessé. Et parce que tu m'as repoussée quand je m'en suis aperçue.

— Désolé.

— Pas la peine de t'excuser. J'étais en colère parce que j'ai eu peur. En y repensant, après coup, je me suis dit que j'aurais sûrement eu exactement la même réaction que toi.

— Je t'en aurais voulu, moi aussi.

— Alors n'en parlons plus. Essaye de te rendormir. Je t'apporterai du café, après ma douche. Ensuite, tu pourras aller en prendre une. Mon père, Chase, Rory, ma mère ou un des ouvriers restera avec Sundown pendant que tu fais un brin de toilette et que tu prends ton petit déjeuner.

— Je sais.

Bodine s'apprêtait à se redresser, mais il la retint pour l'embrasser.

— J'apprécie que tu aies passé la nuit à l'écurie pour un cheval blessé.

— Ce n'est pas la première fois, ni certainement la dernière.

— Merci.

Elle lui tapota le genou, se redressa et enfila ses bottes.

— Ménage ta jambe, recommanda-t-elle.

Callen écouta ses pas s'éloigner, en caressant Sundown – il savait qu'il était réveillé.

— Je crois bien que j'ai franchi un cap, lui dit-il. Elle me remue les tripes d'une manière dont je ne sais pas trop quoi penser.

Il tourna la tête, rencontra le regard du cheval.

— Tu as mal, hein ? Levons-nous tout doucement, toi et moi, et voyons si nous tenons sur nos jambes.

Quelques secondes après que Bodine eut fermé la porte de sa chambre, Alice ouvrit la sienne et se faufila tout doucement dans le couloir. Dans un flash, elle se revit adolescente, rentrant discrètement au milieu de la nuit.

Elle savait qu'un cheval avait été blessé. Tout le monde était parti en courant et en criant. Elle avait eu peur, sur le coup, que Monsieur soit venu la chercher. Et qu'il la frappe parce qu'elle avait coupé et teint ses cheveux en roux, comme Grammy.

Mais non. Quelqu'un avait fait du mal à un cheval, et elle voulait le voir. Elle aimait les chevaux. Elle en avait eu un, qu'elle montait, qu'elle pansait. Elle se rappelait également avoir aidé un poulain à venir au monde.

Le cheval blessé allait bien, lui avait-on assuré à plusieurs reprises. Elle voulait néanmoins le voir par elle-même.

Une vraie tête de mule. Quand elle a quelque chose en tête, elle ne l'a pas ailleurs.

Ces mots résonnèrent à ses oreilles et lui arrachèrent un petit rire. De la main, elle l'étouffa avant de s'engager dans l'escalier de service, sur la pointe des pieds.

Elle savait quelles marches craquaient. Oh ! mon Dieu, elle s'en souvenait ! Les larmes aux yeux, elle prit soin de les éviter.

Elle n'était pas encore sortie, pas une seule fois. Elle n'avait pas même osé s'aventurer dans la buanderie, car elle savait qu'il y avait là une porte donnant sur l'extérieur.

Elle avait mal au ventre, mal à la jambe, mal à la tête.

Si elle préparait plutôt du thé ? Un bon thé, et elle continuerait son écharpe.

— Non, non, non. Ne te dégonfle pas. Ne te dégonfle pas. Ne te dégonfle pas.

Elle ne pouvait plus s'arrêter de répéter cette phrase, même en se couvrant la bouche. Les mots franchissaient ses lèvres malgré elle.

En poussant la porte, elle se revit pousser la porte de la maison que Monsieur lui avait construite. Prise de vertige, elle dut s'appuyer contre le chambranle. L'air frais lui caressa le visage. Hum… Que c'était agréable…

Comme quelques semaines plus tôt, elle fit timidement quelques pas au-dehors.

Toutes ces étoiles... L'univers empli d'étoiles ! Elle écarta les bras et tournoya sur elle-même, la tête levée vers le ciel. Se revit danser – avait-elle dansé sous les étoiles ?

Elle reconnut la grange, le bâtiment des employés, l'écurie, le poulailler. Oh, c'était là que maman plantait ses herbes aromatiques ! Le massif qu'elle entretenait avec sa sœur...

Quand les chiens accoururent, elle se figea.

Ils ne grognèrent pas, ne firent pas mine de vouloir l'attaquer. En remuant la queue, ils se frottèrent contre ses jambes. Ils aimaient bien se coucher à ses pieds pendant qu'elle crochetait. Ce n'était pas parce qu'elle était sortie qu'ils allaient l'agresser.

— Gentils, chuchota-t-elle. On se connaît. Chester et Clyde. Vous venez dormir près de moi quand je fais mes écharpes. Allons voir le cheval.

À la lueur des étoiles, elle se dirigea vers l'écurie, les chiens gambadant joyeusement autour d'elle.

Aussi silencieuse qu'une souris, elle entrouvrit le grand portail, puis se glissa à l'intérieur. Les odeurs lui étaient familières, des odeurs rassurantes : les chevaux, le foin, le fumier, le savon de sellerie et l'huile de lin. Le grain et les pommes.

À pas de loup, en pantoufles et pyjama de flanelle, elle s'avança entre les stalles. Une voix la fit sursauter. Elle s'immobilisa, une main sur le cœur afin de faire taire ses battements.

— Inutile de rouspéter, tu prends tes médicaments. Et pas la peine de me regarder avec cet air de chien battu. Je vais prendre les miens. J'essaye de me faire plaindre, moi ? Non. Alors prends exemple.

Il s'agissait de l'homme qui venait parfois prendre le petit déjeuner, ou dîner le dimanche. Alice l'avait vu embrasser Bodine, que cela ne semblait pas déranger.

Il lui faisait un peu peur, mais le cheval... Oh, le cheval était magnifique ! Il posa sa jolie tête sur l'épaule de l'homme.

— Tu as mal, je sais.

L'homme avait une voix douce, pleine d'amour, dénuée de toute méchanceté.

— Ce n'est pas vous qui lui avez fait du mal.

Il tourna la tête, sans cesser de caresser l'encolure du cheval. Il était mal rasé, les traits tirés, les cheveux en bataille.

— Non, madame, je ne lui ferai jamais de mal.

— Qui alors ?

— Je l'ignore. Vous n'avez pas froid, miss Alice ? Vous voulez ma veste ?

Il l'enleva, s'approcha d'elle. Elle recula, et s'aperçut qu'il boitait.

— Quelqu'un vous a enchaîné ?

— Non. J'ai été un peu blessé, en même temps que Sundown. Sundown, je te présente miss Alice Bodine.

Pour la plus grande joie d'Alice, et pour la fierté de Callen, le cheval plia les antérieurs et inclina la tête.

— Il est superbe !

— Vous pouvez le caresser. Il adore que les jolies femmes s'intéressent à lui.

— Avant, j'étais jolie. Je suis vieille, maintenant. Bodine m'a coupé les cheveux. Ils sont plus beaux comme ça.

— Cette coiffure vous va très bien, déclara-t-il, éprouvant une bouffée de fierté, et il continua de parler tandis qu'Alice s'approchait de Sundown tout doucement, pour lui caresser la joue. J'aime beaucoup cette couleur. La même que Miss Fancy. Savez-vous que je suis amoureux de Miss Fancy ?

— Elle est encore plus vieille que moi ! répliqua Alice en riant, d'un rire un peu trop haut perché, rouillé.

— Ça n'a pas d'importance.

— Sundown, murmura-t-elle. Coucher de soleil, c'est un joli nom. J'aime regarder le soleil se coucher. Le ciel devient si beau. Comme par magie. J'aime les chevaux. Je m'en souviens. Les choses sont si confuses dans ma tête. Mais je me rappelle que j'aime monter à cheval, galoper. Je voulais devenir une star de cinéma, avoir un ranch sur les hauteurs de Hollywood et faire du shopping sur Rodeo Drive.

— Tenez, mettez ça, lui dit Callen en l'aidant à enfiler sa veste. Quand Sundown ira mieux, vous pourrez le monter, si vous voulez, ajouta-t-il, agréablement surpris qu'elle n'ait pas le moindre mouvement de recul.

Elle se pressa une main contre la bouche, le regard brillant de joie.

— C'est vrai, je pourrai ?

— Lorsqu'il sera guéri. La vétérinaire nous dira quand.

— Je... Je ne sais peut-être plus monter.

— Je donne des leçons d'équitation, ça fait partie de mon métier. Vous y réfléchirez.

— D'accord. Personne ne pourra m'en empêcher. J'y réfléchirai, d'accord. Où est-il blessé ?

— Au ventre, là, regardez.

Elle ne savait peut-être plus monter, mais elle n'avait pas oublié comment se comporter avec les chevaux. Une main apaisante sur le flanc de Sundown, elle s'accroupit et examina sa blessure.

— C'est méchant. Méchant ! Je connais la méchanceté. J'ai été attachée, frappée, fouettée. J'en garde des cicatrices. Il en aura une. Je suis très triste que quelqu'un t'ait fait du mal, dit-elle au cheval en se redressant et en lui caressant la tête.

Quand il posa le museau sur son épaule, elle ferma les yeux un instant. Puis elle les rouvrit et plongea son regard dans celui de Callen.

— Vous n'êtes pas méchant, vous. Je sais à quoi ressemblent les gens méchants. Certains le sont plus que vous ne pouvez imaginer. Mais je ne crois pas vous connaître…

— Je n'étais pas là à votre époque.

— Je suis partie.

— Moi aussi. À peu près au même âge que vous.

La tête inclinée, elle l'observa longuement, sans cesser de caresser Sundown.

— Où ? demanda-t-elle.

— C'est drôle… En Californie, comme vous. À Hollywood.

Une lueur s'alluma dans les yeux d'Alice.

— Vous étiez acteur ? Vous êtes bel homme.

— Non, mais j'ai travaillé dans le cinéma, comme dresseur de chevaux.

Un petit cri émerveillé lui échappa.

— C'était chouette ?

— J'aimais bien.

— Mais vous êtes revenu.

— Cet endroit me manquait. Le ranch, les gens. J'ai une mère et une sœur ; elles avaient besoin de moi plus que je ne voulais l'admettre quand je suis parti.

— Moi aussi, ma famille me manquait. Je voulais revenir. Personne ne vous en a empêché, vous.

— Je suis désolé que vous n'ayez pas pu.

— Je suis devenue vieille, là-bas, et faible. Une vieille folle.

— Miss Alice ? Je ne vous vois ni vieille, ni faible, ni folle quand je vous regarde et que nous avons cette conversation.

— Conversation, répéta-t-elle lentement. Nous avons une conversation.

— Quand je vous regarde, quand je vous écoute, je vois quelqu'un qui a souffert, mais quelqu'un de fort. Comme Sundown. Un être fort, intelligent et bon, mais blessé.

— Je n'ai pas peur de vous.

Il lui adressa l'un de ses sourires charmeurs.

— Moi non plus.

Pour son plus grand plaisir, son humour la fit rire.

— Je me sens davantage Alice les cheveux courts et roux comme Grammy. Je me sens davantage Alice avec Sundown. Quand il sera guéri, si je peux le monter mais que je ne sais plus faire, vous m'aiderez ?

— Je vous le promets. Puis-je vous demander un petit service, en échange ?

— Je ne sais pas trop en quoi je pourrais vous être utile... Je peux vous tricoter une écharpe. Vos yeux sont gris et bleus à la fois. Maman a peut-être de la laine de cette couleur.

— Ce serait sympa, mais je me demandais si vous ne pourriez pas m'aider à faire entendre raison à Sundown. Il faut qu'il prenne ses médicaments, mais il ne veut pas. Peut-être que vous pourriez essayer de lui parler.

Le cheval coula à son maître un regard l'accusant très clairement de fourberie. Callen le gratifia d'un sourire. Sundown comprenait tout – personne ne pouvait prétendre le contraire, à moins de manquer cruellement d'imagination, ou d'être d'une mauvaise foi sans borne.

Douchée et habillée pour sa journée de travail, Bodine retourna à l'écurie avec une Thermos de café.

Elle avait envoyé un texto à Easy, normalement en repos, pour lui demander de venir quand même travailler. Et un autre à Maddie, qui assurerait l'une des leçons de Callen. Il lui restait à trouver comment remplacer le show équestre. Pour tout le reste, elle s'était organisée.

Des lumières s'allumaient aux fenêtres du bâtiment des ouvriers. À la maison, son père et ses frères devaient se réveiller. Clémentine arriverait d'une minute à l'autre.

Une nouvelle journée commençait.

Bodine espérait que celle de Clintok débuterait derrière les barreaux car, comme Callen, elle était presque sûre qu'il était l'auteur du coup de feu.

Elle faillit s'emmêler les pieds en distinguant la silhouette d'Alice venant à sa rencontre dans la faible lueur du petit jour. Vêtue de la veste de Callen.

— Alice ? Qu'est-ce que tu fais là ?

— Je suis allée voir le cheval blessé. L'homme… Je ne me souviens pas de son nom…

— Callen ?

— Callen… Cal, oui ! Il m'a dit qu'il s'appelait Cal. Il est blessé, lui aussi. Je l'ai aidé à donner les médicaments à Sundown et nous avons eu une conversation. Je pourrai monter Sundown, quand il ira mieux. Quelqu'un a été méchant avec lui. Je déteste les gens méchants. On s'habitue à la méchanceté. Je m'y étais habituée, mais maintenant elle me fait horreur. Il y avait plein d'étoiles, tout à l'heure. Elles ont disparu.

— Le jour va bientôt se lever, dit Bodine avec un geste en direction de l'est. Regarde…

— Le soleil se lève. C'est beau. Les hommes vont sortir.

Sentant poindre la panique, Bodine posa une main sur le bras d'Alice.

— Ils ne sont pas méchants.

— Comment le sais-tu ? siffla Alice. Monsieur n'avait pas l'air méchant quand je suis monté dans son pick-up.

— Je les connais. Tous. Je sais qu'ils te protégeraient des gens méchants. Tu te rappelles de Hec ? Il ne ferait pas de mal à une mouche.

— Oui… Je crois.

— Ne t'inquiète pas. Il ne fait pas encore complètement jour. Il n'y a encore personne dehors.

— Je vais tricoter une écharpe pour Cal. J'aime bien ses yeux. Est-ce qu'ils sont bleus, ou gris ? C'est bizarre… Je raconterai au Dr Minnow que je suis sortie. Elle sera étonnée.

— Quand je rentrerai du travail, ce soir, tu pourras venir avec moi rendre visite à Sundown et à Callen, si tu veux. Je te présenterai mon cheval, Leo.

— D'accord. Si je ne me comporte pas de nouveau comme une folle.

— Ça marche.

Bodine poursuivit son chemin jusqu'à l'écurie, en pensant qu'elle devait à Callen bien plus qu'une journée de congé.

La nouvelle s'était répandue, naturellement. Et si Bodine s'y attendait, elle espérait glaner des infos plutôt que d'avoir à remettre les pendules à l'heure sitôt arrivée au travail.

Sal lui sauta littéralement dessus dès l'instant où elle posa le pied dans le hall de réception.

— C'est vrai ? Personne n'est encore là, à part moi. C'est Tess qui m'en a parlé, à Zen Town. Zeke lui a envoyé un texto, hier soir.

Zeke, ouvrier du ranch, frère de Tess, masseuse. Seigneur.

— Oui, Callen et Sundown ont été touchés par une balle. On ne sait pas si c'était intentionnel. Le shérif va ouvrir une enquête.

— Je te connais, Bo, répliqua Sal, les poings sur les hanches, et je sais que tu ne me dis pas tout.

— Officiellement, on n'en sait pas davantage. Donc si on te pose des questions, c'est ce que tu répondras. Si possible, j'aimerais autant que les clients ne soient au courant de rien.

— Que se passe-t-il, Bo ? Billy Jean, d'abord, et puis cette jeune fille, et maintenant… Oh, mon Dieu, est-ce que c'est lié ?

— Non, je ne crois pas.

— Mais ta tante…

— Sincèrement, je ne pense pas qu'il y ait de rapport.

— On ne sait toujours pas qui a tué Billy Jean, murmura Sal, les larmes aux yeux. Personne n'en parle plus.

— Nous ne l'avons pas oubliée, tu le sais. Ce qui est arrivé hier n'a rien à voir avec elle. Ce n'était qu'un acte bête et méchant.

— Tu sais qui c'est ?

— J'ai des soupçons.

— Je ne t'ai même pas demandé comment va Callen, dit Sal en s'essuyant les yeux. Et son cheval. Tout le monde adore son cheval.

— Ils se remettent.

— Bien. Et si j'organisais une cagnotte ? On leur offrirait un petit cadeau de rétablissement, de la part de tout le monde.

— Très bonne idée.

Bodine venait à peine de s'installer devant son ordinateur, et de commencer à réfléchir à ce qu'elle pourrait proposer pour remplacer la performance de Sundown, lorsque Jessica et Chelsea apparurent sur le seuil de son bureau.

— Les hommes sont encore plus bavards que les femmes. Je parie que vous tenez la nouvelle l'une de Rory, l'autre de Chase.

Jessica eut la présence d'esprit de fermer la porte.

— On leur a tiré dessus !

— Les blessures ne sont que superficielles. Je ne minimise pas, s'empressa d'ajouter Bodine. À quelques centimètres près, ç'aurait pu être gravissime. Nous avons tous eu une grosse frayeur, mais ils s'en sortent bien. Je ne suis pas sûre de pouvoir empêcher Callen de reprendre le boulot demain.

— Rory dit que c'est Garrett Clintok.

Bodine se tourna vers Chelsea, le sourcil arqué.

— Rory ferait mieux de tourner sept fois sa langue dans sa bouche avant de porter des accusations.

— Chase pense la même chose, dit Jessica. Je ne l'ai jamais vu dans cet état : il est fou de rage. D'après lui, ce n'est pas la première fois que Clintok s'en prend à Callen.

— En vérité, je partage leur opinion, mais évitons que cette rumeur se propage, OK ?

— Tu es sûre que Sundown va bien ? s'inquiéta Chelsea. Je veux dire… Cal aussi. C'est juste…

— Je sais. Oui, il va bien ; il a été touché au ventre mais il s'en remettra. En revanche, il lui faudra du temps. Il va falloir trouver quelque chose pour remplacer les spectacles équestres. En premier lieu celui de cet après-midi, que tu avais prévu au programme du week-end des Cumberland, Jessie.

— Ah oui, c'est vrai, je n'avais pas pensé à ça. On n'aura qu'à dire que le cheval est blessé, tout simplement, sans préciser comment il a été blessé. Je trouverai une autre activité pour remplacer le show.

— Je crois que j'ai une idée, minauda Chelsea.

Jessica lui enlaça la taille.

— T'avais-je dit que cette fille est formidable ? Nous t'écoutons.

— Carol fait du barrel racing. Easy et Ben ont tous les deux fait du rodéo. Ils devraient pouvoir improviser un spectacle.

— Excellent ! approuva Bodine. Chase pourrait se joindre à eux. Il maîtrise pas mal le lasso.

— Ah bon ? s'étonna Jessica.

— Je suis étonnée qu'il ne t'ait pas encore fait son numéro, répondit Bodine avec un sourire. Il essayera de se défiler mais je dirai à ma mère de lui mettre la pression. Si les autres sont d'accord – on peut recruter Thad, en plus, qui a également fait du rodéo –, on devrait pouvoir monter un spectacle d'une heure, pour la réunion de famille.

— Je file au centre équestre, voir si je peux organiser ça, déclara Jessica.

— Tu as un rendez-vous dans cinq minutes, lui rappela Chelsea. Et tu avais des recommandations à transmettre aux cuisines à propos du déjeuner d'aujourd'hui. Bon, sur ce, je vais me mettre au boulot. J'aurai rédigé le nouveau programme d'ici environ une heure.

— Ne me quitte jamais ! lui dit Jessica.

La foi que Jessica plaçait en elle stimulait toujours Chelsea. Elle adorait son travail, ses collègues, le lieu. Et elle était ravie que quelqu'un qu'elle admirait lui donne la possibilité de prendre des initiatives et des responsabilités.

Tout en réfléchissant à la façon dont elle vanterait le nouveau spectacle, elle monta dans sa voiture et prit la route de la base de loisirs. Si elle avait eu le temps, elle y serait allée à pied ; avec le printemps, les paysages étaient superbes.

À mi-chemin, elle croisa un camion de maintenance, dont le conducteur lui fit signe et sortit la tête par la vitre.

— Il paraît que quelqu'un a tiré sur le cheval de Callen Skinner ?

Chelsea lui répéta ce que Bodine lui avait recommandé de dire :

— Ils vont bien. C'était quelqu'un qui s'entraînait au tir. Ils n'ont été touchés que très superficiellement.

— J'ai entendu dire qu'on avait dû abattre le cheval.

— Oh, non ! D'après la vétérinaire, il aura juste besoin de quelques jours de repos.

L'homme – comment s'appelait-il, déjà ? Vance ! – la dévisagea d'un œil sceptique.

— Vous êtes sûre, mam'zelle ?

— Oui, je viens d'avoir des nouvelles par Rory et Bodine. Au fait, on organise une cagnotte pour offrir un cadeau de rétablissement à Sundown. Vous voulez participer ?

— Qui a eu cette idée ? Sal ?

— Gagné.

— Je vous ferai passer un peu d'argent. Ce cheval est exceptionnel. Franchement… Les gens qui ne savent pas tirer ne devraient pas s'entraîner n'importe où. Encore un dentiste de la côte Est, je parie, qui ne sait pas comment occuper ses vacances. Enfin bref, passez une bonne journée, mam'zelle.

— Merci, vous aussi.

Chelsea poursuivit son chemin, en espérant de tout son cœur qu'il s'agissait d'un tireur inexpérimenté. Néanmoins, Rory semblait certain que Clintok avait délibérément visé Callen. Et aussi dérangeante que fût cette idée, Chelsea ne voyait pas pourquoi il aurait accusé gratuitement l'adjoint du shérif.

Quand elle se gara devant la base de loisirs, Easy menait deux chevaux au paddock.

— Bonjour, Easy.

— Bonjour, Chelsea.

— Ben est là ?

— Il est allé chercher des Coca.

— Et Carol ?

— En rando. Elle sera de retour… d'ici une demi-heure, estima-t-il à la position du soleil, la main en visière. Je peux faire quelque chose pour vous ?

— Oui, j'aurais besoin de vous, de Ben et de Carol, pour donner un petit spectacle en remplacement de celui de Sundown et Callen, cet après-midi.

— Cal est malade ? La patronne m'a envoyé un texto, ce matin, pour me demander de venir travailler, alors que j'étais en repos. J'ai pensé qu'il y avait juste beaucoup de boulot.

— Vous n'êtes pas au courant ?

Le jeune homme attacha les chevaux, puis il se tourna vers Chelsea.

— Au courant de quoi ?

— Callen et Sundown ont été blessés, hier. Par quelqu'un qui faisait du tir dans les bois au-dessus de Black Angus Road.

— Hein ? s'écria Easy en lui saisissant le bras. Ils ont pris une balle ?

— Ils n'ont été touchés que superficiellement. Ce n'est pas très grave.

— Oh, mon Dieu… Où ont-ils été blessés ? Cal est super sympa, et son cheval, épatant.

— Cal, à la jambe, Sundown, au ventre.

Le visage d'Easy se durcit.

— Oh, bon sang… maugréa-t-il. C'est ce sale flic.

Il avait lâché le bras de Chelsea, elle attrapa le sien.

— Pourquoi dites-vous ça ?

— J'étais là, quand il est venu, l'autre jour. Il était très agressif avec Cal. Et je l'ai croisé, hier, en quad, en revenant d'une balade. Il était en civil, mais je l'ai reconnu. J'ai eu envie de lui dire qu'il n'avait rien à faire sur les terres du Bodine Resort, mais comme j'étais avec des clients, j'ai rien dit.

— Vous l'avez vu en quad dans le domaine ?

— Oui. Vers les 16 heures, je dirais. À peu près.

— Vous devriez peut-être le signaler au shérif.

— Y a intérêt, si c'est important.

— En revanche, n'en parlez à personne d'autre, pour le moment. Bodine ne veut pas que les esprits s'échauffent.

— C'est grave, pourtant, de tirer sur un cheval, marmonna le garçon d'écurie en caressant la jument baie. Quel genre de salaud peut faire ça ?

— Un sans-cœur.

— Ouais, je suis d'accord avec vous.

— Bon, il faut que je vous laisse. On peut compter sur vous, cet après-midi ?

— Pas de problème. Tirer sur un cheval… quand j'y pense… ça me rend dingue. Enfin bon… On vous fera un spectacle sympa, ne vous inquiétez pas. J'en parlerai à Ben et à Carol. Par contre, je ne connais pas trop Chase, ni l'autre gars.

— Je vais aller les voir. Réfléchissez aux numéros que vous pourriez faire, dans quel ordre, ce genre de choses. Et si vous avez besoin de matériel, faites-le-moi savoir avant midi.

— D'accord. Je suis content de participer à ce spectacle.

— Cool. Allez, je vous laisse, j'ai du pain sur la planche.

Le palefrenier pivota sur ses talons en entendant Ben qui arrivait en criant :

— Nom d'un chien, on a tiré sur Cal et Sundown !

Easy repoussa son chapeau à l'arrière de son crâne.

— Allez-y, mademoiselle, si vous êtes pressée. Je lui expliquerai.

— Ne lui parlez pas de Clintok, d'accord ?

Avec un clin d'œil, il plaça un doigt devant ses lèvres, puis il la suivit des yeux tandis qu'elle s'éloignait, admirant sa silhouette.

— Tiens-toi bien, dit-il à Ben lorsque celui-ci le rejoignit, à bout de souffle. Je sais qui c'est… Tu ne devineras jamais !

25

Easy ne savait plus où donner de la tête. Il n'avait jamais eu autant d'initiatives à prendre. Il devait conduire les chevaux au centre pour les leçons, en seller d'autres pour une randonnée, réfléchir à un show équestre.

Le spectacle l'enthousiasmait. Il allait retrouver le public, l'ambiance festive du rodéo.

Par ailleurs, il n'arrêtait pas de penser à Cal. Il l'aimait bien – Cal connaissait les chevaux et il était un bon chef. Quelqu'un lui avait tiré dessus, c'était grave. En on avait blessé son cheval, c'était inadmissible.

Easy était fier de savoir qui était l'auteur du coup de feu, de l'avoir vu. Et en même temps, cela le rendait nerveux. La jolie Chelsea avait dit qu'il fallait en parler au shérif, et Ben était du même avis. Seulement, avec tout le travail qu'il avait, plus le spectacle, il ne savait pas quand il en aurait le temps.

Il n'avait tout simplement pas l'habitude de prendre des initiatives.

Lorsque Chase Longbow arriva à cheval, amenant un autre cheval, il oscilla entre soulagement et anxiété. Ben accourut et prit la longe du deuxième cheval avant même que Chase ne soit descendu de selle.

— Tu as vu Cal ? Ça va ? Comment va Sundown ?

— Ils vont bien tous les deux. Doc Bickers était en train de les examiner quand je suis parti du ranch. Il paraît que vous êtes débordés ici, et par-dessus le marché ma frangine nous a enrôlés pour une espèce de show à la noix, cet après-midi. Je viens vous donner un coup de main. Thad et Zeke nous rejoindront plus tard.

— Vous allez faire des numéros de lasso ?

Chase tapota le rouleau de corde accroché à sa sacoche.

— J'en ai bien peur. À quelle heure part la prochaine randonnée ?

— Carol et son groupe ne devraient pas tarder à revenir. Je m'occupe de la prochaine balade, à 10 heures. Maddie a une leçon au centre, il faut qu'on lui amène deux chevaux.

— Allons-y.

— Attendez, attendez ! s'écria Ben. Dis-lui, Easy. Dis-lui pour Clintok.

Le regard de Chase se durcit.

— Quoi donc ? demanda-t-il.

— Euh…

— Easy l'a vu en quad, hier.

Chase attacha les chevaux à un piquet.

— Quand, où ?

— Vers…

— Laisse-le parler, Ben.

Ben ferma ostensiblement la bouche et décocha un coup de coude à Easy.

— Sur la route de Bear Paw. J'étais avec un groupe sur Elk Trail.

— À quelle heure ?

— Aux environs de 16 heures.

— Tu es sûr que c'était Clintok ?

— Ouais. Il avait des lunettes, mais pas de casque. Il est venu ici, un jour, parler à Cal ; il était désagréable. Je l'ai reconnu tout de suite.

— Quelqu'un d'autre que toi l'a vu ?

Easy se gratta la nuque, puis il ajusta son chapeau.

— Tout le monde. Ils ne pouvaient pas ne pas le voir. La dame qui était juste derrière moi a dit que c'était dangereux de faire du quad sans casque. Elle m'a demandé si ce n'était pas obligatoire, parce que ses fils se sont inscrits pour la balade en quad demain, à la ville fantôme. Enfin, aujourd'hui, puisque c'était hier.

— Tu te souviens de son nom ?

— Là comme ça, non, je peux pas vous dire. Elle fait partie de la réunion de famille.

— OK.

— Ah, voilà Carol et ses clients, annonça Ben.

— Va lui donner un coup de main, Ben. Attends une minute, s'il te plaît, Easy.

Chase sortit son téléphone.

— Allô, Bodine ? Tu peux regarder qui était en balade avec Easy hier à 16 heures ? Et me dire si ces gens sont toujours là ? Tout de suite, oui, s'il te plaît. Je m'en fiche, c'est urgent.

Easy se racla la gorge, en se dandinant d'un pied sur l'autre, avec des regards anxieux en direction de Ben et de Carol.

— OK, dit Chase au bout d'une minute. On va devoir libérer Easy un moment. Tu me laisses parler, bon sang ! Il a vu Clintok en quad hier après-midi sur Bear Paw. Oui. Essaye de trouver ces gens. Je m'en occuperai. Mais oui, évidemment qu'on appelle Tate. Ouais, je te tiens au courant.

— On a du boulot ici, bredouilla Easy lorsque Chase eut coupé la communication.

— Je sais. Appelle le shérif. S'il ne peut pas venir, tu iras au poste. On trouvera quelqu'un pour te remplacer.

— Oh, nom de nom… marmonna le jeune garçon. J'appelle le 911 ?

— Pas la peine, répondit Chase en cherchant dans ses contacts le numéro de Tate, qu'il avait enregistré après le meurtre de Billy Jean. Tiens, prends mon téléphone.

— Qu'est-ce que je dois lui dire ?

— Présente-toi, et raconte-lui ce que tu viens de me raconter.

Easy prit une profonde inspiration, puis il composa le numéro.

— Allô, shérif Tate ? C'est Easy, Esaü LaFoy, palefrenier au Bodine Resort. Chase… euh, M. Longbow m'a dit de vous appeler pour vous dire…

Avant qu'il ait terminé, Bodine arriva dans l'une des Kia. Easy avait les paumes moites quand il rendit le téléphone à Chase.

— Vous êtes sûr de vous ? lui demanda-t-elle sans préambule.

— Oui, m'dame, sûr et certain. Le shérif va venir m'interroger. Il m'a dit de l'attendre, mais on a une randonnée et…

— On trouvera quelqu'un pour vous remplacer. Les personnes avec qui vous étiez l'ont vu aussi ?

— C'est obligé. On s'était arrêtés une minute, juste à ce moment-là. Enfin, peut-être trente secondes.

Bodine hocha la tête et se tourna vers son frère. Autant Chase avait le regard froid et dur, autant celui de sa sœur jetait des flammes, remarqua Easy.

— Il s'agit de six membres de la famille Cumberland. Deux sont partis en quad à Garnet, un s'initie au rassemblement des troupeaux, et deux sont à Zen Town pour une séance de remise en forme. Tate pourra prendre leurs dépositions, s'il le souhaite.

Bodine consulta l'heure et poussa un soupir.

— Bon, Easy, occupez-vous des chevaux qui viennent de rentrer de balade. Carol conduira le van au centre, et Ben se chargera de la rando que vous deviez accompagner.

— On en a encore une autre, après.

— Je m'en occuperai, dit Chase sans enthousiasme, si tu n'en as pas terminé avec le shérif.

— Le show commencera à 15 heures, déclara Bodine en se passant une main dans les cheveux, et en s'apercevant qu'elle avait oublié son chapeau.

Elle détailla le programme à toute allure, laissant Easy sidéré. Il n'avait jamais vu personne qui pensait aussi vite.

— Pour ce qui est des tours de poney, poursuivit-elle, je pourrai appeler les aïeules, si on a besoin de monde. Et j'accompagnerai moi-même une balade, cet après-midi, s'il n'y a pas d'autre solution. Tenez-vous-en à la disposition du shérif, Easy, OK ?

— Entendu, m'dame.

— Nous vous sommes reconnaissants, ajouta-t-elle en lui tapotant le bras. Il s'agit de quelque chose d'important.

Elle hésita à appeler Callen, y réfléchit tout en aidant à seller les chevaux pour la balade suivante. Et conclut que dans la situation inverse elle aurait été folle de rage qu'il ne la prévienne pas. Tate arriva cependant avant qu'elle n'ait pu lui téléphoner.

— Vous avez été rapide, lui dit-elle.

— J'étais sur Black Angus Road avec Curtis. Tu connais Curtis Bowie ?

— Bien sûr.

— Je l'ai laissé là-bas prendre des photos. Bien… Easy, pouvez-vous me décrire ce quad que vous avez vu ?

— Il était plus petit que les nôtres, un modèle sportif, peinture camouflage. Je peux pas vous en dire beaucoup plus.

Tate hocha la tête. Il portait des lunettes de soleil qui masquaient son regard, mais Bodine lisait la résignation dans son langage corporel.

— Où pourrait-on s'installer pour parler tranquillement ? lui demanda-t-il.

— Dans le bureau de la base de loisirs. Je vous accompagne.

— Parfait, acquiesça-t-il en lui emboîtant le pas. Les personnes qui étaient hier avec Easy sont encore là ?

— Oui. Deux à Zen Town, qui devraient en avoir fini d'ici une demi-heure. Les autres sont en balade pour la journée. Mais je peux vous dire où les trouver, si vous voulez.

— Dans un premier temps, tu peux m'envoyer leurs noms par texto ?

— Tout de suite.

Elle passa devant la banque d'accueil, se faufila entre les clients et les employés, jusqu'au petit bureau au fond du local.

— Vous voulez boire quelque chose ?

Tate secoua la tête. Elle se tourna vers Easy, qui avait l'air d'un collégien convoqué dans le bureau du principal.

— Vous voulez un Coca, Easy ?

— Pas de refus, m'dame. J'ai la gorge sèche.

— Je vais vous chercher des Coca, puis je vous laisserai tranquilles.

En repassant devant le comptoir d'accueil, elle intima à Matt, du regard, de ne pas lui poser de questions. Puis elle acheta deux Coca au distributeur, les apporta dans le bureau, tira la porte derrière elle, et s'éclipsa avant qu'on ne tente de la retenir.

Elle n'avait pas le temps, ce n'était pas raisonnable, se sermonna-t-elle en remontant dans sa petite voiture. Néanmoins, elle retourna au ranch.

Elle se rendit directement à l'écurie, contente que tout le monde soit trop occupé pour l'interpeller.

Dans son box, tête baissée, Sundown semblait bouder. En voyant Bodine, il sortit la tête et tendit le cou aussi loin qu'il pouvait.

— Où est ton pote ? Il s'ennuyait, lui aussi ? Il est là-bas ? demanda-t-elle en entendant du bruit dans la sellerie. Je vais voir.

L'air aussi dépité que son cheval, Callen triait des brides, des sous-ventrières et des harnais.

— Je croyais que tu ne devais pas prendre appui sur ta jambe…

— J'ai nettement moins mal, et je fais attention. Je pourrais emmener des trucs à nettoyer là-bas, mais Sundown ferait la tronche.

— Il la fait déjà.

— Tu vois…

— OK, je vais t'aider, on va t'installer un poste de travail. Tu devrais laisser la porte de sa stalle ouverte si tu restes près de lui. Il se sentira moins confiné.

— Tu sais que tu as des bonnes idées, parfois ? Au fait, qu'est-ce que tu fais là ?

— Je t'explique dans une minute.

Ensemble, ils transportèrent une petite table, un tabouret haut, un seau d'eau, des chiffons, des éponges, des brosses, de l'huile et du savon.

— Qu'a dit Bickers ?

— Que la plaie était saine. Elle ne veut pas qu'on le selle ni qu'on le monte avant au moins une semaine, et pas tant qu'elle n'aura pas donné son feu vert. Mais je peux le sortir, le faire marcher un peu. On a déjà fait un petit tour. Elle m'a donné une liste de consignes et d'interdits. Elle reviendra demain.

— Comment va l'étalon à deux pattes ?

Cela amena au moins un petit sourire sur les lèvres de Callen.

— Comme Sundown, plutôt pas mal. Je pourrai reprendre le travail lundi, peut-être demain, quelques heures. Elle espère que je ne commettrai pas d'imprudence et qu'elle n'aura pas à regretter de ne pas m'avoir envoyé chez le médecin. Tu es venue vérifier que je ne commettais pas d'imprudences ?

— Non, assieds-toi. Tu recommences à boiter. Tate est en train d'interroger Easy à la base de loisirs.

— Easy ? Pourquoi ?

— Il a vu Clintok en quad, hier, sur Bear Paw, environ une heure avant le coup de feu.

— Ah ouais ? répliqua Callen posément, mais le bleu de ses yeux s'embrasa, sous le gris de la tempête. Comment Easy sait que c'était Clintok ?

— Il l'a reconnu, il n'avait pas de casque. Le shérif lui a demandé de décrire le quad. Je ne connais pas celui de Clintok mais je parie que Tate l'a déjà vu. Plus petit que les nôtres, peinture camouflage. Easy accompagnait une balade. Les clients l'ont vu aussi. Je pense que Tate voudra également les entendre.

— Je crois que je dois à Easy plus qu'une bière, dit Callen en s'emparant d'une longe à nettoyer.

— Curtis est en train de prendre des photos des lieux. L'adjoint Curtis Bowie, tu te souviens de lui ? À mon avis, Tate a déjà parlé à Clintok, qui a nié. Maintenant, on a des témoins.

Avec un hochement de tête, comme s'ils discutaient du programme de leur week-end, Callen fixa la longe à un crochet et entreprit de la frotter avec un chiffon propre et humide.

— Ça suffira peut-être.

— Je pense que ça suffit largement pour le révoquer, et j'espère pour l'arrêter. Je te connais, Cal, et je sais que tu te feras justice toi-même s'il n'est pas derrière les barreaux.

Callen garda le silence.

— Je voudrais te demander une chose, ajouta Bodine. Juste une chose.

— Demande.

— Si tu vas le trouver, dis-le-moi. Je mettrai une bière au frais pour quand tu reviendras.

Il posa son chiffon et leva les yeux vers elle.

— J'ai des sentiments tellement forts pour toi que, souvent, ils me coupent le souffle.

— C'est peut-être d'avoir pris une balle qui te fait ça.

Il mouilla une éponge, l'enduisit de savon.

— Non. Tu voudrais qu'on aille dîner dans un grand restaurant ?

Elle fit mine de repousser son chapeau, puis se remémora qu'elle l'avait oublié.

— Sans transition… railla-t-elle.

— Je n'aime pas trop les restaus chics, mais avec toi ça me plaira peut-être. Je me mettrai sur mon trente-et-un, on dégustera un grand cru français. Ça te dirait ? demanda-t-il en savonnant méticuleusement la lanière de cuir.

— Moi non plus, je ne suis pas fan des restaus chics, mais avec toi, pourquoi pas ? Quand tu seras totalement remis.

— Marché conclu. Si je décide… Quand je déciderai d'aller trouver Clintok, je te le dirai.

Satisfaite, Bodine exerça une pression sur l'épaule de Callen, puis elle donna une caresse à Sundown.

— Allez, je dois retourner au boulot. Tu veux que je demande à quelqu'un de t'apporter une boisson fraîche ?

— Je suis invité à déjeuner au ranch. Ça ira, d'ici là.

Quand elle partit, il poursuivit sa tâche, méthodiquement, sous l'œil attentif de Sundown.

— Ils le mettront peut-être bien derrière les barreaux. Et j'espère qu'il y restera assez longtemps pour qu'on soit quittes. Sinon, je me chargerai de le faire payer. Je te le promets.

Tate avait des dépositions, des photos ; cela lui coûtait, mais il devait accomplir son devoir.

Clintok vivait dans un chalet, sur les terres du ranch de ses parents. Comme la veille au soir, son pick-up et son quad étaient garés sous un abri ouvert.

Et comme la veille au soir, Clintok apparut sur le seuil de sa porte à la vue de la voiture du shérif, en pantalon de jogging, sweat-shirt déchiré aux coudes, couvert de sueur.

Tate en déduisit qu'il s'adonnait à son passe-temps favori : soulever de la fonte.

— Salut, Garrett.

— Bonjour, shérif. Salut, Curtis. Que puis-je pour vous ?

— Eh bien… Tu as le droit de garder le silence.

— Qu'est-ce que c'est que ces conneries ?

Tate lui lut ses droits.

— On sait que tu as compris, mais si tu pouvais nous le confirmer…

— Va te faire foutre.

Clintok tourna les talons et fit mine de rentrer chez lui. Curtis le rattrapa.

— Sois raisonnable, ne complique pas la situation davantage qu'elle ne l'est déjà.

Clintok colla son poing dans la mâchoire de son collègue. Avec un juron, Tate s'élança sur la galerie et aida son adjoint à plaquer Garrett au sol.

— Tu es en état d'arrestation. Mets-lui les menottes, Curtis. Rébellion et agression d'un officier de police.

— Je *suis* officier de police.

— Non, tu ne l'es plus. Tu es en état d'arrestation, pour avoir tiré un coup de feu sur une propriété privée, et pour tentative de meurtre.

— Tu délires ou quoi ?

Avec l'aide de son adjoint, Tate remit Clintok debout.

— J'ai des témoins. Entre autres chefs d'accusation, tu m'as menti, en me disant, hier soir, que tu n'avais pas sorti ton quad depuis une semaine. Plusieurs personnes t'ont vu hier sur la route au-dessus de Black Angus.

— Skinner est un menteur.

— Six personnes t'ont vu – six. Et nous avons la balle que Bickers a extraite du cheval. La balistique nous confirmera qu'elle provient de l'une de tes armes.

Ce n'était pas le genre de Tate de prêcher le faux pour savoir le vrai, mais le fair-play avait ses limites. Il vit la panique, et la furie déformer furtivement les traits de Clintok, puis celui-ci détourna le regard.

— Je veux un avocat, tout de suite. Je ne parlerai qu'en sa présence.

— Pas de problème. Fais-le monter à l'arrière de la voiture, Curtis. Je ne veux même pas le regarder. Un de mes hommes qui a tiré dans le dos d'un copain d'enfance…

Clintok se débattit, ruant des pieds et jouant des coudes.

— Skinner a tué deux femmes, en toute impunité. Et c'est moi qu'on arrête parce que j'essaye de rendre justice ! Il méritait que son cheval prenne une balle. Il méritait pire !

Le visage de marbre, Tate le poussa contre la voiture.

— Tu visais le cheval ? C'est ce que tu viens de dire ?

— Pourquoi vous n'avez pas interpellé Skinner ?

— C'est toi qui es interpellé.

Cela lui avait fait mal au ventre d'interroger l'un de ses adjoints – ancien adjoint –, en présence d'un jeune avocat arrogant, d'autant que Clintok avait été pitoyable. Ses déclarations ne tenaient pas debout ; elles étaient incohérentes et se contredisaient les unes les autres.

Tate puisait à présent un peu de réconfort dans la cuisine des Longbow, en regardant par la fenêtre Alice qui promenait le cheval convalescent autour du pré, Callen boitillant à son côté.

— Elle fait des progrès remarquables, déclara Celia Minnow, qui se tenait près de lui.

— Retrouvera-t-elle des souvenirs de sa captivité ?

— J'aimerais le savoir ! Ce que je peux vous dire, c'est qu'elle reprend chaque jour des forces, physiques et psychiques. Elle semble avoir forgé un lien avec Callen Skinner, grâce au cheval, sans doute, mais lui-même n'y est pas pour rien. Il était parti, il est revenu, comme elle. Quelqu'un lui a fait du mal, comme à elle. Le fait d'être là, entourée de sa famille, lui procure un sentiment de sécurité. Peu à peu, elle commence à rejeter les fausses vérités qu'on lui a inculquées par la force.

— Il faudrait qu'elle me parle de ce qu'elle a subi.

— Elle place une grande confiance en vous. Ce serait dommage de la décevoir en essayant de lui soutirer à tout prix des réponses. C'est frustrant, je sais.

— Je me demande s'il n'est pas mort, ce qui lui aurait permis de s'échapper.

— Si vous pensez qu'elle puisse être la cause de sa mort, à mon avis, elle n'en aurait pas été capable. Il la dominait, elle lui était soumise. Et elle parle de lui au présent. Par ailleurs, elle a souvent des raisonnements simplistes, comme une enfant. Il s'agit d'un mécanisme de protection. Il y a le bien et le mal, les gentils et les méchants, le doux et le dur... Parfois, pourtant, elle fait preuve d'une grande subtilité.

Celia esquissa un geste en direction de la fenêtre, avant de poursuivre :

— Le fait qu'elle se soit fait couper les cheveux, par exemple. Le courage qu'il lui a fallu, la symbolique de ce geste... C'était un acte d'affirmation de soi. Bien sûr, il n'est pas exclu qu'elle régresse, et nous devons tous nous y préparer. Mais pour l'instant, elle va de mieux en mieux.

— Je vais aller lui parler en ami, pendant qu'elle est avec Cal et le cheval.

Callen n'avait pas le cœur à mettre fin à la promenade, même s'il avait de nouveau mal à la jambe – tant pis pour lui s'il n'avait pas jugé utile de prendre son antalgique de l'après-midi. Alice était aux anges de tenir la longe de Sundown et de marcher à son côté autour du pré.

— Je peux tresser sa crinière ?

— Euh...

Callen coula un regard à son cheval, tentant de mesurer l'humiliation.

— Je tressais toujours la crinière de Vénus. Je lui donnais des carottes. Je pourrais lui en donner une. Au fait... où est Vénus ?

Alice s'immobilisa et regarda autour d'elle.

— Je ne sais pas. C'était votre jument ?

— Oui, je l'avais choisie avec Grandpa. Elle était jolie, une isabelle à la queue et à la crinière blondes. Et... c'est tellement vieux. Elle a dû mourir, comme Grandpa, pendant que je n'étais pas là.

— Avant Sundown, j'avais un cheval qui s'appelait Charger. J'ai eu beaucoup de peine quand je l'ai perdu.

— Mais Sundown guérira. Il ne va pas mourir.

— Non, il va déjà beaucoup mieux.

— Il va déjà beaucoup mieux, répéta Alice en se remettant en marche. Quand il aura repris des forces, je pourrai le monter ?

— Dès que le docteur nous en donnera l'autorisation.

— Moi aussi, j'ai vu mon docteur aujourd'hui. Mes deux docteurs, l'homme et la femme. Ils ont dit que j'allais de mieux en mieux, moi aussi. Ah, voilà Tate, Bobby Tate. Je le connais, il n'est pas méchant.

— Bonjour Alice, lança le shérif avec un sourire jovial. J'aime beaucoup votre nouvelle coiffure.

— C'est Bodine qui m'a coupé les cheveux. Elle, c'est son prénom ; moi, c'est mon nom de famille. Voici Sundown. Quelqu'un lui a fait du mal. On a aussi fait du mal à Cal, mais ils vont mieux.

— Je vois ça.

— Tu es shérif, maintenant. Bobby Tate est shérif. Tu dois arrêter les gens qui font du mal aux autres.

— Parfaitement. Et j'ai arrêté celui qui a blessé Sundown et Cal. Je l'ai mis en prison.

Alice écarquilla les yeux.

— Il y restera ? Enfermé ? C'est dur d'être enfermé. On ne peut pas sortir. Personne ne vient, personne ne vous entend quand vous criez. Pourtant, je n'avais fait de mal à personne, ajouta-t-elle en pressant son visage contre le cou de Sundown.

— Non, je sais. Mais lui est coupable. La loi décidera de sa peine.

— C'est toi, la loi, Bobby Tate. Est-ce que tu as retrouvé Monsieur ? Est-ce qu'il est en prison ?

— J'aimerais bien. Je le recherche.

Elle l'observa en inclinant la tête.

— On s'est embrassés, non ?

— Oui.

— Tu ne m'embrasses plus, maintenant.

— Je suis marié, dit Tate en montrant son alliance. Mais on s'est embrassés avant, et après on était amis. Nous sommes amis, Alice.

— Monsieur ne m'embrassait pas. Je n'aurais pas voulu, mais il se fichait de ce que je voulais ou non. Il me faisait d'autres choses. Comme tu me faisais.

Tate s'éclaircit la gorge, Callen détourna pudiquement le regard.

— Mais toi, tu n'étais pas méchant. Tu ne me faisais pas mal. Qu'est-ce qu'on riait ! Tu marchais sur les mains ! Monsieur ne rit jamais. Il me frappe, il me viole. Le Dr Minnow dit que c'est du viol, que ça n'a rien à voir avec le devoir conjugal. Il me fait mal quand il me viole, chaque fois. Le Dr Minnow dit que c'est du viol, répéta Alice, sa voix montant dans les aigus. Même si je ne me débats pas. Si je me débats, il me frappe et c'est encore pire. Même si je me laisse faire, elle dit que c'est du viol. Est-ce que c'est la loi ? Tu es la loi. Est-ce que c'est la loi ?

— Oui.

Elle prit Callen par surprise en lui saisissant la main.

— Si tu le retrouves, tu l'enfermeras ? Je veux qu'il soit enfermé, qu'il ne puisse pas sortir, que personne ne vienne s'il crie.

— Je veillerai à ce qu'il en soit ainsi, je te le promets, Alice. Tu m'as dit l'autre jour qu'il avait une barbe, et les yeux noirs...

— Des yeux noirs. Je ferme les miens quand il me viole.

— Peut-être pourrais-tu me le décrire plus en détail, et nous pourrions essayer de le dessiner.

— Je ne sais pas dessiner. Reenie non plus. Elle est encore plus nulle que moi. Je serais incapable de dessiner un visage.

— Je connais quelqu'un dont le métier est de dessiner des portraits.

La main d'Alice se resserra tel un étau autour de celle de Callen.

— Je ne veux pas me souvenir de lui. Je vais tricoter une écharpe pour Cal. Je pourrai monter Sundown quand il ira mieux.

— C'est formidable, dit Tate, refoulant sa frustration. Tu as raison, ne parlons pas des choses qui fâchent, ce serait dommage de gâcher cette belle journée. Je reviendrai peut-être te voir demain, juste pour prendre des nouvelles.

Elle hocha la tête, puis se tourna vers Cal.

— Que feriez-vous, à ma place ? Vous étiez parti, vous êtes revenu, comme moi. Quelqu'un vous a fait du mal, et aussi à votre cheval. Est-ce que vous voudriez revoir son visage, pour qu'on le dessine ?

— Parfois, quand on regarde les choses en face, elles paraissent moins effrayantes que si on ferme les yeux. Et vous êtes la personne la plus courageuse que j'aie jamais rencontrée. Alors si vous préférez garder les yeux fermés, pour le moment, prenez votre temps.

— Tout le monde dit que je suis courageuse : Bodine, le docteur, vous. Mais moi, j'ai l'impression d'être lâche. Je ne veux pas retourner à la maison, je ne veux pas qu'il me retrouve. Je veux rester ici. Tu pourras me redemander demain ? ajouta-t-elle à l'adresse de Tate.

— Bien sûr. C'était un plaisir de passer un moment avec toi, Alice. Et aussi avec toi, Cal.

Callen n'hésita qu'un bref instant lorsque Tate s'éloigna.

— Pouvez-vous surveiller Sundown une minute, miss Alice ? Je dois demander quelque chose au shérif.

— Oui, on reste là, on vous attend.

Callen rattrapa Tate au portail.

— Il a avoué ?

Le shérif s'adossa contre la clôture.

— Il nous a raconté une demi-douzaine de versions différentes. Sa tête de lard ne lui rend pas service. Soi-disant qu'il voulait tuer un serpent, qu'il ne s'est pas aperçu que la balle avait dévié et qu'elle t'avait touché. Mais je crois qu'il a fait un lapsus révélateur. Il ne te visait pas.

— C'est ça…

— Il visait ton cheval.

En se balançant sur ses talons, Callen attendit que la rage reflue.

— Il a dit qu'il visait Sundown ?

— Et je crois que c'est la vérité. Tout ça pour une partie de poker et un clébard, une histoire qui remonte à l'époque où vous étiez gamins. Ton père avait gagné le chiot du sien ; Garrett l'a tué par dépit. Il a voulu tuer ton cheval pour la même raison. Par dépit.

Callen jeta un coup d'œil en direction d'Alice, qui promenait Sundown tout en lui parlant. À quelques centimètres près, la balle aurait pu le tuer.

— Vous allez le punir pour ça.

— Le procureur, le juge et les jurés décideront de sa peine. Mais d'abord, je le ferai avouer.

— Très bien.

— Ce que tu as dit à Alice tout à l'heure m'aidera à m'acquitter de mon devoir envers elle. J'ai un devoir, Cal, et le devoir, c'est sacré.

Hélas, songea Callen en rejoignant Alice et Sundown, il y avait parfois un gouffre entre le devoir et la justice.

26

Le dimanche soir, un week-end éprouvant derrière elle, Jessica se rendit au ranch. Elle rêvait d'une nuit de douze heures mais elle n'avait pas pu résister à une invitation au dîner dominical.

Elle aimait voir Chase dans son habitat naturel, et elle n'avait pas encore pu parler à Callen depuis que Sundown et lui avaient été blessés. Elle avait pris conscience de s'être totalement intégrée dans l'Ouest en s'apercevant qu'elle se souciait autant du cheval que de son maître.

Cela dit, elle ne renoncerait probablement jamais à ses talons aiguilles.

Apercevant Sundown dans le paddock et, pour son plus grand plaisir, Chase faisant tournoyer une corde – pardon, un lasso –, elle laissa le crumble aux myrtilles qu'elle avait préparé dans la voiture.

Rory était assis sur la barrière, à côté d'une femme aux cheveux roux attachés en une courte queue-de-cheval, qui applaudissait avec enthousiasme lorsque Chase sautait à l'intérieur puis à l'extérieur de la boucle de son lasso.

Quand Chase adressa un signe de la main à Jessica, elle se retourna, et Jessica reconnut Alice. Elle était au courant de sa métamorphose ; néanmoins, elle en resta bouche bée.

— Qui est-ce ? chuchota Alice à Rory en lui prenant la main.

— Vous ne vous souvenez peut-être pas de moi. On ne s'est vues que brièvement la semaine dernière. Jessica Baazov, je travaille pour Bodine.

— Bodine est la fille de Reenie. Lui, c'est Rory. Pas mon Rory.

Celui de Reenie. Chase est aussi le fils de Reenie. Il me montre son spectacle parce que je n'ai pas pu le voir, hier.

— Il est fort, hein ?

— Oncle Wayne faisait du lasso. Chase dit que c'est oncle Wayne qui lui a appris. Sundown aussi fait des spectacles. C'est Cal qui lui a appris. Cal n'est pas qu'à Reenie. Il est aussi à moi.

— Il n'est pas là ?

— Grammy l'a grondé. Elle lui a dit de rentrer reposer sa jambe. Bientôt, je pourrai monter Sundown. Il va beaucoup mieux, et celui qui lui a fait du mal est en prison. C'est bien vrai, hein, qu'il est en prison ? demanda-t-elle à Rory.

— Oui. Nous n'avons plus à nous inquiéter de lui.

— C'est grâce à Bobby Tate qu'il est en prison, déclara Alice, et elle applaudit l'un des tours de Chase. Bravo, c'était un beau spectacle, le félicita-t-elle. Jessica est là. Je me souviens d'elle, maintenant. C'est votre bonne amie.

Chase baissa la tête et enroula sa corde, feignant d'être concentré.

— On dirait bien… marmonna-t-il.

— Il est timide, dit Alice à Jessica. Avant, je n'étais pas du tout timide mais maintenant, oui. Allons donner un coup de main en cuisine, décréta-t-elle en tapotant le bras de Rory. Laissons Chase et sa bonne amie tranquilles.

En riant, Rory sauta à bas de la barrière et aida Alice à en descendre.

— J'aime bien vos chaussures, dit Alice à Jessica.

— Merci ! lui lança celle-ci tandis qu'elle s'éloignait déjà avec Rory. C'est fou… Je n'arrive pas à croire que c'est la même personne que vous avez accueillie à sa sortie de l'hôpital.

Chase posa son rouleau de corde sur un piquet de clôture.

— Elle a du courage. Papa m'a dit qu'elle devait travailler avec un dessinateur demain, pour essayer d'établir un portrait-robot de celui qui la séquestrait.

Par-dessus la barrière, il tendit la main à Jessica, afin qu'elle puisse grimper sur le premier barreau.

— Jolies chaussures, en effet, mais pas très commodes pour faire du cheval.

— Je me suis habillée pour le dîner du dimanche.

Jessica éclata de rire lorsque Sundown donna un coup de museau dans le dos de Chase afin de le pousser vers l'avant.

— Il est redevenu lui-même !

— Fiche-moi la paix, grommela Chase au cheval. Je n'ai pas besoin de toi.

Et pour le prouver, il glissa une main autour du cou de Jessica et amena sa bouche contre la sienne.

— Tant pis pour la balade à cheval, dit-il en sautant par-dessus la barrière. On n'a qu'à aller se promener à pied.

— Je n'ai même pas encore dit bonjour à ta mère.

— Juste un petit tour.

Main dans la main, le soleil leur caressant le visage, ils se mirent en marche tranquillement. Une vache meuglait dans un pré. Jessica reconnut le cri d'un écureuil. Un éclat de rire s'échappa de la fenêtre ouverte de la cuisine.

— Oh, des pensées ! dit-elle en s'arrêtant pour regarder les pots de fleurs sur les marches de la galerie. Ma grand-mère en plantait toujours sur la fenêtre de sa cuisine, dès les premiers beaux jours. Elle disait qu'elles annonçaient le printemps et qu'elles lui donnaient le sourire pendant qu'elle lavait la vaisselle.

— Je ne pensais pas que tu tiendrais l'hiver.

Sincèrement surprise, elle se tourna vers lui.

— Pourquoi ?

— Ça venait de moi, sans doute, répondit-il en l'entraînant vers le banc sous les ginkgos, sur le côté de la maison. Je me disais : « Regarde-la, elle va retourner à New York dès le premier blizzard. »

— Tu me prenais pour une petite nature…

— Non, ce n'est pas ça… C'est moi, je crois, qui avais un problème. On peut s'asseoir une minute ? Maintenant que j'ai commencé, il faut que je finisse.

— Ce serait mieux, oui.

— En fait, je te voyais comme un oiseau exotique. Si jolie que j'en étais ébloui. Trop belle pour moi.

— Un oiseau exotique… Merci ! J'ai travaillé toute ma vie, et je ne me suis pas ménagée. Je…

— Ça venait de moi, je te l'ai dit. La première fois que je t'ai vue, tu étais en tailleur rouge, avec un chignon, et tu sentais un parfum mystérieux, un parfum de serre tropicale. Tu m'as serré la main et tu m'as dit : « Jessica Baazov, enchantée. » J'étais comme paralysé, et j'espérais de tout mon cœur que Bodine ne t'embaucherait pas.

— OK. Je prends note.

Elle fit mine de se lever, il lui posa une main sur l'épaule.

— Quand j'ai su qu'elle t'avait embauchée, je lui ai dit qu'elle faisait une erreur.

Dans une attitude défensive, Jessica croisa les bras sous sa poitrine.

— Si je t'inspirais autant d'antipathie, comment se fait-il que tu n'aies pas davantage essayé de dissuader Bodine ?

— Ce n'était pas de l'antipathie. Et essayer de dissuader Bodine lorsqu'elle a une idée en tête ne sert strictement à rien. Je me suis dit : laissons le temps au temps.

En l'occurrence, il prenait tout son temps pour en venir au fait.

— Je pensais que c'était une erreur, parce que j'étais persuadé que tu ne resterais pas. Si belle, si délicate, si raffinée… Je ne te voyais pas supporter la rudesse du Montana. L'ennui, c'est que j'étais obnubilé par cette image de toi en tailleur rouge… Alors je gardais mes distances, en attendant que Bodine rentre un soir à la maison et m'annonce que j'avais eu raison, que tu pliais bagages.

— Apparemment, tu as été déçu.

— Non, je me trompais. Je préférais t'éviter parce que chaque fois que je te croisais j'avais envie de te toucher. Et je savais que si je te touchais, j'aurais envie d'autre chose. Je savais que même si tu partais, cette image ne me quitterait pas. Je n'avais pas l'intention de faire le premier pas… Mais je l'ai fait.

Jessica émit un petit son ironique, puis elle se radoucit.

— Enfin… Disons que je t'ai aidé.

— Je m'apprêtais… J'aurais peut-être mis du temps mais je l'aurais fait. Mais alors là, si tu étais partie, je ne m'en serais jamais remis. J'aurais comparé toutes les femmes à toi, et aucune n'aurait été à la hauteur. Elles n'auraient pas eu ton visage, elles n'auraient pas été aussi intelligentes que toi, ni aussi culottées, sous le vernis. Jamais je n'aurais trouvé chaussure à mon pied.

Il lui prit la main, l'examina longuement avant de déclarer :

— Je veux une femme, une famille, construire des choses à deux. Je ne suis pas pressé, je peux attendre, mais sans toi, j'attendrai à tout jamais.

— Je… J'ai regardé *Tombstone*. J'ai pris des leçons d'équitation. Je porte un Stetson.

Un sourire incurva les lèvres de Chase tandis qu'il les pressait contre la main de Jessica.

— Je t'aime. Je t'aimais déjà avant, je crois, s'il est possible de tomber amoureux aussi vite. Je suis content que tu aies regardé mon western préféré, que tu aies appris à monter et que tu aies un chapeau de cowboy. Et très heureux que tu te plaises ici.

— J'ai trouvé le bonheur. Je n'ai aucune raison de retourner à New York. Ma vie est là, maintenant. J'ai perdu ma famille, Chase, à la mort de mes grands-parents. J'ai en ai trouvé une nouvelle ici, alors que je n'y croyais pas. Je n'avais jamais eu d'amie comme Bodine, et maintenant Chelsea. Et... tout le monde.

— Si tu veux, nous fonderons une famille. Si tu m'aimes assez, nous construirons notre vie ensemble.

Le mariage... Seigneur, il parlait mariage ! Lui d'ordinaire si timoré, il avait osé ce plongeon !

Le dos très droit, immobile, respirant à peine, elle pensa à ses parents, égoïstes, irresponsables, sans cœur, qui l'avaient abandonnée sans scrupules. À ses grands-parents, généreux, bienveillants, débordants d'amour, qui l'avaient accueillie dans leur vie sans se poser de questions.

Puis elle pensa à lui.

— Je me demande comment je peux aimer quelqu'un de stupide au point de ne pas voir que je l'aime déjà beaucoup plus qu'assez. Toujours est-il que je l'aime.

Il posa une main contre sa joue, la laissa là un instant, puis il tourna la tête pour lui embrasser la paume.

— Est-ce une façon sophistiquée de dire oui ?

— Ce n'est pas sophistiqué.

— C'est une longue phrase. Tournons les choses autrement : voudras-tu m'épouser, un jour ?

— Un jour ? C'est vague, un jour...

— Si tu dis oui, tu décides de la date.

— Accorde-moi une petite minute.

Elle contempla les montagnes, les prairies, le ciel d'un bleu radieux. Elle sentait la force émanant de Chase tandis qu'il attendait en silence. Elle savait qu'il attendrait le temps qu'il faudrait.

— Je dis oui, et je dis octobre. Après mon premier été dans le Montana et avant mon deuxième hiver. De nouveau, elle posa la main contre sa joue. De t'avoir dit oui remplit un vide en moi, dont j'ignorais qu'il ne demandait qu'à être comblé. Tu me combles, Chase.

Il l'embrassa, un baiser aussi doux qu'une promesse, puis la garda serrée contre lui.

— Tu as toujours ce tailleur rouge ?
— Je ne vais pas me marier en tailleur rouge.
— Je pensais à notre lune de miel.
— Je l'ai toujours, dit-elle en riant.
Chase était décidément un homme surprenant.

Tandis qu'au ranch Longbow on célébrait une bonne nouvelle autour du repas du dimanche, Monsieur roulait dans son pick-up sur l'étroite route creusée d'ornières et de nids-de-poule. Chaque secousse se réverbérait douloureusement dans son corps tout entier.

Il s'arrêta, descendit ouvrir le vieux portillon rouillé portant un écriteau « Propriété privée, défense d'entrer », qui grinça quand il le poussa. Puis il reprit le volant, le franchit, redescendit remettre la chaîne et le cadenas.

Saisi d'une quinte de toux, il s'appuya à la barrière, cracha, reprit son souffle, puis il remonta dans son pick-up et poursuivit son chemin jusqu'au bungalow.

Comme il devait souvent faire des pauses, il mit une heure à décharger ses achats. Après quoi, avant toute autre chose, il prit du sirop pour la toux, des comprimés contre la migraine – il avait tout le temps mal à la tête –, du décongestionnant, et un café additionné de whisky, ce qu'il considérait comme partie de son traitement.

Sans appétit, il mangea les deux cheeseburgers qu'il avait rapportés. Il avait besoin de viande, de viande rouge ; c'est pourquoi il se força à les terminer, bouchée par bouchée.

La respiration creuse, il s'assoupit dans le fauteuil face au feu, la sueur refroidissant sur sa peau. Il faisait nuit quand il se réveilla.

En pestant, il alluma les lampes à huile, raviva le feu. Il passait trop de temps à dormir, alors qu'il devait s'organiser.

Il avait fait l'aller-retour à Missoula pour se prouver qu'il se remettait de cette sale malédiction qu'Esther lui avait jetée. Il était allé à la pharmacie, au supermarché, et il avait même eu la force de faire un peu de repérage.

Les femmes ne manquaient pas, en ville. Des femmes montrant leurs jambes nues, aux décolletés provocants et aux visages peinturlurés.

Il en avait vu une ou deux qui auraient pu lui convenir, une fois brisées. Mais il n'avait pas encore assez de vigueur pour prendre femme.

Il allait se soigner, manger de la viande, retrouver de l'énergie.

Ensuite, il partirait en chasse, sur les petites routes de campagne, dans les allées désertes autour des antres du péché, des bars et des motels bon marché.

Il trouverait celle qu'il cherchait. Dieu la placerait sur son chemin.

Elle ne serait pas comme Esther. Ni comme celle qu'il avait baptisée Miriam, qui avait réussi à s'étrangler avec son drap quelques semaines après avoir accouché d'une fille. Ni comme Judith ou Beryl.

Ils les avaient toutes enterrées, à part Esther. Selon la tradition chrétienne, même si elles n'étaient que des mécréantes. Des déceptions.

Il devait rapidement en trouver une autre. Jeune, forte, fertile, qui apprendrait à obéir. Et qui s'occuperait de lui, car la maladie lui avait montré qu'il n'était plus tout jeune.

Il avait besoin de fils pour perpétuer son héritage, pour l'honorer dans son vieil âge. Il lui fallait une femme pour les lui donner.

Les touristes n'allaient pas tarder à arriver, ces parasites, avec eux les saisonniers qui leur préparaient leurs repas et leur faisaient leurs lits. En s'assoupissant, il songea que les semaines à venir lui seraient propices.

Callen se serait senti capable de monter à cheval, mais comme il n'avait toujours pas l'autorisation de seller Sundown, il se fit conduire au travail par Bodine.

— J'aurais pu partir avec Rory.

— Je ne conduis pas bien ?

— Je préférerais être au volant.

— C'est flatteur, rétorqua-t-elle en lui coulant un regard oblique. Qu'est-ce qui te tracasse, Skinner ? Ta jambe ?

— Je n'y pense même plus. Ce n'est pas comme si j'avais reçu une balle dans le ventre.

Bodine haussa les épaules, puis garda le silence jusqu'à la base de loisirs.

— Allez ouste, le mal luné.

Il demeura sur le siège passager.

— J'ai passé pas mal de temps avec Alice ces derniers jours.

— J'avais remarqué. Merci.

— Fais gaffe à ne pas prendre une branche dans la figure, juchée sur ton grand cheval le nez en l'air. J'ai apprécié sa compagnie, ça m'a changé les idées. Je crois avoir gagné sa confiance. Ça m'embête de ne pas être là aujourd'hui pour la séance de travail avec Tate et le portraitiste.

— C'est gentil de t'inquiéter pour elle, sincèrement. Nana et Grammy seront avec elle, le Dr Minnow aussi. Et le Dr Groove a promis de passer la voir dans la journée.

Bodine contempla la ligne d'horizon, embrasée par le soleil levant.

— Toi aussi, tu lui as changé les idées. En quelque sorte, c'est bien tombé que tu sois blessé.

— Façon de voir les choses, répliqua-t-il en s'approchant d'elle, tandis que le ciel s'enflammait. Tu serais libre, samedi soir, pour aller au restau ?

— Au restau chic ? Il va falloir que je m'achète une nouvelle robe.

— Si tu n'en as pas qu'une seule, je n'ai pas encore vu les autres.

Elle l'embrassa en riant.

— Allez, dépêche-toi, Skinner, tu vas me mettre en retard.

Quand il fut descendu de la voiture, elle se pencha par la vitre.

— Si je finis tard, je dirai à Rory de passer te prendre, ce soir.

Il revint vers le pick-up.

— Je t'attendrai. Viens passer la soirée chez moi. Je demanderai aux cuisines de nous préparer quelque chose.

— OK, mais je suis plus près des cuisines, je m'occuperai du repas.

— Pas quelque chose de trop raffiné, lui lança-t-il tandis qu'elle enclenchait la marche arrière. Réservons-nous pour samedi.

En faisant demi-tour, et en le regardant dans le rétroviseur, elle pensa qu'ils ne couchaient pas seulement ensemble. Ils *étaient* ensemble.

Elle termina plus tard qu'elle n'aurait voulu. À l'approche de la haute saison, il fallait recruter, examiner des CV, vérifier les références, faire passer des entretiens, former.

— On a des réservations jusqu'aux fêtes de fin d'année, dit-elle à Jessica en glissant des dossiers dans sa sacoche. Nos nouvelles activités et nos nouvelles formules plaisent, c'est cool.

— Il te faudrait une assistante à plein temps. Sal t'aide énormément, je sais, mais soit tu devrais la prendre à temps complet, soit tu devrais embaucher quelqu'un, si tu préfères qu'elle reste à la réception. Franchement, Chelsea m'a changé la vie.

Bodine ne pouvait qu'admettre que Jessica avait raison ; néanmoins, elle fit la grimace.

— En toute honnêteté, je n'ai pas très envie d'avoir toujours quelqu'un dans les pattes.

— Tu détestes déléguer, je sais, mais c'est idiot, répliqua Jessica en pointant sur elle un index à l'ongle rose bonbon parfaitement manucuré.

— Tu n'as peut-être pas tort. J'en parlerai à Sal. Peut-être. Dans l'immédiat, j'ai une commande à aller chercher en cuisine. Je passe la soirée avec mon cher et tendre.

— Moi aussi. Chase tient absolument à ce que je voie *Silverado*. En échange, il a accepté de goûter mes pâtes au citron et à la roquette tiédie.

— Il faut qu'il soit amoureux… Heureusement, tu me diras, vu que vous allez vous marier !

— Eh oui… soupira Jessica, une main sur le cœur. Tu voudras bien être ma demoiselle d'honneur ?

— Enfin ! s'écria Bodine en la prenant dans ses bras. Je n'arrive pas à croire qu'il t'ait fallu une journée pour me le demander ! J'étais demoiselle d'honneur de ma cousine Betsy, j'ai de l'expérience. Et je te fais confiance pour ne pas m'obliger à porter une robe en organza rose avec des manches bouffantes.

— Promis.

Devant le sourire crispé de Jessica, Bodine inclina la tête.

— Ne me dis pas que tu regrettes…

— Non, je suis sûre de moi, et de lui. C'est l'idée du mariage qui m'effraye.

— S'il est prêt à manger de la salade chaude, et toi, à passer la soirée devant un western, c'est comme si vous étiez déjà mariés ! Il ne manque que la cérémonie.

— En qualité de demoiselle d'honneur, pourras-tu me dire des choses comme ça de temps en temps d'ici octobre ?

— Ça marche ! Allez, allons rejoindre nos cowboys.

— Tu as déjà mangé de la roquette chaude ? demanda Bodine à Callen sur le trajet du retour.

— Non, quelle drôle d'idée ! Attends… dit-il en se retournant vers les barquettes posées à l'arrière. Ne me dis pas que c'est ce que tu rapportes ?

— Non, c'est ce que Jessica va préparer pour Chase.

— Le pauvre, il est fou amoureux. Lui qui n'aime déjà pas la salade en salade...

— Exactement ce que je me disais. Elle s'en tire bien : en échange, elle a accepté de regarder *Silverado*.

— Un grand classique du genre.

— Et un régal pour l'œil féminin. Au menu, nous, on a du poulet cajun, des pommes frites au romarin et des asperges.

— Je suis content de ne pas être amoureux de Jessica.

— Et en dessert, du cheesecake aux myrtilles.

— On devrait peut-être se marier.

En riant, elle tourna vers lui un regard pétillant.

— Méfie-toi de ce que tu dis, Skinner. Je pourrais bien te prendre au mot. Si on regardait *Silverado*, nous aussi ? Je l'ai en DVD.

— Tu as du pop-corn ?

— Je pense.

— J'ai de la bière, dit-il en posant une main sur son bras. Regarde... Alice est assise dehors.

Celle-ci se leva, les mains sur les hanches. Tandis que Bodine se garait devant la maison, Cora apparut sur la galerie.

— J'ai pris mon courage à deux mains : je l'ai décrit à Pete et il l'a dessiné, déclara fièrement Alice en laissant à peine le temps à Bodine et à Callen de descendre de la voiture.

Cora lui enlaça les épaules.

— Pete est le portraitiste qui est venu avec Bob Tate. Elle était impatiente de vous raconter sa journée.

— Comment ça s'est passé ? demanda Callen.

— Je suis contente que ce soit terminé, répondit Alice en se pressant une main sur le ventre. C'était dur. On était obligés de s'arrêter, de recommencer, de s'arrêter, de recommencer. Mais c'est fait, maintenant, tant mieux. Il faudra que vous le regardiez. On en a un exemplaire pour nous. Bobby a dit que tout le monde doit le regarder, au cas où quelqu'un connaîtrait Monsieur. Maman ?

— Je vais le chercher.

— J'aime bien être dehors. J'aime bien...

Alice se plaqua soudain une main sur la bouche.

— Qu'est-ce qu'il y a ? lui demanda Bodine.

— Je répète toujours dix fois la même chose. J'essaye de m'en empêcher. J'aime bien être dehors. Peut-être parce que j'ai été trop longtemps enfermée. C'est tellement agréable de pouvoir sortir quand je veux.

Elle se tut lorsque Cora reparut avec le portrait.

— Voilà, c'est Monsieur. Il n'est pas tout à fait comme ça, mais je ne sais pas expliquer mieux comment il est. Ses cheveux sont devenus gris, comme moi. Sa barbe aussi. Il ne l'a pas toujours, mais souvent. Il a vieilli, il s'est ridé, lui aussi. C'est dommage que je n'aie pas pu mieux le décrire.

Bodine examina le dessin.

Cet homme avait-il réellement l'air aussi dément, ou était-ce Alice qui le voyait ainsi ? Sur le portrait, il avait des yeux de bête sauvage, les cheveux fins, mal peignés, une barbe grisonnante, le visage maigre, une bouche mince et cruelle.

— Tu le connais ? demanda Alice. Tu sais qui c'est ? Bobby dit qu'il ne s'appelle pas seulement Monsieur, qu'il a un nom, un vrai nom.

— Non, il ne me dit rien.

Bodine interrogea Callen du regard.

— Moi non plus. Au moins, on sait à quoi il ressemble, maintenant. Ça nous aidera à le retrouver et à l'arrêter. Bravo, Alice, tu as bien travaillé.

Parce qu'il savait qu'il le pouvait, il s'avança vers elle et lui donna une accolade. Avec un soupir, elle posa la tête un instant contre son torse, puis elle s'écarta.

— Il n'est pas aussi grand que toi, mais plus grand que Bobby. Je l'ai dit à Pete. Il a des bras forts, des grosses mains, plus abîmées que les tiennes ou celles de Rory. Il a une cicatrice sur la paume. Celle-ci, précisa-t-elle en traçant une ligne en travers de sa main gauche. Et une là, ajouta-t-elle en montrant sa hanche gauche. Il a une marque…

Elle interrogea sa mère du regard.

— Une marque de naissance.

— Ici, dit-elle en indiquant la face externe de sa cuisse droite. Comme une tache. J'ai dit que je me souvenais quand il m'a enfermée, et quand je suis partie. C'est vrai, je m'en souviens. On peut aller voir Sundown ? Je n'ai plus envie de penser à lui.

— Bien sûr. Tu es allée lui tenir compagnie aujourd'hui ?

— Oui, ce matin, et cet après-midi, après la visite du dessinateur. Je lui ai donné une carotte, et j'en ai aussi donné une à Leo, avec ses beaux yeux bleus. Et puis je l'ai brossé et je lui ai chanté une chanson.

— Il aime bien t'entendre chanter. Moi aussi. Allons voir comment il se porte. Tu lui chanteras peut-être encore une chanson.

Callen offrit son bras à Alice, qui le prit avec un sourire radieux.

— Je la retrouve de jour en jour, murmura Cora. C'était terrible, aujourd'hui. Elle a revécu des souvenirs et des peurs. Cet homme a l'air d'un monstre. Pendant des années, elle a été prisonnière d'un malade mental.

— Il ne la touchera plus jamais, Nana.

— Je ne crois pas à la vengeance. La guerre m'a pris mon mari, l'homme que j'aimais, le père de mes enfants. J'en ai souffert, mais je n'ai jamais ressenti de haine. J'en ai, à présent. Elle est là, dans mon cœur, noire et brûlante, malgré la joie d'avoir retrouvé ma fille.

— Tu ne serais pas humaine, autrement. Même si on l'arrête et qu'on le met derrière les barreaux jusqu'à la fin de sa misérable vie, je ne suis pas sûre que ta haine s'éteindra.

— Je n'en suis pas sûre non plus, soupira Cora. Le plus important, naturellement, c'est de l'avoir retrouvée, mais ça ne m'empêche pas de vouloir émasculer cette ordure avec un couteau rouillé.

Cora se secoua, puis elle arqua les sourcils à l'adresse de Bodine.

— Il y a beaucoup de gens que ça ne ferait pas rire.

— Beaucoup de gens ne sont pas moi.

— Bref. Laisse-moi ranger cet horrible portrait. Tu veux inviter Cal à dîner ?

— Il m'a déjà invitée chez lui. J'ai du poulet cajun dans le pick-up. On va regarder un film au cabanon.

— Ah, ah ! À moi de rigoler !

— Je rentre juste chercher un DVD, et du pop-corn micro-ondes.

— N'oublie pas ta brosse à dents.

— Franchement, Nana, tu m'as bien vue ? Ça fait des semaines que j'en ai une chez lui.

Tandis que Bodine montait dans sa chambre, Callen examina la blessure de Sundown. Alice caressait le cheval en lui chantant « Jolene ».

— Vous avez une belle voix, la complimenta-t-il à la fin de la chanson.

— Je chantais avec Reenie, et avec mon Rory, et toute seule. Je n'avais pas de radio, ni de disques, ni de télé. Rory, le Rory de Reenie, m'a donné un… un petit appareil où il y a plein de musique qu'on peut écouter dans les oreilles.

— Un iPod.

— Oui, un iPod ! C'est un très beau cadeau. Rory est très gentil. Le iPod, c'est magique. Ça contient plein, plein de chansons, que je peux écouter quand je n'arrive pas à dormir.

— Vous avez des insomnies, miss Alice ?

— Des fois, de moins en moins. La musique chasse les mauvais rêves. Même dans les cauchemars, je ne le vois plus comme il était quand je suis montée dans le pick-up, je ne le vois plus aussi clairement. Est-ce que le pick-up était bleu ? Ou rouge ? Je n'aurais jamais dû y monter. J'avais vu les serpents.

— Dans le pick-up ? Il avait des serpents dans son pick-up ?

— Non ! En image. Un autocollant. C'est un Citoyen Souverain, un vrai patriote. Les vrais patriotes se soulèveront et renverseront les fédéralistes corrompus. Ils reprendront le pays.

— Avez-vous parlé de cet autocollant au shérif ?

— Je crois… Peut-être. Les Citoyens Souverains se révolteront, car l'arbre de la liberté a besoin d'être arrosé de sang. Un homme a besoin de fils pour défendre la patrie. Je ne lui en ai donné qu'un qui ait vécu. Un seul fils ne suffit pas pour combattre, travailler, protéger. Je crois qu'il en a d'autres.

— D'autres fils ?

— Je ne sais pas. Je ne sais pas. D'autres femmes. Vous pensez que je pourrai bientôt monter Sundown ?

— Nous demanderons au Dr Bickers. Miss Alice, pourriez-vous me dire ce qui vous fait penser qu'il a d'autres femmes ?

Callen se prépara au pire. Alice avait les mains tremblantes et l'anxiété se lisait sur ses traits. Elle pressa son visage contre la tête de Sundown.

— Il disait que c'était le vent que j'entendais, pas des cris, que ce n'était pas quelqu'un qui appelait.

— OK.

— Sundown va de mieux en mieux. Vous aussi. Vous ne boitez presque plus.

— Vous aussi, vous allez beaucoup mieux, miss Alice.

— Oh oui ! Je peux sortir quand je veux. Maman m'apprend à faire des pulls, maintenant. Un soir, j'ai entendu son pick-up. Je ne dormais pas. Il m'avait enlevé tous mes enfants, l'un après l'autre, même le pauvre petit Benjamin qui est monté au ciel avant de naître. Je ne dormais pas parce que je pensais à mes bébés, j'avais trop mal, dans mon cœur et dans ma tête.

Bouleversé, Callen lui caressa la main. Elle s'empara de la sienne et la serra de toutes ses forces.

— J'ai entendu le pick-up qui revenait. J'ai eu peur, j'ai eu peur qu'il revienne exiger le devoir conjugal. Et puis j'ai entendu un cri. Ce n'était pas le vent, ni un hibou ni un coyote. Ce n'était pas la première fois, mais là, j'en étais sûre. J'ai entendu crier, une fois, deux fois. Monsieur criait aussi et il jurait. Et il n'est pas venu exiger le devoir conjugal, ni cette nuit-là, ni la suivante, ni celle d'après.

— Étiez-vous dans la maison ou dans la cave ?

— Dans la maison. Il faisait nuit. Il faisait noir derrière ma fenêtre. Une fois le jour, aussi, j'ai entendu crier. Pas le lendemain, ni le jour d'après, un autre jour. Quelqu'un qui appelait : « À l'aide ! Au secours ! », je crois. Je n'entendais pas très bien, mais j'entendais des cris. Et encore une autre fois, j'ai entendu des pleurs. Quelqu'un qui pleurait, quand je travaillais au jardin. Plusieurs fois. J'ai pensé que c'étaient peut-être mes bébés. Je ne voulais pas les entendre, je ne voulais pas, parce que je ne pouvais pas les consoler. C'est comme ça, je crois, que je suis devenue folle.

— Vous n'êtes pas folle.

— Un peu, dit-elle. Mais avant, j'étais vraiment folle. Sinon, je me serais tuée.

N'écoutant que son cœur, Callen lui encadra le visage et l'embrassa tendrement sur la bouche.

— Vous êtes peut-être un peu folle, mais vous êtes quand même la personne la plus saine d'esprit que je connaisse.

Elle eut un petit rire, mais ses yeux s'emplirent de larmes.

— Vous devez connaître beaucoup de gens fous.

— Peut-être.

Quand elle le laissa, en chantonnant, il sortit son téléphone et appela le shérif. D'autres femmes se réfugiaient peut-être dans la folie, enfermées dans une cave.

27

Il fallut presque une semaine de préparation, et la pluie retarda le jour J de vingt-quatre heures, mais par une douce soirée d'avril, Callen sella Sundown pour ce qu'il appelait La Grande Révélation.

— J'aurais autant aimé qu'il n'y ait pas tout ce monde pour me regarder.

Callen se retourna vers Alice, en bottes neuves et chapeau beige, jean et chemise rose, blouson de cuir marron dont il soupçonnait qu'il appartenait à Bodine.

— Vous ressemblez à une image.

Elle rentra la tête dans les épaules, mais il vit son sourire.

— Je resterai à côté de vous, lui rappela-t-il. Mais si vous préférez attendre…

— Non, ce serait bête. Ça ira, si vous êtes là.

— Tout se passera bien, ne vous inquiétez pas. Prête ?

Elle acquiesça de la tête, prit appui sur ses mains en coupe afin de se hisser sur le cheval, et poussa un long soupir de contentement en se calant sur la selle.

— C'est une impression formidable, comme la première fois. Enfin, pas la toute première fois de ma vie, mais la première fois que vous m'avez permis de remonter.

— Vous voulez les rênes ?

— Pas tout de suite. Guidez-le.

Tout doucement, Callen mena le cheval jusqu'à la porte de l'écurie.

— J'allais si vite avant, et si loin.

— Vous referez bientôt de longues balades.

La Grande Révélation avait donné lieu à un barbecue, et toute la famille attendait maintenant devant l'écurie. La plupart des ouvriers du ranch étaient là, également, et des applaudissements retentirent lorsqu'ils apparurent.

Callen ouvrit le portillon du paddock, le referma derrière Sundown et Alice, puis il leur fit faire le tour du pré.

— Vous me le direz quand vous voudrez qu'on accélère, mais prenez votre temps.

— Je n'ai pas l'habitude qu'on me regarde, chuchota-t-elle. Le cœur me serre.

— C'est que vous devez ressentir la fierté dans le mien.

— Vous êtes gentil. Vous dites toujours des choses qui me font plaisir. Si mon Benjamin n'était pas parti au ciel, il serait peut-être comme vous.

Les spectateurs étaient accoudés à la barrière, ou bien assis dessus. Alice connaissait leurs visages, leurs noms, mais leur regard la mettait mal à l'aise.

— Eux aussi, ils sont fiers de vous.

— Fiers de moi, répéta-t-elle, comme pour s'en convaincre. Ils sont contents de voir que Sundown est guéri.

— C'est vrai. Vous avez contribué à son rétablissement.

— Un peu… Je peux le faire. Je peux le faire. Je peux le faire. Vous restez à côté de moi ?

— Bien sûr, acquiesça-t-il en lui tendant les rênes.

La texture du cuir entre ses mains, de vieux souvenirs, la sensation d'être portée par un bon cheval, la fraîcheur de la brise printanière sur son visage… Sundown demeura parfaitement immobile jusqu'à ce qu'elle le fasse démarrer au pas.

Callen les suivait de près, mais c'était elle qui guidait le cheval, et elle en éprouvait une immense fierté. Elle se revoyait jeune, libre, en sécurité, et une bouffée de bonheur monta en elle.

— Je peux ? demanda-t-elle à Callen.

— Allez-y.

Quand elle passa au trot, le public applaudit et l'acclama, mais elle n'y prêta guère attention. Elle *était* libre.

— Tu ne m'avais pas dit qu'elle avait appris le trot, dit Bodine à Callen.

— Tu n'es pas obligée de tout savoir.

Alice revint auprès d'eux, les joues rouges. Il lui adressa un signe de félicitation. Elle souleva son chapeau tandis que Sundown saluait d'une révérence.

Il l'aida à descendre, et elle jeta les bras autour du cou de Sundown, puis enlaça la taille de Callen.

— Je pourrai de nouveau monter demain ?

— Vous pourrez monter tous les jours, si vous voulez.

— J'ai fait une vidéo ! déclara Rory en brandissant son téléphone.

— Tu m'as filmée ? Je peux voir ?

Alice se précipita vers Rory. Callen se tourna face à Bodine et à sa mère.

— J'aimerais l'emmener en balade, sur un sentier facile, quand elle sera prête. Rosie sera parfaite pour elle. Elle est calme et intelligente.

— Je ne sais pas si elle voudra s'éloigner du ranch, dit Maureen.

— Avec Callen, elle n'aura pas peur, affirma Bodine. Rory pourra éventuellement les accompagner. Ou moi.

— J'aimerais d'abord en parler à Celia. Et à maman.

— Reenie, viens voir ! Je suis une star de cinéma !

— Ma mère préfère jouer la carte de la prudence, commenta Bodine en sautant par-dessus la barrière. Nana laisserait Alice partir en voyage sur la Lune, pour voir ses yeux pétiller. Ma mère essaye de contrebalancer.

— Pas de problème. Par la même occasion, vous demanderez à la psy si elle ne voit pas d'objection à ce qu'Alice s'occupe des chevaux, ici pour commencer, éventuellement à la base de loisirs, dans quelque temps.

— À la base de loisirs ?

— Une heure par-ci par-là, avec moi. Les animaux ont des vertus thérapeutiques. Alice aime les chevaux. Les chiens, aussi. Elle bichonne Sundown comme si elle le préparait à un concours de beauté. Il y a sûrement plein de tâches qu'on peut lui confier.

Bodine n'y avait pas pensé, mais maintenant que Callen avait évoqué cette idée, elle en voyait les bénéfices.

— En effet, ça lui fera sans doute du bien de travailler, en plein air, à l'écurie. Elle est contente quand Clémentine lui demande de l'aider. Tu sais que tu n'es pas bête, Skinner ? dit-elle en lui décochant un petit coup dans les côtes.

— Eh, je me sers de ma matière grise, parfois.

— Elle se sentira utile et, du coup, normale. Tu devrais en parler à mon père. Qu'il voie comment elle se débrouille au ranch. Ensuite, on regardera ce qu'on peut lui donner à faire au centre équestre, si elle est d'accord.

Apparemment ravie de la soirée, Alice discuta avec Hec, et elle regarda la vidéo de Rory un nombre de fois incalculable.

Chase s'éclipsa avec Jessica, Rory avec Chelsea. Callen accepta un whisky et un cigare en compagnie de Sam, sur la galerie.

— Tu passes beaucoup de temps avec Alice, dit Sam au bout d'un long silence amical.

— Je crois qu'elle m'a adopté.

— Dis-moi... Je voudrais te poser une question. Et j'aimerais que tu sois franc. Mais je sais que tu l'as toujours été.

Callen sentit son ventre se nouer. Il n'avait pas encore réfléchi à ce qu'il dirait au père de Bodine si celui-ci abordait le sujet de leur relation.

— Je vous ai parfois un peu menti, quand on faisait les quatre cents coups avec Chase.

— Jamais si je te posais une question directe.

— Mouais...

— Alors je serai direct : est-ce que tu as l'intention d'aller trouver Clintok ?

Intérieurement, Callen poussa un soupir de soulagement, en regardant la fumée de son cigare s'élever dans la nuit.

— Il paraît qu'il a été libéré sous caution. Ma jambe est guérie. Je vais aller lui toucher deux mots, oui. Si ça dégénère, ce sera sa faute. Mais je ne peux pas passer l'éponge. J'espère que vous ne me le demanderez pas.

— Non. Je te demande seulement de ne pas y aller seul. Je sais que tu sais te battre, mais tu es loyal, c'est ta nature. En revanche, Clintok est un vicieux.

Sam sirota une gorgée de whisky avant de poursuivre :

— Il s'est complètement discrédité. Personne ne prendra son parti. J'ignore quel sera le verdict de la cour, mais personne ne le défendra. Il sera radié de la police à tout jamais. Il sera obligé de quitter la région s'il n'est pas emprisonné. Il ne se contentera pas de te faire saigner du nez, conclut Sam en tirant sur son cigare. Voilà pourquoi je te demande de ne pas y aller seul. Fais-toi accompagner par quelqu'un de confiance, qui pourra témoigner d'une bagarre loyale.

Cette requête le contrariait, mais Callen ne pouvait que reconnaître que la voix de Sam Longbow était celle du bon sens.

— Je n'irai pas seul, acquiesça-t-il.

— Bien. Maintenant, si tu as quelque chose à me demander, je t'écoute. S'il s'agit de la main de ma fille, je suis prêt à te l'accorder, bien que ça me fende le cœur, je te l'avoue.

Callen sentit de nouveau son ventre se nouer.

— Je… Nous n'en sommes pas encore là.

— Quand vous y viendrez, considère que c'est acquis. Ça nous épargnera un nouveau moment de gêne.

— Je n'ai aucun bien, s'entendit dire Callen.

— Tu as flambé tout ce que tu as gagné en Californie en whisky et en femmes faciles ?

— Seulement un infime pourcentage.

— Tu comptes continuer à travailler pour gagner ta vie, je suppose.

— Tant que vous ne me virerez pas.

— Sa grand-mère ne m'a pas viré parce que je fréquentais sa fille. Tu peux être tranquille de ce côté-là. Maintenant, si ce n'était pas de ça que tu voulais me parler, dis-moi donc de quoi il s'agit.

— Que diriez-vous d'embaucher Alice ?

— Embaucher Alice ?

— Initialement, je voulais juste savoir si vous seriez d'accord pour qu'elle donne un coup de main à l'écurie : pour étriller les chevaux, nettoyer les stalles. Elle est costaude. Elle boite, et ça la ralentit un peu quand elle est fatiguée, mais elle est vaillante. Et elle sait parler aux chevaux, elle aime les animaux. Je crois qu'elle serait très fière de toucher un petit salaire.

Un oiseau de nuit poussa un cri, Sam contempla le bout rougeoyant de son cigare.

— Je n'y avais pas pensé, mais pourquoi pas.

— J'en ai parlé à Maureen. Elle veut en discuter avec Nana et avec le médecin. Mais c'est vous qui dirigez le ranch…

— C'est une bonne idée, Cal, une très bonne idée. Il y a quelqu'un qui arrive…

Avant de voir les phares, Sam avait entendu le bruit du moteur, dans le silence de la nuit.

— Il est tard pour une visite, ajouta-t-il en étendant les jambes et en croisant ses bottes, dans une attitude de défi.

— Le shérif, murmura Callen quand le véhicule apparut.

Ils attendirent que Tate se gare et descende de voiture.

— Bonsoir messieurs.

— Bonsoir Bob. Tu as l'air vanné.

— Je le suis.

— Assieds-toi. Tu veux un whisky, un cigare ?

— Si je fume, je le payerai pendant une semaine. J'aurais beau mâcher du chewing-gum, ma femme le sentira. Un whisky ne sera pas de refus, par contre. Je ne suis plus en service.

— Asseyez-vous, dit Callen en se levant. Je vais vous chercher un verre.

— Je te remercie.

Bodine sortit de la maison alors qu'il s'apprêtait à y entrer.

— Bonsoir shérif.

— J'allais lui servir un whisky.

— J'y vais.

Callen reprit le cigare qu'il avait posé dans le cendrier et s'adossa contre la balustrade.

— Avant de rentrer, je me suis dit que j'allais passer vous donner des nouvelles de l'enquête. J'ai interrogé plusieurs personnes, ces jours-ci, connues pour être actives dans les milices, ou plus que sympathisantes. Les Citoyens Souverains en sont une. C'est bien l'expression qu'Alice a utilisée, n'est-ce pas ?

— Oui, à plusieurs reprises.

Le shérif s'interrompit lorsque Bodine lui apporta un verre.

— Merci. La journée a été longue. Les membres de ce genre de groupes ne sont pas très enclins à coopérer avec la police, poursuivit-il en buvant une gorgée. Ils ne reconnaissent pas notre autorité. Mais quand nous leur avons montré le portrait-robot et expliqué pourquoi cet individu était recherché, il n'y a que les plus radicaux qui ont maintenu la ligne dure. Cela dit, ça ne nous a pas menés à grand-chose. Jusqu'à aujourd'hui.

Bodine s'appuya contre la rambarde à côté de Callen.

— J'ai reçu un appel, aujourd'hui, de quelqu'un dont je tairai le nom. Vous ne le connaissez pas forcément, mais je dois garder la confidentialité. Il a reconnu le portrait. Il s'agit d'un type qui se fait appeler J.G., à qui il donne du boulot saisonnier de temps en temps, bien qu'il ne l'ait pas vu depuis plusieurs mois. Le type qui m'a appelé tient une exploitation dans l'est du comté, mais d'après lui, notre homme aurait un bout de terre par ici, et il vivrait hors réseau. Nous allons orienter les investigations vers ce genre de marginaux.

— On ne pourrait pas proposer une récompense ? suggéra Sam.

— L'argent délie toujours les langues, répondit Tate.

— Cinquante mille dollars à qui pourra nous mener à cette ordure.

— Dix mille devraient suffire, à mon avis. Tu m'autorises à les offrir ?

— Oui.

— Merci. Je n'aurais pas osé te le demander. Par ailleurs, je me suis plongé dans le fichier des disparitions. Une jeune femme de dix-neuf ans n'a jamais été retrouvée. Elle faisait de la randonnée et de la photo à Lolo. Le 16 juillet, elle a téléphoné à sa mère et à son petit copain, de Stevensville, en revenant du sentier de Bass Creek. Elle allait acheter de quoi casser la croûte, faire peut-être une autre balade, puis planter sa tente pour la nuit. Depuis, plus personne n'a eu de nouvelles. Et on n'a retrouvé aucune trace.

— Il la tient peut-être prisonnière, murmura Bodine. Alice a laissé entendre qu'elle n'était peut-être pas la seule.

— Je suis allé à Stevensville. J'ai rencontré l'agent en charge de l'affaire, et interrogé les dernières personnes à avoir vu cette jeune fille. Il faisait encore jour quand elle est partie se promener, et Alice a dit avoir entendu des cris la nuit. Je devrai m'entretenir avec elle, à propos de ces appels au secours dont elle a parlé à Callen. Elle pourra peut-être me fournir des indices plus précis.

Tate poussa un profond soupir.

— Quant aux meurtres de Billy Jean et de Karyn Allison, nous en sommes malheureusement toujours au même point. Rien de nouveau, depuis des mois, maintenant. Nous continuons à faire le maximum, mais plus le temps passe, plus les pistes refroidissent, hélas. Ça me rend malade…

Il leva les yeux vers Callen.

— Tu sais que Clintok a été libéré sous caution ?

— Oui.

— Le procureur sera sans pitié. Il fera de la prison, c'est sûr, et il ne portera plus jamais l'uniforme.

— Tant mieux.

— Méfie-toi de lui.

— Je peux tout de même fumer un cigare dehors ?

— Méfie-toi, répéta le shérif en se levant, je ne plaisante pas. Merci pour le whisky. Je viendrai voir Alice demain. Pour ce soir, il est grand temps que je rentre. J'espère que Lolly m'a tenu le dîner au chaud.

En descendant les marches de la galerie, il regarda le ciel.

— Quand je vois toutes ces étoiles, dit-il sombrement, malgré toutes ces années dans la police, je ne comprends pas comment l'homme peut être un tel loup pour l'homme.

Tandis que le shérif remontait dans sa voiture, Sam ramassa les verres vides.

— Je vais aller informer ta mère de tout ça.

— Tu veux que je vienne avec toi ?

— Non, ce n'est pas la peine, répondit-il en regardant les phares disparaître dans la nuit, et il rentra dans la maison.

Bodine écarta les bras, les laissa retomber d'un air las.

— Je ne sais pas quoi faire... Ni même que penser.

— Je crois qu'il n'y a pas grand-chose que nous puissions faire. Par contre... Je voulais te dire... Il paraît que Clintok traîne au Step Up Bar. Je compte aller y faire un tour, un de ces quatre.

— Pourquoi pas demain ?

— Parce qu'on va au restau, demain.

— On ira samedi prochain. Cette histoire te ronge. Règle-la au plus vite. On ira demain, OK ?

— Tu préfères assister à une bagarre dans un bar plutôt que dîner dans un bon restaurant ?

— Oui.

Avec un sourire, il lui tendit la main.

— Revoilà le tsunami des sentiments. Viens, allons nous promener sous ce beau ciel étoilé.

Il avait repéré une nouvelle femme et, cette fois, il ne commettrait plus d'erreur. Il consacrait ses soirées à s'organiser, à préparer son logis.

Une femme devait rester enfermée jusqu'à ce qu'elle comprenne l'ordre des choses. Et même après.

Il avait boulonné la chaîne, ajouté deux verrous à la porte et, par précaution, tapissé les murs de mousse.

Personne ne venait jamais chez lui, mais on n'était jamais trop prudent.

En imaginant la femme nue sur le lit, il sentit son sexe durcir. Heureusement, il n'aurait plus longtemps à attendre.

L'hiver était fini. Le printemps était la saison où semer. L'heure approchait de planter sa semence.

La graine prendrait, dans ce ventre jeune et fécond. À la naissance de son fils, cette fois, il le laisserait aux bons soins de la mère.

Honore ton père et ta mère. Oui, désormais, il laisserait la mère s'occuper de ses fils.

Ils formeraient une famille, dont il serait le chef ; la femme, sa compagne et son aide ; leurs fils, son legs.

Confiant en sa décision, il s'étendit sur le lit. Quand la graine aurait pris, il choisirait peut-être une autre femme, à qui il ferait un autre fils.

Il avait de la place, il pourrait les loger séparément en attendant qu'elles apprennent à devenir sœurs.

Deux femmes qui lui donneraient du plaisir et des fils, qui travailleraient la terre, s'occuperaient des bêtes, de la cuisine et du ménage.

Deux femmes qui s'acquitteraient de leurs corvées pendant que lui vaquerait aux siennes.

Il ferma les yeux, imagina l'avenir. Une sorte de royaume, pensa-t-il, et il s'assoupit en y rêvant.

Callen avait l'intention de se préparer un repas vite fait, puis il irait au Step Up vers 21 heures. Il avait eu une journée chargée. Les week-ends de printemps, il y avait un monde fou au centre équestre.

À présent, après avoir pansé et donné à manger à Sundown, il appliqua de l'huile vitaminée sur sa cicatrice.

— Ce salaud mériterait la mort, marmonna-t-il, mais je n'ai pas envie de finir en taule. Et ce n'est pas ma nature, comme dirait Sam. En tout cas, il nous le payera, ajouta-t-il en se redressant.

Le cheval frappa le sol du sabot, en réaction au ton de son maître, mais celui-ci interpréta ce geste comme un encouragement.

— Allez, sois sage, dit-il en quittant le box.

Au passage, il caressa Leo entre les deux oreilles.

— Toi, surveille-le.

Devant l'écurie, il échangea quelques mots avec des ouvriers, déclina une invitation à une partie de poker. Comme il avait consacré plus de temps que prévu à Sundown, il se contenterait d'un sandwich, pensa-t-il.

En rentrant au cabanon, il fut toutefois accueilli par des odeurs de cuisine, et Bodine devant la gazinière.

— Bonsoir, femme. Le souper n'est pas encore sur la table ?

— Très drôle, répliqua-t-elle sans se retourner.

— Non, tu ne trouves pas ? Qu'est-ce que tu prépares ? J'ignorais que tu cuisinais.

— Je ne suis pas un cordon-bleu, mais je sais faire cuire de la viande, y ajouter de la sauce barbecue, et faire rissoler des pommes de terre.

Le menu était plus alléchant qu'un sandwich au fromage.

— Ce sera parfait. Merci.

— Tu veux une bière ?

— Non. L'alcool donne du cœur au ventre, mais je préfère garder la tête froide.

Il sortit deux Coca du réfrigérateur, ouvrit les deux cannettes.

— Bodine ?

— Callen ?

Avec un sourire, il lui déposa un baiser au sommet du crâne.

— J'ai des mots qui me tournent dans la tête, qui cherchent à se mettre dans l'ordre. Quand ils seront en place, tu voudras les entendre ?

— Ils me plairont ?

— Tu me le diras. Je vais prendre une douche. Je sens le cheval.

— Tu pourras mettre les pieds sous la table dans cinq minutes, dix tout au plus.

Quand il revint, elle était en train de déposer de généreuses portions de viande en sauce sur des buns accompagnés de pommes de terre sautées et d'un assortiment de petits légumes.

— C'est Clémentine qui a préparé les légumes. Elle en avait fait une tonne.

Bodine s'installa à la table. Il prit place en face d'elle.

— Très bon, dit-il en goûtant la viande. Relevé.

— J'ai mis de la sauce au piment. J'ai pensé que tu ne craignais pas.

— Non seulement je ne crains pas, mais j'adore. Au fait, je voulais te demander : ça ne t'ennuie pas si ma mère vient avec Brody, lundi ? On n'a pas trop de réservations, il adore les chevaux, et il me réclame une balade en poney.

— Ce n'est même pas la peine de demander, Callen.

— Je préfère avoir l'accord du boss.

— Tu l'as. Envoie-moi un texto quand ils seront là. Je passerai leur dire bonjour.

— OK. J'ai annoncé à ma mère que la maison allait être démolie.

— Comment elle l'a pris ?

— Plutôt bien. Elle m'a dit qu'elle s'en fichait. Je n'en étais pas certain, mais Savannah m'a confirmé que c'était la vérité. Elle est super contente que je lui aie récupéré des lames de plancher. Justin en a fait des cadres. Et elle a planté les rosiers. Tu m'as soufflé une bonne idée.

— Tu en doutais ?

— Non, pas vraiment. Dis-moi, tu ne voudrais pas rester ici, ce soir, pendant que je vais régler mes comptes avec Clintok ?

— À tourner en rond en tripotant nerveusement mon collier de perles ? Prête à déchirer mon jupon pour bander tes blessures ?

— Je ne t'ai jamais vue avec un collier de perles ni avec un jupon, mais je suis sûr que les deux t'iraient à ravir. Et pourquoi reviendrais-je blessé ?

— J'ai le collier de perles que Grammy tient absolument à me léguer. Je pourrais le lui emprunter pour me calmer les nerfs. Et je n'ai pas de jupon. Mais j'ai mis un sachet de petits pois surgelés au congélateur. Clintok est costaud, et il aime la bagarre. Je ne doute pas que tu le mettras au tapis, mais tu prendras forcément des coups.

Sans quitter Callen du regard, elle lécha une goutte de sauce qui coulait sur son doigt.

— Mais pour répondre à ta question, ne va pas t'imaginer que parce que je t'ai préparé un repas je vais me muer en parfaite petite femme docile.

— Tu n'es ni petite ni parfaite.

— Donc je viens avec toi ce soir. Je te tiendrai ton blouson, et je ne voudrais pas être privée du plaisir de te voir lui casser la figure.

— Et si on réservait une chambre dans un bel hôtel, samedi prochain, après le restau ?

Elle termina son sandwich, but une gorgée de Coca.

— Tu as de l'argent à jeter par les fenêtres, Skinner ?

— L'argent est fait pour être dépensé.

— Dans ce cas, j'emporterai une trousse de toilette. Je fais la vaisselle et on y va.

— J'aurais volontiers repris un peu de viande, s'il en reste.

Elle pressa un doigt contre son estomac déjà tendu.

— Tu le regretterais, s'il te met des coups dans le ventre.

— Tu as raison, acquiesça-t-il en se levant.

28

Le Step Up Bar jouxtait une station-service où l'on vendait des cigarettes, du tabac à chiquer et des munitions. On pouvait y boire un café, si on ne craignait pas les brûlures d'estomac, mais mieux valait se rabattre sur le distributeur de boissons fraîches, à l'extérieur, à condition qu'il soit approvisionné.

Il y avait là également un motel, réputé pour sa propreté douteuse, dont les vingt-deux chambres n'accueillaient que les plus désespérés des voyageurs – parfois des couples éméchés sortant du bar, bien que le tarif à l'heure ne fût pas officiel.

Le Step Up avait ses habitués, mais les trois établissements survivaient principalement grâce aux bikers de passage, attirés par le prix des consommations, la table de billard, éventuellement la possibilité d'une bagarre.

C'était là que Callen et Chase avaient pris leurs premières cuites, car personne n'aurait jamais songé à leur réclamer une carte d'identité.

Callen constatait aujourd'hui que les lieux n'avaient guère changé. L'enseigne au néon du One Shot Motel grésillait dans la nuit, sous une lune presque pleine, dans un ciel constellé d'étoiles.

En se garant près d'un pick-up, à l'écart de la rangée de motos, il secoua la tête, désabusé. Chase, Rory, Jessica et Chelsea l'attendaient, adossés contre le pick-up de Chase.

— J'ignorais qu'on fêtait quelque chose…

— C'est comme ça, répliqua Bodine en descendant de la voiture.

Callen la rejoignit auprès des autres.

— Merci pour votre soutien, mais on va croire que j'avais besoin d'une escorte.

— On s'en fiche de ce qu'on va croire, rétorqua Chase en se redressant. Clintok s'en est pris à toi sur nos terres. Mais ne t'inquiète pas, à moins d'un coup bas de sa part, on ne s'en mêlera pas.

— Il est là, dit Rory avec un geste du pouce en direction du bar. Son pick-up est là.

— Ce n'est pas le meilleur endroit où emmener vos conquêtes, ni le meilleur moment.

— Toi aussi tu es accompagné, dit Rory. En plus... Dis-lui, Chelsea.

— Je suis ceinture noire de taekwondo, déclara-t-elle en se plaçant en position de combat. J'ai pris des cours pendant toutes mes années de fac.

— Et moi, je suis championne de gifles, renchérit Jessica.

Callen devait se résigner à leur présence ; il espérait seulement que les deux frères protégeraient les femmes, si jamais la situation virait à la bagarre générale.

L'intérieur du bar n'avait pas non plus beaucoup changé : têtes d'ours et de cerfs empaillés, le drapeau du Montana et le Gadsden Flag, celui des libertariens. Seule nouveauté dans le décor, un poster proclamant : « Les armes à feu ne tuent pas, moi oui. »

Deux bikers jouaient au billard, deux autres les regardaient en buvant leur bouteille de bière.

Dans l'un des deux box, deux types d'un certain âge jouaient aux cartes. L'autre devait être occupé par des motards : la table était couverte de cannettes vides et des blousons de cuir étaient jetés en tas sur les banquettes.

Les sept tabourets alignés devant le comptoir n'étaient pas libres. À première vue, Callen ne reconnut pas un seul visage, à part Clintok, au bout du bar. Un grand gaillard qui grignotait des cacahuètes lui disait toutefois vaguement quelque chose, sans qu'il pût le remettre.

À leur arrivée, les conversations se turent, les boules de billard cessèrent de claquer et tous les regards se tournèrent vers eux. Callen croisa les doigts pour que la soudaine présence de trois femmes n'échauffe pas les esprits.

Clintok se redressa, sentant manifestement que le vent allait tourner.

— Eh, c'est toi, Skinner ? s'exclama le grand gaillard. Ça alors, Cal Skinner ! J'avais entendu dire que tu étais revenu.

— Sandy Rhimes, chuchota Bodine à l'oreille de Callen.

Il avait un visage avenant, un sourire presque angélique.

— Salut Sandy, comment va ?

— Plutôt pas mal, je n'ai pas à me plaindre. Salut Rory, Chase, Bodine, mesdames. Vous vous êtes perdus ou quoi ?

— Du tout, répondit Callen. Je voulais venir là.

— Si tu aimes la bière, prends une bouteille. Slats lui-même te dira que la pression est dégueulasse, déclara Sandy en désignant le barman, un homme corpulent au regard morne.

— On boira plus tard. J'ai d'abord des comptes à régler.

Sandy coula un regard vers le bout du comptoir.

— Avec Clintok ? Si tu as un contentieux avec lui, je... Attends... C'est lui qui a tiré sur ton cheval ? Il me semble bien que j'en ai entendu parler.

Son visage s'assombrit, il enroula les épaules, bomba le torse et fit mine de descendre de son tabouret. Callen lui posa une main sur le bras.

— T'es sympa, mais ça va aller. Restez là, ajouta-t-il à l'attention des autres.

Et il se dirigea vers Clintok.

— Il faut qu'on parle, toi et moi.

— Va te faire foutre, Skinner.

— Je suppose que tu es armé. Je te préviens, si je te vois porter la main à ton flingue, je te casse le poignet.

Le visage de Clintok s'empourpra.

— Tu menaces un officier de police ?

— Je menace un connard au chômage. Un lâche qui se planque pour tirer sur un cheval. Alors pas de faux mouvement, s'il te plaît.

Davantage qu'il ne le vit, Callen perçut que quelqu'un descendait de son tabouret.

— Tu me traites de lâche ? cracha Clintok en se levant. Assassin... Tu as tué deux femmes.

Les bikers s'attroupèrent autour d'eux.

— Tu aimerais bien, mais tu sais que ce n'est pas vrai. Toi, par contre, tu as réellement blessé mon cheval.

Clintok enfonça un doigt dans le torse de Callen, qui le laissa faire.

— Je visais un serpent.

— Même toi, tu vises mieux que ça.

— Toujours aussi prétentieux... persifla Clintok, en le poussant à nouveau de l'index. Alors que tu n'es que le fils d'un pauvre type qui a tout perdu au jeu et qui s'est pendu de honte. Qu'est-ce que tu cherches, là ? Avec les fils Longbow, et des bonnes femmes pour vous cacher derrière...

— Ils avaient envie de me voir te casser la gueule. Tu veux qu'on fasse ça ici ou dehors ? Je te laisse choisir.

— Allez vous battre dehors ! cria le barman en frappant une batte de base-ball contre sa main.

— Sortons, décréta Callen.

Il vit le poing de Clintok se détendre, et décida d'encaisser le coup. Il en eut un sifflement dans les oreilles, mais il se contenta d'essuyer le sang qui perlait à sa lèvre.

— Allez, viens, viens ! provoqua-t-il en reculant vers la porte.

Clintok s'avança, en portant la main à l'arrière de sa ceinture. Mais Sandy le retint, et retira un calibre 32 de son holster, qu'il exhiba à la ronde.

— Regardez ! C'est inadmissible ! Il a déjà blessé son cheval, et il aurait tiré sur un homme non armé ! Slats, range ça derrière le bar, dit-il en posant le revolver sur le comptoir. Maintenant, tu sors te battre, Garrett, ou tu veux que je t'aide ?

— Ne me touche pas, espèce de débile mental et d'ivrogne.

— Sors par-derrière et laisse la porte ouverte, chuchota Callen à Chase. Tu viens, Clintok, ou quoi ? Si tu essayes de t'enfuir, je parie que je serai plus rapide.

— Tu crois que tu me fais peur ?

Clintok s'empara d'une bouteille de bière, la fracassa et se rua vers Callen, qui l'esquiva et le propulsa à l'extérieur en lui décochant un coup de pied dans les reins.

Chase saisit le poignet de Clintok et le tordit. La bouteille brisée tomba au sol.

— Merci, pousse-toi ! lui cria Callen, et il chargea sur Clintok.

Déjà déséquilibré, celui-ci s'étala sur le gravier, en y laissant des traces de sang.

Callen s'écarta, attendit.

Du pied, Bodine balaya les tessons de verre et, comme Callen, regarda Clintok se redresser lentement, les mains écorchées, une tache sombre sur le genou de son jean, le regard embrasé par la rage.

— Défonce-le, murmura-t-elle à Callen.

Remarquablement calme, il estimait toutefois que les mots pouvaient être aussi blessants que les poings.

— Un flingue, une bouteille cassée... Tout toi, Clintok, qui te planques pour tirer sur un cheval, qui par dépit tues un pauvre chiot sans défense.

— Il a tué un chiot ? s'offusqua l'un des bikers. Pauvre merde !

— Tout toi, continua Callen, comme de cogner sur un gamin pendant que tes copains l'immobilisent. Mais là, ça ne s'est pas tellement bien passé pour toi, si ma mémoire est bonne. Voyons voir, maintenant, ce que tu vaux à un contre un, et à mains nues.

— C'est à toi que j'aurais dû mettre une balle.

Callen esquissa un sourire narquois.

— À quel moment ? Quand on était mômes, au lieu de tuer ce petit chien, ou bien maintenant, au lieu de blesser mon cheval ?

— Les deux, riposta Clintok.

Et là-dessus, il chargea.

Callen para le coup par un direct du droit, qui fit basculer la tête de Clintok en arrière et jaillir du sang de ses narines.

Il aurait pu en rester là, il s'était dit qu'un poing dans la figure lui suffirait, mais la rage le dévorait, cette rage qui couvait depuis tant d'années.

Avant qu'il ne l'ait consciemment décidé, son crochet du gauche s'écrasa contre la mâchoire de Clintok, qui contre-attaqua par une série de coups dans les côtes, avant de coller son poing dans l'œil de son adversaire.

Jessica agrippa la main de Bodine.

— On devrait les séparer.

— Oh non, surtout pas !

Bodine grimaça lorsque Callen reçut un coup au visage, et elle-même serra les poings quand il frappa Clintok au ventre, à deux reprises, suivies d'un vicieux uppercut.

Ils se tournaient autour, leurs bottes raclant le gravier, l'odeur métallique du sang se mêlant à celle de la bière, de la sueur et, plus insolite, des relents du morceau de viande séchée que Sandy mâchonnait.

Grognements animaux, le bruit odieux des coups meurtrissant la chair, rencontrant des os.

— Tu me diras quand ce sera fini, dit Jessica à Bodine en se couvrant les yeux.

— Bientôt.

Pour avoir côtoyé des cowboys toute sa vie, et grandi avec deux frères, sans parler de Callen, Bodine avait assisté à plus d'une bagarre, et elle était capable de prédire leur issue.

Clintok avait pour lui sa force brute, mais Callen possédait l'atout de la stratégie. L'un déversait sa rage brûlante, l'autre canalisait une furie glaciale.

Clintok faiblissait, elle le voyait. Ses mouvements étaient de moins en moins vifs, de moins en moins précis. Vas-y, Skinner, tu ne vois pas… Aïe.

En réponse à un direct dans la pommette, Callen enfonça son coude dans le ventre de Clintok, puis sans lui laisser le temps de reprendre sa respiration, il lui asséna un nouvel uppercut.

Clintok perdit l'équilibre, Callen se jeta sur lui et le plaqua au sol. Il aurait pu le rouer de coups, et Bodine n'en aurait pas perdu une once de respect pour lui. Quant aux spectateurs, ils l'y encourageaient à grands cris. Mais Callen se contenta de s'éclaircir la voix avant de déclarer :

— Voilà, c'est fini. Mais reviens me chercher, reviens chercher quiconque à qui je tiens, et cette fois je ne me contenterai pas de te mettre au tapis. Je te tuerai, crois-moi. Maintenant, dégage, conclut-il en se relevant.

Et il tourna les talons, rassemblant toute sa fierté pour ne pas boiter. Bodine lui tendit son chapeau, qu'il avait perdu dans la bagarre.

— J'offre une tournée générale, déclara-t-il en se le vissant sur le crâne.

— Tu saignes, dit Jessica.

Il se passa une main meurtrie sur son visage tuméfié.

— Bah, à peine.

— Ah, les hommes… soupira-t-elle. Est-ce que ceux qui portent des chapeaux seraient encore pires ?

— On en débattra autour d'une bière, répondit Bodine, amusée, en poussant son amie vers le bar. Attention ! cria-t-elle.

Clintok s'était redressé, un pistolet à la main.

Callen la poussa brutalement et, d'un bond, il s'écarta du groupe lorsque Clintok éleva son arme.

Le monde cessa un instant de tourner, puis se remit en marche au ralenti. Bodine entendit des cris, comme des voix dans un tunnel, elle sentit qu'on la tirait en arrière alors qu'elle voulait s'élancer vers l'avant. Dans une vision d'horreur, elle vit le doigt de Clintok presser la détente. Une fois, deux fois, trois fois.

Rien ne se produisit.

L'expression de Clintok aurait pu être drôle, si Bodine n'avait pas eu la sensation que le sol se dérobait sous ses pieds.

D'un coup de pied circulaire, pure furie, Callen désarma Clintok, qui valsa avant de s'effondrer. Inerte.

— Tu aurais pu toucher ma femme, espèce d'ordure.

Il ramassa le pistolet, l'examina.

— Vide.

Blême, Chelsea agrippa le bras de Rory.

— Il s'est douté qu'il avait une arme dans son pick-up. Alors il est allé vérifier.

—Je l'ai déchargé, déclara l'intéressé en prenant le pistolet des mains de Callen. Les commerciaux ont du nez.

— Je te dois une fière chandelle.

— Paye-moi plutôt une bière.

Callen jeta un coup d'œil à Clintok, qui avait perdu connaissance.

— On ne peut pas le laisser comme ça, marmonna-t-il.

— J'ai appelé le shérif, dit Jessica. Il arrive.

— Pourquoi tu as fait ça ?

Elle regarda Callen avec des yeux ronds.

— Pourquoi ? Parce qu'il a essayé de te tuer.

— Elle a raison, intervint Chase en se postant à son côté. Je sais ce que tu en penses, mais elle a raison.

— Entièrement raison, renchérit Bodine, en se maîtrisant pour ne pas exploser. Si Rory n'avait pas eu autant de bon sens, tu serais mort, ou pas loin. Ce type n'est pas seulement un abruti, c'est un malade mental. Pas seulement un lâche, mais un dangereux…

Sentant poindre l'hystérie, Callen lui attrapa le bras.

— OK, OK, respire.

— Fiche-moi la paix !

— Respire, répéta-t-il en l'embrassant. Oh ! merde… bougonna-t-il en sentant le goût salé des larmes. Ne pleure pas, lui chuchota-t-il tendrement. Tu te détesteras d'avoir pleuré.

— C'est bon, ça va.

— Tournée générale ! proclama Callen en adressant un signe au barman, sans quitter Bodine des yeux.

— Il a eu ce qu'il méritait, grommela celui-ci avec un dernier regard pour Clintok, tout en faisant rebondir sa batte contre sa paume.

Peut-être, mais Tate paraissait mécontent lorsqu'il arriva, une vingtaine de minutes plus tard.

Il regarda Clintok, assis par terre, les mains attachées dans le dos avec un collier de serrage en plastique, le visage en sang. Il regarda Callen, adossé contre un mur, sirotant une bière entouré de Bodine, ses frères et leurs amies, puis il s'accroupit face à Clintok.

— Je t'avais dit de ne pas faire de vagues.

— Je buvais un coup tranquillement, il a débarqué avec sa bande. C'est lui qui m'a provoqué.

— Et tu l'as menacé d'une arme à feu.

— Je n'y aurais pas été obligé si vous aviez fait votre boulot correctement et l'aviez mis derrière les barreaux.

— Je te rappelle que tu es en liberté sous caution. Tu n'avais rien à faire dans un lieu public avec une arme. Curtis, enferme-le dans l'arrière-salle, le temps qu'on prenne les dépositions des témoins. Quant à toi, Callen, il me semble que je t'avais aussi demandé de ne pas faire de vagues, non ?

— On avait juste envie de boire un verre, déclara Bodine. On est venus ici pour la couleur locale, pour Jessica.

Tate la dévisagea longuement, puis il se passa une main sur le visage.

— Bodine, c'est insultant, maugréa-t-il.

— Ce n'est pas totalement faux, dit Callen. Sauf que je savais que Clintok serait sûrement là, et que j'avais l'intention de lui régler son compte.

— Je pourrais te mettre en examen pour coups et blessures volontaires.

— Si je puis me permettre… intervint Chase en contemplant sa bière. C'est Clintok qui a frappé le premier, et qui a sorti son arme. Vous pouvez demander à tous ceux qui sont là. Sandy Rhimes vous dira notamment que c'est lui qui a désarmé Clintok.

— Au téléphone, Mlle Baazov m'a dit que Clintok avait un pistolet braqué sur Callen, dehors.

— Il est allé le chercher dans son pick-up, après la bagarre. Je l'avais déchargé, précisa Rory. Je me suis douté qu'il avait une autre arme dans son véhicule. Il m'a semblé prudent de prendre cette précaution.

Tate se passa les deux mains sur le visage.

— Oh, Jésus Marie…

— Vous oubliez la bouteille, dit Chelsea. Il a fracassé une bouteille et il en aurait frappé Callen.

— Votre mère sait que vous êtes là, dans un bar malfamé où il vient d'y avoir une bagarre ?

— Elle sait que je suis avec Rory. Ou elle s'en doute. J'habite au

Village mais on se téléphone presque tous les jours.

— Mouais… Curtis, commence par prendre la déposition de Sandy Rhimes. Mademoiselle Baazov…

— Jessica.

— Jessica, accompagnez-moi au distributeur de boissons. J'aurais volontiers bu un whisky, mais je suis en service. Vous m'avez l'air d'être la plus raisonnable, ici. Vous allez me raconter ce qui s'est passé.

— Avec plaisir.

Callen but une gorgée de bière, tout en les suivant du regard.

— Il va être furieux…

— Ça lui passera, dit Bodine en haussant les épaules. Il savait que tu te vengerais, et il aurait fait la même chose à ta place. Il sera surtout déçu – de Clintok, pas de toi –, et ça, ça ne lui passera peut-être pas de sitôt.

Ils durent rester au bar plus d'une heure, et Callen avait mal partout, à présent. Heureusement que Bodine avait pensé aux petits pois surgelés. Il regrettait seulement qu'elle n'en ait pas stocké une demi-douzaine de sachets.

Il estimait toutefois que chacune de ses douleurs en valait la peine. Garrett Clintok n'était pas près de revoir la lumière du soleil. La déposition de Jessica allait, supposait-il, lourdement peser dans la balance.

Clintok avait sérieusement besoin de se faire soigner.

Descendre du pick-up lui provoqua de terribles élancements dans les côtes, mais Callen se réconforta en songeant que Clintok était encore plus mal en point que lui.

— Tu veux aller dire à Sundown que tu l'as vengé ?

— Je lui dirai demain matin.

Compatissante, Bodine lui passa un bras autour de la taille.

— Appuie-toi sur moi, dit-elle en regardant la lune, avec un soupir. Quelle magnifique nuit pour se battre… Jessica a pris de superbes photos du Step Up et des clients. On dirait de la photo d'art.

Elle ouvrit la porte, ôta le chapeau de Callen, le jeta de côté. Puis, en lui caressant doucement le visage, elle évalua les dégâts.

— Tu ne seras pas bien beau pendant quelques jours, mais tu lui as cassé le nez.

— Il m'a semblé.

— Ne me pousse plus jamais comme tu l'as fait.

Il arqua les sourcils, malgré la douleur.

— Si quelqu'un agite de nouveau un flingue dans ta direction, je te garantis que je ne me gênerai pas pour te pousser.

— La prochaine fois, je me tiendrai sur mes gardes, et c'est moi qui te pousserai.

Elle le bouscula légèrement, l'attira à elle, puis entreprit de déboutonner sa chemise.

— Laisse-moi examiner le reste de ta personne.

Il lui saisit les mains.

— À l'idée que tu puisses être touchée, mon cœur s'est arrêté de battre.

— J'ai frisé la crise cardiaque, moi aussi, en te voyant te jeter dans sa ligne de mire, à la Gary Cooper.

— À la Clint Eastwood. Laisse Gary Cooper à Chase.

Il amena son visage vers le sien, et l'embrassa avec une telle intensité que douleur, désir et plaisir se fondirent en une seule et même sensation.

Avec la même fougue, elle lui agrippa les épaules, puis elle desserra son étreinte, s'efforçant de ne pas le brusquer.

— Tu n'es pas en état de me faire grimper aux rideaux, ce soir.

Il lui enleva son T-shirt, la plaqua contre la porte.

— J'ai envie de toi, murmura-t-il en dégrafant son soutien-gorge, puis il prit ses seins à pleines mains.

— Je t'aurais arraché tes vêtements dès le premier coup que tu lui as mis, dit-elle en commençant par sa chemise. Tu ne viendras pas te plaindre que je t'ai malmené.

Quand elle riva sa bouche à la sienne, il l'entraîna vers le sol.

La fièvre qu'il avait endiguée pour garder la tête froide durant la bagarre surgissait à présent avec une force incontrôlable, le besoin de frapper supplanté par le besoin de posséder. Le désir de la posséder.

Qui soudain se libéra dans un accès de folle passion.

Elle lui faisait mal en lui arrachant ses vêtements, ses mains avides sur ses muscles endoloris, mais la douleur était lointaine, enfouie sous ce désir dévorant.

Il ne l'attendit pas, il en aurait été incapable : il la pénétra sans la déshabiller davantage, et la chevaucha comme si sa vie en dépendait.

Elle se cambra, avec un cri haletant, se cramponna à ses cheveux, comme à une corde qui l'aurait empêchée de sombrer dans un gouffre.

Les yeux de Callen étaient devenus verts, reflétant les siens, brillant d'une intensité sauvage dont elle ne pouvait détacher le regard.

Le plaisir se répandit en elle tel un feu de broussaille allumé par la foudre. Les sens à vif, arquée contre lui, elle accéléra le mouvement, l'amena plus profond en elle. Quand la foudre frappa de nouveau, elle se laissa électriser par l'éclair, jusqu'à ce qu'il les consume tous deux.

Frissonnante, couverte de sueur, de traces de sang des blessures que leur étreinte avait rouvertes, elle inspira une bouffée d'air, à bout de souffle. Callen pesait sur elle de tout son poids, son cœur cognait contre le sien.

Elle repensa au moment où Clintok avait brandi son arme, à cette sensation qu'elle avait éprouvée d'être happée par un tourbillon, par un tremblement de terre.

— Voilà ce que tu vas faire…

— Bodine, pour l'instant, je ne peux pas bouger.

— Je t'avais dit de ne pas te plaindre. Tu vas prendre une bonne douche chaude, un antalgique, un whisky, et ensuite on te mettra des pansements et de la glace.

— Ça va, je n'ai pas trop mal.

— L'adrénaline du sexe. Ça ne durera pas.

Elle sentit ses lèvres s'incurver contre son cou.

— L'adrénaline du sexe… On devrait en mettre en flacon.

— Tu as réglé tes comptes ce soir, et tu m'as fait l'amour comme personne.

— Toi pareil.

— Il n'y a pas plus macho que de faire l'amour par terre, mais tu es plus amoché que tu ne le penses. Et ça ne va qu'empirer si on ne fait rien.

Doucement, presque tendrement, elle lui caressa le dos.

— Fais-le pour moi, Callen, s'il te plaît.

Elle ne lui demandait jamais rien, et jamais avec autant de douceur. Il n'avait pas le choix.

Quand il remua, un gémissement lui échappa.

— Ce sont tes côtes, surtout, qui ont morflé. Du côté gauche.

— Je sais. Oh, bon sang, grommela-t-il en découvrant un immense hématome bleu violacé, marbré de rouge.

— Ce sera pire demain. Prenons les devants.

Elle lui ôta la botte qu'il portait encore, le jean coincé dedans. Puis elle se leva et lui tendit la main.

— Allez, viens, cowboy, à la douche.

Il s'agrippa à son bras, se redressa laborieusement. Puis il plongea son regard dans le sien.

— Tu devines ce que je vais te dire.

Bodine sentit son cœur se gonfler.

— Peut-être, mais ce n'est pas le moment, à poil, et tu tiens à peine debout.

— Tu as sans doute raison. Ça attendra.

Tandis qu'il entrait dans la douche, elle remit son jean. Il pouvait patienter. Elle ne tenait pas à une déclaration en grande pompe, mais elle se rendait compte à présent qu'il était l'homme de sa vie. Elle n'avait pas envie de le voir en sang quand il lui dirait qu'il l'aimait.

29

Il se moquait d'avoir un cocard, un bleu à la mâchoire, des coupures, des égratignures et les jointures enflées. Ses côtes le faisaient souffrir, mais au bout d'un jour ou deux elles cessèrent de hurler chaque fois qu'il faisait un faux mouvement.

Sans trop mentir, il racontait aux clients, notamment aux enfants, qu'il s'était battu dans un saloon avec un brigand de grand chemin.

Il avait réussi à emmener Alice en balade.

Elle couvrait Rosie d'affection et d'attention, ce que la jeune jument lui rendait par un dévouement sans faille.

Avec Maureen, elle entretenait le massif de leur enfance. À la cuisine, elle préparait des plats simples sous la houlette de Clémentine. Le temps se réchauffant, elle s'asseyait souvent dehors en compagnie des aïeules avec son ouvrage de crochet.

Et ce fut un grand jour lorsqu'elle accepta d'aller visiter leur maison, Bodine House, afin de voir si elle s'y plairait.

Au retour, à sa demande, elles s'arrêtèrent à la base de loisirs, et Callen vit tout de suite, même de loin, qu'elle était nerveuse.

— Mesdames, les salua-t-il en s'avançant à leur rencontre avec les deux chevaux qu'il s'apprêtait à seller en prévision d'une randonnée. Quel temps magnifique, n'est-ce pas ? Aussi radieux que vous.

— J'adore les charmeurs, dit Miss Fancy en lui adressant un clin d'œil.

— Nous sommes allées voir la maison de maman et de Grammy, quand elles ne dorment pas au ranch. Je pourrais y habiter. Je pourrais y habiter. Je ne sais pas.

— Tu n'es pas obligée de décider tout de suite, dit Cora. Nous voulions juste te la montrer.

— Il y a une grange. On pourrait y mettre Rosie. Elle ne se sentirait pas trop seule ? C'est dur d'être seul.

— Elle recevrait tous les jours la visite de beaux garçons comme ces deux-là.

Alice observa les chevaux, et s'en approcha pour les caresser.

— Beaucoup de chevaux au paddock. Beaucoup. Qui est-ce ?

— Carol, répondit Callen, l'une de mes collègues.

— Elle travaille avec les chevaux. Elle a de longs cheveux et elle travaille avec les chevaux. Tout a changé, ici. Je ne me rappelle pas comment c'était, mais pas pareil. Elle travaille ici. Tu travailles ici. Près de la maison de maman et Grammy.

Alice regarda autour d'elle et referma ses bras autour de ses épaules.

— Des fois, je me fais inviter à déjeuner chez elles. Si vous décidez de vous y installer, vous viendrez peut-être me donner un coup de main de temps en temps.

Elle cessa de regarder partout nerveusement.

— Vous aider ? Ici ? Avec les chevaux ? Comme j'aide un peu Sam et Chase au ranch ?

— Oui. Vous savez y faire, avec les chevaux. Vous pourrez me rendre des tas de petits services.

— Je suis gentille avec eux, ils sont gentils avec moi. Qui est-ce ?

— Easy, il travaille là, lui aussi.

— Easy, c'est un prénom ? Je ne l'ai jamais entendu.

— C'est son surnom, dit Callen en faisant signe au jeune homme d'approcher.

Alice eut un mouvement de recul et saisit la main de Cora.

— Je veux juste lui demander d'amener ces deux chevaux au paddock, la rassura Callen. On doit accompagner des clients en balade, tout à l'heure.

— Parce qu'il travaille ici, chuchota Alice en s'agrippant à la main de Cora.

— Bonjour mesdames ! lança le palefrenier en soulevant son chapeau.

— Tu peux les seller, s'il te plaît ?

— Bien sûr, boss.

— Parce que tu travailles ici, murmura Alice en le dévisageant.

— Oui, m'dame, j'ai un bon job. Cal, Carol m'a dit qu'elle ferait la rando avec Harmony. Elle veut savoir si je dois amener Sundown au centre pour votre leçon.

— Je l'emmènerai. Ça nous fera du bien à tous les deux.

— Sundown est là, dit Alice en le désignant d'un geste. Je le vois.

— Un sacré bon cheval, commenta Easy. Ah, voilà le big boss.

Alice détacha son regard du jeune homme et, à la vue de Bodine, elle desserra quelque peu son étreinte autour de la main de Cora.

— Bodine aussi travaille ici. Pas loin de la maison de maman et de Grammy.

— Je vais les seller, déclara Easy. Mesdames…

Et en portant la main à son chapeau, il emmena les chevaux tandis que Bodine arrivait.

— Je suis allée voir la maison de maman et de Grammy. Je n'ai rien reconnu. Tout a changé.

— C'est vrai, acquiesça Bodine en enlaçant les épaules d'Alice. Nous nous targuons de pouvoir satisfaire quiconque recherche une expérience de l'Ouest. Un jour, peut-être, je t'emmènerai faire le tour du domaine à cheval. À mon avis, c'est le meilleur moyen de le découvrir.

— À cheval ?

— Oui. Ça te plairait ?

— Maintenant ?

— C'est-à-dire que je…

— Je voudrais bien y aller maintenant, avec toi.

Callen adressa un sourire à Bodine, sachant que pour faire plaisir à Alice, elle était prête à tous les sacrifices.

— Bodine a du travail, avança Cora.

— C'est le big boss.

— Exactement. Et le big boss peut prendre une heure pour te faire visiter le complexe hôtelier. Skinner, selle une bonne monture pour ma tante.

— Tout de suite.

— Toi, tu prendras Leo. Je l'ai vu, au paddock. Moi, j'aurai un nouveau cheval. Je n'ai pas peur de monter un nouveau cheval.

— Venez avec moi, Alice, vous choisirez celui qui vous plaira.

Contente, Alice prit la main de Callen.

— Je sais que tu es débordée, Bo, murmura Cora en les regardant s'éloigner.

— Bah, je suis plus efficace sous pression. Allez déjeuner, toutes les deux. Je vous enverrai un texto quand on sera de retour.

— Tu es une brave fille, déclara Miss Fancy. Viens, Cora. Je boirais volontiers un verre de vin rouge avant le repas.

Elle resterait plus tard au bureau, pensa Bodine en sellant Leo. Dans tous les cas, elle n'avait pas prévu de rentrer tôt. Le resort accueillait deux manifestations et elle tenait à y être présente au moins en début de soirée.

— Carol travaille ici, murmura Alice, si bas que Bodine l'entendit à peine. Elle emmène les gens faire des balades à cheval. Elle a des oiseaux bleus sur ses bottes. Easy aussi travaille ici. Il est trop maigre. Il lui faudrait une femme qui cuisinerait pour lui.

— Ou bien il pourrait apprendre à se faire à manger.

— Il appelle Cal « boss », mais c'est toi le « big boss ».

— Ça, on ne risque pas de l'oublier, dit Cal en vérifiant les sous-ventrières. Vous avez fait un bon choix, Jake est un bon cheval. Je vous aide à monter ?

— Non, j'y arrive toute seule, maintenant.

Alice se hissa en selle comme si elle montait tous les jours, pour la plus grande fierté de Callen.

— Bonne balade, miss Alice.

— C'est grâce à vous et à Sundown que j'ai réappris à faire du cheval. Vous avez une maman, mais vous êtes comme un fils pour moi.

Touché, il lui tapota le genou.

— Ça me fait très plaisir.

— Alors on se tutoie, d'accord ?

— Pas de problème !

Avec Bodine, elle franchit le portillon que Callen leur ouvrit.

— On peut partir vers la rivière, suggéra Bodine. Je te montrerai une partie des chalets, et l'un des campings. Les paysages sont magnifiques, par là-bas.

— Un camping ?

— Ici, on appelle ça du « glamping », du camping glamour. Les gens dorment sous la tente, mais ils ont tout le confort.

— Est-ce qu'on va encore rencontrer du monde ?

— Non, répondit Bodine avec un sourire réconfortant. Enfin, on croisera peut-être quelques personnes, mais tu ne seras pas obligée de leur parler si tu n'en as pas envie.

— Ça me rend nerveuse quand je rencontre des gens que je ne connais pas. Mais je vais mieux, quand même. Je crois que je vais mieux.

— Tu vas beaucoup mieux.

— J'ai rencontré Carol et Easy.

— Pour une journée, c'est déjà beaucoup de nouvelles connaissances !

En souriant, Bodine se tourna vers Alice, et vit ses yeux emplis de larmes.

— Que se passe-t-il ? Tu veux qu'on fasse demi-tour ?

— Non, non. J'étais contente de te voir. Et de voir Cal. Chase et Rory, aussi. Vous n'êtes pas mes enfants. Vous n'êtes pas mes enfants. Il m'a pris mes bébés, il me les a tous enlevés. Ce ne sont plus mes enfants, maintenant. Enfin si, ils le resteront toujours, mais pas vraiment. Si Bobby les retrouvait, si je les retrouvais, ce ne seraient plus des bébés. Ce seraient des adultes, avec une autre maman. Une bonne mère ne leur parlerait jamais, jamais de leur père. Je ne pourrais pas être de nouveau leur mère. Je serais obligée de leur dire. Et ils ne me connaissent pas. Je ne suis pas leur mère.

Alice réprima un frisson et poussa un soupir avant de poursuivre :

— Je peux tout te dire pendant qu'on se balade. J'ai mal, au fond de mon cœur, mais j'ai encore plus mal quand je pense qu'il faudrait leur dire. Cal dit que je suis courageuse. Ce serait courageux de faire comme si de rien n'était, de ne rien dire, mais ça fait mal.

— Je n'ose même pas imaginer ce que tu ressens.

— Bobby a emprisonné celui qui a blessé Cal et Sundown. Il mettra Monsieur en prison s'il le retrouve. Mais je vais lui dire de ne pas chercher mes enfants, pour les protéger.

— Si un jour j'ai une fille, je l'appellerai Alice.

— Comme moi ?

— Comme ma tante si courageuse, qui la gâtera.

— Je pourrais la bercer ? demanda Alice avec un soupir de bonheur. Et lui chanter des chansons ? Avec Reenie, on lui chantera des berceuses. Elle aura une bonne maman, un bon papa. C'est beau ici… Je commence à me sentir chez moi. Chaque jour, je me sens un peu mieux.

Quand bien même elle s'était mise en retard, Bodine ne regrettait en rien l'heure passée avec Alice.

En fin de journée, elle passa saluer le club photo qui donnait son banquet annuel de remise des prix, et se réjouit pour eux qu'un superbe coucher de soleil soit au rendez-vous.

Les trente-huit membres du groupe avaient leurs objectifs braqués sur l'horizon flamboyant, de même qu'une partie du public venu assister au premier concert en plein air de la saison.

Satisfaite, elle échangea quelques mots avec le chef d'orchestre, les musiciens, puis tomba sur Chelsea et Jessica.

— Demande aux serveurs d'allumer les bougies d'ici une quinzaine de minutes, disait Jessica. Je veux que les jardins, les patios et les balcons soient illuminés dès la tombée de la nuit. Et qu'au moins deux personnes veillent à ce que les bougies ne s'éteignent pas.

— Pas de problème, acquiesça Chelsea.

— J'allais me mettre à votre recherche et vous voilà, parfait ! Chelsea, tu es allée chercher les échantillons de serviettes pour l'été ?

— Hier, oui. Je les ai laissés sur ton... Quelle idiote ! pesta-t-elle. Je les oubliés chez moi, sur le comptoir de la cuisine. Zut et zut ! Je file les chercher en vitesse.

— Non, ça ne fait rien. Tu es déjà bien occupée. Ça peut attendre.

— Je suis désolée, Bo. Je sais que tu voulais les montrer à ta mère et tes grands-mères et... Je vais aller les chercher. J'en ai pour moins de dix minutes.

— D'ici cinq minutes, tu ne vas pas arrêter de courir, ici, lui rappela Jessica. Pour ma part, je dois impérativement partir dans une heure maximum.

Il n'y avait rien d'urgent, pensa Bodine, mais elle avait inscrit sur son planning du jour de faire une première sélection parmi ces échantillons.

— Vous savez quoi ? dit-elle. Je passerai les chercher avant de rentrer au ranch. Ça ne me fera pas un gros détour de faire un crochet par le Village. Si ça ne t'embête pas de me prêter ta clef, Chelsea.

— Je vais la chercher. Je suis vraiment navrée.

— Ce n'est pas grave. C'est juste que j'avais prévu de les montrer ce soir à ma famille. Tu sais comment sont les femmes... Elles vont mettre des heures à faire un choix.

— Je vais te chercher ma clef. Tu n'auras qu'à la glisser sous le paillasson en repartant. Au passage, je vais juste dire un truc au maître d'hôtel.

— Elle s'en voudra pendant une semaine, commenta Jessica quand son assistante eut disparu.

— Il ne faut pas. Elle m'a déjà rendu un grand service en allant les chercher à ma place. Dans tous les cas, je suis là pendant encore au moins une heure. N'hésite pas, si tu as besoin de moi.

La clef de Chelsea dans sa poche, Bodine alla jeter un coup d'œil à la déco du Dining Hall, puis à celle du Moulin.

Quand elle en ressortit, Callen et les chevaux se tenaient sous une pleine lune rougeoyante. Le concert s'ouvrit par le langoureux « Nothing On But The Radio ».

Un tableau parfait, pensa-t-elle.

— Je pensais que tu étais déjà rentré.

— Je t'attends ou pas ?

— Non, j'ai encore des choses à faire. Tu ramènes Leo à la maison ? Je prendrai une Kia.

— Alors je te donne ça maintenant.

De sa sacoche, il exhiba un bouquet.

— Tu m'as acheté des fleurs ?

— Je les ai cueillies. J'ai été inspiré par le coucher de soleil, je crois. Tu m'as dit un jour que tu aimais bien qu'on t'offre des fleurs.

— C'est vrai, acquiesça-t-elle en les prenant. Je n'aurais jamais pensé que tu t'en souviendrais.

— Je me souviens de tout quand il s'agit de toi. Au fait, je voulais te dire : ça y est, les mots sont en place.

— Ah...

— Je les gardais pour demain, pour la fin du dîner. Ç'aurait été plus conventionnel. Mais regarde la lune, Bo, cette belle lune rousse suspendue là-haut. Elle est plus romantique que le champagne pour des gens comme toi et moi.

Bodine leva les yeux vers l'astre nocturne brillant dans le ciel infini. Plus romantique, oui, pour des gens comme elle et lui. Il la connaissait. Elle le connaissait.

— Ce que j'ai à te dire, je veux que tu saches que je ne l'ai jamais dit à aucune autre femme. À ma mère, à ma sœur, quelquefois. Pas assez, mais je compte y remédier. Mais jamais à une femme, ni quand je vivais là ni ailleurs. Ces choses-là, une fois dites, peuvent être lourdes de conséquences ; alors, j'ai été prudent.

Bodine regarda le bouquet de fleurs sauvages, puis releva les yeux vers Callen – son visage meurtri, ses yeux bleus dans la clarté de la lune.

— Ça fait déjà un paquet de mots, Skinner.

— J'en arrive aux plus importants. Quand je suis revenu, que je t'ai revue, j'ai eu un choc. Non seulement tu étais devenue une adulte, tu t'étais embellie, mais je me suis rendu compte que j'avais beaucoup pensé à toi quand je n'étais pas là. En fait, tu es présente dans presque tous mes souvenirs, et surtout dans les bons. Je ne suis pas revenu pour toi, mais tu fais partie des raisons pour lesquelles je me félicite d'être revenu. Nous avons été attirés l'un par l'autre, et peut-être que nous pensions en rester là. Personnellement, je veux aller plus loin, et je ferai tout pour que toi aussi. Je t'aime.

— Et voilà, murmura-t-elle en s'avançant vers lui.

D'un geste de la main, il l'arrêta.

— Je n'ai pas terminé. Tu es la première, tu seras la dernière. Si tu veux, je te laisse le temps de t'y faire, mais c'est comme ça. Maintenant, j'ai fini.

— J'allais te dire que je t'aime moi aussi, mais je voudrais d'abord que tu précises ce à quoi je dois me faire.

— Une femme aussi intelligente que toi ne devrait pas avoir besoin d'explications. Nous allons nous marier.

— Pardon ? répliqua-t-elle en reculant d'un bond.

— Prends le temps d'y réfléchir, mais… Tu peux répéter la première partie de ta phrase ?

— Et toi la deuxième de la tienne ?

— Toi d'abord.

— Je t'aime, moi aussi. Mais tu ne peux pas décréter comme ça que nous allons nous marier.

— C'est décrété. Je t'offrirai une bague, si tu veux. Je t'en offrirai une de toute façon.

— Je pourrai la choi… Elle s'interrompit juste à temps. Et si je n'ai pas envie de me marier ?

— Le mariage est important dans ta famille. Il faudra que nous échangions cette promesse. Mais tu peux prendre le temps d'y réfléchir.

Il l'embrassa de nouveau, un baiser ferme, bref, définitif.

— On en reparlera ce soir, dit-il en prenant les rênes de Leo, puis il enfourcha son cheval. Je t'attendrai.

Avant de se mettre en marche, Sundown se retourna vers Bodine avec un regard qu'elle aurait qualifié de goguenard chez un humain.

— Tu risques d'attendre longtemps !

— Je ne crois pas, répliqua-t-il, et il partit au petit trot.

Bodine prenait de plus en plus de retard. Comment se concentrer, comment répondre aux questions qu'on lui posait, comment s'assurer du bon déroulement du concert alors qu'elle venait de recevoir une demande en mariage ? Comme on lui aurait collé les clés d'une voiture entre les mains en lui disant de prendre le volant, qu'elle en ait envie ou non.

Elle s'était préparée à la déclaration d'amour – même si elle la pensait au menu du samedi. La proposition de mariage, en revanche, l'avait totalement déstabilisée.

Elle mit le bouquet dans un vase, le vase sur son bureau. Elle aimait les fleurs, et les appréciait d'autant plus de la part de Callen Skinner. Mais elle n'appréciait pas qu'on lui dicte comment se déroulerait le reste de sa vie.

De surcroît, Callen avait touché une corde sensible : dans sa famille, effectivement, le mariage était important. On ne se mariait pas sur un coup de tête, une montée d'hormones ou un accès de romantisme. Non, le mariage représentait les fondations de l'existence...

La clé de Chelsea dans la poche, elle s'installa au volant de la petite voiture qu'elle avait empruntée pour la soirée. Voilà ce qu'elle dirait à Callen : qu'on ne lui imposait rien mais qu'elle prenait le mariage au sérieux. Et elle le lui dirait quand bon lui semblerait. Il pouvait attendre, tout de même !

Laissant les lumières, la musique et le monde derrière elle, elle s'enfonça dans le silence de la nuit. Elle avait besoin de calme, de solitude, de faire le point.

En se garant devant chez Chelsea, au Village, elle regretta presque de ne pas avoir aussi demandé sa clef à Jessica. Elle se serait réfugiée chez elle pour réfléchir tranquillement, et elle aurait pu ensuite se confier à une amie.

Elle retournerait peut-être au bureau. Ou elle irait se promener en voiture le long de la rivière. Ou bien elle rentrerait et s'enfermerait dans sa chambre.

Ce n'était que reculer pour mieux sauter... Et alors ? Elle avait le droit de faire l'autruche !

Elle déverrouilla la porte, la maintint ouverte de la hanche afin de glisser la clé sous le paillasson puis, à tâtons, chercha l'interrupteur.

Un bras lui enserra la gorge, la privant d'air, étouffant son cri dans sa gorge. Elle se débattit, tenta de donner des coups de pied, des coups de coude. Une aiguille s'enfonça dans son biceps. La panique se mua en terreur. En vain, elle essaya encore de se libérer, avant de céder à une sensation de chute, comme si elle tombait au fond d'un puits. Lentement, mollement, au ralenti.

Puis ce fut le noir.

Bien qu'il fût près de minuit, Jessica n'avait pas du tout sommeil. Les deux soirées s'étaient passées pour le mieux ; elle avait laissé le rangement sous la supervision de Chelsea – et de Rory, qui était venu la rejoindre.

Chase devait dormir – il se levait très tôt le matin – mais elle lui enverrait un texto, afin qu'il pense à elle dès l'instant où il se réveillerait.

En premier lieu, toutefois, elle passerait une tenue d'intérieur et se servirait un verre de vin.

Sourire aux lèvres – elle était constamment sur un petit nuage –, elle se gara et descendit de sa voiture. Elle n'avait pas fait deux pas en direction de chez elle qu'elle remarqua la Kia garée sur le trottoir, devant chez Chelsea.

Bodine était-elle encore là ? Depuis plus d'une heure ? Aussi mal garée ?

Jessica s'approcha de la voiture et jeta un coup d'œil à l'intérieur. Bodine avait laissé sa sacoche sur le siège passager. Bizarre.

— Bo ? appela-t-elle en frappant à la porte.

Derrière les fenêtres, toutes les lumières étaient éteintes.

Elle souleva le paillasson, la clé était là. Elle la ramassa, ouvrit la porte.

— Bodine ?

Elle appuya sur l'interrupteur, il ne marchait pas. En s'avançant dans le couloir, elle heurta quelque chose du pied. Le chapeau de Bodine…

Qu'elle le fasse attendre ne dérangeait pas Callen. Plus docile, elle n'aurait pas été la femme de sa vie. Du reste, il était content de l'avoir désarçonnée. Elle était un peu trop sûre d'elle.

Alors il attendait. Il y avait pire que d'attendre la femme de sa vie sous une belle lune rousse, par une agréable soirée de printemps.

Il envisagea de rentrer se chercher une bière, peut-être un livre.

Quand Chase sortit en courant de la maison. Callen se leva d'un bond, le cœur tambourinant avant que son ami n'ait prononcé un mot.

— Bodine a été enlevée.

Elle voyait trouble, elle avait les idées confuses, les oreilles bourdonnantes. Elle aurait voulu appeler mais les mots refusaient de franchir ses lèvres.

Elle n'avait mal nulle part, elle n'avait pas peur. Elle ne ressentait rien.

Peu à peu, elle discerna une lumière, comme la lueur d'une lampe sous un abat-jour sale. Il lui semblait entendre un cliquetis, distinguer des formes, sans couleur, derrière la lumière fade. Des formes… Impossible de leur associer des noms. Elle essaya de se concentrer, une douleur lancinante s'éveilla dans son crâne.

Elle sentit le gémissement s'échapper de sa gorge autant qu'elle l'entendit. L'une des formes se rapprocha.

Homme. Un homme.

— Ce n'est pas vous qui habitez là ! Ce n'est pas ma faute ! C'est à cause de vous !

Il s'éloigna de nouveau, et malgré l'horrible migraine qui pulsait à ses tempes, les battements trop rapides de son cœur, elle identifia d'autres formes.

Murs, évier, plaque chauffante, sol, porte. Verrous. Oh, mon Dieu…

Elle essaya de bouger, de se redresser ; tout tangua autour d'elle.

— … pour les chevaux, entendit-elle. La dose n'était pas si forte. Juste pour que vous vous teniez tranquille, le temps que je vous amène ici. Mais ce n'était pas censé être vous.

L'appartement de Chelsea. La clé sous le paillasson. L'interrupteur qui ne marchait pas.

Elle se focalisa sur ses doigts, s'efforça de les remuer, un à un, puis de bouger ses mains, ses pieds. Quelque chose pesait à son pied gauche. Elle perçut un bruit de chaîne… Un tremblement la parcourut.

Alice. Comme Alice.

— Bon… Vous ferez l'affaire. Vous êtes jeune, jolie.

Elle détourna brusquement la tête lorsqu'il lui caressa la joue.

— Vous serez fertile pendant encore plusieurs années. Vous me donnerez de nombreux fils. Je te ferai du bien en même temps, je sais ce qu'il faut faire pour ça.

Elle le repoussa quand il voulut lui toucher la poitrine.

— Sois gentille, lui dit-il. Tu es ma femme, maintenant. Tu dois me faire plaisir.

— Non, peux pas être votre femme.

— C'est l'homme qui choisit, et qui commande. Une fois que je t'aurai ensemencée, tu verras.

Il essaya de lui déboutonner son jean. Elle repoussa ses mains.

— Non. Malade. Eau. S'il vous plaît. Je pourrais avoir de l'eau ?

En soupirant, il se leva et alla à l'évier.

— C'est le sédatif, ça va passer. Dans tous les cas, on fait ça ce soir. Ça fait trop longtemps que j'attends.

Bien que terrorisée, elle s'efforça de rassembler ses idées, de réfléchir clairement.

Il dut l'aider à se redresser afin qu'elle puisse boire, et son contact la révulsa. Néanmoins, elle avala quelques gorgées.

— Je ne peux pas être votre femme.

Il la gifla.

— Tu ne me réponds pas. Je ne le tolérerai pas.

Le coup eut pour effet de dissiper le reste des brumes qui lui obscurcissait l'esprit. Elle rassembla ses forces afin de se redresser en position assise et de s'écarter le plus possible de lui.

— Je ne peux pas être votre femme parce que nous sommes cousins. Votre mère et la mienne sont sœurs. Ce qui fait de vous mon cousin, Easy.

— Je ne voudrais pas vous frapper de nouveau, mais je serai obligé si tu continues de me répondre.

— Vous êtes le fils d'Alice Bodine, qui est ma tante.

— Ma mère est morte en couches. La malédiction d'Ève.

— C'est ce que votre père vous a raconté ? Vous avez dû entendre dire qu'Alice Bodine avait disparu, depuis plus de vingt ans... C'est là qu'elle était enfermée, enchaînée, comme moi. Mais ce n'est pas vous qui l'avez enlevée. Vous êtes trop jeune.

En revanche, il n'était pas trop jeune pour avoir tué deux femmes, pensa-t-elle. Et au moindre faux pas, il la tuerait.

— Elle vous avait donné le prénom de Rory. Elle parle très souvent de vous, elle vous aimait beaucoup.

Dans ses yeux noisette, elle voyait ce soupçon de vert des Bodine.

— Ma mère est morte à ma naissance.

— Votre mère a vécu ici des années après votre naissance. Elle m'a parlé de cet endroit. Avant, il n'y avait pas de mousse sur les murs. Ils étaient en plaques de plâtre. Ce drap cache les toilettes, et une douche. Comment le saurais-je si votre mère ne me l'avait pas raconté ?

Il se gratta la tête.

— Vous essayez de m'embrouiller.

— Vous l'avez rencontrée. Quelque part dans son subconscient, elle vous a reconnu, je crois. Elle s'est mise à pleurer après vous avoir vu, quand nous sommes parties à cheval. Elle m'a parlé de vous et de ses autres enfants, que votre père lui a enlevés quand ils étaient bébés. Vous avez dû la voir, parfois, qui travaillait dans le jardin, attachée.

— Ce n'était pas ma mère. Ce n'était pas non plus cette femme qui est venue à la base de loisirs.

— C'était elle. Vous n'aviez pas le droit de sortir quand elle était dehors, n'est-ce pas ? Vous n'aviez pas le droit de lui parler ?

— Taisez-vous !

— Nous sommes cousins, Easy.

Il la gifla de nouveau, si fort qu'elle sentit le goût du sang. Toutefois, il avait les larmes aux yeux.

— Il vous disait qu'elle s'appelait Esther, mais c'était Alice. Vous savez que c'est la vérité. C'était lui qui vous mentait, et qui vous a séparé d'elle.

— Fermez-la ! hurla-t-il en arpentant la pièce.

— Il y avait un chien méchant et un cheval rachitique, une vache à lait, des poules. Au début, il la séquestrait dans une cave. Vous êtes né dans cette cave, vous y avez passé votre première année avant qu'il vous sépare de votre mère.

— Il disait qu'elle était morte, comme les autres.

Bodine s'efforça de maîtriser sa voix.

— Il mentait, vous le savez. Il était très dur avec vous, n'est-ce pas ?

— À quinze ans, je me suis enfui.

De la sympathie. Elle devait lui témoigner de la sympathie, se montrer compréhensive.

— Pas étonnant.

— Il y avait des règles pour tout, et ses règles, si je ne les respectais pas, il me fouettait jusqu'au sang.

— Vous avez eu raison de partir. Votre mère vous aurait protégé, mais elle était enfermée.

— Je suis revenu. Ce sont mes terres autant que les siennes. J'ai un droit dessus. Je veux fonder une famille. J'aurai des fils, des femmes, une famille.

— Vous avez une famille. Je suis votre cousine. Détachez-moi, Easy. Je vous emmènerai au ranch, voir votre mère.

— Vous ne m'aurez pas comme ça ! Je ne suis pas idiot. Laissez-moi réfléchir, dit-il en se dirigeant vers la porte. Et je vous préviens : si vous m'avez menti, vous serez punie.

— Je ne vous dis que la vérité.

Quand les verrous cliquetèrent derrière lui, elle laissa libre cours à ses larmes, parcourue de frissons et de tremblements.

Puis elle se ressaisit, essaya tant bien que mal de se lever. Elle vacillait, mais elle tenait debout.

Évidemment, il lui avait pris son téléphone. Mais dans sa poche de poitrine, elle avait son Opinel qui ne la quittait jamais.

Assise par terre, elle arracha la mousse qui tapissait le mur, puis elle entreprit de découper la plaque de plâtre autour des boulons retenant sa chaîne.

30

Il ne se laisserait pas gagner par la panique, ni par la rage. Les deux le rongeaient mais Callen les maintenait étouffées au plus profond de lui.

Le shérif était venu et reparti. Il avait envoyé tous ses hommes à la recherche de Bodine, contacté le FBI, et il allait mettre la pression sur toutes ses sources potentielles.

Pour Callen, ce n'était pas assez.

Il avait écouté Chelsea se lamenter : elle avait oublié des échantillons chez elle, que Bodine était allée chercher. Il ne faisait l'ombre d'un doute pour personne que Bodine s'était fait enlever à la place de Chelsea.

Tate affirmait qu'ils avaient un avantage : il ne pouvait pas s'être écoulé plus d'une heure entre le moment où Bodine avait été kidnappée et celui où Jessica avait découvert sa voiture, puis son chapeau.

Pour Callen, ce n'était qu'un maigre réconfort.

Dès les premières lueurs du jour, il partirait de l'endroit où Alice avait été retrouvée et, de là, il mènerait ses propres recherches.

Sam avait déplié une carte sur la table de la cuisine du ranch. S'il remarquait que ses doigts tremblaient, Callen s'abstint de commentaire. Par groupes, les employés du ranch et du resort quadrilleraient le territoire. En pick-up, à cheval, en quad.

Callen avait son secteur, et il était déterminé à le passer au peigne fin.

— Ils ont déjà ratissé des kilomètres à la ronde, dit Sam.

— Nous ratisserons plus loin. Je mettrais ma main au feu que

Bodine a été enlevée par celui qui séquestrait Alice. J'aurai juste besoin d'un van pour aller à mon point de départ. Ensuite, je continuerai avec Sundown. À cheval, je serai plus efficace.

— J'ai marché sur des routes gravillonnées et des chemins de terre...

Alice se tenait au bas de l'escalier de service, en pyjama, aussi pâle que la lune.

— Il y avait des clôtures, ajouta-t-elle. Des endroits où la neige était profonde. J'ai fait un ange, avec mes bras, dans la neige, je me rappelle. C'est Monsieur qui a enlevé Bodine. Je vous ai entendus. C'est Monsieur qui l'a enlevée.

— Ne t'inquiète pas, lui dit Cora, si fatiguée qu'elle dut prendre appui sur la table pour se lever.

— Si, je suis inquiète, très inquiète ! Arrêtez-le, arrêtez-le ! Je peux essayer de retrouver le chemin. Si j'y retourne, est-ce qu'il la relâchera ? Je ne veux pas qu'il lui fasse du mal. Je vais y retourner.

Maureen posa une main sur le bras de Cora, puis elle se leva et prit Alice dans ses bras.

— Nous la retrouverons, tu n'auras pas besoin d'y retourner.

— Je l'aime, Reenie.

— Je sais.

— Je n'aurais pas dû m'enfuir. Il ne l'aurait pas enlevée si j'étais restée.

— Non, ne te mets pas ce genre d'idée en tête.

— Rory sait peut-être comment y aller.

— Nous la retrouverons, affirma celui-ci.

— Non, pas le Rory de Reenie. Mon Rory, il sait peut-être aller là-bas.

— Viens t'asseoir avec nous, Alice. Jessica, tu veux bien préparer du thé, s'il te plaît ?

— Bien sûr.

— Je ne veux pas m'asseoir ! Je n'ai pas besoin de m'asseoir ! Arrête de me donner des ordres ! Si Rory sait... Je ne voulais pas qu'il sache. Son père est un monstre. Son père est mauvais. Ce n'est pas la peine qu'il sache. Ce n'était qu'un bébé.

— Alice, s'il te plaît...

Défaite, Maureen se laissa tomber sur une chaise et se cacha le visage entre les mains.

— Je l'ai dit à Bodine. Je lui ai dit que je ne le dirais pas à mes enfants. Ce ne sont plus les miens, maintenant. Je lui ai dit. Elle a dit que j'étais courageuse. Mais peut-être qu'il sait déjà. Nous devons lui demander, sinon Monsieur fera du mal à Bodine. Il la violera et il lui prendra ses bébés. Il...

— Arrête, Alice ! cria Maureen en se relevant.

Callen lui fit signe de s'écarter et posa les deux mains sur les épaules d'Alice.

— Où pouvons-nous le trouver pour le lui demander ?

— Tu le sais.

— Je ne vois pas, là, comme ça. J'ai du mal à me concentrer. Aide-moi, s'il te plaît.

— Il s'occupe des chevaux. Il est très poli. Il a des reflets verts dans les yeux et les cheveux qui tirent sur le roux. Il t'appelle « boss » et Bodine, « big boss ». Il nous aidera à retrouver Bodine, s'il peut. C'est un gentil garçon.

Callen ôta ses mains des épaules d'Alice, ou il les lui aurait broyées.

— Elle parle d'Easy LaFoy, dit-il aux autres. C'est vrai, c'est un brave garçon, tu as raison.

Derrière la plaque de plâtre, le boulon s'enfonçait dans un poteau de charpente. À force de creuser le bois, la lame du petit couteau s'était émoussée. En sueur, le bout des doigts en sang, Bodine se redressa et se mit en quête d'un outil, d'une arme.

Des fourchettes et des cuillères en plastique, des gobelets et des assiettes en carton. Un mug en céramique. En le cassant peut-être... Elle le mit de côté, une solution de dernier recours.

Sa chaîne cliquetant derrière elle, elle inspecta la salle de bains.

Puis elle leva les yeux vers la fenêtre. Dehors, il faisait nuit noire. Si elle parvenait à arracher le boulon du mur, elle trouverait un moyen de se hisser jusqu'à la lucarne, de la briser. L'ouverture était étroite, mais elle arriverait à s'y faufiler – tout juste, mais elle y arriverait.

Seulement, avec son Opinel ébréché, il lui faudrait des jours pour détacher la chaîne.

Or le temps lui était compté.

Si Easy la croyait, il ne lui ferait rien. S'il ne la croyait pas, en revanche...

On allait se mettre à sa recherche, on la retrouverait peut-être avant qu'il ne la viole, avant qu'il ne la tue, mais rien n'était moins sûr.

Elle contempla son petit couteau. Le lui planter dans l'œil, peut-être. Il n'en resterait pas moins qu'elle serait toujours attachée.

Elle se rassit par terre, et tenta d'insérer la lame dans la serrure de l'anneau qui lui enserrait la cheville. Elle n'avait jamais crocheté de verrou mais c'était le moment ou jamais d'apprendre.

Pouvait-elle essayer de prendre Easy par les sentiments ? Jouer la carte du lien familial ? *Détache-moi, Easy, s'il te plaît, tu seras gentil...*

Dépitée, elle posa la tête sur ses genoux, inspira, expira.

Ce garçon était dingue. On l'avait endoctriné comme Alice. Mais lui n'avait jamais rien connu d'autre. Cela dit, il n'avait aucune affection pour son père. Pouvait-elle jouer sur ce tableau ?

Les paroles pouvaient être plus blessantes que les armes.

— Je ne mourrai pas ici, dit-elle à haute et intelligible voix. Je ne serai pas une victime. Je vais sortir d'ici.

Mon Dieu, Callen, je veux me marier avec toi ! J'ai pris ma décision.

Furieuse contre elle-même, elle refoula ses larmes, s'essuya les yeux et se remit à l'œuvre.

Se surprenant à s'assoupir, elle se secoua. Ce soir, elle dormirait au ranch. Une bonne douche chaude, un café. Non, un Coca. Un Coca glacé. Elle avait la gorge si sèche. Un repas chaud.

Seigneur, Alice... Comment as-tu survécu ?

En pensant aux années de captivité de sa tante, elle s'acharna sur la serrure avec un regain d'énergie.

Quand elle entendit le *clic*, son esprit se vida. Toute pensée se tut. Les mains tremblantes, en sang, elle ouvrit l'entrave.

Titubante, elle se redressa, examina la fenêtre. Elle réfléchissait à la manière dont elle pouvait l'atteindre quand les verrous grincèrent.

À la hâte, couverte de sueur froide, elle remit la mousse contre le mur, l'anneau de fer autour de sa cheville, et elle se posta près du lit, le cœur tambourinant, le couteau pliant serré au creux de son poing.

Elle l'amadouerait, pensa-t-elle. Elle lui parlerait, elle l'attendrirait. Ou sinon, elle se battrait.

La porte s'ouvrit, et le cœur de Bodine cessa de battre lorsqu'elle rencontra le regard amer de l'homme qui avait séquestré Alice pendant vingt-six ans.

Une chose était certaine, il ne se laisserait pas amadouer.

Callen fit descendre Sundown du van. Il ne s'était pas servi d'un revolver depuis des années, mais il en avait un à la ceinture. Chase aussi.

Les agents de police, les amis, la famille s'étaient dispersés, chacun sur son secteur. Beaucoup de terrain à couvrir, pensa-t-il, mais le périmètre avait tout de même été circonscrit. Easy avait grandi au sud de Garnet, et Tate avait confirmé qu'un certain John Gerald LaFoy avait un bungalow quelque part au sud de Garnet.

Callen avait essayé de reconstituer les itinéraires qu'Alice avait pu emprunter.

— À vingt-huit, sans compter l'hélico du FBI, on devrait la retrouver, dit Chase, confiant, tandis qu'ils montaient tous deux en selle.

Le soleil se levait à peine au-dessus des montagnes.

— Allons-y, dit Callen, et il partit.

LaFoy devait habiter dans un coin isolé, raisonnait-il, à l'écart des ranchs et des routes, sans doute caché derrière une colline ou un sous-bois. Mais il lui fallait néanmoins un accès.

Ils chevauchèrent un moment sur la route du ranch, en silence, l'œil aux aguets.

— Il doit éviter la ville fantôme, les touristes, les pistes de quad, dit Chase en regardant à travers ses jumelles.

— Ce salopard d'Easy a dit à Clintok qu'on avait bu une bière ensemble après le travail, le jour où l'étudiante a été tuée. Ce n'est pas vrai, mais je n'ai pas nié. Je pensais qu'il voulait me couvrir, mais c'était lui, l'enfoiré, qui avait besoin d'un alibi. Jamais je ne l'aurais soupçonné.

— On lui aurait donné le bon Dieu sans confession.

— Ce n'était pas Bodine qu'il voulait enlever. J'espère qu'il ne lui fera rien.

— Non, ne t'inquiète pas. Elle sait se défendre.

— Elle sait se défendre, répéta Callen, parce qu'il avait besoin de se rassurer. Je vais l'épouser.

— J'ai toujours pensé que vous étiez faits l'un pour l'autre.

— Nous le sommes. Bon, je vais prendre à l'ouest, quitter la route. Continue un peu vers le nord et laisse aussi la route.

— Si jamais tu vois quoi que ce soit, tu me préviens.

Callen acquiesça de la tête, puis il descendit au fond d'un vallon, remonta de l'autre côté et s'enfonça à travers bois. Il vit des empreintes de cerf, d'ours, d'élan – Sam lui avait appris à les reconnaître quand il était petit, comme il l'avait appris à Chase, Bodine et Rory.

Le soleil se réchauffait et Callen parcourut plus d'un kilomètre sans voir la trace d'un homme ou d'une machine.

Il traversa un pré où paissaient des vaches, longea la clôture vers le nord jusqu'à ce qu'il puisse la franchir. La route d'un ranch passait à proximité, ce qui lui donna de l'espoir. Alice avait dit en avoir croisé plusieurs.

Il regrettait de ne pas avoir attendu Bodine. Pourquoi diable ne l'avait-il pas attendue, sous la lune rousse ? Les regrets ne faisant qu'alimenter son angoisse, il les chassa et s'efforça de faire de la transmission de pensée à Bodine. Si elle pensait très fort à lui, peut-être le sentirait-il et pourrait-il ainsi se laisser guider jusqu'à elle.

En apercevant un fermier réparant une barrière, il ralentit. L'homme lui coula un regard méfiant.

— Vous êtes perdu ?

— Non, m'sieur. Ce sont vos terres ?

— Absolument. Autrement dit, vous êtes chez moi…

— Une femme a été enlevée hier soir. Nous pensons qu'elle est détenue dans le secteur.

— Vous êtes de la police ?

— Moi pas, mais les équipes du shérif sont également à sa recherche. Il s'agit de ma femme.

— Malheureusement, je ne peux pas vous dire où elle est. Elle a peut-être disparu de son plein gré.

— Non. Il s'agit de Bodine Longbow.

Le regard du rancher se radoucit.

— La fille des Longbow qui dirige le resort ?

— Oui. Je cherche un certain LaFoy, John Gerald LaFoy. Il a un fils surnommé Easy.

— Connais pas. Ce nom ne me dit rien.

— Il habite dans un bungalow. Il a un vieux cheval, une vache, quelques poules. Un marginal, soi-disant Citoyen Souverain.

— Je ne sais pas comment il s'appelle, mais il y a un drôle de type qui vit dans une bicoque, par là-bas, à un ou deux kilomètres à vol d'oiseau, indiqua le fermier avec un geste en direction du nord-ouest. Mon fils l'appelait Mad Max – une espèce de squatteur qui lui faisait peur quand il était gamin et qu'il s'approchait trop près de chez lui à cheval, avec ses copains. J'étais allé lui causer un jour, mais ça remonte à une bonne dizaine d'années, facile. Un dingue, si vous voulez mon avis, mais qui ne dérange personne. Je ne le vois quasiment jamais.

Un nouvel espoir s'alluma en Callen.

— Vous avez un téléphone sur vous ?

— Oui.

— Pouvez-vous appeler le shérif et lui expliquer où habite ce type ?

— Vous pensez que c'est lui qui l'a enlevée ?

— Lui et son fils, oui.

— Attendez que je selle un cheval. Je viens avec vous.

— Je n'ai pas le temps d'attendre. Appelez Tate.

Callen repartit au galop, puis il dut ralentir en pénétrant dans une épaisse forêt au sol accidenté. Il en profita pour appeler Chase et lui indiquer où il se trouvait.

— J'arrive par le nord, lui dit son ami.

— Je suis à moins d'un kilomètre, précisa Callen.

Il rangeait son téléphone, quand un coup de feu éclata.

LaFoy observait Bodine, appuyé contre la porte. Il tenait à peine debout, il avait le teint cireux, les yeux rouges, il ne paraissait pas en bonne santé. La main cachée derrière sa cuisse, elle cala son petit couteau entre ses doigts.

Elle se battrait.

Il avait un pistolet au côté, un couteau dans un fourreau à la ceinture.

Elle se battrait.

— Je savais bien qu'il mijotait quelque chose, avec ses allées et venues. Il a isolé les murs, je vois. L'est peut-être pas si bête qu'il en a l'air, après tout.

Il jeta un coup d'œil au lit, puis reporta son attention sur Bodine.

— On dirait qu'il n'a pas encore pris ses droits. Heureusement. Le fils honore le père. Je suis le chef de cette maison, qui sera maintenant la tienne. Tu es Myra, ma femme. Tu m'appelleras Monsieur et tu m'obéiras en toute chose. Déshabille-toi et couche-toi sur le lit.

— Vous avez l'air malade. Vous devriez voir un médecin.

Elle voulait qu'il s'approche d'elle, qu'elle puisse se servir de son couteau et lui prendre son pistolet.

— Déshabille-toi, répéta-t-il en s'avançant vers elle. Je vais prendre les droits que Dieu m'a donnés, et tu porteras mes fils.

Elle demeura immobile. Si elle bougeait, il verrait qu'elle n'était plus enchaînée.

— Je vous en supplie, dit-elle, apeurée, ne me faites pas de mal.

Il empoigna son corsage, le déchira, la gifla du revers de la main. Les oreilles bourdonnantes, elle lui planta son couteau dans le côté du cou.

Sous le choc, il tituba en arrière, l'entraînant avec elle. Du sang jaillit de sa gorge, elle tendit la main vers la crosse de son pistolet. Pris d'une violente quinte de toux, il se courba en avant. Elle plongea sous lui en hurlant, lui asséna un deuxième coup de couteau et tenta de déloger le pistolet du holster.

Il referma une main autour de son cou et serra avec une force surprenante.

… Quand Easy fit irruption avec un cri, et poussa son père contre le mur.

— Elle est à moi !

— Je te frapperai jusqu'au sang !

— Tu m'as menti ! vociféra Easy, les mains autour de la gorge de son père. J'aurais pu te tuer dans ton sommeil. Je ne sais pas ce qui m'a retenu.

LaFoy écrasa son poing contre le visage d'Easy, et ils se jetèrent l'un sur l'autre telles des bêtes enragées. La respiration sifflante, Bodine se redressa et se rua hors de la maison.

Un terrain vague, un cheval efflanqué, une vieille vache aux pis pleins, un collier de chien attaché par une chaîne à un piquet. Un bungalow, deux pick-up.

L'instinct lui criait de s'enfuir à toutes jambes, mais elle revint sur ses pas, vers les pick-up. Il y avait peut-être la clé sur le contact.

En voyant apparaître Easy, elle braqua son arme sur son torse.

— Je n'hésiterai pas à tirer, crois-moi.

Il se figea, la bouche en sang, leva les mains en l'air. Esquissa un sourire.

— Tout va bien. Je suis arrivé à temps. Il n'aurait pas dû essayer de me prendre ce qui m'appartient. C'est bon, tu peux être ma femme. J'ai réfléchi. Ce sera comme Adam et Ève, les enfants d'Adam et Ève. Nous fonderons une famille. Bientôt, je ramènerai Chelsea. Elle m'aime bien. Vous serez sœurs-épouses.

— Sûrement pas. À genoux.

— Je vous ferai du bien. Je sais comment il faut faire.

Quand il s'avança, elle se prépara à tirer, à tuer s'il le fallait.

— Ne m'oblige pas à faire ça, murmura-t-elle.

— Tu honoreras ton père ! rugit LaFoy en titubant hors de sa prison, un couteau à la main et une lueur meurtrière dans les yeux.

Bodine fit volte-face et pressa la détente. Il chancela, elle tira une deuxième fois, puis une troisième avant qu'il ne s'écroule.

— Vous l'avez tué, bredouilla Easy, incrédule, la tête inclinée, et il s'approcha, heurta son père du pied. Je crois qu'il est mort.

— Désolée.

— C'était une brute. C'est pour ça qu'il ne pouvait pas garder de femme. Qu'il était tout le temps obligé de les enterrer. Moi, je ne voulais pas de mal aux deux que j'avais choisies. Ce n'était pas ma faute. Je ne serai pas méchant avec vous.

— Ne m'oblige pas à tirer, s'il te plaît.

Bodine avait la main qui tremblait si fort qu'elle redoutait de ne pas être capable d'appuyer sur la détente.

En souriant, il s'avança vers elle.

Ils entendirent tous les deux le cheval, et se retournèrent d'un même mouvement, pour voir Callen dégainer son revolver tandis que Sundown bondissait par-dessus la barrière.

— À plat ventre, Easy, ou je te loge une balle dans le genou !

Callen sauta agilement au bas de sa monture.

— Ce sont mes terres maintenant. J'ai le droit…

Callen opta pour la méthode simple : deux crochets du gauche.

— Surveille-le.

En réponse, Sundown posa un pied sur le dos d'Easy. Laissant le palefrenier sous la garde du cheval, Callen se précipita vers Bodine, ôta le pistolet de sa main tremblante et le glissa dans sa ceinture.

— Où es-tu blessée ?

— Nulle part. Ce n'est pas mon sang.

— Tu es sûre ?

Il rengaina son revolver, puis lui effleura le visage.

— J'ai tiré… J'ai tiré…

— Chuut, murmura-t-il en la serrant contre lui. Tout va bien, maintenant.

Ils entendirent les sirènes, les claquements de sabots.

— Tout va bien, maintenant, répéta-t-il.

— J'ai les jambes qui…

Avant qu'elle n'ait terminé sa phrase, ses genoux se dérobèrent.

Callen la retint et la souleva dans ses bras.

— Ne t'en fais pas, je suis là.

— J'ai… tiré… Je lui ai donné un coup de couteau, deux, même, dans la gorge, je crois, avec mon couteau pliant. Je n'ai pas réussi à déboulonner la chaîne, mais je lui ai donné un coup de couteau.

— D'accord, d'accord.

Elle était en état de choc, pensa-t-il, ce qui n'était guère étonnant. Elle était devenue pâle comme un linge, les pupilles dilatées.

— Je l'ai tué ? Il est mort ?

— Je ne sais pas. Il est hors d'état de nuire, c'est l'essentiel. Regarde, Chase est là. Ton père et Rory arrivent. Tate aussi. Tu entends les sirènes ?

— Je voulais m'enfuir par la fenêtre, il est entré par la porte. Monsieur, pas Easy. Je ne suis pas claire. J'ai les idées confuses.

Chase descendit de son cheval, prit Callen et Bodine entre ses bras.

— Elle n'a rien, dit Callen. Ce n'est pas son sang.

Chase se tourna vers les deux hommes à terre.

— C'est toi ? demanda-t-il à Callen.

— Un elle, un moi.

Le véhicule du shérif apparut sur la route défoncée.

— Tu ne seras pas obligée de lui faire ta déposition tout de suite. Il pourra attendre que tu récupères.

— Ça va, je me sens mieux. Je pense que je tiens debout.

Callen la porta néanmoins jusqu'à une souche, où il s'assit, la gardant sur ses genoux.

— Soufflons juste un moment.

— Bonne idée.

Elle raconta à Tate ce qui s'était passé, point par point, ce qui contribua à lui éclaircir l'esprit. Et elle regarda Easy que l'on emmenait, menotté, continuant de clamer qu'il n'avait rien fait de mal.

— Il le croit, murmura-t-elle. Il est persuadé qu'il était dans son droit en m'enlevant, moi ou Chelsea. Il a tué Billy Jean et Karyn Allison par accident, ce n'était pas sa faute. On lui a inculqué des principes totalement biaisés. J'allais oublier, oh, mon Dieu, j'allais oublier qu'il m'a dit que Monsieur avait enterré plusieurs femmes. Alice avait raison, elle n'était pas la seule.

— Nous poursuivrons l'enquête en ce sens.

— Il était prêt à tuer son propre fils. Il allait se jeter sur lui avec un couteau. J'avais le pistolet, j'avais le pistolet, alors je m'en suis servie.

Tate lui tapota le genou.

— Ne t'en fais pas, ma grande. Il me paraît clair que c'était de la légitime défense, et il est fort probable que tu aies sauvé la vie de ton ravisseur.

— Je lui ai d'abord donné deux coups de couteau, à l'intérieur. Il m'a frappée parce que je refusais de me déshabiller. J'ai tout fait pour qu'il s'approche de moi, et je lui ai donné un coup de couteau – l'Opinel que tu m'as offert pour mes douze ans, ajouta-t-elle à l'attention de Callen.

Celui-ci l'observa un instant, puis il posa son front contre le sien.

— Tu l'as toujours ?

— C'est un bon couteau. J'aimerais bien le récupérer. Ce sera possible ?

— Il s'agit d'un élément de preuve, nous en aurons besoin mais je te le rendrai.

— La lame est tout abîmée, parce que j'ai essayé de desceller la chaîne du mur. Je n'y arrivais pas, alors j'ai crocheté la serrure de mon entrave.

— Voilà pourquoi tu as les mains dans cet état, dit Callen en lui embrassant le bout des doigts.

— Libérée de la chaîne, je voulais atteindre la fenêtre, casser la vitre et m'enfuir. Le mieux aurait été que je trouve une arme. J'avais échafaudé un plan.

— Le contraire m'aurait étonné, commenta Callen en enfouissant le visage dans ses cheveux.

— Je pense que j'aurais réussi à amadouer Easy, mais pas LaFoy. Il avait l'air malade. Ça aussi, j'avais oublié de vous le dire. Il a été pris d'une quinte de toux, j'en ai profité pour lui donner plusieurs coups de couteau. Il est tombé sur moi, je lui ai pris son pistolet. C'est là qu'Easy est arrivé, il nous a séparés. Je me suis enfuie par la porte. J'ai vu les pick-up, je me suis dit que je pourrais peut-être en prendre un. Easy a essayé de me rattraper. J'ai bien cru que j'allais être obligée de lui tirer dessus. Qu'aurais-je dit à Alice ? Et puis LaFoy est revenu à la charge avec son couteau. Callen est arrivé juste à ce moment-là, au moment même où j'ai failli tirer sur Easy.

— Ça me suffit, pour l'instant. Je reviendrai te voir plus tard.

Voilà ton père.

— Il faut que je me lève, qu'il voie que je suis saine et sauve.

À peine Callen eut-il déposé Bodine sur ses pieds que Sam la souleva de terre. Elle rentra au ranch en voiture avec lui – il en avait besoin – et garda sa main dans la sienne tout le long du trajet.

Les femmes les attendaient sur la galerie, les femmes de la famille, plus Clémentine, Jessica et Chelsea. Toutes étaient pâles, les yeux cernés et rougis. Maureen se précipita à la rencontre de sa fille, la serra contre elle et la berça en pleurant.

— Viens vite, rentre te laver.

Tout raconter à Alice serait plus dur, Bodine le savait, comme elle comprenait qu'elle devait le faire elle-même.

— Pas tout de suite, dit-elle à sa mère. On peut d'abord s'asseoir un moment ? Tu peux nous laisser ? demanda-t-elle à son père.

— Je voudrais ne plus te lâcher des yeux...

Néanmoins, il l'embrassa et fit signe aux autres qui arrivaient en van d'aller décharger les chevaux à l'arrière de la maison.

Bodine prit tour à tour chaque femme dans ses bras, les serra fort. Elle voyait les interrogations et l'espoir dans le regard d'Alice, qui lui déchirèrent le cœur.

Clémentine avait le menton tremblant, mais elle parvint à déclarer d'une voix ferme :

— J'ai préparé un pichet de citronnade. Je vais le chercher.

— Clem', si ça ne t'ennuie pas, je préférerais un Coca.

— Pas de problème, ma chérie, je te l'apporte.

— Je vais vous aider, dit Chelsea, des larmes roulant sur ses joues.

— Volontiers, acquiesça la cuisinière en lui passant un bras autour des épaules. Venez avec moi, mon petit.

Bodine prit la main d'Alice.

— Asseyons-nous, suggéra-t-elle. J'ai des choses dures à te dire.

— C'est Monsieur qui t'a frappée au visage ?

— Oui, mais c'est tout ce qu'il m'a fait.

En retenant un sanglot, Alice s'assit sur les marches de la galerie.

— Tu es saine et sauve. Tu lui as échappé avant qu'il te fasse plus de mal. Je suis contente, Bo, je suis si contente. Maintenant, Bobby le mettra en prison. Bobby est la loi. Bobby l'enfermera.

— Il est mort.

Alice cligna des paupières, essuya ses larmes.

— C'est vrai ?

— Tu ne le reverras jamais. Il ne fera plus de mal à personne. Mais ce n'est pas Monsieur qui m'a enlevée.

Tremblante, Alice s'empara de la main de Bodine.

— Callen m'a dit que tu avais compris qu'Easy était ton fils, le Rory que Monsieur t'a pris. C'est grâce à toi qu'ils m'ont retrouvée, Alice.

— Je ne voulais pas qu'il t'arrive malheur.

— Je sais.

— C'est Rory qui t'a enlevée, mon Rory…

— Monsieur – il s'appelle LaFoy – lui avait raconté que tu étais morte, en le mettant au monde. Il pensait ne pas avoir de mère. Monsieur lui a inculqué des mauvaises valeurs.

Cora s'assit à côté d'Alice et lui caressa le dos.

— Il avait déjà enlevé deux femmes avant moi, qui sont mortes. Parce qu'il suivait l'exemple de Monsieur.

— Comment as-tu dit qu'il s'appelait ?

— John Gerald LaFoy.

— Il y a du John Gerald LaFoy en lui. Il m'a enlevé mon fils avant que je puisse lui apprendre le bien et le mal, avant que je puisse lui enseigner mes valeurs, nos valeurs. C'était un gentil bébé. J'ai essayé de bien m'occuper de lui. Il devra aller en prison ?

— Oui, mais je crois qu'il a aussi besoin d'aide.

— Du Dr Minnow, par exemple ?

— Je crois, oui. Et je pense que d'ici un jour ou deux, peut-être avant, tu pourras le voir, lui parler.

Un sanglot dans la gorge, Alice pressa sa main contre ses lèvres.

— Je ne veux pas que tu me détestes.

— Je ne le pourrai jamais.

— Je… Je veux le voir, lui dire qu'il a une mère. Il a fait des choses terribles, mais il a une maman.

— J'irai avec toi.

— Moi aussi, déclara Miss Fancy en prenant la main de Maureen. Et toi, Reenie ?

— Je vous emmènerai en voiture. Je ne veux pas le voir, mais je vous conduirai.

— Parce que tu es ma sœur.

— Parce que je suis ta sœur.

Alice embrassa la joue tuméfiée de Bodine.

— Il faudra mettre de la glace. Va boire un Coca, et ta maman t'aidera à te nettoyer. Je t'aime.

— Moi aussi, je t'aime.

Bodine se leva, prit la main de sa mère, puis celle de Jessica.

— Nous sommes presque sœurs maintenant, et j'aurai besoin de ton soutien. Au fait, qui s'occupe du resort ?

— Ne t'inquiète pas, tout est sous contrôle.

Avec un soupir, Miss Fancy s'assit sur les marches de l'autre côté d'Alice.

— Je viendrai habiter dans votre maison, et de temps en temps j'irai donner un coup de main à Callen avec les chevaux. Le reste du temps, je cuisinerai, je ferai du crochet, et j'essayerai d'être une bonne mère pour mon Rory. Nous serons trois vieilles dames dans notre jolie petite maison.

— Vieilles ? s'écria Miss Fancy. Je t'en prie !

Alice posa la tête sur son épaule.

— Je me teindrai les cheveux en roux, comme toi. Je préparerai des biscuits et je monterai à cheval. Je chanterai avec ma sœur et je n'aurai plus jamais peur. Parce que j'ai réussi à m'enfuir et que j'ai retrouvé ma famille.

Elle enlaça sa mère, l'attira contre elle et demeura immobile, heureuse.

ÉPILOGUE

Bodine resta sous la douche jusqu'à ce que l'eau refroidisse. Et alors qu'elle avait l'intention de redescendre, elle ne protesta pas lorsque sa mère et Jessica l'accompagnèrent au lit. Pas plus qu'elle ne souleva d'objection quand Jessica lui recommanda de se reposer encore toute la journée du lendemain.

Elle n'en avait pas l'intention mais elle s'endormit avant qu'elles aient quitté la pièce. Et dormit d'un sommeil de plomb pendant cinq heures, sans se rendre compte que Callen passait une heure allongé à son côté, juste pour être près d'elle.

Quand elle se réveilla, elle mangea comme si elle n'avait rien avalé depuis une semaine.

Comme convenu, Tate revint l'interroger et elle se remémora des détails qu'elle avait omis. Puis elle s'assoupit sur le canapé pendant que le shérif s'entretenait avec Alice.

Tous les employés du ranch furent conviés à un barbecue, si bien qu'elle n'avait pas encore réussi à passer cinq minutes en tête à tête avec Callen.

Or elle avait des choses à lui dire.

Elle annonça donc qu'elle éprouvait le besoin d'une longue balade à cheval et, du doigt, elle fit signe à Callen de venir avec elle.

Ils sellèrent les chevaux sans se dire grand-chose. Et elle choisit l'itinéraire, sa petite idée en tête.

— Je ne t'ai pas encore demandé comment tu m'as retrouvée. Alice t'a donné des indices, je sais, mais…

— J'ai eu de la chance, j'ai rencontré un rancher qui connaissait l'endroit. J'étais encore à un ou deux kilomètres, et à sept ou huit cents mètres quand j'ai entendu les coups de feu.

— Il faudra que je le remercie personnellement. Si tu n'étais pas arrivé juste à ce moment-là, j'aurais tué deux hommes au lieu d'un.

— J'espère que tu ne te sens pas coupable, ce serait idiot.

— Non, je n'ai pas le moindre remords d'avoir tué LaFoy. En revanche, ça m'aurait gênée si j'avais été obligée de tirer sur Easy. Quoi qu'il ait fait, il est le fils d'Alice, et il n'est pas en possession de toutes ses facultés mentales. Heureusement, grâce à toi, je n'ai pas eu à le faire. Tu m'as sauvée.

— Tu t'es sauvée toute seule avec un couteau pliant.

— Que tu m'as offert. Marchons un peu, j'ai besoin de me dégourdir les jambes.

Elle descendit de sa monture, attendit que Callen en ait fait de même et, côte à côte, ils menèrent les chevaux dans une petite clairière parsemée de fleurs sauvages. Une légère brise faisait frémir les feuillages et les hautes herbes.

— J'ai quand même eu la peur de ma vie, avoua Bodine.

Callen s'immobilisa, se tourna vers elle et l'attira contre lui.

— Moi aussi, Seigneur…

Jamais il n'oublierait cette image : Bodine, blême, le visage meurtri, le chemisier déchiré, couvert de sang.

— Je savais que tu viendrais, mais je ne pouvais pas me permettre de t'attendre.

— Tu avais échafaudé un plan.

En riant, elle lui déposa un baiser dans le cou.

— Heureusement que tu es organisée, dit-il en l'embrassant. Mon invitation au restau tient toujours, au fait.

— J'espère bien. C'est beau par là, tu ne trouves pas ? Regarde cette vue…

Du geste, elle désigna les montagnes se découpant dans le ciel bleu, le soleil déclinant derrière les sommets. Puis elle attacha les rênes de Leo à une branche. Callen l'imita.

— On n'est pas loin de la route du ranch, pour aller travailler à cheval ou en voiture. Je verrais bien la maison par ici, face à l'ouest, pour contempler les couchers de soleil. Une grange là, le paddock… Éventuellement un bâtiment pour les employés, si tu veux faire de l'élevage intensif. Ce n'est pas la place qui manque et il y a de bons pâturages dans le coin, pour les chevaux et pour les vaches. J'aimerais bien avoir des poules, ajouta-t-elle, rêveuse.

C'est bizarre, mais je trouve que c'est reposant, les poules.

Callen était peut-être encore sous le choc, mais il avait toutes les peines du monde à la suivre.

— Tu parles de construire une maison ici ?

— La maison, ce sera toi, bien que j'aie quelques exigences non négociables. Moi, j'apporte le terrain. Mes parents nous offrent deux cents hectares chacun. Plus si on le souhaite, mais ce n'est déjà pas mal, je crois, pour démarrer. Si tu as si bien gagné ta vie en Californie, tu devrais avoir de quoi financer la construction d'une maison.

OK… Tout s'éclaircissait.

— J'ai quelques économies.

— Tant mieux. Je voudrais une grande galerie, qui fasse le tour de la maison. Des grandes fenêtres. Des cheminées, plusieurs. En particulier dans la chambre. J'ai vu une chambre avec une cheminée dans un magazine, je veux la même.

— Une cheminée dans la chambre ?

— Oui, et une douche hammam. Et… Je te ferai une liste.

— Je n'en attends pas moins de ta part. Combien de chambres aura cette maison ?

— Cinq.

— Six.

Le sourcil arqué, elle lui coula un regard froid.

— J'ai l'air d'une mère de famille nombreuse ?

— Six chambres, dont une pour regarder des films sur écran géant.

— Tu as gagné autant d'argent que ça ?

— Épouse-moi, et tu le sauras.

— Je parlais d'une maison. Je n'ai pas dit qu'on allait se marier.

Callen adressa un clin d'œil à Sundown. De la tête, le cheval poussa Bodine dans les bras de son maître.

— La majorité vote pour le mariage. Construisons une maison et fondons une famille.

— Je savais que tu viendrais à ma rescousse. J'ai eu si peur, mais je savais que tu viendrais, murmura-t-elle, une main contre la joue de Callen. Je me demande maintenant si je n'ai pas toujours su que tu reviendrais. Je crois que oui… Je ne t'aurais pas attendu indéfiniment, mais en fait je crois que je savais que tu reviendrais. C'est joli, non ? Une chose est sûre, en tout cas : en me servant du couteau que tu m'as offert, je savais que je t'épouserais.

Elle noua les bras autour de son cou pour l'embrasser, et elle aurait juré sentir leurs racines s'enfoncer dans le sol.

— Je t'aime, Bodine. Tu le sauras chaque jour.

— Moi aussi, je t'aime, dit-elle en plongeant son regard au fond du sien.

— Tu entends, Sundown ? dit Callen en la faisant tournoyer autour de lui.

Avec un hennissement approbateur, Sundown donna un coup de rein à Leo.

— Le coucher de soleil s'annonce magnifique.

— Il le sera chaque soir.

— À propos de soir… cinq chambres.

— Six, dit-il en la déposant sur sa selle. Et un Jacuzzi sur la terrasse de la nôtre.

Bodine contempla le paysage, imagina la maison.

— Un Jacuzzi, murmura-t-elle.

Tout sourire, Callen enfourcha Sundown et, tandis que le ciel s'embrasait, ils poursuivirent leur balade en construisant leurs lendemains.

Mise en pages
PRESS·PROD

IMPRIM'VERT® PEFC 10-31-1510

Imprimé en France
par Corlet Imprimeur
14110 Condé-sur-Noireau
en août 2017
N° d'imprimeur : 190508
Dépôt légal : septembre 2017
ISBN : 978-2-7499-3191-3
LAF 2346